Das Buch:
Endlich ist Wyn stolze Mitbesitzerin der geliebten Queen Street Bakery in Seattle. Zu ihrem Glück fehlt nur noch der perfekte Mann, der in Gestalt des attraktiven Mac McLeod, Barmann und Schriftsteller, in ihr Leben tritt. Doch das Glück hat seine Schatten: Mac redet wenig über Persönliches, seine Familie oder sein Buchprojekt. Auch in ihrer Bäckerei gibt es immer wieder große und kleine Katastrophen, um die sich Wyn kümmern muss. Während Mac einige Monate in Alaska verbringt, um seinen Roman fertig zu stellen, bricht für Wyn eine Welt zusammen: Da die Miete für den Laden sprunghaft gestiegen ist, kann sie ihn nicht mehr halten. Als ihre beste Freundin eine Stelle in Los Angeles annimmt, beginnt auch Wyn neue Pläne zu schmieden.

Die Autorin:
Judi Hendricks hat bereits als Journalistin, Bäckerin und in der PR-Branche gearbeitet. Sie lebt mit ihrem Ehemann in Long Beach, Kalifornien. Ihr Debütroman »Das Brot des Lebens« ist im Heyne-Hardcover erschienen.

Judi Hendricks
Das Salz der Liebe

Roman

Aus dem Amerikanischen
von Gertrud Bauer

WILHELM HEYNE VERLAG
MÜNCHEN

Die Originalausgabe
THE BAKER'S APPRENTICE
erschien bei HarperCollins, New York

FSC
Mix
Produktgruppe aus vorbildlich bewirtschafteten Wäldern und anderen kontrollierten Herkünften
Zert.-Nr. SGS-COC-1940
www.fsc.org
© 1996 Forest Stewardship Council

Verlagsgruppe Random House FSC-DEU-0100
Das FSC-zertifizierte Papier *München Super*
für Taschenbücher aus dem Heyne Verlag
liefert Mochenwangen Papier

Deutsche Erstausgabe 10/2005

Printed in Germany 2005
Umschlagilllustration: © Farrel Grehan/CORBIS
Umschlaggestaltung: Hauptmann und Kompanie Werbeagentur
München – Zürich
Satz: Buch-Werkstatt GmbH, Bad Aibling
Druck und Bindung: GGP Media GmbH, Pößneck
ISBN: 3-453-40141-7

www.heyne.de

Für Jo-Ann, das beste Böse Mädchen

Brot sollte man mit geschlossenen Augen
und offenem Herzen essen.

Daniel Wing und Alan Scott, *The Bread Builders*

Das Leben eines Bäckers ist nicht jedermanns Sache.

Erstens einmal ist es Schwerarbeit. Heutzutage wird das Mischen und Kneten meist von Maschinen übernommen. Aber in einer kleinen handwerklichen Bäckerei wie der unseren werden die Brote immer noch per Hand geformt, und dazu braucht man ordentlich Muskeln. Ganz zu schweigen davon, dass man halbzentnerschwere Mehlsäcke schleppen, die Schüsseln der großen Mischmaschinen heben, Bretter mit rohem Teig in den Ofen schieben und das fertige Brot wieder herausholen muss.

Es fängt damit an, dass die Arbeitszeiten abschreckend sind, wenn man nicht gerade ein Nachtmensch ist. Und selbst dann macht es nicht viel Spaß, dass man zur Arbeit gehen muss, wenn eine Party gerade so richtig in Gang kommt, oder dass man sich aus einem warmen, gemütlichen Bett kämpfen und von einem Körper lösen muss, der so gut zum eigenen passt.

Dann natürlich das Geld. Oder der Mangel daran. Die Zutaten sind zwar billig – Mehl, Wasser, Salz, Hefe –, aber Brotbacken ist arbeitsintensiv. Und man kann für einen Laib Brot nicht jeden Preis verlangen, nicht einmal, wenn

Haselnüsse aus Oregon oder Importoliven aus Kalamata drin sind. Mit einem Wort, man muss viel Brot verkaufen, um nur die Unkosten zu decken. Und wenn man nicht sehr große Mengen herstellt, braucht man an einen Gewinn gar nicht zu denken.

In unserer Bäckerei in der Queen Street betrachten wir es als Verlustgeschäft. Und außerdem als Dienst an unseren treuen Kunden, die offenbar dort, wo sie morgens Kaffee und Scones bekommen oder nachmittags ihren Kuchen essen, gern auch ihr Brot mitnehmen. Ich glaube, das ist diese anheimelnde europäische Vorstellung, dass man von der Bäckerei in der Nachbarschaft mit einem noch warmen Brot in der Hand heimgeht.

Teil · eins ·

Eins

Seattle, September 1989

Linda LaGardia ist so ziemlich der unangenehmste Mensch, dem ich je begegnet bin. Reizbar, verbittert, humorlos und bar jeder Höflichkeit – und das wäre dann an einem ihrer guten Tage. Glücklicherweise ist sie auch völlig fantasielos, sie gehört zu den Menschen, die mit gesenktem Kopf durchs Leben gehen und immer nur auf die eigenen Füße starren, die sich Schritt für Schritt vorwärts bemühen. Glücklicherweise deshalb, weil das bedeutet, dass sie normalerweise zu sehr mit sich selbst beschäftigt ist, um anderen wirklich in die Quere zu kommen. Sie kann mich sogar so wenig leiden, dass sie die meiste Zeit einfach so tut, als sei ich nicht vorhanden.

Heute Nacht hat sie während unserer ganzen Schicht eintönige Melodien vor sich hin gesungen und dabei etwas vor sich hingemurmelt über ihre Kinder Paige und Ed junior und über ihren nichtsnutzigen Dreckskerl von Exehemann Ed senior, der seit über sechs Monaten tot ist.

Ich stehe, und sie sitzt an der Arbeitsplatte, formt Käsebrotlaibe und setzt sie in geölte Formen. »Ja, gestern bin ich zum Doktor gegangen«, sagt sie unvermittelt. Ich bin so überrascht, dass ich ein Glucksen nicht unterdrücken kann. Es sieht ihr so gar nicht ähnlich, eine Unterhaltung anzufangen.

»Is da was komisch dran?«

»Nicht daran, dass man zum Doktor geht. Ich finde es nur komisch, dass du mit mir darüber reden willst. Ich arbeite schon über ein Jahr hier, und wir haben noch nie über etwas von Bedeutung gesprochen. Das weiß ich sicher.«

»Nur deswegen, weil du immer am Quasseln bist oder diese schauderhafte Kreischmusik spielst.«

Ich schließe die Augen. »Ah, richtig. Jetzt erinnere ich mich wieder.«

»Letztes Mal hat er gesagt, mein Blutdruck ist zu hoch.«

»Wie hoch?«

Sie wedelt verächtlich mit der Hand. »Hundertachtzig.«

»Zu was?«

»Was soll das heißen, zu was? Hundertachtzig hat er gesagt.«

»Beim Blutdruck gibt es normalerweise zwei Zahlen, zum Beispiel hundertachtzig zu hundertzehn oder so.«

»Ach, keine Ahnung. Er hat mit Zahlen nur so um sich geworfen.« Ein paar Minuten später sagt sie: »Ich soll ein paar Untersuchungen machen lassen.«

»Welche?« Meine Augen sind auf das Brot vor mir gerichtet.

»Belastungstest oder so was.« Sie hängt den Knethaken von einer Mischmaschine aus und trägt ihn zum Spülbecken, dann zögert sie, als sei sie innerlich hin- und hergerissen. Sie dreht das Wasser an und schaltet es dann plötzlich wieder aus. »Du weißt vermutlich auch nicht, was das ist?«

Der Ton ihrer Stimme ist so ungewohnt, dass ich mich umdrehe. »Was *was* ist?«

»Belastungstest«, knurrt sie. Sie schrubbt heftig an dem Teighaken herum.

»Hat der Arzt dir das nicht erklärt?«

»'türlich nicht. Freiwillig erklären die einem doch nie was.«

»Du wirst einfach an Elektroden angeschlossen ...«

»Elektr-?«, stottert sie erschrocken. »Kriegt man da einen Schock?«

»Nein, nein, es tut nicht weh. Du strampelst da auf einer Art Fahrrad, und sie messen deinen Herzschlag. Es ist gar nichts Besonderes.«

»Hab ich mir gedacht.« Sie schnüffelt verlegen. »Ich muss früh dort sein. Du wirst allein sauber machen müssen. Pech für dich.«

Ich greife hinüber und drehe die Musikanlage mit den Knöcheln auf volle Lautstärke.

Um halb sechs Uhr morgens ist die Sonne ein durch Nebel gefilterter schwacher rosafarbener Schimmer. Linda ist vorne und legt Bananen-Zimt-Zöpfe in das Regal hinter der Kasse. Die Straße ist noch so still, dass ich den Motor höre, bevor ich die Scheinwerfer sehe. Das Geräusch ist unverwechselbar, so individuell wie ein Fingerabdruck. Ein Laster. Ein 1971er Chevy El Camino, der überholt werden müsste. Mac.

Mein Herz und mein Magen beschließen soeben, die Plätze zu tauschen.

Ich drehe mich um, gerade rechtzeitig, um den Elky vor der Bäckerei vorfahren zu sehen. Er sieht genauso schäbig aus wie immer. Seine Farbe ist zu einem blassen Elfenbein oxidiert, das ahnen lässt, dass er vor Zeiten einmal weiß war. Nur der neu lackierte Kotflügel rechts hinten strahlt wie das Lächeln eines Fernsehmoderators.

Ich hatte gedacht, er käme nicht vor Ende des Monats zurück. Ich hatte gedacht … ach, ich hatte eine Menge gedacht. Vor zwei Wochen, auf den San-Juan-Inseln, hatten wir eine wunderbare Freundschaft ruiniert, indem wir uns zum ersten Mal geliebt hatten. Ich hatte irgendwie gedacht, er würde mich anrufen, aber er tat es nicht. Tut es ihm Leid, dass es passiert ist? Tut es mir Leid? Was sollte ich sagen? Sollte ich hinausrennen und mich ihm in die Arme werfen? Sollte ich cool sein? Ihn spüren lassen, dass er mich nicht für selbstverständlich nehmen darf? So tun, als wäre es nie geschehen?

Ich schiebe die Haare zurück und atme tief durch. Sei ganz lässig. *Hi. Wie geht's? Ich hab nicht gedacht, dass du so früh zurückkommst.* Dann fällt mir ein, dass meine Hände voller Teig sind. Ich wische sie an dem Geschirrtuch ab, das an meinen Schürzenbändern hängt, und zwinge mich, langsam das Ende der Theke zu umrunden und hinauszugehen. Er steht am Straßenrand und greift in den Wagen, um etwas zu holen, und als er die Tür hört, dreht er sich um. Bevor ich dazu komme, meinen vorbereiteten, unverbindlichen Gruß loszuwerden, reißt er mich in seine Arme und drückt mich so fest an sich, dass ich nicht mehr atmen kann und auch keinen besonderen Wert mehr darauf lege.

Nachdem wir Küsse aus verschiedenen Winkeln ausprobiert haben, stellt er mich auf dem Gehsteig ab. Ich ziehe meine Schürze und mein verrutschtes T-Shirt zurecht, und er lacht, als er ein paar kleine Teigklümpchen aus meinen Haaren befreit.

»Ich dachte, du kämst erst … später.« Ich wünschte, meine Stimme klänge nicht so atemlos.

Der Blick, mit dem er mich ansieht, gibt mir das Gefühl, dass meine Knie verkehrt herum sitzen, wie bei Flamingobeinen. »Ich konnte nicht so lange warten«, sagt er. »Wann bist du fertig?«

»Um sieben, aber …«

»Bis dahin bin ich wieder da.«

»Wo fährst du hin?«

»Kenny hat gesagt, ich kann ein paar Tage bei ihm bleiben, bis ich was finde. Ich lade meine Sachen dort ab.« Er beugt sich herüber und küsst mich wieder. »Und nehme eine kalte Dusche.«

Weg ist er.

Linda rollt ihre Augen gen Himmel, als ich wieder hineinkomme und mir die Arme reibe, die kalt sind vom Nebel.

»Sieht aus, als hätte eine Scheidung dich nichts gelernt.«

»Gelehrt«, sage ich geistesabwesend. »Sie hat mich nichts gelehrt.«

Ich gehe in die Backstube zurück, angezogen von der Wärme der Öfen. Der Duft gebackenen Brotes, der in der Luft hängt, erinnert an Räucherstäbchen. Ich ziehe die schwere Tür zur obersten Backebene auf. Ein Blech mit sechs Zitronen-Mohn-Stollen ist alles, was von unserer nächtlichen Arbeit übrig ist. Sie sind noch nicht ganz durch. Ich stelle die Schaltuhr auf fünf Minuten und bedenke den möglichen Wahrheitsgehalt dessen, was ich gerade gesagt habe.

Noch gibt es ein Zurück. Ich könnte mich auf zeitweilige Unzurechnungsfähigkeit berufen, sagen, ich hätte es mir anders überlegt, und es wäre vielleicht doch keine so gute Idee gewesen, unsere Freundschaft auf die nächste Ebene zu befördern. Aber dann denke ich an die vielen Stunden, die wir letztes Jahr zusammen verbracht haben. Wie wir Musik gehört und in Antiquariaten nach alten Büchern gestöbert haben, und wie ich ihn in alte Filme geschleppt habe. Wie er mich am ersten April mitten im Schneesturm ins Krankenhaus gebracht hat, als ich Blinddarmentzündung hatte, und mir während meiner Genesung aus *Der große Gatsby* vorgelesen hat. Ich denke an jene Nacht auf der Fähre, als ich neben ihm an der Reling stand und er mir den Großen Wagen und Bootes, Arktur und den Polarstern zeigte, und wie mir zumute war, als er sagte, dass er über den Sommer nach Orcas fahren wollte.

Nein. Vielleicht ist es Wahnsinn, aber ich fürchte, es ist nicht nur vorübergehend.

Kurz vor sechs läuft Ellen ein und stürzt sich mit beängstigendem Eifer in ihre Morgenroutine, schaltet die Espressomaschine an, sperrt die Kasse auf und zählt das Geld hinein, wischt die Theken ab und säubert die Vitrinen. Sie stellt eine Untertasse mit Milch vor den Seiteneingang, für alle Katzen, die vielleicht vorbeikommen, und einen Napf mit Wasser vor die Ladentür für die Hunde der Kunden. Sie holt ein Tütchen mit Goldfisch-Kräckern aus ihrer überdimensionalen Tasche und legt es neben die Kasse, für den Fall, dass der Typ mit dem Papagei heute vorbeikommt.

Gerade als sie fertig ist, stößt die Espressomaschine Dampf aus, und sie füllt beide Einsätze und drückt die Knöpfe für zwei große doppelte Espressi. Sie klopft mit dem Fuß auf den Boden, um die Sache zu beschleunigen, und die aromatische schwarze Flüssigkeit strömt in die zwei Steinguttassen. Als die Maschine sich ausschaltet, reicht sie mir die eine Tasse und nippt langsam und andächtig an der anderen – der ersten von etwa fünf, die sie im Lauf des Tages trinkt.

Sie inhaliert den aufsteigenden Dampf. »Hast du dir Fragen für Maggie ausgedacht?«

Ich starre sie verständnislos an. »Für wen?«

»Maggie Stanopolis. Die sich um einen Job bewirbt. Sie kommt um acht. Ganz vergessen?«

»Ja. Oh, Mist, Ellen, könntest du … ich meine, macht es dir etwas aus, wenn … ich habe heute früh sozusagen was vor …«

Eine dunkle Augenbraue hebt sich fragend. »Nämlich?«

Mein Gesicht wird heiß. »Mac ist in der Stadt. Er holt mich um sieben ab.«

»Ich denke, wir sollten nicht zulassen, dass etwas so Belangloses wie ein Vorstellungsgespräch dein Liebesleben stört.«

Ich lächle beschämt.

»Irgendwann musst du mit ihr sprechen. Ich stelle sie nicht ein, bevor du sie kennen gelernt hast.« Sie streicht sich ihren dünnen schwarzen Pony aus den Augen.

»Warum nicht? Du kannst selbst viel besser beurteilen, ob sie qualifiziert ist.«

»Bäckerei-Gesetz. Du bist jetzt Partnerin. Du musst dich auch mit den Verwaltungsdingen vertraut machen. Außerdem geht es nicht nur um ihre Qualifikation. Wir wissen, dass sie Kuchen machen kann, sonst hätte man sie bei *Booker's* nicht zwei Jahre behalten. Ich halte es für wichtig, ein Gefühl für jemanden zu entwickeln.«

»Genau das habe ich vor.«

»Ich spreche nicht von ihm.« Sie wirft mit einem nassen Geschirrtuch nach mir. »Ich bin gespannt, was sie kann. Ich hatte immer das Gefühl, dass *Booker's* so etwas wie eine Fabrik ist.«

»Ich weiß gar nichts über die Firma.«

»Sie machen einen Haufen kindisches Zeug – mit Schablonen von Micky Maus, Roger Rabbit und den Schlümpfen. Schnellschusskuchen …«

»Was?«

»Eilige Hochzeitstorten.« Sie seufzt. »Nun schau nicht so jämmerlich drein. Ich ruf sie an und sag ihr, dass wir es um eine Stunde verschieben müssen …«

»Eine Stunde?«

»Was hast du denn vor – eine Marathonorgie? Eine Stunde. Ich spreche zuerst mit ihr, um neun, dann kannst du sie um zehn übernehmen.«

Mac will unbedingt in *Steve's Broiler* frühstücken, einer griechischen Innenstadt-Kneipe mit Feta-Omelettes, die sogar längst verstorbene griechische Großmütter wieder zum Leben erwecken könnten.

»Wir können CM nicht einfach so überfallen«, sagt er und legt in unserer riesigen runden Nische den Arm fest um mich.

Ich lehne den Kopf an seine Schulter, und sein Haar, noch nass vom Duschen, fühlt sich an meiner Wange kalt an. »Wir überfallen sie nicht. Ich habe sie angerufen und ihr Bescheid gesagt. Übrigens, ich dachte, du könntest nicht mehr warten?«

»Ich könnte keine zwei Wochen mehr warten.« Er knabbert an meinem Ohr. »Aber eine Stunde kann ich warten. Wenn ich dabei neben dir sitzen und dich anschauen kann. Und wenn ich dabei an alles denke, was ich mit dir in ungefähr« – er schaut auf die Uhr – »achtundfünfzig Minuten und dreizehn Sekunden anstellen werde.«

Ich lehne mich zurück und betrachte eine Minute lang sein Gesicht, die hohen Backenknochen, die weit auseinander stehenden grauen Augen, die unter bestimmtem Licht grün aussehen, mit ihren kleinen goldenen Flecken in der

Iris. Es ist ein ernstes Gesicht, das durch sein überraschend liebevolles Lächeln verwandelt wird.

»Du hättest anrufen können«, sage ich schließlich.

Er denkt darüber nach. »Ich habe erst gestern beschlossen zu kommen. Ich habe das Haus abgeschlossen und den Wagen gepackt und bin abgefahren. Am Abend habe ich die letzte Fähre gekriegt …«

»So habe ich es nicht gemeint.«

»Ach so.« Er blickt unschuldig drein. »Wie hast du es denn dann gemeint?«

»Ich meine danach. Ich wusste nicht, was ich denken sollte.«

»Worüber?«

»*Worüber?*« Ich kann meinen Ärger nicht mehr verbergen. »Was glaubst du wohl? Über uns. Über das, was geschehen ist …«

»Ich hatte kein Telefon …«

»Es gibt öffentliche Telefone im Ort, oder nicht? Es ist nicht direkt am Polarkreis. Ich wusste nicht, was ich denken sollte. Ich wusste nicht, was du fühlst …«

Sein Gesichtsausdruck wird weich, und er sieht mir direkt in die Augen. »Wirklich nicht?«

Ich schaue durch das Ausgabefenster in die Küche, wo dunkle, haarige Burschen mit Pfannen klappern, Omelettes in der Luft umwenden und sich laut auf Griechisch unterhalten.

Er wartet, bis ich ihn wieder ansehe, dann fragt er: »Weißt du wirklich nicht, was ich fühle?«

»Nun ja …«

»Ich dachte, ich wäre leicht zu durchschauen.« Er streicht mir ein paar Haare aus dem Gesicht, und seine Hand verweilt auf meiner Wange. Gerade als er sich zu mir beugt, erscheint der Kellner und stellt zwei dicke weiße Teller vor uns hin. Die Omelettes sind so groß, dass sie über den Tellerrand hängen, am Rand sind sie braun und knusprig, und geschmolzener Käse quillt heraus.

Er küsst mich. »Ich nehme an, ich hätte anrufen sollen, aber …« Er greift nach seiner Gabel. »Es hat sich alles so richtig angefühlt. Ich habe wohl angenommen, dass du es genauso empfindest.« Er schneidet mit der Kante der Gabel in sein Omelette. »Habe ich da zu viel angenommen?«

Wie machen die Männer das bloß? Sie erzählen einem überhaupt nichts, und dann kriegen sie es hin, dass man sich dämlich und schuldig fühlt, weil man sie fragt.

»Nein, natürlich nicht. Aber mein Leben ist im Moment recht eigenartig.«

Er schaut mich erwartungsvoll an. »Also ist die Scheidung noch nicht durch?«

Ich schüttle den Kopf. »Aber bald. Ich habe mit meiner Anwältin gesprochen, und sie rechnet jeden Augenblick damit, von Davids Anwalt eine Einverständniserklärung zu bekommen.« Allein der Gedanke an meinen Exehemann ist wie ein nasses Handtuch im Gesicht, und so schalte ich schnell um. »Hast du Nachricht von deinem Agenten?«

Mac lacht. »Er ist noch nicht mein Agent. Er hat das Manuskript nicht gelesen – wahrscheinlich hat er es noch gar nicht. Ich hab's erst am Dienstag zur Post gebracht. Vermutlich dauert es fünf Arbeitstage …«

»Warum hast du es nicht mit FedEx geschickt?«

»Weil es sechs Pfund schwer ist«, sagt er geduldig. »Ich brauchte mein Geld für Benzin und die Kaution für eine Wohnung, für Strom und Essen …«

Es gibt Tage, an denen ich nicht aus dem Haus gehen

sollte ohne einen Knebel im Mund. Heute ist anscheinend so einer.

»Die gute Nachricht ist, dass Rick gerade Hilfe braucht bei Norwegian Woods. Und Kenny sagt, dass es Sean bei *Bailey's* nicht gefällt. Er hat erwähnt, dass er lieber in eine neue Kneipe auf dem Capitol Hill wechseln möchte. Wenn er geht, lässt mich Harte vielleicht wieder im *Bailey's* arbeiten.«

Ich lege mein Messer weg. »Lässt? Er sollte dich auf Knien anflehen. Am Samstagabend geht jetzt kein Mensch mehr hin. Außer vielleicht ein paar 22-Jährige, die Bob Dylan nicht von Matt Dillon unterscheiden können. Sie spielen unter der Woche hauptsächlich Kaufhaus-Jazz, und am Freitag und Samstag Chart-Hits. Kenny hat zu viel zu tun, um sich darum zu kümmern, und Sean hält es offenbar für seine Hauptaufgabe, die Single-Frauen anzumachen.«

»Vielleicht sollte ich Harte anrufen.« Er gießt sich Ketschup über die Bratkartoffeln, und ich zucke zusammen.

»Du ruinierst sie ja. Sie werden ganz matschig.«

Er seufzt. »Vielen Dank, Kriminalinspektorin Morrison von der Lebensmittelpolizei.«

Irgendwie schaffe ich es, den Hauptschlüssel zu finden und ins Schloss zu stecken, während Mac meine große Indianer-Silberspange aufmacht und sein Gesicht in meinem Haar vergräbt. »Gott, riechst du gut!« Durch das Dickicht meiner Haare berührt seine Zunge einen empfindlichen Fleck meiner Kopfhaut. »Zu gut eigentlich. Das ist wahrscheinlich schon illegal.«

Sein Atem an meinem Hals bewirkt, dass sich alle Moleküle meines Körpers auf einen Punkt ausrichten, wie Eisenfeilspäne auf einen Magneten. Ich suche verzweifelt nach dem zweiten Schlüssel.

»Ich vermute, es handelt sich um schweren Betrug und Vorspiegelung falscher Tatsachen.« Als er die Hand unter meine Jacke schiebt, bekomme ich beinahe keine Luft mehr.

»Hör bitte auf und lass mich die verdammte Tür öffnen!«

»Miss Morrison, wir haben Grund zu der Annahme, dass Sie unter Ihrem Hemd Brot schmuggeln. Ich fürchte, wir werden Sie abtasten müssen. Nur zur Sicherheit.«

Endlich steckt auch der zweite Schlüssel, die Tür öffnet sich, und wir taumeln hinein. Er hält die Tür mit einem Cowboy-Stiefel auf und tritt sie dann hinter uns zu. Die Wohnung ist sonnig und ruhig und klirrend kalt, dank CMs Eisbären-Natur, aber ich habe trotzdem allen Grund, meine Freundin schweigend zu segnen. Aufmerksam wie immer hat sie das Futonbett aufgeklappt und gebrauchsfertig hergerichtet.

Meine Jacke fällt zu Boden, und er zieht mir das Flanellhemd aus der Hose. Wir kämpfen mit den Knöpfen. Er murmelt immer noch vor sich hin.

»Kein Brot hier, aber ich finde, die Verdachtsgründe rechtfertigen eine gründliche körperliche Untersuchung.« Das Flanellhemd folgt der Jacke auf den Boden, und ich ziehe ihn hinunter auf den Futon.

In dem behaglichen Glücksgefühl, das einem wunderbaren Essen oder großartigem Sex folgt, vergrabe ich mich unter der Decke, an ihn geschmiegt, und sauge seine Wärme auf wie eine Eidechse, die auf einem heißem Stein liegt.

»Ich brauch mir wegen eines Jobs gar keine Sorgen zu

machen«, sagt er in meine Haare. »Bevor die Woche vorbei ist, werde ich tot sein. Aber ich beschwere mich nicht, es ist genau die Todesart, die ich mir immer gewünscht habe.«

»Nein, McLeod, so viel Glück hast du nicht. Ich bring dich nicht um.« Ich fahre mit den Fingernägeln leicht über seinen Bauch. »Ich werde dich am Leben lassen und dich foltern.«

Auch ohne hinzuschauen fühle ich, dass er lächelt. »Ach bitte, wirf mich nicht in die Dornenhecke.«

Der Rhythmus, in dem sein Daumen meine Schulter streichelt, versetzt mich beinahe in leichten Schlaf, als mir plötzlich meine Verabredung um zehn Uhr einfällt. Widerstrebend rolle ich mich weg und setze mich auf.

»Ich muss mit einer Bewerberin sprechen.« Hoffnungsvoll blicke ich über die Schulter. »Du kannst hier bleiben und schlafen. Es dauert nicht lang.«

Er stützt sich auf einen Ellbogen auf. »Nein, ich muss mir eine Wohnung suchen. Kennys Frau war nicht gerade begeistert, als sie mich heute früh gesehen hat. Ich komm ungefähr um sieben wieder und hol dich zum Abendessen ab. Du kannst auch CM einladen, wenn du willst.«

Maggie Stanopolis behauptet, sie sei sechsunddreißig, aber sie sieht älter aus. Vielleicht liegt es an dem billigen Make-up, das eine Schattierung oder zwei dunkler ist als ihr Teint und sich in den Falten ihrer Haut gesammelt hat, sodass ihr Gesicht an altes Leinen erinnert, das gebügelt werden müsste. Das klare Blau ihrer Augen spiegelt sich in ihrer locker fallenden blauen Bluse wider. Dickes blondes Haar türmt sich aus dunklen Wurzeln zu erstaunlicher Höhe auf und wird oben von einer Spange gehalten.

»Ich weiß, dass Sie nachts arbeiten, und weiß es zu schätzen, dass Sie mich vormittags empfangen.« Sie lächelt und schiebt mir ein großes Ringbuch zu. »Mein Torten-Musterbuch.«

»Und warum wollen Sie nicht bei *Booker's* bleiben?«, frage ich.

»Wir hatten … man könnte es vielleicht künstlerische Meinungsverschiedenheiten nennen. Außerdem haben sie die Herstellung nach Lake Forest Park verlegt, weil die Mieten dort billiger sind. Und ich wollte lieber in der Nähe bleiben. Näher bei unserer Wohnung. Und beim Restaurant meines Mannes – vielleicht haben Sie schon davon gehört – *Tony's?«*

Ihre Worte kommen wie Ketschup aus der Flasche – erst langsam und zögerlich, dann schnell in großen, spritzenden Klecksen. Ihre Augen sind in ständiger Bewegung und schauen immer nur ein paar Sekunden in die meinen, bevor sie ein neues Ziel finden.

Der goldene Fleck, den die Sonne auf den Tisch wirft, macht mich schläfrig. Ich sehe Mac vor mir, unter die Tagesdecke auf meinen Futon gekuschelt, sein langsames Lächeln, sein helles Haar neben meiner Haut.

»Auf dem Capitol Hill?« Ich unterdrücke ein Gähnen, und sie nickt. Ich war noch nie im *Tony's,* und ich glaube mich zu erinnern, dass es eher ein Yuppie-Treffpunkt ist als ein Tempel der Esskultur. »Ich habe schon Gutes davon gehört«, lüge ich.

Ein Lächeln deutet sich an, landet aber dann doch nicht auf ihrem Gesicht.

»Haben Sie Ihre Ausbildung in Seattle bekommen?«

»Nein, an der Stadium Highschool in Tacoma. Northwest Culinary Academy.«

»Wann haben Sie Ihren Abschluss gemacht?«

»Ich habe nicht … abgeschlossen. Aber ich glaube, meine Arbeit spricht für sich«, fügt sie hastig hinzu.

Ich ziehe mir den Ordner herüber und öffne den Deckel. Auf der ersten Seite prangt das Foto einer Torte, auf der in Zuckerguss-Schönschrift die Worte »Margaret Dailey Stanopolis, Torten-Designerin« stehen.

Ich blättere die klarsichthüllen-geschützten Seiten eine nach der anderen durch. Hochzeitstorten, Verlobungstorten, Torten zur Geburt eines Babys, zum Geburtstag, zur Familienfeier, zum Examen, zum Vatertag, zum Muttertag, zum Murmeltier-Tag – sogar eine Scheidungstorte, sehr sinnig geschmückt mit einer Heiratsurkunde, die von einer Schere entzweigeschnitten wird. Das werde ich mir merken.

Manche haben echte Blumen, andere sind mit geschnitzten Zuckerblumen dekoriert. Aber die eindrucksvollsten sehen aus wie Gemälde aus Zuckerguss – Porträts, Abbildungen von Diplomen, sogar ein Bild von einem viktorianischen Haus – und wirken, als könne man sie an die Wand hängen.

Ich blicke auf, direkt in ihre erwartungsvollen Augen. »Das ist sehr schön. Wie lang machen Sie das schon?«

»Danke.« Sie reibt die Hände an ihren Schenkeln auf und ab und hinterlässt dabei Spuren auf ihrer gebleichten Seidenhose. »Zwei Jahre bei *Booker's*, und davor ungefähr fünf Jahre selbstständig.«

»Wie machen Sie die, die aussehen wie Gemälde?«

»Ich lege eine Schicht Glasur auf, und dann male ich mit Pinseln und Eigelb-Farben.«

»Und auf welcher Art von Kuchen?«

»Bei *Booker's* waren es meist einfache Schokoladen- und Vanille-Buttercremetorten oder Zitronenkuchen. Manchmal auch Käsekuchen. Aber Ellen sagte, Sie hätten hier Ihre eigenen Rezepte. Ich kann alles, was Sie wollen.« Sie schaut auf die Uhr, was mich ärgert.

»Haben Sie's eilig?«

»Mittags habe ich noch einen Termin.«

»Schön. Danke, dass Sie gekommen sind. Eine von uns, wahrscheinlich Ellen, wird ...«

»Haben Sie eine Ahnung, wann Sie sich entscheiden werden? Denn ich brauche wirklich sofort eine Stellung.«

Die Glocke über der Tür bimmelt, als zwei Frauen hereinkommen. Cody, unsere blauhaarige Bedienung, schlendert aus der Küche an die Theke. Sie wischt sich die Hände an der Schürze ab und starrt uns ganz ungeniert an.

Ich schließe den Ordner und schiebe ihn zurück. »Sicher bald. Vielleicht schon morgen, aber ...«

»Hat sich sonst noch jemand beworben?«

»Nicht dass ich wüsste.« Das ist vielleicht taktisch nicht besonders klug, aber ich bin zu müde, um zu lügen.

»Gut, dann hoffe ich von Ihnen zu hören. Vielen Dank auch.« Sie streckt mir die Hand entgegen, und ich drücke sie. Dann nimmt sie ihren Ordner, hält ihn an die Brust wie ein geliebtes Kind und schiebt sich aus der Tür.

»Wo ist Ellen?«, frage ich Cody, als die Frauen gegangen sind.

»Beim Zahnarzt. Sie hat sich eine Krone ausgebissen oder so was. An einem klebrigen Gebäckstück.«

»Autsch.«

»Sie will später mit dir sprechen, hat sie gesagt.«

»Nicht bevor ich ein bisschen Schlaf gekriegt habe.«

Sie grinst. »Ich hab mir sagen lassen, dass du ganz was anderes kriegst.«

»Cody …«

Sie schaut mich mit unschuldigen Augen an. »Ich hab ihn gesehen heut früh. Nicht schlecht für einen alten Mann. Auch ein hübscher Hintern …«

»Er ist nicht alt.«

Sie zwirbelt an einer blauen Strähne. »Gibt's da vielleicht einen jüngeren Bruder?«

»Einen älteren. Der ist übrigens Jurist, glaube ich.«

Sie tut so, als müsse sie sich übergeben.

»Was ist aus dir und Teddy geworden?«

»Der ist Vergangenheit. Also was ist – könntest du mir nicht Mac vererben? Du weißt schon? Wenn du ihn rauswirfst?«

Ich lächle selbstzufrieden. »Dann wirst du ihn nicht mehr haben wollen. Da wird er total verbraucht sein.«

Ich öffne die Augen im Zwielicht und sehe ein verschwommenes Gesicht, auf dem Kopf stehend. CM.

»Wie viel Uhr ist es?«

Sie hebt ein Glas mit Rotwein. »Die richtige Zeit für einen Drink.«

Ich streiche mir die Haare aus dem Gesicht und setze mich langsam auf. Mein Atem riecht schlecht. »Iiihh. Ich hab vergessen, mir die Zähne zu putzen.«

»Dann hol's schnell nach, bevor dein Süßer kommt.«

Die Schreibtischlampe brennt und wirft weiche Schatten auf die Wand dahinter. Ich schaue auf die Uhr. Ich kann es nicht fassen, dass ich bis sechs geschlafen habe. Nur gut, dass ich heute Morgen unter der Dusche war. Ich strecke die Arme zur Decke und gähne.

»Kannst du mit uns essen gehen?«

»Leider nein. Ich muss noch mal ins Studio zu einer Sitzung. Außerdem könnte ich nicht einen ganzen Abend lang zusehen, wie ihr beide euch verschlingt.«

Christine Mayle ist seit der dritten Klasse meine beste Freundin. Und man kann sich vorstellen, wie schwer es ist, mit jemandem befreundet zu sein, der aussieht wie eine keltische Gottheit – groß und schlank, mit grünen Augen und kastanienrotem Haar. Sie ist eine von den Frauen, denen man einen Müllsack anziehen kann und die damit einen neuen Modetrend auslöst. In der Highschool hat sie mir einmal gesagt, sie wisse, dass sie schön sei und dass die Menschen sie immer beachten würden. Seitdem kann ich zusehen, wie sie Bewunderung hinnimmt wie etwas, was ihr zusteht, ohne Aufhebens, genau wie eine Königin die Huldigung ihrer Untertanen entgegennimmt. Ich habe die Ehrlichkeit dieser Haltung immer bewundert.

Sie sitzt auf dem Rand der Badewanne, während ich mir die Zähne putze. »Na, wie war's?«

Ich versuche, um meine Zahnbürste herum zu antworten, aber es kommt unverständlich heraus.

»Ach, so gut?«

Ich spüle mir den Mund aus, binde meine Haare zurück und wasche mir das Gesicht mit Rasiercreme. Ich weiß, das klingt sonderbar, aber CM macht das immer so, und ihre Haut sieht aus wie in einer Estée-Lauder-Reklame, also dachte ich, ich könnte es auch versuchen.

»Wenn du es wirklich wissen willst – das Ganze ist ein bisschen unheimlich.«

»Unheimlich?«

»Ich saß da beim Frühstück und sah ihn an, und ganz plötzlich überfiel mich ein … Schwindelgefühl. Ich meine, wir waren Freunde, und jetzt sind wir … etwas anderes. Eine neue Ära, wie meine Oma gern gesagt hat. Und zwei

Wochen Schweigen« – jetzt schaue ich ihr ins Gesicht – »machen mich nervös.«

»Wenn er dich jeden Tag anrufen würde, würde es dich auch nervös machen.« Sie lächelt nachsichtig. »Alles macht dich nervös.« Sie trinkt ihren Wein aus und stellt das Glas auf dem Beistelltisch ab. Sie schleudert die Schuhe von ihren Füßen. »Genieß es, analysiere es nicht. Das wird sich schon alles von alleine regeln.«

Sie steht auf, schlüpft aus der Jeans und hängt sie auf den Haken an der Tür. »Und da du jetzt das Bad lang genug beansprucht hast, werde ich duschen.«

»Was hast du für einen Eindruck von Maggie?«, fragt mich Ellen zwischen zwei Schlucken Espresso. Linda ist hinten beim Abspülen, und Cody ist noch nicht da, so haben wir ein paar Minuten für uns.

»Ich weiß nicht. Ich denke, sie ist okay. Und schließlich stehen die Bewerber nicht gerade Schlange.« Ich strecke die Beine aus und lasse meine schmerzenden Füße kreisen.

»Das stimmt.«

»Sie sprach von zwei Jahren bei *Booker's* und fünf Jahren Selbstständigkeit. Da ist noch eine Lücke von beinahe zehn Jahren dazwischen. Hat sie dir einen Lebenslauf gezeigt?«

Ellen lacht. »In diesem Beruf hat niemand einen Lebenslauf. Sie erzählte mir, dass sie eine Hunger leidende Künstlerin war, bis sie Mr. Wonderful getroffen hat. Sie hat Kunst studiert und versucht, ihre Gemälde zu verkaufen.« Sie zögert ein bisschen. »Hast du ihr Auge bemerkt?«

»Ihr Auge?«

»Sie hatte ein blaues Auge. Es war gut kaschiert. Wahrscheinlich schon ein paar Tage alt. Sieht aus, als hätte sie Übung mit dem Abdeckstift.«

Jetzt komme ich mir ziemlich blöd vor. »Ich hab gar nichts bemerkt.«

»Man muss schon die Anzeichen kennen. Ich habe früher oft unser Gebäck vom Vortag in ein Heim für misshandelte Frauen gebracht, bevor sich die Sozialstation darum gekümmert hat. Dort habe ich eine Menge Frauen gesehen, die mit Make-up umgehen konnten. Von Maggies blauem Auge war nur noch ein Schatten zu sehen.«

»Das ist noch kein Grund, sie nicht einzustellen …«

Ellen schüttelt ungeduldig den Kopf. »Nein. Im Gegenteil, es kann ein guter Grund sein, sie doch einzustellen. Ich meine nur, dass wir beide Bescheid wissen müssen. Denn daraus kann uns eventuell Ärger entstehen.«

»Zum Beispiel?«

»Du weißt schon – wütender Ehemann, Auseinandersetzungen am Arbeitsplatz.«

»Was schlägst du also vor?«

Sie zuckt die Achseln. »Ich denke, wir könnten eine dreimonatige Probezeit vereinbaren. Ihr Torten-Buch sieht gut aus.«

Sie stellt ihre Tasse ab und geht zur Tür, um sie für Cody aufzusperren, die ihre Nase ans Glas presst und zu uns hereinspäht. Ellen reicht ihr einen Lappen. »Wisch deinen Fettfleck von der Tür ab.«

»Hey. Ich bin Bedienung und Tortendekorateurin, und jetzt anscheinend auch noch Mädchen für alles.«

»Um die Torten brauchst du dich in Zukunft nicht mehr groß zu kümmern«, sagt Ellen. »Wir engagieren Maggie Stanopolis. Sie kommt aus …«

»Ich weiß, wo sie herkommt.« Cody wirft uns einen vernichtenden Blick zu. »Bestimmt kann sie prima Schlumpftorten machen.«

Ellen lächelt. »Ihr Stil ist ein bisschen anders als deiner, aber ich glaube, sie hat großes Talent.«

»Ihr Gesicht sieht aus, als wäre es zu lang im Wäschetrockner gewesen. Und diese peinlichen blonden Haare. Als ob sie ein totes Tier auf dem Kopf hätte.«

Ich muss mich sehr beherrschen, um nicht zu lachen. »Wir brauchen sie nicht als Reklamefigur. Außerdem finde ich, dass du mit deinen blauen Haaren und der Sicherheitsnadel im Ohr nicht das Recht hast, über das Aussehen anderer Leute zu urteilen.«

In Codys bleichen Wangen flammt Röte auf. Ihre Doc Martens trampeln dumpf auf dem Gummiboden, als sie nach hinten verschwindet, und dann hören wir, wie sie die Kühlschranktüren zuwirft.

»Hey!«, ruft Ellen hinter ihr her. »Lass das, außer du kannst uns einen neuen Kühlschrank kaufen.« Sie sieht mich an. »Das könnte interessant werden.«

»Kommt mir auch so vor. Wer braucht schon einen wütenden Ehemann, wenn er eine wütende Konditorin hat?«

Zwei

Mazurka-Riegel sind, wie Ellen gern sagt, eine lokale Weltberühmtheit – eine umwerfende Kreation aus einem dünnen, blättrigen Boden, einer Füllung mit Zitronen-, Schokolade-Espresso-, Apfel-Rosinen- oder Himbeergeschmack und einer krümeligen Deckschicht, deren körniger Biss süchtig macht. Wir verkaufen sie nicht nur an unsere Kunden, sondern auch an Cafés und Delikatessenläden und sogar an ein paar Lebensmittelgeschäfte in der ganzen Stadt. Ellen hat sie erfunden, als sie noch in New Hampshire lebte, und hat das Rezept nach Seattle mitgebracht. Anfangs hat sie sie in ihrer Wohnung gebacken und sie vor Kinos, vor dem großen Sonics-Laden im Seattle Center und auf dem Bumbershoot Kunstfestival, das jeden September stattfindet, verkauft. Viele unserer Kunden nennen sie immer noch gern die Mazurka-Riegel-Lady.

Die Produktion wurde bald zu umfangreich für ihre kleine Wohnung – das war auch einer der Gründe, warum sie und ihre frühere Partnerin Diane die Bäckerei gekauft haben. Und in letzter Zeit ist die Nachfrage so heftig gestiegen, dass wir drei Teilzeitkräfte anstellen mussten, die ausschließlich Mazurkas machen. Ellen überwacht sie sehr genau und besteht immer noch darauf, die riesigen Mengen an Füllung und Glasur selbst zuzubereiten. Kristen, Susan und Barb machen die Böden und erledigen das Backen und Zusammensetzen, das Schneiden, Verpacken und Etikettieren.

Sie arbeiten montags, mittwochs und freitags und kommen um die Mittagszeit, sodass ich sie fast nie sehe. Aber an diesem speziellen Montag haben wir eine große Sonderbestellung für eine Tagung im Sheraton, deshalb sind alle drei schon da, als Maggie um acht Uhr morgens zum ersten Mal zur Arbeit kommt.

Linda ist wie üblich um Punkt sieben gegangen, sie bleibt nie auch nur eine Minute länger. Aber ich bin noch da und Ellen, Cody, Jen und Misha – die Vormittagsmannschaft –, dazu die Mazurka-Crew. Maggie besteht darauf, jeder die Hand zu geben, ganz egal, ob diejenige gerade mit jemandem spricht, die Arme bis zum Ellbogen im Spülwasser hat oder mit mehligen Händen Teig formt. Sie blickt jeder lächelnd ins Gesicht und erwähnt, dass ihr Mann Tony Stanopolis ist, der Eigentümer von *Tony's* auf dem Capitol Hill. Als würde sie das irgendwie mit uns verbinden. Sie scheint unsere verstohlenen Blicke und verdrehten Augen gar nicht zu bemerken.

Cody hatte widerwillig zugestimmt, zwei Wochen lang bei den Torten auszuhelfen, und ihre Miene ist mit muffig noch sehr freundlich beschrieben. Als Ellen mit Maggie nach hinten geht, um ihr zu zeigen, wie der Vorratsraum organisiert ist, starrt Cody mich mit einem kalten Blick an.

»Die soll Torten dekorieren? Das ist ein Witz.«

»Das wird schon. Hilf ihr dabei.«

Sie verschränkt die Arme. »Wobei? Beim Rausfliegen?«

»Ha, ha, Cody. Weißt du nicht mehr, wie das ist, wenn man die Neue ist?«

»Doch, ich weiß es noch.« Sie schaut mich von der Seite an. »Niemand hat mir eine Chance gegeben.«

»Ach, komm. Du klingst ja schon wie Linda.«

Während Maggie ihre Papiere ausfüllt, kommt Ellen zu mir. »Geh jetzt lieber, sonst schläfst du noch im Stehen ein. Wo ist Cody?«

»Ich weiß nicht. Wahrscheinlich schmollt sie auf der Toilette. Was ist denn mit ihr los?«

Ellen wiegt den Kopf. »Allerhand, scheint mir. Wir müssen aufpassen.« Sie legt mir freundlich eine Hand auf den Arm. »Aber das können wir ein andermal besprechen. Geh heim. Geh ins Bett.« Sie lächelt anzüglich. »Ich meine, geh schlafen.«

»Leider ist *das* im Moment kein Thema. Mac ist mit der Job- und Wohnungssuche beschäftigt. Ich hab ihn schon zwei Tage nicht mehr gesehen.«

Ihr Gesicht drückt Entsetzen aus. »Zwei Tage? Zwei Tage lang keinen Sex? O Gott!«

Als Mac und ich im vorigen Jahr Freunde waren, haben wir nicht viel Zeit miteinander in unseren jeweiligen Wohnungen verbracht. Wir trafen uns im *Bailey's*, wo er Barkeeper war, oder wir gingen zusammen aus – ins Café, ins Kino, in Buchläden, in Kneipen. Wenn das Wetter es zuließ, waren wir meist im Freien. Wir gingen am Market oder Pioneer Square spazieren, joggten in den Parks oder – und das tat Mac am liebsten – fuhren auf den Fährschiffen hin und her. Tatsächlich war Mac nur ein einziges Mal in meinem Haus, und zwar, als ich mich von meiner Blinddarmoperation erholte. Und ich habe seine Wohnung überhaupt nie betreten. Als das Thema einmal in der Luft lag, schmetterte er es ab mit den Worten, es handle sich um eine Art Autobahn-Motel.

Seine neue Wohnung liegt im vierten Stock in einem der hässlichsten Häuser im Queen-Anne-Viertel. Ein sechsstöckiges, gefängnisgraues Gebäude an der Myrick Street, zwei Häuserblocks von der Queen Anne Avenue entfernt. Ich erscheine dort am Samstag gegen Mittag bei strömendem Regen mit einer Tüte von Thriftway, die ein schönes großes Filet enthält, dazu zwei große Kartoffeln, einen Kopf Romana-Salat, frischen Estragon, Olivenöl, Balsamico, Butter und einen Laib *pain de campagne* aus der Bäckerei.

»Ich weiß nicht, ob du stark genug bist für das hier«, sagt er, als er mir die Tür öffnet.

Autobahn-Motel wäre hier vielleicht ein bisschen schmeichelhaft. Das Wohnzimmer ist beige und sehr klein. Glücklicherweise gibt es nicht viele Möbel, nur einen alten Lehnstuhl, einen Schreibtisch und einen harten Holzstuhl. Ein Umzugskarton neben dem Lehnstuhl dient als Behelfstisch, und darauf liegen mehrere Nummern des Magazins *Outside,* Blöcke, Stifte und eine Ansammlung schmutziger Gläser.

Er folgt meinem Blick. »Versuch es als minimalistisches Design zu betrachten. Was ist in der Tüte?«

»Abendessen.« Er nimmt mir die Tüte ab, und ich folge ihm in die Küche, eine winzige Kombüse mit zwei Gasflammen, einem Mini-Kühlschrank und einem Spülbecken. Der Geruch nach Putzmitteln ist überwältigend.

»Tut mir Leid«, sagt er, »du hättest es mal vorher riechen sollen.«

»Warum machst du das Fenster nicht auf?«

»Es ist mit Farbe verklebt. Außerdem regnet es, falls du das nicht bemerkt hast.«

Ich wandere zurück durch das Wohnzimmer und in den Schlafraum.

Das Bett besteht aus einer Unterlage von Umzugskartons mit einer Matratze darauf. Am Kopfende und an der Wandseite dieses Bettes stapeln sich die Kartons dreifach übereinander. An sonstigem Mobiliar gibt es nur noch ein leeres Bücherregal und eine kleine Kommode, die mit Stapeln von spiralgebundenen Notizbüchern bedeckt ist.

Ich nehme eins in die Hand. »Was ist das?«

Er nimmt es mir aus der Hand und legt es wieder auf den Stapel. »Nur so Zeug.«

»Warum lässt du es mich nicht lesen?«

»Weil es nicht gut genug ist.«

»Und wenn ich verspreche, keine Noten zu vergeben?«

»Englischlehrer bleibt Englischlehrer, habe ich mir sagen lassen. Außerdem könntest du mein Gekritzel gar nicht lesen.«

»Du sprichst mit einer Frau, die schon Hunderte von Oberstufenaufsätzen korrigiert hat.«

»Wyn …« In seiner Stimme liegt auf einmal eine Ungeduld, die ich bisher nicht gekannt habe. Dann wird er nachgiebiger. »Später, ja? Ich habe ein paar veröffentlichte Artikel, wenn du absolut nicht leben kannst, ohne etwas von meiner unsterblichen Prosa zu lesen.«

»So schlimm ist es auch wieder nicht.«

Er will meine Hand nehmen, aber ich wende mich ab.

»Was ist in den Kartons?« Ich zwänge mich zwischen zwei höchst instabile Türme.

»Bücher.«

Ich fahre mit einem Finger über die Regalbretter. »Erst müssen wir abstauben. Dann können wir die Belletristik alphabetisch nach dem Namen der Autoren aufstellen. Dann kommen die Sachbücher, nach Themen geordnet. Und die Bücher könnten wahrscheinlich …«

»Ich will aber meine Bücher nicht geordnet haben. Hat dir schon mal jemand gesagt, dass du ganz schön anal bist?«

»Es geht hier nicht um anal oder nicht, sondern darum, dass man seine Bücher findet.«

»Ich finde jetzt schon einige Jahre lang alles, was ich brauche, danke. Außerdem …« Er legt mir die Hände auf die Schultern und bewirkt damit, dass all diese kleinen flatterigen Dinger in meinem Magen herumwirbeln, und deutet nach unten. Sofort vergesse ich meinen Ärger. »Ich habe eine viel bessere Idee. Diese Wohnung ist noch gar nicht eingeweiht.«

»Soll das heißen, dass du mich unter dem Vorwand hergelockt hast, wir würden Bücher auspacken und Abendessen machen, während du eigentlich ganz was anderes vorhast?«

Er bedeckt meinen Hals mit Küssen. »Bei Gott, Miss Morrison, Sie sind viel zu klug für Leute wie mich.«

Als wir aus unseren Jeans schlüpfen, fällt sein ganzes Kleingeld zu Boden, klimpert und klappert und rollt in die Ecken, aber ich bemerke es kaum, weil alle meine Hör- und Sehrezeptoren sich in Berührungsrezeptoren verwandelt haben und ich nur noch aus Haut zu bestehen scheine. Ich höre nicht einmal, dass ich seinen Namen sage, aber später erinnere ich mich daran. Wir verbringen den Rest des grauen, stillen Nachmittags in seinem schmalen Bett. Lieben uns, schlafen, lauschen dem weichen Klopfen des Regens am Fenster. Bücher morgen.

Schließlich wird der Hunger stärker als die Lust, und wir trennen uns widerwillig voneinander und von dem zerwühlten Bett, duschen und ziehen uns an. Mein Haar braucht eine Ewigkeit zum Trocknen, weil sein Föhn kein so starkes Gebläse hat wie meiner. Als ich aus dem Bad auftauche, mit feuchtem und gekräuseltem Haar, lärmt er bereits in der Küche.

Er hat seinen Werkzeugkasten ausgegraben und das Küchenfenster einen Spalt weit aufgezwängt. Der Regen ist zu einem langsamen, rhythmischen Tröpfeln geworden. Er hat sogar einen Ghettoblaster, und als wir die Antenne an die Fensterscheibe lehnen, können wir KBLU empfangen, seinen örtlichen Lieblingssender. »Nur Rhythm and Blues, Honey, den ganzen Tag«, rühmt der DJ in breitem Dialekt.

»Du hast doch bestimmt eine Pfanne?« Ich nehme Salat und Butter aus dem Kühlschrank.

Er reicht mir eine in Würde gealterte gusseiserne Bratpfanne. »Direkt aus der Gourmet-Abteilung vom Billigladen der Heilsarmee.« Er kramt im Schrank. »Ah, roter Fusel. Meine beste Flasche. Und meine einzige.« Er öffnet die Flasche, schenkt den Wein in zwei Kaffeebecher und reicht mir einen. Schmeckt gar nicht schlecht.

»Erinnere mich bitte daran, dass ich nie mit dir zum Campen gehen werde. Wenn dein normales Leben so aussieht, will ich nicht wissen, was du dir unter einfachem Leben vorstellst.«

Er krempelt die Ärmel auf und schneidet die Kartoffeln, während ich einen Topf mit Wasser aufsetze und den Salat wasche.

Im Radio versichert eine Reibeisenstimme, begleitet von einer näselnden Elektrogitarre, *You can't never tell what a woman's got on her mind.* Mac unterbricht seine Suche nach Tellern und dreht den Ton lauter. »Hör dir das an. Das ist wirklich ein Oldie. Zwanzigerjahre, schätze ich. Vielleicht jemand wie …«

»Blind Lemon Jefferson, mein Freund«, unterbricht ihn der DJ. »Auf Wunsch von Franklin DuPree, der heute Abend am Pier Eins arbeitet. Hör dir Lemons Weisheiten gut an, Franklin. Dann geh hin und tue desgleichen, mein Sohn.«

Ich versuche, so beeindruckt auszusehen, wie es der Authentizität der Musik angemessen ist, und schneide derweil das Filet in zwei Scheiben, streue Salz in die Pfanne und setze sie auf eine hohe Flamme. Die Küche ist klein, aber – das habe ich in Frankreich gelernt – auf die Größe kommt es nicht an.

Im Sommer nach meinem zweiten Studienjahr an der UCLA, der Universität von Los Angeles, machte ich ein Praktikum in einer Bäckerei in Toulouse und wohnte bei der Familie Guillaume, der die Bäckerei gehörte. Als ich zum ersten Mal in Madame Guillaumes Küche kam, war ich überrascht, was da alles nicht vorhanden war. Keine Küchenmaschine, kein Hochleistungsmixer, keine elektrische Kaffeemaschine, kein Toaster, keine Mikrowelle, kein Müllschlucker, keine Spülmaschine. Nur ein großer schwarzer Gasherd, ein paar kupferne Töpfe und Pfannen, ein paar gute Messer, Schneebesen und Löffel, ein Nudelholz, Keramikschüsseln – das war schon fast alles.

Ich sah ihr gern bei der Arbeit zu. Sie hatte kein Kochbuch. Sie kochte nach Überlieferung und Instinkt. Die einzigen schriftlichen Rezepte, die sie besaß, waren in feiner Schrift auf zerknittertem, vergilbtem, weichem Papier geschrieben. Sie waren von der Großmutter an ihre Mutter und dann an sie vererbt worden, aber sie kannte sie sowieso auswendig. Am Mittwochabend machte sie immer Steaks, und seit ich sie auf ihre Art gegessen hatte, mochte ich kein gegrilltes Fleisch mehr.

Als die Pfanne beinahe raucht, lege ich die Steaks hinein, wodurch sich auf beiden Seiten eine Salzkruste einbrennt. Dann setze ich sie auf einen Teller, lösche die Pfanne mit Balsamico-Essig ab und reduziere bis zur Konsistenz von Sirup. Dann füge ich Butter, Pfeffer und gehackten Estragon hinzu, und die Sauce ist fertig. Inzwischen zerdrückt Mac die Kartoffeln mit einer großen Gabel. Nach knapp zwanzig Minuten sitzen wir auf dem Boden, zwischen uns den Umzugskarton als Tisch.

»Das schmeckt unglaublich gut. Wo hast du das gelernt?«

»Im Grunde stammt die Zubereitung aus Frankreich. Aber die Sauce ist meine eigene Erfindung. Madame Guillaume hat immer eine echte Sauce Béarnaise aufgeschlagen.«

Er hat so eine Art, nur mit den Augen zu lächeln. »Es könnte nicht besser sein.«

»Ist deine Mutter eine gute Köchin?«

Er gießt wieder Wein in unsere Kaffeebecher und sieht nicht auf. »Nicht wirklich. Suzannes Stärke war nicht der Haushalt.«

»Das ist doch ganz in Ordnung. Sie ist Künstlerin, oder?«

Er nickt nur.

»Wie ist sie?«

»Ich weiß nicht.«

»Was soll das heißen, du weißt es nicht? Sie ist deine Mutter!«

»Wir haben uns nie vertragen.« Er bricht sein Brot in drei kleinere Stücke. Dann legt er es weg und sieht mich an. »Sie ist sehr … attraktiv. Begabt. Und eigenartig.«

»In welcher Weise eigenartig?«

»Sie war nie ganz da, nachdem – nachdem mein Vater gestorben war. Ich bin ihr nie nahe gestanden. Ich habe sogar seit Jahren nicht mehr mit ihr gesprochen.«

Ich schiebe mein letztes Stück Steak in der kalten Sauce herum. »Mein Verhältnis zu meiner Mutter war auch nicht besonders. Lange Zeit jedenfalls. Aber es ist schon komisch, wenn man darüber nachdenkt. Mütter sind auf jeden Fall an allem schuld. Wenn sie fürsorglich und liebevoll sind, erdrücken sie einen. Wenn sie ihr eigenes Leben führen oder zurückhaltend sind, sind sie kalt.«

»Manchmal beides zugleich«, sagt er ruhig. »Kommt darauf an, wo man in der Familienhierarchie steht.«

»Ich bin ein Einzelkind und war somit die Hierarchie. Wo bist du gestanden?«

Er legt Messer und Gabel ordentlich auf den Teller. »Ich habe nicht aus persönlicher Erfahrung gesprochen. Nur so allgemeine Beobachtungen.« Er steht auf und trägt unsere Teller in die Küche.

Drei

Kurz nach meiner Ankunft in Toulouse fragte mich Jean-Marc Guillaume, warum ich mir für mein Praktikum eine Bäckerei ausgesucht hätte. Ich sagte, ich wollte mir darüber klar werden, ob ich Bäckerin werden wolle.

Ein Lächeln erhellte seine kohlschwarzen Augen, und er rieb sich mit einem mehligen Handrücken über sein stoppliges Kinn. Dann sagte er: »Wynter.« Nur dass er es *Wientähr* aussprach. »…du entscheidest dich nicht für das Brotbacken, sondern das Brot entscheidet sich für dich.«

Offenbar ließ sich das Brot Zeit, bis es sich für mich entschied. Es schwieg während zweier enttäuschender Laufbahnen als Immobilienmaklerin und Lehrerin und einer katastrophalen Ehe, aber schließlich hat es dann doch gesprochen. Ich kann mir keinen anderen Beruf mehr vorstellen.

Dieser Sommer in Frankreich war ein wirkliches Erweckungserlebnis für mich, aber ich konnte nicht würdigen, was es bedeutete oder wie viel ich lernte, weil ich durch andere Dinge abgelenkt war – zum Beispiel ging ich ständig mit Jean-Marcs Schwester Sylvie und ihren Freundinnen aus, versuchte meine Unschuld zu verlieren und schlafwandelte durch die üblichen Französisch- und Landeskundestunden, die ich an der Universität belegen musste.

Damals hielt ich Jean-Marc für einen altmodischen und sturen – wenngleich unzweifelhaft attraktiven – Lehrmeister, pingelig und zu sehr fixiert auf unwesentliche Dinge seiner Arbeit. Nun mache ich das Gleiche, wofür ich ihn ausgelacht habe – zerbrösele das Brot im Restaurant, um die Krume zu beurteilen, reiße Croissants auseinander, um die Schichten zu inspizieren. Im Naturkostladen bin ich schon manchmal sonderbar angeschaut worden, als ich mit den Händen durch die offenen Weizenkörner im großen Getreidesack fuhr, und ich habe mich schon öfters dabei ertappt, dass ich in der Stille vor dem Morgengrauen einfach so dastehe und zuhöre, wie das Brot zischt und pfeift und knallt, wenn sich die heiße Kruste in der kalten Morgenluft zusammenzieht.

Ich habe schon oft gedacht, um wie viel mehr ich von Jean-Marc lernen könnte, wenn ich jetzt zurückginge und eine wirkliche Lehre absolvieren würde. Da das nicht möglich ist – zumindest nicht in absehbarer Zukunft –, experimentiere ich bei der Arbeit mit verschiedenen Rezepten und Techniken. Das ist bedeutend einfacher geworden, seit ich Dianes Anteil gekauft habe und Lindas Chefin bin, anstatt andersrum. Ich lese auch alles, was ich über Brot und Backen finden kann, und das ist viel mehr, als ich je gedacht hätte. Wie zum Beispiel *A Brief History of European Breads* von Eleanor Heinz.

Das Buch behandelt größtenteils Geschichtliches und ist ein bisschen trocken und wissenschaftlich, aber zwischen Kapiteln über die Entwicklung der Getreidemühlen und das Aufkommen von Dorfbacköfen gibt es ein paar Rezepte, die mich faszinieren. Eins davon, *La fouace aux noix,* Backofenbrot mit Nüssen, interessiert mich so sehr, dass ich immer daran denke, und so kommt es, dass ich heute Abend mit dem Buch unter dem Arm zur Arbeit erscheine.

Linda reagiert, wie zu erwarten war: mit abfälligem Schnauben und Augenrollen. »Schon wieder.«

Ich lächle und sage in meiner schmierigsten Fernsehansager-Stimme: »Vollkommen richtig, Linda! Es ist Zeit für eine weitere Episode von *Abenteuer des Backens.* Mit Ihrer Gastgeberin Wynter Morrison.«

La Fouace aux noix

1 Tütchen Hefe
1/3 Tasse lauwarmes Wasser
4 Tassen ungebleichtes weißes Mehl
1/2 Tasse Vollweizenmehl
1 Esslöffel Salz
1 Tasse lauwarme Milch
3/4 Tasse grob gehackte Walnüsse
1/2 Tasse weiche, ungesalzene Butter
Maismehl zum Bestäuben

Hefe in warmem Wasser auflösen. Beide Mehlsorten und das Salz in einer großen Schüssel mischen, eine Grube in die Mitte drücken und die Hefe hineingeben. Milch hinzufügen und gut rühren, bis der Teig locker ist. Nüsse und Butter mit einem harten Gummispachtel oder mit den Händen untermischen. Der Teig sollte jetzt ziemlich fest sein. Mit einem feuchten Tuch bedecken und an einem zugfreien Platz zwei Stunden gehen lassen. Dann 3 bis 5 Minuten durchkneten und zu einer Kugel formen. Blech mit Maismehl bestäuben, den Laib darauf setzen und 15 Minuten gehen lassen. Dann den Ofen auf 220 Grad heizen. Wenn er heiß ist, mit einer Rasierklinge oder einem sehr scharfen Messer ein Kreuz in den Teig einritzen. Ein Gefäß mit heißem Wasser auf das unterste Blech des Herdes stellen und das Brot auf das mittlere Blech legen. 30 Minuten backen, dann das Wasser entfernen, den Ofen auf 150 Grad herunterschalten und noch mal 30 Minuten backen.

Rabelais hat einmal geschrieben:

»Es gibt nichts Besseres als warme *fouace* mit Trauben und dazu einen kühlen Rosé oder einen lieblichen Vouvray.«

Während der Teig in seiner Schüssel aufgeht und Linda über ihrem Vollkornwalnussbrot grummelt, wiege ich den *levain* ab, das natürliche Treibmittel. Ich habe ihn gestern Abend von unserem *chef* aus Roggenmehl abgeteilt (solche *chefs* oder Startkulturen haben wir immer im Kühlschrank). Dann gieße ich kochendes Wasser über die Rosinen für unseren Rosinen-Pumpernickel.

»Und was hat der Doktor zu deinem Belastungstest gesagt?«

»Was?« Linda schaltet den großen Mixer aus.

»Was der Doktor gesagt hat, habe ich gefragt. Zu deinem Belastungstest.«

»Er hat mich auf Diät gesetzt.« Ihr Gesicht wird plötzlich rot und verschwollen, als wolle sie gleich anfangen zu weinen, und ihr Tonfall gewinnt eine tragische Note. »Er hat gesagt, ich soll keine Käsecracker mehr essen.«

Ich kann ihr nicht in die Augen sehen, weil ich weiß, dass es für sie schlimm ist, und ich Angst habe, ich könnte lachen.

»Schlimm genug, dass ich mit dem Rauchen aufhören musste, und jetzt das.« Sie schaltet den Motor wieder ein, ohne eine Antwort abzuwarten.

Mein Gott. Ein Leben ohne Zigaretten und Käsecracker. Was bleibt da noch?

Ellen kommt um fünf Uhr früh, wirft ihre Tasche auf einen Stuhl, packt die Flasche mit Glasreiniger und macht sich über die Vitrinen her, als empfinde sie die Fettflecken und Fingerspuren als persönliche Beleidigung. Sie trägt eine grimmige Entschlossenheit zur Schau.

Ich schalte die Espresso-Maschine ein und greife nach zwei Tassen. »Warum bist du so früh da?«

Sie geht in die Hocke, um die Theke auch unten zu säubern, und klemmt ihren langen, dünnen, dunkelroten Rock unter ihrem Hinterteil ein. »Ach, es ist das Theater mit Maggie und Cody. Sie treiben mich in den Wahnsinn. Es fehlt nicht mehr viel.« Sie steht mit einem Ruck auf und deutet mit dem Kopf auf den Ofen. »Wir müssen darüber sprechen. Ist dahinten alles unter Kontrolle?«

Ich schaue um die Ecke des Ofens.

»Ich muss etwas mit Ellen besprechen«, sage ich. »Geht das in Ordnung?«

Linda taucht gerade Schüsseln und Geräte in heißes Spülwasser und wirft mir einen Blick zu, der eine Zwiebel hätte braten können, wie meine Oma zu sagen pflegte.

»Früher hab ich *alles* allein gemacht, falls du das vergessen hast«, schnappt sie. »Klar geht das in Ordnung.«

Ich hole mir den Laib *fouace* vom Abkühl-Regal und ziehe mich vorsichtig zurück.

Ellen lässt den Espresso in die Kaffeetassen laufen und füllt mit Kaffee auf.

»Ist es so schlimm?« Ich breche eine Kante Brot ab und gebe sie ihr.

Ihre Miene erhellt sich ein wenig. »Was ist das? Etwas Neues?«

»La fouace aux noix. Walnussbrot.«

Sie probiert einen kleinen Bissen. »Mmm. Lecker.« Dann einen größeren Bissen. Dann sieht sie mich argwöhnisch an. »Wie viel Butter ist da drin?«

»Nicht so viel.« Ich lächle. »125 Gramm.«

Sie schüttelt den Kopf, lehnt aber ein zweites Stück nicht ab.

Wir sitzen an einem Tisch vom Flohmarkt und essen eine Weile schweigend. Sie trinkt einen langen, langsamen Schluck von ihrem Lebenselixier. »Aah. Schon besser.« Sie richtet sich in ihrem Stuhl ein bisschen auf.

»Also, was ist in der Tagschicht los?« Ich lehne mich zurück und schlage die Beine übereinander.

»Cody ist zu der Erkenntnis gekommen, dass wir sie als Tortendekorateurin hätten einstellen sollen. Sie hat sich sogar einen Slogan ausgedacht: *Rasante Torten für einen rasanten Tag.*«

»Was? Sie hat die Torten doch gehasst. Sie hat die ganze Zeit gestöhnt und gejammert.«

»Das war, bevor wir eine andere angestellt haben, die wir noch dazu besser bezahlen. Außerdem hat Maggie künstlerische Ambitionen, und da hat Cody sich erinnert, dass sie hier bisher als die Künstlerin gegolten hat. Jetzt macht sie ständig abfällige Bemerkungen über Maggies Arbeit, und Maggie belehrt sie über den Unterschied zwischen europäischem Zuckerguss und gerolltem Zuckerguss, zwischen Schweizer Buttercreme und italienischer – du kannst dir sicher ausmalen, was da los ist. Außerdem habe ich jetzt schon unzählige

Male gehört, dass die Konditoren bei *Booker's* nie sauber machen mussten, und sie kann es nicht fassen, dass sie im Café den Abfall wegräumen oder die Tische abwischen soll oder Ähnliches.« Ellen wirft mir einen verzagten Blick zu. »Es ist alles so lächerlich und kleinlich, aber es geht los, sobald Maggie kommt, und geht den ganzen verdammten Tag so weiter, bis Cody geht. Ich werde noch verrückt. Oder ich bring sie beide um. Das Schlimmste dabei: Es ist ansteckend. Jetzt ist Jen auf Cody wütend, weil Maggie ihr Leid tut, und Misha hat was gegen Maggie, weil sie findet, Cody hätte den Job bekommen sollen, und so weiter und so fort ...«

Sie stützt die Ellbogen auf den Tisch, legt das Kinn auf die Hände und schaut durch die Finger, die sie wie Gitterstäbe im Gefängnis über das Gesicht gespreizt hat. Sie atmet tief ein und wieder aus. »Gestern Nachmittag hat Maggie eine Torte für eine Abschiedsparty gemacht, mit dem Konterfei des künftigen Ruheständlers darauf – es war erstaunlich. Sah aus wie ein Gemälde ...«

»Ich würde ihr gern einmal dabei zusehen.«

»Mach das lieber, wenn Cody nicht da ist. Jedenfalls hat sie die Torte in den Kühlschrank gestellt, und als Cody die Buttercreme rausholen wollte, ist ihr ein Behälter mit saurer Sahne von oben runtergefallen ...«

»Sag bloß!«

»Genau in die Mitte. Wie bei einer Zielübung. Zwei Stunden, bevor die Frau zum Abholen kommen wollte.«

»Und was dann?«

»Maggie musste eine zweite Torte machen, aber es war nicht die, die sie bestellt hatte, und so fand ich, ich könnte nichts dafür verlangen. Die Frau war eigentlich recht verständnisvoll, aber trotzdem – zwei Torten zum Fenster hinaus geworfen.«

Wir schauen uns an.

»Glaubst du, sie hat es mit Absicht gemacht?«

Sie zuckt die Achseln. »Wenn es so wäre, müsste ich sie feuern. Das möchte ich aber nicht. Sie brachte ihre Entschuldigung recht überzeugend vor, aber … So etwas ist in all meinen Jahren in der Bäckerei noch nicht vorgekommen. Wir hatten schon Leute, die einander nicht leiden konnten, aber es war nie so schlimm, dass sie nicht miteinander arbeiten konnten. Ich weiß nicht, was ich tun soll.«

»Aber ich weiß etwas, was du tun solltest. Nimm dir ein langes Wochenende frei. Du siehst total fertig aus.«

Sie lacht kleinlaut. »Danke für das Kompliment. Ich bin auch total fertig. Aber ich kann mir kein verlängertes Wochenende leisten.«

»Warum nicht?«

»Weil ich fürchte, die beiden bringen einander um, wenn keiner zwischen ihnen steht.«

»Ich werde zwischen ihnen stehen.«

Sie tätschelt mir die Hand. »Danke, aber das kann ich nicht annehmen. Wo du schon die ganze Nacht arbeitest.«

»Ich werde nicht die ganze Nacht arbeiten. Linda wird dir nur zu gern bestätigen, dass sie das Brot allein machen kann. Und es geht nur um die Nacht zum Freitag. Ich komme am Freitagmorgen, und am Samstag hat Maggie frei. Sonntags haben beide frei. Cody hat Montag frei, und am Dienstag bist du wieder da.«

»Meinst du das ernst?« In ihrem Gesicht spiegeln sich Hoffnung und Zweifel zugleich.

»Aber sicher. Ein Kinderspiel.« Keine Reaktion. »Also, was ist?«

»Ja, ja. Schön, ich gehe. Jetzt kannst du nicht mehr zurück. Oh, und vergiss nicht, am Freitagnachmittag das Geld auf die Bank zu bringen.«

Gott sei Dank muss ich nicht tagsüber arbeiten.

Man hört nicht mal die Musik, weil die Kasse klingelt, die Espressomaschine Dampf ausstößt, die Leute reden, Tassen und Teller klappern. Vom Mixer ganz zu schweigen. Wer immer diese verdammten Mixgetränke erfunden hat, der sollte an die Wand gestellt und erschossen werden.

Maggie kommt am Freitag um sieben Uhr früh angeschlendert, zwei Stunden vor ihrer Schicht, mit zwei riesigen Einkaufstaschen, die sie hinten auszupacken beginnt. Sie lächelt mich verschwörerisch an.

»Hoffentlich macht es dir nichts aus, dass ich zu früh dran bin. Ich fange nicht vor neun an, aber ich wollte ein paar hübsche Sachen für den Laden vorbeibringen.«

Aus der Tasche holt sie vier schöne Weidenkörbe, eine metallene Schale mit passender Platte, bemalt mit Blumen und Früchten, und eine wunderbare hölzerne Schatulle. Es ist ein altes Teekästchen, sagt sie. Inzwischen stehen alle in der Backstube um sie herum. Cody ist vorn im Laden und macht Espresso für ein paar Frühaufsteher. Ich beobachte fasziniert ihren Versuch, einen gänzlich uninteressierten Eindruck zu machen.

»Wir haben *Tony's* – das Restaurant meines Mannes – eben neu eingerichtet«, erklärt Maggie, nur für den Fall, dass jemand die letzten drei Wochen auf dem Pluto Urlaub gemacht hat. »Ich hab alles in einem marokkanisch-gotisch-spanischen Stil dekoriert – viel dunkles, geschnitztes Holz, Schmiedeeisen, Mosaikfliesen –, es ist wunderbar. Wirkt unglaublich echt. Na jedenfalls, Tony wollte diese Sachen wegwerfen, aber ich sagte, o nein, Tony, lass sie mich in die

Bäckerei bringen. Sie könnten was Hübsches brauchen.« Sie schaut mich wieder an, ein bisschen zaghafter diesmal. »Ich hoffe, du hast nichts dagegen.«

So ungern ich es zugebe, sie hat nicht Unrecht. Unser Laden ist ziemlich schäbig, aber andererseits war er schon immer so, und den Leuten hier scheint er zu gefallen. »Du weißt doch, dass wir das nicht bezahlen ...«

»Nein, nein, so war das nicht gedacht – ich wollte es einfach machen. Ich dachte, es würde dem Laden gut tun. Die Präsentation der Waren ist ein so wichtiger Teil der Marketing-Strategie – nicht dass die Bäckerei schlecht aussähe, aber ich dachte eben ...«

»Na schön. Fang an, wir werden dann schon sehen. Aber sieh zu, dass du fertig bist, bevor der Betrieb richtig losgeht.«

Ich habe noch kaum ausgeredet, da rennt sie schon rum, arrangiert Scones in zwei Körben, Zimtrollen und Rosinensemmeln in den anderen beiden, Muffins in der Metallschale und auf der Platte, Cookies im Teekistchen. Sie nimmt sich der Blumen an, die Ellen mitgebracht hat, schneidet die Sonnenblumen ganz kurz und stellt sie in einem dicken Steinguttopf auf die Vitrine.

Als sie fertig ist, muss ich zugeben, dass alles ein bisschen ... malerischer aussieht. Es erinnert im Stil an Martha Stewart. Jen und Misha sind gebührend beeindruckt, und sogar ein paar Kunden bemerken es.

Um Viertel vor neun erscheint Myra, die Eigentümerin von Myra's Beauty Boutique nebenan, mit ihrem riesigen Kaffeebecher. Sie schaut sich ein paar Sekunden um und fährt sich dabei mit den manikürten Nägeln durch ihr langes kastanienrotes Haar. Selbstverständlich ist es nicht wirklich kastanienrot, aber ich habe auch noch nicht herausbekommen, was ihre natürliche Haarfarbe ist. Sie wechselt sie je nach Stimmung, von kessem Blond bis zu exotischem Schwarzblau.

Sie begeht den Fehler, zu Cody zu sagen: »He, ihr habt euren Laden herausgeputzt. Sieht nett aus.«

Sie wird belohnt mit einem bösen Blick und einem schnippischen: »Ja, wie ein Naturkostladen in Bellevue.«

Wie immer am Freitag erscheinen die Mazurka-Fans gegen Mittag und tragen das ihre zum Geräuschpegel bei. »Darlene sagt also, ich persönlich glaube, dass Henry ein bisschen passiv-aggressiv ist, wenn du weißt, was ich meine, und ich darauf: Das geht dich überhaupt nichts an. Und dann sagt sie …«

Um ein Uhr dröhnt mir der Kopf. Außerdem bin ich erschöpft, weil ich in der vergangenen Nacht nicht schlafen konnte. Ich zeichne die Stechkarten ab, verteile die Gehaltsschecks, zähle das Geld und fülle den Einzahlungsbeleg aus. Ich brenne darauf, hier wegzukommen. Ich fühle mich ein bisschen schuldig, weil ich vor dem Saubermachen gehe, aber nicht schuldig genug, um noch zu bleiben. Und ich bin froh um die Ausrede, dass ich zur Bank muss. Wie hält Ellen das bloß aus?

Am Samstagmorgen bin ich um fünf Uhr hellwach, also ziehe ich mich an und gehe ins Geschäft.

»Muss nett sein, tagsüber zu arbeiten wie normale Leute«, sagt Linda spitz.

»Du weißt genau, dass du um keinen Preis mit all diesen Leuten zusammenarbeiten möchtest.«

Ausnahmsweise stimmt sie mir zu. »Genau. Zum Beispiel diese Mazurka-Schwachköpfe. Du hättest mal den Laden sehen sollen, als ich gekommen bin. Überall Brösel.

Schmutzige Schneebesen und Messer einfach zu den sauberen gesteckt. Überall auf dem Boden klebriges Zeug.« Sie lacht ihr boshaftes kleines Lachen. »Diese Idioten würden keine fünf Minuten überleben, wenn ich dabei wäre.«

»Aber die Kunden auch nicht«, murmele ich.

»Was?«

»Ich sagte, warum gehst du nicht heim? Ich übernehme das Saubermachen.«

Ich stehe an dem großen Spülbecken. Auf dem schmutzigen Spülwasser schwimmen noch ein paar blassgraue Schaumreste. Cody klopft an die Tür.

»Hi, Cody, wie geht's?«

»Riesig.« Sie rumpelt an mir vorbei, nimmt eine Schürze vom Stapel und zieht sie über den Kopf. Sie reicht ihr beinahe bis zu den Knöcheln.

»Das ist anscheinend eine von den extra langen«, sage ich. »Soll ich dir eine kleinere suchen?«

»Die passt schon.« Sie nimmt ein Tablett mit Muffins und trägt es in den Laden. Ich folge ihr mit den Scones und sehe, dass sie das Tablett in die Auslage schiebt.

»Warum tust du die Muffins nicht in die Metallschale?«

Sie steht eine Minute vollkommen ruhig da. Ich sehe ihr an, dass sie mir gerne sagen möchte, wohin ich mir die Muffins stecken soll. Schließlich zieht sie das Tablett wieder heraus und kippt es über der Schale, sodass die Muffins wie Steine hineinrutschen. Dann stellt sie sie auf die Vitrine und schaut mich herausfordernd an. Eigentlich sollte ich wütend sein, aber sie sieht aus wie eines dieser kleinen Kinder mit den riesigen, traurigen Augen und der schimmernden Träne auf der Backe auf einer schrecklichen Seidenmalerei.

»So können wir sie nicht in die Auslage stellen«, sage ich.

»Tja. Pech, dass Miss spanisch-marokkanisch-gotischer Stil nicht da ist, um meine Fehler auszubügeln.«

»Cody, kannst du dich heute nicht einmal beherrschen? Maggie ist nicht da, also beruhige dich, ja?«

Sie zuckt die Achseln. »Von mir aus.« Ihre Augen verdunkeln sich, und ich glaube, sie möchte noch etwas sagen, aber da klopft es an der Tür, und sie geht, um Misha hereinzulassen.

Als Nächste kommt Rose, unsere Aushilfe für die Vormittage am Wochenende. Sie ist eine Studentin mit einem Vollstipendium, lebt bei ihren Eltern in der Eighth Street und sieht aus wie Alice im Wunderland. Wenn wir zwei von ihrer Sorte hätten, könnten wir wahrscheinlich auf alle anderen verzichten. Sie lächelt gern, ist ein Mathe-Genie und vergisst nie, wer was bestellt hat und was es kostet. Normalerweise nimmt sie nur die Bestellungen auf und sitzt an der Kasse, aber bei Hochbetrieb ist sie durchaus imstande, Latte macchiato zu machen, die Tische abzuräumen, die Zuckerdosen, Salz-, Pfeffer-, Kakao- und Zimtstreuer aufzufüllen, sogar die Tabletts und Körbe mit Backwaren nachzufüllen. Und das Beste ist, man braucht ihr nicht zu sagen, was Hochbetrieb ist.

Um halb neun sind wir voll im Stress. Mrs. Gunnerson, die meiner Schätzung nach die älteste Bewohnerin in der Gegend von Queen Anne Hill ist, hat uns bereits ihren wöchentlichen Besuch abgestattet. Sie kommt jeden Samstagmorgen, immer in der gleichen schwarzen Jerseyhose, einer Bluse von so grellem Pink, dass einem die Augen wehtun, und einem senfgelben Pullover unter ihrem grünen Regenmantel. Ihr dünnes weißes Haar ist mitten auf dem Kopf zu einem kleinen Büschel zusammengedreht, sodass sie irgendwie aussieht wie eine sehr bunte Kerze.

Sie betrachtet mindestens zehn Minuten lang alles, was

wir in den Vitrinen haben, erkundigt sich nach den Zutaten jedes Gebäckstücks, nur um schließlich zu fragen: »Haben Sie keine Doughnuts?«

Jeden Samstag erklärt Rose, dass wir, nein, leider keine Doughnuts machen, aber wie wäre es mit einem schönen Heidelbeer-Muffin stattdessen? Mrs. Gunnerson sagt jedes Mal: »Ihr Mädchen solltet wirklich mal lernen, Doughnuts zu machen.« Aber sie nimmt ein Muffin und eine Tasse heißes Wasser, geht zu ihrem Tisch am Fenster – und Gott stehe dem ahnungslosen Neuling bei, der sich vielleicht an ihren Tisch gesetzt hat –, öffnet ihre riesige Handtasche, nimmt einen Constant-Comment-Teebeutel heraus und genießt ihr Frühstück.

An diesem Morgen informiert mich Delia Rae Johnson, auch eine Stammkundin, wenn auch längst nicht so alt wie Mrs. Gunnerson, in einer Art Bühnenflüstern, dass die Toilette kaputt ist, und so muss ich die Theke für einen Augenblick verlassen, um nachzusehen. Zu meiner größten Erleichterung ist nur die Kette gerissen. Seitdem ich in CMs alte Wohnung mit ihrer störungsanfälligen antiken Toilette eingezogen bin, gehöre ich zu den führenden Experten auf dem Gebiet der Toilettenreparaturen.

Das Problem ist, dass eines der mittleren Glieder gebrochen ist, sodass beide Teile zu kurz sind. Sie müssen irgendwie wieder verbunden werden. Als ich zur Kasse zurückgehe, um eine Büroklammer zu holen, diskutiert eine blonde Frau in Jeans und pinkfarbenem Sweatshirt gerade mit Rose, und ich stelle fest, dass die Kunden schon bis auf die Straße hinaus anstehen.

»Tut mir furchtbar Leid«, sagt Rose. »Ich finde unter diesem Namen keine Bestellung. Könnte es ein anderer Name gewesen sein?«

Die Frau verschränkt die Arme. »Warum sollte ich wohl eine Bestellung unter einem fremden Namen aufgeben?«

Als Rose mich sieht, wirft sie mir ein nervöses Lächeln zu. »Wyn, könntest du mir einen Moment helfen?«

»Klar. Um was geht es?«

Bevor Rose noch etwas sagen kann, sprudelt die Frau hervor: »Es geht darum, dass die Geburtstagstorte für meinen Sohn nicht zu finden ist. Siebenjährige haben für so etwas nicht viel Verständnis.«

Ich bin versucht zu sagen: Siebenundzwanzigjährige auch nicht, aber ich lächle sie stattdessen bemüht zuversichtlich an. »Bestimmt ist sie hinten. Vielleicht ist sie in einen anderen Kühlschrank gestellt worden.«

»Wyn.« Das ist wieder Delia Rae. »Schätzchen, ich weiß, dass du viel zu tun hast, aber meine Schwiegermutter muss dringend mal. Ist die Toilette gerichtet?«

»Nur zwei Minuten, Delia. Ich hole bloß schnell eine Büroklammer.«

»Eine Büroklammer?« Sie schüttelt ihr hennarotes Haar. »Schätzchen, das ist wichtiger als dein Papierkram. Sie muss jetzt gleich.«

»Mit der Büroklammer will ich ja die Toilette richten, Delia …«

»Die Geburtstagsparty meines Sohnes ist um halb zwölf«, sagt die blonde Frau. »Ich muss die Luftballons noch aufhängen, und der Mensch mit der Hüpfburg kommt um halb elf, und ich brauche die Torte …«

»Ich richte jetzt die Toilette«, verkünde ich. Meine Worte hallen, weil alle im Laden verstummt sind, um mitzukriegen, was da an der Kasse los ist. Ich senke die Stimme. »Und dann komme ich sofort zurück und kümmere mich um Ihre Torte. Wie war der Name?«

»Sein Name ist Leigh Adams. Und zwar L-e-i-g-h, nicht L-e-e. Aber ich heiße Ann Carpenter. Ich bin zum zweiten Mal verheiratet und …«

Bevor sie mir ihre ganze Lebensgeschichte erzählen kann, eile ich in Richtung Toilette davon.

Fünf Minuten später ist Delias Schwiegermutter glücklich in der Toilette verschwunden, und Cody und ich durchsuchen die Kühlschränke nach einer Power-Rangers-Torte. Vergeblich.

Ann Carpenter versucht, Ruhe zu bewahren, tritt aber vor der Kasse von einem Fuß auf den anderen.

»Mrs. Carpenter«, beginne ich.

»Miss Carpenter. Als ich mich von Charlie Adams scheiden ließ, nahm ich meinen Mädchennamen wieder an. Wo ist die Torte?«

»Tut mir furchtbar Leid, aber ich kann sie nicht finden.«

Sie schließt die Augen. »O Gott, nein. Das können Sie mir nicht antun. Mein Mann wollte die Torte bei Thriftway bestellen, aber ich sagte, Nein, wir kaufen sie in der Queen Street Bakery. Sie haben die besten, und sie sind so zuverlässig. Genau das habe ich gesagt. *So zuverlässig.* Was soll ich jetzt machen?«

»Miss Carpenter, nachdem die Zeit so knapp ist, mache ich folgenden Vorschlag: Wenn Sie eine von unseren normalen Torten haben wollen, kann unsere Konditorin eine Geburtstags-Dekoration darauf machen, kostenlos natürlich. Oder wenn Sie« – ich schlucke schwer – »woanders eine fertige Torte kaufen wollen, werden wir Ihnen gerne die Kosten er-«

»Aber dann ist es nicht Power Rangers.«

»Leider nein.«

»Ich kann es nicht fassen.«

»Tut mir so Leid. Ich fühle mich grässlich.«

»Nicht halb so grässlich, wie sich mein Sohn fühlen wird, wenn ich ihm sage, dass er keine Power-Rangers-Torte haben kann. Er redet schon die ganze Zeit davon.«

»Miss Carpenter, wenn Sie eine von unseren Torten wollen, kann sich Cody sofort an die Arbeit machen. Es wird höchstens eine halbe Stunde dauern.«

»Ich habe nicht genug Zeit, um noch mal herzulaufen, bloß weil Sie meine Bestellung verschusselt haben. In drei Stunden fällt eine Horde Siebenjähriger bei uns ein.«

»Ich werde die Torte persönlich bei Ihnen abliefern, wenn Sie mir Ihre Adresse und Telefonnummer geben. Ich sage Cody sofort Bescheid.«

Als wir an diesem Samstagnachmittag um drei schließen, kommt mir die Nachtschicht mit Linda richtig paradiesisch vor.

Alle, und ich ganz besonders, sind froh, als Ellen aus Whidbey zurückkommt, erholt und zufrieden wie nach einer Hochzeitsreise. Diese glückliche Stimmung hält so lange an, bis ich ihr das Rätsel um die verschwundene Power-Rangers-Torte vorlege. Sie spricht mit Maggie, aber die leugnet ganz entschieden, mit Miss Carpenter oder irgendjemand sonst über eine Power-Rangers-Torte gesprochen zu haben. Ellen sieht sich alle Bestellungen der vergangenen Woche auf dem Klemmbrett an, und wir beide gehen die Hefter durch. Jen und Misha rücken die Theke beiseite und kriechen am Boden herum, weil die Bestellung ja vielleicht runtergefallen sein könnte.

Die ganze Zeit zeigt Cody eine bewundernswerte Zurückhaltung. Keine Schadenfreude, keine Schuldzuweisung. Kein geflüsterter Hinweis, sie habe es gleich gesagt, dass Maggie zum Problem werden würde. Still und tüchtig erledigt sie ihre Arbeit.

Am Freitagmorgen kommt Ellen, macht wortlos unseren Espresso und winkt mir dann, ich solle mich zu ihr setzen. »Ich habe Cody gestern heimgeschickt. Sie ist drei Tage lang offiziell ohne Bezahlung von der Arbeit suspendiert.«

»Warum? Was ist passiert?«

»Ann Carpenter hat gestern angerufen. Sie wollte sich eigentlich nur bedanken für die Art, wie du die Krise gemeistert hast. Aber zufällig erwähnte sie auch, sie habe auf ihrem Kalender nachgesehen und festgestellt, dass sie die Bestellung am dreiundzwanzigsten aufgegeben habe. Das war ein Samstag. Maggie arbeitet am Samstag nicht …«

»Aber Cody.«

Sie nickt. »Genau.«

»Was hat sie gesagt, als du sie deswegen gefragt hast?«

»Sie hat alles abgestritten. Du weißt schon, aufrichtige Empörung, ungerechtfertigte Verdächtigung und so weiter. Ich weiß nicht, was ich mit ihr machen soll.« Sie wischt sich die Hände an ihrer schwarzen Hose ab.

»Tja – wenigstens wissen wir jetzt, warum manche Tierarten ihre Jungen fressen.«

»Ich möchte sie nicht entlassen, aber wir können ihr auch nicht dauernd über die Schulter schauen.«

»Wie lang ist sie schon hier? Zwei Jahre?«

»Fast. Eine Freundin hat sie hergebracht, eine Beratungslehrerin an der Queen Anne Highschool. Ihre Mutter hat die ganze Familie sitzen lassen – Cody, ihre Schwester Tate und den Vater. Hatte keine Lust mehr auf das Hausfrauendasein. Ich glaube, sie studiert jetzt. In Wyoming. Oder war es Montana?«

Sie steht auf, reißt eine neue Tüte Espresso-Kaffeebohnen auf und leert sie in die Mühle.

»Cody und Tate – ziemlich eigenartige Namen für Töchter.«

»Wie auch immer, Cody war Cheerleader und eine Musterschülerin, aber dann hat sie sich auf einmal nirgends mehr engagiert, ihre Noten stürzten ab, und sie geriet in schlechte Gesellschaft. Glücklicherweise konnte Sandra sie in einer Art Berufsoberschule unterbringen, und vorigen Juni hat Cody mit Ach und Krach den Highschool-Abschluss geschafft. Seitdem arbeitet sie Vollzeit, und sie macht ihre Sache gut. Ich mag sie wirklich gern, aber sie hat eben all diese Probleme.«

»Wo ist ihre Schwester?«

»Sie studiert und wohnt noch zu Hause. Ich glaube, sie und Cody haben ein gutes Verhältnis, aber Tate hat schließlich ihr eigenes Leben.«

»Studiert sie nicht Kunst?«

»Cody?« Sie schüttelt den Kopf. »Sie hat das Studium im vorigen Semester geschmissen.«

»Macht sie nichts außer der Arbeit hier?«

Ellen lacht. »Ich denke, da gibt es Schlimmeres.«

»Du weißt schon, was ich meine. Die Arbeit als Bedienung muss nach ihren früheren glänzenden Leistungen doch ziemlich langweilig für sie sein.«

»Ja, klar. Vielleicht ist das gerade das Problem. Aber sie hat doch immer gesagt, dass sie das Tortenverzieren hasst. Ich konnte nicht ahnen, dass sie sich dann so daran klammern würde.«

Ich tunke meinen Keks in den Espresso und rühre herum, bis sich sein Ende in matschige Brösel auflöst. »Glaubst du, sie kommt wieder?«

Sie zuckt die Achseln. »Ich hoffe es, aber ich weiß wirklich nicht, was in ihrem Kopf vorgeht.«

Das Haus der Adlers an der Phinney Ridge ist ein unscheinbarer, blassblauer Bungalow. Der Vorgarten ist typisch für den Pazifischen Gürtel und offensichtlich das Werk eines Hobbygärtners. Vorwiegend immergrüne Pflanzen, darunter einige säuberlich gestutzte und in Form geschnittene Zypressen, ein paar Rhododendren, dazwischen bronzefarbene Chrysanthemen. Der Gesamteindruck ist beschaulich, wie in einem japanischen Tempelgarten.

Die Musik dagegen, die aus dem offenen Fenster dröhnt, ist alles andere als beschaulich: Es ist die Art von Heavy Metal, die, wie Mac es ausdrückt, einem den Kopf explodieren lässt. Es überrascht mich also nicht, dass auf mein Läuten hin niemand reagiert, und ich folge einem Pfad aus Trittsteinen nach hinten und spähe durch ein Loch in der hölzernen Tür des rückwärtigen Gartens. Ich sehe einen gefliesten Innenhof, einen hölzernen Liegestuhl mit leuchtend gelben Kissen und darauf hingestreckt eine kleine Gestalt im Badeanzug, starr und steif wie eine Wurst auf dem Grill. Cody.

Sogar aus der Entfernung bemerke ich, dass sie die warme Herbstsonne nicht genießt. Ihr Körper ist angespannt, als wolle er nicht braun werden, sondern fordere die Sonne heraus, ihn zu verbrennen. Als ich die Gartentür öffne, setzt Cody sich schnell auf. Als sie mich erkennt, legt sie sich wieder hin.

»Was willst du?«

»Ich wollte nur nachschauen, wie es dir geht.«

»Schön, jetzt hast du's gesehen und kannst auf demselben Weg wieder verschwinden, auf dem du gekommen bist.«

Ich lasse mich auf einem hölzernen Gartenstuhl nieder. »George Kennedy, *Riders of the Rio Grande?*«

Sie schiebt die riesige schwarze Sonnenbrille, die sie wie eine blauhaarige Stubenfliege aussehen lässt, in die Höhe und starrt mich an. »Was?«

»Dieser Satz. Er stammt aus irgendeinem Western.«

»Na und?«

»Cody, ich möchte dich was fragen.«

»Lass mich raten. Es hat nicht zufällig was mit den Power Rangers zu tun?«

»Nun …«

»Ich finde das toll, dass jeder glaubt, ich hätte mit ihr gesprochen.«

»Und, warst du's?«

»Warum fragst du überhaupt? Ihr habt euch eure Meinung doch schon gebildet. Das kann doch nur ich gewesen sein. Ich bin so gut wie gefeuert.«

»Es ist doch nur eine Suspendierung. Ellen hat dich nicht gefeuert.«

»Sie hätte es genauso gut tun können. Und das nächste Mal wird sie es tun.«

»Wird es ein nächstes Mal geben?«

Sie verschränkt die Arme über ihrer flachen kleinen Brust.

»Ellen und ich möchten wirklich gern, dass du bei uns bleibst …«

»Dann werft sie raus.«

»Du weißt, dass das nicht geht. Wir brauchen jemand, der die Torten verziert.«

»Was ist mit mir? Nicht gut genug?«

»Nein, du machst großartige Torten, aber du hast immer gesagt, du magst das nicht.«

»Ich habe meine Meinung eben geändert. Also werft sie raus, dann mach ich die Torten.«

»Wir können ihr nicht kündigen.«

»Warum nicht?«

»Vor allem deshalb, weil sie ihre Arbeit gut macht.« Ich rutsche auf meinem Stuhl ein bisschen näher zu ihr. »Kannst du nicht kommunizieren, was dich an ihr so stört?«

»*Kommunizieren?* Du redest ja wie in L.A.!«

Ich seufze. »Du weißt schon, was ich meine. Sag's mir. Du musst doch einen Grund haben.«

»Sie ist ein Miststück.«

»Du musst dich schon ein bisschen genauer ausdrücken. Wenn es ein konkretes Problem gibt, können wir uns darum kümmern.«

Sie setzt sich auf, ihre Beine im Schneidersitz, und dreht sich zu mir. »Schön. Gut. Kannst du haben. Sie ist einfach so reinmarschiert, hat sich breit gemacht und angefangen, alle herumzukommandieren. Den Laden neu zu dekorieren. Sie führt sich auf, als wäre sie sich zu gut, um Tische abzuräumen oder Arbeitsvorbereitungen zu erledigen. Unsere hochkünstlerische Tortendesignerin, die mehr verdient als alle anderen …«

»Woher weißt du, was sie verdient? Hat sie es dir gesagt?«

»Nein, aber sie hat gesagt, es sei beträchtlich. Eine ganze Menge mehr, als sie bei *Booker's* gekriegt hat. Ich bin jetzt seit zwei Jahren hier und mache immer noch Espresso. Wieso hat mir niemand den Job angeboten? Ich könnte …«

»Wenn ich nicht unter Wahnvorstellungen leide, dann gab es mindestens drei Gelegenheiten, an denen Ellen dich bat, Torten zu machen, und du wolltest nicht …«

»Ja, klar. Nicht einfach so. Nicht, wenn ich nur für die Arbeit im Laden bezahlt werde.«

»Du hast ja nicht einmal gefragt. Du hast gewusst, dass wir Vorstellungsgespräche führen. Warum hast du nichts gesagt?«

»Es hätte nichts gebracht. Ihr haltet mich alle für schwachsinnig, bloß weil ich blaue Haare habe und nicht so eine kleine Yuppie-Prinzessin bin.«

Ich schüttle den Kopf und beiße die Zähne zusammen. »Du weißt, dass das nicht stimmt.«

»Das weiß ich nicht.«

»Merkst du nicht, wie unsicher Maggie ist? Sie möchte sich wichtig vorkommen …«

»Soll ich mich vielleicht um ihren Psycho-Scheiß kümmern?«

Ich beobachte, wie die Sonne auf dem schimmernd grünen Kopf eines Kolibris glänzt, der gerade eine rosafarbene Trompetenblüte untersucht. »Hast du mit irgendjemand über diese Sache gesprochen?«

»Mit wem zum Beispiel?«

»Ich weiß nicht. Vielleicht Tate?«

Sie schaut geradeaus, dann sagt sie: »Sie ist in Montana.«

»Bei eurer Mutter?«

Sie nickt kaum merklich.

Ich kaue an einem Fetzchen Nagelhaut herum. »Was denkst du, wann sie zurückkommt?«

»Keine Ahnung.«

Ich stehe auf. »Gut, Cody … Mehr fällt mir nicht ein. Hast du vor, wieder zu uns zu kommen?«

Ein Schulterzucken.

»Sag uns Bescheid, ja?«

Vier

Der Frühling unterscheidet sich im Nordwesten eigentlich nur dadurch vom Winter, dass es mehr Blumen gibt. Der Sommer ist launisch und unberechenbar. Er weiß selbst nicht recht, ob er bleiben oder gehen will. Ganz abgesehen davon, dass all die Touristen, die mit großen weißen Kreuzfahrtschiffen zu den Inseln oder nach Alaska unterwegs sind, in die Stadt einfallen. Und der Winter ist … nun, eben der Winter.

Der Herbst ist unbestritten die beste Jahreszeit – goldene Tage und blauer Himmel, warme Nachmittage und der Rauchgeruch von Holzfeuern. Und ein Herbst in Seattle mit Mac – nichts kann der Vollkommenheit näher kommen, jedenfalls nicht in dieser Welt. Bevor ich es merke, vergesse ich all die Merkwürdigkeiten und alle meine Befürchtungen und gehe in jenem Nebel fassungsloser Dankbarkeit und völliger Selbstbezogenheit herum, der uns einhüllt, wenn wir absolut verrückt sind nach einem anderen Menschen.

Wir machen genau das Gleiche wie im vorigen Jahr, aber die Welt erscheint mir jetzt als Farbfilm anstatt in Schwarzweiß. Wenn er meinen Arm berührt, um mir im Discovery

Park einen goldenen Adler zu zeigen, schaudere ich vor Begehren zusammen. Lange Spaziergänge am Strand – ja, es regnet, und wir werden durchnässt, na und? Wir gehen heim und wärmen uns im Bett auf. Wir besuchen billige Kinomatineen, erstehen reduzierte Konzertkarten und schauen uns Filme an der University of Washington an, unternehmen Streifzüge durch Antiquariate.

Wir fallen in jedes Eiscafé in der Stadt ein und führen unsere eigenen Geschmackstests durch. Wir joggen am Strand. Wir fahren mit der Fähre nach Bainbridge, Vashon und Bremerton. Auf das Ziel kommt es nicht an, wir wollen einfach nur auf dem Wasser sein.

Manchmal machen wir lange Spazierfahrten, auf denen ich ihm Vorträge über Emissionsstandards bei Lastwagen halte. Aber trotz meines schlechten Gewissens wegen der Luftverschmutzung liebe ich insgeheim diese Ausflüge im Elky. Egal, wo wir hinfahren, immer fragt irgendwer nach dem Baujahr oder ob er ein 454er ist oder ein Turbo Jet 400. Dabei ist Mac gar kein Autonarr. Seine Liebe zu Autos beschränkt sich auf eine gewisse Loyalität dem Elky gegenüber, die Art von Gefühl, die er wohl auch einem alten Lieblingspferd entgegengebracht hätte.

An einem Sonntagmorgen stehen wir schweigend am Wasserfall von Snoqualmie auf einer Aussichtsplattform und sehen zu, wie das Wasser über den Felsrand stürzt und in die tiefe Schlucht hinunterdonnert. Wir verprassen unser Geld für überteuerte Pfannkuchen in der rustikalen *Salish Lodge* und bleiben nach dem Essen noch eine Stunde sitzen und diskutieren über die Mariners und die Dodgers. Wir wandern auf den Wegen am Mount Rainier und bewundern die Blattfärbung, streifen wortlos durch die grünen Kathedralen des Regenwalds auf der Olympic Peninsula.

Wir essen Hamburger auf der Terrasse von *Green Lake Jake's* und schauen den Skatern und Radfahrern zu und den Familien, die sich mit Kindern und Hunden an den kühlen, sonnigen Nachmittagen rund um den Green Lake tummeln. Manchmal spielt eine kleine Karibik-Combo drüben bei der Badeanstalt, und wir kommen uns vor wie im Urlaub. Wir halten uns an den Händen und schauen uns an und trinken Bier, und man könnte beinahe vergessen, dass die frühe Dunkelheit des Winters heranrückt.

Weil es in der Bäckerei am Sonntag und Montag kein Brot gibt, habe ich am Samstag und Sonntag nachts frei. Ich gehe ins *Bailey's*, lese dort Bücher und trinke Wein. Wenn dann geschlossen wird, kommt manchmal Ros, Kennys Frau, herüber, manchmal schaut CM vorbei, und wir gehen zusammen in eins der Lokale, die auch nachts offen haben, und essen Pizza oder Thai-Gerichte oder chinesische Nudeln.

Mac und Kenny kennen die meisten anderen Barkeeper, und so schicken die uns immer eine Flasche Wein oder spendieren eine Runde, und wir essen hervorragend und reden und lachen, bis sie uns rauswerfen. Dann gehe ich mit Mac heim, und wir lieben uns, oder wenn wir zu müde sind, fallen wir einfach eng umschlungen in den Schlaf. Wenn ich im grauen Halblicht die Augen öffne, sehe ich uns als Durcheinander von Armen und Beinen und weichen, ausgeblichenen Decken.

CM sagt schließlich: »Warum gibst du ihm nicht einfach einen Schlüssel?« Also gebe ich ihm einen, und wenn sie nicht in der Stadt ist, wohnt er jetzt in unserer Wohnung. Wenn ich um elf Uhr abends zur Arbeit gehe, legt er sich schlafen. Wenn ich morgens heimkomme, trinkt er vielleicht am Fenster Kaffee oder sitzt im Bett und liest. Vielleicht schläft er auch noch und wacht erst auf, wenn ich komme. Dann ziehe ich mich aus und schlüpfe neben ihn unter die Decke, und das Bett ist warm von seinem Körper und riecht nach ihm, nach Holz, und die erste Berührung mit seiner Haut nimmt mir den Atem, wie wenn man in kaltes Wasser springt.

Er hält mich immer so lange im Arm, bis ich einschlafe, und geht dann so leise, dass ich es nicht merke. Ich wache einfach um drei auf, und er ist weg. Ich mag es, dass ich nicht zusehen muss, wenn er geht.

Als Linda verkündet, sie werde in Ruhestand gehen, herrscht Jubel in der Queen Street Bakery. Aber bevor noch die Freudenschreie verhallen, sehen Ellen und ich uns an und gestehen uns ein, dass Linda, ob wir sie nun mögen oder nicht, eine wichtige Kraft ist. Sie kann Brot backen. Sie hat in den vergangenen zwanzig Jahren höchstens ein halbes Dutzend Mal gefehlt. Sie muss ersetzt werden.

»Werden wir eine Abschiedsparty veranstalten?«

Es ist vier Uhr nachmittags, die Bäckerei ist geschlossen und die Rollläden an Türen und Fenstern heruntergelassen. Ich sitze auf einem der Cafétische, die Beine übereinandergeschlagen, während Ellen die Tageseinnahmen zählt.

»Was anderes bleibt uns nicht übrig«, sagt sie. »Wir müssen es zumindest anbieten. Sie war so lange hier.«

»Da bin ich gespannt, ob überhaupt jemand kommt.«

»Wir machen das gleich nach ihrer Schicht, da sind die Vormittags-Leute hier. Es muss ja nichts Großartiges sein, nur Softdrinks, Kaffee, Tee, ein Kuchen.«

»Ich kann sie mir nicht im Ruhestand vorstellen. Sie

wird niemanden mehr schikanieren können. Was will sie tun?«

»Sie hat mir erzählt, dass sie eine Zeit lang zu ihrer Schwester gehen will.«

»Sie hat eine Schwester?«

»Irgendwo in Idaho. Sandpoint oder so.«

»Na toll. Vielleicht trifft sie ein attraktives Elchmännchen und gründet mit ihm einen Hausstand.«

Ellen muss lachen. »Aber jetzt ...« Sie trinkt ihren letzten Espresso aus. »Schätze, wir müssen eine Anzeige in der Sonntagsausgabe bringen. Ich glaube, Anzeigenannahmeschluss ist am Donnerstag um zehn.«

»Wann ist ihr letzter Tag?«

»Gestern in zwei Wochen.«

»Da bleibt uns nicht viel Zeit.«

»Weißt du ...« Sie sieht mich abwägend an. »Wir haben im Moment nicht gerade massenhaft Geld. Es wäre schön, wenn wir einen Teil von dem, was wir Linda zahlen, einsparen könnten. Was hältst du davon, einen Lehrling zu nehmen? Kannst du jemanden ausbilden und gleichzeitig Brot backen?«

»Ich denke schon. Und wenn es nicht klappt, müssen wir halt jemanden mit Erfahrung finden.«

»Schön. Ich sage Cody, dass du einverstanden bist.«

Ich verstehe nicht gleich. »Was?«

Ellens Ausdruck ist verlegen und bittend zugleich. »Sie möchte es versuchen. Sie ist tatsächlich zu mir gekommen und hat gefragt, ob sie *das mit dem Brot* lernen könne.«

Ich schließe die Augen.

»Du musst nicht zustimmen.« Sie seufzt. »Aber es wäre die perfekte Lösung.«

»Ich weiß nicht, Ellen. Brotbacken ist ...«

»Ich meine, damit würde sie aus dem direkten Konflikt mit Maggie herauskommen. Sie arbeitet bereits hier und weiß schon, wie die Sache läuft und wo alles ist …«

»Ich fürchte, sie wird sich langweilen.«

»Langweilen tut sie sich jetzt schon. Sie braucht etwas Neues, um sich abzulenken.«

»Es ist schwere Arbeit, und zieht sie am Abend nicht gern durch die Kneipen?«

»Ich glaube, sie sieht zu dir auf.«

»Das kommt daher, dass ich zwanzig Zentimeter größer bin als sie.«

»Nein wirklich, sie tut es. Kannst du ihr nicht eine Chance geben? Ich glaube, wenn wir nichts unternehmen, wird sie nicht mehr lang bei uns bleiben.«

Die Vorstellung, einen Lehrling zu haben, war eine Sache. Die Realität war eine andere. Ich hatte zuvor noch nie eine Assistentin gehabt. Unterrichten konnte ich, das hatte ich ja bereits an einer Highschool bewiesen. Aber damals musste ich nicht meinen Job machen und gleichzeitig jemandem beibringen, wie man ihn macht. Jetzt muss ich mir Zeit nehmen, um Dinge zu erklären und Codys Fragen zu beantworten. Sie hat keine Erfahrung mit Brot und sichtlich andere Dinge im Kopf. Immer wenn ich aufblicke, starrt sie entweder in die Ferne, in Gedanken wahrscheinlich mit blutigen Racheplänen an Maggie beschäftigt, oder sie schaut mich mit großäugigem Eifer an. Schwer zu sagen, was mich mehr irritiert. Sie hat auch entschieden, dass es cool ist, mich *Boss* zu nennen, und ich kann es ihr nicht ausreden.

Eines Abends in der zweiten Woche kommt sie direkt nach mir und verschwindet sofort auf die Toilette. Anfangs bin ich zu sehr damit beschäftigt, Teig aus dem Kühlschrank zu holen, um darüber nachzudenken, aber nach ein paar Minuten fällt mir auf, dass sie immer noch drin ist. Ich gehe und klopfe an die Tür.

»Cody? Alles in Ordnung?«

»Komme sofort, Boss.«

»Ist dir schlecht?«

»Ach Quatsch.«

Dann steigt mir der unverkennbare, widerliche Geruch von Marihuana in die Nase. »Cody, mach die Tür auf, sofort.« Ich höre die Toilettenspülung und dann das Wasser im Waschbecken.

Sie macht die Tür auf, sieht mich aber nicht an.

»Was zum Teufel treibst du da drin?«

»Ich hab's weggeworfen.« Ihre Stimme ist piepsig wie die einer Comic-Maus. »Ich hab nichts genommen. Kein bisschen. Willst du an meinem Mund riechen?«

»Nicht unbedingt.«

Sie murmelt eine halbherzige Entschuldigung und fährt sich mit der Hand nervös durch die blauen Stacheln.

»Es ist mir gleich, was du in deiner Freizeit machst, aber wir zahlen dich nicht dafür, dass du high bist und in den Himmel starrst. Wie willst du auch nur eine Ahnung vom Brotbacken kriegen, wenn du zugedröhnt bist? Ganz abgesehen davon, dass hier mit heißen Öfen und scharfen Messern gearbeitet wird. Es ist gefährlich.«

Ihr Mund verkneift sich zu einem Strich. »Ich hab mich entschuldigt. Was soll ich denn sonst noch tun? Mir einen Besen in den Hintern stecken und den Boden fegen?«

Ich beiße mir auf die Zunge und überlege, ob ich ihren mageren Hintern mit der breiten Brotschaufel bearbeiten soll. »Ich habe nicht darum gebeten, dass du kommst. Ich hätte lieber eine Fachkraft eingestellt. Du hast behauptet, du wolltest das Brotbacken lernen. Oder war auch das gelogen?«

Sie starrt zu Boden, anscheinend fasziniert von ihren schwarzen Doc Martens. Ein glänzender runder Fleck erscheint auf einer Schuhkappe. Dann auf dem Boden. Ich brauche ein paar Sekunden, um zu erkennen, dass es Tränen sind.

»Cody ...« Ich entschuldige mich zwar nicht, aber ich komme mir wie ein Ungeheuer vor. *Mein Gott, warum kann ich nicht einfach allein arbeiten?* »Sag mir nur eins: Was willst du wirklich?«

Sie wischt sich mit der Hand über die Augen und würgt hervor: »Was?«

»Du sollst mir sagen, was du eigentlich willst. Willst du überhaupt in der Bäckerei arbeiten?«

»Ja.«

»Ich weiß, dass es mit der Nachtschicht nicht so einfach ist. Dein Privatleben wird dadurch ziemlich durcheinander gebracht.«

Sie macht ein komisches kleines Geräusch. »Was für ein Privatleben?«

»Möchtest du lieber tagsüber arbeiten?« Ich weiß, dass das nicht nett von mir ist, aber ich hoffe trotzdem sehr, dass sie ja sagt.

»Nein.« Sie schluckt ein paar Mal und sieht mich endlich direkt an. »Ich möchte Brot backen. Wie du.«

Ich seufze tief. »Dann müssen wir uns darüber einig werden, wie die Sache laufen soll. Ich kann nicht mit jemandem arbeiten, der ein Kindermädchen braucht.«

Sie schiebt sich hinter mich, in Richtung Arbeitsplatz.

»Hier.« Ich reiche ihr den teigverkrusteten Haken der Mischmaschine. »Mach das sauber.«

»Ich hab's satt, immer sauber zu machen«, sagt sie. »Ich will Brot machen. Ich bin nicht dumm. Möchtest du acht Stunden am Tag Espresso machen und Muffins auf Teller legen? Gib mir eine Chance. Gib mir noch etwas anderes zu tun außer die verdammten Haken zu säubern und das Mehl zu wiegen. Das könnte jeder Trottel machen.«

»Du hörst das vielleicht nicht gern, aber als ich in deinem Alter war, arbeitete ich einen Sommer lang in einer *boulangerie,* und willst du wissen, was sie mich machen ließen? Geräte waschen. Zutaten wiegen. Brot ins Regal einräumen. Und den Bäckern zuschauen. Gegen Ende des Sommers bekam ich einen Eimer Teig, den ich kneten und formen durfte, und dann hat Jean-Marc meine Brote gebacken und mir gezeigt, was alles nicht stimmte mit ihnen. Ich war den ganzen Sommer da und bekam nie Teig in die Hand, der als Brot verkauft werden sollte.«

Eine Minute lang schweigt sie. »Soll das heißen, dass ich drei Monate lang nichts anderes tun darf als dir zuschauen?«

»Das habe ich nicht gesagt. Aber du musst bei der Vorbereitung und beim Saubermachen deinen Teil erledigen. Und du musst tun, was ich dir sage.« Ich bemühe mich um ein gewinnendes Lächeln. »Ich Boss, du Lehrling.«

Sie verdreht die Augen zur Decke. »Bedeutet das, dass ich über deine Witze lachen muss?«

»Ja. Absolut. Pass auf, wir versuchen es so: Ab morgen gehört es zu deinen Aufgaben, jede Woche ein Brot selbst zu machen. Ich meine, einen Laib. Ich gebe dir während der Nacht genügend Zeit. Du sollst es zuerst auf die direkte Art versuchen, also mit fertiger Hefe, und dann mit bereits aufgegangenem Teig. Dann mit Startkultur. Ich beantworte deine Fragen, wenn du mich brauchst, aber grundsätzlich bist du selbstständig. Morgen Nacht gebe ich dir das Rezept für ein einfaches weißes Landbrot.«

»Okay.«

Sie zeigt keine übermäßige Begeisterung. Ich will weggehen, aber sie sagt: »Wirst du es Ellen erzählen?«

Ich schüttle den Kopf. »Es ist ihr egal, wie wir uns arrangieren.«

Sie wird rot. »Ich meine, wegen dem Gras.«

»Oh.« Das hatte ich beinahe schon vergessen. »Kommt darauf an.« Ich hole meine strenge Lehrerinnenstimme hervor. »Wenn du versprichst, dass es nicht wieder vorkommt, wollen wir es als einmaligen Ausrutscher betrachten und das Ganze vergessen.«

»Ich verspreche es.«

Ich liebe Thanksgiving. Es ist der einzige amerikanische Feiertag, der ausschließlich der Zubereitung und dem Verzehr von Essen gewidmet ist.

Als ich ein Kind war, gingen wir immer zu meiner Großmutter in San Francisco, und außer uns kamen noch die paar alten Tanten, die noch am Leben waren, ein oder zwei entfernte Cousins und Mr. Lewis, der nörgelige Junggeselle, der mit meinem Großvater gearbeitet hatte. Das Abendessen war sehr formell, mit gestärktem weißem Leinen, Kristallgläsern und einer Menge Silberzeug, von dem ich nicht wusste, wozu es gut war, mit Salzstreuern und Fingerschalen und sechs Gängen. Aber das machte mir nichts aus.

Das Wetter war immer nass und kalt, sodass man ohnehin nicht draußen spielen konnte, und ich verbrachte den ganzen Mittwoch gern mit meiner Mutter und meiner Oma in der großen, warmen Küche. Ich durfte zuerst die

Servietten bügeln und falten, dann den Tisch mit den goldgeränderten Tellern decken. Es gefiel mir, wie da zwischen Ofen, Herdplatte und Kühlschrank herumjongliert wurde, und ich mochte das Probieren, das Umrühren und den Familienklatsch, der die Arbeit begleitete.

Dieses Jahr liegt Thanksgiving am Ende eines total verregneten Monats. CM und ich haben ein paar Leute zum Essen eingeladen – Mac, Kenny und Ros. In einem Anfall von Gutmütigkeit wollte ich auch Cody einladen, aber sie sagte, sie würde nach San Francisco fliegen.

Das überraschte mich. »Was hast du denn da vor?«

Ihr Gesichtsausdruck lag irgendwo zwischen angeödet und verärgert. »Mein Dad«, sagte sie. »Er heiratet.«

»Das ist ja aufregend. Kennt er die Frau schon länger?«

Sie zuckte die Achseln. »Ich hab sie erst im September kennen gelernt.«

»Und? Wollen sie dort unten leben?«

Ein Seufzer. »Sie zieht zu uns.«

»Wie ist sie?«

Cody schüttete geröstete Haselnüsse in die Schüssel der kleinen Mischmaschine. »Betty Crocker.« Als sie meinen ratlosen Blick sah, fügte sie hinzu: »Ein Hausweibchen. Du weißt schon – Thunfischauflauf jeden Abend Punkt sechs.«

Mein erster Gedanke war, dass Codys Dad höchstwahrscheinlich fand, ein Hausweibchen sei das Richtige für ihn. Mein zweiter, dass es aber offensichtlich nicht das Richtige für Cody war.

Das Kochen für Thanksgiving erledige hauptsächlich ich. CM kann Sachen klein schneiden und in der Küche sauber machen, aber davon abgesehen ist sie eine kulinarische

Niete. Meist kümmert sie sich darum, dass das Feuer nicht ausgeht, und betätigt sich in der Küche als Oberaufseherin und selbst ernannter Cheerleader. Um zwölf erscheint Mac mit sechs Flaschen Wein und ein paar Kassetten. CM schaut sich die Flaschen an.

»‹Ooh, Côtes du Rhone. Mmm, Riesling aus dem Elsass. Gut gemacht, Barmann!‹

Ich müsste eigentlich inzwischen daran gewöhnt sein, aber es gibt mir doch einen Stich, zu sehen, wie er sich ein bisschen gerader aufrichtet und sich im Glanz ihrer Anerkennung sonnt. Sie bringen den Riesling im Kühlschrank unter.

»Hey, macht ihn nicht ganz voll«, grummele ich. »Ich brauch noch Platz für den Salat und die Mousse.«

Ein paar Minuten später klingelt es wieder, und unsere kleine Diele ist plötzlich voll mit Lärm und nassen Mänteln und tropfenden Regenschirmen.

Unter dem Motto »Laden Sie an Thanksgiving ein Waisenkind ein« haben Ros und Kenny angefragt, ob sie einen Freund mitbringen dürfen. So lautet jedenfalls die offizielle Version. Steve Grimaldi ist ein großer, stattlicher Busfahrer mit riesigen dunklen Augen. Ich erinnere mich, dass er einmal in der Nacht mit uns zu *Hong Chow's Noodle Parlor* gegangen ist, als *Bailey's* geschlossen hatte, und ich bin ziemlich sicher, dass er sich die Einladung geangelt hat, um CM wiederzusehen.

Ich stupse sie mit dem Ellbogen an, als wir nebeneinander am Spülbecken stehen. »Ziemlich süß, *n'est-ce pas?*«

»Na, jedenfalls haben wir jetzt genauso viel Jungs wie Mädchen«, sagt sie mit einem gleichgültigen Lächeln.

Aus dem Wohnzimmer höre ich das gedämpfte Geschrei von Football-Fans und die aufgeregte Stimme des Reporters. Ros erscheint mit einem Kartoffelgratin. »Hier riecht es ja wunderbar. Genau wie es an Thanksgiving riechen soll.« Sie trägt einen grauen Rock und einen burgunderfarbenen Rollkragenpullover und strahlt. Ihr dunkles Haar ist glänzend gebürstet, und elektrisch aufgeladene Härchen bilden einen Heiligenschein um ihr Gesicht. Ich glaube, ich habe sie bisher noch nie mit Make-up gesehen. »Wo soll ich mein Gratin hinstellen? Und was kann ich helfen?«

»Stell es einfach auf den Herd.« CM lächelt. »Mein Küchenchef hat alles unter Kontrolle, da gibt es nicht viel zu tun. Was machen denn die Männer?«

Ros zieht ein Gesicht. »Football. In ein paar Minuten werden sie sich gegenseitig beschnüffeln und ihr Territorium markieren.«

»Dann feiern wir eben ohne sie.« CM nimmt eine Flasche Champagner aus dem Kühlschrank, und ich stelle drei Gläser hin.

»Für mich nur ein kleines Schlückchen«, sagt Ros und zeigt mit Daumen und Zeigefinger vielleicht zwei Zentimeter an.

Wir schauen sie beide überrascht an, und sie errötet. »Ich soll eigentlich nichts sagen, bevor wir es offiziell verkündet haben, aber ich bin schwanger.«

»Großartig!« CM und ich umarmen sie gleichzeitig.

»Das ist ja wunderbar! Herzlichen Glückwunsch. Ups!« CM leckt Champagner von ihrem Finger, als er in ihrem Glas überschäumt.

»Dann müssen wir eben mehr trinken. Auf dich, natürlich.«

»Bitte tut überrascht, wenn Kenny es verkündet. Er ist restlos begeistert.«

Wir stoßen an und flüstern ungeduldige Fragen. »In welchem Monat bist du? Weißt du schon, was es wird? Hast du dir schon Namen ausgedacht?«

»Es kommt im Mai«, sagt sie, »und ich weiß nicht … nun, offiziell weiß ich nicht, was es wird. Es heißt, dass man das Geschlecht erst mit zwanzig Wochen bestimmen kann, aber ich habe das Gefühl, dass es ein Mädchen ist.«

CM grinst. »Auf das kleine Mädchen!«

Kochen ist nicht CMs Stärke, aber Tischdecken kann sie wunderbar. Sie holt das Porzellan mit dem Rosenmuster von ihrer Großmutter heraus, die geschliffenen Gläser, die sie aus Wien mitgebracht hat, und das zusammengewürfelte Silberbesteck, das sie auf ihren Reisen in verschiedenen Antiquitätenläden im ganzen Land gekauft hat. Statt Blumen gibt es eine Schale mit bunten Blättern, Nüssen, Pinienzapfen und mahagonifarbenen Rosskastanien.

Während die Brötchen im Herd warm werden, mischt Ros den Salat, ich schlage die Sahne für die Kürbis-Mousse, und CM kramt in den Schubladen nach Servierbesteck und Untersetzern für die heißen Schüsseln. Wir arrangieren die Gerichte auf der Theke und schenken Wein aus, während die Männer gebannt vor dem Fernseher sitzen und alle paar Minuten aufspringen, um sich über die Blindheit der Schiedsrichter zu empören oder sich gegenseitig abzuklatschen.

Wir halten einen Moment inne und sehen ihnen zu.

»Und ich dachte, Furzen sei ihr einziger Spaß«, bemerkt CM trocken.

Ros runzelt nachdenklich die Stirn. »Nein, meine Liebe. Jede verheiratete Frau weiß, dass das für sie das Vorspiel ist.«

Als wir alle am Tisch sitzen, vor Tellern, auf denen sich Truthahn mit Soße türmt, Innereien nach dem Rezept meiner Großmutter, Kartoffelgratin, Romanobohnen mit gerösteten Mandeln, Spinatsalat und selbst gebackene Brötchen, sagt Kenny: »Das klingt jetzt vielleicht sentimental, aber ich möchte euch gerne mitteilen, wofür ich heute dankbar bin.« Er hebt sein Glas. »Für gute Freunde und großartiges Essen.« Er wendet sich Ros zu, und ich möchte schwören, dass seine Kontaktlinsen sich beschlagen. »Und für meine schöne Frau Rosalind, die mich bald zum Vater machen wird.«

Während alle durcheinander rufen und klatschen, Kenny die Hand schütteln und aufspringen, um Ros mit gespielter Überraschung zu umarmen, beobachte ich, wie die Überraschung auf Macs Gesicht dem bekannten unbeteiligten Ausdruck weicht. Dann fasst er sich.

»Also kann man doch einem alten Pferd noch neue Kunststücke beibringen.« Lachend schlägt er Kenny auf den Rücken und küsst Ros.

Nach zweiten – teilweise dritten – Portionen, nach Kürbis-Mousse und Kaffee sitzen wir in satter Starre herum, nippen am Brandy und ziehen mit dem Finger Muster in die zerlaufene Schlagsahne. Mac legt eine seiner Kassetten ein, und wir sehen zu, wie der Nachmittag in frühem Abenddunkel versinkt und die Lichter draußen blinken.

Steve und Mac unterhalten sich über ihre Erlebnisse beim Felsklettern, CM schildert ihr neues Tanzprojekt, bei dem es um Karyatiden – altgriechische Tänzerinnen – geht. Kenny, der auf einer Farm aufgewachsen ist, beschreibt in allen abstoßenden Einzelheiten, wie sein Vater jedes Jahr den Truthahn für Thanksgiving geschlachtet hat, und als Ros ihm einen Muss-das-wirklich-sein-Liebling-Blick zuwirft, behauptet er, es gäbe viel mehr Vegetarier, wenn jeder sein Fleisch selbst schlachten müsste.

Steve bringt Bewegung ins Gespräch, als er sagt, er sei neuerdings wieder bekennender Katholik. Ros ist tief gläubig, Kenny ist ganz einfach Ire. Steve preist die sanften Schwingungen des Zen, und Kenny spottet über »Religion light«. Mac überrascht uns alle mit der Enthüllung, dass er Ministrant war.

Ich höre meist nur zu. Beobachte Mac. Bemerke, wie anders er sich in einer Gruppe verhält. Ich weiß nicht recht. Geselliger? Temperamentvoller? Er spielt die Ein-Kerl-wie-alle-anderen-auch-Rolle sehr gut. Aber auf mich wirkt es nicht überzeugend.

Am ersten Samstag im Dezember ist Mac oben auf Orcas Island und hilft Rick Bensinger, eine Dusche in seiner Hütte einzubauen. CM ist mit Steve Grimaldi zum Abendessen ausgegangen. Ich trinke gegen halb acht ein Glas Wein im *Bailey's*, aber ohne Mac ist die Bar wie jede beliebige Bar am Samstagabend – zu voll, zu heiß und zu laut, als dass ich mich auf mein Buch konzentrieren könnte. Also trotte ich wieder den Hügel hinauf, in Dunkelheit und prasselndem Regen, den langen Schal um den Hals gewickelt und über die Nase gezogen.

Alle Geschäfte und auch einige Wohnhäuser sind weihnachtlich geschmückt. Die meisten Fenster in unserem Haus sind von Lichtern gerahmt, rot und grün für Weihnachten, blau und weiß für Chanukka. Um halb neun habe ich es mir gemütlich gemacht – mit einem lodernden Feuer, heißer Schokolade und Mais-Haselnuss-Keksen. Ich kuschle mich auf die Couch, umgeben von Kissen, und entdecke mit Freuden, dass es auf einem Filmkanal ein Audrey-Hepburn-Special gibt.

Genau an der Stelle in *Zwei auf gleichem Weg*, wo sie nach

einer Seitensprung-Nacht zu Albert Finney zurückkommt und er nur sagt: »Gott sei Dank«, geht die Wohnungstür auf, und CM kommt herein.

Ich schaue auf die Uhr. »Was machst du denn hier um diese Zeit?«

Sie hängt ihren Mantel auf, schleudert die Schuhe von den Füßen, versenkt sich in mein Kissennest und steckt die Beine neben den meinen unter die Decke. Sie nimmt meinen Becher und schnüffelt daran.

»Mmm. Heiße Schokolade. Ist noch was da?«

»Auf dem Herd. Was ist los? War es schlimm?«

»Nein.« Sie nimmt den letzten Keks vom Teller und knabbert daran herum. »Nein. Nicht schlimm. Aber ... ich kam mir vor wie eine Schlafwandlerin.«

Sie steht auf, geht in die Küche und kehrt mit einem Becher Kakao zurück, richtet sich wieder auf der Couch ein und nimmt einen Schluck.

»Er dachte, Karyatiden seien Insekten.«

Ich lache, aber sie nicht.

»Findest du das nicht deprimierend?«

»Eigentlich ...« Ich drücke auf einen Knopf der Fernbedienung, und der Bildschirm wird schwarz. »Eigentlich finde ich es komisch.«

»Du hast aber auch nicht versucht, mit ihm ein Gespräch zu führen.« Sie starrt nachdenklich in ihre Schokolade. »Ich kenne mich mit Männern einfach nicht aus.«

»Zeig mir eine Frau, die das kann, und ich zeige dir ein Pferd, das sprechen kann.«

Nicht einmal ein Lächeln. »Es ist mir ernst. Was ist, wenn meine Mutter Recht gehabt hat?«

»In welcher Hinsicht?«

»In jeder. Liebe. Ehe. Kinder. Meine Tante Connie zum

Beispiel ist die Kellertreppe runtergefallen und hat drei Tage lang dort gelegen, bis der Hausmeister sie gefunden hat.«

»Zum Teufel, wovon sprichst du überhaupt?«

»Sie war die alte Jungfer der Familie.«

»Hör bloß auf! Du bist nicht alt, und ganz bestimmt keine Jungfer.«

Endlich ein widerwilliges kleines Lachen. Sie vergräbt sich in die Kissen und zieht die Decke bis zur Brust. »Das Problem ist, ich möchte alles haben. Ich möchte tanzen und reisen, und dann möchte ich zu einem ganz wundervollen Menschen heimkommen. Aber das gönnen sie mir nicht.«

»Wer ist *sie*?«

»Männer. Bei ihnen ist es immer *entweder – oder*. Man soll alles andere aufgeben für das kleine bisschen Wärme. Das ist es nicht wert.«

Ich drehe mich herum und sitze ihr jetzt im Schneidersitz gegenüber. »Aber das heute war eine erste Verabredung. Da ging es doch noch nicht um dieses ganze Tanzen-Reisen-Heimkommen-Ding, oder?«

»Nein.« Sie seufzt. »Aber er war eben auch nicht wundervoll.« Sie nimmt die Fernbedienung und schaltet den Film genau zum Ende wieder ein.

Albert Finney schaut Audrey Hepburn an und sagt: »Miststück.« Sie lächelt ihr wunderbares Lächeln und sagt: »Dreckskerl.«

Fünf

Wenn man keinen Bekannten hat, der ein heißer Kandidat für den Nobelpreis ist, und keine Freundin, die jeden Augenblick ihr Baby bekommt, dann kann ein Anruf um vier Uhr morgens nur etwas Schlechtes bedeuten. Aber an das denke ich gar nicht, als ich Dorian, das Ententelefon, aufdringlich quaken höre. Ich verfluche mich nur, dass ich vergessen habe, es auszuschalten. Und ich denke, dass ein Mensch, der mich an meinem freien Tag um diese unchristliche Zeit aufweckt, einen sehr guten Grund dafür haben sollte.

Sie hat einen. »Wyn?«

»Mom?« Ich richte mich zum Sitzen auf und schaudere in der kalten Dunkelheit. Das Wohnzimmer riecht nach der Asche des gestrigen Feuers. »Was ist los?«

»Es ist wegen Richard.« Ihre Stimme ist leise und klingt, als käme sie von ganz weit weg. »Er hatte einen Herzinfarkt. Aber es geht schon wieder«, fügt sie schnell hinzu. »Er ist im Encino Medical Center. Und ich bin auch da. Tut mir Leid, dass ich dich aufgeweckt habe.«

Jetzt bin ich ganz wach, so wach, dass mir die Haare zu Berge stehen. »Mom, um Himmels willen, das spielt doch keine Rolle. Erzähl mir, wie es passiert ist. Wie geht es dir? Möchtest du, dass ich komme?«

Noch während ich das sage, weiß ich, dass es das Falsche ist. Ich hätte sagen sollen: Ich nehme gleich den ersten Flieger.

»Nein, nein, ist schon gut. Mir fehlt nichts, und sein Zustand ist stabil. Ich hätte mit diesem Anruf warten sollen bis später …ich wollte einfach deine Stimme hören.«

Das macht mich völlig fertig. Ich könnte heulen wie ein Baby, wüsste ich nicht, dass eine hysterische Tochter das Letzte ist, was sie braucht, während ihr Mann auf der Intensivstation liegt. »Erzähl mir, was geschehen ist.«

»Am Donnerstagabend fühlte er sich nach dem Essen nicht wohl. Er hielt es für Sodbrennen, also nahm er ein paar Tabletten, und wir gingen zu Bett. Um Mitternacht wachte ich auf und fand, dass sein Atem sonderbar klang – angestrengt oder so. Er lag da mit Schmerzen in der Brust und hatte überlegt, ob er mich aufwecken sollte. Ich sag dir, Männer können manchmal so –«

»Wart einen Moment. Soll das heißen, dass es schon vor zwei Tagen passiert ist? Warum zum Teufel hast du mich nicht angerufen?«

»Ach, Wyn, ich weiß nicht. Im Moment kann ich kaum Tag und Nacht auseinander halten. Das waren sehr eigenartige achtundvierzig Stunden. Tut mir Leid, wenn ich etwas unvernünftig wirke. Jedenfalls, als er sagte, was los war, rief ich sofort den Notarzt an, aber er sagte immer wieder, er könne selbst ins Krankenhaus fahren. Kannst du dir das vorstellen? Nur gut, dass ich nicht auf ihn gehört habe, denn als die Sanitäter ankamen, war er dem Herzstillstand nahe.«

Ich weiß, dass sie eben jetzt darüber nachdenkt, ob es

nicht bei meinem Vater, der mit fünfundvierzig an plötzlichem Herzversagen starb, Symptome gegeben hatte, Warnungen, die er nicht beachtet hatte oder von denen er ihr nichts gesagt hatte, weil er ein eigensinniger Macho war oder einfach, weil er Angst hatte.

»Ich kann sicher heute früh einen Flug kriegen, und sobald ich …«

»Nein, Schätzchen, mir ist es wirklich lieber, wenn du nicht kommst.«

»Warum?«

»Weil alles unter Kontrolle ist. Und ich glaube, es würde Richard aufregen, wenn alle hier herumhängen –«

»Herumhängen?«

»Er wollte nicht einmal, dass ich Gary anrufe. Aber ich wäre froh, wenn du es möglich machen könntest, an Weihnachten zu kommen. Verbring ein paar Tage mit uns. Darüber würde sich Richard bestimmt sehr freuen. Und ich mich natürlich auch.«

Natürlich deutet sie mein kurzes Schweigen falsch.

»Ich weiß schon, das kommt jetzt überraschend, und wahrscheinlich hast du viel zu tun –«

»Nein, das ist es nicht. Ich bin bloß noch nicht ganz wach, und ich – »

»Oh, jetzt kommt der Doktor, Schätzchen. Ich muss weg. Schau, ob du es schaffst. Möchtest du vielleicht deinen … Freund mitbringen? Ich ruf dich morgen wieder an. Mach's gut.«

Ich schließe die Tür zu CMs Schlafzimmer, und weil ich jetzt doch nicht mehr schlafen kann, schleiche ich auf Zehenspitzen in die Küche und setze den Teekessel auf. Ich drehe den Thermostat hoch, ziehe einen Trainingsanzug an und setze mich an den Tisch.

Erinnerungen sind wie so ein Schatzkästchen, das in jedem Fach eine andere halb vergessene Überraschung bereithält, teils angenehm, teils weniger angenehm. Als ich an Richard denke, fällt mir ihre Hochzeit im vorigen Jahr wieder ein, und ich denke daran, wie verletzt und verbittert ich war, dass meine Mutter diesen Fremden heiratete, dass sie sogar die Zeremonie in dem Haus abhalten ließ, welches sie und mein Vater gebaut hatten, und dass er dann in dieses Haus einzog. Ich weiß noch, dass ich mich beim Hochzeitsempfang so sehr betrank, dass ich kaum mehr stehen konnte, aber ich erinnere mich nicht mehr daran, was ich sagte oder tat. Das ist wahrscheinlich nur gut.

Noch gut erinnern kann ich mich allerdings daran, dass ich Richards Sohn Gary kennen lernte, einen wirklich netten Typ, mit dem ich schließlich eine kurze, bedeutungslose Affäre hatte. CM nennt ihn freundlicherweise meinen Übergangsmann. Das Schlimmste an diesem Wochenende – von der eigentlichen Hochzeit einmal abgesehen – war, dass am nächsten Tag David auf der Schwelle stand und verkündete, er habe sich zur Scheidung entschlossen, um seine Marketing-Barbie heiraten zu können. Nicht dass das eine große Überraschung gewesen wäre, aber er versetzte mir damit noch einen tieferen Schlag.

Jeder weitere Schnappschuss in meinem Gehirn bewirkt, dass ich mich noch mehr krümme, bis der Teekessel pfeift und diese ganzen Bild-Wiederholungen gnädig beendet.

Während ich in der Dose mit Teebeuteln krame, auf der Suche nach einem Earl Grey, taucht CM aus ihrem Schlafzimmer auf, in einem grünen Seidenkimono, der über und über mit kleinen japanischen Puppen bestickt ist.

»Was ist los? Habe ich Dorian quaken gehört?«

Als ich ihr die Neuigkeit berichte, seufzt sie. »Gott, wie

schrecklich. Arme Johanna. Sie sind noch nicht mal ein Jahr verheiratet. Fährst du heim?«

»Sie wollte nicht, dass ich komme.«

Sie holt sich auch einen Becher aus dem Schrank und gießt kochendes Wasser hinein. »Hat sie gesagt, warum?«

»Sie sagte, Richard würde sich aufregen, wenn alle dort herumhängen. Sie möchte, dass ich an Weihnachten komme. Und ich soll meinen Freund mitbringen.«

»Das finde ich recht vernünftig.« Sie versenkt gedankenverloren einen Teebeutel in ihrem Becher.

»Freut mich, wenn wenigstens einer das findet.«

Ich gleite auf meinen Hocker an der Bar, und als Mac kommt, um mich zu begrüßen, erzähle ich ihm von Richard.

»Wie geht es ihm?«

»Ich glaube, ganz okay. Eigentlich ist es schon am Donnerstag passiert, aber sie hat mich erst heute Morgen um vier angerufen.«

Er beugt sich für einen schnellen Kuss über die Bar. »Wie hält sie sich?«

»Gut. So klingt sie jedenfalls. Aber wie soll ich das wissen? Ich kann es nicht fassen, dass sie mich nicht früher angerufen hat.«

»Vielleicht wollte sie dich erst benachrichtigen, als sie etwas Genaueres wusste. Damit du dir keine Sorgen machst.«

»Sie hat gesagt, ich soll nicht heimkommen. Findest du das nicht eigenartig?«

»Mac! Hier drüben noch ein Bier.«

Er geht, um das Bier an einen Tisch zu tragen. Als er zurückkommt, sage ich: »Sie möchte, dass ich an Weihnachten heimkomme.«

Er nimmt sich ein Tablett mit sauberen Gläsern und

fängt an, sie mit einem Geschirrtuch zu polieren und kopfüber in das Regal zu stellen.

»Ich hab mir überlegt, ob du vielleicht mitkommen möchtest. Es wird nicht wahnsinnig spannend werden, aber ich weiß, dass sie dich gern kennen lernen würde, und es gibt ein paar tolle Sachen, die wir in L.A. machen könnten ...«

Er schaut nicht auf. »Ich möchte schon, aber ich glaube nicht, dass ich so lange weg kann.«

»Wir müssten nicht länger als zwei Tage bleiben. Ich kann auch nicht lang freinehmen, aber vielleicht ...«

»Ich werde Harte fragen und dir Bescheid sagen.« Als er das leere Tablett unter die Spüle stellt, ohne mich anzusehen, wird mir klar, dass nichts daraus wird.

»Vergiss es. Ich sehe, dass du nicht mitkommen willst.«

»Es geht nicht darum, dass ich nicht will. Aber gerade an den Feiertagen ist eine Menge los, und nachdem ich eben erst wiedergekommen bin, ist Kenny zuerst mit Urlaub dran. Außerdem ist es eine Menge Geld nur für zwei Tage ...«

»Schon okay.«

»Es ist eben nicht okay. Es macht dir offensichtlich etwas aus, dass ich nicht mitkann.«

»Nein. Es macht mir etwas aus, dass du nicht willst und mir das nicht einfach sagen kannst.«

Er schlägt mit seinem feuchten Tuch auf die Bar. »Okay. Ich möchte nicht nach L.A. Ist es das, was ich sagen soll?«

»Du sollst sagen, was du meinst, und keine beschissenen Ausreden bringen.«

»Schön.« Er geht, um einen Kunden zu bedienen.

Ich drehe mein Weinglas in den Fingern herum und schaue ihm zu, wie er mit ein paar Männern an der Bar spricht. Er lacht, als hätten wir nicht eben unsere erste ernsthafte Meinungsverschiedenheit gehabt. Wie können

Männer nur alles so säuberlich trennen? Sie stecken dich in die Beziehungsschublade, und was da drin ist, tangiert die anderen Bereiche ihres Lebens nicht.

Ach, warum sind wir nicht bloß Freunde geblieben? Das hatte sich gut angefühlt. Wir hatten Spaß. Ich konnte ihm alles erzählen. Natürlich, er hatte mir nicht viel über sich selbst erzählt, aber damals hat mir das nichts ausgemacht. Und jetzt? Füge ein bisschen Sex in die Mischung, und es ist, als hätte man zu viel Hefe in den Teig gegeben. Zuerst ist alles lebendig und leicht und wunderbar, aber dann steigt es zu hoch und kann das eigene Gewicht nicht mehr tragen, und das ganze Gebilde fällt zusammen.

»Warum hast du das gemacht?« Mac steht in der Wohnungstür und schaut sich um. CM ist mit Glenna zu einer Aufführung des *Nussknacker* in der Queen Anne Highschool gegangen, und weil ich morgen früh gleich nach der Arbeit nach L.A. fliege, habe ich ihn eingeladen, heute Abend mit mir Weihnachten zu feiern. Vielleicht habe ich das W-Wort aber auch gar nicht erwähnt, als ich sagte, ich würde für uns kochen.

Ich folge seinem Blick rund ums Wohnzimmer. Es sieht aus wie im Winter-Wunderland. CM und ich haben uns einen großen Baum geleistet, weil sie nicht heimfährt. Wir haben Strümpfe am Kaminsims aufgehängt und ihn mit einer Girlande aus Kiefernzweigen geschmückt. Kerzen flackern sanft, Weihnachtsmusik ertönt, Glühweinduft durchzieht den Raum … und natürlich liegen Berge von Geschenken herum. Die Menge täuscht allerdings, denn darunter sind auch die Geschenke von CM für meine Mutter und Richard und meine für ihre Eltern, ihre Schwester Katie und Katies Kinder, Kyle und Kelsey.

»Warum habe ich was gemacht?«

»Das.« Seine Kopfbewegung umfasst den ganzen Raum. »Ich dachte, wir wollten nur zusammen essen. Wir haben ausgemacht –«

»Mac, so machen CM und ich es eben an Weihnachten. Du musst nicht mitmachen, wenn du nicht willst. Ich dachte nur, es wäre nett, ein schönes Essen und ein paar Weihnachtsplätzchen –«

»Tut mir Leid.« Er schließt die Tür hinter sich und küsst mich.

»Oh, bist du kalt. Bist du zu Fuß gegangen?«

»Ja.« Als er seinen Mantel auszieht und ihn über einen Stuhl hängt, fällt mir auf, wie dünn und abgetragen der Wollstoff ist. »Der Elky ist in der Garage.«

Während er im Kamin Feuer macht und die ganze Zeit vor sich hin grummelt, dass man im Kamin das Holz verschwendet, weil das Feuer nur zur Zierde da ist und den Raum nicht wirklich wärmt, fülle ich zwei Gläser mit Glühwein, dieser himmlischen Mischung aus warmem Rotwein, Zucker, Orangensaft und Gewürzen, die meine Oma im Winter gern zubereitet hat.

In dem Jahr, als ich dreizehn wurde, sagte mein Vater kurz vor Weihnachten, ich sei jetzt alt genug für ein kleines Glas. Ich weiß noch, dass der Glühwein mir nicht schmeckte – ich fand ihn sauer nach dem heißen Apfelsaft –, aber seine Wirkung empfand ich als angenehm. Die Wärme strahlte von meinem Magen aus bis in die Finger und Zehen.

Wir sitzen auf der Couch und umfassen unsere Gläser mit den Händen, um die Wärme zu genießen, und Mac starrt verdrossen in die Flammen.

»Mac, was ist los? Warum bist du so mürrisch?«

»Tut mir Leid. Ich habe eben nicht so viele warme, kuschelige Gefühle für Weihnachten.«

Ich muss unwillkürlich lachen, und er wendet sich zu mir. »Es kommt mir so vor, als hättest du im Moment für gar nichts recht viele warme, kuschelige Gefühle.«

Sein schnelles Lächeln ist wie ein unerwartetes Geschenk, das mich bis ins Innerste wärmt, genau wie jenes erste Glas Glühwein. »Außer für dich«, sagt er. Er stellt sein Glas ab und küsst mich, bis all die kleinen weißen Lichter auf dem Tisch zu funkeln scheinen.

»Hör lieber auf, sonst kommen wir nicht mehr zu unserem Essen.«

Er küsst meine Kehle, direkt unter dem Kinn. »Wäre das so schlimm?«

»Hm, ja, wo ich lauter so wunderbare Sachen gemacht habe.«

»Na gut.« Er knabbert an meinem Ohrläppchen. »Aber du bist der Nachtisch.«

Ich reiße mich los und gehe in die Küche, und er macht sich am Kamin zu schaffen, bis das Feuer hoch auflodert. Dann nimmt er die Kassette mit den Weihnachtsliedern aus dem Rekorder und legt das Band ein, das er im vorigen Jahr für mich gemacht hat, bevor er fortging. Ich lächle, als Dylan *Tangled Up in Blue* brummt. Als ich ins Wohnzimmer zurückkomme, steht er vor den Bücherregalen und liest meine Geburtstagskarten, von Mom und Richard, CM, Cody, Ellen, Misha und Jen.

»Warum hast du mir nicht gesagt, dass du Geburtstag hast? Jetzt hab ich nicht mal eine Karte für dich.«

»Das ist nicht wichtig.«

Er sieht die Karten an, die auf dem Regal aufgereiht sind, dann wieder mich.

»Wenn das stimmen würde, dann hättest du die Karten nicht alle zur Schau gestellt. Wann war es?«

»Am fünfzehnten, und es war CM, die sie hier aufgestellt hat, als sie das Altpapier aussortiert hat.«

Ohne falsche Bescheidenheit – unser Dinner ist fabelhaft. Ganz dünne Kalbsschnitzel, in Butter und Weißwein sautiert, mit Pilzen und Prosciutto. Knusprige Bratkartoffeln mit Rosmarin, ein Salat aus Endivien und Rucola mit Walnüssen und Äpfeln. Und natürlich *pain au levain.* Zu trinken gibt es einen wunderbaren Rosé-Champagner. Und als Nachtisch Schokoladensoufflé mit Schokolade-Pfefferminz-Sauce und dünne, knusprige Zuckerplätzchen. Den Espresso nehmen wir mit ins Wohnzimmer, und Mac streckt seine langen Beine unter den Couchtisch.

Ich warte geduldig, dass er sein Versprechen in Bezug auf den Nachtisch wahr macht. CM bleibt über Nacht bei Glenna, und ich habe mich schon den ganzen Tag in Fantasien über ihr leeres Queensize-Bett ergangen. Aber er sitzt nur da und starrt ins Feuer.

»Ich weiß, dass ich in letzter Zeit schwer erträglich war. Ich hatte einfach zu viel im Kopf. Oder, genauer gesagt, ich war besessen. Ich habe immer an den Agenten gedacht. Ich hatte nichts mehr von ihm gehört, und so habe ich ihm gleich nach Thanksgiving einen Brief geschrieben und gefragt, ob er schon dazugekommen sei, das Manuskript zu lesen.«

»Und ...?«

»Er hat gleich geantwortet und sich entschuldigt, dass es so lang gedauert hat. Er sei noch am Lesen und würde sich melden. Und seitdem habe ich wieder kein einziges verdammtes Wort gehört.«

»Thanksgiving ist ja noch nicht so lang her«, sage ich

tröstend. »Und an den Feiertagen haben die Leute viel zu tun.«

»Beinahe vier Wochen.« Er holt tief Luft und atmet langsam wieder aus. »Es macht mich ganz verrückt.« Er sieht mich an. »Tut mir Leid.«

»Hast du es noch jemand anderem geschickt?«

»Nein.«

»Glaubst du nicht, das wäre gut?«

»Das behaupten alle. Überschütte die Welt mit deinem Manuskript.« Er schüttelt den Kopf. »Ich hatte einfach ein gutes Gefühl bei diesem Typen.«

»Ich weiß, es ist schwer, aber versuch, nicht daran zu denken. Ich würde sagen, wenn er bis Ende Januar nichts von sich hat hören lassen, solltest du ihn anrufen.« Ich streife die Schuhe ab und ziehe die Beine aufs Sofa. »Ich wünschte, du kämst mit nach L.A.«

Er schließt die Augen und lässt den Kopf an die Sofalehne sinken. »Ich weiß nicht. Ich komme mir so verdammt unnütz vor.«

»Ach, komm. Es ist einfach gerade eine ungünstige Zeit. Das Manuskript ist in der Warteschleife. Es ist Weihnachten, was du offenbar noch nicht ...«

Er legt den Arm um mich und zieht mich an sich, aber er schaut nur unbeweglich auf das Feuer, das fast nur noch aus Kohle und Asche besteht. Nach ungefähr zehn Minuten wortlosen Starrens stehe ich auf und räume den Tisch ab. Ich packe alles in die Spülmaschine und schalte sie ein, und als ich mich umdrehe, steht er im Mantel in der Tür.

»Ich kann nicht bleiben«, sagt er. »Tut mir Leid.«

Ich möchte gern sagen, dass er sich lächerlich macht, dass er unsere Zeit vergeudet und die ganze Nacht verdirbt, aber was hätte das für einen Sinn?

»Warte einen Augenblick.«

Ich hole die Tüte mit dem schottisch karierten Flanellhemd unter dem Christbaum hervor, das ich ihm gekauft habe. Es ist in Silberpapier eingewickelt und mit einer grünen Schleife geschmückt.

»Ich hab dir gesagt, du sollst das nicht machen.«

»Ich habe nicht zugehört. Also sei still und nimm es. Es ist ja kein handgeschnitztes Elfenbein-Schachspiel oder so was.«

Er nimmt die Tüte und küsst mich. »Wir sehen uns nächste Woche«, sagt er und verschwindet.

Ich wärme den Rest meines Glühweins in der Mikrowelle auf, sitze auf der Couch, höre Weihnachtslieder und wünsche mir, CM käme heim.

Sechs

Trotz des rot-grün gemusterten Pullovers, oder vielleicht gerade deswegen, sieht Richard blass und kantig aus, wie der Prototyp eines seiner eigenen Gebäude.

»Hallo, Wyn. Wir freuen uns so, dass du kommen konntest.« Als ich ihn umarme, fühlt er sich zerbrechlich an, als bestünde er nur aus Haut und Knochen. »Wir haben dein altes Zimmer für dich hergerichtet.«

Ich überlege kurz, was das bedeuten soll. »Hoffentlich habt ihr euch nicht zu viel Arbeit gemacht.«

Meine Mutter kommt eilig mit einem Tablett mit Gläsern aus der Küche. Hinter ihr schwingt die Tür. »Orangensaft?« Ihre Augen glänzen in bemühter Heiterkeit, und sie küsst mich auf die Wange.

»Wie geht es dir?«, frage ich ihn.

»Ganz gut.« Er lächelt. »Vor allem, wenn man die Alternative in Betracht zieht. Und wie läuft's oben im Norden?«

»Danke, gut.«

»Schade, dass dein …« Meine Mutter zögert. »Sagt man heute noch *Boyfriend?* Jedenfalls schade, dass er nicht kommen konnte.«

Ich lache. »Er ist kein *boy* und nicht mein Freund. Du

kannst ihn Mac nennen. Er konnte nicht lange genug frei nehmen.«

»Was ist er denn von Beruf?«, fragt Richard.

»Er ist Barkeeper.«

»Das ist ein interessanter Beruf.«

»Du hast gesagt, er ist auch Schriftsteller«, souffliert meine Mutter.

»Ja. Er hat eben einen Roman beendet.«

»Hat er einen Agenten?« Richard nippt an seinem Saft. Tiefe Linien gehen von seinen Augen aus – Linien, die ich vorher noch nie gesehen hatte.

»Ich glaube, einer schaut sich den Roman gerade an.«

»Es ist schwierig, ein Buch bei einem Verlag unterzubringen.« Richard verschränkt die Arme. »Man braucht dazu ein dickes Fell. Und darf nie aufgeben. Jack London hatte einen Stapel Ablehnungen bekommen, der so hoch war wie er selbst, bevor er seine erste Geschichte verkaufen konnte.«

Danke für die Mitteilung.

»Aber das weiß Mac sicher«, beeilt sich meine Mutter zu sagen.

»Stammt er aus Seattle?«

»Nein, eigentlich kommt er aus New York.«

»Tatsächlich? Wo hat er da studiert?«

»New York University.«

»Da kenne ich ein paar Leute. Hat er den Creative-Writing-Kurs gemacht?«

»Er hat das Studium schon im zweiten Jahr abgebrochen.« Tiefes Schweigen. Aber nur kurz.

»Lebt seine Familie noch in New York?«

»Sein Vater ist tot. Seine Mutter lebt auf Long Island, glaube ich. Und sein Bruder ist Jurist. Glaube ich.«

Ich starre den Christbaum an. Er ist mit künstlichen Schneeflocken gesprenkelt. Und hat Unmengen von diesen kleinen weißen Blinklichtern, die jetzt so in Mode sind. Ich sehe nichts von unserem alten Christbaumschmuck. Alles ist aus Metall oder Glas. Mein Vater hätte ihn scheußlich gefunden. Die Geschenke darunter sind alle in Silber oder Gold gehüllt, mit professionell aussehenden Schleifen oder massenhaft Metallsternen und Pinienzapfen dekoriert.

Ich trinke meinen Orangensaft aus und stehe auf. »Ich bin wirklich ein bisschen müde. Wenn es euch recht ist, lege ich mich kurz hin.«

»Natürlich.« Mutter klingt erleichtert. »Ich wecke dich rechtzeitig zum Abendessen.«

Richard will aufstehen, aber dann fällt ihm ein, dass er mir meine Tasche nicht hinauftragen kann. »Tut mir Leid.« Er wird sehr rot. »Ich bin im Moment ziemlich unnütz.«

Dieses Echo von Macs Worten ist richtig unheimlich.

Ich lächle. »Schon recht. Ich bin daran gewöhnt, Mehlsäcke herumzuwuchten.«

Als ich meine Reisetasche die Treppe hinauftrage und in meinem Zimmer Licht mache, zieht sich mir der Magen zusammen. Alles ist weg. Alles, was mir gehört hat. Es sieht aus wie in einem anonymen Hotelzimmer. In einem teuren Hotel natürlich, aber es sieht nicht aus wie mein Zimmer.

Die ganze Einrichtung ist in Grau und Weiß gehalten. Mein Bett ist ersetzt worden durch so ein Schlafsofa, das man auch als Couch benutzen kann. Es ist mit grau-weißer Nadelstreifenbettwäsche bezogen, darüber liegt eine weiße Wolldecke und eine zurückgeschlagene anthrazitfarbene Überdecke. Die einzige Farbe kommt von einem knallroten quadratischen Zierkissen. Neben dem Bett steht ein Tisch aus gebürstetem Stahl und Glas, der meinem Exehemann sehr gefallen würde. Dazu noch eine Tizio-Lampe und eine Glasvase, die aussieht wie ein Goldfischglas und mit Anemonen in zweierlei Rot gefüllt ist. Die Wände sind mit grauem Flanell bezogen, und alle meine Bilder sind weg, und meine große Pinnwand ist durch schwarz-weiße Architekturfotografien in schwarzen Rahmen ersetzt worden.

»Ist das nicht schick?« Mutter steht neben mir, sichtlich stolz auf diese Veränderungen.

»Großartig.« Ich schaue sie nicht an. »Und wo ist mein ganzes Zeug?«

»Das meiste ist in zwei Schachteln in der Abstellkammer. Ich dachte, du wolltest …«

»Das meiste?«

»Nun, ein paar von den Zeitungsausschnitten auf deiner Pinnwand haben sich praktisch aufgelöst, als Richard sie abnahm, und so musste er sie wegwerfen.«

Ich schlucke.

»Er versuchte alles zu retten.« Sie legt mir die Hand auf den Arm. »Aber manches war so alt …«

Ich drehe mich zu ihr um. »Ist schon okay. Ich habe nicht erwartet, dass ihr mein Zimmer wie einen Schrein bewahrt.«

Ich stelle meine Tasche auf die Kofferbank in Chrom und Schwarz, öffne den Reißverschluss und klappe den Deckel gegen die weiche graue Wand. Ich höre nur halb, dass sie sagt, sie werde mich in einer Stunde wecken, und dass sie mir erklärt, wo die Handtücher sind. Sie setzt sich auf die Bettkante, ein Bein unter ihren langen grauen Gabardinerock geschlagen. Ihr tannengrüner Baumwollpullover betont den Unterschied zwischen ihren Farben und meinen, lässt ihr Haar noch dunkler wirken und ihre Haut wie Porzellan aussehen.

»Wie steht es mit deiner Scheidung? Allmählich sollte doch ein Ende in Sicht sein.«

»Doch, doch«, sage ich vage. »Elizabeth ist momentan nicht im Büro. Ich glaube, sie ist beim Skifahren in Österreich oder so was. Ihre Rechnungen allerdings schickt sie pünktlich raus. Nach Neujahr werde ich sie gleich anrufen.«

Sie umfasst ihr Knie mit beiden Händen. »Du hast mir nicht viel von Mac erzählt.« Ich sehe sie an und versuche zu erraten, welche Art von Information sie bekommen möchte.

»Er ist … sehr anders als David …«

»Johanna?«, ruft Richard von unten.

»Komme sofort.« Sie steht auf und küsst mich auf die Backe. »Ruh dich aus. Wir reden später darüber.«

Ich wache um halb fünf auf und fühle mich schlapp und müde. Ich stelle die Dusche auf Heiß und fülle das Bad mit Dampf, stelle mich darunter und lasse das Wasser meinen Rücken herunterrinnen. Bis ich Jeans und Pullover angezogen und mein Haar gebürstet habe, ist es beinahe sechs. Ich beschließe, auf Make-up zu verzichten.

Das Erdgeschoss, durchzogen von guten Essensdüften, ist eine Echokammer der Erinnerungen. Im Kamin brennt ein Feuer, aber im Kaminzimmer ist niemand, deshalb schiebe ich mich durch die Schwingtür in die Küche und finde mich Auge in Auge mit einem der größten Fehler, die mir je unterlaufen sind.

Gary lehnt an der Theke und trinkt irgendwas aus einem von diesen Retro-Martinigläsern, die auf einmal wieder in

Mode sind. Warum bin ich so überrascht? Er ist schließlich Richards Sohn.

»Wyn!« Als er mich auf die Wange küsst, steigt mir der Duft von teurem Eau de Cologne in die Nase, und nebenbei ein Hauch von Gin. »Du siehst wunderbar aus. Und riechst gut.«

»Du auch.« Es ist die Wahrheit. Das Familienleben bekommt ihm. Sein rötlichbraunes Haar ist kürzer, seine Augen wirken blauer, seine Zähne noch ebenmäßiger, abgesehen von der abgebrochenen Ecke an einem Schneidezahn, die ihm das Aussehen eines schalkhaften, aber im Grunde soliden Assistenzarztes in einer Krankenhaus-Serie gibt.

Er sieht mich über sein Glas hinweg an. »Du hast offenbar nicht gewusst, dass ich komme.«

»Äh, nein, aber ich hätte es wahrscheinlich wissen müssen.« Ich öffne den Schrank, wo meine Mutter immer die Weingläser aufbewahrte, aber er ist voller Flaschen. Natürlich. Richard hat alles in diesem verdammten Haus umgestellt. Warum nicht auch die Küche? »Weißt du, wo die Weingläser sind?«

Er nähert sich zielsicher dem Schrank direkt neben dem Kühlschrank. »Rot oder weiß?«

»Rot, bitte.«

Er reicht mir ein überdimensioniertes Glas.

»Und wenn ich jetzt bloß einen Drink möchte und kein Vollbad?«

Er nimmt den Stöpsel aus einer Kristallkaraffe und füllt mein Glas zur Hälfte mit granatrotem Wein.

»Wie geht's Erica …und den Kindern?« Es ist mir peinlich, dass mir ihre Namen nicht einfallen. Der Fußballstar und die Cheerleader-Prinzessin.

»Gut, danke. Andrew und Katie machen heute Abend

bei einer Theateraufführung ihrer Schule mit.« Er spricht ihre Namen klar und deutlich aus, extra für mich. »Ich bin nur gekommen, um nach Dad zu schauen. Nach dem Essen fliege ich mit der Nachtmaschine zurück.«

Ich weiß nicht, ob ich erleichtert oder enttäuscht bin, dass ich Weihnachten allein mit Mutter und Richard verbringen werde.

Ein längeres Schweigen folgt, während dessen ich die Weinkennerin spiele und den Wein so heftig im Glas kreisen lasse, dass er beinahe über den Rand schwappt. »Und wo sind unsere Elternteile?«

»Im Weinkeller.«

»Weinkeller?«

»Früher unter dem Namen Garage bekannt.« Er lächelt. »Wie geht's Mac?«

Ich brauche eine Weile, bis ich mich an ihr kurzes, zufälliges Zusammentreffen erinnere – das war damals, als ich nach der Operation zu Hause bleiben musste. Aber woher wusste er, dass ich jetzt mit Mac zusammen war?

»Das ist doch dein Freund, oder? Der Typ, den ich bei dir im Haus getroffen habe. Der Barkeeper.«

Vielleicht bilde ich mir nur ein, dass sein Tonfall ein bisschen herablassend ist.

»Ja, und er liefert auch Brennholz aus.«

Er schaut mich forschend an. »Sorry. Ich wollte nicht …«

»Nein, schon gut.« Ich trinke einen großen Schluck Wein. »Ich bin bloß gereizt und müde. Ich habe die ganze Nacht gearbeitet und bin dann gleich ins Flugzeug gestiegen und …«

»Ich kann mich schon noch erinnern.« Er rührt mit der aufgespießten Olive in seinem Drink herum. Ich muss dabei an das erste Mal denken, als er nach Seattle kam. Und in der Bar in Canlis Wodka-Martinis trank. »Bist du glücklich?«

»Ja, sehr.« Zu automatisch und zu munter. Aber was sollte ich schon sagen – mein Freund benimmt sich eigenartig, meine Anwältin ist in Österreich, und ich kann mir keine eigene Wohnung leisten, aber davon abgesehen ist alles prima? »Und du?«

»Ja. Die Kinder sind wunderbar. Ich bin froh, dass wir wieder eine Familie sind.«

In diesem Augenblick öffnet sich die Hintertür, und meine Mutter erscheint mit einer Flasche Champagner in der Hand. Richard folgt mit je einer Flasche Weiß- und Rotwein.

»Hallo, ihr beiden«, sagt er überschwänglich. Als ob wir ein Paar wären. Meine Mutter lächelt, schaut mir aber nicht in die Augen.

»Setzen wir uns an den Kamin«, sagt sie. »Ich bringe die *Hors d'œuvres.* Haben alle das Richtige zu trinken?«

Ich möchte bei ihr in der Küche bleiben, aber sie scheucht mich hinaus, und ich betrete das Kaminzimmer genau in dem Augenblick, als Richard sich in den Ledersessel meines Vaters sinken lässt.

Gut, es sind schon fünfzehn Weihnachten vergangen seit seinem Tod, und natürlich sind inzwischen schon andere Leute dort gesessen. Aber zu sehen, wie Richard jetzt – gedankenlos oder auch ahnungslos – den Sessel mit Beschlag belegt, gibt mir einen kleinen Stich ins Herz. Ich setze mich ans Ende der Couch. Am anderen sitzt Gary.

Augenblicke später erscheint meine Mutter mit einem Tablett Crostini. Sie sind heiß und knusprig, mit Knoblauch eingerieben, mit Olivenöl beträufelt und mit ein wenig Seesalz bestreut. Und das von einer Frau, die früher, außer bei den allervornehmsten Einladungen, vor dem Essen nur kernlose schwarze Oliven und geröstete Mandeln serviert hat.

»Frohe Weihnachten allerseits.« Richard hebt seinen goldfischglasgroßen Rotweinkelch.

Gary erzählt von der Arbeit in seiner Parkservice-Firma, von Katies Noten – lauter Einser natürlich –, von Andrews Schwimmkünsten, und dass er jetzt Drew genannt werden möchte, und von Ericas Stress beim Jurastudium – mehr, als ich je wissen wollte. Richard und Mutter lauschen gebannt. Mein einziger Gedanke ist, wie sehr ich wünschte, nicht hier zu sein.

Ich stelle mir Mac vor, wie er im *Bailey's* hinter der Bar steht, die Ärmel aufgekrempelt, Geschirrtuch in der Gesäßtasche. Die Art, wie er mich manchmal ansieht, wenn er glaubt, ich sei völlig in mein Buch versunken. Ein irgendwie nachdenklicher Blick. Als überlege er, wie das alles mit uns passiert sei und was ich wirklich von ihm wolle.

Früher habe ich immer beobachtet, wie die Frauen mit ihm flirteten. Bestimmt machen das manche immer noch, wenn ich nicht da bin. Ein paar besonders dreisten ist es egal, ob ich da bin oder nicht. Ich denke, wie es ist, wenn ich mit ihm im Bett bin, wie er nach Kiefernholz riecht, seine Haut nach Salz schmeckt. Bevor ich meine Gedanken bremsen kann, stelle ich mir vor, dass jemand anders bei ihm ist. Natürlich wäre er ihr gegenüber ehrlich, würde ihr von mir erzählen – er teilt Leuten gern mit, wie sie dran sind. Aber würde er es auch mir erzählen, sodass ich wüsste, woran ich bin? Tatsächlich erzählt er mir überhaupt wenig. Natürlich, wir sprechen miteinander. Ich erzähle ihm, was ich denke und fühle, und er redet über dunkle Materie, Zwergeulen und die Geologie des Grand Canyon.

In letzter Zeit mache ich es ihm nach und rede weniger über meine Gedanken und Gefühle und mehr über Dinge, die ich gesehen oder gelesen habe. So hat in unserer Beziehung – ups, dieses B-Wort darf ich nicht benutzen, er mag es nicht. Ich habe ihn gefragt, wie wir es sonst nennen sollen, und er hat gesagt: Warum müssen wir es überhaupt irgendwie nennen? Können wir nicht einfach sein? – In diesem *Sein* also, das wir zusammen praktizieren, hat er sich nicht geändert, ich aber schon. Ich habe einen vollen Kreis durchlaufen: von der Fremdheit zur Intimität und wieder zurück zur Fremdheit. Während er immer ein Fremder geblieben ist. Und warum verdächtige ich ihn, etwas mit anderen Frauen zu haben? Er hat mir nie Grund zu dieser Annahme gegeben.

Die Ironie daran ist, dass David praktisch mit einem Schild rumgelaufen ist, auf dem stand *Ich betrüge dich,* und ich hatte nie einen Verdacht. Und Mac scheint unsere Beziehung – ups, nicht schon wieder! – einigermaßen ernst zu nehmen, und ich rechne immer damit, dass seine alte Flamme Laura wieder auftaucht. Oder eine Neue. Eine, die ich noch nicht kenne.

Es gibt Brathähnchen und Kürbisgemüse und Mutters selbst gemachte Apfelsauce. Dann Salat mit Brot und Käse, und dass es den Salat hinterher gibt, erinnert mich an Georgia Gaebel, eine Freundin meiner Mutter, die sich immer damit wichtig macht, dass sie *französisch speist.*

»Wie geht's Georgia und Tim?«, frage ich meine Mutter, und ihr Gesichtsausdruck schwankt zwischen amüsiert und verblüfft.

»Komisch, dass du das fragst«, sagt sie. »Georgia hat mich letzte Woche angerufen und mir gesagt, dass sie sich trennen.«

Ich verschlucke mich fast an meinem Salat. »Was?«

Georgias Mann Tim, früher einmal Arbeitskollege meines Vaters, war schon immer ein Schürzenjäger. Er darf sich sogar rühmen, der einzige Mann zu sein, der je gleichzeitig hinter meiner Mutter und mir her war. Georgia hatte seit Jahren über seine außerhäuslichen Extratouren Bescheid gewusst, aber die Kunst beherrscht, sie zu ignorieren.

»Und – verlässt er sie wegen einer Neunzehnjährigen im Netz-Oberteil, oder hat es ihr gereicht, und sie hat ihn rausgeworfen?«

Ich sehe meiner Mutter an, dass sie lachen möchte, es aber unpassend findet. »Weder – noch. Georgia hat in ihrem Literaturkurs einen Mann kennen gelernt, einen Englischprofessor im Ruhestand. Sie haben sich ineinander verliebt, und jetzt lässt sie sich von Tim scheiden und heiratet Phillip.«

Ich stoße einen wenig damenhaften Jubelschrei aus. »Es gibt also *doch* einen Gott. Und sie ist eine Frau.«

»Warum hast du mir nicht gesagt, dass Gary kommt?«, zische ich meiner Mutter zu, sobald sich die Küchentür hinter uns geschlossen hat.

»Ich hatte Angst, dann würdest du nicht kommen«, sagt sie schlicht.

»Oh, Mom.« Ich öffne die Spülmaschine. »Wie konntest du so etwas denken?«

Sie stellt die Dessertteller, die noch voll Orangensauce sind, ins Spülbecken und lässt das Wasser laufen. »Ich weiß, dass es für dich nicht sehr schön ist, hierher zu kommen. Ich weiß, wie sehr dein Vater dir immer noch fehlt. Und ich weiß ganz gewiss, dass du lieber bei Mac wärst, als dir hier anzuhören, wie Gary mit seiner Parkfirma angibt …« Sie verdreht die Augen, und wir kichern beide.

Sie spült das Geschirr vor und stellt es dann in die Maschine, und ich gieße mir noch ein bisschen Wein ein.

»Möchtest du auch?« Ich halte ihr die Flasche hin.

»Nein danke – ach, was soll's. Warum nicht.«

Sie füllt eine Schüssel mit Seifenwasser und beginnt das Silberbesteck abzuwaschen. Ich öffne eine Schublade, knalle sie wieder zu, öffne eine andere.

»Verdammt, ich kann hier nichts mehr finden. Wo sind die Geschirrtücher?«

Sie lacht. »Ich weiß. Richard muss dauernd umräumen. Und wenn es jetzt schon so schlimm ist, mag ich gar nicht daran denken, wie es wird, wenn er in Pension geht.«

Als ich die unterste Schublade aufziehe und ein Handtuch heraushole, höre ich ein dumpfes Geräusch. Das alte Nudelholz meiner Oma! Ich nehme es heraus und streiche mit der Hand über das seidige Ahornholz. In einem winzigen Riss sind noch Spuren von Mehl von einem längst vergangenen Kuchenteig zu sehen.

»Ich werde wohl kaum noch Kuchen backen. Warum nimmst du es nicht mit?« Meine Mutter lächelt.

»Danke. Gerne.« Ich lege ihr eine Sekunde lang den Arm um die Schultern.

Sie spült jedes Besteckteil noch unter brühheißem Wasser, so heiß, dass ich die Teile trotz Geschirrtuch kaum halten kann. Meine Oma hat es genauso gemacht, um alle Keime abzutöten, wie sie immer sagte. Ich trockne das Besteck ab, poliere es mit dem Poliertuch und lege es auf den Tisch, damit es wieder in die mit Flanell ausgelegte Kiste eingeräumt werden kann.

Als sie mit dem Silber fertig ist, macht sie sich an die

geschliffenen Wassergläser. »Ich hatte eigentlich vor, dich zu wecken und dir das mit Gary zu sagen. Es sollte kein Schock für dich sein.«

»Es war nicht direkt ein Schock. Nur irgendwie unheimlich. Eine Art Déjà-vu-Erlebnis.«

Sie nickt und schiebt die Gläser auf dem Ablaufbrett zusammen, um mehr Platz zu schaffen. »Er sieht gut aus. Ich glaube, Erica und er sind glücklich.«

»Wird wohl so sein.«

»Damals war er aber anscheinend eine Zeit lang ganz verrückt nach dir.« Sie wirft mir einen forschenden Blick zu.

Ich zucke die Schultern. »Ich glaube, er war bloß einsam. Hauptsächlich war er verrückt nach einem heilen Familienleben.«

»Das ist auch wirklich keine so schlechte Sache.« Sie leert die Schüssel, spült sie aus und stellt sie umgekehrt auf das Trockengestell. Dampf steigt auf und lässt das kalte Fenster beschlagen. »Lass das einfach stehen, Schätzchen.« Sie streift die gelben Gummihandschuhe ab und hängt sie über den Wasserhahn. Dann staubt sie sich die Hände in übertriebenem Westernstil ab. »Also, Cowboy, sieht so aus, als wären wir hier fertig.«

Ich lache und gehe zur Tür, aber sie greift nach der Karaffe und füllt unsere Weingläser nach. Dann lässt sie sich am Küchentisch nieder.

»Willst du nicht hinüber…«, fange ich an.

»Die können sich auch allein unterhalten.« Sie grinst spitzbübisch. »Ich glaube nicht, dass ich heute Abend noch mehr Cheerleader-Geschichten brauche.«

Ich setze mich ihr gegenüber und schlüpfe aus den Schuhen.

»Werde jetzt nicht wütend. Ich muss dich was fragen.«

Sie berührt meine Hand mit ihren warmen, weichen Fingern. »Macht Mac dich glücklich? Ist er gut zu dir? Wenn nicht, fliege ich hoch und schlage ihm die Nase ein.«

Plötzlich brennen Tränen in meinen Augen. Ich weiß nicht, ob es das vage beunruhigende Gefühl wegen Mac ist oder ihre echte Bereitschaft, mich zu schützen.

Ist er gut zu mir? Darüber habe ich noch nie nachgedacht. Er ist nicht schlecht zu mir.

Ich trinke einen kleinen Schluck Wein. »Glaubst du, es ist die Mühe wert?«

Sie fragt nicht nach, was ich meine. »Ach, Schätzchen. Wert – das ist so relativ. Manchmal wünscht man sich etwas so sehr, dass es keine Rolle spielt, ob es die Mühe wert ist.«

»War es mit Papa so?«

»Ich weiß nur noch, dass ich mich imstande fühlte, vollkommen skrupellos vorzugehen. Nach jedem Mittel zu greifen. War es das wert? Ich denke schon, aber sicher weiß man es nie.«

»Mac ist sehr … unnahbar. Wir können endlos über Ideen, Bücher und Musik sprechen, und danach …« Ich zögere. »Manchmal habe ich das Gefühl, dass ich das meiste – es kommt mir so vor, als zeigte ich mich ihm, und er erwidere meine Offenheit nicht.«

Sie runzelt die Stirn. »Weißt du etwas über seine Kindheit, seine Eltern oder …?«

»Sein Vater ist tot. Zu seiner Mutter und zu seinem Bruder hat er keinen Kontakt.«

»Überhaupt keinen?«

»Soviel ich weiß, nein. Er spricht nicht über seine Familie. Wenn ich direkt frage, antwortet er so kurz wie möglich und wechselt sofort das Thema.«

»Wyn, bist du sicher, dass er … normal ist? Dort oben gibt es eine Menge Verrückte.«

Ich lache. »Verrückt ist er nicht. Du würdest ihn mögen. Er hat so eine innere Ruhe. Wie er dem Meer zusehen kann. Oder einem Song zuhören. Als ob es sonst nichts auf der Welt gäbe. Er schaut die Dinge nicht nur an, er sieht sie wirklich.«

Ich verstumme, und sie lehnt sich im Stuhl zurück und sieht mich an.

»Das klingt, als wäre seine Unnahbarkeit die gute Nachricht und die schlechte zugleich.«

»Manchmal stört es mich, dass er nie Geld hat und dass ihm das nichts ausmacht. Er macht all das nicht, was die meisten Frauen erwarten. Zum Beispiel, mich an meinem Geburtstag zum Essen auszuführen oder mich anzurufen, um mir zu sagen, dass er an mich denkt. Aber andererseits will er auch nie, dass ich anders bin, als ich bin. Ich habe nie das Gefühl, ich müsse ihm etwas beweisen. Ich muss keine Rolle spielen.«

»Liebst du ihn?«

Ich setze mein Glas ab. »Ich weiß, dass es dazu zu früh ist.«

»Solche Sachen halten sich nicht immer an Zeitpläne.«

»Ich weiß nur, dass ich mich einfach … gut fühle, wenn wir zusammen sind. So gut, dass es mir unheimlich ist.«

Meine Mutter lächelt mich an. An den Winkeln ihrer hübschen braunen Augen bilden sich Fältchen. »Das Leben ist unheimlich, Wyn«, sagt sie. »Wenn nicht, macht man etwas falsch.«

Weihnachtsmorgen. Die Uhr zeigt 5.20. Ich wünschte, ich wäre daheim. In Seattle. Könnte lang schlafen, mit CM

Lebkuchen essen, Geschenke aufmachen. Wüsste, dass ich später Mac sehen würde, auch wenn wir nicht zusammen Weihnachten spielen würden.

Ich schlüpfe aus dem Bett. Im Haus ist es kalt, darum ziehe ich meinen Trainingsanzug an und stecke die Füße in die großen, flaumigen Hausschuhe, die Richards Säuberungsaktion irgendwie entkommen sind, und gehe lautlos die Treppe hinunter. Sie haben keine Espressomaschine, nicht einmal so eine kleine Espressokanne, die man auf den Herd stellen kann, aber ich kann ja den Kaffee extra stark machen und ein bisschen Milch erhitzen. Hoffentlich haben sie richtige Milch, oder, noch besser, fettarme.

Als ich am Kaminzimmer vorbeischlurfe, sehe ich zu meiner Überraschung Licht unter der Tür. Ich öffne die Tür halb und schaue hinein.

Die vielen Blinklichter am Baum sind die einzige Beleuchtung im Raum. Richard sitzt auf dem Boden und nimmt Sachen aus einer großen Schachtel. Er sitzt mit dem Rücken zu mir, deshalb kann er mich nicht sehen, und ich kann nicht genau sehen, was er macht. Es ist mir peinlich, dass ich mich so angeschlichen habe, und so ziehe ich die Tür fast ganz zu und gehe in die Küche.

Die automatische Kaffeemaschine meiner Mutter macht das Wasser nie heiß genug, um guten Kaffee aufzubrühen, deshalb suche ich im Schrank nach dem alten Melittafilter, den mein Vater immer benutzt hat. Keine Filtertüten natürlich, weil die Kaffeemaschine einen Dauerfilter hat. Ein Papier-Küchentuch wird es auch tun. Ich fülle den Teekessel und setze ihn auf den Herd, stecke die Kaffeemühle ein und orte die Kaffeebohnen. Entkoffeiniert? Wie soll ich da bis zum Abend wach bleiben? Im Kühlschrank sind Magermilch und Sahne. Ich könnte beides mischen …

Das Nudelholz meiner Oma liegt immer noch auf dem Tisch, wo ich es gestern hingelegt habe. Trotz allem Respekt für Lord Byron – ich war schon immer der Meinung, dass das Frühstück eine große Bedeutung hat. Ich werfe einen schnellen Blick in die Speisekammer.

Mehl, Zucker, Backpulver, Salz. Eine Tüte Haselnüsse.

Cappuccino-Haselnuss-Scones

2 Tassen ungebleichtes Haushaltsmehl
1/3 Tasse Kristallzucker
1 Esslöffel Backpulver
1/2 Teelöffel Salz
1/4 Teelöffel Zimt
90 g (6 Esslöffel) Butter, in kleine Würfel geschnitten
3/4 Tasse geröstete, grob gehackte Haselnüsse
2 Esslöffel Instant-Espressopulver
3/4 Tasse fette Sahne
1 großer Eidotter, leicht geschlagen
Sahne und Zucker für die Glasur

Ofen auf 200 Grad vorheizen und ein schweres Backblech mit Backpapier auslegen. Die ersten fünf Zutaten in einer großen Schüssel mischen. Butter mit einem Teigmixer, zwei Messern oder den Fingerspitzen einarbeiten, bis die größten Stücke noch ungefähr erbsengroß sind. Haselnüsse hinzufügen und alles gut mischen.

In einer kleinen Schüssel Espressopulver in die Sahne rühren, bis es aufgelöst ist. Eigelb hinzufügen, umrühren. Alles zusammen zur Mehlmischung geben. Mit der Hand leicht kneten, bis sich eine feuchte Kugel mit unebener Oberfläche formen lässt.

Nicht zu viel kneten. Je weniger man den Teig bearbeitet, desto zarter wird das Gebäck.

Die Kugel in die Mitte des vorbereiteten Backblechs setzen und vorsichtig platt drücken, bis man eine Scheibe von etwa 2,5 cm Dicke und 18 cm Durchmesser hat. Mit einem scharfen Messer in acht Kuchenstücke teilen und vorsichtig ein bisschen auseinander schieben. Mit Sahne bestreichen und mit ein bis zwei Teelöffeln Kristallzucker bestreuen.

Backen, bis die Scones dunkel golden sind und die Zahnstocherprobe befriedigend verläuft, ungefähr 18 bis 22 Minuten. Vor dem Servieren 10 Minuten abkühlen lassen. (Man kann sie auch ungebacken einfrieren und dann ohne Auftauen backen; die Backzeit verlängert sich dabei um 5 bis 10 Minuten.)

Ich schalte den Herd an und gebe ein paar Haselnüsse in eine flache Pfanne. Ich nehme das beste Messer meiner Mutter aus dem Messerblock und beginne, die Butter in kleinste Stückchen zu schneiden. Als ich gerade die trockenen Zutaten vermische, geht die Schwingtür auf. »Wyn. Ich wusste nicht, dass du auch schon auf bist. Frohe Weihnachten.«

Richard trägt einen karierten Flanellbademantel und Lederslipper. Sein dunkles Haar ist tadellos frisiert, aber er ist unrasiert und sieht müde aus. Ein Gedanke lässt mich schaudern. Wenn mein Vater noch am Leben wäre, wäre er jetzt einundsechzig. Er würde ähnlich wie Richard aussehen, nicht so schön, wie ich ihn in Erinnerung habe – fünfundvierzigjährig, groß, gebräunt und voller Energie.

Richard erfasst mit einem Blick den Melittafilter, meine Tasse und die Kaffeemaschine. »Ist was los mit der Maschine?«

Ich lächle höflich. »Nur, dass sie keinen guten Kaffee macht.«

»Oh. Sorry. Wahrscheinlich trinkst du auch keinen entkoffeinierten. Ich glaube, deine Mutter hat auch richtigen Kaffee für dich gekauft.«

»Der hier ist in Ordnung, ehrlich. Möchtest du auch eine Tasse?«

»Ja, sehr gern. Was machst du da?«

»Scones.«

»Ich liebe Scones. Ich sollte zwar im Augenblick so etwas nicht essen, aber ich denke, ein einziges am Weihnachtsmorgen kann doch wohl nicht schaden. Was meinst du?« Er sieht mich mit verschwörerischem Lächeln an.

Toll. Wenn ich sage, er soll keins essen, wirke ich knauserig und egoistisch, und wenn ich das Gegenteil sage, sieht es aus, als wolle ich ihn umbringen. »Ich denke ...« Ich suche nach Worten. »Ich denke, dass alles in geringen Mengen unschädlich ist.«

»Ganz meine Meinung.«

Verlegenes Schweigen senkt sich über die Küche. Ich habe keine Ahnung, was ich zu diesem Mann sagen soll, der jetzt mein Stiefvater ist. Und er weiß offensichtlich auch nicht, was er zu mir sagen soll.

Er macht den Anfang.

»Johanna hat mir erzählt, wie nahe du deinem Vater gestanden bist.«

»Ja. Stimmt.« Ich wünschte, er würde zu seiner Beschäftigung zurückkehren und mich in Ruhe lassen. Er gießt Magermilch in seine Kaffeetasse und wärmt sie ein paar Sekunden, bevor er sich Kaffee einschenkt.

»Kalte Milch im Kaffee finde ich furchtbar«, sagt er.

»Ja, ich auch.«

Ich streife die Butter vom Messer in eine kleine Schüssel und stelle sie ins Gefrierfach.

»Warum wird die Butter gefroren?«

»Das macht die Scones flockiger.« Hitze quillt aus dem Backrohr, als ich die Tür öffne, um die Haselnüsse hineinzustellen. In weniger als einer Minute durchzieht der Duft von gerösteten Haselnüssen die Küche.

Richard trinkt seinen Kaffee in kleinen Schlucken. »Wynter, ich weiß, wie schmerzlich es ist, an einen Ort zurückzukommen, den man liebt, und ihn so verändert vorzufinden, dass man ihn kaum wiedererkennt.«

Ich stelle die Zeituhr für die Nüsse ein und wende mich ihm zu. »Howard, ich weiß deine Teilnahme zu würdigen, aber es ist alles in Ordnung. Ich wohne nicht mehr hier, du aber schon. Mein Zimmer ist schön und viel praktischer, als wenn der ganze Kram herumliegt.«

Er schaut mich sonderbar an, und plötzlich verstehe ich, warum. Weil ich ihn Howard genannt habe. Das Blut schießt mir ins Gesicht.

»Howard?«, sagt er.

»Tut mir wirklich Leid.«

»Schon gut. Aber warum ausgerechnet Howard?«

Ich schalte das heiße Wasser ein, wasche und trockne das Messer. »Wenn du es wirklich wissen willst … ich …« Ich kneife die Lippen zusammen. »Hast du je *Der Ursprung* gelesen?«

Er bricht in Gelächter aus. »Howard Roark. Das ist gut.« Er lacht wieder, und diesmal lache ich mit.

Als die Zeituhr klingelt, hole ich die Nüsse heraus und schalte den Ofen auf 200 Grad hinauf. Richard stellt den Teekessel auf, für weiteren Kaffee.

»Meine erste Frau starb, als Gary zehn war.«

»Tut mir Leid. Das war bestimmt schlimm.«

»Es kam sehr plötzlich. Ein Geschwulst im Gehirn. Sie war gesund, und im nächsten Augenblick war sie tot. Sie war ...« Er sieht mich ein paar Sekunden lang an. »Sie war ungefähr so alt wie du jetzt.« Er schweigt, solange ich die Bohnen mahle. »Ich war fünfunddreißig, und ich war am Boden zerstört. Auch völlig unfähig, meinen Sohn zu erziehen. Um ehrlich zu sein, eine lange Zeit ziemlich unfähig zu irgendwas.«

»Wie hieß sie?«

»Gabrielle. Natürlich nannten wir sie Gabby.« Das bringt ihn noch jetzt zum Lächeln.

Er gießt kochendes Wasser über den gemahlenen Kaffee, und wir stehen nebeneinander und sehen zu, wie der Kaffee in die Kanne sickert.

»Eigentlich wollte ich gern wieder heiraten, damit Gary eine Mutter hätte, aber ich konnte mich nie dazu überwinden.« Er dreht sich langsam zu mir. »Bis ich Johanna traf. Sie ...« Ein Zögern. »Sie ist eine ganz besondere Frau.«

»Warum hast du dann alles an ihr ändern müssen?« Das rutscht mir so heraus, und es reut mich fast, als ich den Ausdruck schmerzlicher Überraschung in seinen Augen sehe.

»Was meinst du damit?«

Ich bewege mich auf unsicherem Gelände, aber diese Sache war mir schon lange auf dem Herzen gelegen. »Ihr Haar, ihre Kleidung. Das ganze Haus.«

»Ich hatte nichts damit zu tun, dass sie ihre Frisur und ihren Kleidungsstil geändert hat, Wynter.« Er lehnt sich mit dem Ellbogen auf die Küchentheke. »Vielleicht hat sie das schon lange vorgehabt. Das Leben mit mir war vielleicht der Auslöser, aber entschieden hat sie das ganz allein.« Er lächelt. »Ich glaube, du unterschätzt deine Mutter, wenn du meinst, sie ließe sich so leicht zu etwas überreden, was sie nicht will. Das ist eins von den Dingen, die ich sofort an ihr bemerkt habe. Die Art, wie sie dieses Büro übernahm …«

Plötzlich komme ich mir dumm vor. Nein, schlimmer. Ich komme mir vor wie eine quengelige Sechsjährige.

»Tut mir Leid. Es geht mich ja auch sowieso nichts an.«

»Was das Haus angeht … da habe ich wohl ein paar Änderungen angeregt, aber ich glaube, dass Johanna damit sehr zufrieden war.«

»Wahrscheinlich. Egal.« Ich nehme den Schwamm und wische ein paar kleine Wassertropfen von der Theke.

Der Kaffeesatz wandert in den Mülleimer, und Richard füllt unsere Tassen. »Wenn die Scones im Herd sind, dann komm doch bitte mit ins Kaminzimmer«, sagt er. »Ich möchte dir dort ein paar Sachen zeigen.«

In der großen Schachtel sind zwei kleinere Schachteln, von denen ich eine sofort wiedererkenne. Christbaumschmuck. Die Sachen, die ich in der Schule gemacht habe, z. B. der Weihnachtsmann aus Bastelfolie. Der Rauschgoldengel mit den glitzernden Pailletten auf den Flügeln. Schneemann und Schneefrau aus Wattebällchen. Die Fotos von Mom und Dad, ausgeschnitten und auf Karton geklebt.

Da sind auch die Sachen, die Oma und Opa gehört haben – die zarten Glasvögel mit Schwänzen aus echten Federn, kleine Silberglöckchen, auf denen ihre Initialen eingraviert sind, goldene Wachsfigürchen der Heiligen Familie, aus Stroh geflochtene Puppen und Tiere, geschnitzte Pferde und Soldaten. Da sind auch die Eier, die meine Mutter bemalt hat, und ihre Origami-Vögel, der Eiffelturm, den mein Vater aus Paris mitgebracht hat, die Blechflöte aus seiner Kindheit.

Die andere Schachtel enthält natürlich Garys Basteleien. Richard und ich lachen, weil der gleiche Watte-Schneemann dabei ist wie bei mir, und der gleiche Weihnachtsmann aus Bastelfolie. Wir finden eine Kette mit diesen alten Kerzenlichtern, in denen immer Blasen aufsteigen, und eine Menge Papiersterne und bunte Blechornamente aus Mexiko. Wir wickeln alles aus und legen es auf den Couchtisch; dabei erzählen wir uns die Geschichten, die damit zusammenhängen, und als meine Mutter eine Stunde später, noch schläfrig, hereinkommt, knabbern Richard und ich an unseren Scones und hängen all die Erinnerungsstücke an den Christbaum, zu den edlen Glaskugeln und den glänzenden Metallsternen.

Sieben

Das nächtliche Los Angeles sieht mit all seinen Lichtern aus wie die Festplatte eines riesigen Computers. Die Glocken läuten – ich habe nie begriffen, aus welchem Grund –, und ich nippe an meinem Wein und denke darüber nach, was für Keime ich mit der ganzen ständig zirkulierenden Luft in mich aufnehme. Ich bin müde und erfüllt von einer unerklärlichen Traurigkeit, und ich fühle mich verwundbar durch unsichtbare Gefahren, von denen feindliche Mikroben noch die harmlosesten sind.

Ich sollte eigentlich glücklich sein. Es war ein sehr nettes Weihnachten, das netteste seit Jahren. Es gab eine vorsichtige Annäherung zwischen Richard und mir. Meine Mutter und ich haben tatsächlich ernsthaft über unser Leben gesprochen. Und in meiner Reisetasche steckt das Weihnachtsgeschenk meiner Träume – es ist sogar weit mehr als das. Ich war sprachlos, als ich das Kuvert aufriss und ein Hin- und Rückflug-Ticket nach Paris erblickte, mit einem Abstecher nach Toulouse. Es war von gesammelten Bonusmeilen gekauft – und zwar von Richards Bonusmeilen, denn meine Mutter ist in der letzten Zeit nicht einmal so viel gereist, dass es für einen Freiflug nach Burbank reichen würde.

»Wir dachten, du könntest diesen Sommer einen richtigen Urlaub brauchen«, erklärte Mom, nachdem ich überwältigt meinen Dank gestammelt hatte. Die Begeisterung dauerte gerade so lang, wie ich brauchte, um mir bewusst zu werden, dass ich allein fahren würde, weil Mac sich eine solche Reise niemals leisten könnte.

Ein dunkler, kalter Strom zirkuliert um mich, er tut es der Klimaanlage in diesem verdammten unterkühlten Flugzeug gleich. Ich ziehe meine Jacke enger um mich und stecke die Hände unter die Achseln. Ich wechsle den Kanal des Bord-Programms von Jazz zu Oper, gerade rechtzeitig, um Victoria de los Angeles zu hören, die *La Habañera* aus Carmen singt. *L'amour est un oiseau rebelle.* »Ja, die Liebe hat bunte Flügel, solch einen Vogel zähmt man schwer ... Die Liebe von Zigeunern stammt.« Die liebste Stelle ist mir die: » ... liebst du mich nicht, bin ich entflammt, und wenn ich lieb, nimm dich in Acht!«

Als ich die Augen schließe, sehe ich – nicht Mac, sondern Gary. Wie er an der Küchentheke lehnt und aussieht wie der Junge von nebenan. Woran ich mich am deutlichsten erinnere, das ist – in auffallendem Gegensatz zu Mac – seine Offenheit. Er war immer so mitteilsam in Bezug auf seine Gefühle und seine Vergangenheit. Man hätte sich wahrscheinlich schmerzlos in ein Leben mit ihm einordnen können. Damals hatte ich Schmerzlosigkeit verachtet, aber vielleicht wäre es gar nicht so schlecht – ein Mann, der einen liebt, ein netter Mann, wohlgemerkt. Attraktiv. Nie in Geldnöten. Man könnte lernen, mit Stiefkindern und einer Exfrau umzugehen. Eine Menge Leute machen das.

Mein Gott, was denke ich da? Es wäre schmerzlos gewesen, ja sicher. Wie unter Narkose.

Ich trinke meinen Wein aus und lehne den Kopf an das kratzige weiße Kissen, und keine drei Minuten später, so kommt es mir vor, rumpeln und schlittern wir auf der regennassen Landebahn von Seattle dahin.

Die Luft im Terminal riecht nicht viel besser als die im Flugzeug, aber sie ist wenigstens nicht so kalt. Ich habe CM gesagt, sie solle nicht extra reinkommen, sondern mich draußen vor der Gepäckausgabe abholen. Ich dränge mich durch die Menge, um dem Druck fremder Körper möglichst schnell zu entkommen.

»Hey, Lady. Brauchen Sie ein Taxi?«

Ich schnelle herum und lächle bereits, und da ist er. Er trägt das schottisch karierte Flanellhemd, Jeans und seine alte Daunenweste. Und hält in der Hand die schönste Rose, die ich je gesehen habe. Ihre Blütenblätter haben außen eine zarte Lachsfarbe, und innen sehen sie aus wie Pergament. Er streckt sie mir hin.

»Sie ist wunderschön. So eine habe ich noch nie gesehen.« Sie hat einen leichten Gewürzduft.

»Sie heißt Caramella«, sagt er.

Ich schaue mich um. »Wo ist CM?«

»Ich hab ihr die Nacht freigegeben.« Als er mich küsst, riecht er wie die Regennacht. »Wie war es denn da unten im Süden?«

»Gut. Besser, als ich erwartet hatte.« Ausnahmsweise ist mir nicht nach Reden zumute. Ich möchte ihn einfach aufsaugen. Während wir auf das Gepäck warten, legt er mir den Arm um die Schulter und zieht mich an sich. Ich schaue auf und blicke in seine Augen.

»Ich hätte mitkommen sollen«, sagt er.

Ich schüttle den Kopf. »Du hättest wahrscheinlich nicht freigekriegt.«

»Vielleicht. Aber ich hätte es versuchen müssen. Es tut mir Leid.«

In seinem Blick, als er das sagt, liegt mehr als nur eine Bitte um Entschuldigung. Es ist ein Blick, der etwas verspricht. Ich weiß nicht einmal was, aber es ist genug.

Mac muss an Silvester arbeiten, weil er mit Kenny getauscht hat, um mich am Flughafen abholen zu können. Das macht nichts. CM und ich haben seit langem eine etablierte Tradition: Wir verbringen den Silvesterabend damit, Oldies anzuhören, großartige Sachen zu essen und Champagner zu trinken, bis wir zu allen großen Supremes-Hits tanzen und auswendig mitsingen können.

Als unsere Suppe zu kochen anfängt, ist aus dem Regen Hagel geworden. Wir hören ihn ans Fenster trommeln. Wir fangen langsam an, mit einer Dave-Brubeck-Kassette, und ich habe gerade ein paar Blätterteigtaschen mit Pilzen und Feta gefüllt und in den Ofen geschoben – das soll die Vorspeise sein. Da klingelt es.

»Wer zum Teufel …« CM geht an die Gegensprechanlage. »Ja?«

»W-wyn? Ich bin's, Cody. Kann ich raufkommen?«

CM drückt auf den Öffner, und ich mache dann die Tür auf. Davor steht ein nasses, zitterndes Bündel aus Hagel und Tränen und sieht aus wie eine ertrunkene blaue Ratte. »Cody?« Ich packe sie und ziehe sie herein. »Was ist denn mit dir los?« Sie zittert zu stark, um das zu erörtern.

Wir bugsieren sie ins Bad, ziehen sie aus und stellen sie unter die Dusche. Erst lassen wir das Wasser kühl laufen, dann erhöhen wir langsam die Temperatur, bis sie sich so weit erwärmt, dass sie zu zittern aufhört. CM geht, um Tee zu machen, während ich in meinen Schubladen nach ein paar Kleidungsstücken krame, in denen sie nicht gänzlich verloren geht. Dann rieche ich plötzlich Rauch, und gleichzeitig jault der Rauchmelder los.

»Ach Scheiße!«, sagt CM.

»Was?«

»Unsere Vorspeise sieht aus wie nach einem Napalm-Angriff. Puh.«

Sie reißt das Fenster auf und wedelt heftig herum.

Ich bringe Cody ein Sweatshirt und Leggins. Sie sieht erschrocken aus. »Hab ich euch das Dinner ruiniert?«

»Denk dir nichts. Es waren bloß Kleinigkeiten. Hier, zieh das an und komm dann ans Feuer.«

Sie sieht in meinen übergroßen Sachen aus wie ein verwahrlostes Kind. Sie setzt sich vor dem Kamin auf den Boden, trinkt einen Schluck von ihrem Tee und zieht ein Gesicht.

»Das schmeckt wie Babypisse.«

»Danke für das Kompliment«, sagt CM. »Zu deiner Information, es ist grüner Tee, und vielleicht sorgt er dafür, dass du keine Lungenentzündung kriegst.«

Cody steckt beschämt die Nase in den Becher und wirft immer wieder heimliche Blicke auf CM, die sie noch nie aus der Nähe gesehen hat.

Schließlich sage ich: »Ich will ja nicht neugierig sein, aber wieso strolchst du am Silvesterabend im Hagel herum?«

Sie murmelt etwas wie: » … Arschloch warf mich raus.«

»Was? Dein Vater?«

Sie schüttelt den Kopf. »Der Typ, mit dem ich ausgegangen bin. Wir wollten auf diese Party, und dann bekamen wir Streit, und er warf mich aus dem Auto.«

»Wer ist dieser Ausbund an Ritterlichkeit?«, fragt CM.

Cody kichert. »Die spricht wie du.«

»Sie ist keine königliche Hoheit, sie sieht nur so aus. Du darfst sie ruhig direkt ansprechen.«

Sie sieht CM an. »Jason Harris. Er ist ein Freund des Freundes meiner Freundin DeeDee. Es war eine Art Blind Date.«

»Um was ging es bei dem Streit?«

»Ich wollte zu Bartons Party. Er wollte sich bekiffen und vögeln.«

CM rollt mit den Augen. »Ein Traummann, wahrhaftig.«

»Wo habt ihr euch getrennt?«, frage ich.

»Drüben bei *Olympia Pizza.*«

»Und du bist die ganze Strecke gelaufen? Warum hast du nicht den Bus genommen?«

Sie schaut ziemlich belämmert drein. »Ich habe meine Tasche im Auto vergessen.«

Die Zeituhr klingelt; die neuen Blätterteigtaschen sind fertig, und ich hole sie. »Cody, möchtest du Champagner?«

»Muss man da nicht bis Mitternacht warten?«

»Bei uns nicht.«

»Cool.«

Am 5. Januar rufe ich Elizabeth Gooden an, meine Anwältin in Los Angeles. Ich erkundige mich höflich, wie es im Urlaub war.

»Sehr schön, danke. Sie sind übrigens die Erste von meinen Klienten, die mich je danach gefragt hat.«

Ich überlege, ob ich sagen soll, dass die anderen vielleicht lieber nicht wissen wollen, wofür sie ihr Geld ausgibt, aber ich schätze, dass das die Pluspunkte, die ich mir eben erworben habe, wieder zunichte machen würde.

»Wie geht es Ihnen?«, fragt sie.

»Tja – wenn man davon absieht, dass am ersten Februar eine weitere Zahlung für die Bäckerei fällig wird und ich meiner Mutter die fünfzehn Riesen, die sie mir für die erste Zahlung geliehen hat, noch nicht zurückgezahlt habe, dann, ja, dann geht es mir gut. Ich wundere mich nur, warum mein Exmann in spe und sein Mistkerl von Anwalt mit dem Papierkram so trödeln.«

»Es sieht aus, als könnten wir bald mit einer Einigung rechnen. Ich tue mein Möglichstes, um Ivan festzunageln, aber er ruft nie zurück. Tut mir Leid, dass ich keine besseren Nachrichten habe, aber ich kann mir nicht vorstellen, dass es noch länger als ein paar Wochen dauern wird.«

»Wochen? Und was soll ich inzwischen wegen der Zahlung machen?«

»Ich weiß nicht, Wynter. Sie erinnern sich, dass Sie mir letztes Jahr um diese Zeit aufgetragen haben, die Sache in die Länge zu ziehen. Und zwar so lange wie möglich. Das habe ich dann auch gemacht. Dann haben Sie Ihre Meinung geändert, und ich habe mein Vorgehen geändert, aber ich kann keine Reaktion der anderen Seite erzwingen, solange sie die Sache nicht über Gebühr hinauszögern.«

Darauf kann ich nicht viel sagen. Es ist die reine Wahrheit. Ich weiß sogar noch, dass sie zu mir sagte: Eine Frau, die auf Rache aus ist, sollte zwei Gräber ausheben – eins für ihr Opfer und eins für sich selbst.

»Ich weiß. Ich bin nur im Moment in einer schwierigen Situation. Finanziell.«

»Ich werde weiterhin alles tun, um die Sache zu einem schnellen und für Sie befriedigenden Ende zu bringen, Wynter. Ich gebe Ihnen Bescheid, sobald ich etwas erfahre.« Kleine Pause. »Oh, und ein gutes Neues Jahr.«

Es ist so ein Tag, wie er in Seattle im Januar nur selten vorkommt. Und das ist auch gut so, denn wenn er zu oft vorkäme, würde die Außenwelt die Stadt für sich entdecken und in Massen hier einfallen.

Der Himmel ist eine umgekehrte blaue Schüssel, durchzogen von weißen Kondensstreifen, und von Westen weht eine sanfte Brise. Die Sonne ist warm auf meinem Gesicht, und ich weiß, dass ich eine komplett neue Garnitur Sommersprossen zu erwarten habe, aber ich fühle mich so wohl, dass es mir ganz gleich ist.

Der andere Grund für mein Wohlgefühl ist, dass meine Mutter gesagt hat, ich solle mir wegen der fünfzehntausend Dollar, die ich ihr schulde, keine Gedanken machen. Und sie hat nicht einmal gemuckst, als ich meinen Stolz überwand und um weitere fünfzehn bat. Sie machte tatsächlich nur dieses kleine klickende Geräusch, das sie von meiner Oma gelernt hat, und sagte: »David Franklin soll nur aufpassen, dass er mir nicht über den Weg läuft.«

Mac ist bester Laune, weil er endlich etwas von Alan Lear gehört hat, dem Agenten, der sein Manuskript gelesen hat. Er sagte, das Buch habe ihm gefallen, aber er könne im Moment keine neuen Klienten annehmen. Er werde das Manuskript seinem neuen Partner Steve Devine geben. Also haben wir heute etwas zu feiern.

Wir sitzen an einem winzigen Tisch vor dem *Two Dagos from Texas,* einem flippigen italienischen Café an der First Avenue, und essen zu Mittag. Mac hat sich in *Fegefeuer der Eitelkeiten* vertieft, und ich beobachte die Parade von ausgesucht schrägen Vögeln, die hier in Belltown heimisch sind.

Hier gibt's die hungernden Künstler, die in Lofts hausen, die Leute von der Handelsmarine, Besitzer von Trödelläden, die üblichen Penner, ein paar Punker, die sich in den

Musikclubs und Retro-Läden rumtreiben, und ab und zu einen Yuppie aus den Apartment-Hochhäusern, die gerade am Rande des Stadtteils in die Höhe schießen.

Wenn man hier lang genug sitzt, kann man praktisch alles sehen, deshalb achte ich zuerst nicht auf den heruntergekommen wirkenden Typ, der, die Hände tief in den Taschen, die Straße entlangschlurft.

Bis er direkt an unserem Tisch angekommen ist und glotzt. »McLeod?«, sagt er. Dann lauter: »Mac McLeod?«

Eine Sekunde lang starren sie einander an. Langsam breitet sich ein Lächeln auf Macs Gesicht aus.

»Alter Mistkerl.« Er klappt sein Buch zu und steht auf, und dann schüttelt er diesem Menschen, der aussieht, als hätte er die Nacht auf einer Parkbank am Pioneer Square zugebracht, die Hand, und sie klopfen einander auf den Rücken. Und dann umarmen sie sich doch tatsächlich. Das muss wirklich ein ganz besonders guter Freund sein, denke ich, denn ich kann ihn aus über einem Meter Entfernung riechen und würde ihn nur höchst ungern umarmen.

Er ist nicht so groß wie Mac, aber er wirkt stämmig und ist tief gebräunt. Sein Haar ist lang, strähnig und von schmutzigem Blond, seine Augen sind von einem tiefen, eigenartigen Grau. »Verdammt noch mal, Pilger. Ich habe gehört, dass du möglicherweise in Seattle bist, aber dass ich direkt über dich drüberfalle, kann ich nicht fassen. Wie zum Teufel geht's dir?«

»Gut. Und dir?« Dann erinnert er sich an mich. »Oh, sorry. Wyn, das ist Nick Hatcher. Wyn Morrison.«

Eine Hand wird mir entgegengestreckt, und ich muss sie nehmen, aber ich beschließe, nichts mehr zu essen, bevor ich auf die Toilette gehen und mir die Hände gründlich waschen kann.

Mac packt einen leeren Stuhl und zieht ihn an unseren Tisch. Als Nick Hatcher so nahe herüberrutscht, dass sein Knie das meine beinahe berührt, versuche ich, den Geruch zu bestimmen. Straßengraben? Abfalltonne? Auf einmal kommt mir der Rest meines Truthahn-Gorgonzola-Burgers nicht mehr so recht verlockend vor, weshalb auch das Händewaschen nicht mehr so wichtig ist.

Ich versuche möglichst unauffällig sein Äußeres zu überprüfen, von den ausgelatschten Tretern an seinen schmutzigen Füßen über die schmierige Cordhose, die an den Knien zerrissen ist, bis zu dem ausgeblichenen World-Tour T-Shirt von Grateful Dead, das sich über seinem gut entwickelten Bizeps spannt. Seine Hände haben nicht nur lange Zeit kein Wasser und keine Seife mehr gesehen, sie sind auch verschrammt und mit blauen Flecken bedeckt, und seine eingerissenen Fingernägel sehen aus, als hätte er im Straßenteer gegraben.

»Was machst du hier?«, fragt Mac.

»Vorräte beschaffen, Mann.« Er legt die Ellbogen auf den Tisch. »Ich treffe Duncan und Meeker in Spokane, und wir wollen in den North Cascades eisklettern. Im Sommer geh ich dann vielleicht nach British Columbia, mal sehen. Und was treibst du hier?«

»Ich lebe hier. Schon bald sieben Jahre.«

Nick lässt seine Augen schnell über mich gleiten, fragt aber nicht. »Du siehst ja geradezu reich aus. Was machst du?«

»Meistens bin ich Barkeeper.« Mac fragt nicht, womit Nick sein Geld verdient. Stattdessen wärmen sie in den nächsten zwanzig Minuten Erinnerungen auf, wie die Mitglieder einer Burschenschaft bei einem Jahrestreffen. Und es wird schnell klar, dass die Burschenschaft, zu der sie gehören, die der Felskletterer ist. Sie sprechen über Leute, die sie gekannt haben. Viele von ihnen haben komische Spitznamen wie Sodbuster oder Pooper. Ich will es lieber gar nicht so genau wissen.

Mindestens einer davon weilt nicht mehr unter den Lebenden.

Sie durchleben noch einmal die kritischen Augenblicke an Stellen, die Wingate, Lumpy Ridge oder Garden of the Gods heißen, und auch die Partys danach. Sie lachen über einen, der Dude genannt wird, und der versucht hat, eine Strip-Tänzerin fürs Klettern zu begeistern, und über Charlie, dessen Gaskocher auf dem schmalen Felsvorsprung, auf dem er biwakierte, in die Luft ging.

Der Kellner kommt und fragt, ob ich fertig bin. Ich nicke, aber als er meinen Teller wegnehmen will, fasst Nick die ungegessene Hälfte meines Sandwichs ins Auge. »Darf ich?«, fragt er der Form halber. Er schlingt es in drei Bissen hinunter und kratzt sich dann zufrieden mit einem Zahnstocher Truthahnfleisch aus den Zähnen.

Nick erzählt vom Klettern in den Gunks, was immer das ist, und über einen irren Blizzard im letzten Juni im Wind River Range. Er sagt, momentan neige er mehr zum Bergsteigen, sei scharf auf Eis, denke ernsthaft daran, nach Alaska zu gehen. Dann schaut er Mac an.

»Und was ist mit dir, Pilger? Du bist hier mitten im Felsenhimmel. Wo willst du hin? Nach Leavenworth? Zum Washington-Pass? Frenchman Coulee soll großartig sein.«

Mac schaut über die Straße, dann sieht er Nick an. »Ich war schon eine Zeit lang nicht mehr beim Klettern. Seit ich hier bin.«

Ich weiß nicht, ob Nick überrascht ist. Er zögert eine Sekunde. »Ach, Scheiße, McLeod. Du musst deinen Arsch wieder an den Granit bringen. Warum nimmst du im Frühling nicht ein paar Tage frei und kommst mit uns zu den North Cascades? Wär das nicht prima?« Aus irgendeinem Grund schaut er mich an. »Wie in den alten Tagen.«

Mac lächelt. »Es ist schwierig heutzutage, so lang freizukriegen, dass es sich lohnt. Du weißt ja, wie das ist.«

Hatcher lacht übertrieben herzhaft. »Ja, das ist das Problem mit richtiger Arbeit. Da musst du einfach lernen, Nein zu sagen. Sonst ruinierst du dir dein Leben.« Er steht ganz plötzlich auf, Mac ebenfalls, und sie schütteln sich wieder die Hände.

»Wo arbeitest du? Ich komm vorbei, bevor ich abreise.«

Er kritzelt Macs Wegbeschreibung auf eine saubere Serviette, dann schlurft er davon, und ich kann wieder durch die Nase atmen.

Mac nimmt sein Buch wieder zur Hand und liest fünf Minuten lang die gleiche Seite, bevor er endlich zu mir herüberschaut.

»Ein Überfall aus der Vergangenheit«, sagt er.

»Sehr ferne Vergangenheit. So ungefähr Kreidezeit«, sage ich. »Glaubst du, er nimmt Drogen?«

Er lacht. »Fanatische Kletterer halten sich nicht mit Feinheiten der Körperpflege auf. Es hat Zeiten gegeben, da habe ich vermutlich genauso ausgesehen und gerochen.«

»Wie damals, als du mir das Brennholz geliefert hast.«

Er lächelt und schaut wieder in sein Buch. Er trinkt von seiner Coke, auf der jetzt nur noch Reste der Eiswürfel schwimmen. Schließlich klappt er das Buch zu und legt es auf den Tisch.

»Ein paar von uns sind damals in Colorado rumgehangen. Kommt mir vor, als wär es lang her. Ist es vermutlich auch. Zehn Jahre vielleicht. Im Winter waren wir Skiverrückt, im Sommer felsfanatisch. Wir haben gekellnert oder am Bau gearbeitet, Hauptsache, wir hatten genug zu essen, aber meistens sind wir Ski gefahren oder waren klettern.«

»Und warum warst du dann nicht mehr beim Klettern, seit du hier bist?«

Er schiebt sein Glas in einer Pfütze Kondenswasser herum. »Wenn ich noch klettern würde, würde ich wahrscheinlich aussehen wie Nick Hatcher. Das ist nichts, was man einmal im Monat am Wochenende machen kann. Nicht die Art von Klettern, die ich betrieben habe. Das wird zum Lebensinhalt, und man kann sonst nichts mehr tun. Man muss immer trainieren, um fit zu bleiben. Wenn man nicht fit ist, dann endet man eines Tages mit einem freien Soloabstieg.«

»Was ist das?«

»Eine Bruchlandung.«

»Oh.«

Der ganze Februar verschwimmt in Grau und Nässe. Die Tage sind entweder wolkig oder neblig oder diesig, oder es schüttet, oder es kommt alles zusammen. Am Morgen wird es nicht vor acht Uhr hell, und um fünf ist es schon wieder finster. Das einzig Gute an diesem Wetter ist, dass es allen Menschen Gesprächsstoff liefert. Ich weiß nicht mehr, wie oft ich Geschichten gehört habe, die so beginnen: »Dieses Wetter soll schlecht sein? Da hätten Sie mal den Winter … erleben sollen.« In die Leerstelle kann man ein beliebiges Jahr einsetzen.

»Den Höhepunkt dieses Monats bildet ein Anruf von Elizabeth. Als sie sagt: »Wynter, ich habe Neuigkeiten für Sie«, weiß ich sofort, dass das nicht der Anruf ist, auf den ich gehofft habe.

»David hat offenbar Ivan Hochnauer gefeuert und eine neue Anwältin namens Adele King genommen. Ich habe mit ihr gesprochen, und sie wird natürlich einige Zeit brauchen, bis sie auf dem Stand der Dinge ist.«

»Wie viel ist *einige Zeit?*«

»Ich schätze, wir müssen mit zwei Monaten rechnen, bis wir zu einer Einigung kommen.«

Ich möchte mich hinwerfen, mit den Fäusten auf den Boden trommeln und schreien. Stattdessen sage ich: »Das macht er mit Absicht.«

»Leicht möglich.«

»Was können wir tun?«

»Nicht viel im Moment. Wir müssen ihr Zeit zur Vorbereitung lassen. Ich bleibe mit ihr in Verbindung.«

In meinem Rückspiegel sehe ich, wie die Pleitewelle heranrollt. Und sie wird immer schneller.

Ende März sind die Tage schon merklich länger, und es gibt Anzeichen dafür, dass der Frühling bereits im Landeanflug ist. Krokusse und Schneeglöckchen durchstoßen die feuchte schwarze Erde, gelb und violett und weiß. Die blassgrünen Laternen der Christrose leuchten im tiefen Schatten. Die anmutigen gelben Forsythien. Die blühenden Kirschbäume entlang der Queen Street verstreuen ihre Blüten in weißen Schauern.

Die Tulpenbäume stehen in voller Blüte. Ellen nennt sie Magnolien, und rein technisch sind sie das auch. Mein Vater mochte sie nicht, weil sie die übrige Zeit des Jahres nach nichts aussehen, aber ich finde, dass dieses kurze Zwischenspiel im Frühjahr alles wettmacht, wenn die sahneweißen, zart- oder tiefrosa Blüten die nackten Zweige bedecken und wie ein riesiger Tulpenstrauß wirken.

Eins der Häuser an der Galer Street, wo ich jeden Morgen vorbeikomme, hat ein Rankgitter an der Gartentür, das mit Wicken in Lila und Pink überwuchert ist. Ich lasse mir beim Vorbeigehen immer ein bisschen Zeit, um den berauschenden Duft zu genießen.

Aber in der Nacht ist der Wind noch immer kalt und scharf und nass.

Nur ein leichtes Stechen. Als ich mich umdrehe, weckt es mich auf, aber nicht vollständig. Ich muss wohl beim Schlafen den Arm ungeschickt abgewinkelt haben. Um halb vier am Nachmittag stehe ich auf und dusche, und beim Zähneputzen passiert es wieder. Ein kleiner, stechender Schmerz im rechten Handgelenk, gleich wieder vorbei. Vielleicht bilde ich es mir nur ein.

Aber es beschäftigt mich. Ich bewege Arm, Hand und Finger vorsichtig nach allen Seiten. Kein plötzliches Stechen. Scheint in Ordnung.

Ich höre, wie CM vor der Wohnungstür mit den Schlüsseln hantiert. Ich gehe hin, um sie hereinzulassen, und als ich den Türknauf drehe, schmerzt mein Handgelenk wie nach einem Bienenstich.

CM geht an mir vorbei, stellt eine Schachtel mit Tanzschuhen neben der Couch auf den Boden, schlüpft aus dem Trenchcoat und hängt ihn an den Messinghaken hinter der Tür. »Brrr. Es wird kalt draußen. Soll ich Feuer machen? Was wollen wir essen? Kommt Mac her?«

Ich betrachte mein Handgelenk argwöhnisch, drehe die Hand, biege sie nach hinten und vorn. »Nein, er liefert Holz aus und geht dann direkt ins *Bailey's*. Wir haben Gemüsesuppe, und ich habe einen Laib Knoblauch-Parmesan-Brot mitgebracht.«

»Was ist mit deiner Hand los?«

»Nichts. Ich muss wohl darauf geschlafen haben.«

»Versuch das mal. Ellbogen am Körper angelegt.« Sie zeigt mir, wie ich die Hand in Form einer Acht kreisen lassen muss, und das lässt mein Gelenk laut knacken. »Schon erledigt.«

Sie macht mit Zeitungspapier und einem Span Feuer im Kamin und beginnt dann abzuspülen. Ich drehe derweil die Platte unter dem Suppentopf auf und decke den Tisch. Als die Suppe heiß ist, lodert das Feuer schon an einem großen Erlenklotz, und CM füllt die Weingläser. Ich nehme den Schöpflöffel vom Haken und hebe den Suppentopf hoch. Schmerz durchzuckt meinen Arm, von der Innenseite des Handgelenks bis zum Ellbogen.

»Scheiße.«

»Was?« Sie sieht von der Zeitung auf.

»Ich weiß nicht. Es tut weh.«

Sie bringt die Teller zum Herd, nimmt mein Handgelenk und betastet es sanft. »Tut das weh?«

»Nein. Nur wenn ich etwas Schweres hebe oder eine bestimmte Bewegung mache.«

Sie nimmt mir den Schöpfer aus der Hand und füllt beide Teller. »Was für eine Art Schmerz ist es?«

»Scharf. Stechend.«

»Könnte eine leichte Sehnenentzündung sein.« Sie stellt die Teller auf die Tischsets aus Kork, und wir setzen uns. »Willkommen in der wunderbaren Welt körperlicher Arbeit.«

»Was soll ich machen?«

»Hol dir in der Apotheke eine Gelenkschiene. Das Einzige, was mir sonst noch einfällt, ist Ruhe und Aspirin.«

»Ruhe? Und wie soll ich Brot machen?«

Sie reibt sich Parmesan in die Suppe und reicht ihn dann mir. »Dafür sind doch wohl Lehrlinge da.«

Cody kann es zuerst nicht glauben.

»Soll das heißen, dass ich *alles* machen muss?«

»Jeden einzelnen Laib. Ich kann beim Mischen und Wiegen helfen. Vielleicht kann ich das Brot in den Ofen schieben und wieder herausholen, aber auf gar keinen Fall werde ich die Brote formen oder etwas Schweres heben.«

»Und was, wenn wir – wenn wir nicht alles schaffen?«

»Wir müssen einfach kürzer treten. Anstatt vier Sorten Brot machen wir nur zwei. Aber dafür größere Mengen.«

Sie sieht aus wie betäubt. »Das ist doch kein Scherz, oder?«

»Nein.«

In den nächsten drei Wochen unterrichte ich sie, wie Jean-Marc mich unterrichtet hat. Wie man die Temperatur des Teigs beurteilt, seine Formbarkeit, seine Feuchtigkeit, seine Zähigkeit. Wie man die *boules* und *bâtards* formt und dabei die Außenschicht des Teigs dehnt und so eine Oberflächenspannung erzielt, die den Teig zwingt, in die Höhe zu gehen und sich nicht nur seitwärts auszubreiten.

Manchmal, wenn ich die Dinge so erkläre, sehe ich Jean-Marc vor mir, seine teigverkrusteten Hände, seine olivenfarbene Haut, die drahtigen, mehlbestäubten schwarzen Haare auf seinen Armen. Und seine Stimme sagt: *Non, non. Pas comme ça. Das ist Brot, Wynter, nicht Lehm. Es ist lebendig. Es spricht zu dir. Écoute!*

Die Erinnerung ist so lebhaft, dass mir einen Augenblick lang die Luft wegbleibt.

Cody arbeitet mit einer Hingabe, die mich überrascht. Es ist fast Besessenheit. Und sie wird sehr schnell sehr gut.

Acht

Eine schlechte Ehe ist wie der Psycho-Killer in einem Horrorfilm. Genau dann, wenn du denkst, er ist tot, baut er sich vor dir auf und giert nach Blut. Im Film weißt du, was kommt, und denkst dauernd: Nein, nein, nein, geh NICHT allein in diesen dunklen Keller, du dumme Gans. Im wirklichen Leben aber fehlt einem unglücklicherweise diese Voraussicht.

Ich habe versucht, die ganze Scheidungsangelegenheit zu verdrängen – es ist mir auch ganz gut gelungen – und jeden Tag zu nehmen, wie er kommt, und Freude an der Arbeit zu haben. Das ist jetzt viel leichter, seit Cody so gut arbeitet, dass sie mir eine wirkliche Hilfe ist. Wir haben uns sogar ein bisschen angefreundet, wie das unter Bäckern so üblich ist. Die einzige ständige Sorge ist Geld, beziehungsweise Geldmangel. Es ist eine neue Erfahrung für mich, auf einem Meer von Schulden zu treiben – wenn auch mein Hauptgläubiger nur meine Mutter ist – und jeden Penny umdrehen zu müssen. Aber immer, wenn ich mich beklage, lächelt CM bloß und sagt, das forme den Charakter.

Am letzten Donnerstag im April komme ich aus der Bibliothek heim und fühle mich sehr tüchtig, weil ich ein paar neue Bücher zum Lesen habe, ohne dafür Geld ausgegeben zu haben. Als ich sie ablege, sehe ich den Anrufbeantworter blinken. Ich halte den Atem an und drücke auf den Abspielknopf. Es ist Elizabeth. Ihre Mitteilung ist kurz.

Wynter, bitte rufen Sie mich so schnell wie möglich an.

Ich sage mir, dass das nicht unbedingt etwas Schlechtes bedeuten muss. Das ist eben ihre Art. Das Schlimmste ist ja schließlich vorbei. Oder? Wie schlimm kann es sein? Mein Magen fühlt sich an, als wäre er voll Salzsäure, als ich ihre Nummer wähle. Die Sekretärin stellt mich sofort durch – auch das ein schlechtes Zeichen.

»Gut, dass Sie anrufen, Wynter. Ich wollte Ihnen mitteilen, dass Ihr Ehemann und sein Anwalt beantragt haben, die Ehestandsangelegenheit von den anderen streitigen Angelegenheiten, nämlich der finanziellen Regelung, abzutrennen. In zwei Wochen wird über diesen Antrag verhandelt.«

Das ist keine gute Nachricht, da bin ich mir ziemlich sicher, aber ich kann nicht abschätzen, was es genau bedeutet. »Worum geht es? Muss ich dabei sein?«

»Nein, Ihre Anwesenheit ist nicht erforderlich. Kurz gesagt geht es darum, dass die Scheidung nun erklärt werden kann, da die sechsmonatige Wartefrist für die Beendigung des Ehestands vorbei ist. Die vermögensrechtliche Regelung wird aber vom Verfahren abgetrennt.«

»Was?«

»Es läuft darauf hinaus, dass David frei sein wird, um wieder heiraten zu können, und die finanziellen Dinge zu einem späteren Zeitpunkt separat regeln kann.«

Ich bin sprachlos, weil ich überlege, wen ich zuerst umbringen soll.

»Sind Sie noch da, Wynter?«

»Gibt es eine Chance, dass der Antrag abgelehnt wird?«

»Kaum. Da müsste es wirklich triftige Gründe …«

»Die Tatsache, dass er ein Arschloch ist und mich um etwas betrügt, was rechtmäßig mir gehört, zählt wohl nicht?«

»Hm, wahrscheinlich nicht per se …«

»Ich bin … ich kann es nicht fassen. Sind Sie sicher, dass die das machen können?«

»Ich fürchte ja.«

»Aber das ist nicht fair!«

Elizabeth verzichtet wohlweislich darauf, diesen Punkt zu diskutieren. Eigenartigerweise ist mein nächster Gedanke der, wie diese Adele King das einer anderen Frau antun kann. Ich fühle mich verraten und verkauft.

»Und jetzt …« Ich schlucke. »Was tun wir jetzt? Ich meine … Mein Gott, was können wir tun?« Ich komme mir vor, als wären meine Beine unter mir weggeschossen worden. Ich höre auf, hin und her zu rasen, und lasse mich auf die Couch fallen.

»Seine Anwältin hat mir mitgeteilt, dass sie ein Hauptverfahren bei Gericht wollen, um das Vermögen zu teilen. Sie haben um einen Termin gebeten, aber es wird wahrscheinlich sechs bis zehn Monate dauern, bis die Sache zur Verhandlung kommt.«

Es lohnt sich nicht, zu wiederholen, dass diese neueste Entwicklung unglaublich ist.

»Tut mir Leid, Wynter, ich weiß, dass das ein Schock für Sie war. Meiner Meinung nach ist dieses Manöver aber nur ein Versuch, Sie zu entmutigen.«

»Zum Teufel. Das ist ihm gelungen.«

»Ich weiß, aber bedenken Sie Folgendes. Wenn es zu einer Gerichtsverhandlung kommt, wird das für ihn sehr teuer und für Sie auch. Und je nachdem, wer der Richter oder die Richterin ist – vielleicht findet er oder sie Davids Verhalten in manchen Dingen nicht sympathisch. Ich bin mir sicher, dass David das weiß, und Adele weiß es ganz bestimmt. Ich glaube nicht, dass sie es wirklich auf eine Verhandlung ankommen lassen wollen. Aber wenn sie damit erreichen, dass Sie sich lieber zurückziehen als ein Gerichtsverfahren durchzustehen, dann stärkt das seine Verhandlungsposition. Können Sie mir folgen?«

»Und, was machen wir also?«, frage ich wieder. Meine Lippen sind taub.

»Mein Vorschlag ist, dass wir uns auf eine Gerichtsverhandlung einstellen, aber weiterhin versuchen, eine Einigung zu erzielen. Wir haben viel Zeit, und ich sehe keinen Grund, vor Gericht zu ziehen. Kommt Ihnen das vernünftig vor?«

Ich nicke, ohne daran zu denken, dass sie es nicht sehen kann. »Okay.«

»Gut. Machen Sie sich nicht zu viele Sorgen. Ich rufe Sie wieder an.«

Ich habe das Ententelefon immer noch in der Hand, als Mac hereinkommt.

»Was ist los?«, fragt er, sobald er mich erblickt.

Er legt das Telefon auf und setzt sich neben mich auf die Couch. Ich beuge mich nach vorn, stütze die Ellbogen auf die Knie und starre die Spitzen meiner Turnschuhe an.

»Ich habe gerade mit meiner Anwältin gesprochen. David hat einen Antrag eingebracht, das Verfahren zu splitten.«

»Was heißt das?«

»Das heißt, dass die Vermögensregelung von der Scheidung abgetrennt wird. Es heißt, egal, wie lang die Vermögensauseinandersetzung dauert, er kann sich gleich scheiden lassen. Er kann Kelley gleich heiraten.« Es ärgert mich, wie brüchig meine Stimme ist.

»Ist das so schlimm? Macht es dir was aus, wenn er sie heiratet?«

»Du verstehst das falsch. Die Scheidung war mein Trumpf.« Ich kneife mich in die Nase. »Jetzt kann er sie heiraten, und es ist ganz gleich, wie lang die verdammte Vermögenssache dauert. Er hat, was er will.«

Er lässt seinen Handballen langsam auf meinem Rücken kreisen. Das fühlt sich so gut an, dass ich es nicht ertragen kann.

»Ich kann es immer noch nicht glauben. Ich dachte, es sei überstanden.«

»Besteht die Möglichkeit, dass der Antrag abgelehnt wird?«

»Kaum.«

»Hast du Vertrauen zu deiner Anwältin?«

»Wer kennt sich schon mit Anwälten aus? Aber ich will auf keinen Fall mit einem neuen Anwalt wieder von vorn anfangen.«

»Und was schlägt sie vor?«

»Sie meint, es sei wahrscheinlich nur ein taktisches Manöver. Um mich zum Aufgeben zu bewegen. Dann wäre er bei der Vermögensauseinandersetzung in einer stärkeren Position.« Eine Träne durchbricht die Oberflächenspannung und rollt mir übers Gesicht. Er wischt sie weg und leckt dann seinen Daumen ab. »Sie sagt, wir sollten uns auf eine Verhandlung einstellen, aber weiter versuchen, zu einer Einigung zu kommen.«

»Klingt vernünftig.« Er legt einen Cowboystiefel-Fuß über das andere Knie.

»Ich weiß schon, es ist nur … Ich dachte, es sei vorüber.«

Eine Minute lang reibt er noch schweigend meinen Rücken, dann sagt er: »Ich weiß etwas, was deine Stimmung heben könnte.«

»Ich auch. Ein Telegramm, in dem steht, dass David Franklin am Mendenhall Gletscher in einer Spalte verschwunden ist.«

»Ich habe eher an ein paar Tage Urlaub auf Orcas Island gedacht.«

Ich schaue ihn an. »Wann?«

»Wir könnten am Samstagmorgen fahren, sobald du mit der Arbeit fertig bist, und am Montagnachmittag wiederkommen. Das kommt jetzt ziemlich plötzlich, aber Rick wollte gern, dass ich nach Eastsound hinauffahre und in seiner Hütte nach dem Rechten sehe. In den letzten zwei Wochen hat es heftige Regenfälle und einen Sturm gegeben. Ich dachte, wenn ich es dieses Wochenende mache, könntest du mir Gesellschaft leisten. Eine Rückkehr zum Tatort, sozusagen.«

Am Samstagmorgen stehe ich vor der Bäckerei, CMs graue Reisetasche zu meinen Füßen, zwei Tüten aus der Bäckerei und zwei Deckelbecher in den Händen. Der Elky fährt vor, schimmernd wie weißes Porzellan.

Mac steigt aus, küsst mich und wirft meine Tasche hinten hinauf. »Ich glaube, das ist die erste Bäckerei mit Bordstein-Service.«

»Was ist denn mit dem Elky los? Er sieht ja fabelhaft aus.« Ich steige ein und winke Cody und Ellen zu, die uns durch das Fenster beobachten.

»Mir schien, es war Zeit für eine Generalüberholung. Bevor er nicht mehr zu retten war. Neue Kupplung, neue

Bremsbeläge, neue Stoßdämpfer, neue Reifen.« Er reicht mir drei Kassetten. »Hab auch einen Kassettenrekorder einbauen lassen.«

»Hast du eine Bank ausgeraubt?«

»Ach was. Ich hab alles gespart, was ich bei *Norwegian Woods* verdient habe. Und es ist immer noch billiger, als einen neuen Wagen zu kaufen.«

Ich schiebe eine der Kassetten ein, und wir fahren über die Aurora Bridge, während die eindringlichen Klänge von *Midnight Rider* von den Allman Brothers zum offenen Fenster hinauswehen.

Um halb zehn stehen wir in einer Autoschlange, die von der Fähranlegestelle fast bis zur Straße reicht, und suchen in den Bäckereitüten nach den letzten Krümeln der Scones, die Jen gemacht hat. Als der Elky auf dem Autodeck säuberlich in Reih und Glied steht mit all den Jeeps, Kombis, Vans und Geländewägen, steigen wir die Stufen zum zweiten Deck hinauf. Der Passagierraum ist ein Wald von Goretex-Touristen. Scharen von Teenagern lachen zu laut, und Kinder jagen einander auf den Gängen, voll Freude über das Wochenende. Wir streben der Cafeteria zu.

Der Kaffee sieht aus wie schwarzes Wasser. Ich lehne ab. Mac gibt Kaffeeweißer in den seinen, bis er eine kränklich graue Farbe annimmt. Ich hole mir eine kleine Flasche Orangensaft, und wir gehen hinaus und stellen uns an die Reling. Auf dem Deck ist es ruhiger, die meisten Leute bleiben im Warmen, und der Nebel hat etwas, was Menschen die Stimme dämpfen lässt. Das Meer ist glatt und glasig, und die Fähre scheint bewegungslos auf einem kalten grauen Spiegel zu stehen, während die Außenwelt wie ein Film vorbeizieht. Inseln tauchen plötzlich aus dem Nebel auf und verschwinden wieder. Möwen begleiten uns wie Marionettenvögel, bis sie genug von uns gesehen haben und in den Dunst abdrehen.

Ab und zu sehen wir ein Haus, das sich in eine Bucht duckt oder auf seiner eigenen Insel steht und mit der Welt vielleicht bei Ebbe durch eine Sandbank, vielleicht aber auch nur durch das Boot der Bewohner verbunden ist. Oder auch, wie in einem Fall, durch ein flottes gelbes Wasserflugzeug, das an einem Bootssteg vertäut ist.

Ich zittere trotz Pullover und Parka, und Mac legt den Arm um mich. In diesem Augenblick kommt eine junge Frau in einem kurzärmeligen T-Shirt an uns vorbei. Sie trägt ein Baby, das nur eine Windel und ein Hemdchen anhat. Beide scheinen die feuchte Kälte nicht zu fühlen.

»Das müssen Ureinwohner sein«, sagt Mac.

»Ich glaube, es ist gut, wenn man sich früh im Leben an die Umwelt anpasst. In Frankreich sagt man, wenn ein Kind geboren wird, sollte der Vater einen Finger in guten Rotwein tauchen und ihn dem Baby in den Mund stecken, sodass das Kind gleich merkt, wie etwas Gutes schmeckt.«

»Was machen sie sonst noch in Frankreich? Legen sie die männlichen Säuglinge zu den weiblichen, damit sie auch das kennen lernen?«

»Du bist pervers und krank. Und das mag ich bei Männern.«

Als wir vom Fährkai von Orcas aus den Horseshoe Highway entlangfahren, tauchen wir öfter in dichten Nebel ein, der sich an den tief gelegenen Stellen sammelt. Zuerst glaube ich, es regnet, aber es ist nur Wasser, das von den Bäumen längs der Straße tropft. Als wir Eastsound erreichen, eine Ansammlung kleiner Häuser und Geschäfte auf einer Klippe über dem Meer, lenkt Mac den Elky auf einen Parkplatz.

Wir kaufen an einer Bude Truthahn-Burritos und essen sie, während wir die zwei oder drei Straßen entlangwandern, aus denen der Ort besteht. Jetzt ist es fast Mittag, der Nebel ist verschwunden, und der Himmel hat ein dünnes, wässriges Blau. Wir stehen an der hölzernen Absperrung und schauen hinunter, wie die Wellen am Fuß der Klippen anlaufen.

In der Sonnenwärme mache ich meine Jacke auf, und ich fühle den Wind in meinem Haar. »Es ist so schön hier. Ich wünschte, ich hätte meinen Fotoapparat dabei.«

»Ich bin eigentlich ganz froh, dass du ihn nicht dabeihast.«

»Warum?« Ich lege eine Hand über die Augen, um ihn ansehen zu können.

»Wenn man mit dem Fotografieren beschäftigt ist, vergisst man, was man tut. Man vergisst, im Augenblick zu leben. Und am Ende steht man da mit einem sinnlosen Souvenir eines Nicht-Ereignisses.«

Ich starre ihn an. »Hör bloß auf, McLeod. Du bist manchmal so ein Besserwisser.«

Sein Lachen ist ansteckend. »Du nennst mich Besserwisser? Du? Die Croissant-Polizei. Madame Kein-Ketschup-auf-die-Bratkartoffeln.«

Nach einem schnellen Einkauf im Naturkostladen starten wir in Richtung Cottage, kommen an den Austernbänken von Crescent Beach vorbei, biegen links auf die Terrill's Beach Road ab, dann wieder rechts. Nach wenigen Minuten zeigen sich links verlockende Durchblicke auf das Wasser.

Mac biegt bei dem Schild *Madrone Cottage* ein, und wir

rumpeln den Kiesweg entlang. Der weiße, mit Schindeln gedeckte Bungalow ist noch genau so, wie ich ihn von jenem Tag in Erinnerung habe – ist das wirklich schon neun Monate her? Der einzige Unterschied ist, dass die frische weiße Farbe sich hell vom Hintergrund der nassen grünen Nadelbäume abhebt.

Mac sperrt auf, und wir gehen hinein. Das Haus ist wie zu Großmutters Zeiten – Wandverkleidungen aus Kiefernholz, ein durchgesessenes braunes Sofa, zwei grüne Sessel. Die alte Truhe mit der Glasscheibe, die als Couchtisch dient. Bücherregale, die mit Taschenbüchern und Gesellschaftsspielen voll gestopft sind.

Wir tragen unsere Taschen den schmalen Gang entlang, der ein bisschen abschüssig wirkt, und gehen ins Schlafzimmer mit dem Eisenbett, auf dem sich die Quilts türmen. Meine Erinnerung an jenen ersten Besuch legt sich wie eine feine Staubschicht über alles. In diesem Zimmer haben wir zum ersten Mal miteinander geschlafen.

Mac, den offenbar keine Sentimentalität überkommt, stellt seine Tasche auf den Boden neben die unlackierte Kieferkommode und leert seine Jackentaschen auf die verkratzte Oberfläche. »Ich kümmere mich mal um den Schuppen.«

Ich gehe in die Küche, stehe am Spülbecken und schaue hinaus auf den Wald. Ich frage mich, was aus Minnie geworden ist, dem struppigen Köter, der mit Mac hier gehaust hat.

Während er das Schuppendach repariert, hole ich meine Tüte mit Bio-Vollkornweizenmehl heraus. In Seattle habe ich immer eine Prise handelsübliche Trockenhefe genommen, um einen *chef* in Gang zu bringen. Hier oben wirkt die Luft so klar, wahrscheinlich wimmelt es nur so von

Mikroorganismen, und ich will versuchen, einen völlig natürlichen Sauerteig zu machen. Ich glaube nicht, dass im Leitungswasser viel Chemie ist, aber vorsichtshalber habe ich eine Flasche Quellwasser mitgebracht. Der lockere Typ im Laden hat mir versichert, dass es wirklich aus einer Quelle stammt und nicht so ein Designer-Leitungswasser ist. Ich verrühre eine halbe Tasse Wasser mit einer Dreivierteltasse Mehl, bedecke die Schüssel leicht und lasse sie auf der Theke stehen.

Ich beeile mich, auf die Veranda zu kommen. Ich mache es mir auf dem kleinen Sofa mit einem Taschenbuch von Ruth Rendell gemütlich, das ich im Bücherregal gefunden habe. Nach dem ersten Kapitel überkommt mich Schläfrigkeit, und ich strecke mich auf dem Sofa aus, wobei die Füße an einem Ende herunterhängen.

Die Stille schlägt mich in Bann. Ich höre den Wind, und gleichzeitig fühle ich, wie er über mein Gesicht streicht. Leises Vogelgezwitscher. Staubpartikel, die in einem Strahl Sonnenlicht gefangen sind. Eine Hummel summt irgendwo, und ich bringe nicht einmal die Energie auf, mich danach umzudrehen. Eine Hirschkuh tritt ruhig aus dem Wald und äst keine fünfzehn Meter vom Haus entfernt.

Das Geräusch von Schritten im Kies weckt mich. Meine Füße sind taub und kribbeln. Die Sonne ist schon hinter den Bäumen. Mac kommt und lacht sein ganz spezielles langsames Lachen.

»Holst du deinen Schönheitsschlaf nach?«

»Ich will dich schließlich die ganze Nacht wach halten.« Mein Mund ist trocken. »Wie viel Uhr ist es?«

»Ungefähr fünf. Ich gehe jetzt unter die Dusche.«

Ich richte mich gähnend auf und versuche, durch Kopfdrehen meinen steifen Hals wieder locker zu bekommen. »Was machen wir zum Abendessen?«

»Unten an der Klippe gibt es eine nette kleine Bar. Ich schlage vor, wir trinken dort ein bisschen Wein und überlegen dabei, was für Möglichkeiten wir haben.«

Die Sonne sinkt dem Meer entgegen, als wir drei Holzstufen hinaufsteigen, vorbei an einem Pflanzgefäß, aus dem blaue Petunien, rote Geranien und weiße Lobelien üppig hervorquellen. Am Haus ist kein Schild, aber Mac sagt, dass es hier sein muss. Innen ist es still.

»Hi. Zwei Personen zum Abendessen?« Die Stimme gehört einer gebräunten Blondine mit metallisch blauen Augen.

»Eigentlich wollten wir nur ein Glas Wein«, sagt Mac. »Ich dachte, das sei eine Bar.«

Die blonde Frau lächelt. »Das war es auch mal. Vor einem Monat hat Alex sie gekauft, und jetzt ist es ein Café. Wir haben das neue Schild noch nicht angebracht. Aber Sie können immer noch Wein bekommen. Setzen Sie sich an die Bar, und ich hole ihn.«

Als ein Klon von Jean-Marc aus der Küche kommt, falle ich fast vom Hocker. Auf den ersten Blick ist die Ähnlichkeit geradezu unheimlich, aber bei näherem Hinsehen erkennt man deutliche Unterschiede. Er ist ein bisschen größer als Jean-Marc, und sein Gesicht ist beweglicher im Mienenspiel. Seine Augen sind genauso dunkel, aber nicht so zurückhaltend, sondern ausdrucksstärker. Der Körper ist genau vom gleichen Typ, stämmig und muskulös. Sein schwarzes Haar ist zu einem Pferdeschwanz zusammengebunden – etwas, was Jean-Marc nicht im Traum einfiele –, und er trägt eine weiße Kochjacke über den Jeans.

Er streckt Mac die Hand hin. »Alex Rafferty.«

»Mac McLeod. Und das ist Wyn Morrison.«

»Shawn sagt, ihr habt die *Orcas Wine and Spirits Company* gesucht. Ich hab das Lokal vor ein paar Monaten gekauft, aber den Wein habe ich behalten. Ich habe auch eine Menge importierte und heimische Flaschen aus meinem Restaurant in Seattle da. Was hätten Sie gern?«

»Einen Cabernet oder Merlot«, sage ich, den Blick durch das Fenster gerichtet. »Was für eine sagenhafte Aussicht.«

»Nicht wahr? Manchmal wird es mir direkt zu viel.« Er dreht sich zu einer Reihe Flaschen um und studiert sie. »Versuchen Sie diesen Hogue Merlot. Der schmeckt Ihnen sicher. Wenn nicht, machen wir eine andere Flasche auf.«

»Sie haben ein Restaurant in Seattle?«, fragt Mac.

»Hatte.« Das kleine Halblächeln ist mir unheimlich vertraut. »Ich hab alles verkauft und bin hier heraufgezogen.«

Er stellt zwei Gläser auf den Tresen und schenkt den purpurroten Wein ein.

»Wie geht das Geschäft?« Mac schwenkt den Wein im Glas, schnüffelt daran und probiert ihn.

»Bisher ganz gut«, sagt Alex. »Im Moment ist es ziemlich ruhig, aber ich wollte alle Mängel beseitigen, bevor die Touristeninvasion kommt. Ich hoffe, Sie kommen einmal zum Essen vorbei. Leben Sie hier?«

»Wir sind nur zu Besuch. Haben Sie eine Speisekarte?«

»Noch keine gedruckte. Nur eine selbst geschriebene auf der Tafel an der Tür.«

Mac steht auf, um sie zu lesen, und Alex dreht sich zu mir und lehnt sich auf die Bar. »Kenne ich Sie von irgendwoher?«

Ich schüttle den Kopf. »Tut mir Leid, wenn ich Sie angestarrt habe. Aber Sie sehen einem Mann, für den ich einmal gearbeitet habe, so unglaublich ähnlich. Wo hatten Sie Ihr Restaurant?«

»Es war das *Union Café.* Am Nordende des Lake Union, in der Nähe des Gasworks Park.«

Mac kommt zurück, setzt sich neben mich und legt mir die Hand auf die Schulter. »Wenn wir schon da sind, können wir genauso gut auch hier essen.«

Das Café ist nett – klein, aber man hat genügend Platz, um nicht unfreiwillig das Gespräch am Nachbartisch belauschen zu müssen. Die Wände sind in dunklem Terrakotta gestrichen, von dem sich die weißen Tischtücher schön abheben, und es gibt überall Kerzen, deren Licht in Spiegeln und Gläsern funkelt. Ein Musterbeispiel für maximalen Effekt bei minimalem Aufwand. Natürlich schadet es auch nicht, dass die gesamte Rückwand aus Fenstern mit Blick auf den East Sound besteht.

Die blonde Frau erscheint wieder, um uns die Weinkarte zu bringen und die Gerichte aufzusagen. Unser Kellner kommt gleich, sagt sie. Mac schaut aus dem Fenster auf den Himmel, der mit Gold und Pink durchschossen ist. Dann sagt er ganz plötzlich: »Ich glaube, hier könnte ich leben.«

»Du meinst auf Orcas Island?«

Er nickt. »Es erinnert mich an …«

Der Kellner taucht aus dem Nichts auf, lächelt breit und fragt, ob wir uns schon für einen Wein entschieden hätten.

»Wahrscheinlich einen Roten«, sage ich. »Der Hogue Merlot hat uns geschmeckt.«

»Wenn Ihnen der geschmeckt hat, dann gibt's noch einen anderen Merlot, der Ihnen noch besser schmecken wird. Einen kanadischen, aus dem Okanagan Valley in Britisch Kolumbien. Er nennt sich Burrowing Owl. Er ist ein bisschen teurer, aber meiner Meinung nach jeden Cent wert.«

Ich möchte ihm mitteilen, dass es auf seine Meinung nicht ankommt, weil er ja nicht bezahlt, aber Mac lächelt und sagt: »Okay, versuchen wir ihn.« Er fragt nicht einmal, was er kostet.

Als der Kerl geht, um den Wein zu holen, schaue ich Mac an. »Hat dein Großonkel Sylvester das Zeitliche gesegnet und dir sein gesamtes Vermögen hinterlassen?«

Er blickt verlegen drein. »Ich übe mich darin, reich und berühmt zu sein. Außerdem habe ich eine funkelnagelneue Kreditkarte, die unbedingt durch eine Maschine gezogen werden möchte.«

Er schaut wieder aus dem Fenster, während ich mich innerlich darüber aufrege, was der Wein kosten wird. Alex bringt die Flasche selbst, dazu zwei Rotweinkelche.

»Gute Wahl«, sagt er, als er den Korkenzieher ansetzt. In der Sprache der Gastronomen bedeutet das: *Danke, dass Sie die Miete für diesen Monat bezahlen.*

Der Wein ist wirklich großartig – rund und voll Geschmack und Fülle. Nach einem Glas schon schmelze ich dahin und denke daran, was Benjamin Franklin angeblich über Wein gesagt hat: Er sei ein ständiger Beweis dafür, dass Gott uns liebt. Ich sitze da, schaue Mac an und warte, dass er noch mehr von dem erzählt, woran die Insel ihn erinnert, aber er ist in Gedanken offenbar schon ganz woanders. Ich möchte über den Tisch hinweg sein Gesicht berühren. Im reflektierten Kerzenlicht erinnern mich seine Augen an einen Stein, den ich einmal auf einer Wanderung gefunden habe. Mein Vater sagte, es sei ein Silikat. Aber mir gefiel einfach die Art, wie winzige goldene Facetten mit geometrischer Präzision aus dem gewöhnlichen grauen Stein herauskamen.

Er hat so einen kleinen Flecken Sonnenbrand auf der Nase, wie ihn Rettungsschwimmer am Strand immer haben. Sein Mund … Gott, wie ich seinen Mund liebe. Ihn zu küssen. Der Gedanke daran, wo er schon überall auf meinem Körper gewesen ist und wie sich das anfühlt, macht mich ganz benommen.

Das Essen ist wunderbar. Mac hat neuseeländische Lammmedaillons mit einer Senfkruste und üppige, arterienverstopfende Bratkartoffeln. Ich nehme lieber Fisch, wenn wir schon auf einer Insel sind – obwohl er nicht von hier ist. Aber er ist so frisch, als wäre er es: ein dickes Thunfischsteak, mit Knoblauch und Kräutern knapp medium gegrillt. Die Zutaten in meinem Salat aus Frühlingsgemüse stammen alle von der Insel: Kürbisstücke, daumengroße neue Kartoffeln, Zuckererbsen und grüne Bohnen – alles frisch und süß, mit warmer Haselnuss-Vinaigrette angemacht. Zu jedem Gericht gibt es anderes Brot. Mac bekommt buttrige weiße Brötchen und ich herzhaftes Landbrot, mit Knoblauch eingerieben und gegrillt.

Statt einer Nachspeise lassen wir uns Käse kommen, den wir zum Rest unseres teuren, aber-jeden-Cent-werten Weines essen. Mit dem Käse wird eine kleine Schale rote Weintrauben serviert.

Als die Rechnung kommt, schaut Mac sie kaum an, er zieht nur seine jungfräuliche Mastercard heraus und legt sie in die Mappe. Ich greife nach meiner Geldbörse.

»Wyn«, sagt er, »tu das nicht, okay?« Seine Augen sind eine einzige Warnung, also sage ich: »Ich wollte nur meinen Lippenstift herausholen.«

Als wir in den Pick-up einsteigen, schaut Mac zum Himmel auf.

»Ich möchte dir eine Stelle zeigen, die ich letzten Sommer gefunden habe. Man hat dort eine unglaubliche Aussicht.« Er zieht die Tür zu, lässt den Motor an, und wir nehmen den Horseshoe Highway.

»Kann man das in der Nacht sehen?«

Er lächelt nur und biegt links ab, wo ein Schild steht: *Privatstraße. Nur für Anwohner.* »Dürfen wir da fahren?«

»Beruhige dich. Du bist doch so ein braves Mädchen.«

»Und du bist ein Anarchist.«

»War dein Vater sehr streng?«

Ich überlege. »Er hat mich nie geschlagen – ich kann mich kaum erinnern, dass er je auch nur die Stimme erhoben hätte. Ich wollte ihn nur nie enttäuschen. Er konnte meinen Namen auf eine bestimmte Art aussprechen …«

Die Kiesstraße wird zu einem unbefestigten, schmalen Fahrweg.

»Was war das Schlimmste, das du je angestellt hast? Und das er rausgekriegt hat?« Der Wagen rumpelt durch ein riesiges Schlagloch, und mein Kopf stößt ans Dach. »Ups, sorry.«

Ich halte mich mit einer Hand an der Armlehne fest und massiere mir mit der anderen den Kopf. »Mal überlegen. Als ich ungefähr zehn war, hat CMs große Schwester Katie uns angestiftet, im Drugstore einen Lippenstift zu stehlen. Wir taten es, aber dann hat meine Mutter ihn gefunden und wollte wissen, wo wir ihn her hatten. Krankhaft ehrlich, wie ich war, habe ich alles erzählt. Sie hat es wiederum Vater mitgeteilt, und er befahl uns, wieder zu diesem Laden zu gehen und dem Manager den Diebstahl zu gestehen. Und zwar jede einzeln, damit wir uns nicht gegenseitig Mut machen konnten. Ich war völlig versteinert vor Angst. Ich war mir sicher, wir kämen ins Gefängnis.«

Ich kann jetzt nur noch die Schwärze des Waldes und die Scheinwerfer sehen, deren Licht im Dunkel verschwindet, aber Mac fährt ziemlich schnell. »McLeod, wie zum Teufel willst du denn sehen, wo du fährst?«

»Ich brauche nichts zu sehen. Diese Straße ist in meinem Unterbewusstsein gespeichert.« Er grinst. »Und wie ging es weiter?«

»Der Manager sagte, er würde für diesmal darauf verzichten, die Polizei zu rufen. Wahrscheinlich lachte er sich innerlich kaputt. Dann ging ich hinaus, und CM war an der Reihe. Der arme Mann hoffte wahrscheinlich sehr, dass nicht noch mehr Gangmitglieder beteiligt waren, damit er endlich wieder zu seiner Arbeit kam.«

Als es so aussieht, dass wir nur noch den Weg, den wir gekommen waren, rückwärts wieder hinausfahren können, biegt er in einen anderen Weg ein, der kaum mehr ist als ein Pfad, so schmal, dass immer wieder Zweige an die Windschutzscheibe schlagen, während wir ihn entlangbrausen. Endlich bleibt er auf einer Lichtung stehen, die rings von Nadelbäumen umgeben ist, und wir steigen aus. Mac entrollt eine dicke Schaumstoffmatte auf der Ladefläche, öffnet den Reißverschluss seines Schlafsacks und breitet ihn über die Matte.

»Allzeit bereit«, spotte ich.

»Ich habe schon oft in diesem Wagen geschlafen.« Er springt hinten auf und hält mir die Hand hin.

Wir setzen uns mit dem Rücken zur Fahrerkabine. »Hast du nicht gesagt, dass es hier eine Aussicht gibt?«

»Schau nach oben«, sagt er.

»Oh … mein Gott.«

Es ist, als schaue man durch ein riesiges Bullauge auf jeden einzelnen Stern im All. Man kann tatsächlich einen Teil vom Lichtstrom der Milchstraße sehen. Wir sitzen und schweigen. Ich bin versucht, die Luft anzuhalten, weil mir sogar das Atmen zu laut erscheint für diesen Augenblick. Eine Sternschnuppe schimmert kurz auf und verschwindet. Eine zweite folgt ihr.

»Was wolltest du beim Essen sagen? Woran dich dieser Platz erinnert?«

Er lehnt den Kopf ans Rückfenster. »Er erinnert mich an die Sommercamps, als ich ein Kind war. Ich glaube, es liegt am Licht.«

»Was ist damit?«

»Wenn man von Bergen umgeben ist wie hier, wird es am Morgen hell, bevor man die Sonne sehen kann, und am Abend verschwindet die Sonne, aber es ist immer noch hell. Ich hatte immer das Gefühl, es würde nie dunkel. Wie im Sommer in Alaska.«

Ich schaudere zusammen, und er zieht mich fest an sich. »Kalt?«

»Eigentlich nicht. Komisch, wie sehr ich die Kälte gehasst habe. Es konnte mir nie warm genug sein. Jetzt bewirkt die Kälte, dass ich mich wacher fühle. Überhaupt erscheint mir jetzt vieles anders. Zum Beispiel hätte ich nie gedacht, dass ich woanders leben könnte als im Süden von Kalifornien. Ich hätte ja auch nicht im Traum daran gedacht, dass ich einmal eine Bäckerei haben würde.«

Als er mein Gesicht zu sich dreht, ist mir nicht ganz klar, ob er mich wirklich küssen will oder ob er nur möchte, dass ich zu reden aufhöre. Der Effekt ist jedenfalls der Gleiche.

»Und außerdem«, sage ich nachdenklich, »hätte ich nie gedacht, dass ich einmal hinten auf einem einundsiebziger El Camino Sex haben würde.«

Er lacht. »Du machst wohl vor gar nichts Halt. Ich glaube, das mag ich besonders gern an dir.«

Das dumpfe Trommeln des Regens weckt mich früh am Sonntagmorgen. So viel zur Wanderung auf den Mount Constitution. In der Küche ist das Linoleum kalt und wellig unter den Fußsohlen. Ich hole mir Orangensaft, trinke ihn am Spülbecken und schaue hinaus auf den Wald. Tropfnasse Blätter und Nadeln glänzen in irisierendem Grün vor dem Schwarz der nassen Stämme, und der schiefergraue Himmel scheint zum Greifen nahe.

Ich spüle mein Glas aus und gehe wieder ins Schlafzimmer. Mac wacht gerade so weit auf, dass er mir unter den Decken Platz machen kann, und ich schmiege mich an ihn und sinke zurück in den Schlaf.

Als ich die Augen wieder öffne, ist er nicht im Bett. Ich rieche Kaffee. Ich ziehe Socken über meine kalten Füße und tapse in die Küche. Er streicht Butter auf den Toast, und ich stehe hinter ihm und lehne mein Gesicht an seinen Rücken.

»Mmm. Mein liebster Morgenduft.«

»Der Kaffee? Oder der Toast?«

»Du.« Er dreht sich um und küsst mich.

Ich hole meinen *chef,* um den Fortschritt zu begutachten. Er hat sich aufs Doppelte vergrößert, ist weich und voller Leben. Ich weiß noch, wie Jean-Marc sagte, je nasser der Sauerteig sei, desto saurer werde das Brot. Ich probiere ein kleines bisschen und spüre die Schärfe auf der Zunge. Mac schaut mir über die Schulter.

»Was ist da drin?«

»Nur Mehl und Wasser.«

»Warum wirft es dann Blasen?«

»Weil sich jetzt eine Unmenge kräftiger Mikroorganismen darin tummelt.«

»Wie viele Mikroorganismen machen eine Unmenge aus?«

»So viele, dass du mit dem Zählen gar nicht anzufangen brauchst. Ist das nicht erstaunlich? Alles, was sie brauchen, ist ein bisschen Nahrung und ein Ort, wo sie Sex haben können, und schon tauchen sie auf und beginnen mit der Vermehrung.«

»Das ist nicht so erstaunlich. Das könnte ich auch.«

Er legt mir die Arme um die Taille. »Wenn ich diese ungezügelte sexuelle Aktivität beobachte, werde ich richtig heiß.«

»Das habe ich noch nie erlebt, dass die Betrachtung von Sauerteig einen Menschen erregt hat.« Ich drehe mich um, springe in seine Arme und schlinge die Beine um ihn. »Aber es gibt eben immer ein erstes Mal.«

Als wir endlich frühstücken wollen, ist der Toast kalt, und wir wärmen ihn im Herd auf. Wir ziehen Pullover an und essen auf der Veranda, sehen dem Regen zu und erschlagen ab und zu eine Mücke.

Ich stelle meine Kaffeetasse ab und richte mich an meinem Ende des Sofas so ein, dass ich ihn direkt anschaue. »Wir machen ein Experiment. Jeder erzählt etwas, das der andere bisher nicht gewusst hat. Über sich selbst. Nicht über das Liebesleben der Regenbogenforelle oder so. Okay?«

»Und was soll dieses Experiment beweisen?«

Ich schaue ihm fest in die Augen. »Dass wir es können, und dass die Erde sich nicht auftut und uns verschlingt, wenn wir über uns selbst sprechen. Okay?« Ich warte nicht auf seine Antwort. »Ich mache den Anfang. Als mein Vater gestorben war, konnte ich lange Zeit nicht weinen.«

»Wie fühlt man sich da?«

»Ungefähr so, wie wenn man keinen Orgasmus haben kann.«

»So schlimm?«

»Im Prinzip ist es dasselbe. Eine Spannung baut sich auf, und anstatt sich schnell zu lösen, verringert sie sich nur langsam und unter Unbehagen.«

»Klingt irgendwie ungesund«, sagt er.

Ich zucke die Achseln. »Es gibt viele Männer, die nie weinen. Ich habe da eine Theorie. Und zwar, dass viele Männer vom Sex so besessen sind, weil sie nicht weinen können.«

»Was?«

»Es ist die einzige Art, wie sie Spannung abbauen können.«

»Nun, meine Theorie ist, dass so viele Männer vom Sex besessen sind, weil sie keinen kriegen.«

»Ich finde meine Theorie viel interessanter. Und jetzt musst du etwas erzählen.«

»Ich bin in der Abschlussprüfung in Englisch durchgefallen.«

»Quatsch.«

Er lacht. »Gut, nicht ganz. Nach der Abschlussfeier musste ich die Prüfung wiederholen. Erst dann bekam ich mein Diplom.«

»Das ist nicht interessant, McLeod.«

»Du hast nicht gesagt, dass es interessant sein muss. Möchtest du wissen, wie es dazu kam?«

»Nein. Ich möchte etwas über deinen Bruder wissen.«

»Das ist nichts über mich«, sagt er ruhig.

»Doch, ich glaube schon.«

Ein Schatten gleitet über sein Gesicht, wie eine ganz kleine Welle auf einem stillen Teich. »Und was möchtest du über ihn wissen?«

»Alles. Name, Alter, Beruf, wo er wohnt … das Übliche.«

Er seufzt. »Kevin Douglas McLeod. Geboren am 12. Januar 1956.«

»Wie sieht er aus?«

»Anders als ich.«

»Ein bisschen genauer, wenn's geht.«

»Er sieht aus wie ein Footballspieler. Und das war er auch. In der Highschool.« Er legt den Arm auf die Rücklehne des Sofas. »Erinnerst du dich noch an den Tag, als wir bei *Steve's* frühstückten … an die beiden Jungen, die sich um die Stifte stritten?«

»Natürlich. Ich weiß noch genau, wie du dich über den boshaften Siebenjährigen aufgeregt hast.«

»Dieser boshafte Siebenjährige war wie Kevin.«

»Und was macht er? Beruflich, meine ich. Und ist er verheiratet? Hat er Kinder? Wo lebt er?«

»Wir haben schon lang nicht mehr miteinander gesprochen.« Er steht auf. »Möchtest du noch Kaffee?«

»Was ich möchte, ist, dass du mir sagst, warum du immer einen Blick kriegst wie ein Reh im Scheinwerferlicht, wenn ich nach deinem Bruder frage. Warum du keine Fotos hast – kein einziges. Nicht von ihm. Nicht von deinem Vater. Nicht von Suzanne.«

Eine Minute lang sagt er gar nichts. Er sieht mich nicht einmal an. Endlich setzt er sich wieder.

»Kevin war hübsch. Gescheit. Er war ein großer Footballspieler. Klassensprecher. Alles fiel ihm leicht. Die Mädchen rannten uns das Haus ein. Suzanne wurde immer richtig sauer.«

»Aber das klingt alles so … trivial. Es gibt schließlich ein

Leben nach der Highschool. Vielleicht hat er sich geändert. Vielleicht, wenn du ihn anrufen würdest – nur um Hallo zu sagen oder …«

»Er ist tot.« Seine Stimme ist ruhig und ausdruckslos. »Kevin ist tot.«

Ich verschlucke mich fast an meinem Kaffee. »Seit wann?«

»1974.«

»Aber du hast gesagt …« Ich breche ab, weil mir bewusst wird, wie dumm das klingen würde. *Aber du hast gesagt, er ist Anwalt.* »Und er war erst achtzehn? Wie konnte das passieren?«

Er hebt die Kaffeetasse zum Mund und merkt dann, dass sie leer ist. Als er sie absetzt, kippelt der Tisch auf der Seite, wo das kürzeste Bein ist. »Es war an einem Freitagabend, nach dem letzten Footballspiel des Jahres. Danach hat es eine Party gegeben. Er war in der Abschlussklasse, ich war jünger. Alle haben getrunken. Auf dem Heimweg gab es … ein Unglück. Der Typ im Van hat das Rotlicht überfahren. Kevin war sofort tot.«

»Oh, Mac.« Ich komme mir so dumm vor, aber etwas anderes fällt mir nicht ein.

»Sie hatte so große Pläne für ihn.«

»Deine Mutter?«

Er nickt. »Ich glaube, sie hat mir nie verziehen.«

»Was verziehen?«

»Dass ich nur einen gebrochenen Arm davongetragen habe.«

»Um Gottes willen, habt ihr zwei je darüber geredet?«

»Kaum. Als ich mit der Highschool fertig wurde, lebte sie schon in ihrem Schlafzimmer mit einer Flasche Wodka.«

»Ich weiß nicht, was ich sagen soll. Es tut mir so Leid.

Aber warum hast du mir das nicht einfach erzählt? Die vielen Male, wo ich nach ihm gefragt habe? Und nach ihr?«

»Darüber spreche ich einfach nicht.«

»Warum?«

Er zuckt die Schultern und sieht mich nicht an. »Ich weiß nicht. Vielleicht hatte ich keine Lust, das zu erklären. Das alles noch einmal …« Er wartet auf das richtige Wort, aber es kommt nicht. »Es war einfacher, etwas zu erfinden. Nach einiger Zeit habe ich es beinahe selbst geglaubt. Ich weiß es ehrlich nicht.«

»Wie schrecklich. Du musst ja …« Mir versagt die Stimme.

»Ich weiß nicht.« Jetzt schaut er in meine Richtung, aber an mir vorbei. »Tatsache ist, dass sich in meinem Kopf immer noch die gleichen dummen Streitereien mit ihm abspielen. Das ist das Schlimmste daran. Es gibt keine Lösung mehr. Wir können den Zwist nicht mehr austragen.«

»Manche Sachen können nicht ausgetragen werden, selbst wenn die betroffenen Personen im gleichen Raum sind. Das weißt du.« Als ich nach seiner Hand greife, steht er wieder auf.

»Schon wahr.« Er tritt ans Geländer und sieht zu, wie das Gras sich unter dem sanften Regen beugt. Dann dreht er sich plötzlich um. »Ich sage es ungern, aber wir sollten jetzt besser packen und zur Fähre fahren.«

»Ach komm, Mac. Du kannst jetzt nicht mittendrin aufhören.«

»Doch, ich kann. Und ich muss. Ich hätte es dir nicht sagen sollen.«

Ich starre ihn fassungslos an. »Aber ich glaube, du musst es jemandem erzählen. Du kannst so etwas nicht einfach in dir begraben und so tun, als ob nichts wäre.«

Er lehnt sich ans Geländer. »Es ist ein verbreiteter Irrglaube, dass man eine schreckliche Sache benennen kann und dann sagen, das war's. Du nennst es beim Namen und erkennst es an und machst dich dadurch frei. Aber das stimmt nicht. Im Gegenteil, du lässt es heraus, und es ist, als hättest du die Büchse der Pandora geöffnet.«

Er stößt sich vom Geländer ab. »Und jetzt müssen wir wirklich weg. Ich arbeite heute Abend.«

Die Rückfahrt nach Seattle ist grau und deprimierend. Er schiebt eine Kassette mit richtig abgefahrenem Blues ein – die Sänger hören sich alle an wie neunzigjährige, zahnlose Schwarze, und ich verstehe kein Wort –, um jedes weitere Gespräch im Keim zu ersticken, vermute ich. Es wirkt.

Dann, als wir gerade die Grenze zum King County überqueren, fällt mir ein, dass ich meinen *chef* vergessen habe. Ich hatte ihn in den Kühlschrank gestellt, um die Gärung zu bremsen, und hatte ihn in der letzten Minute herausnehmen wollen. Und in der Eile des Aufbruchs vergaß ich ihn.

Neun

Das Schweigen zwischen uns dauert fast eine Woche.

Am Freitag ruft er endlich an. »Es interessiert dich bestimmt, dass Ros am Dienstag ihr Baby bekommen hat. 3260 Gramm, sie heißt Sarah.«

»Oh, großartig. Wann kommen die beiden heim?«

»Heute, glaube ich.«

»Vielleicht könnten wir sie am Wochenende besuchen.«

»Klar.«

»Ich komme vielleicht am Samstag ins *Bailey's* – so um zehn?«

»Klar.«

Ich schaue in meine Tasse, in der der Tee schnell abkühlt. Sie ist halb voll, ermahne ich mich, nicht halb leer. Noch warm, nicht schon kalt. Mac angelt mit dem Fuß einen Stuhl heraus und setzt sich. Er stellt zwei dampfende Tassen auf den Tisch.

Es ist Samstagabend, oder besser Sonntagmorgen. Die Kneipe ist zu, Mac und Kenny haben aufgeräumt, zugesperrt, die Einnahmen im Safe untergebracht. Jetzt ist Kenny zu Ros und dem Baby Sarah heimgegangen, die Läden sind zu, und das einzige Licht im Raum kommt vom Feuer und von der kleinen Lampe, unter der wir sitzen.

»Ich hab Honig in deinen Tee getan.« Er schaut ins Feuer.

Ich bin seit ungefähr halb elf da. Zuerst habe ich Wein getrunken, dann, als mein Kopf zu schwimmen begann, bin ich auf Tee umgestiegen. Ich nehme meinen Löffel aus der Tasse, und er ist immer noch mit dickem goldenem Honig bedeckt. Ich sehe zu, wie der Honig hinuntertropft, dann rühre ich wieder um. Ich schaue zu Mac auf.

Wir haben eine Grenze überschritten, Mac und ich. Wir befinden uns auf neuem Terrain, und es gibt kein Zurück. Es ist, wie wenn man zu einer Jury gehört, und der Richter sagt, man dürfe einen Beweis, der eben vorgebracht wurde, nicht beachten.

Ich wollte eine Information haben, und ich habe sie bekommen. Aber ich habe auch die emotionale Last bekommen, die dazugehört. Die echte Ungezwungenheit unseres Beisammenseins hat einer aufgesetzten Leichtigkeit Platz gemacht, in der wir beide so tun, als wüsste ich nicht, was ich weiß.

Er greift nach meiner Hand, aber es ist eine automatische Geste. In Gedanken ist er woanders.

»Alles in Ordnung?«, frage ich.

»Klar. Warum?«

»Nun, erstens einmal, weil du neuerdings auf jede Frage mit *Klar* antwortest.«

»Es ist einfach ein bisschen viel.«

»*Was* ist dir zu viel?«

Er schaut mich scharf an. »Nichts ist zu viel. Ich bin einfach nur müde. Ich habe die letzten beiden Nächte nicht viel geschlafen. Mach da keine Affäre draus.«

Ich würde gern fragen, warum er nicht geschlafen hat, aber da würde ich mich auf unsicheres Gebiet begeben. Plötzlich fällt mir überhaupt nichts mehr ein, was ich gefahrlos sagen könnte, und zwischen uns gähnt eine Kluft so tief wie der Grand Canyon.

»Mir scheint, manchmal verstehe ich dich einfach nicht.«

Er lächelt. »Wir gehen nur auf verschiedene Art mit der Tatsache um, dass das Universum unaufhaltsam dem Chaos zutreibt.«

»Ach, jetzt hör doch mal auf.« Ich lege die Arme auf den Tisch und lehne meinen Kopf darauf. Ich möchte nur noch heimgehen, Sex haben und in seinen Armen einschlafen.

»Womit aufhören?«

»Diese ewige Abwehr. Legst du denn nie deine Rüstung ab?« Der Pullover dämpft meine Stimme.

»Hörst du nie auf, mich festnageln zu wollen?«

Ich setze mich schnell auf. »Ich will dich nicht festnageln. Ich versuche dich zu verstehen.«

»Warum musst du mich denn verstehen?«

Weil ich dich liebe, Dummkopf.

Ich sage es nicht wirklich. Mrs. Morrison hat keine Idiotin aufgezogen. Aber als ich ihn anschaue, merke ich, dass er es sieht, so deutlich, als wäre es mir auf die Stirn geschrieben.

Die Lampe über dem Tisch scheint in einem kaum bemerkbaren Bogen zu schwingen. Sie nimmt eine winzige Bewegung auf, ein Erdbeben, zu schwach, um fühlbar zu sein.

Er hebt mich aus meinem Stuhl und auf seinen Schoß. Er löst mein Haar, lockert es mit den Fingern, und ich lehne meine Wange an seine Stirn.

So sitzen wir lange. Ich weiß nicht, wie lang, aber das

Feuer hat Zeit, inzwischen herabzubrennen, bis nur noch eine Schicht Papierasche und ein paar rote Kohlen übrig sind. Er hält mich im Arm, atmet in mein Haar und sagt kein Wort.

Der Sonntag ist ein herzzerreißend schöner Frühlingstag. Wir fahren erst an der Bäckerei vorbei und kaufen eine Schachtel Johannisbeer-Scones und Muffins mit dreierlei Beeren, die wir Ros und Kenny nach Green Lake mitbringen wollen.

Sobald die Tür aufgeht, schlägt uns Babygeruch entgegen. Kenny sieht aus, als wäre er die ganze Nacht auf gewesen, was wahrscheinlich auch der Fall ist. Rotäugig, unrasiert, barfüßig. Hemd aus der Hose, Spuckwindel über der Schulter.

»Willkommen im Babyland.« Er lächelt schwach, aber seine Laune hebt sich sichtlich, als Mac ihm die Schachtel aus der Bäckerei in die Hand drückt. »Ich setze Kaffee auf. Die Königin und die Prinzessin sind im Wohnzimmer.«

Ros, die müde, aber heiter aussieht, sitzt, auf ein Kissen gestützt, mit hochgelegten Füßen in einem Meer von rosa Decken und Stofftieren. In ihrem Schoß liegt ein kleines rosafarbenes Bündel. Alles, was ich von dem Baby sehe, ist ein Gesicht von der Größe einer Kaffeetasse, eine winzige, hübsche Nase, wimpernlose Augenlider und der Miniaturmund mit den rosigen, im Schlaf gespitzten Lippen, die noch feucht sind vom Trinken.

»Lady Madonna.« Mac grinst und küsst sie auf die Stirn. Ich knie nieder, damit ich Sarah besser sehen kann.

»Das hast du gut gemacht, Ros.« Ich streiche mit der Außenseite des Zeigefingers über die unglaublich zarte Wange. »Wie fühlst du dich?«

»Ach – müde. Angeschlagen. Glücklich. Dumm.«

»Warum dumm?« Mac hängt meine Jeansjacke über eine Stuhllehne und setzt sich.

»Weil man erst dann, wenn man ein Baby hat, herausfindet, was man alles nicht über Babys weiß.« Kenny kommt aus der Küche, in einer Hand eine Platte mit Muffins und Scones, in der anderen vier Kaffeebecher. Er schiebt einen Stapel Babyratgeber mit dem Fuß ans Ende des Couchtisches und setzt seine Last ab.

Mac lacht. »Hübscher Trick. Was kannst du sonst noch?«

Kenny seufzt. »Ich habe das Gefühl, dass ich das bald erfahren werde.«

»Hört euch das an.« Ros verdreht die Augen. »Schließlich bin ich diejenige, die für jede Fütterung aufstehen muss.«

»Gottlob fehlt mir dafür die Ausrüstung.«

Ihr Lachen erstarrt zu einer Grimasse. »Au. Die Naht schmerzt noch. Schatz, du musst die Spuckwindel nicht anhaben, wenn du Sarah nicht trägst.«

»Ha, das ist mein Tapferkeitsorden.« Er klopft sich auf die Schulter. »Er beweist, dass ich am Babykrieg teilgenommen habe. Um keinen Preis würde ich ihn ablegen.« Er verschwindet wieder in der Küche, und wir hören das Geräusch der Kaffeemühle.

Sarahs blasse Augenlider zucken leicht. »Das kommt oft vor«, sagt Ros. »Ich glaube, sie träumt. Wie ein Welpe.«

»Was war schwieriger«, frage ich, »das Kind zu kriegen oder den Ehemann zu dressieren?«

Sie lacht. »Die Geburt war ein Kinderspiel.« Sie bewegt sich ein bisschen. »Schatz, kannst du kommen, damit ich ins Bad gehen kann?«

»Klar doch«, schreit Kenny zurück. »Ich setz nur noch den Kaffee auf.«

»Gib sie mir.« Ich bin selbst überrascht davon, dass ich sie unbedingt im Arm halten will.

»Oh, danke, Wyn. Lehn dich einfach zurück. So.«

Die schlafende Sarah liegt an meiner Schulter wie ein kleines, warmes Bohnensäckchen und riecht nach Babypuder und Milch. Ihre kleine Faust streckt den Daumen etwas ab, als übe sie das Autoanhalten.

Kenny erscheint mit Zucker und Sahne. Er grinst, als er mich sieht. »Oh, sie scheint eine Naturbegabung zu sein.« Mac lacht nicht.

Als Ros zurückkommt, gebe ich ihr Sarah wieder. Meine Schulter fühlt sich leer an und ein wenig kalt. Das kommt wahrscheinlich von dem kleinen Sabberfleck an meinem Shirt.

Wir verbringen eine nette Stunde mit Scones und Kaffee und Geschichten von Sarah. Kenny zeigt uns das Kinderzimmer, ganz in Weiß und Rosa und mit Märchenbildern ausgemalt. Ros macht das Geschenk auf, das ich mitgebracht habe, einen gelben Frotteeschlafanzug mit einer Ententasche und Schwimmfüßchen. Wir sprechen über ein gemeinsames Essen, wenn die anstrengende Gewöhnungsphase vorbei ist. Dann steht Mac auf.

»Ich glaube, wir sollten gehen.«

»Ihr braucht nicht wegzulaufen«, sagt Kenny, aber er gähnt, als er uns zur Tür begleitet.

Mac nimmt meine Hand, als wir die Backsteinstufen hinuntergehen. »Wollen wir mit der Fähre fahren?«

»Okay.« Als ich ihm den Kopf zuwende, kann ich immer noch Sarah auf meiner Schulter riechen.

Der Berg ist da. So drücken es die Einheimischen aus, wenn der Mount Rainier zum Greifen nahe aussieht. Ich liebe die Art, wie er über dem Wasser zu schweben scheint und seine schneebedeckte Spitze in der Sonne schimmert wie eine Fata Morgana. Touristen rennen mit ihren Kameras herum und fotografieren ihn von allen Seiten, während die Einheimischen sich verstohlen zulächeln. Sie wissen, dass man an solchen Tagen einen ganzen Film verknipsen kann, aus jedem Blickwinkel, mit jeder Belichtung, aber wenn man nicht den richtigen Filter hat, wird die Täuschung durch Licht und Dunst den Berg so unsichtbar machen wie einen Vampir im Spiegel.

Er legt mir die Arme um die Schultern und zieht mich näher an sich. Wir haben kaum ein halbes Dutzend Sätze gewechselt, seit wir Ros und Kenny verlassen haben. Oder genauer, seit wir gestern Abend das *Bailey's* verlassen haben. Nun grüble ich darüber nach, was er denkt, und er grübelt, was ich denke – oder auch nicht.

Er beugt sich über die Reling und schaut ins Wasser hinunter, während ich mich mit dem Rücken dagegenlehne und eine Gruppe Teenie-Mädchen beobachte, die so tun, als wären sie nicht interessiert an einer Gruppe Jungen.

»Mac?«

»Hmm?«

»Hast du das Manuskript auch an andere Agenten geschickt?«

Das Schweigen wird noch betonter. Dann sagt er: »An einen.«

»Hast du etwas von ihm gehört?«

»Von ihr.«

»Egal. Hast du was gehört?«

»Nein.« Pause. »Ich bin ziemlich hungrig. Haben wir Geld für ein Mittagessen?«

Zorn steigt in mir auf. Ich möchte ihn schütteln, aber ich weiß, dass es nichts hilft. Ich stoße mich von der Reling ab und will gehen, aber er nimmt mich am Arm und hält mich zurück. »Tut mir Leid. Ich weiß, dass du mir helfen willst. Aber ich kann einfach nicht …«

Ein langer und zwei kurze Signaltöne der Fähre zeigen an, dass wir angekommen sind und das Gespräch zu Ende ist. Wir gehen mitten in der Menschenmenge die Gangway hinunter. Beim Winslow Way biegen wir links ab und kommen an den ersten kleinen Läden vorbei und an den Wägen, an denen Eis und Espresso verkauft wird.

Wie immer machen wir zuerst bei Eagle Harbor Books Station. Wir durchstöbern die Regale mit neuen Romanen, und Mac kauft eine Taschenbuch-Ausgabe von *Shout!,* einer Beatles-Biografie, die er auf einem Wühltisch findet. Ich habe meine Kreditkarte mit Absicht zu Hause gelassen, damit ich nichts kaufen kann, aber als wir unsere letzten Dollarnoten zählen und alles Kleingeld aus unseren Jackentaschen herauskramen, kommt genug zusammen, dass wir uns ein Mittagessen im *Streamline Diner* leisten können.

Er lehnt sich zurück, als die Kellnerin unser Essen bringt. Seine Augen wandern vom Teller zu mir, dann zum Fenster, dann zurück zum Teller. Er wartet, bis ich den Mund voll gegrilltem Käse habe, dann sagt er: »Ich fahre am Mittwoch nach Alaska.« In einem Ton, als spräche er von einem Zahnarzttermin oder einer ähnlichen Bagatelle.

Der geschmolzene Käse scheint zu erstarren, er klebt mir den Mund zu. Kälte durchflutet meine Brust, und mein Herz geht darin unter. Ich schlucke.

»Meinst du mit Mittwoch diesen Mittwoch?«

In Sekundenschnelle sehe ich klar. Die vielen Reparaturen an seinem Auto. Die neuen Kassetten, die er bespielt hat. Die neue Kreditkarte. Und, ja, sogar der Ausflug nach Orcas. Da ging es nicht darum, dass ich mich besser fühlte. Es ging darum, dass er sich weniger schuldig fühlte.

Meine Augen erreichen einen gefährlich hohen Wasserstand. Ich schaue weg, damit er es nicht sieht, aber ich merke, dass mein Kinn zittert. Ich schlucke noch einmal schwer und stelle fest, dass er immer noch spricht.

»Ich wollte es dir auf Orcas sagen, aber dann wolltest du alles über Kevin wissen …«

Aha. Es ist also meine Schuld, dass ich es erst drei Tage vor dem Start erfahre, mitten im *Streamline Diner.* Ich taste wie eine Blinde nach meiner Tasche, immer noch ohne ihn anzuschauen, und als ich den abgenutzten Lederriemen in der Hand habe, stehe ich auf. Ich bekomme keine Luft. Wenn ich nicht sofort rausgehe, explodiere ich.

»Wyn, wart einen Augenblick …«

Seine Stimme geht unter im Lärm anderer Gespräche, im Klappern des Bestecks und der Plastikbecher auf den Kunststofftischen, im Quietschen der Gummisohlen der Bedienungen und im Scharren der Stühle.

Auf halbem Weg zur Tür fällt mir ein, dass ich das Geld für unser Essen habe. Ich krame in meiner Tasche nach meiner Geldbörse, wende mich um und werfe sie ihm zu. Ich höre das Geräusch, als sie irgendwo auftrifft – vielleicht auf seiner Hand –, und das Münzfach aufgeht. Die Münzen klappern und rollen auf dem Linoleumboden herum. Für einen Augenblick wird es still im Raum, und ich erinnere mich an den ersten Abend in seiner Wohnung, als das Geld aus seiner Tasche überall herumrollte.

Die Tür fällt hinter mir zu. Ich wende mich nach

rechts und gehe schnell die Straße hinunter, die am Diner entlang und zu einem kleinen Park am Ufer führt. Ich schnappe nach Luft wie eine Ertrinkende. Der Klumpen ist aus meiner Kehle unter das Brustbein gewandert, er schmerzt und beengt mich. Ich setze mich an einen leeren Picknicktisch und lege die Füße auf die Bank. Rings um mich sind eine Menge Leute – Kinder mit hochgerollten Hosenbeinen, die kreischend durch das eiskalte, seichte Wasser laufen, Paare, die aus Starbucks-Bechern Kaffee trinken, eine weißhaarige Frau, die über ihrem Buch döst. Aber sie alle bilden nur einen Hintergrund, wie ein Fernseher ohne Ton.

Ein Segelboot kreuzt in der Bucht. Es versucht, gegen den Wind anzukommen. Ein ewiges Hin und Her im Wasser, und es kommt kaum vorwärts. Ich weiß genau, wie sich das anfühlt.

Er setzt sich neben mich und legt eine Tüte auf den Tisch. »Es liegt nicht an dir. Es liegt an mir.« Er gibt mir meine Geldbörse.

»Gibt es eigentlich Seminare dafür? Für das Beenden von Beziehungen? Lernt ihr Kerle dort diese großartigen letzten Worte?«

»Sei nicht dramatisch. Wir beenden nichts. Das ist einfach etwas, was ich tun muss.«

»Genau. Der alte Baby-ich-muss-dich-verlassen-die-Straße-ruft-Scheiß.« Als ich ihn anschaue, kann ich ihn kaum sehen, weil mir die Sonne in die Augen kommt. »Würdest du jetzt bitte gehen?«

»Wyn …« Er legt mir die Hand auf die Schulter, aber ich schüttle sie ab.

»Ich möchte, dass du gehst. Bitte. Jetzt.«

Er seufzt. »Ich ruf dich später an.« Er macht kehrt und

geht zur Straße hinauf. Seine Stiefel knirschen auf dem Sand und Kies. Ich sitze dort noch lange und schaue dem Segelboot zu.

Als ich in die Wohnung zurückkomme, liegt CM gemütlich auf der Couch, mit einem Stapel *Dance!*-Magazine auf dem Bauch. Sie schaut auf, als ich die Tür schließe.

»Was ist los?«

Ich ziehe die Jacke aus und hänge sie über einen Stuhl. »Mac geht nach Alaska.«

Sie befeuchtet den Daumen und blättert mit gerunzelter Stirn ein paar Seiten um. »Wann?«

»Mittwoch.«

Mit einer einzigen anmutigen Bewegung setzt sie sich auf, lässt die Hefte auf die Couch gleiten, dreht ihren perfekten Hintern und setzt die Füße auf den Boden. »Du meinst … diesen Mittwoch?«

Ich setze mich neben sie und lasse mich in die Kissen sinken. »Kommt dir das Leben nicht manchmal vor wie eine große Drehtür? Und wenn der Kurs eines anderen Menschen zufällig zu deinem passt, dann dreht man ein paar Runden gemeinsam, bevor er sich in die eine Richtung entfernt und du in eine andere?«

»Ja, manchmal ist das so.« Sie tätschelt mir das Knie. »Aber, ehrlich, ich glaube nicht, dass hier ein solcher Fall vorliegt.«

»Ich weiß nicht. Mir kommt es vor wie der berühmte Ritt in den Sonnenuntergang.« Ich starre aus dem Fenster. »Ich wünschte, ich wäre wie du.«

Sie lacht. »Täusch dich da bloß nicht. Was mich betrifft, so wäre mir jeder Mann recht, mit dem ich mich intelligent unterhalten kann, der mich nicht mit seiner Lebensgeschichte langweilt, mit dem ich wunderbaren Sex haben kann und der dann für ein paar Monate verschwindet.«

»Ich glaube, ich habe es kommen sehen, habe aber so getan, als wäre nichts.«

»Und? Hättest du sonst etwas anders gemacht?«

»Ich weiß nicht. Wahrscheinlich nicht. Ich bin so masochistisch.«

»Atme tief durch und entspanne dich.«

Ich atme tief durch, aber ich kann mich nicht entspannen.

Sie streckt ihre Arme hoch und sieht dabei aus wie eine von den Frauen bei Modigliani, groß und schmal. »Ich will das Auto waschen lassen und ein bisschen was zu essen einkaufen. Kommst du mit?«

Ich stehe auf und gehe zu dem Sessel am Fenster, von wo man das blaue Wasser sieht. »Danke, aber ich bleibe lieber hier und schmolle.«

Ich sehe zu, wie die Sonne hinter dem gezackten purpurnen Kamm der Olympics untergeht und die Lichter der Fährschiffe in der rosigen Dämmerung blinken. Ich hoffe darauf, dass mich der Drang erfasst, mich zu erheben und Essen zu machen oder das Bad zu putzen oder wenigstens Licht zu machen. Aber bisher warte ich vergebens.

Als ich die Tür höre, denke ich, es ist CM, aber als ich aufschaue, ist er es.

»Können wir reden?«, fragt er.

»Anscheinend nicht. In letzter Zeit geht es immer schief, wenn wir reden.«

Er kommt ein paar Schritte näher, aber ich wende mich wieder dem Fenster zu. »Wyn, ich weiß, ich hätte es dir eher sagen sollen. Aber es gab nie eine günstige Gelegenheit, und ich wollte nicht, dass du dich aufregst.«

Ich lache. Es ist ein komisches Geräusch, ein bisschen verrückt. »Dir wär's doch scheißegal, ob ich mich aufrege, solang du nicht dabei bist und dich um mich kümmern musst.«

»Es tut mir Leid.« Er hat diesen Gesichtsausdruck, den Männer immer kriegen, wenn über Gefühle, die Zukunft und die Beziehung gesprochen werden soll. Sie schauen dann drein, als würden sie sich lieber Bambussplitter unter die Zehennägel treiben lassen.

Er setzt sich mir gegenüber und nimmt meine Hände. Ich zwinge mich, ihn anzusehen.

»Ist es wegen Kevin?«

»Nein. Wirklich nicht.«

»Tut mir Leid, dass es dich so traurig gemacht hat, darüber zu sprechen. Ich hatte nur das Gefühl, dass mit der ganzen Sache etwas nicht stimmt …«

»Da hattest du Recht. Da stimmt etwas nicht. Aber es hat nie gestimmt und wird es auch nie tun, und ich kann nichts machen außer versuchen, mich nicht verrückt machen zu lassen. Schau, Wyn …« Er lässt meine Hände los und lehnt sich an die Wand. »Das ist schwierig zu erklären, aber ich will es versuchen. Schon immer, wenn mir im Leben etwas … zu schaffen macht, wenn ich nachdenken und mich entscheiden muss … dann muss ich weg. Irgendwohin. So bin ich eben. Es hat nichts mit dir zu tun.«

»Du hast aber erreicht, dass es mit mir zu tun hat. Indem du mich ausgeschlossen hast. Auf meine Gefühle keine Rücksicht genommen hast. Du sagst mir nicht, was mit dir los ist. Du teilst mir nur mit, dass du gehst. In drei Tagen. Was hast du denn gedacht, wie ich das aufnehme?«

»Ich wusste schon, dass du dich aufregen würdest. Ich

wollte es dir am vorigen Wochenende sagen, aber dann sind wir auf Kevin zu sprechen gekommen …«

»Heißt das, dass wir pro Wochenende nur ein einziges schwieriges Thema behandeln dürfen?«

»Ich kann … das eben nicht so gut.«

»Was?« Ich umklammere meine Knie fester.

»Mit jemandem zusammen sein. Ich bin zu sehr ans Alleinsein gewöhnt.« Er schließt die Augen. »Das klingt wahrscheinlich schlimm.«

»Schlimm ist gar kein Ausdruck.«

»Tut mir Leid. Aber die ganze Sache mit dem Manuskript …«

»Mein Gott, warum rufst du den Typ nicht einfach an? Er hat jetzt lang genug Zeit gehabt, sich bei dir zu melden. Und wenn er …«

»Wyn.« Er sieht irgendwie traurig und verlegen aus. »Er hat sich gemeldet.«

»Wann?«

»Ungefähr vor einem Monat.«

»Vor einem Monat – und warum hast du mir nichts erzählt?«

Er beugt sich vor und stützt die Ellbogen auf die Knie. »Ich konnte es dir nicht sagen. Ich konnte nicht einmal daran denken.«

»Jetzt sag schon endlich, was er gemeint hat!«

»Er wollte, dass ich einen Haufen Änderungen vornehme. Nicht bloß Kleinigkeiten, sondern wesentliche strukturelle Änderungen. Er wollte, dass ich das Ganze in der ersten Person schreibe, er wollte …«

»Und was hast du dazu gesagt?« Es ist, als müsste ich ihm einen Zahn ziehen.

»Nichts.«

»Man kann nicht einfach nichts sagen. Du musst mit ihm reden.«

»Da gibt es nichts zu reden. Ich werde es nicht ändern. Nicht so.«

Plötzlich verstehe ich. Darauf war er nicht vorbereitet gewesen. »Wahrscheinlich erwartet er nicht, dass du auf der ganzen Linie nachgibst. Warum lässt du es mich nicht lesen? Wir könnten es zusammen durchgehen, ein paar Notizen machen …«

»Hör auf. Bitte hör auf. Ich weiß, du willst mir helfen, aber das kannst du nicht.«

»Ich fasse es nicht, dass du es mir nicht einmal gesagt hast.«

»Er hält es offenbar für einen Haufen Scheiße …«

»Unsinn. Wenn er es richtig schlecht fände, hätte er dir einen solchen Brief geschickt: *Sehr geehrter Autor, danke für Ihre Einsendung. Wir bedauern, dass Ihr Werk momentan nicht in unser Programm passt.* Er hätte es in den Schredder getan oder seinen Grill damit angezündet oder seinen Papageienkäfig damit ausgelegt. Er hätte sich nicht die Zeit genommen, es zu lesen, dir zu schreiben und dir Tipps zu geben, wenn er nichts davon hielte.«

Als ich verstumme, ist das Schweigen so absolut, als wäre ich taub geworden. Ein paar qualvolle Minuten vergehen, während derer wir uns ansehen, und ich glaube, dass wir irgendwann die gleiche Sprache sprechen könnten. Die Straßenlampen gehen an und werfen ein blasses Grüngelb ins Zwielicht.

Ich räuspere mich. »Vielleicht solltest du ein paar von seinen Anregungen übernehmen.«

»Nicht jetzt.« Er schüttelt den Kopf. »Ich kann im Moment nichts schreiben. Die letzte Woche habe ich jede

Nacht leere Seiten angestarrt.« Er steht auf und rammt die Hände in die Taschen seiner Jeans. »Die letzten fünf Jahre bin ich wie mit Scheuklappen herumgelaufen. Ich habe nur daran gedacht, fertig zu werden. Und jetzt ist es fertig. Tja ...« Er versucht zu lachen. »Vielleicht werde ich wenigstens der beste Barkeeper der Welt.«

»Das wäre nichts Schlechtes. Wenn es das ist, was du wirklich willst.«

»Das ist es eben. Ich weiß es nicht. Ich dachte, ich wüsste, wofür ich arbeitete, aber offensichtlich ...« Er seufzt. »Ich brauche nur ein bisschen Zeit.«

»Aber warum Alaska? Kannst du nicht einfach nach Orcas fahren? Du brauchst keine Angst zu haben, dass ich dort aufkreuze und dich störe.« Ich hasse mich selbst für diese Worte. Sie klingen wie Gebettel.

»Besser kann ich es nicht erklären. Tut mir Leid. Ich hätte es dir früher sagen sollen.«

»Schön.« Ich stehe auf, und als ich einatme, legt sich bleierne Schwere auf meine Brust. »Das war's dann wahrscheinlich.«

»Sehen wir uns noch, bevor ich fahre?«

»Wozu?«

»Ich möchte es gern. Du nicht?«

»Das macht es zu schwer.«

Wie kann man jemanden lieben und gleichzeitig den Wunsch haben, ihm mit den Füßen ins Gesicht zu springen?

»Bis zum Labor Day bin ich zurück«, sagt er.

»Bis dahin kann allerhand passieren.« Ich umschiffe den Knoten in meiner Kehle. »Rechne nicht damit, dass ich auf der Veranda stehe und mit meinem Spitzentaschentuch winke.«

Ich versuche nicht zu reagieren, als er mich küsst, aber ich schaffe es nicht. Was ich tatsächlich möchte, ist, ihn in den Schwitzkasten zu nehmen, ihn zu Boden zu werfen und so lang auf seiner Brust zu sitzen, bis er alles zufrieden stellend erklärt hat oder bis ich ihm seine Reise ausgeredet habe, je nachdem. Gewaltmaßnahmen liegen in meinem Charakter.

Weil das nicht geht, wünsche ich mir genügend Zorn, um standhaft zu bleiben, bis er weg ist. Ich könnte Sachen an die Wand werfen, Türen zuknallen, Vasen zerschmettern. Aber als er den Schlüssel auf den Couchtisch gelegt hat und gegangen ist, setze ich mich stattdessen auf die Couch, umarme ein Kissen und weine.

Ich kann es noch immer nicht fassen, dass er mir nichts von seinem Manuskript gesagt hat.

Teil · zwei ·

Zehn

Mac

Crosby, Stills und Nash machen allmählich keinen Spaß mehr. Wahrscheinlich, weil er sich die Kassette dreimal hintereinander angehört hat. Er schaltet sie aus, trommelt mit den Fingern auf dem Lenkrad und lauscht dem Zischen und Schwingen der Scheibenwischer.

An der kanadischen Grenze hat sich eine lange Schlange gebildet, gelangweilt dreinblickende Männer in Firmenautos und Kombis mit verdrossenen Familien, deren Ferienpläne von diesem späten Frühlingsunwetter unterspült werden. Ein paar Pick-ups gibt es auch, klar. Meistens so große, bullige mit Kotflügeln, die im Regen glänzen wie die Flanken von Kaltblütern, mit wuchtigen Breitreifen und Anhängerkupplungen, die aussehen, als könnten sie den halben Staat Washington über die Grenze ziehen. Aber keinen wie den Elky. Ein paar Köpfe drehen sich um, als er sich langsam der Reihe von Kontrollhäuschen mit den grünen Pfeilen und den roten Lichtern nähert.

Die Grenzpolizistin hat einen verkniffenen Mund und straff zurückgekämmtes Haar. Sie sieht aus wie die Karikatur einer Bibliothekarin. Er reicht ihr seinen Pass.

»Wie lange wollen Sie sich in Kanada aufhalten?«

»Nur so lange, bis ich nach Alaska komme.«

»Reisen Sie geschäftlich oder zum Vergnügen?«

»Zum Vergnügen.« Es klingt eigenartig, als er das sagt. Wie in einem erotischen Roman aus dem neunzehnten Jahrhundert.

»Haben Sie Schusswaffen oder landwirtschaftliche Produkte bei sich?«

»Nein.«

Sie blickt in Richtung Ladefläche. »Was liegt da hinten? Unter der Plane?«

»Kleider. Bücher. Campingausrüstung.«

»Wollen Sie auf Dauer in Alaska bleiben?«

»Nein.«

Sie gibt ihm den Pass zurück. Ein Blatt Papier steckt darin. »Parken Sie bitte dort drüben.« Sie zeigt auf eine durch gelbe Streifen markierte Stelle auf der rechten Seite. »Und gehen Sie mit diesen Formularen zum Zoll. Das Gebäude gleich da links.«

In dem überheizten Raum, der nach nasser Wolle riecht, nimmt ein großer, hagerer Mann mit lichtem braunem Haar die Formulare entgegen. Auf seinem Namensschild steht *Geoffrey MacComber.* »Was haben Sie bei sich?«

»Kleider. Bücher. Campingausrüstung.«

»Kein gutes Wetter zum Campen.« Er fährt sich mit Daumen und Zeigefinger über die Oberlippe, als streichle er einen Schnurrbart, der früher einmal dort war.

»Hoffentlich ändert es sich.«

Sein Lächeln ist eher eine Grimasse. »Oh, bestimmt. Irgendwann jedenfalls. Ist die Ausrüstung neu?«

»Im Gegenteil, ziemlich alt.«

»Ich brauche eine Liste von allen Gegenständen in Ihrem Wagen.« Er schiebt einen Stift über den Tisch und trinkt im Stehen ölig aussehenden Kaffee, immer wieder sein Gewicht verlagernd, während Mac auf der Liste der persönlichen Gegenstände alles einträgt, woran er sich noch erinnern kann. Dann seufzt der Zollbeamte, als wäre er lieber woanders und täte etwas anderes, und schlüpft in seinen schäbigen grünen Regenumhang. »Schön, wir wollen einmal nachsehen.« Die Tür fällt hinter ihnen scheppernd ins Schloss.

Seine Miene erhellt sich, als er den Elky sieht. »Ah. Hübscher Wagen. 1973, was?«

»Einundsiebzig.«

Die Untersuchung ist flüchtig, dauert aber lang genug, dass alles unter der Plane nass wird. Dann geht's noch einmal zurück ins Gebäude, Papiere werden zusammengeschoben, unterschrieben, gestempelt, auf einen Stoß gelegt. Mac bekommt eine Kopie.

»Gute Fahrt, Mr. McLeod.«

In Tsawwassen macht er eine Kaffeepause und überlegt, ob er die Fähre nach Salt Spring oder zu einer anderen Insel im Golf nehmen soll. Nach Victoria vielleicht, und dann sich ein paar Tage auf Vancouver Island umsehen. Aber es sieht nicht aus, als ob der Regen nachlassen würde, und er beschließt, nach Osten zu fahren, in Richtung Berge. Dort wird es kälter sein, aber wahrscheinlich trocken, und er kann im Zelt schlafen anstatt im Sitzen im Führerhaus des Elky. Als er den leeren Becher in die nächstbeste Mülltonne wirft, glaubt er, deutlich ihre Stimme zu hören.

Styropor kann man recyceln, McLeod.

Ein paar Sekunden lang schaut er die Telefonzelle neben dem Café an und überlegt tatsächlich, ob er sie anrufen soll, aber wahrscheinlich schläft sie und hat das Telefon ausgehängt. Selbst wenn sie wach wäre und abnähme, was zum Teufel sollte er dann sagen?

British Columbia kann einem wirklich vorkommen wie so ein Postkarten-Leporello. Hinter jeder Kurve zeigen sich neue, großartige, faszinierende Panoramen. Aber er fährt und sieht so gut wie nichts, den ganzen Highway 99 entlang, durch die spektakulären Gebirgslandschaften des Garibaldi Provincial Park, an den blauen Gletscherseen vorbei, die von Föhren und Fichten gesäumt sind. Auf den Wiesen liegt noch stellenweise Schnee.

Er möchte in Whistler zu Mittag essen, aber es erinnert ihn mit seiner falschen Schweizerhaus-Architektur und den teuren Läden zu sehr an Vail. Die Straße ist gut, und als er um halb neun Uhr abends auf einen Campingplatz außerhalb von Lillooet einbiegt, scheint immer noch die Sonne. In dem unordentlichen Büro zahlt er für einen Zeltplatz.

»Direkt am Fluss«, weist ihn der freundliche Betreiber ein. »Sie haben heute so ziemlich den ganzen Platz für sich. Der Pool ist übrigens geheizt, falls Sie Lust haben zu schwimmen.«

Er stellt sein Zelt auf und wandert auf dem Campingplatz herum, der so früh im Jahr praktisch leer ist. »Campingplatz« scheint ihm nicht ganz die richtige Bezeichnung. So stellt er sich jedenfalls das Zelten nicht vor. Anschlüsse für Wohnmobile mit Grillplatz, Heißwasserdusche und Waschmaschine. Ein geheizter Swimmingpool und ein Golfplatz, sogar mit elektrischen Golfkarts.

Zum Abendessen gibt es in einem kleinen Café in der Nähe eine überraschend gute Gemüsesuppe.

Die Kellnerin hat kein Namensschild. Sie sieht mürrisch

und müde aus und zieht nicht die übliche Nummer ab: *Hi, mein Name ist Molly, ich werde heute Abend Ihre Bedienung sein.* Es ist auch nicht diese Art von Lokal. Sie ist eine Kellnerin und keine Hostess oder Gott weiß was, und ein Fremder, der sich für ihren Namen interessiert, käme ihr wahrscheinlich verdächtig vor. Er soll sich gefälligst für das Tagesgericht interessieren und sonst für nichts. Aber er hört, dass eine Kollegin sie Molly nennt.

Sie steht neben seinem Tisch und klopft mit dem Stift auf ihren Bestellblock, während er die Speisekarte überfliegt. Auf seine lahme Bemerkung über den Regen antwortet sie mit: »Wir sind ja schließlich nicht in Florida.« Ihr braunes Haar hängt in schlaffen Strähnen um ihr blasses, angespanntes Gesicht.

»Wie ist die Suppe?«, fragt er.

»Ziemlich genau so wie gestern.«

Er unterdrückt ein Lachen. »Schön. Ich nehme sie.«

Als sie den Teller vor ihn hinstellt, fragt er: »Könnte ich noch mehr Wasser haben?«

Die Sohlen ihrer Joggingschuhe quietschen, als sie sich abrupt umdreht. Sie erscheint erst mit dem Wasserkrug und einem Brotkorb, als er schon halb fertig ist. Ihre Augen sind rot.

Er fragt: »Geht es Ihnen gut?«

Als Antwort reißt sie die Rechnung von ihrem Block und knallt sie auf den Tisch. »Bezahlen können Sie vorn.« Sie verschwindet in der Küche. Er holt sein kleines Notizbuch aus der Jacke, nimmt den Stift aus seiner Hemdtasche und schreibt.

Die Kellnerin Molly. Vielleicht tun ihr die Füße weh. Oder die Schultern. Oder vielleicht ist es auch nicht körperlich. Viel-

leicht trinkt ihr Mann, oder ihr Kind hat Probleme in der Schule, oder ihre Mutter ist krank. Und wenn sie heute Abend heimkommt, muss sie sich darum kümmern – was immer es ist. Ganz gleich, wie müde sie ist oder wie traurig, sie muss noch für jemand Abendessen machen, das Haus putzen, einen Haufen Wäsche waschen.

Er bestellt sich Kaffee bei der anderen Kellnerin, die kohlschwarzes Haar hat und einen Mund, der wie eine rote Wunde aussieht. Ihre Fingernägel sind wahre Krallen. Er kann sich nicht vorstellen, wie sie damit arbeiten kann. Als er ihr die Rechnung gibt, damit sie den Kaffee dazuschreiben kann, lächelt sie, und man sieht, dass an ihren Schneidezähnen Lippenstift klebt.

»Keine Angst, ich kann es mir schon merken.« Sie lacht. »Es ist ja nicht so, als ob ich mich um andere Gäste kümmern müsste.« Sie schaut auf den Tisch. »Soll ich abräumen?«

»Später.« Sie wissen beide, dass er das Brot in eine Serviette wickeln und mitnehmen wird. Den Elky fahrtüchtig zu machen hatte mehr gekostet, als er erwartet hatte, und dann war da noch das Wochenende auf Orcas gewesen. Rückblickend denkt er, er hätte nicht so viel für Essen und Wein ausgeben sollen, zumal Wyn ganz zu Recht den Verdacht hegte, er habe es hauptsächlich getan, um sein mahnendes Gewissen zu übertönen.

Er stopft das Brot in die Jackentasche und geht.

Am Freitagmorgen hat ihn das schlechte Wetter eingeholt. Es nieselt, während er das Zelt abbaut und den Wagen belädt, aber als er den Kaffeesatz auskippt, den Motor zum Anspringen überredet und den Campingplatz in Richtung

Norden verlässt, regnet es bereits in Strömen. Er schiebt eine andere Kassette ein. The Doors. Jim Morrison singt *L.A. Woman.* Es ist nicht seine Lieblingsgruppe, aber diesen Song mag er. Er lässt ihn an die einzige Frau aus Los Angeles denken, die er kennt und die jetzt an einem nebligen Morgen in Seattle fest schläft.

Zwanzig Minuten später ist der Regen schon eher eine feste Wand als ein Vorhang, und die Scheibenwischer werden nicht annähernd fertig damit. Er überlegt, ob er am Straßenrand anhalten soll, bis das Schlimmste vorüber ist, aber während er überlegt, fährt er weiter, späht durch die nasse Scheibe und umklammert das kalte blaue Lenkrad.

Er denkt an gar nichts, und plötzlich taucht eine Erinnerung auf, unerwünscht wie das schwarze Schaf der Familie bei einem Fest.

Er ist acht Jahre alt. Die allwöchentliche Fahrt in die Stadt für seine Allergiespritze. Die Fahrt im Zug, die heißen, muffigen Waggons, die in ihrem eigenen willkürlichen Rhythmus schaukelten, die schmierigen Sitze, die zusammengedrückten Pappbecher auf dem Boden, ihr verschütteter Inhalt, der auf dem Boden trocknete und die Schuhsohlen kleben ließ.

Er hing fasziniert am Fenster und sah zu, wie Bäume und Häuser, Brücken und Straßen vorbeirasten. Er malte sich aus, dass man das alles verlangsamen und genau betrachten könnte, oder noch weiter beschleunigen, sodass man nur noch ein verschwommenes Gemisch aus Grün und Grau wahrnehmen würde.

Er hasste es, dass er am Donnerstag schon früher aus der Schule abgeholt wurde und die Sportstunden verpasste, und er hasste die Spritzen, aber der Donnerstag wurde trotzdem zum Höhepunkt der Woche, weil er nur bei dieser Gelegenheit Suzanne für sich allein hatte. Kevin hatte sich im Wartezimmer immer so unmöglich aufgeführt, dass der Arzt höflich gebeten hatte, ihn nicht mehr mitzubringen.

Die Nadel verursachte immer einen blauen Fleck auf seinem Arm. Manchmal gab es eine Reaktion. Sein Bizeps schwoll an, wurde heiß und empfindlich und juckte. Auf der Rückfahrt im Zug betastete sie die Schwellung mit ihren immer kühlen Fingern, um zu sehen, ob sie zurückging oder ob er ein Antihistamin nehmen müsste. Kevin bewies ein unheimliches Gespür für die empfindliche Stelle und versäumte es nie, ihm genau dort einen brüderlichen Boxhieb oder zwei zu versetzen.

Er lernte schnell, den schlimmen Arm nicht zu beanspruchen.

Prince George sieht aus wie die Städte in Westernfilmen, wo die Trecks für ihre Fahrt westwärts ausgerüstet werden. Es ist voll von Wohnwagen und Campmobilen, die mit Nahrungsmitteln, Wasser und Treibstoff beladen werden. Dazu kommen noch Kleinigkeiten wie Äxte zum Holzmachen, Reservebatterien, Spaten und das neueste Insektenschutzmittel. Im Laden für Sportausrüstung verkauft ihm ein Händler einen Bärenkracher – sieht aus wie ein Füller, klingt wie ein großkalibriges Gewehr, erzeugt Rauch und schlägt den Bären garantiert in die Flucht. Er hat das unbehagliche Gefühl, dass ein Käufer im Falle des Versagens kaum noch in der Lage wäre, sich mit dem Verkäufer über die Garantie zu streiten.

Der Händler schickt ihn noch in einen anderen Laden, wo er sich ein engmaschiges Drahtnetz besorgen soll, um den Kühler vor den Tausenden von Insekten zu schützen, die den Norden bevölkern, und durchsichtige Plastikfolie, um sie auf die Scheinwerfer zu kleben. Er findet das alles irgendwie surreal, aber er bezweifelt nicht, dass es notwendig ist.

Der Rest von British Columbia fliegt in seiner ganzen Schönheit fast unbemerkt an ihm vorbei. Er kommt sich ein bisschen töricht vor, wie er so durch die schönsten Landschaften der Welt fährt, ohne anzuhalten. Irgendetwas treibt ihn zur Eile an und hält seinen Fuß auf dem Gaspedal. Er rast nicht, sondern strebt einfach hartnäckig seinem Ziel zu – ohne es zu kennen.

In Liard Hot Springs erreicht er das Yukon Territory und fährt auf den Alaska Highway. Er folgt ihm bis Whitehorse und nimmt dabei nur vage Notiz von der Veränderung in der Landschaft. Der Himmel wird jetzt weiter, Bäche und Flüsse schlängeln sich durch weite Täler, die bis zum Horizont reichen und durch ferne blaue Berge begrenzt werden.

Der Highway ist vom Frost bucklig und gesprungen, stellenweise ist die Straßendecke völlig weggeschwemmt oder weggebrochen, sodass nur noch der Straßenunterbau übrig geblieben ist, durchsetzt mit beachtlich großen, wassergefüllten Schlaglöchern.

Durch ein solches rumpelt er gerade, ungefähr fünfzig Kilometer nördlich von Carmacks, unter einem wolkenschweren Himmel, als er ein schreckliches Geräusch hört. Etwas Hartes, Unnachgiebiges hat dem El Camino von unten einen Schlag versetzt. Er will auf keinen Fall anhalten, bevor er den gegenwärtigen Hindernisparcours hinter sich hat, aber als es so weit ist, merkt er, dass irgendetwas definitiv kaputt ist. Der Wagen wird langsamer. Ein Blick in den Rückspiegel zeigt ihm, dass er eine dünne schwarze Rauchfahne hinter sich herzieht.

Er hält am Straßenrand an und schaltet den Motor aus. Als er aussteigt, fallen die ersten Regentropfen auf sein Gesicht und auf die Windschutzscheibe.

Willkommen im Yukon Territory. Er versucht sich zu erinnern, was er bisher alles mit dem Wort Yukon assoziiert hat. Es ist eine vage Mischung aus Schnee, Nordlicht, Sergeant Preston, wettergegerbten Goldwäschern, leichten Mädchen und Pokerpartien in verräucherten Saloons.

Auf den ersten Blick hat Beaverton nicht viel Ähnlichkeit mit diesem Bild. Es ist nur eine Ansammlung von meist grauen oder braunen Gebäuden in einer Schleife eines breiten, schmutzigen grünen Flusses, vor dem Hintergrund einer fernen lavendelfarbenen Bergkette. Am Stadtrand gibt es ein paar Motels an der Straße, die wie Überbleibsel aus besseren Zeiten wirken, einen Boots- und Kanuverleih und das Gebäude aus Beton und Wellblech, wo der Abschleppwagen vom Highway abbiegt. Auf dem Schild steht nur *Werkstatt*.

Der Fahrer, Ian Johnstone, zieht eine zerdrückte Zigarettenschachtel aus seinem Overall und steckt sich eine Zigarette in den Mund, zündet sie aber nicht an.

»Ich will's mir abgewöhnen«, erklärt er. »Ich schau mir den Wagen an und geb Ihnen Bescheid.«

»Soll ich Sie anrufen?«

Ian zuckt die Achseln. »Ich find Sie schon.«

Mit einem letzten Blick auf den Elky holt Mac seine Tasche heraus und geht über die Straße zum *Gold Rush Motel*.

Die Frau, die wie ein kostbarer Vogel auf dem Barhocker neben ihm thront, muss mindestens achtzig Jahre alt sein. Ihre

Gesichtshaut ist von so vielen kleinen Sprüngen durchzogen wie ein Tongefäß aus einer archäologischen Ausgrabung. Ihr Haar ist dicht und weiß und mit einer schwarzen Schleife zurückgebunden. Sie ist die einzige Frau im Raum, die nicht Jeans und ein Flanellhemd trägt. Der Rock ihres knöchellangen blauen Wollkleides drapiert sich anmutig um ihre Beine, und sie hält ihr Bierglas in weißbehandschuhten Händen.

Sie lächelt ihn an. »Ich bin Pearl May Austen.« In ihrer Stimme schwingt noch der Rest eines britischen Akzents.

Er erwidert das Lächeln. »Mac McLeod.«

»Willkommen in Beaverton, Mr. McLeod. So früh im Jahr bekommen wir nicht viele Besucher zu sehen. Darf ich fragen, warum Sie gekommen sind?«

Er dreht sich auf seinem Hocker, um sie anzusehen; den Ellbogen hat er auf der Bar liegen. Ihre Augen sind von einem auffallend tiefen Blau, beinahe violett, ihre Nase ist gerade und lang, ihr Mund fest.

»Ich weiß nicht genau, warum ich hier bin. Ich weiß nur, dass ich länger bleiben werde als geplant. Ich fürchte, dass mein Wagen ein neues Getriebe braucht.«

Sie neigt den Kopf, eine eigenartige Geste lang vergangener Grazie. »Wie bedauerlich. Kümmert sich Ian darum?«

»So ist es.«

»Das ist wenigstens ein Lichtblick. Er ist einer der besten Automechaniker, die ich kenne.«

Er überlegt, wie viele Automechaniker wohl zu ihrem Bekanntenkreis zählen.

»Wo wollten Sie hin? Nach Dawson?«

»Alaska.«

»Ein wunderbares Land. Und was haben Sie dort vor?«

»Tja ... meine Pläne sind im Moment etwas unbestimmt. Mir eine Arbeit suchen, wahrscheinlich.«

»Doch hoffentlich nicht so eine gefährliche wie auf den Fischkuttern.«

»Nein, wohl ein bisschen sesshafter. Barkeeper, zum Beispiel.«

Sie zieht eine schmale Augenbraue in die Höhe, sagt aber nichts dazu.

»Sind Sie Engländerin?«, fragt er.

Ihr Lachen ist ein trockenes, angenehmes Geräusch. Es erinnert ihn an Herbstlaub, das unter den Füßen raschelt. New York im Oktober.

»Nur der Abstammung nach. Ich bin in Beaverton geboren und aufgewachsen. Meine Mutter war ein furchtbarer Snob und hat darauf bestanden, dass ich in London zur Schule ging, aber von diesen schrecklichen zehn Jahren abgesehen bin ich nie wieder fortgewesen, und ich möchte hier in Beaverton sterben, und zwar am liebsten auf diesem Barhocker. Wo sind Sie zu Hause, Mr. McLeod?«

»Seattle.«

»Meine Familie ist seit 1896 hier ansässig. Eine interessante Bande, aber ich will Sie nicht mit Einzelheiten langweilen.« Eine beinahe unmerkliche Handbewegung holt den Barkeeper herbei, einen großen Burschen mit sandfarbenem Haar und einem offenen Lächeln.

»Chris, Mr. McLeods Glas ist leer. Bitte bring ihm, was immer er mag. Auf meine Rechnung.«

Mac greift bereits nach seiner Brieftasche. »Danke, aber ich lasse mir nicht von Damen das Bier bezahlen.« Er hält dem Barkeeper einen Fünfer hin, aber der schüttelt den Kopf.

»Ich würde Ihnen gern den Gefallen tun, Kumpel, aber sie ist mein Boss.«

Er lacht. »Das *Beaver Tail* gehört Ihnen?«

»Ja. Und davor meiner Mutter. Also stecken Sie Ihr Geld weg, Mr. McLeod.«

»Mac. Und danke.« Der Barkeeper stellt ein Bier vor ihn auf eine frische Serviette. »Wie kam es, dass Ihre Mutter einen Saloon hatte?«

»Sie war eigentlich Näherin, aber sie hat das *Beaver Tail* beim Pokern gewonnen und war der Meinung, eine Kneipe zu betreiben wäre interessanter.«

»Das war es vermutlich auch.«

Sie nickt. »O ja, doch. Ich könnte Ihnen Geschichten erzählen ...« Sie trinkt ein Schlückchen von ihrem Bier. »Was hat Ian denn gesagt wegen der Reparatur?«

»Er sagt, der nächste Ort, wo man ein Getriebe bekommen kann, ist Whitehorse. Wenn es da nicht klappt, will er es in Vancouver versuchen.«

»Es sieht auf jeden Fall so aus, als würden Sie eine Weile bei uns bleiben. Haben Sie sich schon überlegt, wo Sie in Beaverton unterkommen wollen?«

Er denkt an das öde, zugige Motelzimmer gegenüber von Ians Werkstatt. Die schäbige goldfarbene Polyester-Überdecke, die Vorhänge, die sich eher nach Papier anfühlen als nach Stoff. »Ich bin im *Gold Rush.*«

»Eine grässliche Bude.«

»Schon, aber es ist billig. Ich hab schon in schlimmeren Löchern übernachtet und hab's überlebt.«

»Ich würde mich sehr freuen, wenn Sie in mein Gästehaus kommen würden.«

»Das ist sehr nett, aber ...«

»Ich hasse dieses Wort. *Nett.* Es hat so was Fades und Betuliches. Außerdem hat mein Angebot nichts mit Nettigkeit zu tun. Es gibt hier allerlei, was gerichtet werden muss, und wenn Sie sich unbedingt Ihren Lebensunterhalt verdienen wollen, dann können Sie das erledigen und haben dafür einen Schlafplatz, bis Ihr Wagen repariert ist.«

Er zögert.

»Gästehaus ist eigentlich ein Euphemismus. Es ist nicht mehr als eine Hütte. Aber es gibt einen Holzofen, und Sie hätten es warm und trocken. Bitte, kommen Sie. Morgen früh können Sie Ihre Sachen rüberbringen.«

»Miss Austen …«

»Wenn ich Sie Mac nennen soll, müssen sie mich Pearl nennen. Erst recht, wenn Sie unter meinem Dach wohnen.«

Der Barkeeper grinst. »Gib's auf, Kumpel. Wenn Pearl May einmal etwas beschlossen hat, hilft keine Gegenwehr.«

Das Haus von Pearl May Austen ist ein großer, zweistöckiger weißer Kasten am Ende der Third Street. Ein weißer Lattenzaun, der dringend repariert und gestrichen werden müsste, markiert die Grenze zwischen dem schotterbedeckten Hof und der schotterbedeckten Straße, die zu ihm führt. Beim Näherkommen sieht er, dass auch das Haus einen Anstrich brauchen könnte. Die zwei Fenster im Oberstock werden von schief hängenden schwarzen Läden gerahmt, und die Haustür ist rot gestrichen, was dem Haus das Aussehen eines bösartigen Clowns gibt.

Er setzt seine Tasche auf der hölzernen Veranda ab, aber bevor er noch klingeln kann, geht die Tür auf, und ein kleiner Junge mit verfilztem braunem Haar und dunklen, runden Augen schaut wachsam zu ihm hinauf. Fünf Jahre alt oder vielleicht sechs. Sein grün und gelb gestreiftes T-Shirt ziert ein großer, klebrig aussehender Fleck, und seine braune Cordhose ist ihm von den schmalen Hüften gerutscht, weshalb sich die Hosenbeine über den Turnschuhen in Falten legen. Er starrt Mac an und kaut an seinem Zeigefinger.

Mac versucht, ein Gespräch in Gang zu bekommen. »Hi.«

Starren und Kauen.

»Ist Pearl May zu Hause?«

Von irgendwo im Innern des Hauses eine Frauenstimme. »Emm? Emmett? Wo bist du? Du hast dein Sandwich nicht aufgegessen.« Schritte. »Was machst du? Deine Hose rutscht dir runter …« Als sie ihn beim Arm nimmt, bemerkt sie Mac, und das halbe Lächeln auf ihrem Gesicht verschwindet. Sie richtet sich auf und betrachtet ihn mit den gleichen dunklen Augen. Die freie Hand zupft an ihrer weißen Bluse.

»Ja?«

»Ich suche Pearl May.«

»Sie ist nicht da.«

»Ich bin Mac McLeod. Sie hat mir angeboten, in der Hütte zu wohnen, bis mein Wagen …«

»Großer Gott.« Sie blickt zum Himmel auf und dann wieder zu ihm, Zorn in den Augen. »Man könnte glauben, wir betreiben ein verdammtes Hotel.«

»Ich komme anscheinend ungelegen.« Er nimmt seine Reisetasche hoch. »Ich kann später wiederkommen.«

»Einen Augenblick.« Sie geht ins Haus und schlägt ihm die Tür vor der Nase zu. Als die Tür sich wieder öffnet, händigt sie ihm einen Stapel Bettwäsche und Handtücher aus. Obendrauf liegen ein in Papier gewickeltes Stück Seife und ein Schlüssel. »Dahinten. Gehen Sie einfach den Weg entlang.« Sie deutet mit dem Kopf nach links und schließt die Tür, und er muss sich seinen Weg suchen zwischen ein paar Fahrrädern und einem rostigen Karren, wie er ihn selbst als Kind gehabt hat. Der Garten hinter dem Haus ist voll Unkraut. Eine windschiefe Pflanzbank lehnt sich an ein kleines Gewächshaus mit schmutzigen Scheiben.

Die Hütte ist ein kleiner Holzbau, fast verborgen durch Gebüsch und hohes Gras. Sie steht etwa vierzig Meter hinter dem Haus am Hochufer eines Baches. Die Tür ist nicht verschlossen. Sie ist nicht einmal ganz zu. Er stößt sie mit dem Stiefel auf.

Das schummrige Innere wird von einem riesigen schwarzen Ofen beherrscht. Um ihn herum ist der Boden aus Ziegeln gemauert, im übrigen Raum besteht er aus einfachen Bohlen und sieht frisch geputzt aus. Das Mobiliar umfasst zwei schmale Betten, auf denen sich Wolldecken und Kissen türmen, einen kleinen Holztisch, zwei Stühle und einen grob gezimmerten Geschirrschrank voller Teller und Tassen. In der Ecke befindet sich ein großes Spülbecken mit einem roten Pumpenschwengel. Das einzige Licht kommt von zwei Fenstern mit welligen Scheiben. Für einen gerade richtig und sehr gemütlich. Er kann sich aber nicht vorstellen, wie man zu zweit hier hausen soll.

Er setzt seine Tasche auf ein Bett und will sie gerade aufmachen, als er ein höfliches Klopfen hört und die Tür sich öffnet.

»Es ist nicht gerade der Buckingham-Palast, aber ich hoffe, Sie fühlen sich hier wohl.« Pearl May stellt eine große Metallkanne mit Schnabel auf den Tisch. »Petroleum«, sagt sie. »Lampen sind im Bad.«

»Im Bad«, wiederholt er und schaut um sich.

»Hier.« Sie geht zu einem verblichenen grünen Vorhang, rafft ihn dramatisch zur Seite und enthüllt einen großen weißen Waschzuber in einer schrankgroßen Nische. Sie lächelt, und dabei werden die Fältchen um ihre Augen noch zahlreicher als zuvor. »Die Toilette ist ungefähr zwanzig Meter östlich.«

Sie zeigt ihm den Drahtkorb mit Seil, in dem man verderbliche Lebensmittel in den eisigen Bach hinablassen kann, und den Holzschuppen. Sie erklärt Feuerung und Abzüge des massigen Ofens und wie man das Aschefach leert. »Sie werden wahrscheinlich nicht viele Gourmet-Mahlzeiten kochen, solange Sie hier sind, aber Sie werden mit diesem alten Stück Ihre Freude haben, glaube ich. Wenn Sie sich erst einmal dran gewöhnt haben.«

»Ich bin Ihnen wirklich sehr zu Dank verpflichtet.«

Sie wedelt mit der Hand. »Es ist mir eine Freude, Mac.«

»Ich ... glaube, ich habe mich unbeliebt gemacht bei ...«

»War sie arg ungezogen?« Pearls Augen verengen sich.

»Nein, ich bin nur zu einem ungünstigen Zeitpunkt gekommen.«

»Also war sie ungezogen? Bei Bernie ist offenbar jeder Zeitpunkt ungünstig. Bernice. Meine Enkelin.« Sie öffnet eine Tür unten im Schrank und spricht leise mit sich selbst. »Pfanne, Kochtopf. Hm, kein Teekessel. Ich werde dafür sorgen.«

»Ich kann im Kochtopf Wasser kochen.«

Sie schaut entsetzt. »Nein, auf keinen Fall. Selbst die Goldgräber hatten ordentliche Teekessel.«

Als sie weg ist, steht er mitten im Zimmer mit seiner Wäsche in der Hand. Offensichtlich hatten die früheren Bewohner nicht allzu viel Garderobe besessen. Er legt das ganze Zeug auf das einzige Regalbrett neben dem Spülbecken. Das Spiralheft und eine Hand voll Stifte kommen auf den Tisch, und jetzt ist nur mehr ein Gegenstand in den Tiefen der Tasche übrig. Das lädierte Wrack seines

Buches, klug verborgen in einem großen Umschlag und von längs und quer gespannten Gummiringen zusammengehalten. Er hebt die Tasche hoch, wie um ihr Gewicht zu prüfen, dann zieht er den Reißverschluss zu und schiebt sie unters Bett.

Er sitzt am Tisch und legt das Briefpapier zurecht, das er im Motel hat mitgehen lassen. Er schraubt mit den Zähnen die Kappe von einem Stift und kaut darauf herum, während er schreibt:

Liebe Wyn

Elf

Wyn

Als Mac weg ist, nehmen die Tage einen sehr regelmäßigen Verlauf.

Tag eins: Schuldgefühle. Ich bin eine Frau, also muss es meine Schuld sein. Er ist gegangen, weil ich a) zu aufdringlich oder b) zu emotional war, weil ich ihn c) zu stark gängeln wollte, oder d) alles zusammen.

Tag zwei: Wut. Er ist egozentrisch. Gefühllos. Hat Bindungsangst. Kurz, typisch Mann.

Tag drei: Resignation. Was soll's.

Tag vier: Erstarken. Ich habe schließlich allerhand zu tun. Listen zu machen. Ich muss nach neuen Brotrezepten forschen, die Wohnung sauber machen, meine Finanzen in Ordnung bringen, wieder mit dem Joggen anfangen.

Tag fünf: Siehe Tag eins.

Als die Sonne höhersteigt und die Tage von Licht erfüllt sind, erwacht die Nachbarschaft aus dem Winterschlaf. Die letzten Wicken sind erschöpft, braun und dürr, die Rotkäppchentulpen sind verblüht, Gänseblümchen, Mohn, Geranien und Lobelien erobern die leeren Stellen und lassen ihre Blüten in verschwenderischer Fülle über den

Rand der Blumentöpfe quellen. Rotbraune und goldene Taglilien neigen sich über die Parkplätze. Stammkunden tauchen wieder auf und bringen neue Kundschaft mit. Trupps von Malern und Maurern machen sich morgens auf den Weg zu Renovierungsarbeiten. Sie ersetzen zum Teil die altgewohnten Männer, die jetzt auf Fischerbooten in Alaska arbeiten.

Mit dem Wetterwechsel kommen die Gedanken an Frankreich. Das Flugticket, das ich ganz unten in meiner Wäscheschublade verstaut habe, lockt auf einmal. Mehr als das, es schreit förmlich nach mir. Es wedelt heftig mit den Armen, wie der Streber in der ersten Bank, der immer alles weiß. Ich brauche Ferien. Jetzt. Oder wenigstens im Sommer.

»Ich würde gerne mal Urlaub machen.«

Ellen kniet in der Ecke bei der Ladentür. Sie schaut mich über die Schulter an. »Gute Idee. Wann?«

»August? September?« Ich zucke die Achseln. »Was machst du denn da unten?«

»Ich stelle California-Hotels für Kakerlaken auf.«

»California-Hotels für Kakerlaken?«

»Ja. Du weißt schon.« Sie lacht boshaft. *You can check out any time you like, but you can never leave.* Sie steht auf und wischt sich die Hände ab. »Es sind Fallen mit vergifteten Ködern.«

»Soll das heißen, dass du sie nicht lebend fängst und in Auffanglager bringst, wo sie ihre Verwandten wiedertreffen können?«

»Nein. Meine Tierliebe erstreckt sich nicht auf Kakerlaken.« Sie dreht den Wasserhahn im Spülbecken auf und pumpt sich Flüssigseife auf die Hände. »Und wenn man sie zerquetscht, gibt es eine solche Schweinerei.«

»Mmm.« Ich blicke auf das Hörnchen in meiner Hand,

bei dem aus einer Ecke die Rosinenfüllung herausquillt. »Danke für diese Mitteilung.«

»Wie lang möchtest du Urlaub machen?«

»Tja …«

Sie schüttelt das Wasser von ihren Händen und greift nach einem Handtuch.

»Vier Wochen stehen dir zu, aber …«

»Ich brauche nur drei.«

»Das ist eine lange Zeit. Du wirst hier fehlen.« Sie öffnet einen Karton fettarme Milch und gießt sie in die Aufschäumkanne. »Bist du dir so sicher, dass Cody es allein schafft?«

»Sie macht erstaunliche Fortschritte. Alles, was sie bräuchte, wäre ein zweites Paar Hände zum Ausformen der Laibe und zum Saubermachen. Ich dachte, wir könnten vielleicht jemanden von der Kochfachschule für ein dreiwöchiges Praktikum bekommen.«

»Tja – kannst du dir Cody wirklich als Lehrmeisterin vorstellen?«

»Ein Punkt für dich.« Ich schenke mir ein Glas Orangensaft ein, um das Hörnchen hinunterzuspülen. »Vielleicht könnte ihr jemand vom Mazurka-Team helfen?«

»Ich sehe keine Chance, dass da eine in der Nacht arbeiten will.« Sie schürzt die Lippen. »Wo willst du denn hin?«

»Meine Mutter und Richard haben mir zu Weihnachten ein Flugticket nach Frankreich geschenkt.«

Ihre Augenbrauen heben sich. »Frag sie, ob sie nicht noch eine Tochter adoptieren möchten. Ich würde ihnen bestimmt keine Mühe machen.«

»Es ist ein Bonusmeilenticket, deswegen muss ich es vor November benutzen. Und es lohnt sich nicht, wenn ich bloß für eine Woche fahre.«

»Wie wäre es mit zwei Wochen?«

»Ich wollte zwei Wochen Urlaub machen und dann vielleicht nach Toulouse runterfliegen und bei Jean-Marc eine Woche lang ein bisschen mitmischen. Vielleicht lerne ich etwas Interessantes.«

»Schön, lass mich darüber schlafen. Kann ja sein, dass mir um drei Uhr morgens eine brillante Idee kommt.«

Als ich heimkomme, stochert CM in ihrem Rührei herum. Als ich ihr von meinen Plänen erzähle, sagt sie: »Unsere Truppe geht im August nach England. Wenn du erst dann fährst, wenn wir die Kurse abgeschlossen haben, könnte ich dich in Paris treffen und eine Woche bleiben.«

»Ooh. Das wäre mehr Vergnügen, als den Sterblichen eigentlich zusteht. Aber …« Ich runzle die Stirn. »Glaubst du, dass Paris bereit ist für uns?«

Sie stützt einen Ellbogen auf den Tisch und legt das Kinn in die Hand. »Ich würde sogar sagen, das könnte eine ganz neue Ära in den internationalen Beziehungen einläuten. Wo sollen wir wohnen?«

»Am linken Seineufer, *bien sûr.* Siebtes Arrondissement.«

»Natürlich gibt es immer noch die Île St. Louis.« Sie springt auf, geht zum Bücherregal und kommt mit meinem zerfledderten Exemplar von Frommers Frankreichführer zurück. »Ich wollte schon immer in einem dieser großartigen alten Innenstadthotels wohnen. Wo bist du mit David abgestiegen?«

»Im *Ritz.*« Die Erinnerung entlockt mir einen Seufzer. »Der schönste dreißigste Geburtstag, den ich je hatte.«

Sie lacht. »Hat es sich dafür gelohnt, mit einem Arschloch verheiratet zu sein?«

Ich lächle träumerisch. »Ja, ich glaube schon. Fünfhundert Dollar die Nacht. Nicht auszudenken, was es heute kostet. Dinner im *Taillevent*. Ich kam mir vor wie eine Prinzessin.«

»Wir werden mindestens genauso viel Spaß haben, auch wenn wir nicht im *Ritz* wohnen können.«

»Auf jeden Fall. Und du wirst nicht versuchen, die Reisekosten vor Gericht von mir zurückzuverlangen.«

Wir lächeln uns an, und unser Lächeln wird immer breiter, je mehr wir darüber nachdenken, was uns da alles offen steht.

Eines Morgens öffnet Mitsukos Gemüsemarkt jenseits der Straße nicht zur gewohnten Zeit und bleibt auch den ganzen Tag geschlossen. Am nächsten Morgen sind Mitsuko und ihr Mann Fred schon früh da und tragen Registrierkassen, Tische, Computer, Körbe und Wannen mit Waren in einen Transporter.

Fred kommt mit Unmengen Zitronen, Äpfeln, Zwiebeln und Karotten herüber, gerade als Cody und ich sauber machen und die Tagschicht eintrifft.

»Was Sie nicht brauchen können, stellen Sie doch einfach raus für Ihre Kunden«, sagt er.

»Wo gehen Sie denn hin?«, fragt Ellen.

Er nimmt seine Baseballmütze ab und kratzt sich die rosige Kopfhaut unter dem dünn werdenden Haar. »Wir ziehen nach Lopez. Wollen einen kleinen Gemüsegarten anlegen und unsere Sachen auf dem Bauernmarkt verkaufen. Alles etwas ruhiger angehen lassen.«

»Was kommt in Ihren Laden rein?«

»Keine Ahnung.« Er schaut hinüber. »Ich glaube, ein paar Künstler wollen ihn mieten. Aber ich weiß nicht, was sie vorhaben.«

»Na prima«, murrt Ellen. »So geht die Nachbarschaft dahin.«

»Ach, ich hoffe, dass es eine wunderbare Galerie wird.« Maggie klatscht in die Hände wie Doris Day in einem ihrer frühen Filme. »Vielleicht könnten alle Künstler im Ort ein paar Arbeiten beisteuern.«

Codys Kinn schiebt sich vor. »Bestimmt brauchen sie keine Power-Rangers-Geburtstagstorten.«

Ich schiebe meinen Arm durch ihren. »He, Süße, es ist schon nach sieben, und wir sind fertig. Warum sollen wir nicht irgendwo frühstücken?«

»Ich bin mit Barton verabredet«, sagt sie. »Wir wollen uns eine Wohnung suchen.«

Wir ziehen die Schürzen aus und werfen sie in den Wäschekorb bei der Hintertür. »Habt ihr beide ...eine Beziehung oder so was?«

Sie lacht laut und lang. »Falls du das noch nicht gemerkt hast, er ist so schwul wie nur möglich. Er ist bloß mein bester Freund. Er ist der Einzige von all den Leuten, mit denen ich aufgewachsen bin, der noch zu mir gehalten hat, als meine Mutter uns verließ und ich mir die Haare blau färbte.«

»Und wo wollt ihr nach einer Wohnung schauen?«

»Auf dem Capitol Hill. Dort ist es billiger als in Queen Anne.« Sie schultert ihren Rucksack. »Jedenfalls muss ich etwas unternehmen. Betty macht mich noch wahnsinnig.«

»Betty?«, frage ich, als ich hinter ihr durch die Tür gehe.

»Die böse Stiefmutter. Betty Crocker.«

»Und wo liegt das Problem?«

»Sie hat rhetorische Diarrhö.«

Ich lache. »Was soll das heißen?«

»Sie kann den Mund einfach nicht halten. Ich weiß nicht, wie mein Vater das aushält.«

»Vielleicht hat er jemanden gebraucht, mit dem er reden kann.«

»Bloß kriegt er selbst nie eine Chance zu reden. Außerdem macht sie immer in meinem Zimmer sauber, wenn ich nicht da bin.«

»Sie meint es sicher gut …«

»Sie sucht bloß nach meinem Heroinlöffel.«

Ich schaue sie scharf an und merke, dass sie Spaß macht.

Sie verdreht die Augen. »Du und Betty. Ihr passt zusammen.«

An der Bushaltestelle trenne ich mich von ihr, gehe im hellen, kühlen Morgen die Straße entlang und überlege, wo ich relativ billig frühstücken könnte. Ich kann es mir eigentlich nicht leisten, so oft auswärts zu essen, aber ich fürchte mich davor, am Morgen in diese leere Wohnung zu kommen. Und dann herumzuwandern und darüber nachzudenken, was ich tun soll – duschen? Ins Bett gehen? Lesen?

Ich schlafe nicht mehr gut, seit Mac weg ist. Alles ist anders, wenn einem das Bett ganz allein gehört. Man kann sich an niemanden anschmiegen. Kalte Bettwäsche. Völliges Schweigen. Es dauert, bis man sich daran gewöhnt. Wieder.

Also gönne ich mir ein Holzfällerfrühstück im *Five Spot.* Ich sitze an einem Tisch am Fenster in der Sonne, lese Zeitung und lausche auf das lebhafte Geschnatter von Leuten, deren Tag eben erst beginnt, und auf die Verkehrsgeräusche, als Queen Anne Hill langsam erwacht.

Meine Augen öffnen sich um zwei Uhr nachmittags und wollen sich absolut nicht mehr schließen. Ich stehe auf und wandere in T-Shirt und Unterhose in der Wohnung umher, schaue mir die Bücher im Regal an, werfe einen lustlosen Blick in den Kühlschrank, wende mich entschlossen vom Fernseher ab. Schließlich ziehe ich meine Jogginghose an und gehe hinunter, um die Post zu holen. Bevor ich noch die Rechnungen, Kataloge und Postwurfsendungen mit Angeboten wie *Teppichreinigung für nur $ 19.95 pro Zimmer* durchsehen kann, fällt mein Blick auf den Umschlag mit der kanadischen Marke. Ich steige die Treppe langsam hinauf und drehe den Brief hin und her, zögere mit dem Öffnen, weil ich fast Angst habe vor seinem möglichen Inhalt. Es ist billiges Hotelpapier aus dem *Gold Rush Motel* in einem Ort namens Beaverton, Yukon Territory. Der Poststempel ist verschmiert, sodass ich nicht sehen kann, ob der Brief auch dort aufgegeben worden ist.

Wieder in der Wohnung, werfe ich die ganze übrige Post auf den Schreibtisch, gehe ins Bett und reiße den Umschlag auf.

Liebe Wyn,

Pferden gibt man den Gnadenschuss, oder?

Der Elky ist außer Gefecht. Er ist auf der Straße nördlich von Carmack auf einen ordentlichen Felsbrocken gestoßen, als ich durch etwas fuhr, was ich für eine Pfütze hielt, was aber ein tiefes Schlagloch war.

Ich bin in einer kleinen Stadt namens Beaverton, YT (Yukon Territory) – oder eigentlich ist es, nach Yukon-Maßstäben, eine große Stadt, weil hier alles eine Großstadt ist, was über 350 Einwohner hat. Sie liegt in einer Biegung des Yukon River und besteht aus etwa vier großen Straßen, die von ein paar kleineren gekreuzt werden. Alle Straßen sind unbefestigt, und die Gehsteige sind aus Brettern gezimmert. Hier wird nichts gepflastert, wegen der Frostaufbrüche. Es gibt ein Postamt, einen Gemischtwarenladen, einen Haushaltswarenladen, zwei Cafés, einen Friseur, eine Kirche, die im Sommer auch als Kino dient (hat man mir gesagt), eine Schule, die vom Kindergarten aufwärts so weit geht, wie der älteste Schüler alt ist, einen Arzt, der im Notfall auch als Zahnarzt amtiert, zwei Motels und, natürlich, einen Saloon.

Und eine Tankstelle mit Reparaturwerkstatt, wo der Elky sich aufhält. Der Eigentümer, Ian Johnstone, stammt eigentlich aus Toronto. Er ist im Sommer Automechaniker und im Winter Hundeschlittenführer. Er versucht gerade ein Hundeteam zusammenzustellen, mit dem er im nächsten März am Iditarod-Rennen teilnehmen kann. Das habe ich alles erfahren, als ich mit ihm in seinem Abschleppwagen von Carmack hergefahren bin. Er sagt, die Getriebewanne sei nach oben gestoßen worden und habe das Einlassventil zerdrückt. Das sagt dir sicher nichts, und ich habe es auch nicht ganz verstanden. Grob übersetzt heißt es, dass ich ein komplett neues Getriebe brauche. Für einen 71er-Elky eines zu finden und hier herzuschaffen ist nicht ganz einfach.

Bis dahin hatte ich eine gute Fahrt, nur ein bisschen Regen. Ich bin gut vorangekommen, wenn man bedenkt, wie viele Straßenarbeiten hier im Frühling anfallen.

Ian sagt, er versucht, in Whitehorse ein Getriebe zu kriegen (fraglich). Wenn sie dort keines haben, probiert er es in Vancouver. Dann in Seattle. Und so weiter …

Sieht aus, als würde Beaverton für einige Zeit meine Heimat.

Ich habe eine passende Unterkunft gefunden, und es trifft sich gut, dass ich meinen Lebensunterhalt durch Instandsetzungsarbeiten verdienen kann, und zwar für eine alte Dame namens Pearl May Austen, der anscheinend die halbe Stadt gehört, einschließlich des Beaver Tail Saloon, den sie von ihrer Mutter geerbt hat, die ihn ihrerseits beim Pokern gewonnen hat. Sie hat auch einen verrückten Pudel namens Egbert. Der ist auch schon ganz schön alt. Wahrscheinlich war er mal weiß, aber jetzt ist er ziemlich vergilbt, wie das Papier in einem alten Buch. Er sitzt unter ihrem Barhocker und attackiert jeden Fuß, der seinem Frauchen zu nahe kommt. Das erste Mal, als ich dort war, hat er seine kleinen Fänge in meine Stiefel geschlagen. Vielleicht hat er sie für räuberische Gürteltiere gehalten.

Gleich hinter der Grenze habe ich eine Zeit lang einen Radiosender aus Vancouver empfangen, und die Frau, die die Verkehrsnachrichten verlas, hat ganz ähnlich wie du geklungen. Ich konnte mir fast einbilden, dass du irgendwie mit mir redest – wenn du auch nur gesagt hast, ich solle die Burrar Bridge während der Stoßzeit meiden, weil dort die Fahrspuren markiert werden. Du fehlst mir.

Mac

Ich falte die Blätter wieder zusammen und stecke sie in den Umschlag zurück. Ich lege mich zurück und starre auf die Sonnensprenkel an der Decke. Der Brief ist so typisch Mac. So intim wie ein Artikel aus dem Reiseteil einer Zeitung.

Beginne mit einer Einleitung, die neugierig macht, so dass der Leser mehr erfahren möchte. *Pferden gibt man den Gnadenschuss, oder?* Dann mach den Leser ein bisschen mit der Örtlichkeit vertraut. *Beaverton liegt in einer Biegung des Yukon River; ungefähr 350 Einwohner.* Dann eine interessante Information. *Sie pflastern Straßen und Gehsteige nicht, wegen der Frostaufbrüche.* Dann etwas Persönliches über einen der Einwohner. *Während wir in seinem Abschleppwagen von Carmack hierher fuhren, hat Ian Johnstone mir erzählt, dass er im Sommer Automechaniker ist und im Winter Hundeschlittenführer.* Dann noch ein bisschen Lokalkolorit mit Pearl May und Egbert, dem Psycho-Pudel.

Wenn er endlich persönlich werden will, schreibt er über eine Frau, die bei einem Sender aus Vancouver die Verkehrsnachrichten verliest. Oh, Mac.

Er erledigt für eine alte Dame Gelegenheitsjobs. Als Nächstes wird er an der Bar arbeiten. Genau wie hier. Er erinnert mich an die kleinen transportablen Häuser, die man manchmal aufgebockt sieht, von den Fundamenten abgehoben und mit einem Schild versehen, auf dem der Zielort steht. Er ist imstande, sein ganzes Leben aufzuheben, es woanders hinzubringen und es dort wieder abzusetzen, völlig intakt.

Zwölf

Es ist noch früh. Die Sonne steht niedrig, die Bäume werfen lange Schatten, und der Halbmond hängt als bleicher Schatten im Südwesten. Drunten in Seattle ist es wahrscheinlich noch dunkel. Er zieht in der Morgenkühle Jeans und ein Sweatshirt an und geht den gewundenen Kiesweg zum Ufer hinunter. Atmen. Das ist das Besondere an der Luft hier oben. Man möchte immer noch tiefer atmen, die Luft noch länger anhalten. Als könne man den Himmel einatmen. Er wandert am Hochufer entlang, das mit dichtem Gras bewachsen ist und gesprenkelt mit gelbem Fingerkraut. Ein zerrupfter Adler mustert ihn mürrisch von einem kahlen Baum am anderen Ufer, und ein reiner, ganz besonderer Vogelgesang, den er noch nie gehört hat, jagt ihm einen Schauer über den Rücken. Das Geräusch eines Außenbordmotors lenkt seinen Blick aufs Wasser. Ein kleines rotes Kanu mit breitem Heck kämpft sich gegen die Strömung flussaufwärts und scheucht die Uferschwalben aus ihren Nestern im Steilhang. Am Ruder, in einem leuchtend gelben Kleid und einem australischen Tropenhelm – Pearl May Austen.

Rechts von ihm steht der ausrangierte Schulbus, den

er gestern schon gesehen hat, aber jetzt merkt man, dass er nicht ausrangiert ist. Ein schwarzes Ofenrohr steht aus dem Dach heraus, und Rauchwölkchen entweichen daraus in den Sommermorgen. Er schaut nach anderen Lebenszeichen aus, und als er schon fast direkt gegenüber steht, tritt eine Frau aus der Tür und winkt. Sie tut, als trinke sie Kaffee aus einer imaginären Tasse, dann lädt sie ihn mit einer Geste zum Näherkommen ein. Jetzt sieht er das in Richtung Straße angebrachte Schild: *Elchburger und Tarot-Wahrsagung bei Madame Blue.* Er biegt auf den breit ausgetretenen Weg ein. Als er in Hörweite kommt, schießt ein braunes Bündel um die Ecke des Busses und stellt sich zwischen ihn und die Frau.

»Ha«, sagt die Frau. Das kommt ihm sonderbar vor, bis er sich klar macht, dass die Frau einen Südstaatenakzent hat und eigentlich *Hi* sagen wollte. »Kümmern Sie sich nicht um ihn.« Sie nickt in Richtung des Tieres, das den Weg bewacht wie der Türsteher in einem Nachtclub in Manhattan.

Der Hund steht spreizbeinig da, macht tief in der Kehle ein grollendes Geräusch und zieht die Lefzen zurück, um sein einschüchterndes Gebiss zu zeigen.

»Jester, schäm dich. Das ist wirklich nicht gastfreundlich. Sitz.« Er setzt sich, aber seine goldenen Augen verfolgen Mac, als der sich vorsichtig nähert.

»Eigenartige Augen.«

»Er ist zum Teil Wolf.«

»Im vorderen Teil, würde ich sagen. Nettes Hündchen.«

»Er tut wirklich nichts«, sagt sie. »Eigentlich ist er nur ein großer, wuscheliger Wattebausch. Er kennt Sie nur nicht.« Sie wendet sich an den Hund. »Ich möchte, dass du dich bei diesem Mann entschuldigst. Darf ich fragen, wie Sie heißen?«

»Mac.«

»Ich bin Rhiannon. Das ist Jester. Jester, sag Mac, dass es dir Leid tut.«

Der Hund legt den Kopf schief. Seine Ohren fallen schlaff herunter, und er gibt einen leisen Jammerton von sich. »Großartig. Guter Junge. Guter Jester.«

»Er heißt Jester?«

»Ich habe ihn nach dem Narren benannt. Im Tarot. Es bedeutet das Gleiche, aber wenn ich hier im Ort herumliefe und *Narr* rufen würde, könnte sich die halbe Stadt angesprochen fühlen.« Sie nimmt Macs Hand und legt sie dem Hund auf den Kopf. »Kraulen Sie ihn hinter den Ohren und streicheln Sie ihn dann unterm Kinn.«

Er folgt ihrer Anweisung, aber vorsichtig. Nachdem er ihn zweimal unterm Kinn gestreichelt hat, legt der Wolfshund sich nieder und lässt seinen Kopf auf Macs Füße sinken.

Rhiannon lacht entzückt. »Sehen Sie? Ist das nicht nett? Versuchen Sie jetzt bloß nicht zu gehen, denn dann beißt er Ihnen ein Bein ab – bloß ein Scherz!«

»Haha. Hier hat mir schon ein Hund seine Fänge in den Schuh gehauen.«

»Welcher Hund?«

»Egbert. Der von Pearl May.«

Sie schnaubt verächtlich. »Das ist kein Hund. Das ist eine Ratte mit einer missglückten Dauerwelle. Wir nennen ihn Adlerköder.« Sie zwinkert ihm zu. »Natürlich nicht, wenn Pearl May dabei ist. Möchten Sie Kaffee? Ich hoffe, Sie trinken Zichorienkaffee. Ich bin schon seit Jahren ein Fan davon und trinke nichts anderes mehr. Ich lass ihn mir eigens aus New Orleans kommen.«

Ohne auf Antwort zu warten, öffnet sie die Tür. »Kommen Sie herein.«

Von innen ist der Bus ganz anders, als er erwartet hat. Er ist ausgerüstet wie ein ganz moderner Wohnwagen, komplett mit zwei Spülbecken, einem großen Kühlschrank und einem vierflammigen Herd. Von außen hört er das leise Summen eines Generators.

»Prima Behausung.«

»Leon war verdammt geschickt. Mein Freund. Exfreund. Das hier war seine Seite, und dort hinten« – sie deutet auf das andere Ende des Wagens – »war meine.«

Der hintere Teil sieht aus wie das Zelt einer wahrsagenden Zigeunerin. Er ist mit einer verblüffenden Menge von Schals, Tüchern, Decken, Teppichen und Strandtüchern behängt. Das passt insofern gut, als Rhiannon selbst auch genau wie eine Zigeunerwahrsagerin aussieht. Sie trägt ein langes, rot und gelb geblümtes Kleid – oder Nachthemd, das lässt sich nicht so genau sagen –, eine Weste, die mit weiteren Blumen bestickt ist, und ein Schultertuch. Ihr lockiges Haar ist lang, ungebändigt und von grauen Strähnen durchzogen.

»Sie sind also aus Seattle, wie?«

Er hält inne, die Tasse schon fast am Mund.

»Was ist los? Ach, sicher möchten Sie Sahne und Zucker. Tut mir Leid, Zucker habe ich zwar, aber Sahne gibt's bei mir nicht. Ich mag sie nicht, und sie wird bloß schlecht.« Sie steigt auf einen Stuhl, um eine rosa Zuckerdose aus Porzellan zu erreichen. Er wirft zwei Stück Zucker in seine Tasse, und sie reicht ihm einen Löffel.

»Eigentlich hab ich mich bloß gewundert, woher Sie wissen, dass ich aus Seattle bin.«

Sie winkt ab. »Ich könnte jetzt schwindeln und mich zieren und Sie glauben lassen, dass ich das aus mir selbst habe.« Sie schließt die Augen und legt eine Hand an die

Stirn. »Ich empfange Schwingungen aus …Washington. Spokane? Nein. Ich sehe eine große weiße Stadt am Wasser. Seattle. Ja, das ist es. Seattle.« Sie lacht. »Ich gebe zu, so mache ich es schon manchmal. Meine Fähigkeiten sind zu Beginn der Saison immer ein bisschen eingerostet, aber ich besitze sie, das kann ich Ihnen versichern. Aber in diesem Fall … nun, sagen wir mal, hier gibt es ein Buschtelefon, das nie stillsteht. Und Sie sind im Augenblick der einzige Fremde im Ort, deswegen wissen wir alle, dass Sie aus Seattle sind und einen El-Camino-Pick-up haben, der in Ians Werkstatt steht und sich einige Zeit lang nicht dort wegbewegen wird. Also, willkommen in Beaverton.«

»Ja, danke. Wohl oder übel.«

Sie schließt die Augen wieder. »Ich empfange ambivalente Schwingungen. Das beste Mittel dagegen ist einer von Madame Blues berühmten Elchburgern. Möchten Sie Käse oder Zwiebeln oder beides?«

»Ich hab ja noch gar nicht gefrühstückt …«

»Natürlich nicht. So ein Burger *ist* ein Frühstück. Eine Menge Eiweiß, sehr wenig Fett. Er hält Ihren Motor den ganzen Tag am Laufen. Er kostet drei fünfzig mit Fritten und einer Limonade oder Kaffee, und fünfzehn Dollar, wenn Sie obendrein noch Ihre Zukunft erfahren wollen. Oder Sie können mir auch helfen, ein paar Pastetchen für diese Woche zu machen, wenn Sie das lieber wollen. Dann ist das Frühstück gratis.«

»In diesem Fall will ich die Rechnung lieber abarbeiten.« Er blickt auf eine große Schüssel voll Hackfleisch, das im Spülbecken auftaut. »Das sieht nach ziemlich vielen Elchburgern aus. Haben Sie hier so viel Kundschaft?«

»Sie würden sich wundern. Eine Menge Camper und Fischer kommen zu mir. Ortsansässige. Bald kommen auch die Touristen. Viele Leute halten hier, wenn sie zwischen Dawson und Whitehorse unterwegs sind. Ich habe ziemlich viele Stammkunden. Und vor zwei Jahren bin ich ins offizielle *Yukon Guide Book* aufgenommen worden. Das soll wohl heißen, dass ich jetzt lang genug hier bin, um als offizielle Touristenattraktion im Yukon zu gelten – die exzentrische Madame Blue und ihre berühmten Elchburger. Und dazu kommt noch die spirituelle Beratung. Eine Menge Leute hier unternehmen nichts, ohne mich vorher zu befragen.«

»Wie lang sind Sie schon hier?«

»Oh, warten Sie mal. Ungefähr acht Jahre. Vielleicht auch ein bisschen länger. Ich weiß es nicht so genau, weil wir hier zweimal durchgekommen sind. Als der Bus seinen Geist aufgab, ist mein so genannter Freund schleunigst nach Texas zurück, und ich beschloss zu bleiben. Waschen Sie sich dort drüben die Hände, und ich stell die Musik lauter.«

Er rollt sich gerade die Ärmel auf, als lauter Lärm aus den zwei kleinen Lautsprechern auf dem Kühlschrank dröhnt. Es ist ein Lied, das merkt er, aber er versteht die Worte nicht. Der Sänger klingt nicht nur betrunken, sondern auch so, als wären seine Rachenmandeln mit Stacheldraht umwickelt.

»Ich hoffe, Sie mögen Texas-Musik«, sagt Rhiannon.

»Es klingt anders als alle Country-Musik, die ich je gehört habe«, sagt er.

»Weil es eben nicht Country ist. Es ist Texas. Der Austin-Sound. Das ist Jerry Jeff Walker. Sie werden ihn mögen, wenn Sie sich erst daran gewöhnt haben.«

»Ich bin überzeugt davon. Aber könnten Sie ihn ein bisschen leiser drehen? Der Kaffee hat noch nicht gewirkt.«

Es ist kurz vor zehn, als er Rhiannon verlässt, nachdem er mit knapper Not um eine Tarot-Sitzung herumgekommen ist, und zum Haus zurückgeht. Er durchquert gerade den Vorhof, als er jemanden rufen hört.

»He! Wollen Sie den oder nicht?« Er blickt auf und sieht Bernice mit einem verbeulten kupfernen Teekessel in der Haustür stehen. Anstatt ihm entgegenzugehen, wartet sie, bis er zurückkommt.

Ihr Gesichtsausdruck hat sich seit gestern nicht verändert – er hält ihn für eine Mischung aus Langeweile, Frustration und ganz allgemein schlechter Laune –, aber ihr glattes schwarzes Haar ist mit einem weißen Band zurückgebunden, und sie hat rosa schillernden Lippenstift aufgetragen, der überhaupt nicht zu ihrer glatten, karamellfarbenen Haut passt.

»Sie müssen Bernice sein.«

»Sieht ganz so aus.« Sie blickt zu ihm auf, unter Stirnfransen hervor, die zu lang sind, um als Pony durchzugehen. Ihr Gesicht ist rund, mit kurzer Nase und mandelförmigen Augen. Sie ist nicht direkt hübsch, aber es ist etwas an ihr, was einen trotzdem hinsehen lässt – eine fast greifbare sexuelle Ausstrahlung.

»Danke für den Kessel.«

»Sie können Pearl danken. Ich hab damit nichts zu tun.«

Die Aussicht auf eine Unterhaltung scheint nicht allzu groß, und so wendet er sich zum Gehen.

»Sie sollten lieber nicht so rumlaufen.«

Er dreht sich um. »Was heißt *so?*«

»So unvorsichtig. Es gibt nämlich Bären hier. Passen Sie lieber auf.«

»Danke für den Tipp.«

Die Tage, die anfangs zu lang waren und auf deprimierende Weise dahinflossen, nehmen bald eine zwanglose, angenehme Struktur an. Am Morgen geht er immer zuerst am Fluss entlang, durch Wiesen mit weißem Labkraut, wildem Rittersporn und gelber Arnika. In den Kronen der Espen zittern zarte neue Blätter im Licht. Der Fluss fließt gemächlich vorbei, grüngrau unter Nebelfetzen, und die Sandbänke sind schwarz von Vögeln – Enten, Strandläufer und Bachstelzen. Er lässt sein Inneres zur Ruhe kommen.

Sein Frühstück besteht aus Brot, Käse und Kaffee, manchmal auch aus einem Elchburger bei Madame Blue, und danach macht er sich in Haus und Garten nützlich. Olivia Myles, die Besitzerin des Haushaltswarenladens, leiht ihm ihre Kreissäge, damit er neue Pfähle für den Zaun zuschneiden kann. Er braucht einen guten halben Tag, um die verrotteten und gebrochenen Pfähle zu ersetzen. Nachmittags arbeitet er an der Bar im *Beaver Tail,* zusammen mit Mitch Cason, einem wettergegerbten Rentner aus Saskatchewan. Sein Abendessen ist einfach, meistens nur Suppe und Brot, weil er das Kochen auf dem Holzofen noch nicht so recht raushat, und danach versucht er zu schreiben. Es gelingt ihm nur selten, und wenn es nicht klappt, sitzt er in der langen Dämmerung auf der Veranda und liest Bücher aus Pearl Mays umfangreichem Bestand.

In der folgenden Woche macht er sich daran, den Zaun zu streichen. Er geht dabei langsam und methodisch zu Werke. Taucht den Pinsel ein, streicht die überschüssige Farbe am Rand des Farbeimers ab und freut sich an dem Kontrast von glatter, leuchtender Farbe und rauem, tristem Holz. Das Immergleiche an dieser Arbeit hat etwas eigenartig Beruhigendes, und seine Gedanken schweifen zusammenhanglos zwischen Erinnerungen an Kletterzeiten, dem Buch über eine Kanutour auf dem Yukon River, das er gerade liest, und der Geschichte von Tom Sawyer, der den Zaun streicht, umher.

Irgendwann fällt ihm ein dunkler Schatten am Rand seines Gesichtsfeldes auf, und er dreht sich um und sieht Emmett dastehen, mit offenen Schuhbändern an einem Schuh und aus der Jeans hängendem Hemdzipfel. Er hält ein rotes Feuerwehrauto fest an die Brust gedrückt und beobachtet Mac wie hypnotisiert.

»Hi, Emmett.«

Er schaut immer noch zu, sagt aber nichts.

»Was treibst du denn so?«

Statt einer Antwort hält ihm Emmett das Auto hin.

Mac fährt mit dem Finger über einen der glänzenden Kotflügel. »Toller Wagen.«

Emmett stellt ihn auf den Boden, hockt sich daneben und schiebt ihn durch den Kies auf Mac zu, dann dreht er ihn um und schiebt ihn in die andere Richtung.

»Wie alt bist du, Emmett?«

Er denkt über die Frage nach, dann hält er die rechte Hand mit gespreizten Fingern hoch, und die linke dazu mit ausgestrecktem Zeigefinger. Die übrigen Finger sind fest zur Faust geschlossen.

»Ich kann nicht gut zählen«, sagt Mac. »Sag mir, wie viel das ist.«

»Sechs.«

Er ist erstaunt über die schnelle Antwort und die Sicherheit in der sanften Stimme.

»Ich gehe in die Schule«, fügt Emmett hinzu.

»Gehst du gern hin?«

Emmett nickt. Er lässt sich zum Schneidersitz zurücksinken und schiebt den Wagen hin und her, als sei er allein.

Mac macht sich wieder ans Streichen, und die einzigen Geräusche sind die seines Pinsels und die der Plastikräder im Kies.

»Ich?«, sagt Emmett plötzlich, und Mac schaut ihn an.

»Du was?«

Er zeigt auf den Zaun. »Ich.« Diesmal ist es keine Frage.

»Okay. Komm her. Nimm den Pinsel.«

Emmett taucht ihn bis zum Griff in die Farbe, und als er ihn herauszieht, spritzt die Farbe in weitem Bogen herum.

»Komm, ich wisch das ab.« Er greift nach dem Pinsel, aber Emmett hält ihn fest.

»Neiiiin.« Es ist ein lang gezogener Klagelaut.

Mac nimmt den Pinsel. »Wart, ich zeig dir was.« Er wischt die Farbe vom Griff ab und gibt ihn Emmett wieder. »Stell dich da her.« Er legt seine Hand auf eine magere Schulter und stellt das Kind zwischen sich und den Zaun. Dann umfasst er mit seiner Hand die des Kindes, taucht den Pinsel ein, streift den Überschuss ab und malt eine weiße Bahn einen frischen Pfahl herunter.

Das plötzliche glückliche Strahlen auf dem Gesicht des Jungen schnürt Mac die Brust zusammen. »Noch mal?«

Emmett nickt.

Der Rhythmus ihrer Arbeit wird durch eine Stimme unterbrochen. »Emmett, was machst du? Du sollst nicht hier draußen sein und ihn belästigen.«

Bernice macht in der Morgensonne ein böses Gesicht.

»Er stört mich nicht.«

Sie zögert. »Sie werden schließlich nicht fürs Babysitten bezahlt.« Sie zupft am Saum ihres T-Shirts.

»Das ist nicht Babysitten. Er hilft mir beim Malen.«

»Ich helfe«, sagt Emmett.

Bernice schaut ungläubig drein. »Mit einer solchen Hilfe brauchen Sie doppelt so lang.«

»Das macht Pearl bestimmt nichts aus. Ihnen?«

Als der Name ihrer Großmutter fällt, erstarrt ihr Gesicht. »Eigentlich nicht.« Sie wendet sich wieder dem Haus zu. »Wenn er Ihnen auf die Nerven fällt, schicken Sie ihn rein.«

»Bye, Mommy.«

Sie dreht sich um, und er sieht zum ersten Mal eine gewisse Weichheit in ihrem Blick. »Bye, Emm.« Es ist beinahe ein Lächeln.

»Und, wie findest du es?« Chris schaut ihn neugierig an, während er sich die Fliege umbindet, die die Barkeeper auf Pearls Anordnung in der Hochsaison tragen müssen.

»Wie aus dem *Esquire* entsprungen.«

Chris lacht. »Nicht die Fliege, du Idiot. Das *Beaver Tail.* Beaverton. Den Niedergang der westlichen Zivilisation. Einfach alles.«

»Das *Beaver Tail* ist nicht viel anders als das *Bailey's*, wo ich in Seattle gearbeitet habe. Vielleicht ein bisschen rustikaler, aber im Wesentlichen ist ein Saloon wie der andere. Beaverton mag ich wirklich gern. Wenn der Elky schon seinen Geist aufgeben musste, dann bin ich froh, dass er es hier getan hat. Der Zusammenbruch der westlichen Zivilisation – unvermeidlich.«

Er schiebt seine Fliege in die Jackentasche und lächelt zurück.

»Du bist ja auf einmal tierisch gesprächig. Warum kommst du nicht mal zu uns zum Abendessen? Meine Frau ist Irin und eine großartige Köchin.«

»Klingt gut. Wann?«

»Weiß nicht. Sonntagabend? Das ist mein einziger freier Abend.«

Und so klopft er jetzt, am Sonntagabend nach seiner Schicht, an die blaue Tür des hübschen Holzhauses drei Häuserblocks vom *Beaver Tail* entfernt. Chris kommt an die Tür, unrasiert und in einem langen T-Shirt der Indiana Pacers. Die Düfte von Braten und frischem Brot wirken wie eine Einladung.

»Komm rein.«

»Ich habe versucht, eine anständige Flasche Rotwein zu kriegen, aber …« Er reicht ihm einen Sixpack Heineken.

»Großartig. Wir haben genug Wein, und Nora und ich trinken sowieso meistens Bier.« Er schließt die Tür hinter Mac und ruft: »Nora! Unser Gast ist da!«

Schritte, dann erscheint eine Frau, wohl aus der Küche kommend. Ihre Hand ist bereits ausgestreckt, und ihr Griff ist fest. »Mac, hi. Ich bin Nora. Willkommen in Beaverton. Was wollen Sie trinken? Ooh, Heiney's. Danke.« Sie nimmt Chris das Bier ab.

Sie ist klein, aber stämmig. Neben ihrem Mann sieht sie aus wie ein Felsblock, der sich an einen Berg lehnt. Ihr hübsches Gesicht ist ungeschminkt, sommersprossig und erhitzt vom Kochen. Ihr dunkles Haar ist locker zurückgebunden. Aber was an ihr auffällt, sind ihre Augen – von tiefem, klarem Grün, voller Intelligenz und Humor.

»Es dauert noch ein bisschen mit dem Essen, also setzt euch ins Wohnzimmer und trinkt schon mal ein Bier. Aber erzählen Sie nichts Interessantes, bevor ich komme.« Ein leicht singender Tonfall ist alles, was von ihrem irischen Akzent geblieben ist.

»Was hat dich eigentlich in den Norden gezogen?« Chris

trinkt einen großen Schluck Bier. »Es ist ziemlich früh im Jahr. Das Wetter ist noch ziemlich unsicher. Sogar im Juni kann es manchmal Schnee geben. Du …«

»Hoffentlich haben Sie nicht zu viel erzählt. Ich verpasse ungern etwas.« Nora rauscht wieder herein und lässt sich neben Chris aufs Sofa fallen. »Ich möchte wissen, warum Sie so früh im Jahr hergekommen sind und was Sie vorhaben und wie lang Sie bleiben …«

Chris lacht lauthals. »Wir sind noch ganz am Anfang, Liebling.«

»Ich bin auf dem Weg nach Alaska. Hinter Carmack bin ich in einem Schlagloch auf einen Felsbrocken aufgefahren, und das hat mir das Getriebe ruiniert.«

»Das ist alles gut und schön«, sagt sie, und ein Grübchen erscheint in ihrem Gesicht. »Sie sind auf dem Weg nach Alaska. Aber warum? Und warum jetzt? Es ist entschieden eine ungewöhnliche Jahreszeit dafür. Wir sind hier so etwas wie die Fremdenlegion, Mac. Jeder hat eine Geschichte. Man kommt nicht einfach zum Yukon. Man läuft eher von anderswo weg.«

»Und wie ist Ihre Geschichte?«

Sie legt den Kopf an den Arm ihres Mannes und lacht. »Gute Frage. Darf ich mal trinken?« Ohne auf eine Antwort von Chris zu warten, nimmt sie seine Flasche und trinkt. »Ich wollte aus Irland raus. Das ist kein Land für eine emanzipierte Frau. Sie erzählen dir einen Haufen Unsinn und erwarten, dass du das alles schluckst und glaubst und dich noch dafür bedankst. Ich bin wegen meiner Ausbildung nach Toronto gegangen und habe Finanzwirtschaft studiert. In Irland hätte eine Frau mit einem solchen Abschluss ungefähr den gleichen Status wie eine Ente, die jonglieren kann. Sie gibt ein prima Gesprächsthema ab, man nimmt sie gern ins Pub mit und führt sie den Kumpels vor, aber was einen Job betrifft ...« Sie lacht gutmütig. »Die einzige Position, die sich ihrer Ansicht nach für eine Frau eignet, ist die Rückenlage. Und wenn sie in dieser Beziehung mit ihr fertig sind – ab in die Küche.«

»Und was machen Sie hier oben mit Ihrem Finanzdiplom?«

Ihr Lachen wird noch breiter. »Die Antwort ist: nicht viel. Ich helfe ein paar Geschäftsleuten bei der Steuer und mit der Buchführung und so was. Aber hier ist es meine eigene Entscheidung, und nicht die von jemand anderem. Die Geschichte von Chris ist ganz anders. Er ist Yankee wie Sie. Aber er soll sie selbst erzählen.« Sie gibt Chris die Flasche zurück, halb leer.

»Du bist also Amerikaner?«

»Ja.« Er legt seinen Arm auf die Rückenlehne der Couch und streichelt geistesabwesend das Haar seiner Frau. »Ich bin einundsiebzig über die Grenze gekommen. Ich war neunzehn Jahre alt und sollte zum Militär eingezogen werden. Ich wollte nicht nach Vietnam, und ich wollte auch nicht ins Gefängnis, deswegen sind mein bester Freund und ich nach Kanada gekommen.«

»Wo bist du her?«

»Aus Indiana.«

»Und wie hast du den ganzen Weg geschafft?«

»Ich bin nicht gleich hierher gekommen. Ich ging nach Toronto. Dort habe ich Nora getroffen. Wir haben uns dann nach Westen und schließlich nach Norden vorgearbeitet.«

»Chris Moody, du lässt ja das Beste weg.« Sie blickt aufgebracht von ihm zu Mac. »Warum wollt ihr Männer immer bloß über das Was und Wann und Wo reden? Wenn man euch drängt, sprecht ihr vielleicht noch über das Wie. Aber nie, nie, nie über das Warum.« Sie schaut auf ihre Uhr. »Das Essen müsste fertig sein. Helft mir beim Anrichten, alle beide, und wir reden erst weiter, wenn wir bei Tisch sitzen. Mac, was wollen Sie zum Essen trinken?«

Zehn Minuten später sind sie beim Essen. Auf flachen Schüsseln dampft ein Braten, zart und saftig, daneben Karotten, Kartoffeln, kleine grüne Erbsen und winzige Zwiebeln. Auf dem Schneidebrett liegt ein goldener Laib Brot, duftend und noch warm. Es ist beunruhigend, wie der bloße Anblick von einem Laib Brot und der Geruch ihn mit Gedanken an Wyn überschwemmen. Er isst schweigend und macht nur einmal eine Pause, um Nora zu sagen, wie gut alles ist.

»Es ist Elch«, sagt sie. »Das beste Fleisch der Welt, wenn man sich auf die Zubereitung versteht.«

»Was Sie offenbar tun.«

»Das höre ich gern. Chris, der kann bleiben.« Sie schiebt ihm die Schüsseln hin, und er bedient sich noch mal bei Karotten und Kartoffeln. »Nehmen Sie doch auch noch Brot.«

»Danke, gerne. Und wie sind Sie beide in der Wildnis von Toronto zusammengekommen?«

Chris und Nora tauschen einen dieser Blicke aus, bei dem Menschen, die sich seit langen Jahren lieben, an ihre gemeinsame Vergangenheit denken.

»Ich ging auf eine Party«, sagt Nora, lächelt Chris an und wendet sich dann Mac zu. »Es war eine von diesen Veranstaltungen – Sie sind vielleicht ein bisschen zu jung, um sich daran zu erinnern, aber damals bestand eine Party aus einem zusammengewürfelten Haufen Leute, die sich dermaßen betranken, dass sie genauso gut hätten allein zu Hause bleiben können. Diejenigen, die noch nicht total blau waren, ließen ihre Anti-Kriegs-Reden vom Stapel, was man aber sowieso nicht hörte, weil die Musik so laut war. Und es gab Stroboskop-Licht, und der Marihuana-Rauch war so dick, dass man kaum atmen konnte – eben eine typische Siebzigerjahre-Party.

Ich war eher gegen meinen Willen dort. Eine Freundin hatte mich gedrängt mitzugehen, damit sie nicht allein hin musste. Und dann, vielleicht eine Viertelstunde, nachdem wir gekommen waren, verschwand sie mit dem Gastgeber im Schlafzimmer und ließ mich mit seiner Frau stehen, um sie zu unterhalten. Ich hatte nur noch einen Gedanken, nämlich, wie ich nach Hause kommen sollte, weil wir mit dem Auto meiner Freundin da waren. Und dann war plötzlich was mit der Stereoanlage. Ich weiß nicht, ob sie kaputtging, ob jemand über das Kabel stolperte oder sonst was. Jedenfalls hörte die Musik plötzlich auf. Alle standen herum und schauten dumm und versuchten, den Strom in ihrem Gehirn wieder einzuschalten, und dann stand dieser Kerl, den ich noch gar nicht richtig bemerkt hatte und der offenbar allein in einer Ecke gesessen hatte, auf, kräuselte seine Lippen zu einem spöttischen Lächeln und fing an zu singen. *Now and Then There's a Fool Such as I.*«

Sie unterbrach sich mit einem entzückten Lachen. »Und schaute dabei geradewegs mich an.«

Chris trinkt seine Bierflasche aus. »Sie war das Schönste, was ich seit Monaten gesehen hatte. Vielleicht seit Jahren.«

»Also sind Sie Elvis-Fans?«

Nora schließt die Augen. »Ist der Papst katholisch? Chris muss Ihnen sein Museum zeigen.« Chris sieht aus, als wolle er sofort vom Tisch aufstehen, aber sie fügt hinzu: »Nach der Nachspeise.«

Die Nachspeise besteht aus einem Grießpudding mit Vanillegeschmack, dicken Rosinen und knuspriger Kruste und einer Kanne starkem Tee. Im gleichen Moment, in dem Chris den Löffel weglegt, steht er auch schon auf.

»Ins Wohnzimmer?«, fragt er.

»Ich war da schon mal«, sagt Nora. »Geht ihr beide nur voraus.«

Chris geht voran ins hintere Wohnzimmer, ein Überbleibsel aus der Zeit, als es noch ein Familienwohnzimmer gab und einen eigenen Salon, in dem man Gäste empfing. Der Raum ist kalt, schwach beleuchtet und ringsum mit selbst gezimmerten, nicht zusammenpassenden Regalen zugestellt. Hässlich das Ganze, aber praktisch. Ungefähr so, wie man es oft in Garagen sieht.

Auf einer Seite des Raums steht eine Reihe von Stereo-Komponenten – Radio, Plattenteller, zwei Kassettendecks, Graphic Equalizer – die ziemlich hochwertige Anlage eines anspruchsvollen Musikhörers. Vier große Lautsprecher in den Ecken sind auf einen schwarzen Lehnstuhl in der Mitte ausgerichtet. Auf den Regalen stehen Plattenbehälter voller Langspielplatten und Singles von verschiedenen Musikern, und ein ganzes Regal ist exklusiv den Aufnahmen von Elvis gewidmet. Von den Singles in ihren Schiebehüllen, die das gelbe Sun-Records-Label zeigen, über die LPs mit den billigen, faden Soundtracks von Filmen, die man besser vergisst, bis hin zu den letzten fünf Konzerten auf Hawaii.

Es gibt hier Bücher über Elvis, Bücher über seine Musik, Bücher mit seiner Musik. Es gibt Poster – Elvis in schwarzem Leder, in Goldlamé, in Jeans, Elvis als aztekischer Sonnengott. Alben mit Standfotos aus seinen Filmen. Es gibt ausgestopfte Tiger und Teddybären, Brotzeitdosen und

Schnapsgläser, Salz- und Pfefferstreuer, Armbanduhren, Taschentücher und Hüte. Alles mit Elvis drauf.

»Großer Gott. Als du sagtest, du seist ein Fan, war das kein bisschen übertrieben.«

Chris breitet die Hände aus und zuckt die Schultern – eine Geste der Bescheidenheit, beinahe Verlegenheit. »Ich weiß, es ist wahrscheinlich ein bisschen eigenartig … ich weiß nicht, warum, aber ich habe ihn immer … soll ich sagen geliebt? Bewundert? Oder vielleicht wollte ich einfach nur er sein.«

Er bietet Mac den Lehnstuhl an, schaltet einen kleinen Heizlüfter an und zieht den Schreibtischstuhl näher. »Ich habe mir eigene Kassetten zusammengestellt. Willst du eine hören?«

»Klar.«

Aus dem Augenwinkel beobachtet er verwundert und amüsiert, dass Chris ständig die Lippen bewegt und jedes Wort der Songs lautlos synchronisiert, seine rötlichen Haare schüttelt und die Augen halb geschlossen hält. Timing, Mienenspiel und Gesten sind fehlerfrei, von der bluesigen lauten Stimme bei *Jailhouse Rock* bis zum salbungsvollen Säuseln bei *Are You Lonesome Tonight?* – inklusive des gesprochenen Parts.

Als die Kassette mit der automatischen Wiederholung beginnt, gibt Mac zu verstehen, dass es genug ist.

»Sorry«, sagt Chris verlegen. »Ich lasse mich hinreißen. Ich vergesse, dass nicht jeder so verrückt nach dem King ist wie ich. Ich bin sogar in den Flitterwochen nach Graceland gefahren. In meinen ersten Flitterwochen. 1970.«

Mac lacht. »Was soll das heißen, dass *du* nach Graceland gefahren bist? Was war mit der Braut?«

Chris schüttelt den Kopf. »Sie war nur körperlich anwesend. Sie wollte gar nicht hin. Sie wollte nach Florida oder so, den ganzen Tag am Strand liegen und diese Rumcocktails trinken und die ganze Nacht rammeln wie die Kaninchen.«

»Klingt wie eine ganz normale Hochzeitsreise. Aber warum Graceland?«

Chris' Gesichtsausdruck deutet an, dass die Frage sich von selbst beantwortet. »Er war der King.«

»Ja, aber damals war er doch noch am Leben. Man konnte ja gar keine Besichtigungstour machen.«

»Schon ein bisschen irre, ich weiß.« Er schiebt die Ärmel seines Pacers-Shirts hoch. »Ich hatte so eine Vorstellung, dass sie und ich vor diesem großen schmiedeeisernen Tor stünden, und er käme einfach heraus. Nicht dass er uns einladen würde oder so, aber dass er herausfinden würde, dass wir frisch verheiratet waren, und … Ich weiß nicht. Uns segnen würde oder so.«

»Segnen?«

»Ja, du weißt schon. Die Ehe segnen oder so was in der Art. Wie der Papst. Als ob dadurch alles gut werden könnte. Ich glaube, ich wusste schon damals, dass die ganze Sache ein Fehler war. Die Heirat, meine ich.«

»Ach so …« Mac nimmt einen Schluck von seinem warm gewordenen Bier. »Und was hat deine Frau dazu gesagt?«

Sein Lächeln ist das eines harmlosen Irren. »Ich hätte einen Sprung in der Schüssel. Sie hat es nie verstanden. Sie hat mich nie verstanden.«

»Warum habt ihr überhaupt geheiratet?«

»Wir waren siebzehn. Ich war scharf wie ein Hengst. Sie auch, aber sie wollte heiraten, ein Haus kaufen, ein paar Kinder kriegen. Wir fuhren nach Graceland, und dann wollten wir eigentlich nach Florida weiterfahren, aber …

wir waren schon *so* nahe bei Tupelo …« Er hält Daumen und Zeigefinger hoch. »Ich nahm einen kleinen Umweg, um seinen Geburtsort zu sehen. Ein kleines, weiß getäfeltes Haus mit einer Schaukel auf der Veranda. Dann wollte ich seine Schule sehen … Meine Güte, bin ich verrückt.« Er lacht.

»Sie saß im Auto, die Hände im Schoß, und sagte kein Wort mehr, bis wir wieder in Indiana waren. Nach der ersten Nacht hatten wir nicht einmal mehr Sex. Fuhren bloß rum in dem verdammten Auto.« Er steht auf, nimmt die Kassette aus dem Deck, steckt sie wieder in ihr Plastikgehäuse und ordnet sie sorgfältig ein. Als er sich zu Mac umdreht, hat er die Hände tief in den Taschen. »Sich einsam fühlen, wenn man allein ist, ist lange nicht so schlimm, wie sich einsam fühlen, obwohl man mit jemandem zusammen ist.«

»Vor allem in den Flitterwochen, vermutlich. Aber ihr habt trotzdem durchgehalten, bis du einberufen worden bist?«

»Ja. Unsere beiden Familien wären ausgerastet, wenn wir uns gleich nach der Hochzeitsreise hätten scheiden lassen. Ihre hätte überall herumerzählt, ich sei schwul, und meine hätte gesagt, es habe sich herausgestellt, dass sie keine Jungfrau mehr war.« Chris bringt einen abgenutzten Lederbeutel zum Vorschein und beginnt einen Joint zu drehen. Er stößt die Spitze an einem alten Zippo-Feuerzeug zurecht und schnipst an seinem Rädchen.

Mac sieht zu und atmet den intensiven Geruch von Feuerzeugbenzin ein. Die Flamme springt in die Höhe, und ein lang versunkenes Bild taucht auf. Sein Vater sitzt am dem Bug eines kleinen Segelboots, das am Dock vertäut ist. Ein Paket Lucky Strike in der Tasche seines weißen

Hemdes, das Logo mit dem roten Kreis deutlich zu sehen. Rauchringe, die in die klare Luft aufsteigen.

Chris nimmt einen langen Zug und hält ihn. »Jetzt weißt du alles über mich. Und was hast du in den letzten zwanzig Jahren gemacht?«

»Vierzehn.« Mac grinst. »Ich bin erst 1976 mit der Highschool fertig geworden.«

»Ein Baby. Da hast du den ganzen Ärger mit Vietnam verpasst.« Er hält ihm den Joint hin, aber Mac winkt ab.

»Ja, da habe ich Glück gehabt.«

»Das kann man wohl sagen.« Er klopft Asche in einen gläsernen Aschenbecher und starrt ein paar Sekunden auf die rote Glut an der Spitze. »Damals ist meine Familie mehr oder weniger kaputtgegangen. Mein Vater hat mir nie verziehen. Er ist voriges Jahr gestorben.«

»Das tut mir Leid.«

Chris seufzt. »Ich glaube, er wäre leichteren Herzens gestorben, wenn ich in Vietnam krepiert wäre.« Er nimmt wieder einen Zug. »Aber was ist mit dir?«

Mac dreht die grüne Flasche in der Hand hin und her. »Mal überlegen. Ich hab zwei Jahre lang an der Universität von New York studiert. Dann bin ich nach Westen getrampt. Eine Zeit lang bin ich hauptsächlich geklettert und Ski gefahren, dann bin ich durch Neuseeland getrampt und nach Europa gefahren. Ich bin zurückgekommen und habe mich wieder nach Westen vorgearbeitet. Vor sechs Jahren ist mir in Seattle das Geld ausgegangen, ich habe einen Job als Barkeeper gekriegt und seitdem dort gelebt.«

»Du bist geklettert? Ziemlich gefährlich.«

Mac lächelt. »Das glauben fast alle. Dabei ist nicht das Klettern gefährlich, sondern die Kletterer.«

»Je verheiratet gewesen?«

»Nein.«

»Dann weißt du nicht, was *gefährlich* überhaupt ist ...« Chris macht den Joint aus und legt sich auf den Boden, die Hände unter dem Kopf verschränkt. »Natürlich, mit Nora ist es etwas ganz anderes«, sagt er schnell.

»Sie scheint mir eine ziemlich patente Frau zu sein.«

»Nicht nur das.« Chris schließt die Augen. »Nicht nur das. Ich könnte ...« Er schaut zu Mac auf. »Du hast aber immer noch nicht gesagt, was du in diesem gottverlassenen Land machst.«

»Ich weiß es nicht genau. Ich musste einfach weg. Wollte schon immer nach Alaska ...«

Chris lacht. »Warum bist du davongelaufen? Hast du eine Bank ausgeraubt? Die Frau eines anderen verführt?«

»Nichts so Aufregendes. Ich mag einfach zeitweise gern allein sein. Da kann ich besser nachdenken.«

»Und worüber denkst du nach?«

Mac trinkt noch einen Schluck Bier. »Hast du schon mal daran gedacht, zur Kripo zu gehen?«

Chris lacht. »Nein, aber ich bin Barkeeper. Du weißt, wie das ist. Ich bin es gewöhnt, dass mir die Leute die Ohren abkauen. Und dann kommst du und willst mir überhaupt nichts sagen. Das macht mich neugierig.«

»Na schön, also die Wahrheit ...« Er zögert, und Chris schiebt sich erwartungsvoll näher. »Ich bin ... Schriftsteller. Irgendwie.«

»Und was schreibst du so?«

»Ich arbeite an einem Roman. Und es läuft nicht so gut.«

»Da hast du dich einfach davongemacht. Und jetzt bist du hier oben und schreibst über uns.« Er lacht. »Wie eine Art Vampir. Anstatt Blut saugst du die Geschichten der Leute. Ihr Leben.«

Mac zuckt die Achseln. »So könnte man es sagen.«

»Wahrscheinlich glaubst du, dass Leute, die keine Schriftsteller sind, das nicht verstehen.« Chris lächelt immer noch, aber ein bisschen distanziert.

»So ist es. Aber andererseits verstehe ich Klempner und Automechaniker auch nicht. Das bedeutet nicht, dass etwas besser oder schlechter ist.«

Kurz nach zehn Uhr abends steht die Sonne immer noch über dem Horizont, und die Luft ist schwer und süß vom Geruch des Flusses und all der feuchten, grünen, wachsenden Pflanzen. Seine Stiefel dröhnen auf dem hölzernen Bürgersteig vor dem *Beaver Tail,* in dem es laut zugeht, weil Touristen, Fischer und Einheimische versuchen, einen Song von Waylon Jennings aus der Musikbox mit ihren Gesprächen zu übertönen. Zwei Straßenköter liegen an der Tür und warten geduldig auf Gott weiß wen. Der gelbe hebt seine Nase und schnüffelt neugierig, als er vorbeieilt.

Er geht durch den kleinen Park auf der anderen Straßenseite, wo Rittersporn und Eisenhut ihre blauen Spitzen erheben, Unmengen von Gänseblümchen den Boden bedecken und rote Geranien üppig in Pflanztöpfen wuchern. Alles ist wie trunken von der Überfülle an Tageslicht.

Er knirscht durch Pearl Mays Kieshof und strebt ums Haus herum seiner Hütte zu. Er zieht den Drahtkorb hoch, nimmt sich ein Bier heraus und lässt ihn dann langsam wieder hinunter in den Bach. Er geht geradewegs zum Tisch, nimmt die Kappe von einem Stift und schreibt, getrieben, ähnlich wie die Pflanzen im Park, von einem plötzlichen Energieschub. Erst nach zwanzig Minuten hält er inne und öffnet die beschlagene Flasche.

Liebe Wyn,

Pearl May hat mir einen Job als Barkeeper angeboten, nur für den Sommer, und ich habe angenommen. Das bedeutet Extrageld, und den Elky wieder zum Laufen zu bringen wird offensichtlich ein wenig mehr kosten, als das Bruttosozialprodukt eines Drittweltlandes ausmacht. Ich muss nicht einmal den ganzen Sommer bleiben. Wenn ich im August aufbreche, kann ich noch nach Alaska fahren und im September wieder in Seattle sein. Mitte September.

Die Touristen sind eingetroffen, und mit ihnen die Moskitos und die schwarzen Fliegen. Die meisten Touristen betrachten das Yukon Territory als etwas, was man möglichst schnell durchqueren muss auf dem Weg nach Alaska oder wenigstens nach Dawson City, das Pearl May als Goldrausch-Themenpark bezeichnet.

Nach British Columbia, das den Eindruck macht, als sei die Natur auf Anabolika, wirkt das Yukon Territory fast asketisch streng. Die Gegend hier ist ein goldenes Tal, umgeben von niedrigen Hügeln und, in der Entfernung, violetten Bergen. Der Yukon River ist grün – kalt, reißend und gefährlich. Der Himmel ist blau und nimmt kein Ende. Am schwersten zu beschreiben ist die Weite, die Leere. Es ist eine Gegend, in der man sang- und klanglos verschwinden könnte.

Das kommt auch immer wieder vor. Leute verirren sich, ertrinken, stürzen, verhungern, erfrieren, werden vom Blitz erschlagen oder von Bären angegriffen oder essen die falschen Pflanzen. Ganze Flugzeuge voller Menschen fallen vom Himmel oder prallen im Nebel auf Berge. Manchmal wirkt es, als könne man von der Leere ganz einfach verschluckt werden.

Mein Vater ist irgendwo in den kanadischen Rockies beerdigt – wahrscheinlich. Unter den gefrorenen Überresten eines

Kleinflugzeugs, das ihn und einen Freund zur Elchjagd bringen sollte. Oder waren sie schon auf dem Rückweg? Das weiß ich alles nicht mehr so genau. Meine deutlichste Erinnerung an jenen Tag ist, dass Suzanne auf dem Küchenboden liegt. Und schreit.

Es war ein unheimliches Schreien, ein Geräusch, das man einem Menschen nicht zutrauen würde. Ich war zwölf Jahre alt und voller Angst – es war nicht die gleiche Angst, die ich fühlte, als ich im Meer einen Krampf bekam, oder als Kevin und Ted Banks drohten, mich windelweich zu prügeln, wenn ich verriete, dass sie den Opferstock in der Kirche geplündert hatten. Es war eine Angst, die mich völlig aus der Fassung brachte. Ich wollte davonlaufen. Eine möglichst große Entfernung zwischen mich und diesen Lärm bringen.

Aber ich war beim Yukon. Die Vermutung liegt wohl nahe, dass dieses Land, in dem man so leicht verloren gehen kann, Menschen anzieht, die verloren gehen möchten. Die Einheimischen sagen, dass niemand in den Yukon kommt, sondern dass alle von irgendwas oder irgendwem oder irgendwo hierher kommen. Mit Ausnahme von Pearl May, die hier geboren und aufgewachsen ist, trifft das nach meiner Erfahrung in den meisten Fällen zu.

Chris Moody, Barkeeper im Beaver Tail. Verließ Indiana 1971, weil er nicht nach Vietnam wollte. Er ließ sich schließlich hier nieder, zusammen mit seiner Frau Nora, von der man vermutlich sagen könnte, sie kam einfach mit ihm, obwohl sie eindeutig auf der Flucht vor Irland war, als sie Chris kennen lernte.

Ian sagt, er sei hergekommen, weil er ein richtiger Hundeschlittenführer werden wollte, aber Gerüchte besagen, dass er zwei Frauen hatte – zur gleichen Zeit. Eine in Ottawa und eine in Toronto.

Rhiannon Blue bietet als Madame Blue Elchburger and Tarotlegen an. Vermutlich nicht ihr wirklicher Name. Aber das ist, glaube ich, noch längst nicht alles. Und sie stammt schließlich aus Texas. Lebt mit ihrem Halb-Hund-halb-Wolf Jester in einem alten Schulbus, den ihr früherer Partner in einen Zigeuner-Wohnwagen umgebaut hat. Was immer sie hinter sich gelassen hat, muss wirklich schlimm gewesen sein, wenn sie nicht einmal ihren Namen behalten wollte.

Foster. Kein Familienname. Oder vielleicht ist Foster sein Familienname, und er hat keinen Vornamen. Er lässt jede Woche die gleiche Rubrikanzeige im Beaver Tale (bemerkst du das Wortspiel mit Beaver Tail?) drucken. Er sucht einen Zeitumwandler der Reihe Acme5X24 mit eingebauter Zeitverschiebung und einem AMD-dimensionalen Zeitverwerfungsmodul. Zweck: Zeitreise.

Und dann ist da der Unterzeichnende, der allem Anschein nach per Zufall nach Beaverton gekommen ist. Aber wenn man Rhiannon glauben will, die angeblich mit höheren Mächten in Verbindung steht, gibt es keine Zufälle. Sie hat mir bisher noch nicht die Karten gelegt, aber sie legt der Welt als Ganzem täglich die Karten – ähnlich jenen Riesenantennen, die auf den Weltraum gerichtet sind, um jede Spur außerirdischer Kommunikation aufzufangen. Sie sagt, meine Anwesenheit hier habe einen Grund, obwohl sie im Moment noch nichts Genaueres weiß. Ich wünschte, ich wäre so sicher wie sie.

Das Einzige, was ich sicher weiß, ist, dass ich hier bin. Und du in Seattle. Und dass zu viele Meilen dazwischen liegen.

Mac

Dreizehn

Wyn

Als ich zur Arbeit komme, tanzt Cody vor der Tür herum wie ein verrücktes Karnickel.

»Schön, dass du doch noch kommst«, meckert sie.

Ich schaue auf die Uhr. »Es ist genau elf. Warum hast du nicht selbst aufgesperrt?«

»Ich finde meinen Schlüssel nicht.«

Ich werfe ihr einen ärgerlichen Blick zu. »Warum hängst du ihn nicht an deinen Schlüsselbund?«

Sie erwidert meinen Blick und erhöht den Einsatz. »Weil ich ihn normalerweise nicht brauche. Du bist immer vor mir da.«

»Ich wünschte, du würdest ihn trotzdem anhängen. Der Gedanke gefällt mir nicht, dass der Schlüssel zur Bäckerei irgendwo in der Gegend rumfliegt.« Ich sperre die Tür auf, und Cody folgt mir praktisch auf den Fersen.

»Er fliegt nicht irgendwo rum. Wahrscheinlich ist er auf meiner Kommode oder in der anderen Jeans.«

Sie rennt herum und schaltet alle Lampen an, dann hält sie mir einen verdreckten Zettel unter die Nase. »Schau. Das ist das Rezept meiner Mom für Squaw-Brot. Sie hat es immer an Thanksgiving gemacht.«

»Warte wenigstens, bis ich mir die Jacke ausgezogen habe. Hol doch gleich den Teig aus der Kühlung.«

Sie wirft ihre Jacke auf die Theke und läuft zum Lagerraum, während ich den Anrufbeantworter ausschalte und Highlights aus *La Bohème* auflege. Der Zettel, den sie auf der Arbeitsplatte liegen gelassen hat, ist mit der Hand geschrieben, und zwar in der Art Schrift, wie sie junge Mädchen oft benutzen, mit einer Menge Schleifen und Schlingen und einem kleinen Kreis auf jedem *i.* Das entspricht nicht ganz dem Bild, das ich von Codys Mutter habe, aber wir waren wohl alle mal jung.

Cody kommt aus dem Vorratsraum, in jeder Hand eine Schüssel Teig. »Ich hab es gefunden, als ich ein paar Küchensachen zusammengepackt habe. Toll, was?«

»Wieso hast du Küchensachen zusammengepackt?«

Sie stellt die Schüsseln auf den Tisch. »Weiß du nicht mehr? Ich hab dir erzählt, dass ich eine Wohnung suche. Am ersten Juli ziehen wir ein – Barton, ich, Dee-Dee und Felice.«

»Ja, richtig. Aber ich dachte, nur du und Barton. Wer sind die anderen zwei?«

»Dee-Dee ist aus der Queen Anne rausgeworfen worden, im Jahr bevor ich fertig wurde. Sie arbeitet bei Tower Records. Felice ist nicht von hier. Ich hab sie mal abends am Pike Place Market kennen gelernt. Im Kino. Sie arbeitet in einem dieser Läden im Untergeschoss beim Hillclimb. Sie verkaufen so Zeug aus Südamerika. Ponchos und Sandalen und so was. Ich und Barton konnten uns allein nichts Anständiges leisten.«

»Barton und ich«, verbessere ich sie.

»Du kommst auch? Der Vermieter sagt, es dürfen nicht mehr als vier sein.«

»Sehr witzig.« Ich gebe ihr das Rezept zurück. »Klingt nicht schlecht, abgesehen davon, dass ein Haufen Zucker und Weizenkleie drin ist.«

»Und?«

»Ich glaube bloß, es wird schwer aufgehen mit der angegebenen Menge Hefe.«

»Können wir es nicht einfach versuchen?«

»Natürlich. Nimm es mit in den Vorratsraum und schau, ob wir alles Nötige haben.«

Sie findet ein bisschen Zuckersirup, der noch von Ellens Versuchen mit Lebkuchen übrig ist, und macht sich eifrig daran, in der kleinen Mischmaschine den Teig für das Squaw-Brot vorzubereiten, während ich erst einen Teig für Grießbrot anrühre und dann alles zusammenschütte, was ich für das irische Weizenvollkorn-Sodabrot brauche. Als ich damit fertig bin, hat der Weizenvollkorn-Walnuss-Teig Raumtemperatur und könnte verarbeitet werden, und Cody ist immer noch mit ihrem Squaw-Brot zugange.

»Wie wird's?«, frage ich.

»Ganz okay. Es ist nur ziemlich klebrig.«

Ich schaue zu ihr hinüber und muss mir das Lachen verkneifen. Es sieht aus, als wolle sie sich von einem Pfund Kaugummi befreien.

»Das sind diese dunklen Teige manchmal. Versuch es mal mit nassen Händen anstatt mit bemehlten. Sobald ich dieses Walnussbrot in den Formen habe, helfe ich dir.«

Genau da singen Mimi und Rodolfo das Schlussduett *Addio senza rancor.*

»Du hörst dir vielleicht komische Musik an«, sagt Cody. »Das Mädchen klingt ja, als ob sie stirbt.«

»Das ist auch tatsächlich der Fall. Und nicht nur das. Sie und ihr Liebhaber trennen sich.«

»Kein Wunder. Können wir nicht U2 auflegen?«

Mit dem Squaw-Brot habe ich kein gutes Gefühl. Es fühlt sich bleiern an, wenn man es bearbeitet. Es ist kein Leben drin, keine Elastizität. »Hast du es lang genug geknetet?«

Sie funkelt mich an. »Natürlich.«

»Okay, dann müssen wir es eben backen und sehen, was dabei rauskommt.«

Sie schiebt es in den Ofen und stellt den Zeitschalter an.

Dreißig Minuten später haben wir vier kleine braune Eishockey-Pucks zum Abkühlen im Regal liegen. Cody macht ein langes Gesicht.

»Als meine Mutter es gemacht hat, ist es nie so geworden.«

»Ich glaube dir gern, dass es wunderbar war. Hast du alle Zutaten noch mal geprüft?«

»Ich bin doch nicht blöd. Die Hefe muss schlecht gewesen sein.«

»Man braucht nicht blöd zu sein, um einen Fehler zu machen. Und im Grießbrot war die Hefe in Ordnung. Die andere Möglichkeit ist, dass Hobbybäcker manchmal ihre Rezepte abändern, aber vergessen, die Änderung aufzuschreiben.«

»Mist!« Sie wirft das Geschirrtuch auf den Boden und hebt es wieder auf.

»Mach dir nichts draus. Deshalb macht man ja eine kleine Probemenge, bevor man die volle Menge macht. Wir kriegen es schon raus. Das ist vielleicht eine ganz gute Übung für dich.«

Sie wackelt mit dem Kopf hin und her, als sie mich nachäfft. »*Es ist vielleicht eine ganz gute Übung für dich.*« Sie kichert wie ein verrückt gewordener Hobbit. »Wenn meine Mutter anruft, frage ich sie, ob sie was verändert hat.«

»Und wann wird sie wohl anrufen?«

»Am Montag. Da ist mein Geburtstag. An meinem Geburtstag ruft sie immer an.«

Als die Morgenmannschaft kommt, entdeckt Maggie als erstes die Eishockey-Pucks.

»Du meine Güte! Was sollen denn diese Bauklötzchen darstellen?«

»Lass deine Wurstfinger von meinem Squaw-Brot«, schnaubt Cody.

»Squaw-Brot? Das kann nicht dein Ernst sein. Weißt du nicht, wie diskriminierend dieser Name ist?«

Cody starrt sie an, stinksauer, aber nicht bereit zuzugeben, dass sie keine Ahnung hat, was diskriminierend bedeutet.

»Es ist beleidigend«, quasselt Maggie weiter. *»Squaw* ist übelster Slang. Es ist ein äußerst ordinärer Ausdruck für einen Teil der weiblichen Anatomie. Es ist entwürdi…«

»Du bist so eine dumme Kuh.«

Ellen kommt mit der Geldkassette aus dem hinteren Raum und greift ein. »Maggie, gibt es einen Grund dafür, dass du so früh da bist?«

»Ich muss eine Torte verzieren, die um neun abgeholt wird.«

»Dann schlage ich vor, dass du dich darum kümmerst und dir keine Gedanken über die weibliche Anatomie von Squaw-Brot machst.«

Als Maggie an ihren Arbeitsplatz schleicht, zeigt Cody ihr einen Vogel.

Am Montagabend verspätet sich Cody. Es ist beinahe halb zwölf, als sie endlich auftaucht, und ich habe meine Predigt über Pünktlichkeit schon vorbereitet. Aber irgendetwas an ihrem Gesichtsausdruck veranlasst mich, sie herunterzuschlucken.

»Alles in Ordnung?«

»Ja. Ich hab nur … was gemacht.«

»Was denn?« Ihr Schulterzucken ist übertrieben gleichgültig, und plötzlich wäre es mir lieber, wenn ich nicht gefragt hätte.

»Nur – du weißt schon – gewartet.«

»Vielleicht weiß deine Mutter nicht, dass du jetzt nachts arbeitest. Oder vielleicht ist sie zum Essen ausgegangen.«

Sie hängt ihre Jacke auf und zieht sich eine Schürze über den Kopf.

Ich versuche es noch mal. »Sie könnte krank sein oder so was.«

»Zu krank, um anzurufen? Nur, wenn sie schon auf dem Totenbett liegt.« Sie studiert den Arbeitszettel auf dem Klemmbrett. »Sie hat es wahrscheinlich einfach vergessen.«

Als ich ihr die Hand auf den Rücken lege, spüre ich ihre spitzen Schulterblätter wie kleine Dämonenflügel. »Weißt du, manche Leute haben Schwierigkeiten, über ihre Gefühle zu sprechen, und dein Geburtstag ist …«

»Wyn, spar dir den Mist. Sie hat's vergessen.« Sie schaut weg. »Ist ja auch nicht wichtig. Ich wollte sie nur wegen dem Squaw-Brot fragen.«

Ich halte ihr das Geschenk und die Karte hin, die ich ihr mitgebracht habe. »Na, jedenfalls alles Gute zum Geburtstag.«

Sie nimmt das Päckchen an sich und schaut sich eine

Minute lang die Verpackung an, als könne sie mit Röntgenaugen hindurchsehen. Dann wirft sie es auf die Theke. »Ich mach es später auf.« Sie hebt die große Metallschüssel für den Bodenmixer auf. »Geburtstag ist sowieso Blödsinn. Wen interessiert das schon, wenn man ein Jahr älter wird.«

Wir versuchen es wieder mit dem Squaw-Brot, verwenden weniger Kleie, reduzieren Süßungsmittel und Salz, nehmen mehr Hefe. Eine neue Serie Eishockey-Pucks.

»Jetzt können wir keine Zeit mehr damit verschwenden.« Ich halte das Backblech schief und versenke die kleinen dunklen Laibe im Mülleimer.

»Aber meine Mom hat es genau so gemacht, und es war großartig.«

Ich schaue sie entnervt an. »Sie hat es ganz offensichtlich nicht genau so gemacht, sonst wäre das jetzt auch großartig. Du kannst es daheim weiter versuchen, wenn du willst, aber hier haben wir jetzt etwas anderes zu tun.«

Sie hebt den Zettel auf, knüllt ihn zu einem Ball und wirft ihn in den Mülleimer, auf das Brot.

»Wen interessiert schon Squaw-Brot ?«

»Dich offensichtlich.« Ich greife in den Eimer und hole den Zettel wieder heraus. Ich streiche ihn auf der Arbeitsplatte glatt und tupfe einen Eiweißklecks ab. »Lass die Sache doch für eine Weile ruhen. Leg das Rezept in unser Buch. Hol es ein andermal wieder raus …«

»Warum funktioniert es nicht?«

Ich weiß nicht recht, was ich sagen kann, ohne furchtbar herablassend zu klingen. »Cody, ich glaube, dass deine Mom eine richtig kreative Frau ist und beim Backen einfach ihrer Inspiration folgte. Sie hat das Rezept für sich zurechtgeschneidert. Wenn du Erfolg haben willst, musst du es genauso machen – denk nicht mehr darüber nach, was sie gemacht hat, sondern ändere das Rezept so ab, dass es für dich passt.«

Die Szenerie von Codys Housewarming-Party könnte aus einem Gemälde stammen – von Hieronymus Bosch, schätze ich. Ellen und ich finden das Haus ohne Schwierigkeiten, aber mit Parkplätzen sieht es schon schwieriger aus. Schließlich müssen wir zu Fuß fünf Häuserblocks bergauf gehen. Schon aus der Ferne hören wir The Clash mit *London Calling*.

»Ich glaube, ich werde langsam alt«, sagt Ellen.

Codys neue Bleibe ist ein großes altes Haus, das nicht besonders geschickt in zwei Hälften geteilt worden ist. Nachträglich war noch auf jeder Seite ein Carport angeflickt worden. Ein Haufen eigenartig aussehender Leute bevölkert den Gehsteig und die Terrassen oder hängt aus verschiedenen Fenstern heraus. Wir ignorieren ihre Blicke, die deutlich zum Ausdruck bringen, dass zwei Frauen, die aussehen wie wir, hier nicht auf der richtigen Party sein können. Ein Kerl in einem Overall mit nichts darunter außer einem großen Drachen-Tattoo, das sich um seinen Oberkörper windet, kommt gerade aus dem Haus und mustert uns flüchtig. Die Tür ist offen, aber Ellen klopft trotzdem an der Fliegentür. Nicht dass es jemand hören könnte bei dem Lärm der Musik und dem der Leute, die dagegen anschreien. Cody kommt angerannt.

»Cool! Ihr seid gekommen.« Sie zerrt uns durch eine nahezu undurchdringliche Menschenmauer. »Ich möchte euch gern rumführen, aber erst braucht ihr was zu trinken. Habt ihr auch Hunger?«

Wir sind jetzt im Wohn-Esszimmer, das durchaus seine Reize hat. Es gibt einen hübschen Backsteinkamin mit Bücherregalen zu beiden Seiten. Natürlich stehen keine Bücher drin, sondern Videos. Die Bar ist auf einem riesigen Metallkoffer installiert – ein Kasten Rotwein, ein Kasten Weißwein und eine Blechwanne voller Eis und Bierflaschen. Auf einem Retro-Esstisch aus Chrom mit einer weißen Resopalplatte, so abgenutzt, dass er echt sein muss, türmt sich das Essen – hauptsächlich Sandwiches mit Käse, Salami und Hackfleisch. Sogar ein Glas Erdnussbutter steht da. Tüten mit Kartoffelchips und Doritos lassen ihren Inhalt auf den Tisch quellen. Ein Fondue-Topf, der aussieht wie ein unerwünschtes Geschenk zu einer Hochzeit in den Siebzigern, enthält diesen Dip, der aus Dosentomaten und Schmelzkäse gemacht wird. Rice Crispies glitzern klebrig auf einer Platte, und ein bisschen abseits steht eine Dose mit Brownies.

»Vorsicht, die Kekse haben's in sich«, sagt Cody. Ellens Hand bleibt in der Luft stehen. »Was wollt ihr trinken?«

Wir entscheiden uns beide für Rotwein, und Cody schaut sich nach sauberen Gläsern um. Die gibt es nicht. Infolgedessen nimmt sie zwei benutzte und eilt in Richtung Küche. »Ich spül die ab und bin gleich wieder da.«

»He, Kleine. Das ist mein Glas.« Ein großer, magerer Junge mit einem ansteckenden Grinsen und blond gebleichtem Haar hat Cody am Kragen gepackt.

»Du kannst dir ein neues suchen. Die sind für meine Chefinnen. Wyn und Ellen.« Sie nickt in unsere Richtung und verschwindet in der Küche.

»Wenn ich das gewusst hätte.« Er richtet seine großen braunen Augen mit eindrucksvollem Wimpernschlag auf uns. »Ich bin Barton.« Er streckt Ellen die Hand hin und schaut dann mich an. »Oh – ich kann mir keine Gesichter merken, aber schöne Haare vergesse ich nie. Du bist Wyn. Letztes Jahr am vierten Juli.«

Cody kommt zurück und reicht jeder von uns ein Glas Wein. »Das ist der gute«, sagt sie. »Jetzt nehmt euch was zu essen.« Ellen und ich zögern angesichts des Angebots auf dem Tisch.

»Es sieht alles so gut aus«, sagt Ellen. Cody und Barton brechen in Lachen aus. Ellen nimmt zwei Salzstangen und ich einen Tortilla-Chip, der beim Versuch, ihn in den gestockten Käsedip einzutauchen, auseinander bricht.

»Mist, das Feuer ist ausgegangen«, sagt Cody.

»Macht nichts, ich nehme ein Brownie.«

Cody ergreift einen Arm und zieht ihn näher heran. Er gehört zu einem Mädchen, das Cody sehr ähnlich sieht, abgesehen davon, dass sie blond ist und einen Nasenring trägt. Das ist Felice, Mitbewohnerin Nummer zwei. Sie hat eine schwarze Strumpfhose an, einen schwarzen Rollkragenpullover und einen Poncho in Braun und Grün.

»Dein Poncho gefällt mir«, sagt Ellen.

»Danke.«

»Hast du ihn aus dem Laden, wo du arbeitest?«, frage ich.

Barton legt einen Arm um sie. »Das einzige Problem bei diesem Mädchen ist, dass man sie nicht zum Schweigen bringen kann.« Felice schaut verlegen drein, murmelt, dass sie sich freut, uns kennen gelernt zu haben, und setzt sich ab.

»Du hast sie gekränkt«, sagt Cody. Sie folgt Felice hinaus auf die Vorderveranda.

»Kann ich mal auf die Toilette?«, fragt Ellen und schaut sich um.

Barton deutet einen langen Gang entlang. »Die zweite Tür links. Mach dann bitte die Tür wieder zu. Tigger klettert gern in die Toilette.« Er wendet sich wieder mir zu. »Meine Katze.«

Ellen kommt sehr schnell zurück. Sie sieht ein bisschen verstört aus. »Auf dem Klo steht ein Kerl und lässt sich einen blasen.«

Barton seufzt. »Das ist bestimmt Dickie. Sein Name spricht für sich. Dabei weiß er genau, dass wir unten nur ein einziges Badezimmer haben. Ich werde ihnen sagen, dass sie sich beeilen sollen.«

Ellen legt ihm die Hand auf den Arm und hält ihn zurück. »Lass nur. Es gibt Sachen, die man nicht überstürzen sollte.«

»Geh doch einfach hinauf. Hinter Dees Schlafzimmer ist ein Bad, gleich die erste Tür oben.«

»Schick nicht die ganzen Leute in mein Bad.« Das muss also DeeDee sein.

»Ich schick nicht die ganzen Leute. Das ist Codys Chefin, Ellen.«

»Lass nur, ich kann schon warten«, sagt Ellen.

»Ich mag es nicht, wenn Fremde durch mein Zimmer gehen«, sagt DeeDee. Sie ist groß und furchtbar dünn. Es sieht aus, als wollten ihre Knochen durch die blasse Haut brechen. Sie hat tief liegende dunkle Augen und einen verdrießlichen Ausdruck. Aber ich muss sagen, wenn der Typ neben ihr mein Freund wäre, dann würde ich auch nicht glücklich dreinschauen. Er sieht aus wie eine Kreuzung aus Wayne Newton und dem Sensenmann – klein und stämmig, mit fettigen schwarzen Haaren, die ihm über der Stirn hängen wie eine dreckige Schneewehe.

»Hi«, sagt er. »Ich bin Skipper.« Weil sein rechter Arm um

DeeDees Hals drapiert ist, hält er uns die linke Hand hin. Er sieht älter aus als alle anderen Anwesenden, Ellen und mich eingeschlossen, und trägt ein eng anliegendes Polohemd, das seine Brustwarzen hervorhebt – kein erfreulicher Anblick. Er betrachtet Barton mit schlecht verhehlter Verachtung. »Dees Schlafzimmer ist kein Durchgang zum Bad.«

Das Lächeln auf Bartons Gesicht ist eingefroren. »Ich glaube, die Sache hat sich schon erledigt, herzlichen Dank, Flipper.«

Am Gang öffnet sich die Badtür, und ein zufrieden wirkendes Paar erscheint.

»Mein Stichwort«, sagt Ellen und flieht.

»Und wer bist du?«, fragt Skipper/Flipper und schaut mich an. Oder wenigstens glaube ich, dass er mich anschaut. Seine Augen sind fast geschlossen.

»Ich bin eine Freundin von Cody«, sage ich. »Wyn Mor…«

»Familiennamen merke ich mir nie.« DeeDee reicht ihm ihr Bier, und er nimmt einen langen Zug.

Cody erscheint wieder und rettet mich, indem sie mich im Haus herumführt. Ihr Zimmer ist ungefähr so groß wie ein Wandschrank und liegt am Ende des Gangs im ersten Stock, und zwar an der Wand, die das Haus in zwei Hälften teilt. Sie erzählt, dass sie alles hören kann, was nebenan vorgeht.

»Vergiss bloß nicht, dass die dann auch alles hören können, was du machst.«

»Tja. Bloß dass in meinem Zimmer nichts los ist.« Wir sitzen auf ihrem Bett, und sie erzählt mir, wer das alles ist auf den Postern an der Wand, und ich denke an den Sommer, in dem CM und ich in einem winzigen Apartment in Laguna Beach wohnten. Wie unabhängig wir uns fühlten – wie Erwachsene, bloß viel cooler. Und gänzlich ohne Sinn für die Wirklichkeit.

Später, als Ellen und ich an ihrem Küchentisch Omelettes mit Frühlingszwiebeln und Schweizer Käse essen, sagt sie: »Dieser Skipper war mir echt unheimlich.«

»Der ist wirklich schaurig. Hast du gesehen, wie er seine Freundin begrapscht hat, während wir mit ihnen geredet haben?«

»Ich hoffe nur, dass Cody nichts passiert in diesem Gruselkabinett.«

»Manchmal reicht Unschuld als Schutz.« Ich schiebe mir ein Stück Omelette auf den Toast.

»Leider ist sie nicht völlig unschuldig, aber sie ist furchtbar naiv. Eine ziemlich gefährliche Kombination.« Ellen gießt Weißwein in unsere Gläser. »Aber man muss sie bewundern. Sie gibt nie auf. Ich weiß, es klingt blöd, aber ich wünschte, sie würde einen netten Jungen kennen lernen. Einen netten, heterosexuellen Jungen.«

»Das ist kein Allheilmittel«, sage ich.

Sie schaut mich merkwürdig an. »Nein, das nicht. Aber die Liebe besitzt große Kraft, Wyn. Ich hoffe, du hast nicht völlig damit abgeschlossen.«

»Ich habe gerade gelernt, dass man kaum enttäuscht werden kann, wenn man nichts erwartet.«

Vierzehn

Mac

Er geht gern am Morgen zu Rhiannon, wenn er der Einzige dort ist. Manchmal isst er einen Elchburger, manchmal trinkt er nur Kaffee. Sie spielt ihm ihre ganze Sammlung an Texas-Musik vor. Die ist zum Teil gut, zum Teil furchtbar, und zum Teil, so glaubt er, einfach nur Gewohnheitssache. Sein Favorit ist eine Kassette von einem Typ namens Shake Russell. Sie klingt, als wäre sie in einer Garage aufgenommen. Das kommt aber vielleicht daher, weil sie von einer alten LP überspielt worden ist. Aber die Melodien sind mitreißend, die Texte treffend, und in seiner Stimme liegt genau die richtige Menge Rauch.

Manchmal hilft er ihr mit den Burgern oder wickelt die Plastikmesser in Papierservietten, aber meistens sitzen sie einfach da und reden miteinander. Ganz wie er vermutet hat, kennt sie jeden und weiß alles, was sich in Beaverton in den letzten acht Jahren ereignet hat.

Häufig hört sie mitten in einer Geschichte auf, um sich die Zwiebeltränen aus dem Gesicht zu wischen, und warnt ihn: »Wehe, du erzählst das weiter …«

Schließlich sagt er eines Morgens, nur halb im Scherz: »Ich muss dir etwas gestehen: Ich bin Schriftsteller.«

»Das weiß ich. Du hast es Chris Moody vor Wochen erzählt. Jeder in der Stadt weiß das inzwischen. Hast du keine Angst, dass ich etwas von deinen Geschichten verwende?«

Sie stemmt die Hände in die Hüften. Das große Messer mit dem Holzgriff hat sie immer noch in der Hand. »Natürlich wirst du das, aber du wirst es so abändern, dass keiner es merkt.« Sie fuchtelt drohend mit dem Messer. »Sonst, das schwöre ich dir, bringe ich dich zur Strecke und mache Würstchen aus deinen Geschlechtsteilen.«

Einmal bringt er eine von seinen Lieblingskassetten mit. Blues. »Ach, ich kann das Zeug nicht leiden«, sagt sie. Aber nach ein paar Minuten wiegt sie sich im Takt zu B.B.Kings *The Thrill Is Gone,* während sie ihre geheimen Gewürze ins Fleisch mischt.

»Ich dachte, du magst Blues nicht«, bemerkt er.

»Stimmt auch. Ich bin nur höflich. Und weil wir schon von Höflichkeit sprechen: Es ist wirklich ungezogen von dir, dauernd herzukommen und dir nie die Karten legen zu lassen.«

Er seufzt. »Es ist nur, weil ich nicht …«

»Nicht was?« Sie nimmt eine Hand voll Fleisch und drückt es platt. »Nicht an dieses Zeug glaubst? Sag das nicht in meiner Gegenwart.«

»Tut mir Leid, aber es kommt mir eben nur wie eine Krücke vor.«

Ihre dunklen Augen funkeln. »Eine Krücke ist recht nützlich, wenn man ein gebrochenes Bein hat.«

»Meine Beine sind nicht gebrochen.«

»Aber irgendetwas anderes.« Sie legt einen weiteren Burger auf den Stapel und hält inne, um zu zählen.

»Was meinst du?«

»Ich meine …« Sie sieht ihn aufmerksam an, und ihre Stimme wird weicher. »Jeder Mensch hat irgendeine Wunde.« Sie greift nach ihrem Kaffeebecher, und der Henkel rutscht ein bisschen in ihren fettigen Fingern. »Nimm zum Beispiel Pearl May. Sieht sie nicht aus wie eine kleine alte Ameise, die einen Sack voll Zucker gehortet hat? Sie hat's nicht leicht gehabt, das sage ich dir. Ihr Mann ist beim Holzfällen ums Leben gekommen, als sie noch jung waren. Tom, ihr Sohn, war noch ganz klein – drei oder vier, glaube ich.«

»Wo ist er jetzt?«

»Tot. Tommy wurde bei einer Wirtshausschlägerei in Fairbanks getötet. Er war erst dreiundzwanzig. Die Schwiegertochter begann zu trinken und ist eines Winters erfroren. Pearl May hat Bernice selbst aufgezogen. Hat alles getan für das Kind und bekommt nicht den geringsten Dank dafür.«

Mac greift nach der Kaffeekanne. »Wer ist Emmetts Vater?«

»Zählst du eigentlich mit, wie viele Tassen du trinkst? Ich betreibe hier keine Suppenküche.«

»Ja, Madam. Aber ich wünschte, du würdest Milch beschaffen. Wenn ich schon solche Wucherpreise für den Kaffee bezahle, dann hätte ich gern Milch drin.« Er legt den rechten Fuß aufs linke Knie.

»Wucherpreise? Mein lieber Mann. Das ist reiner Zichorienkaffee aus New Orleans. Importiert!« Sie schnauft. »Emmetts Vater? Tja, die Antwort darauf kennen nur Gott und Bernice.«

Zum ersten Mal, seit er Rhiannon kennt, hat er das Gefühl, dass sie etwas verheimlicht.

»Dieses Mädchen ist ein Miststück. Abweisend wie ein verdammtes Stachelschwein. Behandelt Pearl May wie Dreck. Das Einzige, was ihr am Herzen liegt, ist Emmett.

Er ist auch wirklich ein nettes Kerlchen.« Sie sieht ihn bedeutungsvoll an. »Aber Bernice. Mit diesem Mädchen hat man nur Ärger. Lass dich bloß nicht mit ihr ein.«

Am neunzehnten Juli wird Pearl Mays fünfundachtzigster Geburtstag gefeiert. Die Party wird vorher überall in der Stadt angekündigt, auf Plakaten in Schaufenstern, mit Zetteln an Lichtmasten und Anschlagtafeln. In den *Beaver Tales* erscheint eine ganzseitige Anzeige.

Als Mac ihn fragt, ob er und Nora hingehen, lacht Chris. »Die Teilnahme ist obligatorisch«, sagt er. »Außerdem ist an diesem Tag in der Stadt sowieso alles zu.«

Um drei Uhr macht er sein Notizbuch zu und wandert zu der großen Wiese am Fluss, wo seit Mittag das Fest in Gang ist. Die kanadische Flagge, die Yukon-Flagge und die Flagge von Beaverton flattern an Masten, und eine Menschenmenge, die ungefähr der Einwohnerzahl des ganzen Tals entspricht, treibt sich dort herum, isst, trinkt, beteiligt sich an Spielen, lauscht der Musik.

Er holt sich ein Bier an einer der Bars, die alle paar Meter aufgestellt sind, und schlägt sich dann zum Rand der Wiese durch, vorbei an den Zelten zweier Gastwirte, die aus Whitehorse gekommen sind, und an den Tischen, wo die Frauen aus der Stadt voller Stolz ihr Brot, ihr Gemüse, ihre Kuchen und Marmeladen anbieten. Riesige Stücke Elchfleisch und ein paar ganze Schweine braten langsam über einer Grube, die mit glühenden Kohlen gefüllt ist.

Unten am Fluss kreischen Kinder beim Sackhüpfen, und die Eltern feuern sie an. Die Sonne ist erstaunlich heiß, und ein paar Männer haben die Hemden ausgezogen und stellen auffallend bleiche Oberkörper zur Schau.

Von einer hölzernen Bühne aus, die mit Girlanden und Fähnchen geschmückt ist, schweben die Töne einer Band, die gerade die Instrumente stimmt, über die Menge hin. Er kommt an Rhiannon vorbei, die in einem langen weißen Kleid und mit Blumen im Haar eine glänzende Erscheinung abgibt und den Kunden, die bei ihr Schlange stehen, die Karten legt.

Er füllt sich einen Teller mit Essen, und dann entdeckt er Nora und Chris auf einer Decke bei einem behelfsmäßigen Volleyballfeld, wo ein paar Teenager einen Ball hin- und herschlagen, und er geht zu ihnen hinüber.

»Ziemlich beeindruckend«, sagt er und setzt sich.

»Das ist erst der Anfang«, sagt Chris. Er hat sich für diese Gelegenheit die Haare schneiden lassen, und hinter seinen Ohren sind kleine Halbmonde weißer Haut zu sehen.

»Wart nur ab.« Nora lacht. »So gegen sechs Uhr sind alle sturzbetrunken, dann fängt der Spaß erst richtig an.«

»Was ist mit Spaß gemeint?«

»Oh ... Raufen, Tanzen, Singen. Leute verschwinden im Gebüsch.«

Mac grinst. »Pearl May weiß, was eine Party ist. Wo ist sie?«

»Sie kommt nicht vor dem Abend«, sagt Nora. »Wenn es Zeit wird für Kuchen und Feuerwerk.«

»Feuerwerk?«

Sie nicken beide. »Wart's nur ab.«

Er isst langsam, erstaunt, wie gut alles ist – oder vielleicht stimmt es, dass im Freien alles besser schmeckt. Nora knabbert bedächtig an einem Stück Schwarzbrot.

Foster kommt vorbei, in einem Biberkostüm. Der breite Schwanz schleift hinter ihm her wie ein leerer Windsack, und den Kopf trägt er unter dem Arm.

»Hi, Foster.« Nora lächelt ihn an.

Er winkt ihr zu und wandert weiter, dabei murmelt er etwas von harmonischer Konvergenz vor sich hin.

Chris tunkt die letzte Sauce mit einem Stück Brot auf, stellt den Teller beiseite und lässt sich schläfrig auf den Rücken fallen. Seine Augenlider fallen beinahe zu.

»He, so nicht.« Es ist der Mann von der Post – Dirk Sowieso –, und er grinst von einem Ohr bis zum anderen. »Das Volleyballturnier beginnt. Unsere Mannschaft kommt zuerst dran.«

Chris stöhnt und setzt sich mühsam auf.

»Mac? Wir könnten noch einen Großen am Netz brauchen.«

»Vielleicht später. Ich hab mir an der Schulter was getan, als ich an Pearl Mays Haus die Läden heruntergenommen habe. Ich muss im Moment passen.«

»Na gut, aber wenn unsere Siegesserie abreißt, dann hast du das auf dem Gewissen.« Er steht ächzend auf und trottet mit Dirk davon.

Nora lächelt. »Das war eine vernünftige Entscheidung.«

»O je. Ein vernichtendes Urteil.«

»Vernünftig sein? Finde ich nicht. Ich bewundere es.« Sie hebt ihr Haar vom Nacken hoch. »Allzu viele von diesen Kerlen halten das nicht nur für ein Volleyballspiel, sondern für einen Beweis ihrer Männlichkeit. Chris natürlich eingeschlossen.« Sie sieht ihn an. »Andererseits bist du vielleicht einfach noch zu jung für eine Midlife-Crisis.«

Das Spiel beginnt mit viel angeberischem Geschrei auf beiden Seiten, aber es zeigt sich schnell, dass das Team von Chris – die Grauhaarigen, wie Nora sagt – in Wirklichkeit niemand anderen mehr gebraucht hätte. Sie hätten ihre Gegner wahrscheinlich einhändig schlagen können. Das

Spiel wird zu einer leichten Trainingseinheit für die Grauhaarigen, und zwischen den Punkten führen sie einen Haufen alberne Tricks vor.

Emmett kommt herüber, stellt sich an der Seitenlinie auf und applaudiert beiden Mannschaften. Mac schaut sich nach Bernice um, entdeckt sie aber nicht.

Chris schmeißt sich auf den Boden, um einen scharfen Return zu erreichen, und Nora zuckt zusammen. »Ich kann gar nicht zusehen. Über kurz oder lang wird er sich sein verdammtes Genick brechen.«

Er erwischt den Ball nicht, steht lachend auf und wirft ihn Emmett zu, damit der ihn dem Aufschläger geben kann. Das Leuchten des Sommernachmittags erstarrt kurz zu einem Bild – der Mann und der Junge, die Kopfdrehung, die Zärtlichkeit in dem verschmitzten Grinsen. Mac zwinkert und versucht, das Bild festzuhalten, aber es ist schon vorbei. Er hat sich wohl etwas eingebildet. Dann blickt er Nora an.

Ihr Gesicht schaut geradeaus, aber ihre Augen gleiten zu ihm, zu glänzend. Sie rupft ein paar Gräser aus, wirft sie weg. »Kaum zu glauben, dass einige Leute in der Stadt immer noch denken, ich wüsste nichts. Man müsste ja blind sein, oder?«

Er schluckt das Bier in seinem Mund hinunter.

»Es ist nicht …« beginnt sie, dann verstummt sie.

»Du brauchst mir nichts zu erzählen.«

Sie beißt sich auf die Lippen. »Manchmal tut es gut, mit einem Außenstehenden zu sprechen. Verstehst du, was ich meine? Mit einem Menschen, der mir nicht ständig auf der Pelle sitzt. Und ich nicht ihm. Der sich seine Meinung nicht schon längst gebildet hat.«

»Das stimmt.«

»Es ist nicht so, dass es mir nichts ausmacht, verstehst du? Es ist nicht so, dass es mich nicht beinahe umgebracht hätte, als er es mir gestand. Es ist nur, dass es nun schon sieben Jahre her ist. Als er es mir sagte, wollte ich ihn verlassen.« Sie schluckt hart. »Aber wohin sollte ich schon gehen?« Sie stützt die Arme hinter sich auf und lässt sich auf die Ellbogen sinken. »Ich kann mir vorstellen, wie es dazu gekommen ist. Ich hasse sie nicht einmal. Schlimmer dran kann man ja kaum sein. Ich kann es nicht einmal Chris richtig übel nehmen. Obwohl ich es wirklich versucht habe. Ich sehe immer wieder, wie das bei den Männern läuft. Bei euch Kerlen ist soviel Ego-Mist im Spiel, den wir Frauen nicht …«

Eine Träne rollt ihr über die Wange, und sie wischt sie schnell weg. Er steht auf. »Komm, wir gehen ein bisschen rum, um einen Teil des Essens abzuarbeiten.« Er bückt sich und hilft ihr von hinten leicht beim Aufstehen, führt sie zu einer der Bars. Er nimmt zwei Cokes, und sie schlendern zum Fluss.

Auf einer hohen, moosigen Ebene, die bedeckt ist mit Veilchen und den verschlungenen Ranken wilder Rosen, bleiben sie stehen. Es ist kühler hier. Jenseits des Wassers gleitet eine Eule in den Schatten des Waldes. Die warme Brise trocknet die Tränen in ihren Augen, aber die eine, die gefallen ist, hat eine kaum sichtbare glänzende Spur auf ihrem Gesicht hinterlassen.

»Wer ist deine Freundin, Mac? Ich weiß, es gibt eine.«

Er lächelt. »Woher weißt du das?«

»Ich weiß es eben. Habt ihr euch getrennt?«

»Sie heißt Wyn. Wynter.«

»Was für ein hübscher Name. Lebt sie in Seattle?«

Er nickt. »Sie ist Bäckerin.«

»Warum hast du sie verlassen?«

»Ich habe sie nicht verlassen. Ich bin nur fortgegangen.«

»Aha.«

»Es ist schwer zu erklären. Zum Teil war es einfach dieser Macho-Blödsinn, von dem ihr Frauen verständlicherweise so genug habt. Sie nannte es den Baby-ich-muss-dich-verlassen-die-Straße-ruft-Schwachsinns-Blues.«

Noras Lachen schallt über den Fluss. Sie wirft den Kopf zurück, und ihr langes dunkles Haar reicht ihr dabei fast bis zur Taille. »Die Frau gefällt mir.«

Er lächelt. »Das glaube ich. Sie würde dich auch mögen.«

»Also war es zum einen Teil der Macho-Blödsinn. Und zum anderen Teil?«

»Etwas, woran ich gearbeitet hatte, ist nichts geworden. Ein Buch. Ich habe mich so … unnütz gefühlt. Ich musste einfach allein sein und nachdenken.«

Sie lacht wieder. »Und stattdessen landest du in Beaverton, der größten Kleinstadt im Yukon Territory, wo jeder alles über die anderen weiß. So viel zum Alleinsein.«

»Also, warum hast du ihn doch nicht verlassen?«

Sie blickt jäh auf. »Ich war zu feige.«

»Mir scheint, es hat mehr Mut gebraucht, hier zu bleiben.«

»Nun, hauptsächlich war es, weil ich Chris Moody mehr liebe als die ganze gottverdammte Welt zusammen. Ich habe dir erzählt, wie wir uns begegnet sind. Bei dieser furchtbaren Party. Aber in Wirklichkeit war mein Leben bis dahin mindestens genauso schlimm wie diese Party. Ich verließ Irland, als ich siebzehn war, und kam nach Toronto. Ich war bereits schwanger, aber ich wusste es noch nicht. Aus der Stelle, die ich in Toronto bekommen sollte, ist nichts geworden, und eins kam zum anderen. Ziemlich schnell landete ich in einer Wohnung ohne Warmwasser, zusammen mit einer Horde von Hippies, Schnorrern und Dieben – es war ziemlich genau wie im Musical *Oliver,* nur nicht so schön.

Es war ein brutal harter Winter. Ich verlor das Kind, bin beinahe selbst gestorben. Es gab Tage, wo ich mir das gewünscht habe. Der Verlust des Babys war furchtbar, aber es brachte für mich die Wende. Ich bekam Hilfe. Ich bekam einen Job. Durfte zur Universität gehen und bekam mein Diplom. Natürlich verliebte ich mich in einen der Professoren. Aber er ging zu seiner Frau zurück. Ich wollte schon fast wieder nach Dublin zurückfahren, nicht, weil ich mir dort irgendwas erwartete, sondern weil ich einfach nicht wusste, was ich sonst tun sollte. Dann traf ich Chris.«

Sie schaut auf den Fluss hinunter und wischt sich die kleinen Schweißperlen ab, die sich auf der hellen Haut ihrer Stirn gebildet haben. »Er gab mir das Gefühl, dass all diese Dinge keine Bedeutung hatten. Dass meine schlimmen Zeiten nicht mehr waren als ein altmodisches Kleid, das man ablegen und wegwerfen konnte.« Sie verschränkt die Arme. »Und als *das* dann passierte und ich ihn verlassen wollte, da dachte ich, schön, Nora, aber wo willst du hin? Du bist dein Leben lang gelaufen.« Sie schaut auf und begegnet seinem Blick. »Man denkt, man hat etwas hinter sich gelassen, aber das Problem ist, man hat kein Ziel.«

Eine plötzliche Explosion von Geschrei und Gelächter zeigt das Ende des Volleyballspiels an. Wortlos machen sie sich auf den Weg hinab zur Wiese.

»Möchtest du dir die Karten legen lassen?«, fragt er.

Sie schüttelt den Kopf. »Nein, ich habe mit der Gegenwart genug zu tun. Ich will nicht wissen, was in der Zukunft liegt.«

»Schön. Ich treffe euch dann später.«

Sie hebt eine Hand, um ihre Augen zu beschatten. »Danke, Mac.«

»Ich hab nichts getan.«

»Mehr, als du denkst.«

Er beobachtet, wie sie in der Menge verschwindet, dann schlendert er zu Rhiannon hinunter.

Ein paar junge Mädchen scharen sich um einen Tisch, auf dem sich Felle von Wölfen, Mardern und Luchsen türmen, aber ihr Interesse gilt hauptsächlich dem Trapper, einem großen, muskulösen Mann mit einem prächtigen braunen Bart. Er steht da, ohne auf die Mädchen zu achten, die Arme vor der breiten Brust verschränkt, und spricht mit der Frau am Nachbarstand. Die hört ihm zu und erklärt gleichzeitig einer anderen Frau die Feinheiten eines Strickschals mit Zopfmuster. Und die ganze Zeit stricken ihre Hände, als würden sie von einer fremden Intelligenz gesteuert.

Rhiannon macht gerade Pause und winkt ihn zu sich. Jester, der unbeweglich wie ein Teppich zu ihren Füßen gelegen ist, steht auf und beginnt sofort, an seinen Genitalien zu schnüffeln.

Er schiebt den Kopf des Hundes sachte weg. »Lady, mir scheint, euer Hund ist schwul.«

»Nee.« Sie grinst breit. »Er interessiert sich für beide Geschlechter. Das ist hier oben manchmal notwendig.«

»Ach, komm schon.« Mac lässt seine Augen über die Menge gleiten, die sich auf der Wiese bewegt. »Hier kommen doch mindestens vier Männer auf jede Frau.«

Rhiannon drückt ihre leere Getränkedose zusammen und lächelt ihn an. »Ja, man könnte sagen, das Angebot ist groß. Aber die Qualität ist fragwürdig.« Sie klopft ihm auf den Arm. »Das erinnert mich daran, dass es Zeit ist, dir die Karten zu legen. Du brauchst dir gar keine Ausrede auszudenken. Komm her und setz dich.«

»Ich …«

»Setz dich.« Es ist der gleiche Tonfall, den sie bei Jester benutzt, und beide gehorchen.

Er setzt sich auf dem wackligen Campingstuhl zurecht, während sie den Tisch mit einem blauen Samttuch bedeckt und ihm das abgenutzte Kartenspiel reicht.

»Möchtest du etwas Bestimmtes wissen?«

»Nein.«

»Okey dokey, also dann –«

»Ich glaube nicht, dass Wahrsagerinnen *okey dokey* sagen sollten.«

Sie ignoriert das. »Du musst die Karten in beide Hände nehmen, mischen, abheben und den Packen dann mit der Bildseite nach unten auf den Tisch legen.«

Als er fertig ist, hebt sie das Kartenspiel auf, legt die ersten drei Karten in einem Dreieck aus und die nächsten vier in einem Quadrat darum herum. Sie dreht sie nacheinander um, beginnend mit der Spitze des Dreiecks.

»Diese Karte« – sie zeigt auf die Spitze des Dreiecks – »symbolisiert dein Wesen, wer du bist. In deinem Fall ist es der Magier. Eine sehr mächtige Karte.«

Er schaut auf, und ihr ernsthafter Gesichtsausdruck überrascht ihn.

»Sie weist auf Kreativität und Fantasie hin. Sie bedeutet auch Willensstärke und Selbstvertrauen, Selbstbeherrschung. Aber sie kann auch Betrug andeuten.« Sie klopft mit einem roten Fingernagel auf die Karte. »Einschließlich Selbstbetrug.«

»Diese beiden Karten symbolisieren deine Beziehung

zur Außenwelt.« Sie legt ihre Zeigefinger auf die beiden anderen Ecken des Dreiecks. »Diese hier links ist die Hohepriesterin. Sie kann Weisheit bedeuten, Objektivität. Aber sie kann auch verborgene Gefühle andeuten, die Vermeidung von Gefühlsbindungen. Diese da rechts ist der Einsiedler. Er steht für Wissen und innere Kraft. Aber auch für Geheimhaltung und Verleugnung der Wahrheit.«

Er lächelt. »Bis jetzt kann alles, was du gesagt hast, auf mich zutreffen, aber geradeso gut auf alle anderen hier.«

»Ganz recht, Schlaumeier. Das Tarot erzählt dir nichts, was du nicht schon weißt. Sein eigentlicher und wahrer Zweck ist, dass es dir hilft, den Wahrheiten, die du unterbewusst schon kennst, ins Auge zu schauen und mit ihnen umgehen zu lernen.«

»Also ist das, was wir hier tun, mittelalterliche Psychotherapie.«

Sie wirft ihm einen gereizten Blick zu. »Nenn es, wie du willst. Jetzt sei still und hör gut zu. Diese zwei Karten, über deinem Wesen, stehen in Opposition zueinander. Diese hier, die Herz-Sechs, steht für die Vergangenheit, die Erinnerung an Dinge, die verschwunden sind, Reuegefühle. So etwas haben wir alle«, sagt sie, um einem Kommentar zuvorzukommen. »Diese hier, die Kreuz-Sieben, ist eine großartige Karte. Sie zeigt Erfolg an, nicht nur finanziell, sondern die Erfüllung von Träumen, Zufriedenheit. Jetzt die beiden hier unten …« Ihre Stirn furcht sich.

»Die Kreuz-Fünf bedeutet ungelösten Konflikt. Einen Kampf. Es kann ein innerer Kampf sein, oder ein Kampf zwischen dir und« – sie dreht die letzte Karte um – »dem Pik-Buben. Einem Mann. Jung. Stark.«

Sie blickt zu ihm auf, zögert. »Hast du einen Bruder?«

Seine Haare sträuben sich. »Nein.«

Sie schaut ihn lange an. »Dann ist es vielleicht dein Vater. Aber er wirkt jung. Hier liegt etwas wirklich Schlimmes, dieser ungelöste Ärger. Mach deinen Frieden mit ihm und kümmere dich dann um den Ärger.« Ihre Augen verengen sich. »Wer es auch ist … sonst kannst du mit dir selbst nicht in Frieden leben.«

Er greift nach seiner Brieftasche.

»Mann, du wirst doch nicht davonlaufen wollen? Ich bin noch nicht fertig.«

»Okay. Also was nun? Soll ich drei Münzen über die Schulter werfen?«

»Jetzt hör doch endlich auf. Ich mach mich nicht über deine Schriftstellerei lustig. Und du mach dich nicht über meine Karten lustig.«

»Sorry.«

»Na also. Und jetzt, nicht weil du es verdienst, sondern weil ich dich mag, gebe ich dir eine Bonus-Karte.« Sie legt den Packen vor ihn hin. »Heb ab.«

Als er abgehoben hat, nimmt sie die oberste Karte und legt sie offen unten an das Dreieck. Und schnappt nach Luft. Ein grinsendes Skelett tanzt auf einem blauen Feld und hält eine Sense in der Hand, die aus einem menschlichen Rückgrat gemacht ist. Die Landschaft ist übersät mit menschlichen Köpfen, Händen und Füßen, und ein Rabe lauert im Hintergrund. Die Todeskarte.

»Ich hätte nicht gedacht, dass du so nachtragend bist«, sagt er.

»Sei ruhig. Mac, das ist großartig! Das ist eine wunderbare Karte. Sie bedeutet nicht, dass jemand stirbt. Das kann natürlich auch der Fall sein, aber eigentlich ist es die Karte der vollständigen Verwandlung. Sie bedeutet, dass das Alte weggeräumt wird, um Platz für das Neue zu schaffen. Du wirfst die alten Verhaltensweisen ab, die alten Dinge, die dich gehemmt haben, und du erlebst eine grundlegende Veränderung. Lieber Himmel! Das war eine der besten Sitzungen, die ich je gemacht habe. Ich habe direkt eine Gänsehaut.«

»Danke, Madame Blue.«

Sie grinst. »Meine Freunde nennen mich Rhiannon.«

Er reicht ihr einen Zwanziger, und sie kramt in ihrer Geldtasche. »Lass nur«, sagt er. »Aber sag mir eins: Wie heißt du wirklich?«

Sie beugt sich vor. »Betty Pattle. Kannst du dir etwas Schlimmeres denken für eine Wahrsagerin?«

Er hatte Nora gesagt, er werde zu ihnen stoßen, aber jetzt ist ihm nicht nach Plaudern zumute, und so geht er einfach los, am Rand der Wiese entlang, bis er schließlich irgendwie bei seiner Hütte landet.

Er zerrt die Reisetasche unter dem Bett hervor, bläst die Staubflocken weg, nimmt das schwere Paket heraus. Er legt es auf den Tisch, wickelt es langsam aus, faltet den Umschlag, wickelt die Gummibänder zusammen, richtet den Blätterstapel ordentlich aus, legt Stifte und Notizbuch zurecht. Jetzt bleibt nichts mehr zu tun, als die Seiten zu lesen. Er hat keinen Blick mehr darauf geworfen seit dem Tag, als das Paket vor beinahe fünf Monaten mit einem dumpfen Schlag vor seiner Wohnungstür gelandet war.

Steve Devines Brief liegt obenauf. Eigentlich nur ein Zettel, mit großer, eckiger Handschrift bedeckt, die sich stark nach rechts neigt, wie ein Mensch, der sich beim Gehen gegen den Wind stemmt.

Dieses Werk hat wirklich Potenzial, aber es gibt ein paar Punkte, die angesprochen werden müssen. Vor allem: Ist es ein Roman oder eine autobiografische Erzählung? Wenn es einen Hinweis gibt, habe ich ihn übersehen. Es spielt auch keine große Rolle, weil die Grenze zwischen beiden inzwischen mehr und mehr verschwimmt, aber unabhängig davon finde ich Ihren allwissenden Erzähler zu unbeteiligt und objektiv. Er macht einen kalten, möglicherweise sogar unehrlichen Eindruck. Zwischen ihm und seiner Geschichte liegt zu viel Distanz, und folglich auch zwischen der Geschichte und dem Leser. Sie könnten versuchen, mehr Unmittelbarkeit zu erreichen, indem sie es in die dritte oder sogar in die erste Person umändern. Näheres zum Erzählerstandpunkt finden Sie in »The Art & Craft of Novel Writing« von Oakley Hall. Im Manuskript finden sich noch ein paar zusätzliche Fragen und Anregungen. Ich empfehle Ihnen, sie zu lesen, dann Ihr Manuskript zu lesen, und dann beides einen Monat lang oder zwei zur Seite zu legen. Wenn Sie sich dann wieder damit befassen, werden Sie es aus einem neuen Blickwinkel tun. Rufen Sie mich an, wenn Sie Erklärungen brauchen oder über meine Anmerkungen sprechen wollen. Ich hoffe, von Ihnen zu hören.

Nun hat es doch etwas länger gedauert als einen Monat oder zwei.

Er legt den Zettel weg und starrt auf die erste Seite, lässt sie vor seinen Augen verschwimmen, bis er nur noch die weißen Streifen zwischen den Zeilen sieht und die Wörter zu bloßen Bündeln aus schwarzen Anschlägen werden. Jetzt ist alles wieder gegenwärtig – der Tag im vorigen August, als er auf Orcas Island sein Buch vollendete.

In einem Rausch aus Begeisterung und Erleichterung, vermischt mit Erschöpfung, drehte er das letzte Blatt aus seiner alten Smith-Corona-Reiseschreibmaschine. Es war halb elf vormittags.

Den Rest des Tages lief er umher wie im Nebel, betrat einen Raum und wusste nicht mehr, weshalb er gekommen war. Er versuchte das Regal im Vorratsschuppen fertig zu machen, aber die nervöse Energie, die in ihm schwirrte, machte es ihm unmöglich, sich zu konzentrieren, und er nahm mehrmals falsch Maß.

Er ging mit Minnie, dem gelben Köter, der den ganzen Sommer bei ihm verbrachte, in den Wald, ging schneller und schneller. Schließlich fiel er in Trab und lief endlich so schnell er konnte, mit schwingenden Armen und stampfenden Füßen, und hätte am liebsten geschrien, nur um seine Stimme zu hören.

Und plötzlich wurde er von einem Wall aus Melancholie aufgehalten. Einem Gefühl von Verlust. Es war vorbei. Das Buch war fertig.

Jetzt verzieht er das Gesicht, wenn er daran denkt, wie naiv er war.

Er ordnet Füller und Stifte nach der Größe. Dann ordnet er sie nach Farben. Dann nimmt er den Letzten in der Reihe und legt ihn in die Mitte, womit er das Muster stört. Er spannt die Gummiringe einen nach dem andern zwischen Daumen und Zeigefinger und schießt mit ihnen nach dem Pumpenschwengel. Er geht und holt sie wieder.

Seine Augen wandern immer wieder zum Fenster, zu den langen Sonnenstrahlen auf den Dolden der wilden Gräser. Er denkt an Pearl Mays Geburtstagsparty, die jetzt drüben auf der Wiese in vollem Gang ist. An Foster. An Nora und Chris. Bernie und Emmett. Er versinkt im Stuhl, einen Arm über der Rückenlehne, und kaut auf der Füllerkappe herum. Vielleicht ist das Problem, dass dieses Buch noch nicht bereit ist, ans Tageslicht zu treten. Vielleicht ist das Problem aber auch, dass es nie bereit sein wird.

Er atmet langsam aus und ordnet die Blätter noch einmal. Steves Zettel kommt obenauf. Er legt die Gummiringe um den Stapel, zwei längs, einen quer, und schiebt ihn wieder in den Umschlag. Er schlägt sein Notizbuch auf, nimmt den Füller wieder zur Hand.

Mit fünfundachtzig macht sie immer noch Feuerholz, steuert ihr Boot, betreibt einen Saloon und organisiert ihre eigene Geburtstagsparty – eine intime, kleine Zusammenkunft von dreihundert Seelen auf einer Wiese am eisigen grünen Yukon River …

Fünfzehn

Wyn

Man braucht sich nur mal sicher zu fühlen …

Linda LaGardia kommt um Viertel nach sieben am Morgen in den Laden und wirkt recht aufgekratzt. Ich habe sie nicht mehr gesehen, seit sie vor sechs Monaten in den Ruhestand getreten und zu ihrer eigenen Abschiedsparty nicht erschienen ist, und bin unangenehm überrascht, obwohl ich weiß, dass sie wieder aus Idaho zurück ist. Misha hat mir erzählt, dass sie ein paarmal da war, um Brot zu kaufen – oder besser gesagt, Brot zu holen. Ellen lässt sich nicht davon abbringen, ihr einen Laib zu schenken, wann immer sie auftaucht.

»Ich kann ihr doch das bisschen Brot nicht missgönnen«, sagt Ellen. »Sie hat ja schließlich keine Pension oder so. Sie tut mir Leid.«

»Mir kann ein Mensch einfach nicht Leid tun, der die Welt für seinen Abfalleimer hält.«

An diesem Morgen schenkt sie mir ein herablassendes Lächeln, dann wendet sie sich Ellen zu. »Ich hab deine Nachricht gekriegt«, sagt sie.

Ich werfe meiner Partnerin einen erschrockenen Blick zu. »Was für eine Nachricht?«

Sie beachtet mich nicht. »Und, was hältst du davon?«, fragt sie Linda.

»Ich könnte mich vielleicht dafür interessieren. Kommt auf die Bezahlung an.«

Ich lege Ellen die Hand auf die Schulter. »Was geht hier vor?«

»Linda wird dich vertreten, wenn du in Urlaub bist«, sagt Ellen heiter.

»Was?«

Linda bringt ihre Verachtung für eine Bäckerin, die nach nur zwei Jahren schon einen Urlaub braucht, ohne Worte, aber sehr deutlich zum Ausdruck. »Ich hab nicht gesagt, ich mach es. Ich hab gesagt, es könnte mich interessieren, wenn die Bezahlung stimmt.«

Ellen lächelt gewinnend. »Du bekommst natürlich das Gleiche, was du früher verdient hast.«

»Ellen …«, beginne ich, aber sie tritt mir auf den Fuß.

»Wie lang braucht ihr mich?«

»Drei Wochen.«

Ihr Gesicht verzieht sich in äußerster Konzentration. Mit einer Maiskolbenpfeife sähe sie jetzt haargenau aus wie Popeye. »Wer arbeitet mit mir?«

»Cody.«

Ihr charakteristisches Schnauben. »Seit wann macht die Brot?«

Ellen lächelt wieder. »Du wirst dich wundern, wie viel sie gelernt hat.«

»Na gut. Ich glaube, ich mach's.«

»Vielen Dank, Linda. Es wird schön sein, wenn du wieder da bist.«

Mich überkommt Brechreiz.

»Du rufst mich an wegen des Termins?«

»Sobald Wyn ihre Flüge gebucht hat.«

»Und wohin jettet Miss Designer-Pants?«, fragt sie Ellen, als ob ich gar nicht da wäre.

Ich lächle mit zusammengebissenen Zähnen. »Cleveland.«

Sie runzelt die Stirn. »Und wozu das?«

»Ich fliege nach Frankreich, Linda.«

Ein weiteres Schnauben. »Hätte ich mir denken können.« Dann lässt sie mich stehen. Sie wendet sich an Ellen. »Habt ihr Käsebrot?«

Als sie geht und dabei die Glocke über der Tür laut scheppern lässt, bricht Ellen in Gelächter aus. »Ihr zwei.«

»Wir zwei?«

»Ihr müsst in einem früheren Leben Mutter und Tochter gewesen sein.«

»Danke.«

»Komm, jetzt beschwer dich nicht. Du hast deine drei Wochen gekriegt, oder?«

»Ja, und ich bin dankbar dafür. Ich hoffe nur, dass Cody nicht kündigt.«

Sie tätschelt mir den Arm. »Cody hat schon allerhand Schlimmes mitgemacht in ihrem jungen Leben. Sie wird sich von Linda nicht aus der Fassung bringen lassen.«

Als ich am Dienstagabend durch die Hintertür eintrete, sind die Lichter an und die Ramones dröhnen aus dem Lautsprecher.

»Cody?« Ich hänge meine Jeansjacke an einen Haken neben der Tür. Sie muss im Vorratsraum sein. Als ich hinübergehe, um Joey Ramone und seinen Schnüffelsong herunterzudrehen, sehe ich das Brot. Ein dicker, dunkler Laib mit einer wunderbar glänzenden, aufgebrochenen Kruste thront auf dem Tisch. Squaw-Brot.

Ich rufe wieder nach Cody, und als ich mich umdrehe, sehe ich sie direkt hinter mir stehen. »Das sieht gut aus. Sieht sogar ganz großartig aus. Hast du es schon probiert?«

»Nein.« Sie fährt sich mit der Hand durch das blaue Haar. »Ich wollte es gemeinsam mit dir probieren.«

Ich nehme den Laib in die Hand. Er hat ein angenehmes Gewicht, und als ich auf die Unterseite klopfe, höre ich genau den richtigen, hohlen Ton. Meine Nase registriert den Karamellgeruch von Zuckersirup und gerösteten Körnern. »Möchtest du die Gastgeberin spielen?« Ich reiche ihr das Brot, und sie nimmt es. Sie umschließt es eng mit den Händen und hält es eine Weile so, als ob es noch warm wäre, dann reißt sie ein Stück ab und gibt es mir.

Ich beiße ab und kaue langsam. Salz und Süße sind gut ausgewogen, und der Geschmack ist mild und nussig. Die Kruste ist leicht knusprig und die Krume zart, aber nicht zu weich.

»Cody, das ist großartig.« Ich versuche, nicht allzu überrascht zu klingen. »Hoffentlich hast du das Rezept aufgeschrieben.«

Sie verdreht nur die Augen, greift in ihre Gesäßtasche und hält mir ein gelbes Blatt hin, beschrieben in einer Handschrift, die stark an die ihrer Mutter erinnert. Ich muss lachen, als ich die Überschrift sehe, aber ich sage nichts.

Codys Indian Maiden Bread

2 Tassen Wasser
1/3 Tasse Öl
1/4 Tasse Zuckersirup

½ Tasse Rosinen
5 Esslöffel brauner Zucker
2 Päckchen Trockenhefe
½ Tasse warmes Wasser
2 ½ Tassen normales, ungebleichtes Haushaltsmehl
2 ½ Tassen Weizen-Vollkornmehl
1 Tasse Roggenmehl
2 ½ Teelöffel Salz
½ Tasse Maismehl
½ Tasse Hafermehl
Maismehl zum Bestäuben

Wasser, Öl, Sirup, Rosinen und braunen Zucker im Mixer rühren. Hefe in warmem Wasser einweichen. 1 Tasse ungebleichtes Haushaltsmehl, 2 Tassen Weizen-Vollkornmehl und die 1 Tasse Roggenmehl und das Salz zusammen in eine große Schüssel sieben und mischen. Sirupmischung und Hefe dazugeben. Bei mittlerer Geschwindigkeit ca. 2 Minuten schlagen, bis der Teig glatt ist. Nach und nach so viel von dem verbleibenden Mehl dazurühren, dass ein weicher Teig entsteht, der sich von der Schüssel löst. Der Feuchtigkeitsgehalt verschiedener Mehle kann stark schwanken. Man braucht möglicherweise nicht das ganze Mehl. Teig auf einer bemehlten Platte 10 bis 12 Minuten kneten, bis er seidig glatt ist. Teig in eine leicht geölte Schüssel geben und umdrehen, sodass die gesamte Oberfläche geölt ist. Zudecken und ungefähr 1 ½ Stunden bis zur doppelten Größe gehen lassen. Durchkneten und 10 Minuten ruhen lassen. In vier Laibe teilen. Backbleche mit Pergamentpapier auslegen und mit Maismehl bestäuben. Laibe auf die Bleche setzen und an einem warmen Ort eine Stunde bis zur doppelten Größe aufgehen lassen. Bei 190 Grad 30 bis 35 Minuten backen.

»Das ist interessant – dass die Rosinen püriert werden. Das ist es wahrscheinlich, was den Teig so feucht macht, ohne dass er matschig wird. Darauf wäre ich nicht gekommen. Woher hast du diese Idee?«

Sie wirkt ein bisschen verlegen. »Ich hab das in einem der Backbücher gelesen, die Ellen hat. Über Kuchen. Das ist wahrscheinlich gemogelt.«

Ich lache. »Das ist nicht gemogelt. Du hast etwas Neues gelernt und dein Wissen benutzt, um ein Problem zu lösen. Das bedeutet, dass du auf dem Weg bist, ein Profi zu werden. Ich bin stolz auf dich.«

In ihrer Miene malen sich gleichzeitig sehnsüchtige Hoffnung und Misstrauen, und als sie fragt: »Echt?«, klingt ihre Stimme gar nicht wie ihre eigene.

Der Rest meiner Urlaubspläne ergibt sich mit erstaunlicher Geschwindigkeit. Ich rufe Sylvie Guillaume an, die jetzt Sylvie Herschel heißt. Sie ist mit einem Architekten verheiratet und hat zwei Kinder, aber sie lebt immer noch in Toulouse, nur ein paar Häuserblocks von Bruder und Mutter entfernt. Wir haben uns immer Weihnachtskarten geschrieben, deshalb ist sie leicht aufzuspüren. Sie klingt aufrichtig erfreut, als sie von mir hört. Sie dient als Vermittlerin, weil Jean-Marcs Englisch sehr lückenhaft ist und mein Französisch ziemlich eingerostet. Sie ruft mich nach ein paar Tagen zurück und sagt, dass Jean-Marc mich gern wieder in der *Boulangerie du Pont* aufnehmen will.

»Er ist verheiratet, weißt du das?«

»Nein! Endlich. Eure Mutter wird froh sein.«

»*Bien sûr.* Sie haben einen kleinen Jungen – so ernsthaft, genau wie mein Bruder –, und Annette, seine Frau, bedient im Laden. Wynter, wo willst du wohnen?«

»Ich suche mir eine Pension in der …«

»*Non, non, non. Absolument pas!* Du wohnst bei mir. Bei uns ist reichlich Platz, und wir werden uns wunderbar amüsieren, genau wie früher.«

Ich lache. »*Oui, comme ça, mais plus ancienne.*«

»Ich kann es kaum erwarten, dich wiederzusehen.«

Ich buche die Flüge, ein Zimmer im *Hôtel de Lutèce,* weil CM ja auf der Île St. Louis wohnen möchte, und schließlich den TGV nach Toulouse und zurück. Wir werden zehn Tage in Paris sein, und das wird fürchterlich teuer werden, aber davon träumen CM und ich seit Highschool-Zeiten.

Wir trinken Champagner, lesen Reiseführer und trainieren unser Französisch miteinander, und schließlich, in der letzten Augustwoche, reist sie nach London ab. Jetzt bleibt mir nichts mehr zu tun als zu packen. Das bedeutet in meinem Fall, dass ich mit allem beginne, was ich habe, und jeden Tag ein paar Teile wegnehme. Es ist eine Quälerei. Es könnte ja schließlich noch warm sein, oder sie könnten einen plötzlichen Kälteeinbruch haben. Und was ist, wenn es regnet?

Drei Tage vor dem großen Tag trage ich immer noch Sachen vom Schrank zum Bett, zur Couch und wieder zurück zum Schrank. Das Einzige, wobei ich mir sicher bin, ist die Unterwäsche. Und während ich diesen Kleiderreigen inszeniere, überfallen mich plötzlich Gedanken an Mac, überwältigen mich, verdrängen die Vorfreude auf die Reise. Es ist geradezu unheimlich. Warum jetzt auf einmal? Ich weiß, dass er am Labor Day noch nicht zurück sein wird. Ich habe nie so richtig daran geglaubt. Ich bin mir nicht einmal sicher, dass er überhaupt wiederkommen wird. Vielleicht ist er inzwischen in Alaska. Dort lässt ihm das Wetter nicht mehr viel Zeit mit der Entscheidung. Vielleicht bleibt er über den Winter. Vielleicht kommt er sogar zu der Überzeugung, dass es ihm so gut gefällt, dass er nie wieder weg will.

Ich kann mir das gut vorstellen. Wie an diesem Abend in dem Café auf Orcas.

Hier könnte ich leben. Genau so hat er es gesagt. Er könnte es wieder sagen.

Vielleicht lernt er eine Frau kennen. Eine starke, tapfere, unabhängige Frau. Nicht anspruchsvoll, gefühlsselig und herrschsüchtig. Ich setze mich auf den Futon, schiebe einen Stapel Pullover aus dem Weg und nehme seinen letzten Brief zur Hand. Er ist vor über einem Monat geschrieben.

Liebe Wyn,

Foster hat sich zum offiziellen Grußboten der Stadt ernannt (oder gekrönt). Er zieht sich jeden Tag ein Biberkostüm an und patrouilliert auf den Gehsteigen, überfällt unvorsichtige Touristen und besteht darauf, dass sie ihn fotografieren.

Wenn er nicht draußen ist, um die Besucher zu begrüßen, hält er sich im Beaver Tail auf, wandert herum, spricht mit den Bildern an der Wand, von denen die meisten die Gründerväter und -mütter der Gemeinde zeigen.

Mehr über Foster:

Er ist klein, blass und mager und hat eine Hakennase. Er hat dichtes, rotes, wuscheliges Haar und einen Bart, der aussieht, als hätte er ihn mit der Heckenschere gestutzt. Als ich ihn das erste Mal sah, bemerkte ich, dass er sich auf dem Oberkopf eine etwa fünf mal fünf Zentimeter große Stelle rasiert hatte.

Chris hat mir erzählt, dass er vor etwa fünf Jahren in der Stadt aufgetaucht ist. Er ist nur unter dem Namen Foster be-

kannt, und niemand weiß, woher er gekommen ist. Er lebt in einem kleinen Haus etwa eine Meile außerhalb der Stadt und scheint keine Geldprobleme zu haben.

Wenn man ihm Fragen stellt wegen seiner Anzeige in der Zeitung, dann sagt er, er brauche diese Ausrüstung, um in die Zukunft zurückzukehren, wo er gelebt habe, bis eine Sektenführerin ihn aus Angst, er könne zu mächtig werden, habe entführen lassen. Sie habe ihm einen Chip ins Gehirn implantiert, der es ihr ermöglichen sollte, seine Gedanken zu lesen. Bei der Operation sei etwas schief gelaufen, und er sei ins zwanzigste Jahrhundert zurückversetzt worden. Er behauptet, er habe in Vietnam gekämpft. Oder vielleicht sagt er das bloß, um Chris zu ärgern. Für den Fall, dass er die Ausrüstung für die Zeitreise zusammenbekommt, bleibt der Fleck auf seinem Schädel kahl rasiert, damit der Chip leichter entfernt werden kann.

Leute wie Foster haben mich immer interessiert, wegen ihres vollständigen Andersseins. Er lebt offensichtlich nicht in der gleichen Welt wie du und ich. Ich glaube, er weiß genau, dass die meisten ihn für verrückt halten, aber es ist ihm völlig gleichgültig. Überleg mal, wie es sein muss, wenn man sich der eigenen Realität so sicher ist.

Manchmal überlege ich, ob mein Vater in seiner Art nicht genauso war. Er tat genau, was er wollte und wann er wollte und kümmerte sich nicht um die Meinung der anderen. Möglich aber auch, dass er einfach ein egozentrischer Dreckskerl war.

Eine andere Erinnerung. Eine der letzten. Ich war zwölf, Kevin war vierzehn. Vater sollte uns an einem Samstag zum Segeln mitnehmen, und Kevin wurde krank. Suzanne nahm selbstverständlich an, dass, wenn Kevin nicht mitkonnte, keiner zum Segeln gehen würde. Als sie sah, dass wir uns fertig machten, bekam sie einen Wutanfall, aber wir gingen trotzdem. Es war ein idealer Tag zum Segeln. Sonnig, kühl, mit einer schö-

nen, steifen Brise. Er hatte sich von einem Freund ein kleines Segelboot ausgeliehen, und das Ding flog nur so über das Wasser – oder jedenfalls kam es mir so vor.

Er zeigte mir, wie man ablegt, ließ mich das Segel setzen, hielt seine Hand über der meinen an der Ruderpinne, damit ich steuern lernen konnte, machte vor, wie man sich bei einer Halse ducken muss … und als wir zurückkamen und das Boot abtakelten, sagte er: »Das sollst du im Gedächtnis behalten, Matt.«

Ich nahm damals alles wörtlich und dachte daher, er meine die Dinge, die mit dem Segeln zusammenhängen, und wie man das Boot nachher wieder in Ordnung bringt. Drei Monate später war er tot. Jahrelang habe ich darüber nachgegrübelt, ob er mir etwas sagen wollte. Hatte er eine Vorahnung? Wollte er Suzanne verlassen? Oder wollte er wirklich nur, dass ich mich daran erinnerte, wie man mit einem Boot umging? Wahrscheinlich spielt es keine Rolle. Aber an diesen Tag habe ich mich immer erinnert, so wie er es wünschte.

Mac

Dorian wird plötzlich lebendig und erschreckt mich. Ich weiß nicht, ob ich mich je daran gewöhnen werde, dass mein Telefon quakt. Irgendetwas ganz Dummes, Bedürftiges in mir wünscht sich, es wäre Mac.

Eine Männerstimme sagt: »Ist dort Wynter Morrison?«

»Ja.«

»Miss Morrison, hier spricht Sergeant LeFevre, Polizei Seattle. Ich rufe wegen Miss Cody Adler an.«

Mein Magen zieht sich zusammen. Was ist los mit ihr? »Sie ist nicht da. Ich meine, sie wohnt nicht hier.« Dann dämmert mir, was er meint. »Was ist mit ihr? Stimmt was nicht?«

»Miss Adler ist hier auf dem Revier. Sie nannte uns Sie als engste Angehörige. Könnten Sie vielleicht hier vorbeikommen und sie abholen?«

»Wie geht es ihr? Warum ist sie da?«

»Der Mitbewohner von Miss Adler ist anscheinend plötzlich gestorben.« *Anscheinend?* »Sie hat seine Leiche entdeckt und ist sehr verstört.«

»O Gott. Barton?«

»Ja, Madam. Mr. Barton Tullis. Miss Adler möchte nicht in das Haus zurück. Könnten Sie ...«

»Ja, ja. Natürlich. Wo finde ich Sie?«

»Im Osten, an der Kreuzung Twelfth und Pine Street, zwei Blocks östlich vom Broadway. Kennen sie sich da aus?«

»Ja. Ich komme, so schnell es geht.« Ich lege auf.

Ich sehe Bartons lustiges Gesicht vor mir, das ansteckende Lachen, seine Hawaii-Hemden. Wie kann er tot sein? Ich wische mir die feuchten Hände an der Jogginghose ab und rufe in der Bäckerei an. Als Ellen sich meldet, erkläre ich stammelnd die Lage. »CMs Wagen ist in der Werkstatt. Kann ich deinen Wagen nehmen, um sie abzuholen?«

»Ich hole dich ab.«

Als ich ins Auto einsteige, sagt sie: »Ich kann es nicht glauben.«

Ein paar Blocks fahren wir schweigend und starren geradeaus. Dann fragt sie: »Und wie ist es ...?«

»Ich weiß es nicht. Der Sergeant sagte, er sei anscheinend plötzlich gestorben. Ich war zu durcheinander, um zu fragen.«

»Cody muss allmählich das Gefühl haben, dass sie in einem früheren Leben alles vermasselt hat. Erst haut ihre Mutter ab. Dann geht Tate nach Wyoming. Und jetzt ist Barton tot.«

Sie parkt am Straßenrand, und wir laufen die Stufen des hässlichen Flachdachgebäudes aus den Fünfzigern hinauf, in dem sich das Polizeirevier befindet. Die Luft drinnen ist kalt und abgestanden, und die fluoreszierenden Lampen geben ein grünblaues Licht.

Ellen spricht bereits mit dem Polizisten am Empfang, erklärt, wer wir sind, fragt, wohin wir gehen sollen. Er nimmt den Telefonhörer ab und wählt, spricht kurz und bittet uns, Platz zu nehmen.

Es gibt aber keinen Sitzplatz. Es gibt nur eine lange Bank an der gegenüberliegenden Wand, und die ist komplett besetzt. Eine dicke, müde aussehende Frau mit einem mürrischen Halbwüchsigen. Eine dunkelhäutige, dunkeläugige Familie – ein alter Mann, eine alte Frau und eine junge Frau, die ein Baby auf dem Arm hat. Der blonde Mann im Anzug, der gemessenen Tons mit ihnen spricht, muss ein Anwalt sein.

Ich stehe auf einem Fuß, dann auf dem anderen. Ellen geht auf und ab. Schließlich kommt eine grauhaarige Frau in einem langen roten Pullover den Gang entlang und ruft meinen Namen. Sie reicht mir die Hand. »Janice Meeker. Ich bin psychologische Betreuerin. Ihre Freundin Cody hat einen schlimmen Schock erlitten.«

»Wie ist Barton gestorben?«, frage ich.

»Eine Überdosis Heroin. Kein schöner Anblick. Aus dem, was Cody sagt, geht hervor, dass sie und Barton sich sehr nahe standen.«

»Das glaube ich auch, ja. Aber ich kannte ihn kaum.«

»Sind Sie eine Verwandte?«, fragt sie.

»Nein. Wir sind befreundet. Haben Sie ihren Vater verständigt?«

»Sie hat uns nur Ihren Namen angegeben. Sie sagte, sie

habe hier keine anderen Angehörigen. Sie möchte nicht mehr in das Haus zurück, wo sie gewohnt hat. Gibt es jemanden, bei dem sie ein par Tage bleiben könnte?«

»Sie kann bei mir wohnen, solange es nötig ist«, sagt Ellen. Janice Meeker schaut sie zum ersten Mal an. »Ich bin Ellen Liederman. Wir sind Codys Chefinnen.«

»Kommen Sie mit.« Den Gang entlang, dritte Tür links. Janice öffnet die Tür für uns und schließt sie hinter uns. Cody sitzt auf einem hölzernen Stuhl, der seitlich an einen verkratzten Tisch geschoben ist. Der Raum sieht aus wie in einer Verhörszene im Film. Er ist nicht groß, aber die Leere lässt Cody winzig erscheinen. Sie sitzt vornüber gebeugt, Ellbogen auf den Knien, Kopf gesenkt. Als sie die Tür gehen hört, schnellt ihr Kopf in die Höhe. Tränen und Wimperntusche ziehen zahlreiche Spuren unter ihren Augen, und ihr Haar ist eine blaue Matte. Sie blickt an Ellen vorbei, direkt auf mich.

Ich gehe zu ihr und stehe da und beiße mir die Lippen. »Cody, es tut mir so …«

»Ich wusste, dass du kommen würdest«, stößt sie hervor, bevor sie ihr Gesicht in meinem Sweatshirt vergräbt.

In diesem Augenblick wird alles völlig klar. So, habe ich mir immer vorgestellt, muss es sein, wenn man ertrinkt und sein ganzes Leben noch mal an einem vorüberzieht. Nur ist es jetzt die Zukunft, die mir blitzartig vor Augen tritt. Es ist nicht so, dass ich meine Meinung in Bezug auf meine Frankreichreise geändert hätte. Es ist nicht so, dass ich irgendeine Entscheidung getroffen hätte. Das liegt nicht mehr in meiner Hand. Das Einzige, was mir bleibt, ist, den Tatsachen ins Auge zu schauen: Ich werde nicht nach Frankreich reisen und auch sonst nirgendwohin – nicht morgen, und auch nicht in der nächsten Zeit.

Als wir drei ins Auto steigen, sagt Ellen: »Cody, du kannst bei mir wohnen, so lange du willst. Bis du dich entscheidest, ob du in dein Haus zurückgehst oder dir was anderes suchst oder …«

Cody sagt steif: »Ich gehe zu Wyn.« Sie schaut aus dem Fenster. »Bis du – nach Frankreich fährst. Oder sonst was.«

Ellen lächelt mich an. »Warum bleibt ihr heute Nacht nicht beide bei mir?«

Wir legen uns früh schlafen, in der verglasten Veranda vor Ellens Wohnzimmer. Um Viertel nach zehn stehe ich auf, schleiche auf Zehenspitzen herum und ziehe mich im Bad an. Als ich in die Küche komme, sitzt Ellen lesend am Tisch, eine Tasse Kaffee vor sich.

»Da drüben steht eine Tasse für dich«, sagt sie und nickt in Richtung Theke. »Milch ist im Kühlschrank.«

»Warum bist du noch auf?«

»Ein Anfall von Schlaflosigkeit. Das kommt bei mir öfter vor.«

Ich ziehe einen Stuhl heraus und setze mich, um mir die Joggingschuhe zuzubinden. Als ich aufblicke, sagt sie: »Sie ist auf dich geprägt.«

»Was meinst du damit?«

»Du kennst die Sache mit den jungen Enten – sie folgen dem ersten beweglichen Objekt, das sie sehen, wenn sie geschlüpft sind, weil sie es für ihre Mutter halten.«

»Ja.« Ich nippe an meinem Kaffee und versuche immer noch zu verstehen, was da eben meinem Leben zugestoßen ist. Ich atme tief ein und stoße es dann hervor: »Du kannst Linda anrufen und ihr sagen, dass wir sie nicht brauchen.«

»Cody könnte hier wohnen, solange du weg bist, das weißt du. Du musst die Reise nicht absagen.«

Ich schüttle den Kopf. »Sie hat sonst niemand. Kannst du dir das vorstellen – so etwas mitzumachen und dann die ganze Nacht allein zu arbeiten?«

»Linda wäre doch da.« Ellen stellt ihre Tasse ab.

»Genau. Das ist es ja.« Wieder atme ich tief durch. »Ich verstehe es nicht. Ich weiß nicht, warum, aber als sie mich heute in diesem Raum ansah, gab es überhaupt keine Frage mehr. Es war mir einfach klar, dass ich nicht wegfahren und sie allein lassen kann. Es ist sonderbar …«

Sie lächelt wissend. »Ja, es ist sonderbar. Gebraucht zu werden.«

Eins der schlimmsten Dinge, die ich je tun musste, ist, CM in London anzurufen und ihr zu sagen, dass ich nicht komme. Als man sie schließlich in ihrer Unterkunft aufspürt, quasselt sie sofort los. »Pack lieber warme Unterwäsche ein«, sagt sie. »Nächste Woche soll es kalt werden. Eine der Studentinnen hat mir die Adresse von einem tollen baskischen Café gegeben. Ich hab schon überlegt, ob das vielleicht dasselbe ist, von dem du gesprochen hast …«

»CM, ich kann nicht kommen.«

Pause. Entweder ist die transatlantische Leitung zusammengebrochen oder meine beste Freundin.

»Was meinst du damit?«, fragt sie schließlich.

Weil CM ist, wie sie ist, gilt ihre ganze Sorge, nachdem ich alles erzählt habe, Cody. »O mein Gott, das arme Kind. Wie entsetzlich.«

»Ich glaube, ich sollte für sie und mich eine Wohnung suchen. Sie könnte zwar zu ihrem Vater gehen, aber offenbar gibt es mit der neuen Stiefmutter Probleme, und sonst hat sie niemand … Tut mir Leid, dass ich dich mit diesen tollen Neuigkeiten überfalle …«

»Mach dir da ja keine Gedanken. Ich weiß, wie schlimm das alles auch für dich ist. Pass gut auf sie auf. Ich ruf dich von Paris aus an.«

Da muss ich jetzt doch lachen. »Du fährst trotzdem?«

»Warum nicht. Jedenfalls für ein paar Tage. Ich werde mir das Hotel genau ansehen und *tout le monde* schon mal vorwarnen, womit sie zu rechnen haben, wenn wir nächstes Jahr kommen.«

»CM …«

»Ja?«

»Ich hab dich so gern.«

Cody zieht fürs Erste bei mir ein, und ich beginne die Mietanzeigen durchzuforsten. Ich rufe Daisy Wardwell an, die Maklerin, die mir zu meinem ersten Haus in Queen Anne verhalf. Ich rede mit allen Menschen, die ich kenne, und mit einigen, die ich nicht kenne. Ich mache einen Anschlag in der Bäckerei, wir verbringen jede freie Minute mit Besichtigungen von Wohnungen und Häusern, aber alles ist entweder zu teuer oder zu klein oder zu scheußlich oder zu weit weg.

Cody funktioniert, aber sie ist nicht ganz bei sich. Sie trottet hinter mir her wie ein stummes Hündchen. Manchmal, wenn ich denke, sie schläft, merke ich, dass sie bloß auf dem Futon liegt und zur Decke starrt. Ich warte immer noch, dass sich die Taubheit verliert, wie bei Novocain. Und dann dringt der unaufhörliche, bohrende Schmerz erst richtig durch.

Ich weiß genau, wie sich das anfühlt. Als mein Vater starb, ging es mir zwei Wochen lang recht gut. Ich ging zur

Schule, machte meine Hausaufgaben. Ich ging sogar zu einem Basketballspiel. Und dann stürmte ich eines Nachmittags ins Haus, um ihm etwas zu zeigen, und der Anblick seines leeren Sessels traf mich wie ein Schlag, zusammen mit der Erkenntnis, dass ich ihm nie wieder etwas zeigen konnte, weil er tot war.

Am Montag, unserem freien Tag, gehen wir morgens zur Bäckerei, um Kaffee zu trinken. Dann begeben wir uns wieder auf die Suche. Ich habe das Gefühl, dass wir schon jede Straße in einem Umkreis von zwei Meilen um die Bäckerei abgegrast haben. Schilder an leer stehenden Wohnungen, Objekte, wegen denen wir nur telefoniert, die wir aber nicht gesehen haben, und solche, die wir tatsächlich besichtigt haben – das alles beginnt in meinem Gedächtnis ineinander zu fließen.

So kommt es, dass ich zögere, als Cody mich am Arm packt und auf ein rotes, mit der Hand geschriebenes *Zuvermieten*-Schild zeigt, das verführerisch auf der anderen Seite der Cedar Street lockt. *Sind wir hier schon gewesen?* Hinzu kommt, dass das Schild auf einem ungepflegten Grasstreifen zwischen zwei Häusern steht und man nicht recht weiß, welches da zu vermieten ist.

»Freu dich nicht zu früh«, sage ich. »Wenn es das große ist, kommt es nicht in Frage. Und das kleine ist höchstwahrscheinlich zu klein.« Aber ich zücke doch pflichtschuldig mein Notizbuch und überquere die Straße, um mir die Telefonnummer aufzuschreiben. Die Lage könnte gar nicht besser sein. Ungefähr gleich weit weg von der Bäckerei wie CMs Wohnung, aber in der entgegengesetzten Richtung, hügelabwärts, wo es nach Fremont und Wallingford geht.

»Hallo, die Damen. Kann ich Ihnen helfen?«

Ein übergroßer, kurzsichtiger Teddybär mit rotbraunem Bart und einer Nickelbrille kommt gemächlich aus der Tür des großen Hauses.

»Wir haben uns gerade gefragt, welches Haus zu vermieten ist.« Ich schenke ihm ein schmeichlerisches Lächeln und wünschte, ich hätte wenigstens ein bisschen Lippenstift und Rouge aufgetragen.

Er taxiert uns. »Welches wäre Ihnen denn lieber?«

Cody schaut mich von der Seite an.

»Das da können wir uns bestimmt nicht leisten«, sage ich und deute auf den großen, schön proportionierten, gemauerten Bungalow.

Der Mann lacht. »Wahrscheinlich nicht. Außerdem ist es sowieso noch nicht bewohnbar. Sie brauchen etwas mit zwei Schlafzimmern?«

Ich nicke.

»Warum gehen Sie nicht rüber und sehen sich's an?« Er schaut zu dem kleinen Haus hinüber.

»Wir sollten besser vorher fragen, was wir da an Miete zu zahlen hätten.«

»Tausend im Monat«, sagt er. »Plus Nebenkosten. Ich habe lauter neue Geräte angeschafft, sogar eine Waschmaschine mit Trockner obendrauf.«

Ich krümme mich. »Das ist ein bisschen mehr, als wir ausgeben wollten.«

»Anschauen können Sie es trotzdem.« Er zuckt die Achseln. »Wenn Sie schon da sind. Es ist offen.« Er lässt uns allein hineingehen.

Das Haus steht fast am Ende des langen, schmalen Grundstücks. Es ist unscheinbar, weiß mit grünen Fensterrahmen, und hat auf der Vorderseite eine kleine Veranda. Innen ist es nicht gerade großartig, aber groß genug für uns beide. Es gibt einen kleinen Wohnraum und eine eingebaute Küche mit Platz für Tisch und Stühle. Dahinter führt ein langer Gang zu zwei Schlafzimmern, einem Bad und einem Abstellraum, wo Waschmaschine und Trockner stehen. Als wir wieder hinausgehen, steht er auf der Veranda.

»Ich wollte eigentlich selbst in dem Cottage wohnen, während ich nebenan arbeite, aber ich könnte das Geld von der Miete gut brauchen«, sagt er, während wir um das Haus herumgehen und die Außenseite inspizieren.

»Wo wohnen Sie jetzt?«, frage ich.

»In einem der Zimmer im großen Haus. Das passt recht gut für mich und Turbo. Meinen Basset.« Er streicht sich nachdenklich den Bart. »Gut daran ist, dass ich die meiste Zeit hier bin und im Haus arbeite. Wenn Sie also etwas brauchen, bin ich normalerweise da und kann mich darum kümmern. Wo arbeiten Sie?«

»In der Queen Street Bakery. Alle beide.«

»Oh.« Das ist beinahe ein Seufzer. »Meine Frau hat diese Bäckerei sehr geliebt.«

»Und jetzt liebt sie sie nicht mehr?«

»Nein, sie liebt *mich* nicht mehr. Wir haben uns getrennt. Voriges Jahr.«

»Tut mir Leid.«

»So geht es eben.« Er steckt die Hände in die Taschen seiner schmutzigen Jeans. »Ich bekam das Sorgerecht für Turbo, und sie ist nach New York gegangen. Also, was halten Sie von dem Haus?«

»Es ist wirklich nett«, sage ich. »Nur die Miete könnte ein Problem für uns sein. Wir müssen es vorher noch besprechen. Um sicher zu sein, dass wir nicht …«

»Beim Preis ist noch ein bisschen Luft drin«, sagt er

schnell. »Um ehrlich zu sein, gestern haben es zwei Männer angeschaut, und mir wären Frauen als Mieter lieber. Ich weiß, dass ich das nicht sagen dürfte, aber Sie werden mich nicht verpetzen, oder? Frauen passen einfach besser auf eine Wohnung auf. Ich brauch keine Burschen, die ständig Saufgelage veranstalten und dieses Haus auseinander nehmen, während ich das andere instand setze. Wäre Ihnen mit neunhundert gedient?«

Er streckt die Hand aus. »Übrigens, ich bin Josh …«

»Keeler«, beende ich seinen Satz. »Sie sind Joshua Keeler.«

Er schaut mich fragend an. »Kennen wir uns?«

»Ich bin Wyn Morrison. Ich war Ihre Mieterin in der Fourth Street. Hinter dem großen viktorianischen Haus.«

»Ja, so was.« Auf seinem ruhigen Gesicht erscheint ein breites Grinsen. »Verdammt, Sie sind diejenige, die die Wände gelb und rot gestrichen hat. Hochinteressant.« Er droht mir mit dem Finger. »Dieses Haus bleibt weiß.«

»Ich schwöre es«, sage ich lächelnd.

Am darauf folgenden Sonntag ist Umzugstag und für Cody der Tiefpunkt einer langen Abwärtsbewegung. Die Begeisterung, dass wir ein Haus gefunden haben, ist abgeflaut, und die Wirklichkeit dessen, was mit Barton passiert ist, ist ihr mit einem schmerzhaften Schlag ins Bewusstsein gedrungen. Um drei Uhr nachmittags sind meine Möbel eingetroffen, und alle aus der Bäckerei kommen, um zu helfen. Ich fotografiere das Haus, und Ellen macht ein Bild von Cody und mir in der Haustür. Dann schlendert Josh herüber und macht die letzte Aufnahme auf dem Film: die ganze Bande aus der Bäckerei auf der Veranda. Ellen ist mit Lloyds Pick-up gekommen, um Codys Sachen zu holen, aber als wir fahren wollen, setzt sich Cody auf mein Bett und bricht in Tränen aus.

»Ich kann da nicht hin. Lasst mein Zeug einfach dort. Ich will's nicht haben.«

»Es gibt doch persönliche Sachen in deinem Zimmer, die du brauchst«, sagt Ellen. »Von deinen Klamotten gar nicht zu reden.«

»Und du brauchst dein Bett«, sage ich.

Cody schüttelt den Kopf. »Ich kann da nicht reingehen.«

»Wyn und ich können die Sachen holen. Du musst nicht rein.«

»Kann ich nicht einfach hier bleiben?«

»Nein, du musst dabei sein«, sage ich. »Ich will nicht, dass DeeDee und ihr widerlicher Freund einen Grund haben, uns wegen Einbruchs festnehmen zu lassen. Ruf Felice an und sag ihr, dass wir kommen. Und nimm deinen Schlüssel mit.«

Am Abend, nachdem der Möbel-Raubzug vollbracht und Ellen heimgegangen ist, lassen Cody und ich uns Pizza kommen. Ich bin am Verhungern und schlinge meine Hälfte so heiß hinunter, dass ich mir den Mund verbrenne. Cody knabbert an ihrer herum und schiebt sie dann zur Seite. Ich schenke mir Rotwein nach.

»Möchtest du reden?«

»Nein.«

»Es ist jetzt zwei Wochen her ...«

»Du meinst wohl, ich sollte jetzt drüber weg sein?«, giftet sie mich an.

»Natürlich nicht. Ich glaube nicht, dass man über so etwas je wegkommt. Aber wenn du nicht mit jemand darüber sprichst, wirst du es nie verarbeiten können. Aber das muss nicht unbedingt *ich* sein.«

Tränen strömen ihr aus den Augen. »Du hättest ihn sehen sollen.« Sie schaut aus dem Küchenfenster. »Er hat so ekelhaft ausgesehen. Das ganze scheußliche, schaumige Zeug auf seinem Gesicht. Er hat es noch nie mit Heroin probiert.« Sie legt den Kopf auf den Tisch.

Ich stehe hinter ihr, massiere ihr den Rücken, fühle ein Würgen in der Kehle. »Es tut mir so Leid, Cody. Ich weiß nicht, was ich tun kann, um dir zu helfen.«

»Du kannst gar nichts tun«, bringt sie zwischen zwei gedrängten Atemzügen hervor. »Das kann niemand.« Sie geht in ihr Zimmer und schließt die Tür hinter sich, und ich bleibe zurück und schaue die Pizza an. Schließlich wickle ich sie in Folie und lege sie in den Kühlschrank.

Als ich vor Kummer über den Tod meines Vaters außer mir war, schien CM immer zu wissen, wann sie mich zum Reden bringen und wann sie mich in Ruhe lassen sollte. Ich aber bin jetzt völlig ratlos. Ich ziehe meine Jeansjacke an, nehme meinen Wein mit hinaus und setze mich auf die Stufen unter dem goldenen Licht der Verandalampe.

Nebenan sind alle Lichter an. Ich versuche mir auszumalen, wie es dort aussehen wird, wenn alles fertig ist, obwohl ich meistens nicht genug Fantasie habe, um mir Dinge, die in der Zukunft liegen, richtig vorzustellen. Es ist genügend Platz da für einen Patio oder eine Terrasse und einen Garten. Ich frage mich, ob der Teddybär alles wie geplant durchführen wird oder ob er ein günstiges Angebot bekommt und verkauft.

»Wie war der Umzug?« Ich schaue auf und sehe, dass unser Hausherr die Zufahrt heraufkommt, eine Dose Bier in der Hand. Neben ihm her trottet ein Hund, dessen Gesicht dem Ritter von trauriger Gestalt ähnelt und dessen Körperbau sich am ehesten mit einem tief gelegten Sherman-Panzer vergleichen lässt.

Ich muss lachen. »Der Umzug war ganz einfach. Wir hatten eine Menge Helfer. Sorry, ich wollte nicht lachen. Das muss Turbo sein.«

»So wirkt er auf alle. Das ist wirklich interessant. Er schaut so traurig drein, dass man lachen muss.« Turbo schlurft die Veranda hinauf und legt sich auf die oberste Stufe. Der Kopf hängt herunter, die langen Ohren schwingen frei. Ich streichle sein kurzes, gepflegtes Fell, und er dreht den Kopf ein wenig, um mich zu mustern.

»Wo ist Ihre Mitbewohnerin?«

»Sie war müde. Ich glaube, sie ist im Bett.«

»Um sieben Uhr?«

»Wir müssen um elf im Geschäft sein. Wir bleiben selten lange auf.«

Seine dichten Brauen heben sich. »Tatsächlich? Was machen Sie denn in der Bäckerei?«

»Wir sind die Brotbäcker.«

»Wow. Ich denke, da muss ich doch mal vorbeischauen. Ich war nicht mehr dort, seit Fran weg ist.«

Als er den Namen seines Frauchens hört, hebt Turbo den Kopf, schaut um sich und senkt ihn wieder, diesmal auf meinen Schoß. »Na, du bist aber lieb.« Ich kraule ihn hinter den Ohren. »Normalerweise habe ich nicht diese Wirkung auf Männer.«

Josh lacht, ein nettes, tief brummendes Lachen. Er trinkt sein Bier aus. »Lasst es mich wissen, wenn ihr Mädchen etwas braucht. Komm, Kumpel, wir haben noch zu tun, bevor wir schlafen gehen.« Er dreht sich um und geht zurück zu seinem Haus. Der Hund rührt sich nicht, bis Josh verschwunden ist. Dann seufzt er, erhebt sich und läuft fort, mit einer Grazie, die wirklich erstaunlich ist.

»Möchtest du Frühstück?«

Es ist Dienstagmorgen und Cody räkelt sich auf der Couch. »Nein, danke.«

»Du musst was essen.«

»Ich hab bei der Arbeit ein Muffin gegessen.«

»Die Frau lebt nicht vom Brot allein. Du bist zu mager. Wie wär's mit ein bisschen Grießbrei?«

»Ich hab wirklich keinen Hunger.«

»Sollen wir spazieren gehen? Vielleicht kriegst du dann Appetit?«

Sie wirft mir einen ungeduldigen Blick zu. »Wyn, du musst nicht meine Mutter spielen.«

»Komisch, ich dachte, dass du genau das willst.«

»Ich habe meine Meinung geändert.«

»Toll. Nachdem ich die Frankreichreise abgesagt habe.«

Sie steht abrupt auf. »Fahr doch in dein verdammtes Frankreich. Und lass mich in Ruhe.« Sie geht in ihr Zimmer und wirft die Tür zu. So sieht also das Dasein einer Mutter aus. Ich ignoriere die ganzen ungeöffneten Umzugskartons, die sich in der Küche stapeln, toaste mir zwei Scheiben von Codys *Indian Maiden Bread*, gieße mir ein Glas Orangensaft ein und setze mich auf die Veranda. Bevor ich noch den ersten Bissen hinuntergeschluckt habe, kommt Turbo angaloppiert und bremst scharf vor meinen Füßen. Er ist ganz ruhig. Bettelt nicht. Berührt mich nicht mit den Pfoten. Er sitzt nur da und starrt mich an. Oder mein Brot. Seine lange rosa Zunge hängt ihm seitlich aus dem Maul.

»Du machst wohl vor gar nichts Halt«, teile ich ihm mit.

»Das mag ich besonders gern an dir.« Kaum habe ich das gesagt, fällt mir ein, wo es herstammt, und ich bin so verlegen, als ob er wüsste, dass ich jemand anderen zitiere. Ich erkaufe mir sein Schweigen mit einem Stück Brot. Er schluckt es hinunter und starrt weiter.

»Ich hätte wissen müssen, dass du da bist, wo jemand etwas zu fressen hat. Schäm dich.« Josh kommt aus der Hintertür seines Hauses. »Sie müssen Ihr Herz hart machen«, sagt er, »sonst hat er Ihr ganzes Frühstück, bevor Sie merken, was los ist.«

»Normalerweise fällt mir Hartherzigkeit nicht schwer, aber großen braunen Augen kann ich nicht widerstehen.« Ich halte ihm ein weiteres Stück Brot hin, und der Hund nimmt es behutsam mit den Zähnen und achtet darauf, mich nicht in die Finger zu beißen. »Gute Tischmanieren hat er.«

»Sie sehen mir nicht so hartherzig aus.« Er lächelt. »Ist das Brot aus Ihrer Bäckerei?«

»Soll das heißen, dass Sie jetzt auch betteln?«

Er hat wirklich ein nettes Lachen. »Nein, ich geh hin und kauf mir eins. Wie nennt es sich?«

»Es heißt *Indian Maiden Bread.*«

»Wie bitte?«

»Es ist das Gleiche wie Squaw-Brot, nur politisch korrekt. Möchten Sie ein Stück probieren?«

»Wird mir das nicht ewig anhängen?«

»Kann schon sein. Setzen Sie sich, ich bin gleich wieder da.« Ich gehe hinein und stecke noch zwei Scheiben in den Toaster. Ich höre im Bad das Wasser laufen. Als der Toast fertig ist, streiche ich Butter und Honig auf beide Scheiben, trage sie hinaus und gebe Josh eine. Er lehnt am Geländer der Veranda, der Hund liegt quer über seinen Füßen.

»Wunderbar«, sagt er nach dem ersten Bissen. Schweigend isst er den Rest. Mit einer Hand schützt er die Augen vor der Sonne.

Ich strecke mich genussvoll. »Es ist so ein schöner Morgen.«

»Ja, den Morgen mag ich schon immer am liebsten ...« Seine Stimme erstirbt, sein Blick hängt gebannt an der Tür. Ich drehe mich um. Cody steht auf der Schwelle, die Hände in den Hüften. Sie hält die Tür mit einem Fuß auf und blickt grimmig drein. Sie ist vollkommen kahl.

Josh erholt sich zuerst. »Hi, Cody. Schöne Frisur.«

Sie starrt ihn kalt an. »Ich bin in tiefer Trauer.« Sie lässt die Tür zufallen und setzt sich neben mich. »Kann ich ein bisschen Toast haben?«

Ich finde meine Stimme wieder. »Soll ich noch mehr machen?«

»Ich will nur mal abbeißen.« Ich reiche ihr meinen Toast.

»Es tut mir so Leid«, sagt er. Ich merke, er denkt, es handle sich vielleicht um einen Scherz, aber er will nichts riskieren.

»Bei den Santee Sioux ist es ein Zeichen von Trauer, wenn man sich die Haare abschneidet«, sagt sie. »Je mehr sie einen Toten geliebt haben, desto mehr Haare schneiden sie ab.« Turbo watschelt zu ihr hinüber, um diese neue Futterquelle zu begutachten. Sie beachtet ihn nicht. »Mein bester Freund ist tot.« Sie hat meinen Toast aufgegessen und leckt sich die Finger ab. Josh schaut von ihr zu mir. »Der Schwachkopf ist an einer Überdosis Heroin gestorben.«

»Oh. Tut mir Leid.«

»Hätte man ihm nicht mehr Verstand zutrauen dürfen?« Der Hund schaut zu ihr auf und denkt über ihre Worte nach. »Sogar Turbo wäre zu klug für so was, oder, Turb?«

Sie streicht ihm über den Kopf. »Es sei denn, er hat es absichtlich gemacht, was ich nämlich glaube.«

Ich schaue sie scharf an. »Warum sagst du das?«

Nun zittert ihr Kinn, und ihre Augen bewegen sich schnell hin und her, als könne das die Tränen aufhalten. »Erstens – er hat noch nie Heroin probiert. Nur Pot, und gelegentlich ein paar Pillen. Zweitens – er hat sich testen lassen.« Sie beißt sich auf die Lippen. »Auf HIV. Ich hab den Umschlag von der Klinik gesehen. Er hat nie darüber gesprochen. Ich hab ihn nicht gefragt.« Zwei Tropfen fallen auf ihren Arm, und Turbos lange Zunge leckt sie auf. Sie schaut auf ihn hinunter. »Ich war seine gottverdammt beste Freundin. Würde man so etwas seiner gottverdammt besten Freundin nicht sagen?«

Ihr Gesicht verzieht sich. Der Hund legt den Kopf in ihren Schoß und achtet nicht darauf, dass die Tränen auf ihn herabtropfen und sie ihn umklammert. Ich lege den Arm um sie, aber sie merkt es gar nicht. Sie hält Turbo im Arm, wiegt sich hin und her und weint.

Sechzehn

Mac

Juni ist Frühling, Juli ist Sommer, August ist Herbst. Der Rest des Jahres ist Winter. So erklärt Chris die vier Jahreszeiten des Nordens. Jetzt ist August.

Mac legt den Ellbogen auf die Bar und schaut durch das Vorderfenster auf die ruhige Straße. Er ist sich ziemlich sicher, dass Pearl May ihn zum Ende des Monats entlassen muss. Im Sommer war viel Betrieb, aber jetzt gibt es nicht mehr viele Kunden. Tatsächlich ist die einzige Person auf dem Gehsteig im Moment Foster, der in seinem räudigen Biberkostüm ziemlich verloren wirkt, jetzt, wo kein kamerabewehrter Tourist mehr in Sicht ist.

Der Tag ist immer noch ungefähr dreizehn Stunden lang. Die Sonne wärmt ihm noch den Rücken, wenn er zur Arbeit geht. Aber die Zeichen des Wandels sind unverkennbar. In den umliegenden Hügeln flammt das Laub von Espen und Buchen wie neue Kupfermünzen, dazwischen leuchtet das Hellrot der wilden Heidelbeerbüsche. Geschwader von Enten und Gänsen durchqueren den blauen Himmel, und in der Luft liegt der Rauchgeruch ferner Waldbrände.

Optionen. Der Elky wird Ende der Woche fahrbereit

sein. Oder er könnte das Geld nehmen, das Ian ihm dafür geboten hat, und ein Flugticket nach Seattle kaufen. Er kommt sich vor wie ein Wartender, aber er weiß nicht, worauf. Die andere Option, über die nachzudenken er sich bisher noch gar nicht erlaubt hat, ist, über den Winter hier zu bleiben.

Er setzt sich auf die Plastikbank, die wie Schmiedeeisen aussehen soll.

Er hat durch das Fenster des Saloons beobachtet, wie die Natur sich hier innerhalb der letzten drei Monate vom Ende des Winters zum Frühling, zum Sommer und jetzt zum Herbst gewandelt hat. Die Buchen haben sich praktisch über Nacht belaubt, die Zwiebelblumen kamen heraus, die einjährigen Blumen wucherten aus Töpfen und Pflanzkübeln. Dem süßen grünen Gras konnte man fast beim Wachsen zusehen, wie in diesen Filmen mit Zeitraffer.

Familien gingen auf den Gehsteigen spazieren, posierten mit Foster, lugten in Fenster. Die Frauen trugen Einkaufstüten, die Männer waren mit der Kameraausrüstung beladen, die Kinder rannten und lachten, und auf ihrem Rücken hüpften Rucksäcke in Bärenform.

Plötzlich ist alles fort. Die Menschen, die Blumen. Jetzt kommt alle Farbe von den goldenen Blättern, dem braun werdenden Gras. Die Sonne wärmt ihn, sodass er schläfrig wird.

Er holt sein Sandwich heraus, aber bevor er es auswickeln kann, nimmt er aus dem Augenwinkel eine Bewegung wahr und blickt auf. Bernie. Ihr Haar ist offen, fällt ihr um das Gesicht. Sie trägt eine Männer-Windjacke mit so langen Ärmeln, dass ihre Hände darin verschwinden, und schmutzige Jeans, die unten ausgefranst sind. Sie setzt sich neben ihn, seufzt und blickt geradeaus.

»Bin ich unglaublich unhöflich?«

»Ich würde nicht sagen unglaublich. Nur unhöflich. Warum?«

»Pearl behauptet das.«

»Kümmert es dich, was sie sagt?« Er bietet ihr die Hälfte seines Thunfisch-Sandwichs an, und sie nimmt sie, isst aber nicht, sondern sitzt nur schweigend da.

»Eigentlich nicht«, sagt sie schließlich, die Augen noch immer auf das Sandwich gerichtet.

Er beißt ab, trinkt dann einen Schluck Wasser. Er bietet ihr die Flasche an, aber sie schüttelt den Kopf.

»Wenn du hier so unglücklich bist, warum gehst du dann nicht fort?«

Sie knabbert am Thunfisch und achtet sehr darauf, dabei nichts vom Brot mitzuessen. Sie kaut langsam, als schmerze es, schluckt und wendet sich ihm zu. Tränen stehen in ihren Augen, aber sie fallen nicht, als halte eine unsichtbare Willensanstrengung sie zurück.

»Das sagst du so.« Ihre Stimme ist ein raues Flüstern. »Wo sollte ich hin?«

»Irgendwohin.«

»Leicht gesagt. Du hast kein sechs Jahre altes …«

»Wahrscheinlich habe ich leicht reden. Es wäre schwierig. Aber schon viele haben es geschafft. Es hängt nur davon ab, wie sehr du hier weg willst.«

Wieder ein langes Schweigen.

»Meine Mutter hat mich Seentahna genannt«, sagt sie.

»Was bedeutet das?«

Sie zuckt die Achseln. »Ich weiß kein einziges Wort mehr. Ihre Familie gehörte zu den Leuten am Koyukon River.«

»Wie alt warst du, als sie starb?«

»Sie ist nicht gestorben. Pearl hat sie getötet.«

Er verschluckt einen großen Bissen unzerkautes Sandwich. »Was redest du da?«

»Sie hat meine Mutter getötet. Nicht mit einem Messer oder einer Pistole oder so was. Sie nahm ihr einfach ihren Lebensinhalt.«

»Ich dachte, sie …«

»Pearl hasste meine Mutter, weil sie nicht weiß war. Sie war nicht gut genug als Frau für ihren Sohn. Sie wollte nicht, dass es Mischlinge in der Familie Austen gäbe.« Sie nimmt einen größeren Bissen von ihrem Sandwich und kaut langsam. Sie legt es auf ihr Knie. »Als mein Vater ums Leben kam, begann meine Mutter zu trinken. Das ist leicht zu verstehen. Ihr Mann tot, sie hat ein vierjähriges Kind, keine Möglichkeit, sich den Lebensunterhalt zu verdienen …«

»Hätte sie nicht zu ihrer Familie zurückkehren können?«

Sie wirft ihm einen verächtlichen Blick zu. »Das Dorf war damals schon der reine Albtraum. Lauter Säufer und Alte. Alle bettelarm. Alle Jungen waren weg. Es war ein Slum. Sie wollte hier bleiben, wo es wenigstens eine Chance auf ein besseres Leben gab. Für mich.« Sie nimmt das Sandwich wieder auf und bewegt die Finger darauf wie auf Klaviertasten.

»Aber sie begann zu trinken, und es ließ sie nicht mehr los. Diese Krankheit. Das lieferte Pearl eine Ausrede, um sie los zu werden. Sie sagte meiner Mutter, dass sie sich um mich kümmern, für meine Erziehung sorgen, mir alles geben würde. Unter einer Bedingung. Dass meine Mutter wegging und nie zurückkam. Mich nie mehr sah.«

»Und so ging sie?«

»Sie nahm sich selbst das Leben. So wie es früher die Alten machten, wenn sie wussten, dass sie sterben mussten. Wenn sie nichts mehr leisten konnten und das Dorf sie nicht mehr ernähren konnte. Sie ging während eines Sturmes hinaus auf den gefrorenen Fluss, mit dem Wind im Rücken. Sie ging, bis sie erschöpft war. Dann machte sie kehrt und ging gegen den Wind, bis sie hinfiel.«

»Das tut mir so Leid.«

Sie zuckt die Achseln, beißt wieder ein Stück ab, schiebt es in eine Backe und spricht weiter. »Jeder denkt, Pearl ist so wunderbar, weil sie mich aufzog und zur Schule schickte. Sie ist nur eine selbstsüchtige, gemeine alte Frau.«

»Das bringt uns wieder zu der Frage, warum du nicht weggehst.«

Ihr Kopf schnellt herum. »Weil mein Sohn, mein Emmett, alles ist, was sie hat. Er wird einmal alles erben. Es würde ihr passen, wenn ich das Gleiche tun würde wie meine Mutter. Wenn ich einfach ginge und ihr das Kind überließe. Aber ich bin nicht meine Mutter, und ich gehe nirgendwohin.«

»Mac, wann wollen Sie uns verlassen?« Er schaut von den Resten seines Abendessens auf und sieht Pearl in der Tür stehen. »Darf ich hereinkommen? Oh, ich wollte nicht beim Essen stören.«

»Ich bin schon fertig. Möchten Sie Tee?«

»Nein, danke. Wir haben auch gerade gegessen.«

Er steht auf und rückt ihr einen Stuhl zurecht. Als sie sich niedersetzt, zuckt sie kaum merklich zusammen. Sie streicht ihren langen Rock glatt. »Meine Knochen sind die besten Wetterpropheten im ganzen Yukon Territory.« Sie lächelt. »Ich behaupte, morgen Nachmittag bekommen wir Regen.«

»Soll ich also meinen Schirm zur Arbeit mitnehmen?« Er setzt sich ihr gegenüber.

»Nun, genau wegen der Arbeit bin ich hergekommen. Die Saison ist für heuer vorbei, fürchte ich. Und nach dieser Woche werde ich Ihre Dienste an der Bar kaum mehr brauchen.«

Er lächelt. »Sie haben sie eigentlich auch diese Woche nicht mehr gebraucht, aber danke, dass Sie mich bleiben ließen.«

Sie wedelt mit der Hand, als wolle sie eine Fliege verscheuchen. »Ich mag es gern, wenn alles nach den Regeln geht. Monatsende und so. Macht die Abrechnung so viel leichter.«

»Stimmt.«

»Sie sind ein guter Junge, Mac. Sie werden mir fehlen.«

»Soll das heißen, dass Sie mich auch aus der Hütte rauswerfen?«

»Um Gottes willen, nein! Ich habe nur angenommen, Sie wollten wieder zurück, oder nach Alaska, oder was weiß ich.«

»Tja ... für Alaska ist es jetzt wohl zu spät. Und ich weiß nicht, ob ich schon bereit bin, nach Seattle zurückzugehen. Ich bin noch nicht fertig mit dem, was ich hier machen wollte.«

Sie faltet gelassen die Hände und sieht zu ihm auf. »Heißt das, dass Sie hier überwintern wollen?«

»Ich bin noch am Überlegen.«

Ihre schönen Augen zwinkern. »Es ist eine Erfahrung fürs Leben. Dann wären Sie ein echter Sauerteig, wie man die Goldgräber-Veteranen hier nennt.«

»Tatsächlich?«

»Ja. Ein Sauerteig ist einer, der erlebt hat, wie der Fluss

im Herbst zufriert und im Frühling wieder aufbricht. Früher hat man auch gesagt, man muss mit einer Squaw geschlafen und einen Bären geschossen haben – oder umgekehrt. Aber heutzutage verlangen wir das nicht mehr unbedingt.«

Er grinst. »Da bin ich erleichtert. Aber was ich eigentlich wissen möchte, ist, wie viel Miete Sie für die Hütte verlangen würden.«

»Darüber habe ich noch nicht nachgedacht. Sind Sie sicher, dass Sie bleiben wollen? Seit Jahren hat niemand mehr den Winter hier verbracht. Ich möchte nicht, dass Sie es unbehaglich haben. Und was werden Sie den ganzen Tag mit sich anfangen?«

»Ich hab viel zu tun. Ich schreibe an einem Buch. Ich mag diese Hütte, weil sie ruhig und abgelegen ist. Und was die Behaglichkeit betrifft: Ich glaube, dieser Ofen könnte die ganze Stadt heizen.«

»Der ist wunderbar, nicht wahr?« Ihr Blick ruht zärtlich auf dem schwarzen Ungetüm. Dann wendet sie sich ihm wieder zu. »Lassen wir das fürs Erste offen …«

»Nein, wir machen besser einen Preis aus, sonst werden Sie Ihr Leben lang nichts kriegen. Ich habe das Geld, das ich in Alaska gebraucht hätte, also brauchen Sie nicht zu befürchten, dass ich hungern muss.«

»Na schön. Sagen wir fünfzig pro Woche?« Sie streckt ihre kleine weiße Hand aus. »Und ich bringe Ihnen eine Daunendecke.«

»Das ist mehr als fair.« Er spürt die kleinen, zerbrechlichen Knochen ihrer Finger, aber ihr Griff ist fest.

Chris hat gesagt, er solle zu ihm kommen wegen seiner Winterausrüstung, aber es ist Nora, die ihm die Tür öffnet.

»Mac! Das freut mich aber.« Sie bietet ihm die Wange. »Chris ist leider nicht da. Er ist mit Dirk auf der Jagd.«

»Von den Wintersachen hat er vermutlich nichts gesagt.«

»Wintersachen?«

»Ich hab ihm gesagt, dass ich über den Winter bleiben will, und er meinte, ich solle rüberkommen und einen alten Parka …«

»Wirklich? Du bleibst über den Winter? Warum?« Sie schüttelt den Kopf. »Entschuldigung. Komm rein. Ich mach uns Tee.«

Er folgt ihr in die Küche und setzt sich an den großen Holztisch, während sie den Kessel aufs Feuer setzt.

»Wo willst du wohnen?«

»In der Hütte.«

Ihre dunklen Brauen heben sich. »Du wirst dir den Hintern abfrieren, du Dummkopf. Hast du eine Ahnung, wie kalt es hier im Winter wird? Dreißig Minusgrade sind keine Seltenheit.«

»Die Hütte passt schon. Mir schien nur, dass Chris nicht Unrecht hatte mit seiner Bemerkung, dass die Klamotten, die ich mitgebracht habe, wahrscheinlich nicht für solche Winter entworfen wurden.«

»Eine seiner scharfsinnigsten Beobachtungen. Na, jedenfalls habt ihr ungefähr die gleiche Größe, und er hat eine Menge Jacken und Handschuhe und so weiter, Sachen, die nicht gerade hinreißend elegant sind, aber ihren Zweck erfüllen.« Sie schaut ihn von der Seite an. »Was verlangt Pearl May, wenn ich fragen darf?«

Er lacht. »Du bist unverbesserlich, Nora Moody.«

Sie holt Tassen und gießt das kochende Wasser in die Kanne. »Also los, komm. Wie viel?«

»Fünfzig Dollar die Woche.«

»Das ist ja unverschämt …«

»Es ist geschenkt.«

»O nein. Es gibt ja nicht einmal eine Wasserleitung. Wart nur, bis du mitten in einer Nacht mit dreißig Grad minus aufwachst und aufs Klo musst.«

»Sie hätte überhaupt nichts verlangt. Ich hab darauf bestanden.«

Sie schaut missbilligend drein. »Du hättest umsonst bei uns wohnen können.«

»Danke für das Angebot, aber ich würde mich euch nicht für den ganzen Winter aufdrängen wollen. Außerdem muss ich allein sein, damit ich arbeiten kann.«

»Ihr Yankees seid alle verrückt. Da ist dein Tee.«

Er gibt Zucker in den Tee. »Pearl May sagt, ich werde ein richtiger Sauerteig sein, wenn ich den Winter überstehe.«

»Sie hängt wirklich an den örtlichen Mythen.« Nora rümpft die Nase. »Vermutlich hat sie dir auch erzählt, dass ihre Mutter das *Beaver Tail* beim Pokern gewonnen hat.«

Er schaut schnell auf, und sie lacht. »Du solltest dein Gesicht sehen. Gott, bist du naiv. Halt dir immer vor Augen, dass eine gute Geschichte eine Winternacht verkürzen kann. Wir haben hier oben eine Menge Winternächte, und deshalb hat jeder einen reichen Vorrat an Geschichten. Nicht einmal die Hälfte davon ist wahr.«

»Was war mit Bernies Mutter?«, fragt er ruhig.

Noras Lächeln verschwindet. »Was hat sie dir erzählt – dass ihre Mutter Selbstmord begangen hat?«

Er nickt.

Sie bläst sich eine Strähne aus der Stirn. »Das alles geschah natürlich, bevor wir hierher kamen, aber so erzählt sie die Geschichte. Die meisten Alteinwohner behaupten, sie habe sich im *Beaver Tail* so betrunken, dass sie sich auf dem Heimweg verirrte. Sie wurde zwei Tage später gefunden, als es zu schneien aufhörte.«

»Die Geschichte klang so … halb romantisch, halb nach Rechtfertigung.«

»Komisch, wie? Es erinnert mich an einen Film, den ich einmal gesehen habe. *Rashomon.* Kennst du den?«

Mac nickt. »Jeder hat die Geschichte anders erzählt. Und jedes Mal erschien sie völlig plausibel. Ich weiß nicht mehr, ob man schließlich erfahren hat, was die Wahrheit war.«

»Nein«, sagt sie. »Wie im wirklichen Leben.« Sie trinkt ihre Tasse aus. »Na schön, kümmern wir uns jetzt um die Ausrüstung.«

Oktober.

Den ganzen Vormittag spielt der Wind mit den Wolken und überredet sie schließlich dazu, den Regen wie eine Sintflut herabstürzen zu lassen. Der Bach hinter der Hütte wird schmutzig braun. Am späten Nachmittag löst sich der Regen in Nebel auf. Holzrauch mischt sich mit metallener Feuchtigkeit und bleibt in der Luft hängen.

Er steht lange Zeit auf der Veranda, sieht zu, wie Dunst vom Bach aufsteigt und durch Fichten und Föhren zieht, lauscht auf das Rauschen des eisigen Wassers und auf den Atem des Windes. Und fühlt, dass die Temperatur fällt.

Bis heute konnte er sich einreden, er könne seine Pläne noch ändern. Er könne zu Ian gehen, den Elky auftanken und nach Süden aufbrechen. Aber die Schärfe in diesem Wind bedeutet Schnee. Vielleicht heute Abend, auf jeden Fall morgen. Er denkt daran, wie er Wyn voriges Jahr am ersten April im Schneesturm ins Krankenhaus gebracht hat. Er hatte den Elky bis an seine Grenzen beansprucht, aber dieser hatte sich auf den schneeglatten Straßen als erstaunlich spursicher erwiesen. Aber das war in einer Großstadt gewesen, wo man Hilfe bekommen konnte, wenn man in einer Schneewehe stecken blieb oder von der Straße abkam. Hier oben wäre man auf sich selbst gestellt. Jetzt sieht es also aus, als sei es beschlossene Sache, dass er in Beaverton überwintert. Um anlässlich dieser Gelegenheit einen Akzent zu setzen, beschließt er, zu dem Chili, das schon den ganzen Nachmittag auf dem Herd köchelt, Maisbrot zu backen. Er mischt den Teig nach der Anweisung auf der Maismehltüte und gibt ihn in die verbeulte Backform. Als er die Tür des kleinen Backrohrs öffnet, merkt er, dass er mehr Hitze braucht.

Es war dumm, nicht nach dem Feuer zu sehen, bevor der Teig fertig war, aber jetzt bleibt ihm nichts anderes übrig, als noch einen Klotz Espenholz hineinzuschieben. Er wartet zehn Minuten und sieht zu, wie das Backpulver den Teig in der Form in die Höhe treibt. Dann schiebt er die Form in das Rohr und setzt sich an den Tisch.

Liebe Wyn,

du hast ein paarmal gesagt, dass du meine Familie gern gekannt hättest. Genauso geht es mir. Wir waren schon eine eigenartige Gesellschaft. Mein Dad war körperlich kaum je anwesend, und Suzanne war emotional selten ansprechbar. Ich glaube, dass keiner von uns viel über die anderen wusste. Einer Beziehung am ähnlichsten war noch das Verhältnis zwischen Suzanne und Kevin.

Meine früheste Erinnerung an meinen Dad ist, dass er mit seinem ramponierten, erbsensuppenfarbenen Samsonite-Koffer im Erdgeschoss unseres Hauses steht. Er trägt Khakihosen und ein kurzärmeliges kariertes Sporthemd, hochgeschnürte Tennis-

schuhe, und über der Schulter hängt ihm so eine Jacke, die man damals Eisenhower-Jacke nannte.

Ich weiß nicht mehr, ob er kam oder ging, aber ich weiß bestimmt, dass Suzanne wütend war. Das erkannte ich nicht nur an seinem zerknirschten Gesicht, sondern auch an dem Feuer, das in der Luft knisterte. Wenn Suzanne zornig war, waren elektrische Entladungen zu erwarten. Obwohl ich mich erinnere, dass es sowieso immer Funken gab, wenn sie zusammen waren.

Wie Kevin zu sagen pflegte, entweder sie kämpften, oder sie fickten. Die Eltern der anderen Kinder stritten, unsere zogen in den Krieg. Es gab Scherben, Türen wurden aus den Angeln gerissen. Einmal lief sie ihm mit dem Telefon hinterher. Einem dieser Wandtelefone, wie sie damals jeder in der Küche hatte. Sie riss es einfach aus der Wand. Wir mussten die Leute von der Telefongesellschaft kommen lassen, und sie reparierten es zwei Tage später. Ich hörte, wie sie dem Monteur erzählte, sie habe gerade telefoniert, als ihr Sohn die Kellertreppe hinabfiel und sie in der Aufregung zu ihm rannte und nicht merkte, dass sie den Hörer noch in der Hand hielt. Ich weiß noch, dass ich mich wunderte, weil Kevin, soviel ich wusste, die Kellertreppe nicht hinuntergefallen war. Erst später wurde mir klar, dass sie log. Ich hatte keine Ahnung, warum sie sich die Mühe machte, die Telefongesellschaft anzulügen.

Kevin und ich hörten es auch, wenn sie sich liebten, und es klang für einen Sieben- und einen Fünfjährigen nicht viel anders, als wenn sie Krieg führten. Vielleicht ein bisschen leiser. Kevin hielt dann das Ohr an die Schlafzimmertür und versuchte herauszufinden, ob er ihr wehtat, während ich in unser Zimmer am anderen Ende des Ganges lief und mich unter dem Kopfkissen vergrub. Per Zufall entdeckte ich, dass Musik die Geräusche übertönte, egal was sie gerade machten, und kurz darauf merkte ich, dass es auch bei allen anderen Dingen funktionierte, die ich nicht hören wollte.

Mein Musikgeschmack hat sich etwas verfeinert, seit ich das erste Mal den Kopf unter dem Kissen hervorzog und mir einen dieser großen Kopfhörer mit den schwarzen Schaumstoffpolstern über die Ohren klappte.

Ich war acht, als 1966 Eight Miles High *von den Byrds der erste psychedelische Rock-Hit wurde. Später in diesem Jahr kam* Revolver *von den Beatles heraus. Ich hörte mir dieses experimentelle Studio-Zeug an – das raffinierte Zweispurgemisch, die Tape-loops, die ganze Künstlichkeit – und war angewidert. Ich wusste nicht, was das alles war, aber es klang furchtbar. Sie machten meine Musik kaputt.*

Abends, wenn ich die Hausaufgaben erledigt und Kevin es sich mit Suzanne auf der Couch gemütlich gemacht hatte, um Batman *oder* Get Smart *anzuschauen, lag ich auf dem Treppenabsatz im ersten Stock, ganz nah am Radio, und drehte endlos am Knopf, die Skala rauf und runter, und suchte nach den Tönen, die ich für verloren hielt. Eines Abends, als ich so lang dort gelegen war, dass sich die Rippen des Teppichs in meinem Gesicht eingeprägt hatten und ich schon am Einschlafen war, hörte ich etwas, was mich elektrisierte. Ich richtete mich so schnell auf, dass ich mir die Stirn am Telefontisch anschlug.*

Es war so ziemlich der coolste Song, den ich je gehört hatte, und er hatte einen ganz eigenen Rhythmus. Ich lauschte gebannt und klopfte im Takt auf den Teppich, bis der Song zu Ende war, und wartete darauf, dass der DJ den Titel und den Musiker nannte.

»Mein Gott, was für ein Spasti.« Kevins Stimme übertönte die Ansage gründlich.

»Halt den Mund«, fuhr ich ihn an. »Ich möchte was hören.«

»Stimmt gar nicht. Du fuchtelst doch rum wie ein Spasti.«

»Hau ab, du Idiot.«

»He, Mom. Matt hat mich Hmmmloch genannt.«

»Gar nicht wahr.«

Jetzt erschien Suzanne am Fuß der Treppe. »Mattie, pass auf, was du sagst. Kev, komm wieder runter. Die Werbung ist vorbei.«

»Bin schon da.« Er lächelte auf mich herab, was mich sofort argwöhnisch machte. »Was hörst du denn da, Mattie?« Er war jetzt zehn Jahre alt, nicht viel größer als ich, aber stämmiger, mit blondem Haar, einem kantigen Kinn und hellen, grauen Augen. Man konnte wahrscheinlich schon damals erkennen, dass er alles an gutem Aussehen mitbekommen hatte, was in unserer Familie zu haben war. Suzanne sagte immer, er sei ihrem Lieblingsbruder Lucas zum Verwechseln ähnlich.

Als er hinunterging, trat er mit dem Turnschuh so ans Radio, dass mein Sender verschwand. Ich packte ihn am Fuß, und er fiel ein paar Stufen hinunter. Das war für ihn eine günstige Gelegenheit: Er ließ sich auch noch den Rest der Treppe hinunterkullern und begann zu schreien.

Suzanne war sofort wieder da. »Was treibt ihr beiden? Alles okay, Kev?«

Er humpelte theatralisch herum und schrie, ich hätte ihm ein Bein gestellt.

»Ist nicht wahr. Er hat dem Radio einen Tritt gegeben.«

»Matt, warum liegst du am Boden?«

Ich zuckte die Achseln.

»Aber egal, was du machst, hör auf damit und mach dich fertig zum Schlafen.«

»Aber ich hab doch nur –«

»Kein Aber. Los jetzt. Kev, komm her. Ich will mir deinen Knöchel anschauen.«

Ich machte mich also fertig fürs Bett, aber nicht bevor ich in Suzannes Schlafzimmer geschlichen war, von dort aus den Radiosender WJJD in New Jersey angerufen und herausgefun-

den hatte, dass der Song, der mich so gepackt hatte, Not Fade Away *von Buddy Holly gewesen war.*

Ich weiß nicht mehr, wie der DJ hieß – damals bekam man die Discjockeys noch selbst ans Telefon –, aber ich erinnere mich, dass er fragte: »Wie alt bist du, Junge?«

»Zwölf.« Ich versuchte meine Stimme tiefer zu machen, aber er wusste sicher, dass ich log.

»Ach ja? Nun, wenn dir dieser Beat gefällt, möchtest du vielleicht auch die Musik hören, von der er abstammt, wenn du verstehst, was ich meine.«

»Äh. Klar.«

Er lachte. »Versuch, an ein paar Platten von Bo Diddley zu kommen.«

Das tat ich, und ich war hingerissen vom Bo-Diddley-Beat, von diesem harten, afrikanisch klingenden Rhythmus, den er nicht am Schlagzeug, sondern auf der Gitarre vorgab. Ein paar Jahre später dann – ich war inzwischen bei einigen Sendern als ständiger Anrufer bekannt – erzählte mir ein anderer DJ, dass Bo Diddley eigentlich von John Lee Hookers Boogie Chillen *beeinflusst war. Als ich das erste Mal diesen hart pochenden Beat mit seiner monotonen Melodie hörte, ohne Akkordwechsel und mit schwer verstärkter elektrischer Gitarre, da wurde mir klar, dass da draußen eine ganz neue Welt alter Musik nur auf mich wartete.*

Wyn, ich weiß, ich habe gesagt, ich käme im September, aber das habe ich offensichtlich nicht getan. Und jetzt kann ich nicht mehr fahren. Du hast eine Erklärung verdient, aber ich kann es nicht erklären. Nicht einmal mir selbst. Ich denke so oft am Tag (und in der Nacht) an dich, und ich sehe dich so deutlich vor mir. Viel deutlicher als alles in der Vergangenheit.

Mac

Er blättert im Notizbuch auf der Suche nach einem Umschlag, der irgendwo zwischen zwei Seiten stecken musste, als er plötzlich bemerkt, dass im Ofen außer dem Holz noch etwas anderes brennt. Er packt ein Handtuch und öffnet die Ofentür, aus der eine schwarze Rauchwolke in den Raum quillt. Mit tränenden Augen zieht er die Form mit dem verbrannten Maisbrot heraus und schafft sie schnell ins Freie, eine Rauchfahne hinter sich herziehend.

Er stellt die glühende Form auf den Boden und hält die Tür offen, um die kalte, frische Luft hineinzulassen. Er hofft sehr, dass das kein schlechtes Omen ist für seinen ersten Winter als Sauerteig.

»Du magst dein Brot gut durchgebacken, wie?« Bernice kommt aus dem Zwielicht auf ihn zu, nur mit einem langärmeligen T-Shirt und einer grauen Jogginghose bekleidet und anscheinend völlig unempfindlich gegen die Kälte. Ihr Lachen macht kleine Dampfwolken in der Luft, verwandelt ihr Gesicht und bringt ihre Augen zum Leuchten.

Er lächelt. »Ich bin offenbar nicht gerade ein Holzofen-Gourmet. Noch nicht.«

»Wie wahr.« Sie schaut auf den abkühlenden Kohleklumpen hinunter. »Was war das?«

»Maisbrot.«

Sie verschränkt die Arme. »Ich sag dir was, du Frischling. Man muss das Feuer richtig in Gang bringen, richtig heiß, und dann, wenn das Holz nahezu verbrannt ist, schiebt man sein Brot rein und lässt es gar werden, während die Temperatur sinkt. Wenn man backen will, solange die Temperatur ansteigt, dann« – sie stupst die Form mit der Schuhspitze an – »kriegt man so was.«

»Tut mir Leid wegen der Form. Ich kauf im Laden eine neue.«

Sie schnaubt ein bisschen. »Nein. Die war sowieso Schrott. Ich bring dir bei Gelegenheit eine vorbei. Ich bin grad dabei, Holz zu holen.«

»Kann ich helfen?«

»Nein.«

»Wirklich nicht? Ich …«

»Welchen Teil von Nein verstehst du nicht? Ich brauche keine Hilfe.« Der jähe Wechsel ihres Gesichtsausdrucks überrascht ihn.

»Manchmal lässt man Leute helfen, weil sie es möchten, nicht weil man sie braucht«, sagt er ruhig.

»Und warum möchtest du?«

»Warum hast du mir gesagt, wie man in diesem Ofen backen kann?«

Sie muss leicht lächeln, sichtlich gegen ihren Willen. »Weil du keine Ahnung hast. Du würdest wahrscheinlich verhungern. Und dann müsste ich deine Leiche irgendwie loswerden. Verdammt lästig.«

»Kann ich mich dann nicht nützlich machen, solange ich noch am Leben bin?«

Sie zuckt die Achseln und schaut weg. »Von mir aus.«

Siebzehn

Wyn

CM trommelt an die Tür. »Ihre Avon-Beraterin ist da.«

»Sollten Sie nicht erst klingeln?«

Sie kommt herein und umarmt mich stürmisch, dann hält sie mich auf Armeslänge von sich.

»Nettes Haus.« Sie zieht eine Augenbraue in die Höhe. »Der Hausherr gefällt mir auch. Viel hübscher als meiner. Ist er verheiratet?«

»Getrennt. Oder geschieden. Ich weiß nicht genau, wie offiziell es ist. Aber du stehst doch sowieso nicht auf diesen Holzfäller-Typ.«

»Ich könnte meine Neigungen überdenken.«

Ich zucke die Achseln. »Er ist wirklich ein netter Kerl Aber er schmachtet immer noch nach seiner Ex. Er war auch in der Fourth Street schon mein Vermieter. Hat einen großen Hund. Einen Basset.«

»Wo ist das Schätzchen?«

»Beim Einkaufen, Gott sei Dank. Sie macht mich wahnsinnig.«

»Mutterschaft – das ist kein Beruf, das ist ein Abenteuer.«

»Du sagst es. Übrigens hat sie sich kahl geschoren. Verlier ja kein Wort darüber, wenn du sie siehst.«

»Kahl geschoren? Warum?«

»Weil sie in Trauer ist.«

»Armes Kind. Kannst du dir vorstellen, deinen besten Freund so aufzufinden?«

»Nein. Aber wenn ich dich bewusstlos auffände, mit weißem Schaum auf dem Gesicht, dann würde ich glauben, es sei Schlagsahne.«

»Wyn, das ist schrecklich.«

»Ich weiß. Aber ich muss auch mal lachen, sonst schneide ich mir noch die Pulsadern auf.«

Sie setzt sich auf die Couch und reibt sich die Hände. »Ist es zu früh für Wein?«

»Irgendwo im Land ist es schon fünf.« Ich öffne eine Flasche Primitivo und fülle zwei Gläser. »Jetzt erzähl mir alles. Wie war es in Frankreich?«

Sie seufzt und lächelt. »Göttlich. Ich wollte eigentlich nur ein paar Tage bleiben, aber dann habe ich jeden Tag gedacht, warum nicht noch einen, und … Ich bin spazieren gegangen, habe eingekauft und mich durch so viele Arrondissements gegessen, wie ich schaffen konnte. Natürlich wäre es mit dir noch göttlicher gewesen. Ich hab eine Menge Fotos für dich gemacht. Ein paarmal bin ich zum Essen eingeladen worden …«

»Was Interessantes dabei?«

»Nein. Ein amerikanischer Anwalt. Ein französischer Computerhändler. Nett, aber es gab keine Funken.«

»Wann bist du zurückgekommen?«

»Vorgestern. Aber ich habe einen Zwischenstopp in New York gemacht und Eva Schutz, meine alte Lehrerin, besucht. Es war so schön, unterwegs zu sein, ich habe gar keine Lust, morgen wieder zur Arbeit zu gehen.«

»Was hast du diese Woche vor?«, frage ich.

Sie schlüpft aus den Schuhen und legt die Füße auf den Couchtisch, wobei sie wie üblich ein bisschen Zehengymnastik macht. »Über das nächste Jahr nachdenken.«

»Was heißt das?«

»Mein Stipendium läuft im April aus. Ich weiß nicht, wie es dann weitergeht. Wenn sie kein Geld auftreiben, stehe ich ohne Job da. Wenn ich über Weihnachten nach Hause fahre, werde ich die Fühler ein bisschen ausstrecken.«

»Na toll. Erst holst du mich hier herauf, dann verlässt du mich und gehst zurück nach L.A.«

»Das will ich ja gar nicht«, sagt CM, »aber ich muss einfach schauen. Wie geht's deiner Mom? Hat sich Richard erholt?«

»Denen geht es großartig. Eben jetzt sind sie auf einem Kreuzfahrtschiff im Panamakanal unterwegs. Nächste Woche kommen sie zurück.«

»Von Mac was gehört?«

»Wieder ein Brief, vorige Woche. Er schreibt immer noch kein Wort darüber, wann er wiederkommt.«

»Warum rufst du ihn nicht an?«

»Ich habe keine Telefonnummer.«

»Wie viele Saloons kann es in Beaverton denn geben?«

»Ich weiß einfach nicht, was ich tun soll. Ich weiß nicht, was ich fühle. Und vor allem habe ich keine Ahnung, was er fühlt.«

»Dann bist du doch nicht so clever, wie du aussiehst.«

»Geh jetzt bloß nicht auf mich los, Mayle. Ich bin nicht in der Stimmung dafür.«

Sie seufzt. »Schön, wie du willst. Aber ich hatte ein gutes Gefühl, was ihn angeht.«

»Prima, dann ruf *du* ihn an.«

Die Tür öffnet sich, und Cody tritt auf, beladen mit einer Tüte von Nordstrom Rack. »Sag's nicht«, sagt sie zu CM.

»Was soll ich nicht sagen?«

»Du weißt schon. Über meine Haare.«

»Okay.«

»Es geht mir auf die Nerven, dass jeder so eine Riesenaffäre draus macht. Ich bin dauernd blöd angeredet worden, als die Haare blau waren. Jetzt habe ich keine mehr und muss mir noch mehr Mist anhören.«

»Ich hab kein Wort gesagt. Ich wollte euch eigentlich nur zum Abendessen einladen, aber ihr seid beide so muffig, dass ich lieber allein bleibe.«

»Wo sollen wir hingehen?«, frage ich.

»Ich habe an die *Two Bells Tavern* gedacht.«

»Die haben gute Burger«, sagt Cody wie zu sich selbst. »Aus Sauerteig-Brötchen.« Das ist das Höchste an Begeisterung, was sie seit Wochen an den Tag gelegt hat. Sie greift in ihre Tüte, zieht einen schwarzen Bowler heraus und setzt ihn auf den Kopf. Sie sieht aus wie Boy George, aber ich habe nicht vor, etwas zu sagen.

»Ich bin fertig«, sagt sie.

Als ich das Klavier höre, gehe ich leise zur Vorderseite des großen Hauses und steige auf Zehenspitzen die Stufen zur Terrassentür hinauf. Das Wohnzimmer ist voller Geräte und Schachteln. Ein paar alte Türen und ein Buntglasfenster lehnen an der Wand. Josh sitzt an einem Stutzflügel, mit dem Rücken zu mir. Eine Überdecke liegt auf dem Boden, und mitten darauf hat sich Turbo ein gemütliches Bett gemacht. Josh spielt *Love Letters Straight from Your Heart,* und es klingt so süß und traurig, dass ich einfach so stehen bleibe, als er fertig ist, und fast vergesse, warum ich gekommen bin.

Er dreht sich schnell um, als ich klopfe, und bedeutet mir, ich solle reinkommen. Der Raum riecht nach frischem Sägemehl. »Das war schön«, sage ich. »Ist das der Flügel aus dem viktorianischen Haus?«

»Ja.« Er nickt und sieht verlegen aus. »Was kann ich für Sie tun?«

»Ich wollte Sie um einen Gefallen bitten. Wäre es vielleicht möglich, dass Cody und ich einen Garten anlegen?«

»Klar. Wo und wie groß?«

»Ich hatte gehofft, dass Sie uns das sagen würden. Kräuter, vielleicht ein paar Blumen. Ich dachte, das tut ihr gut. Eine Art Therapie.«

»Gute Idee.« Er steht abrupt auf. »Entschuldigung, ich bin nicht an Besucher gewöhnt. Nehmen Sie Platz.«

»Nein, nein, nur keine Umstände. Ich wusste nicht, was Sie draußen vorhaben, und ich …«

Er lacht. »Ich weiß es auch nicht. So weit bin ich noch nicht.« Er beugt sich vor und stützt die Arme auf das Instrument. »Warum nicht direkt vor dem Haus? Dann könnten Sie den Garten vom Fenster aus sehen. Und ich könnte ihn von der Küche aus sehen. Wie groß?«

»Ich weiß nicht. Ich wollte erst fragen, ob es Ihnen recht ist, bevor ich mit der Planung anfange.«

»Machen Sie einfach eine Skizze, wie Sie sich's vorstellen. Ich kann Ihnen den Boden umgraben.«

»Das ist wirklich nett von Ihnen.«

»Weil es genau genommen eine Wertsteigerung für das Grundstück bedeutet, werde ich sogar für die Pflanzen aufkommen.«

»Das ist nicht nötig.« Ich bücke mich und streichle Turbos lange, seidige Ohren.

»Ich mach es gern. Schließlich krieg ich die Gartenarbeit umsonst.« Er zögert. »Wie geht's Cody?«

»Nicht gut. Sie und Barton sind zusammen aufgewachsen. Und ich glaube, er war ein wirklich netter Mensch.«

»Traurig«, sagt er. »Aber sie hat Glück, dass Sie sich um sie kümmern.«

Ich stehe auf. »Ja, wahrscheinlich. Vielen Dank. Ich werde einen Plan für den Garten zeichnen. Vielleicht hält sich das Wetter, und wir kriegen alles noch vor dem Monsun hin.«

»Ja. Vielleicht.« Als ich an der Tür bin, hat er sich schon wieder dem Flügel zugewandt.

In der folgenden Woche arrangiert Ellen für Cody einen ersten Termin bei Terry Dumont, einer Freundin, die im Krisenzentrum von Queen Anne als psychologische Betreuerin arbeitet. Während Cody bei dieser ersten Sitzung ist, stecken Josh und ich den Garten ab. Er ist klein und schlicht, eigentlich eher eine Rabatte. Zwei mal fünf Meter, in der Mitte durchschnitten von dem Weg, der zu unserem Haus führt. Meine vorläufige Einkaufsliste umfasst viel Lavendel, ein bisschen Wollziest, Frauenmantel, Beifuß, Rainfarn, Poleiminze, Ysop, Storchenschnabel, Liebstöckel, Zitronenstrauch und Schafgarbe.

»Wo wollen Sie die Pflanzen kaufen?«, fragt Josh.

»Ich dachte, Ellen könnte mich zur Kräuterfarm hinausfahren. In Fall City.«

»Fran ist immer …« Er bremst sich. »Ich bin ganz schön dumm, oder?«

»Nein, wirklich nicht. Wie lang ist sie schon fort?«

»Ein Jahr und acht Monate, eine Woche, drei Tage.«

»Das ist eine lange Zeit.«

»Ja. Und sie kommt mir noch viel länger vor.«

»Manchmal dauert es eine Weile, bis man merkt, dass man – jemanden vermisst. Vielleicht kommt sie zurück.«

»Wenn man sich so was einbildet, macht man sich ganz schnell verrückt.« Er schüttelt den Kopf, wie um ein lästiges Insekt abzuwehren. »Wahrscheinlich war es nicht besonders klug, dass wir überhaupt geheiratet haben. Sie war immer darauf versessen, die Welt zu sehen, und ich wollte immer irgendwo Grund kaufen und sesshaft werden.« Er zuckt die Achseln. »So lernt man aus Erfahrung, schätze ich.«

Als wir gerade Schnüre zwischen den Pfählen spannen, schlurft Cody zum Haus, wirft nur einen flüchtigen Blick auf uns und geht wortlos hinein. Irgendwie hatte ich auf etwas mehr Reaktion gehofft.

Josh lächelt. »Das wird schon. Lassen Sie ihr ein bisschen Zeit. Sie hat wahrscheinlich keine Ahnung, was das werden soll.«

Ich wage mich in die Höhle der Löwin. Ihre Tür ist geschlossen, also klopfe ich.

»Ja?«

»Kann ich reinkommen?«

»Wenn du willst.« Sie liegt quer über dem Bett, Po an der Wand, Beine senkrecht hochgestreckt.

»Wie war die Sitzung?«

»Okay.«

»Magst du Terry?«

»Sie ist okay.«

Ich versuche, ein Lachen zustande zu bringen. »Schätze, du hast dich gefragt, was Josh und ich da machen.«

»Eigentlich nicht.«

Ich setze mich neben sie. »Ich sag's dir trotzdem. Wir legen einen Garten an.«

»Das ist gut.«

»Ich dachte, du und ich, wir könnten ein paar Kräuter und Blumen pflanzen.«

»Wozu? Der Grund gehört Josh. Soll er doch das Zeug pflanzen.«

Am liebsten würde ich sie in ihr dummes kleines Gesicht schlagen.

»Ich dachte, es hilft dir vielleicht. Ich weiß noch, dass ich gleich nach der Scheidung richtig deprimiert war. Ich hatte das Gefühl, dass körperliche Tätigkeiten wie Gartenarbeit und Brotbacken mir gut taten.«

Ihre Beine rutschen an der Wand herunter, und sie setzt sich blitzschnell aufrecht hin, voller Abwehr. Ihre Augen sprühen Funken. »Aber ich bin nicht wie du, und das hier ist etwas ganz anderes. Was du verloren hast, war ein Trottel, den du nicht einmal gern gehabt hast. Ich liebe Barton. Und er ist tot. Weißt du, kalt und tot. Wie kannst du das überhaupt vergleichen?«

Ich zähle von zehn rückwärts, wie es mir meine Mutter immer empfohlen hat, wenn ich einem Wutanfall nahe war. »Cody, ich weiß, dass es nicht das Gleiche ist. Ich dachte nur, es hilft dir, wenn du die Pflanzen wachsen siehst und im Garten arbeitest. Vielleicht könnten wir eine Art Gedenkstätte für Barton daraus machen. Wir könnten Josh bitten, eine Tafel zu machen …«

»Wie süß. Und vielleicht könnten wir Turbo dazu bringen, hineinzumachen. Damit er auch was dazu beiträgt.«

Ich springe auf. »Ich weiß nicht, warum du unbedingt so widerlich sein musst, aber ich habe langsam genug. Ich versuche doch nur, dir zu helfen.«

»Das kannst du aber nicht!« Sie springt vom Bett auf und funkelt mich an. »Er war nicht dein Freund! Du musst immer alles an dich reißen und für alles zuständig sein. Ich brauche deine Hilfe nicht. Warum fährst du nicht in dein verdammtes Frankreich und lässt mich in Ruhe!«

»Cody, es ist doch nicht deine Schuld.«

»Verdammt, wovon redest du überhaupt?«

»Ich weiß, du denkst, er sei tot, weil du ihn nicht gefragt hast, wie der HIV-Test …«

»Hör auf! Einen Scheiß weißt du!« Ihre Stimme erinnert mich an quietschende Bremsen. »Verschwinde aus meinem Zimmer!«

Sie knallt hinter mir die Tür zu.

Ich stehe da und starre die Tür an, bis ich merke, dass ich den Atem anhalte.

In der Küche hole ich einen Rest Suppe aus dem Kühlschrank und stelle ihn in einem Topf auf den Herd. Als die Suppe heiß ist, stelle ich den Topf auf einen Untersetzer und setze mich an meinen kleinen Tisch, esse die Suppe und lausche auf ihr Schluchzen hinter der Tür. Und *dafür* habe ich Toulouse aufgegeben?

Den Rest der Woche sprechen wir kaum zwei Worte miteinander. Zuerst denke ich, ich sollte die Sache mit dem Garten einfach sein lassen. Wenn sie ihn jeden Tag vor dem Haus sieht, wird sie vielleicht noch zorniger. Aber es ist erst Mitte Oktober, und es sieht nicht so aus, als sollte das schöne Wetter zu Ende gehen, und ich muss immer daran denken, wie gut es sich anfühlt, wenn man in der Erde gräbt. Die Pflanzen werden den langen, nassen Winter hindurch Zeit haben, ihre Wurzeln zu entwickeln, und im Frühjahr wird es diesseits von Fall City keinen Kräutergarten geben, der sich mit meinem messen kann. Vergiss Cody. Ich kann den Garten auch ohne ihre Hilfe pflegen.

Josh und ich fahren am Sonntagmorgen los, als Cody noch schläft. Wir essen Omelettes in *Steve's Broiler,* und ich bemühe mich sehr, nicht an die Morgenstunden zu denken, in denen ich mit Mac hier gesessen bin. An das eine Mal, als wir in der Nische neben der Frau und ihren zwei kleinen Jungen saßen. An den Morgen, an dem er gerade von Orcas zurückgekommen war. Und all die anderen Sonntage.

Nach dem Frühstück steigen wir wieder in seinen weißen Ford Ranger und fahren die Boren entlang zur Interstate 90. Am Sonntagmorgen gibt es praktisch keinen Verkehr, und wir brausen auf der schwimmenden Brücke über den Lake Washington nach Mercer Island.

»Was hält Cody von dem Garten?«, fragt Josh.

Meine Augen folgen einem Segelboot mit einem rotblauen Spinnaker, das über die schaumgekrönten Wellen fliegt. »Ich habe keine Ahnung. Sie spricht kaum mit mir. Ich mache den Garten jetzt alleine.«

»Das arme kleine Ding«, sagt er, und ich schaue ihn scharf an.

»Und was ist mit diesem armen kleinen Ding hier?«

Er lacht sein komisches Lachen. »An dich verschwende ich mein Mitleid nicht. Du hast alles fest im Griff, Mädchen.«

Jetzt muss ich lachen. »Ja. Kann sein.« Ich falte die Hände, breite sie wieder aus, lege sie wieder zusammen. »Ich verstehe es wirklich nicht – keine Ahnung, was in ihr vorgeht. Es war Wahnsinn, zu denken, dass ich ihr helfen kann. Dass sie mich braucht.«

Er sieht mich ernst an. »Für mich ist es ganz offensichtlich, dass du das kannst und dass sie dich braucht.«

»Sie benimmt sich, als sei sie wütend auf mich.«

»Ich kann mich täuschen, aber ich sage dir, was ich denke. Einmal davon abgesehen, dass sie so traurig ist, wie ein Mensch nur sein kann, hat sie auch Angst. Weißt du, was ich meine?« Ich schaue aus dem Fenster, und seine Stimme wird noch ruhiger als sonst. »Manchmal, wenn man jemanden liebt – wenn man diesen Jemand braucht –, hat man so große Angst, ihn zu verlieren, dass man ihn wegstößt. Dann ist man selbst nicht derjenige, der verlassen wird. Weißt du, was ich meine?«

Ich drehe mich zu ihm um. Er schaut stur geradeaus durch die Windschutzscheibe. Im Profil gleicht er eher Paul Bunyon als einem Teddybären. Abgesehen von der Nickelbrille.

»Ja«, sage ich. »Ich weiß, was du meinst.«

Ich knie in der frisch umgegrabenen schwarzen Erde, umgeben von Kräutern in Plastiktöpfen. Eine Hand voll Erde vor mir, die so sauber und feucht riecht, nach Laub und ein bisschen nach Schokolade, macht mich glücklich, fast so, wie wenn ich eine Bäckerei betrete. Der Piniengeruch von Rosmarin, ein Hauch von Lakritze vom Estragon, die Schärfe des Zitronenthymians, der beruhigende, blumige Duft des Lavendels – ich merke es gar nicht, als Josh verschwindet, aber als ich beinahe fertig bin, blicke ich auf, und er ist weg. Schuldbewusst denke ich daran, dass ich ihm nicht einmal gedankt habe. Sobald ich den letzten samtigen Wollziest gepflanzt habe, folge ich dem Geräusch der Schleifmaschine.

»Fertig?« Er schiebt seine Schutzbrille hoch, als ich eintrete, und Turbo, von einer feinen Staubschicht bedeckt, kommt zur Begrüßung angerannt.

»Ja. Hey, Josh, es ist mir furchtbar peinlich. Ich habe mich nicht einmal bedankt für all deine Hilfe.«

»Ist schon okay. Turbo wollte spazieren gehen. Aber ich hab was für dich. Für den Garten.« Er legt die Schleifmaschine weg und zieht eine braune Papiertüte unter dem Klavier hervor. Drinnen ist ein kleines Schild an einem Stock. Es ist handgemalt, mit Blumen und einem Schmetterling drauf, und trägt eine Inschrift: *Bartons Garten.*

»Die Frau, die diese Schilder malt, hat einen Stand am Markt. Ich weiß schon, es ist ziemlich kitschig«, sagt er grinsend. »Wenn sie es also nicht mag, wirf es einfach weg. Ich werde nicht beleidigt sein.« *Au contraire,* ich kann deutlich sehen, dass es ihn doch kränken würde, und ich beschließe, sollte Cody ein einziges hässliches Wort darüber verlieren, sie mit dem Schild grün und blau zu schlagen.

»Es ist wirklich hübsch. Aber vielleicht warte ich noch ein bisschen, bevor ich es ihr zeige.«

Ein paar Tage lang tut sie so, als bemerke sie nicht, dass vor unserem Haus ein Garten ist. Das Gießen und Jäten erledige ich immer morgens, wenn wir heimkommen, und so kann sie allein frühstücken, wenn sie möchte. Wenn ich dann so weit bin, dass ich essen kann, ist sie in der Badewanne, oder sie schläft, oder sie verkriecht sich einfach in ihrem Zimmer, mit dem Walkman an.

Jeden Donnerstag hat sie einen Termin bei Ellens Freundin Terry. Zweimal schaue ich auf und sehe, dass sie mich aus dem Küchenfenster beobachtet – einmal, als ich eine Deckschicht aus Mulch, Sand und Kies auslege, und einmal, als ich gieße. Beide Male wendet sie sich schnell ab.

Sie teilt mir mit, dass sie und Felice zu einer Halloween-Party gehen werden. Das passt mir gut, weil ich zu CM will, um mich in ihrer Festung zu verbarrikadieren. Ich hasse Halloween schon immer – jedenfalls seit der Zeit, als ich zu alt war, um mit Eiern auf Autos zu werfen oder in Gärten Toilettenpapier auszurollen. Ich hasse es, wenn mein Abend tausendmal von einer Horde maskierter kleiner Bettler unterbrochen wird, die von mir Bonbons erpressen. Und dann gibt es noch die Teenager, die sich für viel zu cool halten, um sich zu verkleiden, die aber trotzdem erwarten, dass man ihre riesigen Kissenbezüge mit guten Sachen füllt.

Es ist bereits dunkel, als Cody um halb sieben aus ihrem Zimmer auftaucht, in einer schwarzen Strumpfhose, einem weißen Rollkragenpullover, einer schwarzen Jacke und einem weißen Schal. Ihr Gesicht ist blass, ihre Augen sind schwarz umrandet und ihr Lippenstift ist so dunkelrot, dass er beinahe blau wirkt.

»Was ist das für ein Kostüm?«, frage ich.

Der Blick, den sie mir zuwirft, könnte von Linda stammen – eine Mischung aus Verachtung und Ungeduld. Sie greift nach ihrem schwarzen Bowler und setzt ihn auf. »Boy George natürlich.«

Und draußen ist sie.

Ich marschiere hinüber zur Galer Street und drücke auf den Klingelknopf. Aus der Gegensprechanlage kommt CMs bestes Hexenkrächzen:

»Spart am Werk nicht Fleiß noch Mühe. Feuer sprühe, Kessel glühe!«

»Was immer da sprüht, ich hoffe, es ist kalt und kommt aus Frankreich.«

Sie lässt mich ein. »Es ist kalt, aber es stammt aus Sonoma«, sagt sie, als sie die Tür aufmacht. Ich reiche ihr das Kürbisbrot, das ich in der Bäckerei habe mitgehen lassen, und ein paar mit Schokolade glasierte Brownies in der Form von Kürbissen.

Sie hat ihre berühmten Hackfleisch-Sandwiches gemacht. Sie sind das Einzige, was ihr einen Anspruch auf Küchenruhm verleiht, aber sie sind göttlich. Wir essen sie zu unserem Iron-Horse-Champagner und schauen uns das Video von *Nosferatu* an.

»Bela Lugosi und Frank Langella kannst du vergessen«, sagt sie, als das Band sich zurückspult. »Max Schreck ist einfach der beste Vampir aller Zeiten.«

Ich schaudere. »Diese Szene, wo er im Frachtraum des Schiffes aus dem Sarg steigt …«

Sie setzt koffeinfreien Kaffee auf, während ich das Kürbisbrot schneide und mit den Brownies auf einen Teller lege. »Was macht das Schätzchen heute Abend?«

»Ich bemühe mich, nicht daran zu denken. Sie ist mit Felice auf eine Halloween-Party gegangen. Wenigstens treiben sie sich nicht mehr mit DeeDee herum.«

»War das die mit dem schleimigen Freund?«

»Ja. Ich habe Cody gegenüber nichts zu sagen gewagt – ihre Seelenlage ist im Moment so instabil –, aber ich frage mich, ob nicht dieses Scheusal derjenige war, der Barton das Heroin besorgt hat.«

»Glaubt sie tatsächlich, dass er es mit Absicht getan hat?«

»Gesagt hat sie es. Sie sagte, Barton habe nie harte Sachen genommen. Aber wer weiß?«

CM seufzt. »Nun, einmal hat er es gemacht. Und das war genug.«

Das Wetter hält sich noch eine weitere Woche, und dann kommt die Sintflut.

»Wenigstens brauchst du dich nicht mehr ums Gießen zu kümmern«, sagt Cody. Wir stehen am Vorderfenster und sehen zu, wie der Regen auf die Pflanzen niederprasselt. Es ist der erste vollständige Satz in normalem Tonfall, der aus ihrem Mund gekommen ist, seit Josh und ich den Garten abgesteckt haben. Ich fürchte mich fast, einen Ton von mir zu geben.

»Jetzt fängt die richtige Arbeit an«, sage ich vorsichtig.

»Nämlich was?«

»Schneckenpatrouille.«

»Hmm.« Sie rümpft angewidert die Nase.

In der Bäckerei sind wir mit den Vorbereitungen für Thanksgiving ein bisschen spät dran. Ellen probiert verschiedene Rezepte für Kürbishörnchen aus, experimentiert mit Kürbis-Pekan-Brot, und sie hat sogar eine Kürbisfüllung für die Mazurka-Riegel erfunden, die schnell zum Verkaufsschlager werden. Wir haben einen ganzen Stapel Bestellungen für Codys *Indian Maiden Bread,* für *pain de campagne* und für Partybrötchen.

Am Dienstag vor Thanksgiving stürmt bitterkalter Wind von Norden, und tief hängende, dicke Wolken versprechen weitere Regenfluten.

Um Viertel nach sieben ist Cathy, unsere neue Bedienung, an der Arbeit. Sie ist ein Flüchtling aus dem *Starbucks* am Pike Market, und man staunt, wenn man ihr zusieht. Sie geht mit der Espressomaschine um, als dirigiere sie ein Konzert, das nur sie hören kann – schnell, inspiriert, präzise –, und sie verwechselt nie den entkoffeinierten Mokka mit fettarmer Milch ohne Schaum für die eine Kundin mit der doppelten, extraheißen Latte macchiato mit Sahne und Vanillegeschmack für deren Freundin. Frauen im Business-

Kostüm und Männer in Jeans und Arbeitsschuhen warten geduldig neben Omas in Jogginganzügen, die versuchen, ihren morgendlichen Trainingsmarsch noch vor dem Regen zu absolvieren. Misha steht an der Kasse, und die Regale hinter ihr sind voller Brot. Jen ist hinten und zieht Muffins und Scones aus dem Ofen und schiebt die Gestelle, auf denen sie abkühlen, in den Laden. Ellen und ich sitzen glücklich in der Ecke, Kaffee und Kürbis-Hirse-Muffins vor uns, ordnen die Bestellungen für nächste Woche und können der Versuchung nicht widerstehen, uns alle paar Minuten umzuschauen und die Kunden und uns selbst anzulächeln.

Es ist so ein Morgen, an dem die Bäckerei mich nicht loslässt, und wenn wir hinten bei den Öfen eine Liege hätten, wie es in vielen Dorfbäckerein in Frankreich der Fall ist, dann würde ich wahrscheinlich überhaupt nicht heimgehen.

Dicke, runde Tropfen beginnen auf den Gehsteig zu platschen, als ein Mercedes draußen hält und mit laufendem Motor im Parkverbot stehen bleibt. Die Scheiben sind getönt, sodass man nicht hineinsehen kann, und Ellen und ich beobachten nebenbei das Auto, während wir unseren Kaffee trinken, und warten ab, wer da wohl aussteigen wird. Aber es dauert so lange, dass es mir langweilig wird.

»Soll ich rausgehen und ihm sagen, dass man hier nicht parken darf?«, fragt Ellen.

Bevor ich antworten kann, öffnet sich die Beifahrertür, und Maggie steigt aus, beugt sich noch einmal hinein, um etwas zu sagen, schließt dann die Tür und rennt ins Haus. Alle im Laden wollen wissen, wer in dem mysteriösen Auto saß, deshalb wenden sich alle Augen ihr zu, als sie hereinkommt.

Ihre Oberlippe ist aufgesprungen und mit einem kleinen Pflaster versehen, und ein blauer Schatten läuft an der linken Seite ihrer Nase entlang. Die Kunden schauen reflexartig weg, dann schauen einige wieder hin, aber sie weicht allen Blicken aus. Sie lächelt ein schmales Lächeln, das auf kein Ziel gerichtet ist, und eilt in den Arbeitsbereich.

Ellen und ich schauen uns stirnrunzelnd an.

»Weißt du, ich glaube, ich könnte es«, sagt sie. »Ich wäre imstande, so jemand umzubringen. Ich hätte nicht das Gefühl, dass es ein Mensch ist. Es wäre so, wie wenn man Ungeziefer vernichtet. Irgendwie Dienst an der Allgemeinheit.«

»Ich verstehe nicht, wie Frauen sich mit so was abfinden können.« Ich trinke meinen Kaffee aus und stelle die Tasse ab.

Sie seufzt. »Es gibt dafür wahrscheinlich so viele Gründe, wie es Frauen gibt.«

Wir stehen auf und tragen unser Geschirr zum Spülbecken.

Maggie ist im Vorratsraum. Die Schürze hängt ihr schlaff am Hals, die Bänder sind noch nicht gebunden. Sie steht unter einer der Lampen und tupft sich mit einem Make-up-Schwämmchen etwas aufs Gesicht. Sie schaut lächelnd auf, als wir hineinkommen.

»Seh ich nicht furchtbar aus?«, sagt sie heiter.

»Bist du okay?«, fragt Ellen. »Willst du jemand anrufen? Weißt du, wo du im Notfall hingehen kannst?«

Maggie schaut verblüfft drein. »Was meinst du damit?«

Während ich noch dastehe und überlege, wie man es am besten sagen kann, ohne es direkt auszusprechen, schaut Ellen ihr direkt in die Augen.

»Ich rede von Angehörigen oder Freunden, zu denen du gehen könntest. Oder vom Frauenhaus.«

Maggies Wangen werden rot. »Und warum, um Himmels willen?« Sie schaut in den Spiegel und tut, als merke sie zum ersten Mal, dass sie aussieht, als sei sie gegen eine Mauer gerannt. »Ach, ihr meint *das?«* Sie lacht. »Ich habe gestern Abend im Restaurant etwas zu viel Wein getrunken, und dann ging ich zur Toilette – sie liegt in einem ziemlich dunklen Gang, du warst doch auch schon dort, Wyn, oder? Du kennst doch den Gang. Jedenfalls kam eine andere Frau gerade heraus, als ich hinein wollte, und sie stieß die Tür zu heftig auf, und ich war natürlich nicht mehr in Hochform, deshalb konnte ich nicht ausweichen.« Erneutes Lachen. »So ein Trampel. Tony hat sich so aufgeregt, er wollte mich zur Notaufnahme ins Krankenhaus bringen ...«

»Blödsinn.« Das Wort kommt hart und kalt, es hat keine Ähnlichkeit mit Ellens normaler Stimme.

Einen Sekundenbruchteil lang blitzt etwas durch einen winzigen Riss in Maggies Visier, dann hat sie sich wieder unter Kontrolle. »Mir geht's gut«, sagt sie. »Sobald ich mit meinem Make-up fertig bin, mache ich mich an die Thanksgiving-Torten.«

»Maggie ...« Endlich finde ich Worte. »Du musst nicht so leben. Es gibt eine Menge ...«

Sie unterbricht mich. »Kennst du den Begriff Anamorphose?« Sie schaut von ihrem Spiegel auf, ihr Gesicht ist ausdruckslos bis auf zwei kleine senkrechte Falten in der glatten Haut zwischen ihren Brauen.

»Was?«

»Anamorphose«, spricht sie kühl weiter. »Es ist ein künstlerischer Trick mit der Perspektive. Es bedeutet, dass ein Bild verzerrt erscheint, solange man es nicht aus einer ganz bestimmten Richtung in einem ganz bestimmten Winkel betrachtet.«

Am Mittwochmorgen vor dem Feiertag, als ich gerade gehen will, reicht Ellen mir einen Brief. Er ist vom Eigentümer der Bäckerei. Ein paar Sekunden lang schaue ich ihr ins Gesicht, das so ausdrucksvoll ist wie eine Steinmauer, dann setze ich mich zu ihr. Cody wartet draußen auf mich, hüpft herum, um warm zu bleiben, und streift die Nadeln von einem Zweig des Rosmarins, der in dem Weinfass neben der Tür wächst.

»Was ist das?«

»Ein Brief von Nate. Er hat das Haus verkauft. Das bedeutet, dass die Miete wahrscheinlich steigen wird.«

»Das würde sie doch sowieso, oder? Ich meine, Nate ist wirklich ein netter Kerl, aber die Mieten steigen im ganzen Viertel steil an. Er würde sicher mit den anderen Hausbesitzern hier mithalten wollen.«

»Schon richtig. Ich wünschte nur, er hätte uns ein bisschen mehr über den neuen Eigentümer gesagt. Ihn zum Beispiel hergebracht und uns vorgestellt.«

Ich schaue aus dem Fenster. »Kann ich den Brief mitnehmen? Ich fürchte, Cody wird uns alle Pflanzen kahl rupfen, wenn ich nicht bald komme.«

Ellen nickt. »Klar. Aber sag ihr nichts davon, ja? Wir sprechen am Montag darüber. Einen schönen Truthahntag euch beiden!«

Ich stecke den Brief in die Tasche und gehe hinaus, um Codys Entlaubungsprojekt zu stoppen und sie nach Hause zu lotsen.

14. November 1990
Liebe Ellen, liebe ~~Diane~~ Wyn,

Sie erhalten diesen Brief in Ihrer Eigenschaft als Mieter der Queen Street Nr. 6005. Ich muss Ihnen mitteilen, dass ich einen Verkaufsvertrag für das Haus abgeschlossen habe. Der Eigen-

tumsübergang auf den Käufer, Dr. Harvey Mendina, findet am 15. Januar 1991 statt.

Es war für uns eine sehr schwere Entscheidung, vor allem wegen der lebhaften Entwicklung, die derzeit in Queen Anne stattfindet, aber Libbys Gesundheit wird schon seit Jahren ständig schlechter, deshalb haben wir beschlossen, den Nordwesten zu verlassen und nach Scottsdale in Arizona umzuziehen. Das warme Klima dort wird ihr hoffentlich gut tun. Es war mir immer eine Freude, mit Ihnen allen zusammenzuarbeiten und Sie nicht nur als Mieter, sondern auch als Freundinnen betrachten zu dürfen.

Mir ist klar, dass dieser Wechsel bei Ihnen Befürchtungen hervorruft, aber Dr. Mendina hat mir versichert, dass es ihm ein Anliegen ist, das Erbe unseres Hauses zu bewahren und zu schützen, und dass er sich darauf freut, alle Mieter kennen zu lernen und mit ihnen zusammenzuarbeiten. Bestimmt wird er sich noch vor Jahresende bei Ihnen melden.

Wir danken Ihnen, dass Sie so gute Mieter waren, und wünschen Ihnen frohe Weihnachten und viel Erfolg im neuen Jahr.

Mit freundlichen Grüßen
Nathan und Elizabeth Walsenberg

Teil · drei ·

Achtzehn

Wenn ich jetzt am Morgen heimkomme, muss ich nicht gießen. Stattdessen klaube ich Schnecken von den Pflanzen und beobachte, wie sie zischen, wenn ich sie in meinen kleinen Eimer mit Salzwasser fallen lasse. Josh und Turbo kommen raus und sehen zu.

»Gibt es Schnecken in Knoblauch zu Abend?«, fragt er. Ich lache, weil ich an mein erstes Abendessen in Toulouse denke, an *les gros gris,* wie Jean-Marc sie nannte. »Warum besorgst du dir nicht Schneckenkorn?«

»Weil das auch für Vögel giftig ist. Und für andere Tiere.« Ich blicke auf Turbo.

»Tatsächlich?« Er sieht besorgt aus. »Das wusste ich nicht.«

»Außerdem befriedigt es meine latent sadistischen Neigungen, wenn ich sie auf diese Weise umbringe. Ich stelle mir vor, das seien mein schmieriger Exmann und seine dämliche Barbie.«

Im Haus ist es ruhig, deshalb nehme ich an, dass Cody schläft, und weil es aussieht, als könnten wir tatsächlich einmal einen regenfreien Tag bekommen, mache ich eine Einkaufstour zu Thriftway und kaufe alles, was ich tragen kann. Die Bushaltestelle ist drei Blocks von unserem Haus entfernt, und als ich endlich heimkomme, sind die Tüten so schwer, als seien sie voller Steine.

Als ich um die Ecke von Joshs Haus biege, bringt mich der Anblick von Cody, auf Händen und Knien im Garten, jäh zum Stehen. Sie erntet sorgfältig Schnecken und sammelt sie in meinem Schneckeneimer.

»Cody«, rufe ich. *Mach da jetzt keine große Affäre draus.* Sie dreht sich zu mir um und schaut ein bisschen verlegen drein. »Hilfst du mir bitte tragen?«

Sie kommt angerannt und nimmt mir eine der Tüten ab, sieht mich aber nicht direkt an. »Ich dachte, ich könnte eben mal ein paar Schnecken um die Ecke bringen. Nachdem du nicht da warst. Ich wollte nur verhindern, dass sie alles auffressen, bis du zurück bist.«

Ich räume meine Einkäufe auf und nehme mir eine Tasse Kaffee mit hinaus auf die Veranda. Sie kniet immer noch im Garten, Nase und Ohren rot von der Kälte, und stößt mit jedem Atemzug ein weißes Wölkchen aus. Ich schaue auf die Uhr.

»Wolltest du heute nicht mit Felice Kaffee trinken?«

Sie zerrt an ein paar Grasbüscheln, die nach dem Regen gesprossen sind, und blickt kurz zu mir hoch.

»Sie wollte, dass DeeDee mitkommt, und ich sagte, dass ich das nicht will. Sie meinte, es wäre lustiger zu dritt. So wie es früher war.« Eine Träne rollt ihr über die Wange, und sie atmet tief. »Ich sagte, falls du das vergessen hast: So wie früher wird es nie wieder sein. Und sie sagte nur, wegen Bart – Barton, da könne man eben nichts machen. Das Leben geht weiter. Blablabla. Dann hab ich gesagt« – wieder ein tiefer Atemzug –, »warum gehst du dann nicht allein mit DeeDee aus?«

Wir knien beide im Dreck und rupfen die wuchernden Schachtelhalme aus. Plötzlich kommt mir, dass jetzt die richtige Zeit ist, ihr das Schild zu zeigen. Sie schaut nicht auf, als ich ins Haus gehe, aber als ich mit der braunen Tüte zurückkomme, fragt sie: »Was hast du da?«

»Etwas, was Josh mir gegeben hat. Damit ich es dir gebe.« Sie steht auf und wischt sich mit dem Pulloverärmel den Schweiß vom Gesicht. Ihr Haar ist zu einem dunklen, stacheligen Pelz herangewachsen, und sie hat mit dem bleichen Make-up und dem schwarzen Kajalstift Schluss gemacht. Sie sieht … hübsch aus – obwohl dieses Wort nicht zu ihr zu passen scheint –, irgendwie elfenhaft und verletzlich. »Und wehe, du sagst etwas Hässliches darüber«, warne ich sie.

Sie zieht einen Handschuh aus, greift in die Tüte und findet das Schild. Totenstille. Ihre Augen schwimmen.

»Ich weiß schon, es ist kitschig, aber er wäre so stolz …«

Dann wirft sie den Kopf zurück und bricht in ein irres Gegacker aus.

»Sei still, sonst hört er dich!«

»Es ist perfekt!«, kreischt sie.

»Was?«

Sie lacht wieder wie von Sinnen. »Das ist hundert Prozent Barton. Er ist voll auf diesen rührseligen Scheiß mit Vögeln und Schmetterlingen abgefahren!« Sie drückt es an die Brust. »Mein Gott, das würde ihm gefallen!«

Ihr behandschuhter Finger schmiert Dreck über die Wange, und sie wendet sich schnell ab und steckt das Schild zwischen zwei Büscheln Lavendel in den Boden. Dann lässt sie sich wieder auf die Knie sinken und reißt wie wild Unkräuter aus der feuchten schwarzen Erde.

Ich beobachte sie immer noch voll Staunen, da blickt

sie auf. »Hilfst du mir mit diesem verdammten Unkraut, oder was?«

Am Abend des fünfzehnten Dezember holt mich CM ab, um mich zum Geburtstag ins *Chez Shea* auszuführen. Cody ist beleidigt, weil sie nicht eingeladen ist. Wir sind schon an der Denny Street, als CM sagt: »Ach, Mist. Ich hab meine Tasche vergessen. Hatte ich sie dabei, als ich dich abholte?«

»Ganz sicher.«

»Dann muss sie bei dir sein.« Sie wendet mitten auf der First Avenue, und ich schaue mich ängstlich nach dem Blaulicht eines Streifenwagens um. Als wir zu mir kommen, gebe ich ihr meinen Schlüssel, und sie verschwindet im Haus. Nach ein paar Minuten kommt sie wieder. »Ich finde sie nicht. Und Cody ist weg. Komm lieber und hilf mir suchen. Ich möchte nicht ohne Führerschein rumfahren.«

»Menschenskind, Mayle. So groß ist das Haus doch nicht. Wie viele Plätze gibt's da schon, wo sie sein könnte?« Ich steige aus, werfe die Tür zu und stapfe den Weg hinauf.

Als wir ins Wohnzimmer treten, gehen die Lichter an, und ein Haufen Stimmen ruft »Überraschung!« und »Alles Gute!«. Ich starre die Versammlung an. Kenny und Ros. Josh und Turbo. Ellen und Lloyd, Jen und Misha und Maggie – sogar die Mazurkakünstler.

Ich stottere immer noch vor Überraschung, da haben Kenny und Josh schon ein paar Flaschen Champagner aufgemacht, und Cody hat eine Bob-Marley-Kassette eingelegt.

Es gibt Essen – nicht ganz das Gleiche wie im *Chez Shea* natürlich –, einen Topf Chili mit weißen Bohnen, Focaccia, Maismuffins, verschiedene Käse, Chips und Dips und eingelegtes Gemüse. Als ich den Kuchen sehe, weiß ich sofort, dass Cody ihn gemacht hat. Es ist ein Schokoladenkuchen in Form eines Brotlaibs, der durch den Zuckerguss auch farblich einem Brot täuschend ähnlich sieht. Ich drehe mich zu Cody um, aber sie schaut nicht her.

Der Couchtisch ist mit Päckchen bedeckt. Ich nehme das größte und schwerste zuerst. Es ist von CM. Ich reiße das Papier herunter und enthülle ein bestimmt sechzig Zentimeter großes Terrakotta-Schwein, das wie ein Bäcker gekleidet ist. »Du musst ihm einen Namen geben«, sagt sie.

Ich umarme das Schwein stürmisch, und Cody fotografiert mit meinem Apparat. »Jean-Marc, *bien sûr.*« Ich bekomme noch eine Bäckerschürze mit meinem Monogramm, ein Lavendelschaumbad und Body Lotion. Gartenhandschuhe aus Ziegenleder von Josh. Einen Taschenkalender mit der Aufschrift *The Baker's Book of Days* von der Mazurka-Gang und einen silbernen Anhänger in Brotform von Ellen.

Codys Geschenk ist das letzte. Sie reicht mir ein flaches Paket. Unter dem Geschenkpapier kommt eine Lage Luftpolsterfolie und eine dicke Schicht Zeitungspapier. Als ich endlich mit Auswickeln fertig bin, halte ich ein Aquarell in einem einfachen Holzrahmen in der Hand – eine perfekte Wiedergabe der Queen Street Bakery. An der Tür stehen zwei Personen, zu klein, um sie klar zu identifizieren, aber die eine ist klein und hat schwarzes Haar, und die andere ist groß und hat eine wild gekräuselte braune Mähne.

Cody lässt sich meine Umarmung eine Sekunde lang gnädig gefallen, dann schiebt sie mich weg. »Werd jetzt bloß nicht rührselig.«

Genau da wechselt CM die Musik zu *Motown's Greatest Hits,* die Möbel werden an die Wände geschoben, und Turbo streckt die Nase in die Höhe und heult.

Das Wetter wird jetzt zu warm für die Jahreszeit. An manchen Tagen scheint die Sonne von einem so blauen und wolkenlosen Himmel, dass ich mich nach Kalifornien zurückversetzt fühle. Mit den ganzen unangenehmen Erinnerungen, die mit diesem Szenario zusammenhängen.

Meine Scheidung zum Beispiel, die voriges Jahr um diese Zeit schon eine Fußnote der Geschichte hätte sein sollen, stolpert unbegreiflicherweise immer noch in den Gängen des Superior Court von Los Angeles herum. Besser gesagt, die Scheidung selbst ist durch. Meine Mutter hat mir mitgeteilt, dass David und Kelley im September geheiratet haben.

Aber die finanzielle Regelung ist irgendwie stecken geblieben. Elizabeth hat mir die ganzen Gründe dafür aufgezählt: Im ersten Jahr habe ich die Sache verschleppt. David hat mittendrin den Anwalt gewechselt. Dann haben er und seine Anwältin sich auf eine ganz andere Strategie verlegt, die sich an der Belagerung von Leningrad orientierte. Papiere wurden zwischen den Anwältinnen, zwischen Seattle und L.A. hin und her verschoben. Dokumente, unsere Hypothek betreffend, die Elizabeth von der Bank herausverlangt hat, sind verloren gegangen. Wir hatten einen Gerichtstermin für August, aber dann teilte Adele King mit, sie stehe zu dem Zeitpunkt nicht zur Verfügung. Diese Frau muss ein Album mit Fotos haben, die Richter in kompromittierender Position mit Haustieren zeigen. Sie scheint alles zu erreichen, was sie will. Und ich habe das dumpfe Gefühl, dass Elizabeth allmählich das Interesse an meinem Fall verliert.

Und wenn, könnte man es ihr übel nehmen? Mich langweilt das alles auch zu Tode. Sie sagt, genau darauf seien sie aus: Langeweile, Ungeduld, Verzweiflung, Kapitulation. Es ärgert mich gerade genug, dass ich durchhalte. Mac war dagegen. In einem seiner seltenen Anfälle von Ratgeberlaune sagte er, solange ich in diesen Prozess verwickelt sei, könnte ich gerade so gut noch mit David verheiratet sein. Zuerst dachte ich, er habe einfach nichts begriffen, aber jetzt frage ich mich allmählich, ob er nicht Recht hatte.

An anderen Tagen sickert ein verschwommenes, anämisches Licht durch grauen, konturlosen Seenebel, der über der Küste hängt. Solche Tage sind die schlimmsten. Nicht direkt warm, nicht direkt kalt. Nur feucht und trüb. Die Grenze zwischen Tageslicht und Dunkelheit verschwimmt. Von Bäumen und Sträuchern tropft es unaufhörlich. Kein Wunder, dass die Grippe grassiert.

Ellen entkommt ihr zunächst, weil sie erstaunliche Abwehrkräfte hat und sich mit Echinacea, Vitamin C und Zink versorgt. Aber am Ende muss auch sie sich geschlagen geben. Als sie am Dienstagmorgen hohläugig zur Arbeit erscheint, mit geröteten Wangen und bleichem Gesicht, schicke ich sie heim, und sie protestiert nicht.

Ich danke Gott für Rose. Sie gleicht jenen engelhaften Frauen, die sich zu Pestzeiten gelassen lächelnd zwischen den Kranken bewegten und taten, was getan werden musste. Misha kommt wieder, als sie das Schlimmste hinter sich hat, dafür bleibt Jen weg. Von den Mazurka-Mädels kommt Kristen, aber Susan hat Urlaub, und Barb ist krank. Die Bestellungen stapeln sich hinten immer höher, bei einem der Kühlschränke tritt Flüssigkeit aus, aber der Kundendienst sagt, seine Monteure seien größtenteils krank, also könne frühestens Samstagmorgen jemand kommen. Wir stopfen so viel wie möglich in den anderen Kühlschrank.

Am Mittwoch fliegt CM über die Feiertage heim nach L.A., und ich vermisse ihre tröstliche Gegenwart. Mutter und Richard wollen Weihnachten bei Gary und Erica in Marin verbringen. Von Mac habe ich seit Monaten nichts gehört, und ich weiß nicht einmal, wo er ist. Ich schaue die Post gar nicht mehr durch. Ich komme mir so jämmerlich vor, wenn ich zwischen Prospekten, knallbunten Katalogen und Zeitschriften nach einem Umschlag mit einer kanadischen Briefmarke krame.

Am Freitagmorgen kommt Maggie früh, um Weihnachtsplätzchen und eine Hochzeitstorte zu verzieren. Ich gebe Rose einen Stapel Bestellzettel. Sie soll die Leute anrufen und sie bitten, ihre Plätzchen und *bûches de Noël* und Kürbishörnchen und Challah-Zöpfe abzuholen.

Wir beginnen den Tag mit einer großen Kaffeekanne voll heißem, gewürztem Apfelglühwein, an der sich die Kunden bedienen können, während sie Schlange stehen. Aber der Punsch ist schon vor Mittag aus, und wir sind alle zu sehr beschäftigt, um es zu merken, geschweige denn Glühwein nachzufüllen. Plötzlich steigt mir scharfer Brandgeruch in die Nase, und als ich aufschaue, sehe ich schwarzen Rauch von der Kaffeemaschine aufsteigen.

Maggie sieht es zur gleichen Zeit und kommt angerannt, um den Stecker aus der Wand zu reißen.

»Gut, dass es nicht meine Bestellung ist, die da so riecht«, sagt ein alter Mann in der Schlange. Natürlich ist es ein

Scherz, aber wir starren ihn alle verständnislos an, und sein Grinsen verschwindet.

»Ich stell die hinten raus«, sagt Maggie.

»Nimm lieber einen Ofenhand-«, fange ich an, aber es ist zu spät. Sie hat die Griffe angefasst und stößt einen Schrei aus.

»Das verdammte Zeug ist geschmolzen!« Sie wedelt mit der linken Hand und schaut die Kunden verlegen an. »Sorry.«

»Da muss man Butter drauftun«, sagt eine Frau in einem Flanelloverall und Stiefeln aus Fell-Imitat.

»Nein, keine Butter!« Eine Frau in Schwesterntracht übernimmt das Kommando, führt Maggie zum Wasserhahn und lässt kaltes Wasser über ihre Hand laufen. Dann unterhalten sich eine schick gekleidete Oma und ein Arbeiter mit Schutzhelm über Brandsalbe. Sehr bald ist die Hälfte der Schlange in eine Diskussion verwickelt, wie Maggies Hand zu behandeln sei. Die Krankenschwester verbindet die Brandwunde mit einer Mullbinde aus unserem Erste-Hilfe-Kasten, während sich der Bauarbeiter zwei Ofenhandschuhe leiht, die rauchende Kaffeemaschine aufhebt und sie durch die Vordertür und um die Ecke in die Seitengasse trägt.

»Sie sollten das von einem Arzt anschauen lassen«, mahnt die Krankenschwester, als sie hinauseilt, eine Tüte Apfel-Kardamom-Muffins und einen Preiselbeer-Apfelkuchen vor sich her balancierend.

»Nein, nein, das geht schon«, sagt Maggie.

Ich schaue ihr ein paar Minuten zu, wie sie Tische abräumt und die Theke auffüllt. Immer wenn sie mit der linken Hand etwas berührt, zuckt sie zusammen.

»Geh doch hinunter zur Notfallambulanz«, sage ich. »Wir können die Stellung halten, bis du zurück bist.«

Sie wirft mir einen dankbaren Blick zu. »Okay. Ich beeile mich.«

Um halb zwei herrscht wieder Höchstbetrieb, und Maggie ist noch nicht zurück. Wenn sie sich zu einem Mittagessen oder zu einem Last-Minute-Einkauf entschlossen hat, dann stopfe ich ihr einen Apfel in den Mund und brate sie, das schwöre ich. Rose ist wieder an der Kasse, ich verpacke Kuchen und Blätterteiggebäck, und Cody füllt die Vitrine auf, als die Hintertür aufgeht und Maggie im Türrahmen steht, mit einer bandagierten Hand und zwei großen Pizzaschachteln von Olympia.

»Ich habe eine nach Art des Hauses und eine vegetarische«, preist sie an.

»Mangia!«

Wir schieben zwei Tische zusammen und setzen uns, um zu essen und die schmerzenden Beine auszuruhen. Alle haben den glasigen Blick der Übermüdung, und Codys Augenlider hängen auf halbmast. Sie ist sogar zu müde, um gegen Maggie zu sticheln.

»Mädchen, mir scheint, es ist Zeit, dass du heimgehst und ein bisschen Schlaf kriegst.«

Sie lässt sich überreden.

Misha und Kristen werfen ihre Pappteller in den Müll und trotten zurück an ihre Arbeitsplätze. Als ich mich zum Aufstehen aufraffen kann, öffne ich die Kasse und frage Maggie, was die Pizzen gekostet haben. Sie wirkt nervös. »Nein, du sollst nicht …das geht auf meine Rechnung.«

»Maggie, das musst du doch nicht machen.«

»Ich weiß«, sagt sie schnell. »Aber ich wollte eben.«

Ich versuche, hinter das verschattete Lächeln in ihren

dunklen Augen zu blicken, aber es ist unmöglich, und so sage ich einfach: »Dann herzlichen Dank. Das war wirklich nett von dir.«

Genau um drei sperren wir ab. Ich nehme die Geldschublade und das Scheckbuch mit an einen Ecktisch, während die anderen die Bestellungen für morgen durchgehen und das heutige Schlachtfeld säubern.

Rose fragt: »Wyn, hast du meinen Scheck fertig?«

Ich schaue auf. »Gehst du schon?«

»Ja, weißt du nicht mehr? Ich muss mit meiner Mutter zur Werkstatt und ihren Wagen abholen.«

»Ach ja. Sorry. Ich war nicht ganz da.« Ich addiere schnell die Stunden auf ihrer Stechkarte, schreibe einen Scheck aus und stecke ihn in einen Umschlag mit ihrem Namen drauf. »Bis morgen dann.«

Ich sammle die restlichen Zeitkarten und schreibe für alle die Schecks aus. Ich sortiere die Geldscheine und bündle die Zwanziger, Zehner, Fünfer und Ein-Dollar-Noten. Dann zähle ich das Kleingeld, bis meine Finger von einer schwarzen Schmutzschicht bedeckt sind und diesen ekelhaften Metallgeruch angenommen haben. Dann sitze ich eine Minute lang da, reibe mir geistesabwesend die schwarze Schmiere im Gesicht herum und gehe im Geist die Liste dessen durch, was noch erledigt werden muss. Ich bin seit vierundzwanzig Stunden wach und arbeite seit sechzehn Stunden. Ich fühle dieses leichte Schwirren im Kopf, das ich immer hatte, wenn ich wegen einer Prüfung eine Nacht durchpaukte.

Ich muss wirklich ein bisschen Schlaf bekommen, bevor Cody und ich um elf Uhr abends wieder antreten müssen. Ich zähle einen extra großen Bargeldvorrat für morgen ab, weil es der Samstag vor Weihnachten ist, fülle den Einzahlungsschein für die Bank aus und lege alles in die Geldkassette.

»Wyn«, brüllt Kristen von hinten. »Ich glaube, wir haben ein Problem mit dem untersten Ofen.«

»Komme schon.« Ich stelle die Kassette auf ihren üblichen Platz im Vorratsraum, hinter dem Backpulver, und gehe zu Kristen. Sie hat eine Hand im unteren Ofen.

Ich strecke auch eine Hand hinein. Wahrscheinlich nicht einmal 150 Grad. »Auf wie viel ist er eingestellt?«

»Er war den ganzen Nachmittag auf hohe Temperatur eingeschaltet. Im Moment auf …« Sie späht auf den schwarzen Knopf. Er ist so alt, dass die Zahlen schon ziemlich abgewetzt sind, und jetzt ist er auch noch mit Teig verschmiert, sodass man kaum etwas erkennen kann. »Er ist auf 200 Grad eingestellt.«

»Verdammt. Das sind nicht annähernd 200 Grad. Was muss noch gebacken werden?«

»Lebkuchen, Shortbread und Sesamcookies.«

»Mach einfach so viel, wie du bis fünf Uhr schaffst. Wenn du den Rest ausstichst, auf Bleche setzt und in den Kühlschrank tust, versuche ich, die Sachen heute Nacht mit auszubacken.«

Ich nehme das Klemmbrett für das Inventar zur Hand. »Maggie, kannst du im Café aufräumen? Ich muss die Vorräte für morgen prüfen.«

Sie tupft sich Nase und Stirn mit dem Ärmel ab. »Klar, Wyn.«

»Oder … warte, Maggie, warum machst du nicht Inventur im Vorratsraum, nachdem du deine Hand nicht recht benützen kannst. Trag einfach in dieser Rubrik ein, was vorhanden ist, und in dieser, was wir für morgen brauchen, und dann …«

Sie nimmt mir das Klemmbrett aus der Hand. »Ich weiß, wie es geht. Das hab ich bei *Booker's* immer gemacht.« Ich starre ihr nach, als sie im Gang verschwindet. Ich versuche sie gern zu haben. Wirklich. Aber es geht einfach nicht.

Ich räume im Halbschlaf die Tische ab, trenne das recycelbare Material vom feuchten Abfall und staple Tassen und Untertassen, Gläser, Gabeln und Löffel in einer Plastikwanne. Einmal blicke ich auf und sehe Cody an der Tür. Sie grinst übers ganze Gesicht, hält etwas hoch und drückt es an die Scheibe. Ich gehe näher hin. Es ist ein Brief.

Er hat eine kanadische Marke.

Neunzehn

Liebe Wyn,

ich weiß, dass dieser Brief nicht mehr rechtzeitig zu deinem Geburtstag ankommt, aber ich habe wenigstens dran gedacht – der fünfzehnte, oder? Hoffentlich war CM da, um mit dir zu feiern.

Du wirst dich wahrscheinlich fragen, was zum Teufel ich hier oben mache, immer noch in Beaverton, vier Monate, nachdem ich eigentlich zurück sein wollte. Ich frage mich das selbst. Alles, was ich dazu sagen kann, ist, dass ich noch nicht bereit war zur Abreise. Falls du überhaupt noch mit mir sprichst, wenn ich nach Seattle zurückkomme, werde ich alles zu erklären versuchen. Ich weiß, du hast es schon einmal gehört und wahrscheinlich schon damals nicht geglaubt, aber ich sag es dir trotzdem noch einmal. Das alles hat nichts mit dir zu tun. Oder mit meinen Gefühlen für dich. Oder mit meinen Gefühlen in Bezug auf uns beide. Das klingt jetzt etwas gewunden, aber das Leben in einer sehr langen, sehr kalten Nacht hat sich schon auf mein Gehirn ausgewirkt.

Ich dachte, ich sei psychisch gerüstet für den Winter hier oben, aber auf diese Wirklichkeit kann einen nichts vorbereiten. In einem Buch mit Essays über Alaska habe ich gelesen, dass hoch im Norden der Winter die Menschen bewohnt. Eine bessere Erklärung habe ich noch nicht gehört. In mancher Hinsicht ist der Winter unglaublich schön; er ist auch erschreckend, deprimierend, langweilig und aufregend. Oftmals all das zusammen.

Es gibt so vieles, was ich gern für dich beschreiben möchte – wie abends der Wind einfällt, um die Dunkelheit zu füllen, das sanfte, schnurrende Geräusch von fallendem Schnee (Ja, er verursacht tatsächlich ein Geräusch, aber man hört es nur bei vollkommener Stille). Der Schnee, den wir bisher haben, ist so trocken, dass er fast gewichtslos ist. Schön. Und die Töne des Eises auf dem Fluss. Das erste Mal, als ich mit Chris hinunterging, nachdem er zugefroren war, konnte ich es kaum glauben.

Er sagt, es gibt eine komplette Eissprache. Das Ächzen von neuem Eis, wenn man darauf geht. Die Ureinwohner sagen, das seien die Geister der Ertrunkenen, die unten gefangen sind. Das Knacken einer Eisfläche, die bei einem plötzlichen Temperaturwechsel einen Sprung bekommt. Das Donnern, wenn das Eis im Frühling aufbricht. Diesen Ton hoffe ich bald zu hören.

Letzte Nacht habe ich ein Nordlicht gesehen – eigentlich habe ich es schon öfter gesehen, aber letzte Nacht war es ein spektakulärer Anblick, erst gelb und grün, dann hat es zu riesigen, wellenförmigen Streifen von Blau und Rot gewechselt. Manche sagen, man kann das Nordlicht hören. Ich habe nichts gehört, aber wenn man es sieht, erwartet man unwillkürlich irgendeinen Ton. Ich habe die ganzen wissenschaftlichen Erklärungen von geladenen Teilchen und magnetischen Wellen gelesen, aber die Eingeborenen haben wie üblich eine befriedigendere Erklärung. Sie sagen, das Licht komme von den Fackeln der alten Seelen, die den frisch Verstorbenen den Weg zum Himmel zeigen. Was immer sonst noch passiert, diese Erinnerung an meinen hiesigen Aufenthalt werde ich immer bewahren.

Es wird dich nicht überraschen, dass ich an Weihnachten gar nichts veranstalte. Aber am Boxing Day (dem sechsundzwanzigsten) gehe ich zu Chris und Nora. Silvester – weiß nicht. Vielleicht nichts. Oder mit Chris und Nora Elvis-Kassetten anhören.

Unten findest du dein Geburtstagsgeschenk. So klug gewählt, dass es nicht wegen der falschen Größe oder Farbe umgetauscht werden muss.

Erwärmung

In Süd-Südost ist Winter anders
Doppelt so schön und halb so hart
Aber genauso geheimnisvoll wie dieses Meer aus Schnee.

Der weiße Himmel fällt
Der weiße Himmel füllt
Den Horizont –
Löscht alles aus bis auf das Muster
Von fließenden dunklen Locken auf weißem Leinen
Des purpurnen Tals zwischen zimtfarbenen Hügeln
Der warmen sandfarbenen Ebene,
die hinabsteigt zum üppigen Delta
Mit seinem süßen verborgenen Geheimnis.

Du fehlst mir.
Mac

Als ich heimkomme, ist es dunkel. Es brennt kein Licht, und das Telefon läutet. Ich greife schnell danach und hoffe, dass Cody noch schläft.

Es ist Ellen, und sie klingt einigermaßen normal. »Ich wollte dir nur sagen, dass ich morgen früh wieder da bin.«

»Ellen, es geht schon …«

»Leg dich nicht mit mir an. Ich fühle mich schon wieder stark genug, um griesgrämig zu sein. Du und Cody, ihr müsst euch ein bisschen erholen …«

»Cody und ich sind nicht krank. Du aber schon.«

»Nicht mehr.«

»Du wirst aber wieder krank, wenn du zu schnell zurückkommst.«

»Ich möchte, dass ihr euch ausruht, weil ich euch am Sonntag und Montag brauchen werde.«

»Oh, der Kühlschrankmonteur kommt morgen. Und … tut mir Leid, es sagen zu müssen, aber mit dem unteren Ofen geht es dahin. Sein Tod ist wohl nicht aufzuhalten.«

Sie stöhnt. »Großartig. Hast du Frank angerufen?«

»Ich hab ihm eine Nachricht hinterlassen, dass er morgen so früh wie nur irgend möglich vorbeikommen soll.«

»Natürlich werden wir für diese ganzen Reparaturen Überstundenzuschläge zahlen müssen.«

Mir fällt nichts Positives ein. »Also, ruf mich an, wenn du dir's anders überlegst … sonst sehen wir uns morgen früh.«

Am Sonntag macht der Winter Ernst, es schüttet, und die Temperatur fällt schnell. Ich kann es gar nicht fassen, wie erleichtert ich deswegen bin. Ich knipse in der frühen Dunkelheit meine Nachttischlampe an, liege im Bett, lausche auf den Regen und lese Macs Brief und das Gedicht noch einmal. Er hat tatsächlich an meinen Geburtstag gedacht.

Weil Cody gestern auch zur Tagschicht geblieben ist, habe ich ihr gesagt, ich würde heute zur Arbeit gehen und sie könne freinehmen. Ich stehe eine Minute lang in der Küche, trinke Orangensaft und sehe zu, wie das Wasser aus der Dachrinne auf den Deckel der Mülltonne platscht, die unter dem Fenster steht. Dann gehe ich wieder in mein Zimmer und schlüpfe in die Jeans und in mein T-Shirt, das ich nachts unter der Bettdecke gehabt habe, damit es morgens warm ist. Ich schlüpfe in meine Gummistiefel, ziehe die Regenjacke an, drehe mein Haar zusammen, setze meine Dodgers-Baseballmütze auf, schnappe mir den Schirm und laufe zur Queen Street.

In der Bäckerei ist es noch ruhig, nur ein paar Frühaufsteher schlürfen ihre Latte macchiato und lesen Zeitung. Irgendjemand hat die Klingel über der Ladentür durch diesen nervtötenden Apparat ersetzt, der die ersten Takte von *We Wish You a Merry Christmas* spielt.

»Dieses Ding wird den Tag nicht lebend überstehen«, teile ich Ellen mit.

»Braucht Miss Scrooge heute einen Dreifachen?« Sie wirkt unglaublich munter.

»Vierfach wäre noch besser.« Ich ziehe meine triefende Regenjacke aus und hänge sie hinten auf, wo Misha und eine schläfrige Kristen Bleche aus dem Ofen auf die Gestelle zum Abkühlen schieben. Der würzige Duft von Apfel-Zimt-Muffins mischt sich mit dem Nussaroma der Cappuccino-Haselnuss-Scones. Ich schnappe mir eine Schürze, ziehe sie mir über den Kopf und wandere wieder nach vorn. »Ist alles repariert?«

»Ja. Beim Ofen waren die Leitungen im Thermostat die Ursache des Problems. Frank sagte, es sei ein Wunder, dass kein Feuer ausgebrochen ist, so stark korrodiert seien sie gewesen.«

»Also sind wir wieder einmal davongekommen.«

Sie klopft den alten Kaffeesatz aus und bereitet zwei doppelte Espressi für mich vor. Ich finde meine Lieblingstasse, erwärme sie mit einem Dampfstrahl aus der Schaumdüse und stelle sie unter die Ausläufe. Die starke, dunkle Flüssigkeit der beiden Doppelten füllt die Tasse fast ganz.

»Ach, übrigens«, sagt sie, ohne von den Bestellungen aufzusehen, die sie gerade durchblättert. »Ich habe den Einzahlungsbeleg vom Freitag nicht gefunden. Wo hast du ihn hingelegt?«

Ich nehme meine Tasse, puste ein wenig und will gerade den ersten Schluck trinken, aber ich halte ein, die Tasse an den Lippen, während die chaotischen Szenen vom Freitagnachmittag an meinen Augen vorüberziehen und eine nach der anderen aufblitzt, wie bei einer Diaschau. Maggie verbrennt sich. Die Pizza. Das Geldzählen. Gehaltsschecks. Der Ofen. Saubermachen im Café –

»Wyn.«

Mir bleibt das Herz stehen, während mein Gehirn rast. Das letzte Bild. Cody steht in der Tür und lacht. Hält Macs Brief hoch. Das Blut weicht mir aus dem Gesicht.

Ellen schaut mich fragend an.

Ich halte mich an der Theke fest und schlucke trocken. Ich drehe den Kunden den Rücken zu und senke die Stimme. »Ellen. Mein Gott. Ich hab es vergessen. Alles war ein einziges Chaos, und ich hab es ganz einfach … vergessen.«

»Was vergessen?«

»Das Geld einzuzahlen.«

Wir starren uns an. Hinten, im Arbeitsbereich, tanzen Misha und Kristen zur Musik von *Jingle Bell Rock* um den Tisch.

Ellen legt den Handrücken an die Stirn, wie um zu prüfen, ob sie Fieber hat. »Wo ist dann das Geld?«, fragt sie leise.

»In der Kassette.«

Bei mir fällt der Groschen immer noch nicht. Ich rege mich immer noch über mich selbst auf, weil ich von Macs Brief so hin und weg war, dass ich vergessen habe, zur Bank zu gehen. Wie ein gottverdammter liebeskranker Teenager. Nur langsam dämmert mir die Wahrheit. Ellen musste gestern die Kassette öffnen. Wenn das Geld drinnen gewesen wäre, hätte sie schon gewusst, dass ich es nicht eingezahlt habe.

»Nein«, sagt sie und betont jedes Wort einzeln, »da ist es nicht.«

Die nächsten zwei Stunden vergehen in einem Trancezustand aus Zorn und Selbstanklage, der nur durch kurze Blitze von Fassungslosigkeit unterbrochen wird. Als Rose kommt, gehen Ellen und ich in den Vorratsraum. Sie zeigt mir, wo sie die Kassette gefunden hat – genau da, wo ich sie hingestellt habe. Genau da, wo wir sie immer hinstellen.

»Als ich sie öffnete, war nur ein Umschlag drin, und zwar der mit dem Wechselgeld für Samstagmorgen. Der Gedanke bringt mich um, dass jemand, der für uns arbeitet, den wir kennen und …« Ihre Stimme schwindet dahin wie Rauch. »Wer war am Freitag da?«

»Praktisch alle. Ich habe die Abrechnung gemacht, sobald der Laden geschlossen war. Wir hatten noch tausend Dinge zu tun.«

Sie sieht sich um. »Aber wer war als Letzte hier herinnen?«

Plötzlich passt alles zusammen. »Maggie.« Ich schließe die Augen und schüttle ungläubig den Kopf – ob wegen ihrer kolossalen Frechheit oder meiner kolossalen Dummheit, könnte ich gar nicht sagen.

»Ich ließ sie die Inventur machen, weil sie sich die Hand verbrannt hatte. Ich blieb vorn und räumte im Café auf.« Ich schließe die Augen wieder. »O Gott, Ellen. Es tut mir so furchtbar Leid. Ich kann es nicht fassen, dass ich so dumm war.«

Ellen hört kaum zu. »Sie muss wissen, dass wir inzwischen gemerkt haben, dass das Geld weg ist.«

»Aber sie weiß nicht, dass wir wissen, dass sie es war.«

»Vielleicht.«

»Ich glaube, sie gehört zu den eingebildeten Typen, die es nicht für möglich halten, dass sie ertappt werden.«

»Ich glaube, sie ist verzweifelt«, sagt Ellen nachdenklich.

»Verzweifelt?«

»Ja. Ich meine, sie haben doch wahrscheinlich einen Haufen Geld. Warum sollte sie da unsere lächerlichen Einnahmen stehlen?«

»Keine Ahnung.«

»Schau, sie ist nicht dumm. Sie weiß, dass wir uns bis zum Montag alles zusammengereimt haben. Was macht sie also?«

Ich zucke die Achseln.

»Sie läuft davon.«

»Läuft davon?«

»Natürlich. Irgendwohin, wo Mr. Wundervoll sie nicht finden kann. Vielleicht macht er sich auch gar nicht die Mühe. Wahrscheinlich hält er sie knapp, was Geld betrifft, wie die meisten gewalttätigen Ehemänner. Wo kann sie also genug Geld herbekommen, um zu verschwinden? Jede Wette, dass sie schon weit weg ist.«

Alles, was sie sagt, leuchtet ein. Im Rückblick leuchtet mir so vieles ein.

»Also … wie viel war es?«

»Zwei …« Die Stimme bricht mir. »Zweitausend und ein bisschen was.«

Wir seufzen fast im Duett.

»Hasst du mich jetzt? Wenn ich du wäre, würde ich mich rausschmeißen.«

Sie lächelt ein wenig. »Du bist verrückt. Ohne dich müssten wir morgen dichtmachen.«

»Ohne das Geld meiner Mutter, meinst du.«

»Schwachkopf. Wer macht denn hier das großartige Brot? Wer hat das blauhaarige Monsterkind gezähmt? Wo wären wir ohne dich?«

»Ungefähr zwei Tausender weiter. Ich glaube, ich muss mich übergeben.«

»Ach, hör auf. Das ist doch nicht der Weltuntergang. Es ist einfach ein ganz alltägliches Wald- und Wiesenschlamassel.«

Ich schüttle den Kopf. »Das Schlimmste hab ich dir ja noch gar nicht erzählt.«

»Okay, erzähl mir auch noch das Schlimmste, und dann gehen wir wieder an die Arbeit.«

»Der Grund, warum ich vergaß, das Geld einzuzahlen, ist …« Ich beiße mich in die Innenseite der Backe. »Cody kam mit der Post her. Es war ein Brief von Mac dabei, und ich hatte es so eilig, fertig zu werden, um ihn lesen zu können, dass ich das Geld einfach … vergaß.«

Sie lacht. »Ich an deiner Stelle hätte mich hingesetzt und ihn an Ort und Stelle aufgerissen.«

»Ich nehme an, dass wir nicht versichert sind?«

»Nicht für so etwas.«

»Ellen, ich zahle jeden Cent zurück.«

Sie schüttelt den Kopf und legt mir den Arm um die Taille. »Damit befassen wir uns später.«

In der Mittagspause ruft Ellen bei Maggie zu Hause an.

»Hi, hier ist Ellen Liederman von der Bäckerei. Ist Maggie zu sprechen?« Ich beobachte ihr Mienenspiel. »Oh. Nein, ist schon in Ordnung. Ich wusste nicht, wann sie gehen wollte, und wollte sie nur noch was fragen. Nein, so wichtig ist es nicht. Es hat Zeit, bis sie zurück ist. Danke. Frohe Weihnachten.«

Sie legt auf. »Tony sagt, sie wolle Weihnachten bei ihrer Mutter verbringen und am nächsten Samstag zurück sein.«

»Glaubst du, dass sie wirklich zurückkommt?«

»Nicht, wenn sie auch nur einen Funken Verstand hat. Ich würde auch wetten, dass sie nicht bei ihrer Mutter ist. Oder wenn, dann bleibt sie nicht lang. Ich schätze, sie bringt so schnell wie möglich so viel Entfernung wie möglich zwischen sich und Tony. Jedenfalls«, fügt sie hinzu, »hoffe ich es.«

»Ja, denn wenn er sie nicht umbringt, dann mach ich es.«

Sie gibt mir einen Klaps auf den Arm. »Schhhhh. Ich weiß, es ist furchtbar, aber wir werden es überleben.«

Weihnachten verläuft für Cody und mich völlig unspannend. Wir haben es nicht geschafft, einen Baum zu schmücken, und so weisen nur ein paar Karten, die wir mit Magneten am Kühlschrank befestigt haben, auf die Feiertage hin. Was diese Zeit für uns bedeutet, zeigt sich am deutlichsten an den Wollmäusen, die wir aus Zeitmangel nicht entfernen konnten, an dem Korb voller Schmutzwäsche, die wir aus Zeitmangel nicht waschen konnten, und an einer undefinierbaren grünen Flora, die saisonbedingt in den Ecken der Dusche wuchert.

Zum Frühstück gibt es Scones und Kaffee, und wir tauschen Geschenke aus – ich habe ihr einen wuscheligen Schal mit passender Mütze gekauft. Sie sieht damit geradezu unerlaubt hübsch aus. Sie hat für mich einen schönen Bildband über Toulouse. Ich habe ihr das mit Maggie noch nicht erzählt. Ich weiß, wie sie reagieren wird, und ich gebe ungern zu, dass sie Recht hatte, wenn auch aus den falschen Gründen.

Um elf Uhr vormittags zieht sie sich an und geht, um den Tag mit ihrem Vater und ihrer Stiefmutter zu verbringen. Ich bleibe zurück und kann mich um die Wollmäuse, die Schmutzwäsche und das grüne Zeug im Bad kümmern. Meine Mutter ruft mich von Garys Haus aus an, um mir fröhliche Weihnachten zu wünschen, und ich tue so, als hätte ich ein gemütliches, behagliches, rundum erfreuliches Fest, aber ich glaube nicht, dass sie sich täuschen lässt. Im Hintergrund höre ich die Cheerleader-Prinzessin vor Lachen kreischen, wahrscheinlich wegen eines Zuckerschocks, und dazu eine Geräuschkulisse aus unaufhörlichem Getrommel.

»Andrew hat ein Schlagzeug bekommen«, sagt sie durch zusammengebissene Zähne.

Mein stilles, kleines Haus wirkt plötzlich wie eine Oase des Friedens.

Als das Haus sauber ist und die letzte Ladung Wäsche sich im Trockner dreht, verspüre ich plötzlich nagenden Hunger. Ein schneller Blick in den Kühlschrank bestätigt meinen Verdacht, dass nicht viel Essbares im Haus ist. Der letzte Ausflug zu Thriftway ist schon eine Woche her. Wir haben jetzt seit einiger Zeit nur von Pizza und eingefrorenen Resten gelebt.

Ich beschließe, *fouace aux noix* zu machen. Walnussbrot. Es ist irgendwie festlich, ohne zu aufwändig zu sein, und ich kann Josh und Turbo einen Laib abgeben. Ich stöbere in der Vorratskammer herum. Weißes Mehl. Weizenvollkornmehl. Hefe und Salz. Eine angebrochene Packung Walnüsse. Im Kühlschrank finde ich Milch, aber keine Butter. Mist. Man kann *fouace* nicht ohne Butter machen.

Ich schlüpfe in meinen Parka und stürze aus der Haustür, in beißend kaltem Regen den Weg hinunter und über den Rasen. Ich habe meine Hand noch kaum an der Tür, als ich schon den Wachhund Turbo seine Frühwarnung bellen höre.

Josh öffnet die Tür mit einem Glas in der Hand. Er hat eine ausgebeulte Jeans an und ein WAZZU-Sweatshirt von der Washington State University mit einer farbenfrohen Sammlung von Flecken. »Hey, Wyn.«

»Hi, ihr beiden. Frohe Weihnachten.« Ich beuge mich vor, um ihn auf die Wange zu küssen. Er riecht nach Bourbon.

»Komm rein. Es ist kalt draußen.«

Ich folge ihm in einen Raum, der früher wohl ein Schlafzimmer war. Er hat eine völlige Verwandlung erlebt, seit ich ihn das letzte Mal gesehen habe. Josh hat die Täfelung, die wie Holz aussehen sollte, herausgerissen, die Wände weiß gestrichen, die ursprünglichen Eichentüren wieder eingesetzt, den hässlichen braunen Teppich entfernt und das Eichenparkett geschliffen und neu eingelassen. Er hat Bücherregale und eine Ledercouch aufgestellt und einen jener Couchtische, die aus einer Scheibe von einem Mammutbaum gemacht sind. Ein Feuer flackert ruhig in einem Backsteinkamin. »Das ist ja wunderschön. Nicht zu glauben, dass das der gleiche Raum ist.«

»Danke.« Er nimmt die Fernbedienung und schaltet das Fußballspiel im Fernseher aus.

»Du brauchst das Spiel nicht auszuschalten. Wer spielt denn?«

»Ich weiß es gar nicht. Es war nur an, damit die Augen etwas zu schauen haben.« Aus dem Augenwinkel sehe ich die Flasche Jack Daniels auf dem Tisch, halb voll.

»Ich mach dir einen Drink …«

»Eigentlich trinke ich keine harten Sachen …«

»Ich normalerweise auch nicht«, sagt er schnell. »Aber ich habe eine hübsche Flasche Cabernet, die ich einmal versuchen wollte. Ich wette, du bist der Rotwein-Typ.«

»Äh … Eigentlich bin ich gekommen, um mir ein Stück Butter zu leihen. Ich weiß, es ist ein bisschen schäbig, sich die Zutaten zu leihen für ein Geschenk, das man jemandem machen will, aber … ich wollte Brot backen.«

Ich sehe, wie enttäuscht er ist.

»Aber schließlich ist Weihnachten. Da kann ein Glas Wein nicht schaden.«

»Prima. Turb und ich haben mehr als genug voneinander. Setz dich, ich bin gleich wieder da. Oh, gib mir deine Jacke.«

Kaum habe ich mich auf die Couch gesetzt, als Turbo neben mir hochspringt und mir den Kopf auf die Schenkel legt. »Sollst du hier oben sein?«, flüstere ich. Er ignoriert die Frage und schließt zufrieden die Augen.

»Wo ist Cody?«, ruft Josh aus der Küche.

»Sie besucht ihren Vater.«

»Wo lebt er?«

»In Phinney Ridge.«

»Hoffentlich kommt sie gut wieder nach Hause. Es soll heute Abend Glatteis geben.«

»Es wird sie schon nicht umbringen, wenn sie dort übernachtet. Wir müssen erst am Donnerstag wieder arbeiten.«

Er erscheint wieder mit zwei Kristallgläsern und einer Flasche.

»Schöne Kelche.«

»Ja. Sie stammen von Frans Mutter.« Er blickt auf Turbo und lacht. »Ich brauche mich nur umzudrehen, und schon nimmst du die schönste Frau im Raum in Beschlag.«

»Ich wusste nicht, ob er rauf darf, aber er schien zu wissen, was er tut.«

Josh schenkt ein Glas ein und reicht es mir. »Theoretisch sollte er auf einem Handtuch liegen, aber er verschleppt es immer.«

Wir stoßen an. »Frohe Weihnachten. Noch einmal.«

Er nimmt einen großen Schluck. »Nun, Weihnachten ist es jedenfalls. Ob froh, das weiß ich nicht so recht.«

»Tja. Ich bin auch nicht der wahre Weihnachts-Fan. Jedenfalls nicht mehr, seit mein Vater gestorben ist.«

»Wann war das?«

»Ach, vor ungefähr siebzehn Jahren. Als er noch lebte, fuhren wir über die Feiertage immer zum Lake Tahoe. Mieteten ein Ferienhaus. Manchmal gab es Schnee. Es war so schön.«

»Und dann? Nachdem er tot war?«

»Nach seinem Tod wussten Mutter und ich nicht mehr, was wir miteinander reden sollten. Das war auch die übrige Zeit der Fall, aber an Weihnachten war es besonders schlimm. Wir schlichen umeinander herum wie die Katze um den heißen Brei, erwähnten unsere Erinnerungen nicht, taten so, als mache es uns nichts aus. Nach meiner Heirat war es dann ganz anders. Jede Menge Partys, Geschenke, Essen, Wein. Ich glaube, meine Mutter fühlte sich dabei nicht richtig wohl. Sie besuchte uns nicht oft während der Feiertage.«

»Bist du deswegen nicht heimgefahren?« Er trinkt seinen Wein aus und schenkt sich nach.

»Nein, jetzt läuft es viel besser zwischen uns. Sie hat letztes Jahr wieder geheiratet. Einen netten Kerl. Ich glaube, sie ist glücklich.«

»Und was ist mit dir?«

»Seit David und ich uns getrennt haben, findet Weihnachten für mich praktisch nicht mehr statt. Ich glaube nicht, dass es mir je wieder so viel bedeuten wird.«

Er lacht kurz. »Ich meine, was ist mit dem Rest des Jahres? Bist du glücklich?«

»Oh.« Ich zucke die Achseln. »Manchmal. Es ist nicht ganz so gelaufen, wie ich mir das vorgestellt habe, aber …« Dann lache ich. »Wie sind wir denn darauf gekommen?«

»Ich glaube, das kommt daher, dass Turbo nicht sehr gesprächig ist. Wenn ich also die Chance habe, mit jemand zu reden, dann stürze ich mich voll darauf.« Er schenkt mir nach, obwohl ich kaum ein Viertel meines Weines getrunken habe.

»Vorsicht. Ich muss noch Brot backen.«

»So gern ich dein Brot mag, heute wäre mir deine Gesellschaft lieber. Es ist eine schlimme Zeit. Diese Feiertage.« Seine Augen verschwimmen hinter seiner Nickelbrille, und einen schrecklichen Augenblick lang fürchte ich, er könne zu weinen anfangen.

»Ich weiß«, sage ich. »Tut mir Leid.«

Er scheint in sein Inneres zu greifen und die ausbrechenden Gefühle wieder festzuzurren. »Wie, glaubst du, kommt es, dass wir uns in Menschen verlieben und sie sich in uns, nur um später herauszufinden, dass alles ein Fehler war?«

»Wenn ich die Antwort darauf wüsste, würde ich mir mit einer Ratgebersendung im Radio eine goldene Nase verdienen.«

»Als Fran und ich uns kennen lernten, da war es wie … zum ersten Mal in meinem Leben hatte alles – auch das Schlechte – einen Sinn.« Er leert sein Glas und schenkt sich wieder ein. »Und das ist es, was ich am meisten vermisse – das Gefühl, dass das Leben einen Sinn hat.« Er lehnt seinen Kopf ins Sofa zurück. »Es ist furchtbar, wenn alles keinen Sinn hat.«

Wieder habe ich das Gefühl, dass er den Tränen nahe ist. Sein Schmerz ist so frisch und stechend und so nahe an der Oberfläche, dass schon das Zuhören wehtut. Unwillkürlich überlege ich, wie sie wohl war. Ob sie es wert war, dass ein gutes Herz wegen ihr brach. Dann fällt mir ein, was meine Mutter voriges Weihnachten am Küchentisch gesagt hat: *Manchmal wünscht man sich etwas so sehr, dass es keine Rolle spielt, ob es die Mühe wert ist.*

»Sie sagte immer – sie sagte: ›Joshua, das Leben mit dir ist nie langweilig. Wenn es je langweilig wird, bin ich weg.‹ Und wir lachten.« Er trinkt wieder einen großen Schluck Wein. Seine Worte verschwimmen ein bisschen, sind nicht mehr scharf artikuliert, und mir wird unbehaglich. Ich möchte wirklich gern heimgehen und Brot backen, aber ich kann nicht einfach aufstehen und gehen.

»Also schätze ich, ich bin langweilig geworden. Denn sie ist ganz definitiv weg.«

Ich streiche mit der Hand über Turbos warmen, weichen Kopf, und er öffnet ein Auge und sieht mich an. »Das bedeutet meiner Meinung nach nicht, dass du langweilig geworden bist«, sage ich.

Er dreht sich ein bisschen herum. »Sag mir, was du

denkst. Ich meine, du bist eine Frau. Was willst du? Was wollte sie?«

»Also zuerst einmal: Dass ich eine Frau bin, bedeutet noch nicht, dass ich sie verstehe. Manchmal verstehe ich nicht einmal, was *ich* mir wünsche.« Ich halte mein Glas hoch, um das Licht der Lampe durch den Wein zu sehen. »Menschen ändern sich, glaube ich.«

»Was ist mit deinem Mann?«

Ich winke ab. »Der gehört der Vergangenheit an. Ich glaube nicht, dass ich unsere Beziehung je verstehen werde.«

»Ich hätte gedacht, dass du es recht gut verstehst. Du scheinst mir eine sehr vernünftige Person zu sein.«

Ich lächle. »Das denkst du, weil du mich nicht kennst.«

Seine verschleierten blauen Augen treffen die meinen. »Nicht so gut, wie ich möchte.«

Ich stelle mein Glas ab. »Josh, du solltest mit dem Trinken aufhören.«

»Huh?«

»Wenn du reden möchtest, bleibe ich gern und rede mit dir. Aber wenn du dich nur bewusstlos trinken willst, brauchst du mich nicht als Zuschauerin.«

Sein Gesicht rötet sich. »Dann geh eben.« Sein plötzlicher Stimmungsumschwung ist verblüffend.

Ich rutsche zur Seite und stehe auf. Turbo schaut mich unwillig an, dann schlittert er von der Couch und folgt mir in die Diele. Ich ziehe die Jacke an und öffne die Tür. »Ich lass ihn ein bisschen raus und bring ihn dann wieder.«

»Das mach ich schon. Lass gut sein, ich mach es.« In seiner Stimme schwingen Zorn und Schmerz und Alkohol. »Geh du nur zu deinem Brot. Versteck dich nur in deiner Küche mit deinem Brot.«

Wahrscheinlich steht er so schnell von der Couch auf,

dass der Schwung ihn fortreißt – dann ein Jaulen und ein Getöse. Ich drehe mich schnell um, und Turbo schießt aus der Tür.

»O Gott! Josh, ist alles okay?« Ich knie mich zu ihm, und er reibt sich sein linkes Schienbein.

»Ja, alles in Ordnung. Es ist mir nur wahnsinnig peinlich.« Der Wind dringt herein und schlägt die Haustür gegen die Wand. »Ich muss diesen dämlichen Hund hereinholen. Er hat ungefähr so viel Verstand wie sein Herrchen.«

»Ich hol ihn.« Ich ziehe den Reißverschluss an meinem Parka zu.

»Nimm lieber einen Hundekuchen mit.« Er deutet auf eine Schale mit knochenförmigen Keksen auf einem Tisch neben der Tür.

Ein paar Minuten später wird Turbo vor dem Feuer abgetrocknet und leckt dabei die letzten Krumen seines Hundekuchens vom Boden auf. Ich trete von einem Fuß auf den anderen.

»Ich glaube, ich gehe jetzt besser.«

Josh ist intensiv damit beschäftigt, das Regenwasser von den langen Hundeohren zu tupfen. »Falls du immer noch Butter brauchst, bedien dich. Sie ist in der Kühlschranktür.«

»Danke. Ich komm dann später und bring Brot vorbei. Danke auch für den Wein.«

Er schaut auf, plötzlich nüchtern. »Tut mir Leid, Wyn. Ich hab es nicht so gemeint. Dass du dich in der Küche versteckst.«

Ich lächle ihn an. »Schon gut. Wahrscheinlich stimmt es. Ich weiß sogar, dass es stimmt. Ich verstecke mich wirklich in der Küche. Im Brot.« Ich wickle mir meinen alten Schal um den Hals. »Aber das ist nicht unbedingt schlecht.«

Zwanzig

Mac

Heiliger Abend.

Elf Uhr abends, und es ist seit acht Stunden dunkel. Aber seine innere Uhr geht immer noch im Rhythmus der letzten sechs Jahre.

Um elf Uhr wäre Hochbetrieb im *Bailey's*. Er würde eine neue Kassette einlegen und sich mit Kenny unanständige Witze erzählen. Er vermisst den lockeren Umgangston, den sie hatten, und die Art, wie sie instinktiv umeinander herum arbeiteten.

Wenn es Samstagabend wäre, wäre Wyn da, sie würde auf ihrem Hocker am Ende der Bar sitzen und bei einem Glas Wein lesen. Ruhig und schüchtern saß sie immer da. Sie konnte sich nie recht daran gewöhnen, an der Bar zu sein, während er arbeitete. Sie sprach nicht viel, suchte auch keinen Blickkontakt. Sie schien sich immer ein bisschen unbehaglich zu fühlen.

Aber wenn dann geschlossen wurde, war es, als wäre ein Schalter umgelegt worden. Sie erwachte zum Leben. Sie legte das Buch weg und folgte ihm mit den Augen, während er und Kenny aufräumten, das Geld zählten und alles dichtmachten. Wenn ihre Blicke sich trafen, lächelte sie dieses scheue, versteckte Lächeln, das ihm die Brust zusammenzog. Das ihn manchmal wünschen ließ, sie müssten jetzt nicht mit Kenny und Ros, CM und weiß Gott wem noch ausgehen, ins *Lofurno's,* ins *Wild Ginger* oder ins *Nudelbistro.*

Aber das Warten machte es noch besser. Das Wissen, dass sie bald in seinem Bett sein würden, dass sie sich an ihn pressen und er ihren Duft einatmen würde. Den Duft nach Brot. Er liebte die Kraft ihrer Arme, die Art, wie sie die Beine um ihn schlang. Liebte all die eigenartig überschwänglichen Geräusche, die sie machte. Das schien nicht zu ihrer übrigen Persönlichkeit zu passen, die so beherrscht war, und es faszinierte ihn. Zu wissen, dass sie bei ihm aus sich herausgehen konnte, dass sie bei ihm die Beherrschung verlieren konnte, auf die sie in der übrigen Zeit so entschieden bedacht war.

Er dreht sich auf die Seite, Gesicht zur Wand, fühlt, wie sich Müdigkeit in seinen Gliedern ausbreitet und der Schlaf naht. Endlich. Er schließt die Augen, und diese kleine Anstrengung lässt ihn in Bewusstlosigkeit sinken.

Plötzlich fährt er auf, hellwach, im Bewusstsein einer fremden Gegenwart. Der Raum ist stockdunkel. »Wer ist da?«

Das Kratzen eines Zündholzes. Licht flammt auf, als der Docht der Lampe zu brennen beginnt. Er blinzelt in die Helligkeit.

»Bernie? Was zum Teufel machst du hier?« Er richtet sich auf und schwingt die Füße auf den Boden.

»Wow, das ist aber unhöflich. Du hast wohl schon zu lang Umgang mit mir.«

Sie setzt den Glaszylinder auf die Flamme und lässt sich neben ihm auf dem Bett nieder.

»Ich habe schlecht geträumt.« Ihr Atem ist voll Whiskey-Dunst.

»Du kannst nicht hier bleiben. Ich zieh mich an, dann bring ich dich zum Haus zurück. Hast du eine Taschenlampe dabei?«

»Quatsch.« Sie lächelt. »Den Weg kenne ich auswendig. Als ich klein war, habe ich immer hier gespielt. Das war mein Spielhaus.« Ihre Hand landet auf seinem Knie und wandert nach oben. Er fühlt durch seine dicke Winterwäsche, wie kalt sie ist. »Möchtest du auch spielen?«

Er nimmt ihre Hand und legt sie auf ihr eigenes Bein. »Du musst hier raus. Sofort.«

»Ach, komm. Du weißt, dass du möchtest.«

»Ich weiß nichts dergleichen. Und selbst wenn, würde ich es nicht tun. Pearl vertraut mir …«

Sie lacht rau. »Und ich dachte, du wärst schlau genug. Du hast es nicht kapiert. Was glaubst du, warum sie dich hierher gebracht hat? Damit du das Dach flicken kannst? An der Bar arbeiten? Bah – du solltest dich in mich verlieben. Oder mir wenigstens ein Kind machen und mich dann heiraten.«

»Ich?«

»Du brauchst dir nichts darauf einzubilden. Die einzigen Anforderungen für den Job sind, dass man weiß ist, beim Essen nicht sabbert und bei der Arbeit nicht trinkt.« Sie rückt näher. »Magst du mich nicht? Findest du mich nicht hübsch?«

Er nimmt ihre Hand wieder von seinem Bein und versucht zu ignorieren, dass sein Penis steif wird. »Ich mag dich gern, aber nicht in dieser Art. Es wäre für uns beide nicht gut.«

»Mein Gott, wer sagt denn, dass es für irgendjemand gut

sein muss? Möchtest du nicht manchmal einfach vögeln wie verrückt?« Sie rückt wieder näher. »Ich schon.«

»Nun, ich nicht. Was ich möchte, ist, dass du von diesem Bett aufstehst und verschwindest. Jetzt.« Das letzte Wort kommt in einer eisigen Atemwolke heraus. Er schaudert in der Kälte.

Plötzlich legen sich ihre Arme um seinen Hals, und ihr Mund ist an seiner Kehle. Er überlegt auf einmal, wie es wohl mit Chris passiert ist. Und wo und wann. Es ist nicht so, dass es in Beaverton viele Plätze gäbe, wo man allein sein kann. Sie deutet sein Zögern als Einverständnis, lässt ihren Parka von den Schultern gleiten und schaut zu ihm auf.

Er packt ihre Handgelenke und löst ihre Arme. »Bernie, hör auf. Es wird nicht passieren.«

Ihr Erstaunen schlägt in flammenden Zorn um. »Der Teufel soll dich holen. Verdammtes Arschloch. Wofür hältst du dich eigentlich? Du kommst einfach hier rein ...«

»Sorry, aber du bist hereingekommen. Und jetzt geh wieder raus.«

»Du bist genau wie alle anderen. Du kommst daher wie Mr. Verständnisvoll ...«

»Ich dachte, wir könnten Freunde sein ...«

»Freunde?« Sie spuckt das Wort aus. »Männer wollen keine Freunde sein. Sie wollen ficken. Und dann wollen sie gehen.« Ihr Gesicht ist wutverzerrt, und in ihren Mundwinkeln sammeln sich Speichelbläschen. Sie fuchtelt mit den Armen und kratzt ihn mit einem Fingernagel im Gesicht.

Er springt auf, stellt sie auf die Füße, packt sie von hinten bei den Armen und schiebt sie zur Tür. Sie knickt in den Knien ein, stemmt sich mit den Fersen ein und beginnt zu schreien. »Du Schwein, du Scheißkerl!«

»Sei still.«

»Ich erzähle Pearl, dass du mich vergewaltigen wolltest …«

»In meinem Zimmer?«

»Ich sollte dir zeigen, wie man den Ofen sauber macht …«

»Mitten in der Nacht? Lass gut sein, Bernie. Du solltest dich hören. Du hast bloß ein bisschen zu viel getrunken, das ist alles. So was kommt vor. Los jetzt, ich bring dich …«

Plötzlich reißt sie sich los und stürmt aus der Tür. Er starrt hinter ihr her, halb überzeugt, dass es ein verrückter Traum war. Als er den Kratzer in seinem Gesicht betastet, ist das Blut schon halb geronnen.

»Happy Boxing Day.« Er hält Chris eine Flasche Champagner hin. »Sagt man so?«

Chris grinst. »Genau so. Wie geht's dir denn da drüben?«

Der Gedanke an letzte Nacht durchzuckt ihn kurz, bevor er sagt: »Gut.«

Nora erscheint, nimmt seine Jacke und küsst ihn auf die Wange. »Frohe Weihnachten, Mac. Freut mich sehr, dass du kommen konntest.«

Er stopft seine Handschuhe in die Ärmel seines Parkas. »Es war nicht leicht, noch eine Party in meinem Terminkalender unterzubringen, aber angesichts der Tatsache, dass ich in den Sachen deines Mannes herumlaufe, dachte ich, ich sollte besser vorbeischauen.«

Sie schaut die Wunde in seinem Gesicht an. »Was hast du dir denn getan?«

»Mich beim Rasieren geschnitten. Ich glaube, ich brauch eine neue Klinge.«

»Du hast ganze Arbeit geleistet, das muss man sagen.

Aber du kannst den Schmerz mit dem französischen Spezial-Sechsundsiebziger-Punsch von Chris betäuben. Geh ins Wohnzimmer. Das Essen steht dort.«

Pearl May sitzt auf der Kante eines viktorianischen Samtsessels, den Rücken steif wie ein Soldat, ein Glas Punsch in der Hand.

»Mac! Wie schön.« Sie streckt die Hand aus. »Es ist schon komisch, dass ich zu anderen Leuten gehen muss, um dich zu sehen. Wie geht's mit deiner Arbeit voran?«

»Gut, danke«, lügt er und lächelt. Mit einem Blick überfliegt er den Raum. »Wo ist Bernie?«

»Sie hat sich heute Nachmittag hingelegt. Sie hatte eine schlechte Nacht.«

Er wüsste gern, ob sie ahnt, wie schlecht die Nacht war. »Das tut mir Leid. Wie geht es Emmett?«

»Er ist erschöpft. Schlecht gelaunt nach all dem Zuckerzeug. Die Hälfte seiner Spielsachen ist schon kaputt.« Sie lacht. »Weihnachten, wie es sein muss.«

Nora kommt mit einer Platte Schinkenbrötchen. »Das sind Sauerteigbrötchen«, sagt sie. »Kein traditionelles Boxing-Day-Gericht, aber ein sehr traditionelles Yukon-Gericht.«

»Was ist Boxing Day eigentlich genau?« Mac nimmt sich ein Brötchen und eine Serviette.

»Boxing Day«, sagt Pearl May und legt den Kopf schief, als wolle sie ein Gedicht vortragen. »Boxing Day wurde zum ersten Mal Mitte des neunzehnten Jahrhunderts als Feiertag begangen. Dienstboten erhielten von ihren Dienstherren eine kleine Box mit einem Weihnachtsgeschenk. Und die Armen sind wohl auch mit leeren Schachteln von Tür zu Tür gegangen und haben Nahrungsmittel, Süßigkeiten und Geld bekommen.«

»Das ist typisch viktorianisch«, sagt Nora lachend. »Das ganze übrige Jahr fahren sie sprichwörtlich mit ihren Kutschen über die armen Teufel weg, und am Boxing Day werfen sie ihnen ein paar Reste vom Festmahl hin.«

»Du sprichst, wie es sich für ein typisch irisches Mädchen ziemt.« Chris küsst sie auf den Nacken. »Mac, nimm ein Glas von meinem berühmten französischen Sechsundsiebziger-Punsch.«

»Was ist denn mit dem französischen Fünfundsiebziger passiert?«

»Meiner hat eine geheime Zutat.«

Ein plötzliches Knurren, und alle schauen in Richtung Gang.

»Dieses Knurren kenne ich«, sagt Mac.

»Hi, alle zusammen.« Rhiannon kommt herein und schlüpft aus einem langen schwarzen Umhang. »Es war zu kalt, um zu warten, bis jemand die Tür aufmacht. Jester, leg dich hin. So ist es brav. Bleib so.«

Der Hund legt prompt den Kopf auf die Pfoten und schließt die Augen.

»Dein Umhang gefällt mir.« Nora umarmt sie. »Gib ihn mir zum Aufhängen, und du wirst ihn nie wiedersehen.«

»Das ist mein Frau-des-französischen-Leutnants-Cape. Ich bräuchte bloß noch das Gesicht und die Figur von Meryl Streep dazu. Hallo, Pearl May. Hallo, Fremder.« Sie drückt ihr kaltes Gesicht an Macs Wange.

Ein paar Stunden lang kommen und gehen nun die Leute. Dirk von der Post mit seiner Frau Mimi. Olivia Myles, der der Haushaltswarenladen gehört. Ihr Cousin Henry und seine Frau Charlotte.

Mac steht am Ofen und wärmt sich den Rücken. Er

trinkt, isst, spricht, wenn es nötig ist, aber meistens beobachtet er und hört zu. Seit zwei Monaten ist er nicht mehr für längere Zeit mit anderen Menschen zusammen gewesen, und er schwankt zwischen Euphorie und Klaustrophobie. Am Ende geht er nur ungern.

Einmal lässt er sich auf der Couch nieder, und plötzlich taucht Rhiannon neben ihm auf. »Bist du mir aus dem Weg gegangen?«

»Nein. Warum sollte ich?«

Sie zwirbelt eine graue Strähne. »Ich dachte, du bist vielleicht noch wütend wegen der Karten.«

»Ich war deswegen nie wütend.«

»Aber irgendwas hast du.« Sie wirft ihm einen forschenden Blick zu. »Ich bin der Wahrheit zu nahe gekommen, stimmt's?«

Er versucht zu lachen.

»Gib dir keine Mühe, es abzustreiten. Ich weiß, was ich gesehen habe. Und du bist seitdem nicht mehr zu mir gekommen.«

»Wir haben jetzt weit über einen Meter Schnee, Madame Blue. Und ich habe mich verkrochen, um zu arbeiten.«

»Wie geht's voran?«

Er lehnt sich in ein Sofakissen. »Was sagen die Karten?«

»Sie sagen, dass deine Räder sich drehen wie bei einem Traktor, der feststeckt.«

Er nickt langsam. Der Punsch setzt ihn allmählich außer Gefecht. Er blickt auf den Rest Flüssigkeit in seinem Glas. »Dieses Zeug hat das gleiche Grundrezept wie Kerosin.«

»Mac, lass dir was raten. Mach Frieden mit deinem Bruder.«

»Es ist ein bisschen zu spät. Er ist seit 1974 tot.«

Sie blinzelt zweimal. »Du kannst dich immer noch damit

befassen. Du bist der verdammte Schriftsteller. Du musst es verstehen lernen.«

Er atmet tief ein, plötzlich erschöpft. »Ich werde darüber nachdenken. Und jetzt gehe ich lieber heim, solange ich noch gehen kann.«

»Bleib auf der Straße. Hast du eine Taschenlampe?«

»Ja.«

Der Mond ist so hell, dass er die Taschenlampe eigentlich gar nicht bräuchte. Er muss betrunken sein, denn sein Gehirn wiederholt ständig die Zeile aus *'Twas the Night Before Christmas,* wo es darum geht, dass der Mond über dem frisch gefallenen Schnee den Dingen auf der Erde einen Glanz wie am helllichten Tag verleiht.

Er weiß nicht, wie viel Uhr es ist. Er geht langsam und denkt an Bernies Mutter, die betrunken im Schnee erfriert. Er tritt gegen die Schneehaufen an der geräumten Straße. Er kann sich vorstellen, wie es geht. Es ist so kalt hier, ungefähr minus 30 Grad heute Abend. Und abgeschieden. Niemand würde einen rechtzeitig finden. Es ist ein sonderbar anheimelnder Gedanke.

In Pearl Mays Haus brennt kein Licht. Als er unter den Bäumen entlangläuft, schaltet er die Taschenlampe ein. Und vermutlich deswegen merkt er zuerst nicht, dass aus seiner Hütte Licht dringt. Auch als er es sieht, nimmt er es nicht richtig zur Kenntnis. Es wird ihm erst bewusst, als er auf die Veranda treten will und die Tür einen Spalt offen steht. Er bremst sich, um nicht zu laut auf die hölzerne Stufe zu treten, und fällt beinahe vornüber.

Plötzlich ist er nüchtern. Er schiebt die Tür eine Spur weiter auf und schaut hinein. Entsetzen befällt ihn. Bernie steht am Ofen, reißt Seiten aus seinem Notizbuch und lässt eine nach der andern ins Feuer gleiten. Ihr Kopf schnellt hoch, als er in den Raum tritt. Ihre Augen funkeln wie schwarzes Eis.

Eine schier endlose Zeit lang starren sie einander an. »Was zum Teufel machst du hier?« Er glaubt sie anzuschreien, aber es kommt nur als Flüstern heraus.

Sie zieht die Mundwinkel nach unten. »Was glaubst du wohl?«

»Ich glaube, dass du etwas zerstörst, was dir nicht gehört.«

»Da liegst du falsch«, sagt sie. »Es gehört mir. Es ist mein gottverdammtes Leben, das du in diesem Buch hast. Meines und das von einem Haufen anderer Leute in dieser Stadt. Verdammt, hast du gedacht, irgendeiner von uns möchte in deinem blöden Buch stehen?«

»Bernie, es ist nur ein Tagebuch. Ich kann in mein Tagebuch schreiben, was ich will. Über jeden Menschen.«

»Nicht über mich«, sagt sie kalt und wirft die Seite, die sie eben ausgerissen hat, ins Feuer. »Du glaubst, du kannst einfach herkommen und die Menschen wie Laborratten benutzen. Uns zusehen, wie wir in unseren kleinen Käfigen rumrennen, und dann über uns schreiben. Zum Teufel, wofür hältst du dich?« Sie reißt ein paar weitere Seiten aus und stößt sie in die Flammen.

»Hör auf damit. Du weißt nicht, was du tust.«

Sie reckt das Kinn hoch. »Das glaubst *du.* Außerdem bin ich beinahe fertig. Was willst du tun, mich schlagen?«

»Nein. So gern ich es täte.«

»Mich verhaften lassen?«

Dieser Gedanke war ihm anfangs gekommen, aber das ist natürlich lächerlich.

»Mich bei Granny verpetzen?«, spottet sie. Sie wirft die

letzten zwei Seiten ins Feuer und hält das leere Notizbuch an einer Seite hoch. »Na, wie fühlt man sich, wenn man stocksauer ist, und es gibt verdammt noch mal nichts, was man dagegen tun kann?«

»Ich bin nicht stocksauer.« Trotzdem fühlt er schon eine gewisse Versuchung, sie an die Wand zu werfen.

»O doch.«

»Okay, ich bin stocksauer. Aber es tut mir auch Leid.«

Sie sieht irgendwie beunruhigt aus. »Warum?«

»Deinetwegen. Weil du das Ganze nicht verstehst.«

»Was für ein Ganzes?«

»Das«, er deutet auf die Hülle seines Notizbuchs, »hatte nichts mit dir zu tun. Mit keinem Menschen hier.«

Ihre Augen richten sich auf den Ofen, dann wieder auf ihn. »Du hast über uns alle geschrieben.«

»Ich weiß. Aber in Wirklichkeit ging es nicht um euch.«

»Red keinen Quatsch. Du bist ein beschissener Idiot. Ich verschwinde.« Aber sie rührt sich nicht vom Fleck.

»Es war kein Buch. Es war ein Tagebuch. In Wirklichkeit handelte es von mir. Wie ich die Dinge sah, was ich darüber dachte, was ich fühlte.«

»Richtig.« Sie schnaubt. »Und wer sollte einen solchen Blödsinn lesen wollen?«

»Das meine ich ja eben. Niemand, Bernie. Nur ich.«

Sie verschränkt die Hände. »Wie kann man so etwas Dummes tun? An sich selbst schreiben. O Mann.«

»Du solltest es einmal versuchen«, sagt er ruhig.

Sie bricht in schrilles Gelächter aus. »So verrückt bin ich auch wieder nicht.«

»Doch, das bist du.« Die Hitze vom Ofen dringt allmählich durch seinen schweren Parka. Er zieht die Handschuhe aus und macht ihn langsam auf.

»Der Teufel soll dich holen, McLeod. Ich hau jetzt ab.« Aber sie bleibt stehen und zieht den Reißverschluss an ihrem Mantel auf und ab.

»Meine Familie war auch ganz schön verkorkst. Ich habe mit dem Schreiben angefangen, um das alles zu begreifen. Damit ich damit leben kann.« Er zieht den Parka aus und hängt ihn über die Stuhllehne.

Sie schaut ihn unter ihrer Mähne hervor scharf an. »Hat es geholfen?«

»Ein bisschen.« Er zuckt die Achseln. Er sieht ihr in die Augen. »Aber ich bin noch nicht fertig. Ich hab noch einen langen Weg vor mir. Du weißt, was ich meine, oder?«

Als sie ausatmet, scheint sie zu schrumpfen, wie ein Luftballon, dem die Luft ausgeht. Sie wirft das leere Notizbuch auf den Tisch, geht wortlos an ihm vorbei und verschwindet, den verschneiten Weg entlang, den sie so gut kennt.

Um sechs Uhr morgens steht er im tiefen Schnee auf seiner Veranda. Bis Tagesanbruch sind es noch vier Stunden. Er schaut nach oben. Orion ist im Westen untergegangen. Der Große Bär, hell und tief stehend, hat sich gedreht, so dass Arktur fast auf dem Gipfel von Dawes Hill zu sitzen scheint.

Er stampft mit den Füßen und geht widerwillig zurück ins Haus. Er zündet eine Kerosinlampe an, dann die andere, und dreht den Docht vorsichtig in die Höhe, damit der Lampenzylinder nicht springt. Das schwache Licht hängt über dem Tisch und breitet sich dann langsam bis in die Winkel des Raumes aus. Er hält das Thermometer so, dass er es ablesen kann. Siebenundzwanzig unter Null.

Er öffnet die Ofenklappe, schiebt die Kohlen zusammen, macht den Zug auf und legt ein paar Späne auf die

Glut. Als er die Klappe schließt, erwacht das Feuer prasselnd zum Leben. Er stellt sich ans Fenster. Nicht viel zu sehen außer einem kleinen Flecken gelben Lampenlichts auf dem weißen Schnee. Dahinter nur die Dunkelheit, die Kälte. Die Kälte, die er jetzt fühlt, hat keine Temperatur. Es ist mehr die Abwesenheit von etwas, eine Leere, die wie Kälte in seine Knochen kriecht und sich dort niederlässt.

Das Einzige, was ihm nun zu tun bleibt, ist anfangen. Von vorne.

Einundzwanzig

An der Harrington Highschool muss es 1972 eine Vorschrift gegeben haben, dass Mädchen Miniröcke und Stiefel zu tragen hatten oder Hüfthosen und Schuhe, die aussahen, als seien sie von der Footballmannschaft ausgeliehen. Und es war auch vorgeschrieben, dass jedes Mädchen langes, glattes Haar mit einem Mittelscheitel haben musste.

Amanda Petrie war ein Mädchen, das gegen alle Regeln verstieß. Sie trug indische Hosen, weit und fließend und an den Knöcheln gerafft, und lange Pullover. Oder sie trug Knickerbocker und Kniestrümpfe und kurze, kastenförmige Pullover. Sie hatte babyfeines blondes Haar, ganz kurz geschnitten. Sie machte das selbst mit der Nagelschere, erzählte sie mir einmal, und es ließ ihr Gesicht wie eine Kamee wirken. Fein und scharf. Ihre Gesichtszüge waren wenig ausgeprägt und abgesehen von den großen blauen Augen nicht bemerkenswert. Doch das änderte sich, wenn sie lächelte. Als ich sie zum ersten Mal lächeln sah, war es für mich wie ein Schlag in die Magengrube.

Ich war gerade erst fünfzehn. Zu groß. Furchtbar ungeschickt, außer auf dem Fußballplatz. Ich hatte lächerliche Stoppeln am Kinn und hoffte, sie würden sich zu einem

Bart auswachsen. Es war demoralisierend, dass es immer mehrere Tage dauerte, bis Suzanne die Stoppeln überhaupt bemerkte und mich zum Rasieren anhielt. Kevin, der damals sechzehn war, vollzog das Männerritual des Rasierens schon täglich und lief mit buschigen Koteletten herum. Ich war größer als er, aber Football- und Baseball-Training hatten aus ihm ein Muskelpaket gemacht.

Er ging natürlich mit den tollsten Mädchen der Highschool aus: Ballkönigin, Cheerleader, Showtänzerin oder Schulsprecherin ... und mit allen anderen, die ihm gerade gefielen. Als er mit den Mädchen unserer Schule durch war, fing er mit anderen nahe gelegenen Schulen an. Ungefähr ab vier Uhr nachmittags riefen Mädchen bei uns an, und da wir normalerweise erst um fünf oder sechs von irgendeinem Training heimkamen, nahm Suzanne die Anrufe entgegen. Sie drohte immer, sich eine Geheimnummer geben zu lassen, aber sie tat es nicht. Ich glaube, sie genoss das Theater eher.

Ich hatte nicht viele Verabredungen. Das lag sicher auch daran, dass ich keinen Führerschein besaß. Ich dufte nicht einmal mit Begleitung fahren. Und Suzanne dachte gar nicht daran, für mich Chauffeur zu spielen. Selbst wenn sie gewollt hätte, so hatte doch meist Kevin das Auto. Sie schlug vor, ich sollte mich mit meiner Verabredung an Kevin und sein Mädchen des Tages dranhängen, was sie verschwörerisch *Doppel-Date* nannte. Sie fand das eine gute Idee, aber Kevin wollte mich nicht im Schlepptau haben, und ich mochte nur wenige Mädchen so gern, dass ich ihretwegen einen ganzen Abend mit Kevin in Kauf genommen hätte.

Ein- oder zweimal war genug.

Sein Benehmen variierte von charmant bis brutal, abhängig von dem Mädchen und dem Stadium, in dem sich die Beziehung befand. Ein paarmal erlebte ich das ganze Spektrum mit. Am Anfang war er immer begeistert, selbstironisch, lustig, ehrlich. Wenn er glaubte, das Mädchen würde damit klarkommen, wurde er rüpelhafter und legte eine unangenehme Tendenz zu derben Witzen an den Tag. Aber wenn sie intellektuelle Neigungen hatte, konnte er auch ernst sein. Konnte Nachmittage damit verbringen, *richtige* Bücher zu lesen, von Updike und Vidal und John Cheever. Er konnte über den Krieg sprechen, über Bürgerrechte oder Ökologie, wenn es nötig war. Ich konnte immer schnell erkennen, wenn eine Beziehung abkühlte, denn dann gab er sich keine Mühe mehr, behandelte seine Begleiterin unhöflich, amüsierte sich auf ihre Kosten oder flirtete vor ihren Augen mit einer anderen. Schließlich täuschte er dann nicht einmal mehr Interesse vor. Rief nicht mehr an. Nahm ihre Anrufe nicht mehr entgegen. Ging an der Straße an ihr vorbei, ohne ein Zeichen des Erkennens. Er hatte keine Skrupel, Menschen zu demütigen.

Amanda war in Kevins Klasse, ein Jahr über mir. Sie hatte Kunst belegt. Sie nahm an allen Kursen in Malerei, Zeichnen und Fotografie teil, aber ihre wirkliche Liebe galt der Bildhauerei. Sie wollte in den Metallbearbeitungskurs gehen, um zu lernen, wie man mit einem Schweißbrenner umgeht, aber da waren Mädchen nicht zugelassen.

So saß sie einfach ihre Zeit ab, wartete auf den Schulabschluss, um dann so schnell wie möglich aus Glen Bay rauszukommen, und machte inzwischen Skulpturen aus jedem Material, das ihr in die Hände kam. Rostige Werkzeuge. Flusen von den Trocknern in der Wäscherei. Altes Besteck und Geschirr aus Silber. Abgelegte Kleider und Schuhe. Schallplatten. Dadurch habe ich sie kennen gelernt.

Eines Nachmittags war ich in einem meiner Lieblingsplattenläden in Glen Bay und stöberte in den antiquarischen 45er-Schallplatten, als ich aufsah und dieses Mädchen bemerkte, das an der Kasse stand und ungeduldig auf den Zehen wippte. Der Typ, der am Samstag an der Kasse stand, reichte ihr zwei Tüten voller Schallplatten über die Theke, und sie zog etwas aus ihrer Geldbörse, was wie ein Zehn-Dollar-Schein aussah, und gab es ihm.

Ich war platt. Sogar gebrauchte Schallplatten kosteten mehr als zehn Dollar. Entweder hatte dieses Mädchen ein Verhältnis mit dem Verkäufer, oder sie wusste etwas, was ich nicht wusste. Ich schlich mich an die Theke und tat so, als würde ich die Albumhülle irgendeiner dämlichen LP von Roberta Flack studieren, die gerade gespielt wurde. Und die ganze Zeit versuchte ich ohne Erfolg zu erspähen, was für Platten in den Tüten waren.

Die Einzige, die ich identifizieren konnte, war von Little Richard. Ich war aufgeregt. Ich kannte nicht viele Mädchen, die sich damals für Little Richard begeistern konnten. Besonders, seit er die Rockmusik aufgegeben hatte und wieder Gospels sang. Seine alten Sachen kamen deshalb nur selten im Radio.

Ich bemühte mich, die Rückseite der Plattenhülle zu lesen, um zu sehen, was für Songs auf dem Album waren, und als ich aufblickte, trafen sich unsere Augen. Es gibt eine Stelle in *Der Malteserfalke,* wo Hammett die Augen von Brigid O'Shaughnessy als »Gebet aus Kobalt« beschreibt. Plötzlich bekam diese Stelle einen Sinn für mich.

»Wenn es dich so sehr interessiert, dann schau doch rein«, sagte sie. Ich war mir nicht sicher, ob sie es ernst meinte, sich ärgerte oder sich amüsierte.

»Magst du Little Richard?«, fragte ich.

»Wen?«

»Little Richard. Du hast gerade eine Platte von ihm gekauft.«

Sie blickte in die Tüte hinunter. »Stimmt. Ich weiß nicht. Nie von ihm gehört. Er sieht komisch aus.«

»Wenn du noch nie etwas von ihm gehört hast, warum kaufst du sie dann?«

»Ich hör mir die nicht an.«

»Was machst du dann damit?«

»Ich schmelze sie.«

Mein Magen hob sich. »Schmelzen? Warum?«

Das war der Augenblick, in dem sie lächelte und ich ihr verfiel. »Um Skulpturen draus zu machen.«

Ich folgte ihr aus dem Laden und versuchte ihr zu erklären, dass man Schallplatten nicht schmolz, weil sie so etwas wie Bücher waren. Weil die Musik Geschichten erzählte. Das rührte sie nicht.

»Sie sind Symbole der Kultur«, sagte sie. »Ich benutze sie, um Kunstwerke zu machen.«

»Sie sind schon Kunstwerke.«

Das war der erste Satz, den sie wirklich hörte. Plötzlich wandte sie sich mir zu.

»Also gut.« Sie taxierte mich mit einem schnellen Blick. »Du kannst kommen und sie mit mir anhören. Dann entscheide ich. Ich bin Amanda Petrie. Wie heißt du?«

»Mac McLeod.«

Sie wohnte in einem Viertel, das South Shore heißt. Dort wohnten alle Ärzte und Zahnärzte und Anwälte und Professoren. Das Haus war modern, aus Holz und Glas, die Stirnseite ragte vor wie ein Schiffsbug. Innen war alles geometrisch, offene Räume, hohe Decken und eigenartige Hängelampen.

»Was macht dein Vater beruflich?«, fragte ich.

»Nicht viel. Er ist tot.«

Ich fühlte, dass mir das Blut ins Gesicht stieg.

»Was ist mit deiner Mutter?«

»Sie ist Ärztin. Dermatologin. Und deine Eltern?«

»Mein Vater ist auch tot. Und Suzanne arbeitet in einer Galerie.«

»Ist das deine Mutter?« Ich nickte. »Warum nennst du sie Suzanne?«

»Weil das ihr Name ist.«

Die Antwort gefiel ihr.

Sie holte Cola aus dem Kühlschrank, und wir gingen in einen Raum, den sie Bibliothek nannte, und fingen an, Platten aus den Tüten zu holen und auf den Plattenspieler ihrer Mutter zu legen. Es war ein teurer, so einer, der keinen Plattenwechsler hat. Man musste die Platten alle selbst auflegen. Sie fasste sie vorsichtig am Rand, als kenne sie sich damit aus. In den Ecken des Raumes waren vier große Lautsprecherboxen im richtigen Winkel aufgestellt.

Nach ungefähr einer Stunde sagte sie: »Von was ist Mac die Abkürzung?«

»McLeod.«

Sie lachte. »Und was ist nun dein Vorname?«

»Matthew.«

»Matthew ist ein schöner Name. Du solltest ihn benutzen.«

»Ich mag Mac lieber.«

»Ich heiße Amanda. Nenn mich ja nie Mandy.« Sie verzog das Gesicht. »Das klingt so idiotisch.«

»In Ordnung.« Ich wartete immer noch darauf, dass sie fragte, ob ich Kevin McLeods Bruder sei. Das fragte früher oder später jeder. Sie nicht.

Plötzlich war es draußen dunkel. Ich schaute auf die Uhr. »Ich glaub, ich geh jetzt besser.«

»Okay.« Ich dachte, sie hätte mich gern bei sich gehabt, aber genauso gern ließ sie mich offensichtlich gehen. Es gab ein verlegenes Schweigen, während ich überlegte, wie ich fragen sollte, ob ich sie wiedersehen könne.

Sie schichtete die Platten gerade auf zwei Stapel: behalten und einschmelzen. Ich sah ihr zu und trat von einem Fuß auf den anderen. Sie nahm einen Stapel Singles hoch und brachte sie zu dem Schreibtisch unter dem Fenster. Sie riss einen Zettel von einem Memo-Block, kritzelte etwas darauf und gab ihn mir.

»Ist es das, worauf du gewartet hast?«

Ich schaute auf die Telefonnummer in meiner Hand. »Ja. Genau.«

»Na denn.« Sie lächelte mich noch einmal an, und ich ging den ganzen Weg zur Grove Avenue, ohne den Boden unter meinen Füßen zu spüren.

Ich wollte mit ihr zusammensein – so viel wie möglich –, und auch wenn ihre Begeisterung nicht so groß war wie meine, schien sie jedenfalls nichts dagegen zu haben. Noch wichtiger war, dass sie sich offenbar für keinen anderen interessierte. Sie war das einzige Mädchen, das ich kannte, mit dem ich über Musik sprechen konnte. Sie verstand nicht immer, was ich sagte, und sie teilte nicht immer mein dogmatisches Urteil, aber sie hörte immer zu und hatte meistens auch etwas zu sagen. Wir gingen ein- oder zweimal zu Tanzveranstaltungen für Teenager, aber nur, wenn ich die Band kannte. Und selbst da tanzten wir nicht viel. Vor allem nicht die schnellen Tänze, denn ich bewegte mich ungefähr so harmonisch wie ein Frosch im Mixer.

Wir besuchten eine Vorstellung von James Brown in einem alten Theater in Brooklyn. Wir fuhren mit dem Zug nach Manhattan und verbrachten ganze Tage im Metropolitan Museum of Art oder gingen im Central Park und im Village spazieren.

Sie redete gern über Kunst, welche Künstler sie interessierten, für welchen Stil, welche Schule oder Epoche sie sich gerade begeisterte. Sie mochte moderne Kunst und Pflastermalerei. Sie mochte sogar Graffiti.

Erst Wochen später küsste ich sie zum ersten Mal. Nach der Schule, unter der Tribüne. Es war noch vor dem Frühling, und es war so kalt, dass ich ihren Mund kaum an meinem spürte. Aber allein der Gedanke, dass ich Amanda küsste, ließ mein Herz fast still stehen.

Sie legte die Arme um mich und sagte an meiner Brust, sodass es in meinem Brustbein widerhallte: »Es war aber auch Zeit, McLeod. Ich dachte schon fast, du wärst schwul.«

Danach kamen wir ziemlich schnell voran – ihre Mutter war kaum jemals zu Hause –, von herrlich quälenden Liebkosungen in der Bibliothek, nach denen ich heimwankte, um von Kevin mit einem hämischen Grinsen und einem »Toller Ständer, Mattie« begrüßt zu werden, bis zu jenem Tag, an dem wir endlich vollkommen nackt auf der Überdecke ihres Bettes landeten.

Ich hatte es noch nie gemacht, aber ich war so erregt, dass ich mich nicht um Technik scherte. Und dann rollte sie sich plötzlich weg von mir, schweratmend. »Wir können nicht …«, keuchte sie, und ich dachte, ich müsse sterben. »Wir können nicht meine Überdecke versauen.«

Ich fing an zu lachen, und dann fing auch sie zu lachen an. Wir standen auf und nahmen die Decken vom Bett, und sie kramte im Nachttisch nach einem Kondom. Ich hatte schon welche gesehen, aber noch nie eins benutzt, und ich hatte furchtbare Angst, ich könne hier etwas falsch machen, an der Schwelle zum Rest meines Lebens.

Das überwältigende Bedürfnis, etwas gegen das Drängen zwischen meinen Beinen zu unternehmen, und meine gleichzeitige Angst, wie der jungfräuliche Blödmann zu wirken, der ich war, nahmen mich so gefangen, dass ich nicht auf den Gedanken kam, ein Mädchen, das Kondome in ihrem Nachttisch hatte, würde höchstwahrscheinlich auch wissen, wie man sie benutzte. Sie befreite mich gnädig aus meiner Verlegenheit, indem sie es mir überstreifte.

In jenem Sommer ging Amanda mit einer Art Austauschprogramm nach Italien, um Malerei zu studieren. Ich richtete meine Aufmerksamkeit auf die wichtige Aufgabe, den Führerschein zu machen. Ich hatte eine Fahrerlaubnis für Lerner, aber im November wurde ich sechzehn, und ich hatte vor, an diesem Tag die Schule zu schwänzen und die Fahrprüfung zu machen.

Suzanne willigte ein, mich jeden Samstagmorgen in ihrer Begleitung das Fahren üben zu lassen. Kevin war fassungslos, dass er das Auto dann nicht haben konnte, aber dieses eine Mal blieb Suzanne fest.

»Du kannst dich von deinen Kumpels überallhin fahren lassen, wo du hin musst, Kev. Du hast sie weiß Gott schon in der ganzen Weltgeschichte herumgefahren. Oder du kannst warten bis nach dem Mittagessen, wenn wir wieder zurück sind. Denk daran, dass du nächstes Jahr fort sein wirst, und ich kann Mattie nicht herumchauffieren.«

Er bemühte sich, nicht allzu unausstehlich zu sein, denn es war die Zeit, als er ihr ständig in den Ohren lag, sie solle ihm ein Auto kaufen, das er aufs College mitnehmen konnte.

Diese Samstagvormittage in ihrem alten Dodge Charger – das war meiner Erinnerung nach die einzige Zeit, in der ich Suzanne ganz für mich hatte, abgesehen von den Fahrten zum Arzt wegen der Allergiespritzen, als ich noch ein Kind war. Wir sprachen nicht besonders viel miteinander, nur über Vorfahrt und Fernlicht und dergleichen, aber es gab doch eine gewisse Vertrautheit.

Ich erlaubte mir die Hoffnung, die Dinge könnten sich ändern, wenn Kevin aufs College kam und auszog. Ich entwickelte ausgefeilte Szenarien, zum Beispiel, dass ich nach dem Fußballtraining spät heimkam und sie mir das Essen richtete und dann am Türstock lehnte und fragte, wie mein Tag gewesen sei. Oder dass sie neben mir saß, eine Zigarette rauchte und gewissenhaft darauf achtete, den Rauch von mir wegzublasen, und mich fragte, wie es Amanda gehe, ob ich schon wisse, was ich in puncto College vorhätte und ob ich im Sommer arbeiten wolle.

An einem Samstagmorgen im August waren wir später als üblich aufgebrochen, und sie ließ mich alles durchexerzieren, ließ mich sogar auf der Schnellstraße fahren, nach Walton hinaus und wieder zurück. Wir nahmen die Ausfahrt Downey, in der Nähe der Highschool, und als wir an der Ampel warten mussten, fragte sie: »Magst du ein Eis?«

»Klar.«

Als ob sie damit noch nicht genug von ihrem normalen Verhalten abgewichen wäre, streckte sie die Hand aus und zerzauste mir das Haar ein wenig. Ich wich mit dem Kopf aus, weil ich Angst hatte, ein Bekannter könne das Auto erkennen und uns sehen. Es machte mich verlegen, dass ich verlegen war, aber sie schien es gar nicht zu bemerken.

»Du siehst deinem Vater so ähnlich, Mattie«, sagte sie,

und ihre Stimme hatte einen verträumten, weichen Klang, den ich noch nie gehört hatte.

Ich konnte mich auch nicht erinnern, wann sie ihn zum letzten Mal erwähnt hatte. Als er gestorben war, war es, als habe er nie existiert. Ich schaute stur geradeaus, und alles, was ich sagen konnte, war: »Nenn mich nicht so. Das ist so ein Kindername.«

Sie lachte. »Wie soll ich dich denn nennen?«

Die Ampel sprang auf Grün, und ich fuhr über die Kreuzung. »Mac«, sagte ich. »Nenn mich einfach Mac, okay?«

Wir fuhren schließlich zu *Dairy Queen,* weil alle meine Bekannten zu *Mahon's* gingen und ich nicht scharf darauf war, dass einer sah, wie ich am Samstagnachmittag mit meiner Mutter Eis aß. Wir saßen im Freien an einem der kleinen, alten Picknicktische, und ich aß einen Karamell-Eisbecher, während sie eine Zigarette rauchte und Mineralwasser trank.

»Ich habe gehört, du hast neuerdings eine Freundin.«

Ich kratzte den Rest Karamell aus dem Plastikbecher. »Schon seit acht Monaten, aber wer zählt da schon so genau?«

Sie blieb ganz gelassen. »Wie heißt sie?«

»Amanda Petrie.«

»Oh?« Sie zog eine Augenbraue in die Höhe. »Dr. Petries Tochter?«

»Ja.«

»Warum bringst du sie nicht mal zu uns mit?«

»Sie ist in Italien«, sagte ich.

Suzanne lächelte dieses amüsierte Halblächeln, das für sie typisch war, blies Rauch aus, warf die Zigarette auf den Boden und trat sie aus. »Vermutlich kommt sie irgendwann zurück.«

»Zum Schulanfang, schätze ich.«

»Vielleicht möchtest du sie mal zu uns zum Abendessen einladen.«

»Vielleicht.«

Wir stiegen wieder ins Auto, und ich fuhr heim. Als wir in die Einfahrt eingebogen waren, schaltete ich den Motor aus und gab ihr die Schlüssel.

»Die Fahrprüfung schaffst du mit links, da bin ich sicher.« Sie sah mich direkt an, und einen Augenblick lang dachte ich, sie werde weinen. »Du bist ein guter Junge, Mattie – sorry, ich meine Mac.« Und sie fuhr mir wieder durchs Haar.

Als Amanda aus Florenz zurückkam, sah sie anders aus. Älter, weltgewandter. Sie schminkte sich die Augen. Sie hatte eine Menge neuer Kleider, meistens sehr kurze Röcke. Sie sagte in einem fort *ciao,* und alles war *primo,* und sie redete ständig von einem Typ namens Tonio. Sie trank jetzt gern Rotwein. Und sie zuckte viel mit den Achseln.

Trotzdem sah es aus, als freue sie sich, mich wiederzusehen, deshalb versuchte ich alles zu ignorieren, was neu an ihr war. Oder ich suchte dahinter die Amanda, die ich im vorigen Jahr gekannt hatte. Aber sie wirkte, als sei sie auf der Überholspur und winke mir im Vorüberfahren zu.

Sie und Kevin waren jetzt im letzten Jahr. Er war Klassensprecher und Star-Runningback in Harringtons bestem Football-Team seit Jahren. Er hatte Angebote für Football- und Baseballstipendien von Yale und Dartmouth und Brown und versuchte, sich zu entscheiden, wo er hinwollte. Ich hoffte, nach Brown – das war am weitesten weg.

Das Leben ist voll von unwichtigem Unsinn, der zuerst nur ein kleines Ärgernis darstellt und dann lawinenartig anwächst und tausend Dinge in Bewegung setzt, wie so ein Apparat von Rube Goldberg. Dinge, die einen ganzen Tag verändern können oder ein ganzes Leben. Dinge wie beispielsweise ein Platter am Fahrrad.

Amandas Geburtstag war im August gewesen, als sie in Italien war. Deshalb beschlossen wir Mitte September, ihn mit einem Abendessen in einem italienischen Restaurant nachzufeiern. Dann wollte ich sie mit Karten für eine Band namens *Hard Time* überraschen. Die Jungs stammten aus der Gegend, und mit einem von ihnen war ich befreundet. Er hatte mir Backstage-Karten verschafft. Okay, sie war in letzter Zeit nicht so arg begeistert gewesen von der Musik, die ich mochte, aber ich wollte sie zusammen mit den Musikern sehen. Oder vielleicht wollte ich auch nur, dass sie mich mit ihr sahen.

So ein schöner Plan, und ich durfte immer noch nicht Auto fahren. Sie sagte, kein Problem, sie würde das Auto ihrer Mutter nehmen und mich um halb sieben abholen. Ich hatte Fußballtraining bis halb sechs, aber da wir nur eine Viertelstunde mit dem Fahrrad entfernt wohnten, dachte ich, ich hätte reichlich Zeit, um heimzufahren, zu duschen und mich umzuziehen. Ich wollte fertig sein, wenn sie kam, damit wir nicht mit Suzanne Konversation machen mussten, während Kevin herumstolzierte und Amanda unter die Lupe nahm.

Als das Training zu Ende war, ging ich an den Duschen vorbei gleich zu meinem Fahrrad. Ich hatte die Ortschaft hinter mir gelassen und strampelte wie wild an Cahills Farm entlang, als mein Hinterreifen plötzlich schlingerte. Ich wusste sofort, dass er platt war.

Ich stieß jeden Fluch aus, den ich kannte. Ich dachte daran, mein Rad im Straßengraben liegen zu lassen, aber ich wusste, dass es nicht mehr da sein würde, wenn ich es holen wollte. Also schob ich das Rad neben mir her und ging, so schnell ich konnte. Nach der Farm kam eine Tankstelle. Ich rief bei ihr zu Hause an, aber keine Antwort. Dann rief ich bei uns an. Auch keine Antwort. Kevin trieb sich neuerdings am Freitag nach dem Footballtraining mit ein paar Freunden herum. Einer arbeitete in einem dieser Läden, die immer offen haben, und konnte meistens einen Sixpack mitbringen.

Der Tankwart versuchte meinen Reifen zu flicken, aber der Schlauch war so alt und rissig und so oft geflickt, dass er nicht mehr hielt. Er sagte, ich könne das Rad dalassen und am nächsten Tag morgens abholen, und so fing ich wieder zu laufen an. Meine Kondition war gut, aber ich war eben zwei Stunden lang den Fußballplatz auf und ab gerannt, und es dauerte nicht lang, bis ich außer Atem war. Um zehn vor sieben humpelte ich schließlich unsere Straße entlang. Amandas Auto stand vor dem Haus. Unser Auto war in der Einfahrt.

Als ich in die Küche kam, saß sie am Tisch, ein Glas Wein vor sich, und lachte über irgendetwas. Kevin, geduscht, umgezogen und nach Jade East duftend, saß auf einem Hocker und trank Bier. Ich war so sauer und frustriert und erschöpft, dass ich herausplatzte: »Wo zum Teufel ist Suzanne?«

Kevin lachte. »Sie arbeitet heute, erinnerst du dich? Ich hol sie in einer halben Stunde am Bahnhof ab. Und uns geht's gut, danke der Nachfrage.«

Amanda lachte wieder, als sei das das Lustigste gewesen, was sie je gehört hatte.

Ich fühlte, dass mein ganzes Blut in Expressgeschwindigkeit in Richtung Kopf unterwegs war. »Tut mir Leid.« Ich sah nur sie an. »Ich hatte einen Platten. Ich versuchte dich anzurufen, aber …«

»Schon gut.« Sie schenkte mir ihr lebensveränderndes Lächeln. »Ich musste noch was besorgen, bevor ich herkam. Zieh dich um, dann können wir gehen.«

Es war fast halb acht, als wir aus dem Haus kamen, und mir war klar, dass wir auf keinen Fall zu Abend essen und es dann noch rechtzeitig zum Konzert schaffen konnten.

Amanda plauderte lebhaft und lachte über alles, selbst über Dinge, die gar nicht lustig waren, während ich immer tiefer in Trübsal versank.

»Was ist los mit dir?«, fragte sie. »Morgen kriegst du dein Rad doch wieder.«

Ich starrte sie nur an, und die Kluft, die zwischen uns gähnte, war direkt zu sehen. Dachte sie etwa, ich würde mich wegen des Fahrrads aufregen? Ich konnte es nicht erklären. Ich wusste nicht einmal, wo ich anfangen sollte. Sie redete munter weiter.

»Ehrlich, Mac, so wie du Kevin geschildert hast, habe ich ein Ungeheuer mit zwei Köpfen erwartet. Er ist eigentlich ganz nett. Und lustig. Er sagte, ich solle doch eure Mutter kennen lernen. Du hast mir nie erzählt, dass sie Künstlerin ist …«

»O doch.«

»O nein. Du hast gesagt, sie arbeitet in einer Galerie. Da dachte ich, sie sei Empfangsdame oder so was. Kevin sagt, sie sei zum Studium an der Sorbonne zugelassen worden. Ich würde mich gerne mit ihr unterhalten.«

Als ich meine Brieftasche herausnahm, um zu bezahlen, fielen die Karten heraus, und sie nahm eine in die Hand.

»Die sind ja für heute Abend.« Sie schaute mich fragend an. »Warum hast du nichts gesagt?«

Ich zuckte die Achseln. »Ich dachte, wir hätten sowieso keine Zeit.«

»Wir hätten doch nach der Show essen können.«

»Ich dachte, du würdest nicht hin wollen.«

Sie sah mich sonderbar an. »Warum hast du dann die Karten gekauft?«

»Ich weiß nicht. Einfach nur so. Ich weiß nicht, okay?«

»Bist du sauer auf mich?«

Ich sah ihr in die Augen, und ich war zu müde und traurig, um meine Gefühle zu verbergen, und so ließ ich sie einfach an die Oberfläche kommen und dort bleiben. Wie eine Opfergabe. »Nein. Nicht auf dich.«

Sie schürzte die Lippen und zuckte die Achseln. »Mir scheint, ich verstehe dich nicht mehr. Seit ich zurück bin, benimmst du dich so komisch. Du magst meine Frisur nicht oder meine Kleider oder die Art, wie ich spreche. Was willst du von mir?«

Was ich von ihr wollte? Alles. Ich wollte, dass sie merkte, was geschah. Ohne dass ich es deutlich aussprechen musste. Ich wollte, dass sie sagte, sie wäre gern zu der Show gegangen. Ich wollte, dass sie sagte: »Du hast Recht mit deinem Bruder. Er ist wirklich ein Trottel.« Und dass sie dann lachte. Was ich wirklich wollte, war, diesen Tag zurückzuspulen und ihn dann von Anfang an so ablaufen zu lassen, wie er hätte laufen sollen.

»Nun, was?« Es war keine Betroffenheit in ihrer Stimme. Nur Neugier.

Ich lehnte mich im Stuhl zurück. »Ich weiß nicht.«

Sie griff nach ihrer Tasche. »Ich glaube, ich bring dich jetzt besser heim«, sagte sie.

Zwei Wochen später hatten sie und Kevin ihre erste Verabredung.

Eine Zeit lang sah ich sie nicht. Ich kannte die Plätze, wo sie sich in der Schule und im Ort gern aufhielt, und mied sie methodisch. Aber ich sprach am Telefon mit ihr. Wenn sie Kevin anrief.

Er tat immer zu beschäftigt, um ans Telefon zu gehen, und so musste ich den Anruf annehmen und ihm sagen, Amanda wolle ihn sprechen. Ich kam mir schon bald wie ein Pawlowscher Hund vor. Sobald das Telefon läutete, hatte ich das Gefühl, ich müsse mich übergeben.

Was mich daran hinderte, völlig in Verzweiflung zu verfallen, war der Gedanke tief im hintersten Winkel meines Herzens, dass es bald vorbei sein würde. Er würde sie fallen lassen, wie er jede andere fallen ließ, und ich würde bereit stehen, um die Scherben aufzusammeln und sie großherzig zurückzunehmen. Viele Abende lang malte ich mir dieses Gespräch aus, bevor ich in Schlaf fiel.

Das letzte Footballspiel des Jahres fand am ersten November statt. Seit jeher war das letzte Spiel der Saison das Duell mit Palmer, unserem Erzrivalen, und alle waren mächtig aufgedreht, weil wir wussten, dass wir es dieses Jahr unseren Gegnern zeigen würden. Wir konnten gar nicht verlieren.

Amanda würde auf der Tribüne sitzen – genau über der Stelle, an der ich sie zum ersten Mal geküsst hatte –, zusammen mit den Freundinnen der anderen Spieler. Ich fand den Gedanken tröstlich, dass sie das furchtbar finden würde. Nach dem Spiel würde es eine Tanzveranstaltung geben, und dann würden alle zu privaten Partys in den

Elternhäusern weiterziehen. Wir würden diesen Sieg wochenlang feiern.

Die erste Ahnung, dass nicht alles nach Plan laufen würde, beschlich mich, als ich um sieben auf den Platz kam und Ausschau hielt nach Jason Garfield und Buddy Love, zwei Kumpels aus dem Fußballteam, mit denen ich verabredet war. Ich stand vor dem Kiosk und wartete, als eine Gruppe von acht Mädchen unter hysterischem Gelächter aus dem Waschraum kam. Ein kurzer Blick genügte, um zu sehen, dass Amanda mitten unter ihnen war. Ein Herz und eine Seele mit diesen Mädchen, über die sie sich immer lustig gemacht hatte. Das Unheimlichste daran war, dass sie, von den Haaren abgesehen, genauso aussah wie alle anderen.

Als sie an mir vorbeigingen, schaute ich sie so intensiv an, dass sie es fühlen musste, denn sie blickte auf, und unsere Augen trafen sich für eine Sekunde. Sie schien zu zögern, als wolle sie etwas sagen – vielleicht war das aber auch nur Wunschdenken von meiner Seite –, aber dann schaute ich auf meine Uhr, als würde ich auf jemand warten, und als ich wieder aufblickte, waren die Mädchen vorbei und stiegen die Treppe zur Tribüne hinauf.

Das Nächste, was falsch lief, war, dass wir bis zur Halbzeit hinten lagen, sieben zu sechs. Offensichtlich war unser Team nicht das einzige, das sich für heute Abend aufgeputscht hatte. Niemand hatte Augen für die Pausenshow. Wir standen alle wie in Trance herum und wagten kein lautes Wort.

Ich habe keine Ahnung, was an diesem Abend in der Kabine vor sich ging. Was der Trainer zu den Spielern sagte. Ich habe nie Football gespielt, aber ich habe viel Sport getrieben und eine Menge Trainer kennen gelernt. Jeder hat in einer solchen Situation eine andere Taktik. Einige zetern und toben und treiben die Spieler mit Beleidigungen zum

Sieg. Andere liefern Aufmunterungen von der Sorte: *Ein Tor für Gott und das Vaterland!* Wieder andere geben sich gelassen und versuchen dich mit Logik davon zu überzeugen, dass du rausgehen und das Spiel umdrehen kannst. Ich kannte auch ein paar, die uns beten ließen. Als ob es Gott interessierte, ob wir Palmer schlugen oder nicht.

Wie auch immer, die Mannschaft kam aus der Kabine und tat, was sie in der ersten Halbzeit schon hätte tun sollen, und wir fegten Palmer mit einundzwanzig zu sieben vom Platz. Zwei von unseren drei Touchdowns erzielte Kevin, natürlich. Ich freute mich, dass wir gewonnen hatten, aber ich wusste, dass man mit Kevin die nächsten drei Wochen nicht würde zusammenleben können.

Ich weiß nicht, warum ich zu der Tanzveranstaltung ging. Ich wusste genau, was geschehen würde. Und so kam es auch. Ich stand herum, die Hände in den Taschen, und tat so, als freute ich mich über den Sieg, als amüsierte ich mich, als musterte ich die Mädchen … und dabei verfolgte ich die ganze Zeit die Tanzenden mit den Augen, um Kevin und Amanda zu suchen. Und ich fand sie nur zu oft.

Er klebte förmlich an ihr, und sie wirkte, als werde es ihr langsam peinlich. Einmal sah ich, dass sie einen Schritt von ihm weg tat, sie sah verärgert aus. Ich wäre gern hingegangen und hätte ihm eine gescheuert, aber ich sagte mir, sie habe ihre Wahl getroffen und könne schon selbst auf sich aufpassen.

Mindestens zweimal sah ich die beiden mit ein paar anderen Footballspielern und deren Freundinnen hinausgehen. Ich wusste, dass sie auf dem Parkplatz trinken oder einen Joint rauchen wollten. Schließlich gingen sie noch mal hinaus und kamen nicht zurück, und da dachte ich, sie seien auf eine Party gegangen. Buddy und Jason wollten auch zu einer Party, bei einem Mädchen aus dem Cheerleader-Team zu Hause, aber ich hatte genug.

Ich ging meine Jacke holen, die ich über eine Stuhllehne gehängt hatte, und als ich mich umdrehte, stand Amanda vor mir. Sie sah aus, als habe sie geweint. Das Make-up um ihre Augen war ein bisschen verschmiert, und ihre Nase war rot. Mein erster Gedanke war, dass es nun doch früher so gekommen war, wie ich es vorhergesehen hatte. Entweder hatte Kevin ihr den Laufpass gegeben, oder er hatte sie so wütend gemacht, dass sie ihn stehen ließ. Ich versuchte mir sofort die noble, großherzige Rede ins Gedächtnis zu rufen, die ich für eine solche Gelegenheit vorbereitet hatte.

Aber dann hörte ich ihr erst mal zu. Sie sagte, obwohl wir nicht mehr zusammen seien, habe sie mich immer noch sehr gern, und sie sei überzeugt, ich sei ein Mensch, an den sie sich wenden könne, wenn sie Hilfe brauche. Sie redete und redete, und so guter Stimmung ich gerade noch gewesen war, so schnell war ich nun enttäuscht, dann niedergeschlagen, dann verärgert und schließlich stocksauer.

Was ich am Ende verstand, war, dass Kevin sturzbetrunken war, aber entschlossen, zu fahren, und er wollte ihr die Schlüssel nicht geben, und sie war auch nicht mehr recht nüchtern. Kurz, ob ich Kevin die Schlüssel abnehmen und sie heimfahren würde?

Ich starrte sie an. »Warum nimmst du kein Taxi?«

In ihren Augen sammelten sich Tränen und fingen an, ihre Wangen herunterzulaufen. »Du hasst mich wirklich, stimmt's?«

Ein Teil von mir hasste sie tatsächlich. Aber ein anderer Teil fühlte sich furchtbar mies. Und ein dritter Teil wollte, dass ich die Arme um sie lege und sie mein ganzes Harrington-Highschool-Fußballtrikot voll heulen lasse.

Sie merkte, dass ich weich wurde, und drehte voll auf. »Bitte, Mac. Ich werde dich nie wieder um etwas bitten. Ich habe solche Angst davor, mit ihm zu fahren. Er ist völlig hinüber.«

Ich zog meine Jacke an. Ich wusste, ich sollte einfach zum Münztelefon draußen vor der Sporthalle gehen und ihr ein Taxi rufen. Ich würde meinen Führerschein erst in vier Tagen bekommen. Aber in meinem Hirn geisterte immer noch die Vorstellung herum, dass sie mir irgendwann in die Arme fallen würde – ja, zunächst sicher nur aus Dankbarkeit. Aber dann würde ihr langsam klar werden, dass sie einen Fehler gemacht hatte, und sie würde mich unter Tränen bitten, sie zurückzunehmen. Sie musste doch einfach genauso empfinden wie ich …

Ich seufzte. Ich zog meine Handschuhe an. Ich sagte: »Wo ist er?«

Sie nahm mich beim Arm und führte mich auf den Parkplatz. Kevin saß auf dem Fahrersitz. Er war noch bei Bewusstsein, aber das war schon alles. Er leistete nicht viel Widerstand. Das Schwierigste war, ihn auf die andere Seite zu bugsieren, aber wir schafften es, und er verlor prompt das Bewusstsein. Sie stieg hinten ein und lehnte sich erschöpft an die Tür.

Ich fuhr auf der Rückseite des Grundstücks hinaus auf die Dunham Street, bog um die Ecke und hielt an der roten Ampel.

»Danke, Mac«, flüsterte sie.

Die Ampel wurde grün, ich setzte den Fuß aufs Gas, fuhr in die Kreuzung ein, und die Welt ging in Trümmer.

Es hieß später, der Fahrer des Lieferwagens habe die Bremse nicht einmal ansatzweise berührt.

Zweiundzwanzig

12. Januar 1991
Ms. Ellen Liederman & Ms. Wynter Morrison
Queen Street Bakery
6005 Queen Street
Seattle, WA 98110

Liebe Ms. Liederman, liebe Ms. Morrison,

ich schreibe Ihnen, um mich vorzustellen – Dr. Harvey Mendina. Zum 15. Januar werde ich der neue Eigentümer des Conant Wren Building, 6005 Queen Street, Seattle, WA 98110, sein, in dem Ihre Firma, die Queen Street Bakery, Mieter ist.

Wenn ich auch selbst in Bellevue wohne, so weiß ich doch die Geschichte und den Charme des Conant Wren Building sehr wohl zu schätzen, desgleichen auch seine Lage im Viertel von Upper Queen Anne. Aber ich möchte Sie mit meinen Plänen bekannt machen, die Zukunft dieses architektonisch bedeutenden Gebäudes betreffend. Sie wissen sicher selbst, dass eine Renovierung des Gebäudes sowie eine Verbesserung der Außenanlagen, z. B. Garten, Beleuchtung, Parkmöglichkeiten, nötig ist. Ich bin der Meinung, dass dies das Conant Wren auf den Standard anderer Bauten im Viertel bringen und zu einer Niveausteigerung des Viertels und der ganzen Umgebung beitragen wird. Natürlich sind, wie wir alle wissen, derartige Sanierungsmaßnahmen mit bedeutenden Kosten verbunden.

Deshalb sehe ich mich gezwungen, die Mieten im Haus um 20 % anzuheben, in Ihrem Fall ab dem 1. Mai, wenn Ihr alter Mietvertrag ausläuft. Das wird mich in die Lage versetzen, auf die Klagen einzugehen, die in letzter Zeit an Mr. Walsenberg gerichtet wurden, betreffend die Elektro- und sonstigen Installationen. Dazu kommt eine Gesamtrenovierung des Gebäudes, wie zum Beispiel Anstrich, Sandstrahlbehandlung der Ziegel, die Erneuerung von Türen und Fenstern und die Wiederherstellung einiger architektonischer Details, die verloren gegangen oder verfallen sind.

Beiliegend zwei Exemplare des neuen Mietvertrags, in dem diese Veränderungen sich niederschlagen. Bitte schicken Sie möglichst bald beide Exemplare unterschrieben an mein Büro. Dann werde ich Ihnen eine voll ausgefüllte Kopie für Ihre Akten zuschicken.

Ich freue mich auf unsere Zusammenarbeit, die das Ziel haben wird, die Queen Street Bakery und das Conant Wren Building auf die Höhe ihrer Möglichkeiten zu bringen. Sollten Sie Fragen oder Anmerkungen dazu haben, rufen Sie mich bitte an unter (425) 433-0076.

Mit freundlichen Grüßen
Harvey J. Mendina

Ich lese den Brief noch einmal, nur um sicher zu gehen, dass ich nichts Wesentliches übersehen habe. Zum Beispiel die Worte *Nur ein Scherz!* mitten im Text.

Ich lege ihn auf den Tisch, ohne Ellen anzuschauen. »Hast du gewusst, dass unser Haus einen Namen hat?«, frage ich.

»Ja. Er steht auf dem kleinen Steinschild, das unter dem Dachfirst aufgehängt ist. Es ist nur so schmutzig, dass man es nicht mehr sieht.«

»Hast du gewusst, dass das Haus *architektonisch bedeutend* ist?«

Sie hebt den Brief auf und starrt ihn an. »Nein, ich wüsste nicht, weshalb. Ich fand es immer ziemlich hässlich.«

»Das kann er nicht machen.«

Sie lächelt mir zu. »Und ob er kann. Es überrascht mich nicht einmal. So, wie es hier im Viertel läuft, war es nur eine Frage der Zeit.«

»Ich möchte wissen, ob sonst noch jemand einen Brief bekommen hat.«

»Kommt wahrscheinlich darauf an, wann der jeweilige Mietvertrag ausläuft. Vielleicht schnüffle ich ein bisschen rum und schaue, was ich rausbringen kann.«

»Wir könnten uns zusammentun. Die Leute hier werden sich das nicht gefallen lassen.«

»Wyn, ich würde nicht mit viel Unterstützung rechnen. Es gibt eine Menge neuer Leute im Viertel. Sie sind wahrscheinlich gerade wegen solcher Dinge hierher gezogen. Der Wert der Immobilien wird steigen, die Gegend wird aufgepeppt …«

»Damit die Straße sicher wird für Yuppies und Franchise-Unternehmen, ich weiß. Aber er kann doch nicht einfach hergehen und uns rauswerfen. Ich glaube, vor allem müssen wir ihn anrufen und gegen die Mieterhöhung protestieren. Es muss doch irgendein Gesetz geben …«

Sie lacht, aber nicht freudig. »Eine Frau, die immer noch versucht, ihrem Ex eine finanzielle Regelung abzuringen, wobei er schon längst wieder verheiratet ist, sollte es besser wissen.«

»Schön, wenn wir nichts dagegen machen können, dann gibt es ja noch andere Gegenden, in denen wir willkommen wären. Ballard, Wallingford, Fremont. Wir sind auf dieses Haus nicht angewiesen.«

»Wyn, wir stecken schon bis über beide Ohren in Schulden. Wir können uns nicht einfach aufrappeln und neu anfangen. Wir würden nie wieder den Kopf über Wasser kriegen. Ich hätte es schon gar nicht zulassen sollen, dass du dein Geld hier reinsteckst. Ich hätte die Anzeichen erkennen und die Firma voriges Jahr an die Great Northwest Bread Company verkaufen sollen.«

»Es muss doch irgendetwas geben, was ...«

»Wyn. Du hörst mir nicht zu. Ich mach das jetzt seit zehn Jahren. Ich habe das ewige Kämpfen satt. Ich habe es satt, mir mit Ach und Krach den Lebensunterhalt zu verdienen und mir dabei ständig Sorgen zu machen, wie lange die Öfen noch durchhalten, wie hoch die Steuern nächstes Jahr sein werden, wenn diese neue Steuerveranlagung für kleinere Betriebe durchkommt. Wir können uns nicht einmal eine neue Toilette leisten. Das Leben muss nicht unbedingt so hart sein. Ich kann auch was anderes machen. Und Lloyd nervt mich dauernd damit, dass er nach Whidbey ziehen möchte ...«

Ich schaue durch die Vordertür. Auf die andere Straßenseite, wo der Gemüseladen war und jetzt eine neue, strahlend weiße Galerie mit riesigen Fenstern das Auge blendet.

»Er kann gar nichts machen, solange unser Vertrag läuft. Warum sollen wir nicht mit Gene und Myra sprechen? Und mit diesen neuen Leuten, denen das Postkartengeschäft gehört.«

»Allen und Rob? Die sind wahrscheinlich gar nicht betroffen. Sie sind erst letzten Sommer eingezogen, also gilt ihr Mietvertrag mindestens noch zwei Jahre.«

»Ich will wenigstens hören, was sie wissen. Und zuvor rufe ich noch Mendina an.«

Während ich den guten Onkel Doktor anrufe, geht Ellen nach nebenan, um mit Myra zu sprechen, und dann zum letzten Laden im Haus, zu Gene, dessen Fotostudio das größte Mietobjekt im Gebäude ist.

»Hast du was erreicht?«, fragt sie, als sie zurückkommt.

»Seine Sprechstundenhilfe klingt wie diese Telefonistin, die von Lily Tomlin gespielt wird.«

»Ernestine?«

»Genau. *Der Doktor hat gerade einen Patienten. Kann ich ihm den Grund Ihres Anrufs übermitteln?«*

»Übermitteln?«

»Das hält sie bestimmt für vornehm. Ich hinterließ also eine Nachricht, dass er uns anrufen soll. Ich sagte nicht, worum es geht, aber das kann er sich leicht ausrechnen. Was haben Myra und Gene gesagt?«

»Myra hat ihren Brief im Dezember bekommen. Ihr Vertrag läuft im April aus. Sie weiß noch nicht, was sie tun wird. Sie möchte sich gern mit uns treffen und die Sache besprechen. Genes Vertrag läuft noch bis Jahresende, aber er sagt, er wird die Erhöhung einfach hinnehmen. Sein Geschäft läuft gut, und er hat keine Lust umzuziehen.«

»Beneidenswert.«

Als sie die Arme verschränkt und sich noch tiefer in den Stuhl sinken lässt, komme ich zu der deprimierenden Erkenntnis, dass die Sache für sie bereits erledigt ist.

Ich gebe Mendina drei Tage. Als er bis Freitagmorgen noch nicht zurückgerufen hat, rufe ich wieder an. Wieder ist Ernestine dran. Dr. Mendina hat gerade einen Patienten. Schon wieder. Ich hinterlasse wieder eine Nachricht. Ich versuche es am Samstag wieder. Vielleicht ist er ja in der Praxis, weil er Bürokram erledigen muss. Ich erreiche nur den Anrufbeantworter.

Am Dienstag reicht es mir wirklich. Wieder ist Ernestine am Telefon, und wir spulen wieder einmal das ganze Programm ab, aber als sie diesmal fragt, ob ich eine Nachricht hinterlassen möchte, frage ich: »Wie viele muss ich denn hinterlassen, bevor er zurückruft?«

»Tut mir Leid, Dr. Mendina ist sehr beschäftigt ...«

»Ich bin auch sehr beschäftigt. Und außerdem bin ich eine seiner Mieterinnen, und ich muss ihn sprechen. Ich bleibe am Apparat.«

»Tut mir Leid, aber das geht nicht. Er ist gerade mit einer Wurzelbehandlung beschäftigt und wird mindestens eine Stunde nicht zu erreichen sein.«

»Dann sagen Sie mir, wann er erreichbar ist.«

»Dr. Mendina nimmt keine Anrufe an. Ich übermittle ihm die Nachrichten, und er ruft zurück.«

»Nun, bei mir ruft er nicht zurück.«

»Tut mir Leid, aber ich kann ihm nur Ihre Nachricht ausrichten.«

In diesem Augenblick wünsche ich mir, ich hätte Dr. Mendinas Hand in meinem Mund und könnte ihn beißen, aber ich sage nur: »Dann richten Sie ihm bitte aus, dass Wynter Morrison und Ellen Liederman ihn dringend zu sprechen wünschen, und zwar so bald wie möglich.«

Ich nehme die Kaffeetasse, die Ellen mir hinhält. »Ich glaube, Ernestine ist ein Android. Sie verfügt über gewisse programmierte Antworten und weicht keinen Schritt davon ab.«

»Es ist sonnenklar, dass er überhaupt keine Lust hat, mit uns zu sprechen.«

Ich schlürfe meinen Espresso und sehe zu, wie ein Golden Retriever mit seidigem Fell an der Schüssel vor unserer Tür Wasser schlappt. Vielleicht hat er keine Lust dazu, aber bei Gott, er wird mit uns sprechen.

Am Sonntag nach Ladenschluss besuche ich Ellen in der Bäckerei. Es ist einer dieser Nachmittage, wo man am liebsten zu Hause bleiben möchte – dunkel, windig, kalt, und der Regen prasselt wie Maschinengewehrfeuer. Als ich ankomme, hat Ellen den Heizlüfter eingeschaltet, und das Wasser im Teekessel kocht. Während ich meinen Mantel aufhänge, richtet sie eine Platte mit Cookies von gestern her – Hafer mit Walnüssen und getrockneten Kirschen, Erdnussbutter mit Schokoladenflocken, Apfel mit Zimt.

Als Myra an die Tür klopft, öffne ich ihr und lasse dann alle Rollläden herunter. Denn es ist eigenartig: Leute, die seit Jahren im Viertel wohnen und unsere Öffnungszeiten ebenso gut kennen wie wir, versuchen, sobald sie jemanden im Laden sehen, hereinzukommen, ganz egal, ob Tag oder Nacht. Oder sie bleiben an der Tür stehen und hämmern so lange dagegen, bis jemand öffnet, und dann sagen sie »Oh, ist etwa geschlossen?«

»Danke, dass du gekommen bist«, sagt Ellen.

»Kein Problem. Ich musste sowieso bei meiner Tante Lou vorbeischauen.« Sie hängt ihren tropfnassen Mantel auf und reibt sich vor dem Heizlüfter die Hände.

Wir ziehen Stühle an den Tisch und machen uns Tee, bevor wir zu reden beginnen.

»Also«, sagt Ellen, einen Bissen Hafercookie im Mund.

Sie schaut Myra an. »Hast du noch mal darüber nachgedacht, was du tun willst?«

Myra knabbert an einem Apfel-Zimt-Cookie, wischt sich einen Krümel aus dem Mundwinkel und schaut dabei die ganze Zeit zur Decke.

»Wisst ihr, ich glaube, ich gebe einfach auf«, sagt sie schließlich. »Ich habe mit meinem Anwalt gesprochen, und er sagt, da sei kaum etwas zu machen. Schließlich gehört das Haus Mendina. Er sagt, ich hätte mit Nate einen neuen Mietvertrag abschließen sollen, bevor er verkaufte, dann hätte der neue Eigentümer ihn übernehmen müssen. Und er kann einen dann nicht rauswerfen oder die Miete erhöhen oder sonst was.«

»Gut zu wissen. Jetzt, wo es zu spät ist.« Ich stelle meine Teetasse ab. »Es wundert mich, dass Nate da nicht dran gedacht hat.«

Ellen stützt das Kinn in die Handfläche. »Hat er vielleicht. Vielleicht war das aber eine Bedingung bei dem Geschäft mit Mendina. Oder vielleicht war er mit den Gedanken woanders … Ich meine, er hat doch gesagt, dass Libby krank ist. Er wollte wahrscheinlich nur alles loswerden und von hier verschwinden.«

»Ich habe mit meiner Cousine gesprochen, ob wir uns nicht einen Laden oben in La Conner kaufen sollen«, sagt Myra. »Ich würde nicht so viel verdienen, aber dort ist das Leben billiger, und ins Geschäft muss man auch nicht so viel investieren.« Sie bricht den Rest von ihrem Cookie in Stückchen. »Und was habt ihr vor?«

Ellen seufzt. »Ich denke, wenn wir nur mit ihm sprechen könnten … Vielleicht könnten wir ihn überreden, die Sache ein bisschen anders anzugehen. Ich meine, er schafft sich damit von Anfang an viele Gegner.«

»Ich habe gelesen, dass man etwas dagegen tun kann, dass sich ein Viertel so verändert.« Ich schaue Myra an. »Manchmal reicht es, wenn die Mieter sich zusammenschließen. Und die Leute in der Gegend können auch etwas bewirken, wenn sie ihr Interesse an der Erhaltung der bestehenden Geschäfte zeigen. Natürlich ist es einfacher, nicht zu kämpfen. Es kostet Zeit und Mühe, die man auch im Geschäft gut brauchen könnte. Aber wenn jeder einfach kuscht vor Leuten wie Harvey, dann … dann geht es mit dem Viertel dahin.«

Ihr Gesicht wird fleckig, was wohl bedeutet, dass sie errötet.

»Es wird dann auch immer schlimmer.« Ellen übernimmt. »Wenn sich herausstellt, dass einer sich einschüchtern lässt, dann ist niemand mehr sicher. Ich glaube, das sollten wir Gene sagen. Wir müssen uns alle gegenseitig unterstützen …«

Als sie Atem holt, schüttelt Myra betrübt den Kopf. »Ich kann nicht, Leute. Ich kann es nicht riskieren, hier rauszufliegen und nicht zu wissen, wo ich hinkann. Ich bin eine alleinerziehende Mutter und bekomme keinen Unterhalt. Und wenn ich noch vor April nach La Conner ziehen möchte, muss ich mich ranhalten …«

Ich tue, als hätte ich sie nicht gehört. »Und die Burschen im Postkartenladen kümmern sich nicht, weil es sie nichts angeht. Noch nicht. Aber was geschieht, wenn ihr Mietvertrag ausläuft? Sie werden durch eine Hallmark-Filiale ersetzt, ganz klar. Und das Gleiche kann dir auch da oben in La Conner passieren, Myra. Wo gehst du dann hin?«

»Bis dahin bin ich hoffentlich tot.« Sie versucht zu lachen.

»Was ist mit deinem Sohn?«, fragt Ellen. »Freut er sich,

wenn er seine Freunde verlassen und da hinaufziehen muss?«

»Nein, natürlich nicht.« Sie fummelt an ihrem Cookie herum und zerbröselt es zu kleinen Krümelhaufen. »Aber er wird es überstehen. Wir alle müssen Dinge tun, die wir eigentlich nicht wollen.« Sie schiebt abrupt ihren Stuhl zurück und steht auf. »Tut mir Leid, Mädels. Ich muss meinen Jungen abholen.« Und draußen ist sie.

Ich werfe Ellen einen missbilligenden Blick zu. »Das Strategiemeeting der Protestführer findet nicht statt.«

Ellen lacht und legt ihren Kopf auf die Arme.

»Was ist da so verdammt komisch?«

»Du.« Sie setzt sich auf und legt mir die Hand auf die Schulter. »Du kannst den Leuten ganz wunderbar ein schlechtes Gewissen einreden.«

Sobald ich am Montagnachmittag aufwache, stehe ich auf und schleiche auf Zehenspitzen aus dem Haus, während Cody noch schnarcht und dabei einen Lärm macht wie das texanische Kettensägenmassaker. Es ist erstaunlich, was dieser zart aussehende kleine Körper für Geräusche produzieren kann. Der Wind ist scharf und kalt und braust durch meine Jeans, aber wenigstens regnet es nicht.

In der Bäckerei ist die Mazurka-Gang unter den Klängen von Van Morrison fröhlich mit dem Schneiden, Einwickeln und Etikettieren beschäftigt. Ellen und ich setzen uns ins leere Café, zwischen uns auf dem Tisch ein Telefon.

Ich bin zuerst an der Reihe.

Ich versuche meine Stimme genauso unverbindlich freundlich zu machen wie Ernestine, aber es ist schwierig. Wir absolvieren das übliche Ritual. Sie nimmt meine Nachricht entgegen. Ich gebe Ellen das Telefon, und sie ruft an.

Nachdem wir das ein paarmal wiederholt haben, sagt Ernestine: »Miss Liederman …«

»Hier Morrison«, korrigiere ich sie höflich. »Miss Liederman ist meine Partnerin.«

»Miss Morrison, ich kann keine Nachrichten mehr von Ihnen entgegennehmen.«

»Das macht nichts, denn wir rufen jetzt einfach immer wieder an. Wir können auch ein paar unserer Angestellten bitten, bei Ihnen anzurufen. Würde das vielleicht Ihre Leitungen blockieren?«

»Was wollen Sie denn eigentlich?« Endlich klingt es, als sei Ernestines Beherrschung ein bisschen erschüttert.

»Das Gleiche, was wir immer wollten. Mit Dr. Mendina sprechen.«

»Aber ich habe Ihnen doch erklärt, dass er nicht zu sprechen ist. Ich richte ihm Ihre Nachricht aus, aber er kann im Moment nicht an den Apparat kommen.«

»Macht nichts«, sage ich. »Aber nachdem er nie zurückruft, rufen wir eben so lange an, bis er mal ans Telefon gehen kann. Also …«

»Warten Sie!« Sie atmet heftig. »Ich sehe nach, ob ich ihn holen kann. Bitte bleiben Sie am Apparat.«

Nach einer erstaunlich kurzen Pause sagt eine Männerstimme: »Ja?«

»Dr. Mendina, nehme ich an?« Aber er versteht keinen Humor.

»Ja. Was kann ich für Sie tun?«

»Hier ist Wyn Morr…«

»Ich weiß, wer Sie sind, Miss Morrison, und ich muss sagen, es ist unglaublich unhöflich, den Betrieb hier mit pausenlosen, aufdringlichen Anrufen zu stören, und ich …«

»Entschuldigung, aber ich finde es unglaublich unhöflich, dass Sie auf unsere Anrufe nicht reagieren. Wir wollen Ihnen ja schließlich kein Zeitschriften-Abo andrehen. Wir wollen über unsere Miete sprechen.«

»Wenn Sie eine Nachricht hinterlassen hätten, hätte ich Sie angerufen.«

»Wann denn? Ich habe mindestens sechs Nachrichten hinterlassen, die heutige gar nicht gerechnet.«

»Wirklich? Sehr eigenartig. Ich erinnere mich nicht, eine davon gesehen zu haben.«

»Dann sollten Sie vielleicht daran denken, eine neue Sprechstundenhilfe einzustellen.«

»Tut mir Leid, da ist etwas schief gelaufen. Nun, worüber wollten Sie mit mir sprechen?«

»Wir wollten über die Mieterhöhung um zwanzig Prozent diskutieren.«

»Da gibt es nichts zu diskutieren.«

»Ich muss Ihnen mitteilen, dass Sie uns mit einer so gewaltigen Erhöhung praktisch vertreiben.«

»Das täte mir Leid. Tatsache ist aber, dass diese Erhöhung notwendig ist, wenn das Gebäude saniert und restauriert werden soll.«

»Finden Sie zwanzig Prozent nicht ein bisschen übertrieben?«

»Nein.«

»Ich glaube, es wäre günstiger für Sie, ein bisschen weniger Geld einzunehmen und dafür langjährige Mieter im Haus zu haben, als ein prächtiges Gebäude mit viel Leerstand zu haben.«

»Ich kann Ihnen versichern, Miss Morrison, dass da nicht lange etwas leer stehen wird. Wenn Sie wirklich ausziehen wollen.«

»Wir wollen nicht ausziehen, Sie werfen uns praktisch hinaus.«

»Ganz bestimmt nicht. Habe ich Ihnen nicht einen Mietvertrag geschickt? Sie brauchen ihn nur zu unterschreiben, und Sie sind weiterhin meine geschätzten Mieter.«

»Das können wir uns eben nicht leisten.«

»Haben Sie schon daran gedacht, Ihre Preise zu erhöhen? Die Miete kann man doch auf die Preise umlegen.«

Herablassender Idiot. »All Ihren Wahnvorstellungen – Verzeihung, Illusionen über dieses Viertel zum Trotz werden die Menschen, die hier leben, nicht drei fünfzig für ein Muffin bezahlen.«

»Da sind Sie wahrscheinlich zu kurzsichtig. Die Leute – vor allem diejenigen, die in Scharen nach Queen Anne ziehen – werden bezahlen, was verlangt wird. Vor allem, wenn die Waren in einem schönen Ambiente präsentiert werden. Ich habe die Queen Street Bakery gesehen – sie könnte wirklich eine Renovierung brauchen. Werfen Sie diese billigen Tische und Stühle raus, kaufen Sie Möbel im europäischen Stil, ein paar französische oder italienische Cafétische, ein paar hübsche, bequeme Stühle. Modernisieren Sie auch den Raum an sich, richten Sie ihn mit Edelstahl und Glas ein, machen Sie alles heller. Machen Sie es eleganter, zeitgemäßer ...«

Ich muss unwillkürlich lachen. »Das kostet alles Geld. Übernehmen Sie die Kosten?«

»Miss Morrison ...«

»Außerdem ist die Bäckerei eine Institution im Viertel. Die Leute mögen sie so, wie sie ist. Sie wollen kein Kaffeehaus im europäischen Stil. Davon gibt es schon jede Menge. Die Bäckerei hat den gleichen Charakter wie das ganze Viertel ...«

»Und der Charakter des Viertels ändert sich schnell. Das liegt nicht an mir. Diese Veränderung ist schon seit einiger Zeit im Gang. Wenn ich das Haus nicht gekauft hätte, hätte es ein anderer getan, und Sie stünden genau vor dem gleichen Problem. Ich wäre Ihnen also dankbar, wenn Sie mich in diesem Drama nicht zum Schurken machen würden. Worauf es hinausläuft, ist dies: Sie können unterschreiben, modernisieren und Erfolg haben, oder Sie können sich dem Wandel widersetzen, Ihren Laden schließen und sich einen Job suchen.«

»Sie haben ja keine Ahnung, was Sie da tun …«

»Miss Morrison, Sie sind offenbar nicht auf dem Laufenden, was die gegenwärtigen Trends anbetrifft. Und ich muss jetzt wirklich zurück zu meinem Patienten. Ich höre dann von Ihnen.«

Ich lege auf und schaue Ellen an. Sie sagt kein Wort, schaut einfach zurück. Es ist so still, dass wir Myras Kassettenrekorder von nebenan hören können. Sie muss allein sein, denn ihre Kunden sind meist mittleren Alters oder noch älter und nicht gerade Fans von Jimi Hendrix.

Schließlich klatscht Ellen sich mit der Hand auf den Schenkel. »Na denn«, sagt sie, »ich werde jetzt wohl heimgehen und Haselnusskuchen mit Schokoladeglasur zu Abend essen.«

Dreiundzwanzig

Es ist sechs Uhr morgens am 1. März, und wir warten alle auf Ellen, die seit zwanzig Minuten im Waschraum ist und sich bemüht, mit dem Weinen aufzuhören. Vor ein paar Minuten ist sie gekommen, aber sobald sie uns sah, wandte sie sich wortlos um und eilte in den Waschraum zurück. Lastendes Schweigen liegt über der Szene, und ich merke, dass ich ungeduldig werde. Es ist wie in einem dieser Träume, wo man von einer Klippe fällt und immer weiter fällt und niemals unten ankommt.

Die Queen Street Bakery hat nicht viele Personalversammlungen erlebt. Ellen sagt, die letzte, an die sie sich erinnere, habe stattgefunden, als sie und Diane die Bäckerei von Patty Turnbull kauften, der lieber als Sanitäter arbeiten wollte, weil er das weniger stressig fand.

Allen ist also klar, dass es sich um etwas Wichtiges handelt, und die meisten vermuten wohl, dass es nichts Gutes ist. Cody weiß natürlich schon Bescheid, deshalb macht sie sich wichtig und versucht, das Drama noch aufzubauschen. Sie sitzt zusammen mit Misha und Jen an einem Tisch. Rose thront auf dem Hocker an der Kasse, und

Susan, Barb und Kristen trinken an einem anderen Tisch Latte macchiato. Ich lehne an der Theke.

Endlich erscheint Ellen mit fleckigem, geschwollenem Gesicht und roten Augen. Sie lächelt tapfer, aber ihr Mund zuckt. Sie kommt zu mir und legt den Ellbogen auf die Theke. Ich bemerke, dass ihre Hände zittern.

»Ich möchte …« Ihre Stimme versagt, und sie räuspert sich. »Ich möchte euch allen danken, dass ihr so früh am Morgen hergekommen seid. Ich fürchte, dass ich euch keine angenehme Mitteilung zu machen habe. Ich will es kurz machen. Unser Haus ist verkauft worden. Der neue Eigentümer hat beschlossen, dem Gebäude wieder zu seiner ursprünglichen Pracht zu verhelfen, und um dieses Ziel zu erreichen, will er alle Mieten erhöhen, sobald die Mietverträge erneuert werden müssen. Unserer ist am ersten Mai fällig.«

Sie hält einen Augenblick inne, um sich zu fassen. »Die Erhöhung ist so beträchtlich, dass Wyn und ich zu dem Schluss gekommen sind, dass wir die Bäckerei mit dem gegenwärtigen Betriebsbudget nicht weiterführen können …«

Man kann direkt hören, dass alle den Atem anhalten. Sie sehen sich gegenseitig an.

»Wir könnten hier nur unter der Bedingung weitermachen, dass wir unsere Preise auf ein Niveau anheben, das wir beide für unzumutbar halten, und selbst dann müssten wir noch Personal kürzen. Darunter würden sowohl Auswahl als auch Qualität unserer Waren leiden, und die Preise wären so hoch, dass viele unserer Kunden, die seit Jahren kommen, sie nicht mehr bezahlen könnten. Und alle, die seit mehr als einer Woche hier arbeiten, wissen, dass es bei der Queen Street Bakery nicht nur um Essbares geht. Es geht uns immer auch um die Menschen, die hier arbeiten, und um die, die bei uns kaufen, unsere Kunden. Es geht uns um die Stadt Seattle und um Queen Anne Hill. Unser Viertel.«

Ihre Stimme bricht, und sie wischt sich mit dem Handrücken eine Träne weg. »Dieses Viertel ändert sich jetzt – ob zum Besseren oder zum Schlechteren, darüber will ich nicht urteilen. Alles, was ich euch sagen kann, ist, dass die Queen Street Bakery ab dem ersten Mai nicht mehr dazugehören wird.«

Ich rechne damit, dass alle reden, Fragen stellen, aber nein. Sie sitzen nur da, wortlos, und starren Ellen an. Schließlich hebt Jen vorsichtig einen Finger.

»Habt ihr daran gedacht, sie vielleicht … zu verkaufen?«

»Sicher. Wir haben vor über einem Monat einen Makler für kleinere Unternehmen zugezogen. Aber bis jetzt hat sich noch kein potenzieller Käufer gemeldet.«

Sie reibt die Hände an ihrem Rock mit diesem nervösen Tick, den sie hat. »Die Möglichkeit besteht immer noch, aber ich möchte mich nicht darauf verlassen.

Ich möchte euch sagen, wie glücklich es mich gemacht hat, mit euch zu arbeiten. Dieses Geschäft, eure Gesellschaft … das alles hat mir viel Freude gemacht. Es gibt so vieles, was ich euch sagen möchte – allen zusammen und jeder einzeln –, und ich werde es auch tun, bevor wir …« Sie gibt einen komischen Laut von sich, wirft mir einen hilflosen Blick zu und stürzt davon, zurück in den Waschraum.

Aus irgendeinem Grund bin ich völlig ruhig. Vielleicht aus der Gewissheit heraus, dass wir jetzt auf dem Tiefpunkt angelangt sind. Egal, was jetzt noch geschieht, schlimmer kann es nicht mehr werden.

Ich trinke den Rest von meinem Espresso. »Ich bin erst

seit zweieinhalb Jahren hier – bei weitem nicht so lange wie einige von euch. Aber dass ich zur Queen Street Bakery gehört habe, ist eine Erfahrung, die mich mein Leben lang begleiten wird. Bis zum ersten Mai ist eine Menge zu tun. Ich habe gerade erst erkannt, dass die Schließung eines Unternehmens genauso gut geplant werden muss wie die Eröffnung. Aber jetzt wird die Queen Street Bakery noch zwei Monate weiter bestehen, und ich möchte nicht, dass irgendjemand aus dem Viertel uns anders in Erinnerung behält als so, wie wir immer waren – einfach die Besten. Und jetzt« – ich schaue auf die Uhr – »ist es Zeit, dass wir uns an die Arbeit machen.«

Alle stehen auf und gehen nach hinten, außer Rose, die nur wegen der Besprechung gekommen ist. Sie zieht den Reißverschluss ihrer Jacke zu und kurbelt die Jalousien hoch. Als sie die Ladentür aufsperrt und hinaustritt, warten schon drei Kunden auf dem Gehsteig.

Cody und ich überqueren die Straße und gehen heimwärts. Bis Mittag wird es sich herumgesprochen haben. Ab morgen werden die Leute kommen und nach Einzelheiten fragen. Wieder einmal bin ich froh, nicht tagsüber zu arbeiten. Wenn ich die nächsten acht Wochen lang die Geschichte jeden Tag fünfzigmal erzählen müsste, würde ich mich vor einen Zug werfen.

»Und was jetzt?« Codys Stimme reißt mich aus meinen Gedanken, und ich schaue zu ihr hin. Sie trottet mit gesenktem Kopf neben mir her.

»Wir könnten Stütze beantragen.«

Sie runzelt die Stirn. »Was?«

»Stütze. Sozialhilfe. Arbeitslosengeld.«

»Du doch nicht.«

»Oder ich könnte Josh heiraten. Wir könnten dich adoptieren und die zwei Haushalte zusammenlegen. Du könntest bei Turbo schlafen.«

»Wyn …«

Ich lächle schwach. »War nur ein Scherz.«

»Es ist aber nicht komisch.« Sie schaut mich missbilligend an.

»Ich versuche nur zu lachen, damit ich nicht weinen muss.«

Kein Licht an in Joshs Haus. Seit Weihnachten habe ich ihn nicht oft gesehen. Ich glaube, er geniert sich immer noch, was dumm ist. Wer von uns hat sich noch nicht von der Liebe zum Narren machen lassen? Vielleicht glaubt er, weil er ein Mann ist, sollte er es nicht zeigen.

»Was machen wir jetzt?«, fragt sie wieder. Diesmal sitzen wir im Halbschlaf vor unseren Tellern mit Haferflocken.

»Ich weiß nicht. Was würdest du gern tun? Was würdest du tun, wenn du freie Wahl hättest?«

»Brot backen.«

Ich lächle. »Das ist die richtige Antwort. Wir müssen uns nur entscheiden, wo.«

»Du wirst doch nicht nach, o Gott, L.A. zurückgehen oder so was?«

Die Frage bringt mir zu Bewusstsein, dass ich schon daran gedacht habe, wenn auch nur vorübergehend. Ich wüsste nicht, was ich dort machen sollte, aber andererseits weiß ich auch nicht, was ich hier machen soll. Ich schätze, ich könnte nach Ballard oder Fremont oder Wallingford gehen. Da gibt es auch Viertel mit sehr ausgeprägter Individualität. Da gibt es auch Bäckereien. Gute. Handwerksbetriebe, in denen ich etwas lernen könnte.

Aber für mich ist Seattle gleich Queen Anne Hill. Seattle ist die Queen Street Bakery.

Ich stütze die Ellbogen auf den Tisch. »Das wäre immerhin eine Möglichkeit. Wir sollten alles erwägen.«

»*Wir?*« Sie wirft mir einen unsicheren Blick zu. »Du meinst, ich auch?«

»Natürlich du auch. Außer du willst nicht mehr mit mir zusammen sein. Es ist auch deine Entscheidung, weißt du.«

Sie wird rot – ein neues Phänomen –, aber sie sagt nichts, rührt nur mit dem Löffel in ihren Haferflocken.

CM ist seit Ende Januar in Honolulu, wo sie eingeladen wurde, für das Winterquartal an der University of Hawaii zu unterrichten. Ich male mir aus, wie sie braun wird und am Strand Piña Coladas schlürft, während ich durch Pfützen wate und mich zu entscheiden versuche, was ich mit meinem Leben anfangen soll. Sie ist so taktlos, mir Postkarten von Diamond Head zu schicken und ein Paket, das Sektquirle aus der Tiki Lounge enthält, eine rosa Blumengirlande aus Plastik, eine Kassette von Don Ho und ein Poster von Jack Lord aus *Hawaii Five-O,* das Cody in Besitz nimmt, um es in ihrem Zimmer aufzuhängen.

Ich weiß im Moment nicht, was mit Cody los ist. Die Personalversammlung ist jetzt drei Wochen her, und sie hat das Thema neuer Job nie mehr erwähnt. Sie gibt sich anscheinend damit zufrieden, nachts Brot zu backen, untertags mit Turbo fernzusehen, mit dem Walkman in den Ohren vor dem Feuer zu sitzen und zu lesen. Manchmal liest sie im *Tassajara Bread Book,* das ich ihr zum Geburtstag geschenkt habe, aber neuerdings steht sie auch auf Krimis und arbeitet sich durch Sue Graftons Romane mit Detektiv Kinsey Milhone. Vielleicht bedeutet das, dass sie an das südliche Kalifornien denkt. Ab und zu telefoniert sie, aber ich weiß nicht, mit wem oder um was es geht. Gelegentlich verkündet sie auch, dass sie ausgehen wird, und sie tut es. Es ist kein Muster zu erkennen bezüglich der Tage oder Uhrzeiten, zu denen sie ausgeht oder wie lang sie wegbleibt.

Ich stelle keine Fragen.

Eines Nachmittags, während sie aus ist, fange ich an, meinen Schreibtisch aufzuräumen, als Vorbereitung für den unvermeidlichen Umzug. Ich finde ein paar Kochbücher, die ich seit meinen Tagen als glückliche Gastgeberin von Hancock Park mit mir herumschleppe. Ich kann kaum fassen, was ich damals für Zeug gekocht habe – Kürbisblüten gefüllt mit Ziegenkäse und Chutney, Consommé mit kleinen Klößchen, Ente à l'orange und weiße Schokoladenmousse in Mandelkrokantschälchen mit Bitterschokoladensauce und Himbeercoulis. Damit will ich natürlich nicht sagen, dass ich es nicht gern äße. Aber ich kann mir nicht vorstellen, dass ich je wieder drei Tage in der Küche stehen würde wegen eines Abendessens für Gäste.

Auch eine ganze Sammlung von *American Baker*-Magazinen ist da, abgerissene Kinokarten, ein oder zwei Theaterprogramme. Ich weiß nicht, warum ich solche Sachen überhaupt aufhebe. Ich muss lernen, Handtasche und Jackentaschen sofort auszuleeren, wenn ich heimkomme. Geburtstagskarten und Weihnachtskarten finden sich, auch Scherzkarten und Postkarten, meist von CM, aber auch eine oder zwei von meiner Mutter.

Die zweite Schublade enthält Briefe. Macs Briefe. Der Anblick seiner kleinen Schrift lässt mein Herz erbeben. Ich starre den Briefstapel an, und plötzlich weiß ich, warum ich noch keinen konkreten Plan gefasst, sondern nur ganz vage überlegt habe, was ich machen und wohin ich gehen soll, wenn die Bäckerei schließt. Ich warte auf ihn. Warte darauf, dass er entweder zurückkommt oder mir mitteilt, dass er nicht zurückkommt.

Ich habe ihm gesagt, er solle nicht glauben, dass ich nur rumsitzen und auf ihn warten würde, und jetzt tue ich genau das. Das macht mich wütend.

Als das Telefon läutet, packe ich den Hörer und belle: »Ja?«

Stille. Dann: »Wyn?«

»CM! Wie geht's? Wo bist du?«

»Mir geht's gut. Ich bin immer noch in Honolulu. Ich dachte schon, ich hätte mich verwählt. Alles okay bei dir?«

»Nein, aber das ist eine lange Geschichte.«

»Schön, ich habe einen riesigen Eistee vor mir, und ich sitze auf meinem gemütlichen kleinen Balkon und schaue zu, wie die Wellen anrollen. Also erzähl.«

Ich atme tief ein. »Also, zuerst einmal schließt die Bäckerei ...«

»Was? Warum?«

»Die Kurzfassung ist, dass das Haus verkauft worden ist und der neue Eigentümer die Miete um zwanzig Prozent raufsetzt ...«

»Warum?«

Ich lache. »Weil er ein Arschloch ist.«

»Tja, von denen gibt's leider genug. Und wann schließt ihr?«

»Am ersten Mai. Da läuft unser Mietvertrag aus.«

»Und was willst du machen?«

»Ich weiß noch nicht. Im Moment machen Ellen und ich immer einen Schritt nach dem anderen, bereiten den Auszug vor, arrangieren die Versteigerung des Inventars, versuchen, die Finanzen zu regeln. Es ist ein merkwürdiger Zustand.«

»Das tut mir so Leid. Was sagt Ellen? Möchte sie woanders von vorn anfangen?«

»Das können wir uns nicht leisten. Wir werden schon eine Weile brauchen, bis wir die gegenwärtigen Schulden getilgt haben. Und dann glaube ich, sie ist total erschöpft. Sie war schon ziemlich deprimiert, und sie sagt, sie möchte nach Whidbey ziehen und Mazurka-Riegel für Großkunden backen und lesen und schlafen.«

»Das kann man ihr nicht übel nehmen. Sie war lange Zeit in der Bäckerei, oder?«

»Zehn Jahre.«

Kurzes Schweigen. »Daneben nimmt sich meine kleine Neuigkeit jetzt jämmerlich aus.«

»Nein, erzähl.«

»Ich hab einen neuen Job.«

»Großartig! Ich meine, ist er überhaupt großartig? Bist du begeistert? Was ist es?«

»Regisseurin am Los Angeles Dramatic Dance Theater.«

»CM, das ist fantastisch. Ich bin so stolz auf dich – Los Angeles? Das heißt vermutlich, dass du dort wohnen musst?«

»Genau das.« Die Erregung in ihrer Stimme steigt noch um ein paar Grad. »Es ist eine fantastische Chance. Ich habe mich schon vor Monaten beworben, aber ich habe mir nicht erlaubt, auch nur daran zu denken. Ich dachte, ich hätte keine Aussichten. Aber du wirst mir so fehlen. Und das Schätzchen auch. Ich glaube, sie hängt an dir. Oder?«

»Man weiß ja nie, vielleicht sind wir am Ende deine Nachbarn.«

»Wirklich? Ich dachte nicht, dass du je wieder zurück wolltest. Ich dachte, du liebst Seattle.«

»Das stimmt. Aber ich weiß nicht recht, ob ich hier bleiben kann. Ich habe tatsächlich schon an Umzug gedacht, aber noch nicht daran, wohin ich umziehen will.«

Statisches Knacken in der Leitung. »Was ist mit Mac?«

»Ja, was ist mit ihm? Ich kann nicht hier rumsitzen und warten, bis er weiß, was er will. Er schreibt mir eine Menge Briefe, lässt aber nie ein einziges verdammtes Wort verlauten, wann er zurückkommt. Oder ob er zurückkommt.« Sie äußert sich dazu nicht. »Und, wann musst du in L.A. sein?«

»Sobald ich hier fertig bin. Ende des Monats.«

»So schnell?«

»Sie wollten, dass ich sofort komme, aber ich sagte, ich könne hier nicht einfach aus meinem Vertrag raus.«

»Wo willst du wohnen?«

»Das habe ich mir noch nicht überlegt. Das Theater ist im Westen von L.A., aber ich weiß nicht, ob ich da leben möchte. Ich werde wahrscheinlich bei meiner Mutter wohnen, bis ich klarer sehe.«

»Ich freu mich so für dich.«

»Danke, Schätzchen. Ich bin ein bisschen nervös …«

»Weswegen?«

»Es ist eine große Aufgabe.«

»Hey, keine Aufgabe ist zu groß für eine Amazone.«

Als Cody heimkommt, ordne ich gerade Macs Briefe in ein altes Ringbuch ein. Ich bin mir nicht sicher, warum. Vielleicht kann ich mir einbilden, die Sache unter Kontrolle zu haben, wenn ich die Briefe chronologisch ordne und die Ringe zuschnappen lasse (sodass sie nicht entkommen können).

Sie sitzt ein paar Minuten da und sieht mir zu.

»Wo warst du?« Ich hoffe, es klingt nach Konversation und nicht nach Inquisition.

»Mit einer Freundin aus.«

»Habt ihr Spaß gehabt?«

»Schon. Was machst du?«

»Bisschen Ordnung schaffen. Für den Umzug.«

Sie steht auf. »Möchtest du ein Glas Wein?«

»Sicher. Danke.«

»Kann ich auch eins haben?«

»Bedien dich.«

Sie schenkt zwei Gläser Cabernet ein und stellt sie auf den Tisch. Sie setzt sich, legt den Kopf ein wenig schief und sieht mir ins Gesicht. »Und? Wo gehen wir hin?«

»Tja … was hältst du von L.A.?«

»Warum gerade dorthin?«

»Ich dachte, es könnte eine Zeit lang ganz nett sein. CM hat dort gerade einen neuen Job gekriegt.«

Sie wartet. Beobachtet mich noch ein paar Minuten. »Was ist mit Mac?«

»Er macht genau das, was er für richtig hält. Ich kann nicht meine ganze Zeit darauf verschwenden, mir darüber den Kopf zu zerbrechen.«

»Und deshalb hebst du seine ganzen Briefe in diesem Ordner auf?«

Ich werfe ihr einen unfreundlichen Blick zu. »Willst du nicht aus Seattle weg?«

»Das ist mir egal.«

Ich lege die Hände flach auf den Tisch. »Willst du bei mir bleiben?«

»Eher schon.«

»Pass auf, dass du mich nicht gleich mit deiner Zuneigung überschüttest.«

Sie grinst verschmitzt. »Wenn ich bei dir bleibe, rede ich dann am Schluss auch so wie du?«

Montagmorgen, erster April. Die Dämmerung ist ein rosiger Schimmer. Ellen und ich trinken Espresso und gehen die Rechnungen durch, nachdem Cody gegangen ist. Ich gebe Ellen meine Einkaufsliste. Ich erinnere sie daran, dass sie T-Shirts nachbestellen soll, besonders die mit dem Brotaufdruck.

»Warum?«, fragt sie

Ich lächle. »Ich glaube, dass die Leute sie als Souvenirs haben wollen. Ich prophezeie dir, dass wir Ende des Monats ausverkauft sein werden.«

»Ja, wahrscheinlich. Das Ende einer Ära oder so. Und …« Sie lacht ein bisschen. »Wenn wir sie nicht verkaufen, können wir sie immer noch einer Mädchen-Fußballmannschaft spenden.«

»Du kannst deine Meinung noch ändern. Es ist noch nicht zu spät.«

Sie tätschelt mir die Hand. »Doch. Für mich schon. Ich habe mich damit abgefunden. Und ich habe Lloyd versprochen, dass wir Ende des Sommers nach Whidbey ziehen.« Sie lächelt bekümmert. »Es wäre sowieso nicht mehr das Gleiche. Die Queen Street Bakery passt nicht nach Ballard.«

Da bin ich anderer Meinung. Ich glaube, dass die Queen Street Bakery überallhin passt, wohin wir sie versetzen wollen, aber das brauchen wir nicht zu diskutieren. Wir haben das Geld sowieso nicht.

Ellen sagt, sie hätte gern die kleine Mischmaschine. Die

Versteigerungsfirma übernimmt die große Mischmaschine, die Kühlschränke, den Herd, die Espressomaschine und alle Armaturen. Ellen und ich teilen uns die Küchengeräte, Töpfe und Schüsseln und was wir vom Geschirr und den Dekorationen haben wollen.

»Was ist mit den Öfen?«

Sie blickt verzagt um sich. »Schrott. Sie sind zu alt. Kein Mensch kann sie brauchen. Du kannst alle Rezepte haben«, bietet sie an.

Ich ziehe die Augenbrauen in die Höhe.

»Außer dem für die Mazurka-Riegel natürlich.«

Ich lache. »Dacht ich's mir doch. Das klang zu schön, um wahr zu sein.«

»Ich möchte gern die Rechte am Namen Queen Street behalten. Wegen der Mazurkas …«

»Natürlich, ist schon recht.« Ich lege ihr den Arm um die Schultern.

»Mach das lieber nicht, sonst fang ich zu heulen an.«

Vierundzwanzig

Es ist kurz nach acht, als ich unter dem fröhlichen Gebimmel der Glocke aus der Ladentür trete, und meine Augen schauen sofort über die Straße, als zeige ein großer Neonpfeil auf den schmutzverkrusteten El Camino, der vor dem Yoga-Studio parkt. Meine Knie werden schwach.

Mac lehnt an der Tür des Wagens, die Arme verschränkt, und sein Atem macht kleine weiße Wölkchen in der kühlen Morgenluft. Sein Haar ist lang, straff zurückgekämmt, und sein zaghaftes Lächeln lässt mein Herz stillstehen.

Es hat etwas ungemein Irritierendes, wenn man einen Menschen an einer Stelle sieht, wo man ihn nicht erwartet. In meiner Vorstellung ist er immer noch im Yukon, in dieser komischen kleinen Stadt mit ihrer eigenartigen Einwohnerschaft. In Wirklichkeit ist er wahrscheinlich schon mehr als eine Woche unterwegs gewesen, aber ihn hier zu sehen, lebendig und wirklich, auf der Queen Street, das kommt mir wie eine Illusion vor. Ein Zaubertrick.

Er kommt über die Straße an die Stelle, wo meine Füße im Gehsteig Wurzeln geschlagen haben.

»Wyn …« Seine Stimme ist ein klein bisschen brüchig, und ich gleite in seine Arme wie eine Hand in einen viel getragenen Handschuh. Er lässt eine lange, schweigende Minute lang sein Kinn auf meinem Kopf ruhen. Dann sagt er: »Entschuldige die Verspätung. Der Verkehr war schrecklich.«

Wir halten uns lachend aneinander fest, und ich fühle mich so befreit, als habe sich ein Knoten gelöst.

»Wann bist du angekommen?«

»Heute früh. Gerade eben.«

Ich weiß nicht, ob er mich loslässt oder ob ich mich von ihm trenne. Wir überqueren die Straße, und ich bemerke die Dreckkrusten an den Felgen des Wagens und die Schmutzschicht, die den Lack fast völlig verdeckt.

»Der Elky schaut aus, als habe er gerade die Baja-500-Rallye hinter sich.«

»Ich wünschte, ich wäre wo gewesen, wo es so warm ist. Ich musste die Fahrt zweimal unterbrechen, um besseres Wetter abzuwarten«, sagt er. »Ich war fast drei Wochen unterwegs.«

Wir steigen ein und sitzen da und schauen beide geradeaus. Neben der Unwirklichkeit hat sich jetzt auch ein leises Unbehagen zwischen uns eingeschlichen und mischt sich mit den Gerüchen, die nach einer langen Autofahrt bleiben – alte Cracker, Orangenschalen, Kaffee.

Er legt die Hände ums Lenkrad. »Ich bin an der Wohnung vorbeigefahren, und dein Name stand nicht mehr auf dem Klingelschild. Was bedeutet das?«

»Das ist eine ziemlich lange Geschichte. Die Kurzfassung ist, dass ich jetzt mit Cody zusammenwohne. Drüben in der Cedar Street.«

»Ich hab mich gefragt …« Er zögert, aber ich weiß, was er fragen will.

»Ich kann nicht, Mac. Unser Haus ist zu klein und … ich kann einfach nicht. Tut mir Leid.«

Er zuckt die Achseln. »Ich kann wahrscheinlich ein paar Tage bei Kenny wohnen.«

»Die haben doch ein Kind. Da hat sich alles geändert. Du kannst nicht einfach reingehen und damit rechnen, dass du auf der Couch schlafen darfst.«

»Mir fällt schon was ein.« Er dreht sich herum und sieht mich zum ersten Mal, seit wir im Wagen sitzen, direkt an. »Sieht aus, als wäre ich zu lang weggeblieben.«

»Du musstest bleiben, solange es nötig war. Ich glaube, wir hatten beide einige Dinge aufzuarbeiten.«

Er lächelt kaum merklich. »Das ist mein California Girl.«

Er dreht den Zündschlüssel, lässt aber den Motor nicht an. Im Radio singt Bruce Springsteen *Brilliant Disguise*. Er schaltet es aus. »Du hast mir gefehlt.«

Ich wende mich ihm zu, den Rücken an die Beifahrertür gelehnt. »Du hast mir auch gefehlt. Aber ich habe dir gesagt, du sollst nicht erwarten, dass ich bei deiner Rückkehr vor der Tür stehe und mit dem Taschentuch winke.«

»Auf der Veranda. Ich glaube, der genaue Wortlaut war: Rechne nicht damit, dass ich auf der Veranda stehe und mit meinem Spitzentaschentuch winke.« Er macht ein bisschen am Außenspiegel rum. »Aber wahrscheinlich habe ich ziemlich genau das erwartet. Mein Fehler.«

»Oh, hör auf. Du tust ja, als würde ich dich bestrafen. So empfinde ich es nicht.«

»Was empfindest du denn?«

Ich muss lachen. Ich kann nicht anders … »Das ist doch nicht zu fassen. Du tauchst auf nach einem Jahr in Sibirien, ohne Vorwarnung, ohne Erklärung, und möchtest auf einmal über Gefühle reden?«

»Ich dachte, das hast du dir immer von mir gewünscht. Siehst du das jetzt anders?«

»Es war ein schlimmes Jahr. Ich sehe jetzt manche Dinge anders.«

Er legt den Kopf zurück, und ich sehe die Schatten unter seinen Augen, die Bartstoppeln. Er ist wahrscheinlich fast die ganze Nacht durchgefahren.

»Du brauchst Schlaf. Wir können am Nachmittag darüber sprechen.«

Ohne die Augen zu öffnen, fragt er: »Ist es zu spät?«

»Wofür?« Ich habe eine sadistische Ader. Ich will, dass er es ausspricht.

»Für uns.« Er schafft es, so viel Verletzlichkeit in seine Stimme zu legen, dass ich ihn in die Arme nehmen möchte wie ein Kind. Aber ich falle nicht darauf herein. Noch nicht jedenfalls.

»Wir haben eine Menge zu besprechen.« Ich steige aus, gehe auf seine Seite hinüber und öffne die Tür. »Rutsch hinüber.«

»Was?«

»Ich sagte, rutsch hinüber. Ich fahre. Du liegst ja praktisch im Koma.« Er schiebt sich auf den Beifahrersitz, und ich steige ein. »Mein Vermieter ist ein richtig netter Mensch. Er lässt dich wahrscheinlich in seinem Haus auf dem Boden schlafen. Jedenfalls heute.« Der Elky springt ohne Protest an, und ich wende am Stoppschild.

Als ich vor dem Haus vorfahre, schnarcht Mac schon.

Um vier Uhr klopft er an der Hintertür. Er ist geduscht und rasiert, aber seine Augen sehen immer noch müde aus.

»Was machst du da?«

»Struan. Ein schottisches Erntebrot.«

Er lächelt. »Reicht es dir nicht, wenn du in der Arbeit Brot bäckst?«

Ich schaue von meinem Topf mit Weizenkleie auf. »Reicht es dir, wenn du bei der Arbeit Musik hörst?«

»Ein Punkt für dich.« Er zieht einen Stuhl heraus und setzt sich.

»Möchtest du was trinken?«

»Hast du Kaffee da?«

»Nicht fertig, aber du kannst dir welchen machen, wenn du willst. Die Kanne steht auf dem Herd. Kaffee ist in der Dose neben der Spüle.«

Er kippt den Kaffeesatz von heute Morgen in den Müll, spült die Kanne aus, füllt Wasser ein und gibt gemahlenen Espresso in den Einsatz.

»Tassen hängen am Regal beim Kühlschrank.« Ich wiege das grob gemahlene Maismehl und die Haferflocken ab und schütte beides zusammen mit Mehl und Kleie in die Schüssel.

»Was ist da drin?« Er nimmt einen kleinen Topf auf dem Herd in die Hand.

»Ungeschälter Reis. Für das Struan.«

»Sieht aus, als käme da so ungefähr alles rein außer Kieselsteinen.«

»Es sieht nicht nur so aus. Es enthält alle Getreidearten, die geerntet werden – Mais, Hafer, Weizen, Hirse und Reis. Es wurde im westlichen Schottland am Vorabend des Festes des Erzengels Michael gebacken. Er war der Schutzpatron der Ernte. Die älteste Tochter des Hauses buk die Brote – kleine für die Familie und große Laibe für die Dorfgemeinschaft. Am Feiertag nahmen sie die Brote mit zur Frühmesse, und sie wurden zum Gedenken an abwesende Freunde gesegnet.«

Die Espressokanne beginnt zu zischen und zu sprudeln. Er nimmt sie vom Herd, gießt sich etwas in die Tasse und setzt sich wieder an den Tisch. Ein paar Minuten lang sieht er nur zu, wie ich Reis, Honig und Buttermilch zum Getreide in der Schüssel dazugebe und mit einem großen Holzlöffel mische.

»Du bist böse auf mich.«

Ich höre mit dem Rühren auf und sehe ihm in die Augen. »Bis zu einem gewissen Grad stimmt das wahrscheinlich.«

Er trinkt seinen Espresso in einem Schluck aus und stellt die Tasse ab. »Es kommt mir vor, als sei eine Art unsichtbare Mauer um dich herum. Es gibt so viele Dinge, die ich dir erzählen, so viele Dinge, die ich dich fragen möchte. Und du willst nur über die Geschichte vom schottischen Erntebrot sprechen.«

Ich rühre ein letztes Mal im Teig, dann stürze ich ihn auf die bemehlte Arbeitsplatte.

»Schon hart, was?« Ich mache mich daran, den festen, krümeligen Teig zu kneten. »Wenn man mit jemand spricht, möchte man wissen, was er fühlt und denkt. Und dieser Jemand will nur darüber reden, wie Viren mutieren und dass Fischadler jedes Jahr zum gleichen Nest zurückkehren und dass es in der Arktis Frösche gibt, die im Winter einfrieren und …«

»Okay.«

Ich knete weiter. Der Teig für Struan braucht länger als die meisten anderen, weil so viele ganze Körner drin sind, aber allmählich verändert er sich unter meinen Händen. Die spröde Masse wird lockerer, geschmeidiger. Die Körner fügen sich ein, und schließlich entsteht eine schöne, goldene, saftige Teigkugel. Wenn man den Handballen hineindrückt, gibt es eine kleine Delle, aber sie verschwindet gleich wieder. Ich wasche die Schüssel und öle sie ein, lege den Teig hinein und bedecke sie mit einem feuchten Tuch.

Er sieht mir schweigend zu, während ich alle Utensilien spüle und auf das Trockengestell lege, mir die Hände wasche und eincreme. Ich setze mich ihm gegenüber, und wir sehen uns an.

Er räuspert sich. »Josh scheint ein guter Kerl zu sein.«

»Der beste. Hast du Turbo kennen gelernt?«

»Kennen gelernt? Ich habe mit ihm das Bett geteilt.« Er lächelt. »Schließlich war es ja auch seine Couch, glaube ich.« Er zögert. »Bist du … hast du eine Beziehung mit …«

»Turbo? O ja. Er ist so ziemlich das verlässlichste männliche Wesen, das ich kenne. Du brauchst ihm nur Toast zu geben, schon ist er dein Liebessklave.«

Er wartet darauf, dass ich die eigentliche Frage beantworte.

Ich lehne mich zurück und stelle einen Fuß auf den Stuhl neben mir. »Nein, ich habe kein Verhältnis mit Josh. Das würde einfach zu gut passen. Seine Frau hat ihn verlassen. Du hast mich verlassen …«

»Ich habe dich nicht verlassen. Ich musste nur eine Zeit lang weg.«

»Du warst nicht hier. Du warst nicht bei mir. Das ist alles, was ich weiß. Josh und ich, wir kämen wahrscheinlich recht gut miteinander aus, aber er liebt Fran immer noch, und ich …«

»Und du?«

»Ich hänge gewissermaßen in der Luft. Ich habe mich irgendwie daran gewöhnt, dass du weg bist.«

Sein Daumen erforscht eine Kerbe auf der abgenutzten Tischplatte. »Glaubst du, du könntest dich daran gewöhnen, dass ich wieder da bin?«

»Wahrscheinlich schon. Die Frage ist, will ich das?«

»Das ist die Frage, ganz eindeutig. Und was ist die Antwort?«

»Ich weiß es nicht.«

Er nimmt meine Hand in beide Hände und dreht die Handfläche nach oben, als wolle er mir die Zukunft vorhersagen. Es ist ein gutes Gefühl, nur hier in der Küche zu sitzen, während er meine Hand hält.

»Ich muss dir etwas sagen.« Er fährt mit dem Zeigefinger die Linien in meiner Hand nach, dann schaut er auf und mir in die Augen. »Ich bin nicht deinetwegen gegangen. Aber zuerst dachte ich, wenn ich lang genug wegbliebe, würde es keine Rolle mehr spielen, ob ich zurückkäme. Ob ich dich wiedersähe. Aber im Gegenteil, je länger ich fort war, eine desto größere Rolle spielte es. Bis es schließlich wichtiger war als alles andere. Wichtiger als schreiben, wichtiger als nach Alaska fahren, wichtiger als – alles. Als du heute Morgen aus der Bäckerei gekommen bist, wie du da geschaut hast … Ich dachte, du freust dich, mich zu sehen.«

»Oh, Mac.« Ich seufze tief. »Natürlich habe ich mich gefreut, dich zu sehen. Ich bin froh, dass du zurückgekommen bist. Es ist nur – alles ändert sich so schnell.«

»Was zum Beispiel?«

»Allein in den letzten sechs Monaten – Codys bester Freund ist gestorben, CM geht wieder nach L.A., unser Mietvertrag läuft aus …«

»Der von der Bäckerei?«

Ich nicke.

»Und was wollt ihr tun?«

»Schließen. Wir stecken bis zum Hals in Schulden, und Ellen hat es satt, gegen den Strom zu schwimmen. Sie möchte mit Lloyd nach Whidbey ziehen und nur noch Mazurkas für Großkunden machen. Ich kann es ihr nicht übel nehmen.«

»Und warum könnt ihr den Laden nicht mehr mieten?«

»Nate, unser Hausherr, hat das Haus an einen größenwahnsinnigen Zahnarzt aus Bellevue verkauft. Unser Vertrag läuft am ersten Mai aus, und er hat die Miete um zwanzig Prozent erhöht, um seine Renovierungspläne für das *architektonisch bedeutende* Gebäude zu finanzieren. Keiner außer Gene, dem Fotografen, kann es sich leisten zu bleiben.«

Aus dem Augenwinkel sehe ich Cody in Unterwäsche aus dem Bad kommen. »Mann im Haus«, rufe ich, und sie macht eine Kehrtwendung zu ihrem Zimmer. »Tja …« Ich schaue ihn wieder an. »Ich weiß im Moment nicht, was ich tun soll. Ich weiß nicht einmal, ob ich in Seattle bleibe.«

»Was ist mit der Scheidung?«

»Das ist das Einzige, was geklärt ist. Ich bin offiziell Single. Und im Juni haben wir einen Gerichtstermin, wo das Vermögen geteilt werden soll. Ich muss das jetzt einfach durchstehen.«

»Ich hab auch Neuigkeiten.« Er lehnt sich zurück, sodass der Stuhl nur noch auf zwei Beinen balanciert. »Ich hab das Buch überarbeitet.«

Ich richte mich auf. »Tatsächlich?«

»Tatsächlich.« Er lächelt. »Ich hab den ganzen Winter daran gearbeitet. Vor drei Wochen hab ich es Steve Devine wieder geschickt, und er ist jetzt mein Agent.«

»Mein Gott, Mac, das ist ja wunderbar. Du bist bestimmt sehr stolz.«

»Es ist eher so, dass ich meinem Glück noch ein wenig ungläubig gegenüberstehe.«

»Hi, Mac.« Cody tritt ein, jetzt tadellos gekleidet in schwarzen Jeans und schwarzem T-Shirt. Sie schaut mich an. »Wie kommt es, dass alle, die du kennst, so reden?«

»Er hat einen Agenten!«

»Wahnsinn.« Sie geht zum Kühlschrank und holt den Orangensaft heraus. »Wie ein richtiger Schriftsteller.« Sie wandert ins Wohnzimmer, und ich höre sie telefonieren.

Ich stehe auf, um mir ein Glas Wasser zu holen, und als ich mich hinter ihm durchquetsche, fasst er mich am Arm. Ein Teil von mir möchte sich den Luxus gönnen, einfach in seine Arme zu sinken. Um dann neben ihm wieder aufzuwachen. Aber dieser andere Teil – eine kleine, aber lautstarke Minderheit – sagt Nein. Er hört es laut und deutlich. Er lässt meinen Arm los.

»Du musst mir Zeit lassen«, sage ich.

»Das ist wohl fair.«

Fünfundzwanzig

Die vertrauten braunen Kartons wuchern in unserem Wohnzimmer wie Pilze nach einem ausgiebigen Regen. Seit ich vor über zwei Jahren L.A. verließ, haben meine Habseligkeiten ungefähr fünfzig Prozent der Zeit in diesen Kartons verbracht, teils irgendwo untergestellt, teils im Umzugswagen, teils auf den Umzug wartend, teils aufs Auspacken.

Ich komme mir vor, als lebte ich in einem Kaleidoskop. Kaum habe ich mich in ein Muster eingefügt, ändert sich alles und bewegt sich vorwärts, und ich bleibe zurück und klammere mich mit den Fingern an einen kleinen farbigen Glassplitter, der ein Teil meines Lebens war.

Ich lasse mich aufs Sofa fallen und lege die Füße auf den nächsten Karton. Es ist fast acht Uhr abends, und die Sonne strahlt immer noch durch die Fenster herein und bricht sich in Regenbogenfarben, wenn sie auf Codys Bleikristall trifft, der sich langsam an seiner Angelschnur dreht. Ich habe keine Ahnung, wo Cody ist. Sie ist in letzter Zeit oft fort, verschwindet mit einer riesigen Tasche über der Schulter und kommt zu allen möglichen Zeiten zurück. Ich möchte sie nicht gern fragen, was sie da treibt. Schließlich bin ich nicht ihre Mutter, und sie ist – jedenfalls theoretisch – erwachsen, aber ich mache mir Sorgen.

Ich überlege, ob ich CM anrufen soll. Dann überlege ich, ob ich ein Glas Wein trinken soll. Als Nächstes überlege ich, ob ich mir eine Pizza bestellen oder mir eine Spaghettisauce aufwärmen soll. Ich tue aber nichts von alldem. Ich sitze bloß da. Als würde ich auf etwas warten. Als der Elky auf der anderen Straßenseite vorfährt, merke ich, dass das stimmt.

Es sind eigenartige drei Wochen gewesen. Ich wusste, dass er zurück war, konnte es aber nicht richtig glauben. Es hat keine Kommunikation zwischen uns gegeben außer ein paar kurzen und ein bisschen peinlichen Telefongesprächen, die irgendwie immer damit endeten, dass ich sagte: Ich bin noch nicht so weit.

Als ich ihn jetzt sehe, wird mir bewusst, dass ich es bin. So weit. Ob ich will oder nicht.

Das Erste, was ich bemerke, als er aussteigt, ist, dass sein Haar kurz ist. Praktisch ein Rasenmäherschnitt. Er lässt es jedes Jahr einmal so schneiden. Jedes Jahr? Die beiden Jahre, seit ich ihn kenne. Was all die anderen Jahre betrifft, muss ich mich auf sein Wort verlassen. Er schaut nach links, dann nach rechts, dann läuft er über die Straße und die Stufen zur Veranda herauf. Er hat die Hand schon erhoben, um zu klopfen, als er mich durch die Fliegentür auf der Couch sitzen sieht.

»Hi«, sagt er.

»Du hast nicht angerufen.«

»Ich hatte keine Lust, dich sagen zu hören, dass du noch nicht so weit bist. Darf ich reinkommen?«

Sein altes blaues T-Shirt ist ausgeblichen und am Kragen schon abgewetzt, seine Jeans ist vom vielen Tragen auf den

Schenkeln schon mürbe. Wenn man nicht zu genau hinschaut, könnte man ihn für einen Zwanzigjährigen halten. Selbst auf die Entfernung bis zur Tür kann ich ihn riechen. Seife und Wasser, eine Dusche nach der Arbeit.

»Du siehst aus wie ein Mann, der ein Bier braucht.«

Sein Lächeln kommt so schnell auf mich zu wie das Feuer auf einer Lunte. »Ich hol's mir. Bleib sitzen.« Er geht in die Küche. »Was möchtest du?«

Gute Frage.

»Ich glaube, es ist eine offene Flasche Sauvignon blanc drin. Wenn nicht, nehme ich ein Bier.«

Er findet alles schnell in der Küche. Ich höre das Klirren, als er ein Glas auf die Theke stellt, das Zischen der Kohlensäure, die entweicht, als er die Bierflasche öffnet. Er reicht mir meinen Wein und setzt sich auf die Couch, nahe zu mir, aber nicht zu nahe. Jetzt kann ich die schwache Linie auf seiner Stirn sehen, wo immer die Baseballmütze sitzt. Ich möchte die Hand heben und meine Fingerspitzen auf die kleine Stelle an seinem Haaransatz legen, wo das Haar nach hinten statt nach vorne wächst. Aber eher würde ich mir die Hand abhacken.

Ich nehme einen Schluck von dem kalten Wein und richte meine Augen auf seine Fingerabdrücke auf dem beschlagenen Glas. »Ich habe gehört, du arbeitest für Josh.«

Er nickt. »Er hat eine Menge Mietshäuser.«

»Ich weiß. Ich habe schon in zwei davon gewohnt.«

Er ignoriert meine Pampigkeit. »Ein paar renoviert er. Andere brauchen bloß die üblichen Schönheitsreparaturen. Ich arbeite ein bisschen mit.«

»Wo wohnst du?«

»Im *Charleston Arms.* Möblierte Zimmer. Stunden-, tage- oder wochenweise zu mieten.«

»Das ist eine Absteige.«

Die Fältchen um seine Augen vertiefen sich. »Richtig. Ich steige ja auch dort ab. Das Grand Hotel war ausgebucht.« Er nimmt einen langen Zug aus der Flasche und stellt sie dann auf dem Boden ab.

»Stoß sie nicht um. Ich kann es mir nicht leisten, den Teppich reinigen zu lassen.«

»Wenn ich sie umstoße, zahle ich die Teppichreinigung.«

Ich schaue ihn von der Seite an. »Warum bist du so unausstehlich gut gelaunt?«

»Ich bin unausstehlich gut gelaunt, weil ich hier bin, neben dir auf der Couch sitze und nach einem harten Arbeitstag ein Bier trinke. Du bist schlechter Laune, weil ich neben dir auf deiner Couch sitze, und du möchtest gern gute Laune haben, erlaubst es dir aber nicht.«

Ich funkle ihn an. »Wie wär's damit: Ich bin schlechter Laune, weil ich meine Bäckerei verloren habe und nach L.A. zurück muss, um mit meinem Exmann und seiner neuen Frau vor Gericht zu erscheinen und um Geld zu streiten, und weil ich nicht weiß, was ich danach tun soll.«

Er dreht sich zur Seite, um mich anzusehen, und sein Arm liegt auf der Rückenlehne der Couch, verdächtig nahe an meiner Schulter. »Das sind alles legitime und gewichtige Gründe. Nichtsdestotrotz bleibe ich bei meiner ursprünglichen Theorie. Du hast schlechte Laune, weil du dir nicht erlaubst, gute Laune zu haben. Weil ich hier bin.«

Als ich zu ihm hinschaue, hat er diesen freundlich-ernsten Gesichtsausdruck, an den ich mich so gut erinnere. Ich kann es nicht leiden, wenn er Recht hat.

»Können wir nicht einfach … reden?« Sein leicht verlegener Blick zeigt mir, dass ihm die Ironie der Situation nicht entgeht.

Ich lege meine Hände mit verschränkten Fingern auf meinen Magen. »Mac, das ist so schwierig für mich. Ich fühle … Ich kann nicht einmal erklären, was ich fühle. Eine beklemmende Enge, als hätte ich mich selbst fest im Griff und könne den Griff nicht das kleinste bisschen lockern, weil sonst alles dahingeht.«

»Wahrscheinlich kenne ich dieses Gefühl besser, als du denkst.« Eine Pause. »Ich mach dir einen Vorschlag: Ich spreche. Du hörst zu.«

»Das wäre mal eine interessante Abwechslung.«

Er holt Atem, sehr langsam. »Weißt du, ich enthalte dir nicht mit Absicht Dinge vor. Nur – über mich selbst zu sprechen, über meine Gefühle, das widerstrebt mir im tiefsten Inneren, und außerdem hatte ich auch keine Gelegenheit, es zu üben, als ich heranwuchs. Du hast eine sehr enge Beziehung zu deinem Vater gehabt, nicht wahr? Und du hattest auch deine Mutter. Ich weiß, dass euer Verhältnis nicht immer gut war, aber sie war wenigstens da. Und die meiste Zeit deines Lebens hast du CM gehabt. Mein Dad war weg, sogar schon bevor er starb …«

»Wie hieß er?«

»Dennis. Nach seinem Tod war Suzanne auch nicht mehr richtig da. Und dann Kevin …«

»Aber du hast Freunde gehabt, oder? Aus der Klasse oder …«

»Klar, aber du weißt, wie Jungen sind. Sie haben keine solchen Freundschaften wie Mädchen. Besonders nicht in diesem Alter. Wir haben zusammen Sport getrieben und Bier getrunken. Die tiefsinnigsten Gespräche handelten von Autos oder davon, wie wir an die Fragen für den Geschichtstest kommen könnten, oder wir logen uns gegenseitig was vor, wie weit wir mit irgendeinem Mädchen gekommen waren.«

Die Brise, die durch die Fliegentür streicht, wird jetzt kühler, als die Sonne verschwindet. Sie fühlt sich gut an auf meinen nackten Beinen.

»Ich glaube, die engsten Freunde, die ich hatte, waren Nick Hatcher und die Jungs, mit denen ich geklettert bin. Und selbst mit denen spielten Gespräche keine Rolle. Unsere Freundschaft basierte auf unserer gemeinsamen Liebe zu den Felsen, und sie hielt wegen all dem, was wir gemeinsam durchmachten. Ich weiß, du denkst, dass ich dir nie etwas erzähle, aber glaub mir, ich habe mit dir mehr gesprochen als mit irgendjemand anderem seit … langem.«

»Du meinst seit Laura?«

Er schüttelt den Kopf. »Da ist auch nicht sonderlich viel gesprochen worden.«

»Und wer hat das entschieden?«

»Es war keine Entscheidung. Es war eben so. Ich hatte sie gern, und ich glaube, sie mochte mich auch, aber die Beziehung war rein körperlich. Konversation war wirklich nicht ihr Ding.«

»Nun, meins schon.« Ich lehne den Kopf zurück und schließe die Augen.

»Ich kann nicht versprechen, dass ich immer gleich herausplatze mit allem, was ich denke und fühle. Aber ich verspreche, dass ich es versuchen werde.« Er wartet ein paar Sekunden. »Ich möchte es versuchen.«

Ich möchte ihn anschauen, aber ich kann nicht. Meine Augenlider weigern sich, sich zu öffnen, so wie sie es machen, wenn man direkt in die Sonne schauen möchte. Aber ich fühle ihn, seine Wärme, die Luftbewegung, wenn er sich rührt, den kühlen Hauch seines Atems.

Meine Oma hat mir einmal erzählt, dass zur Zeit der Tagundnachtgleiche im Frühling, in dem Augenblick, wo die Sonne den Äquator überquert, ein Ei senkrecht stehen kann. So etwa kommt mir dieser Augenblick vor – unwirklich und instabil. Als stehe er aufrecht auf denkbar schmaler Basis, bereit zum Umfallen nach allen Seiten.

Er zwirbelt eine Strähne meines Haares zwischen den Fingern. »Du fehlst mir«, sagt er. »Dein Geruch fehlt mir. Und die Art, wie sich dein Haar kringelt, so … entschlossen. Und dass du immer so überrascht aussiehst, wenn du lachst. Dass du dich wie eine Katze räkelst, wenn du aufwachst. Und dass du mich dafür geißelst, dass ich Ketschup auf die Bratkartoffeln schütte und …«

Ich lächle, aber unter meinen Augenlidern sickern zwei Tränen hervor und rollen zu meinen Ohren hinunter. Er wischt eine mit dem Daumen weg, und dann, ohne es zu wollen, fast ohne es zu merken, halte ich plötzlich sein Gesicht in meinen Händen, finde seinen Mund mit meinem, rechne nach, wie lang es her ist, seit ich ihn geküsst habe, und versuche mich zu erinnern, warum genau.

Ich habe Angst, dass es ein bisschen peinlich ist nach so langer Zeit, aber es ist beinahe erschreckend, wie leicht es ist, wie vertraut. Er ist mir weniger fremd als ich mir selbst, und er nimmt mich mit auf eine wundervolle Reise über meinen Körper, macht mich wieder bekannt mit all diesen geheimen Stellen, die mir nur noch vage im Gedächtnis sind, die ihn aber sofort wiedererkennen. Wenn seine Fingerspitzen komische Schlingen und Kreise auf meiner Haut ziehen, stelle ich mir vor, dass das nicht zufällige Formen sind, sondern eine Art Zauber, in Runen geschrieben. Oder eine Art Vertrag, mit dem man seine Seele verkauft, den ich unterschrieben habe und der damit unwiderruflich bindend ist.

Auf einmal kann ich wieder so plötzlich einschlafen, wie ein Licht ausgeht.

Ich wache im Dunkeln auf und bin einen Sekundenbruchteil lang irritiert durch das Geräusch eines fremden Atems. Dann erinnere ich mich. Ich schlüpfe unter seinem Arm heraus und schleiche auf Zehenspitzen ins Bad. In Codys Zimmer brennt noch Licht, und der kalte Luftzug, der mich am nackten Hinterteil erwischt, macht mir klar, dass die Haustür noch offen ist. Ich nehme mein Nachthemd vom Haken an der Badtür und ziehe es mir über den Kopf, dann schaue ich in Codys Zimmer. Das Bett ist immer noch ungemacht, seit dem Morgen.

Als ich ins Wohnzimmer gehe, um die Tür zu schließen, sehe ich Lichter in Joshs Haus. Wahrscheinlich sitzt er dort drüben allein vor dem Fernseher, und quer über seinem Schoß liegt Turbo mit Ohren, die abstehen wie die Blätter eines Ventilators. In der Küche sehe ich mit Überraschung, dass es erst 0.40 ist. Es kommt mir vor, als wäre Mac an einem anderen Abend die Stufen der Veranda heraufgestiegen, und nicht erst vor vier Stunden.

Ich habe nicht lang gebraucht, um zu kapitulieren. Er war ein Jahr lang fort. Ich habe nicht einmal einen Monat standgehalten. Ich hebe seine Flasche vom Boden auf und gieße das schale Bier in den Ausguss. Ich trinke einen Schluck von dem angenehm kühlen Wein und merke, warum ich aufgewacht bin: Mein Magen knurrt. Ich bin hungrig.

Ich stelle einen Topf Wasser auf den Herd, öffne den Vorratsschrank und überschlage meine Möglichkeiten. Getrocknete Tomaten. Conchiglie. Marokkanische Oliven. Eingelegte Artischockenherzen. Pinienkerne. Olivenöl.

»Was machst du da?« Macs Stimme erschreckt mich. Er steht in der Tür, nur mit Boxershorts bekleidet. Ich muss mich sehr beherrschen, um nicht zu lachen über die Fische darauf, die zu Vögeln werden, oder umgekehrt – wie bei M.C. Escher.

»Ich habe Hunger.« Ich reiche ihm die Sachen, überprüfe den Inhalt des Kühlschranks und hole Feta und Parmesan und eine halbe Zitrone heraus. »Magst du Pasta? Zieh lieber ein Hemd an. Es ist kalt hier drinnen.«

Er lacht. »Das ist nicht kalt. Kalt ist 30 Grad unter Null.«

Ich fülle einen großen Topf mit Wasser und setze ihn auf. »Danke für diese meteorologische Unterweisung, Sergeant Preston.«

Er geht und kommt mit einem Sweatshirt wieder.

»Es hätte dir gefallen im Yukon«, sagt er.

»Wahrscheinlich. Aber ich war schließlich nicht eingeladen. Und mach es dir nicht zu bequem. Du musst ein paar Sachen klein schneiden.«

»Auch wenn du eingeladen gewesen wärst, wärst du nicht mitgekommen.«

»Das kannst du nicht wissen. Du weißt nicht alles, was es über mich zu wissen gibt.«

»Da ist was dran.«

Ich reiche ihm ein Messer und ein Schneidbrett. »Schneid die getrockneten Tomaten klein, entkerne die Oliven und halbiere sie.«

»Jawoll, Madam. Sofort.«

»Bitte«, ergänze ich.

Wir arbeiten eine Minute lang in freundschaftlichem Schweigen, er schneidet, ich reibe Parmesan und zerbröckle den Feta. Dann sagt er: »Wyn.«

Ich schaue auf.

»Ich liebe dich.«

Mir bleibt einen Augenblick die Luft weg. »Wie bitte?«

»Ich sagte, ich liebe dich.« Er wirft eine Hand voll Oliven in die Schüssel auf der Theke.

Ich stehe noch ein paar Sekunden einfach so da. So hatte ich mir das nicht vorgestellt. Dass er barfüßig in meiner Küche steht, um ein Uhr nachts, in Boxershorts und die Hände voller Olivenöl.

»Das kann man leicht sagen, McLeod.«

»Ich nicht.« Er steckt sich eine Olive in den Mund. »Tatsächlich habe ich es noch nie gesagt.« Er kaut nachdenklich und spuckt dann den Kern in den Mülleimer. »Wenn man die gestrige Nacht nicht rechnet, wo ich vor dem Spiegel geübt habe.«

Ich kratze den Feta von meinen Händen. »Ich glaube, dann solltest du mich küssen.«

Als er es tut, umarme ich ihn, passe aber auf, dass kein Feta an seinen Hals kommt, und er lässt seine Hände unter mein Nachthemd wandern.

»Ich sagte küssen, McLeod. Keine Extras. Du schmierst mich ja komplett mit Olivenöl ein.«

»Vielleicht möchtest du, dass ich es abschlecke?«, bietet er hilfsbereit an.

»Im Augenblick nicht. Ich muss die Nudeln ins Wasser tun.«

»So sieht also meine Zukunft aus. Ich werde immer zweiter Sieger hinter den Kohlenhydraten sein.«

»Schon möglich …« Als er zu mir tritt, kann ich seine Erektion spüren. Sein Mund streift mein Halsgrübchen, und das bewirkt, dass mein Körper sich gleichzeitig zusammenzieht und ausdehnt. »Vielleicht ist aber auch ein bisschen zu viel Wasser im Topf. Vielleicht sollten wir es ein wenig einkochen lassen.«

»Gute Idee.« Aber anstatt das Schlafzimmer anzusteuern, drückt er mich mit dem Rücken an die Wand. »Wir haben es noch nie im Stehen getan«, sagt er mir ins Ohr.

»Mac, das ist vielleicht nicht die richtige Zeit dafür – ich meine, was ist ...« Den Rest spreche ich in seinen Mund hinein, und er kann mich nicht hören. Das mit dem Olivenöl ist zwar eine Schweinerei, aber seine Finger gleiten über meine Brüste wie – tja, es gibt wirklich nichts, was man damit vergleichen könnte. Nichts, was ich je gespürt habe jedenfalls. Ich mache allerhand Lärm und drücke mich an ihn, und dann, gerade als er in mich hineingleitet, hält er inne.

Ich öffne die Augen und schaue direkt in die seinen.

»Du hast es nicht gesagt.«

»Was?«, stöhne ich.

»Als ich sagte, ich liebe dich, hast du es nicht gesagt.«

Mein Kopf fällt nach hinten an die Wand. »Halten wir uns an ein Drehbuch?«

»Sag es.«

»Du weißt es.«

»Sag es, oder ich verwandle mich wieder in einen Frosch.«

Ich muss lachen. »Ich liebe dich, McLeod.«

Er ist gerade dabei, dort weiterzumachen, wo er aufgehört hat, als ich höre: »Heilige Guacamole!« Meine Augenlider schnellen auf wie Jalousien, die man zu hastig runtergezogen hat. In der Tür steht Cody.

»Whoa, versteckt die Salami in der Küche«, prustet sie. Mac lacht laut und versucht sein bestes Stück in die Shorts zurückzukriegen.

Ich lasse das Nachthemd über meinen geölten Körper hinabsinken. Ich raffe meine Haare zurück, ungeachtet der Tatsache, dass meine Hände voller Feta sind. Ich wische sie am Nachthemd ab und blicke auf die beiden anderen, die sich fast auf dem Boden wälzen vor Lachen. Und ich frage mit aller Würde, die ich aufbringen kann: »So. Wer möchte alles Pasta?«

Beim ersten Morgenlicht öffne ich ein Auge, völlig überzeugt, dass alles nur ein Traum war. Aber dann sehe ich die Wölbung im Deckbett, wo er vergraben ist, und ich schließe mein Auge wieder. Aber ich kann nicht wieder einschlafen. Ich lasse die Gedanken schweifen, döse in seinem Arm und wache ab und zu auf, um zu sehen, wie er atmet, wie an seinem Hals der Puls schlägt.

Ich möchte aufstehen und die Küche sauber machen. Wir haben sie als Schlachtfeld hinterlassen. Aber draußen ist es so kalt, und hier im Bett ist es so schön. Obwohl natürlich ein doppelter Espresso seine Reize hätte.

Er lächelt, ohne die Augen aufzumachen. »Hör auf.«

»Hör auf mit was?«

»Ich weiß, dass du an den Saustall in der Küche denkst, und dass du sauber machen möchtest.«

Ich unterdrücke ein verlegenes Kichern. »Gar nicht wahr. Ich …«

Jetzt rollt er sich auf die Seite, stützt sich auf einen Ellbogen und grinst breit. »Mach dir nicht die Mühe, es abzustreiten. Ich kann hören, wie sich die Räder drehen.«

»Vielleicht solltest du die Bar Bar sein lassen und in einem Nachtclub auftreten – als Gedankenleser McLeod der Geheimnisvolle.«

Er zieht mich an sich und küsst mich zärtlich und warm.

»Ich bin nicht so geheimnisvoll.«

»O doch.«

Er streichelt meine Schulter mit dem Daumen. »Inwiefern?«

»Diese Briefe. Um was ging es da eigentlich? Warum konntest du mir nicht einfach diese Dinge sagen?«

Er schließt die Augen. »Ich weiß es nicht.«

Ich gebe ihm einen Stoß in die Rippen. »Sieh mich an, McLeod. Keine Ausweichmanöver mehr.«

Er öffnet die Augen wieder, und es liegt Traurigkeit in ihnen. Er lässt sich wieder auf den Rücken sinken, einen Arm um mich gelegt, den anderen unter seinem Kopf.

»Als ich das Manuskript von Steve zurückbekam, konnte ich zuerst überhaupt nicht schreiben. Nicht einmal fürs Tagebuch. Ich dachte über Dinge nach, die ich schreiben wollte, aber ich bekam vielleicht zwei Sätze zusammen, und das war's dann. Was mich rettete, war mein erster Brief an dich. Von da an habe ich immer, wenn ich schreiben wollte, mit einem Brief angefangen und dann einfach weitergemacht. Schließlich kam der ganze Rest heraus.« Er wendet mir sein Gesicht zu. »Klingt merkwürdig, was?«

Statt einer Antwort stehe ich auf. Im Bücherregal finde ich das blaue Ringbuch.

»Was ist das?«

Ich gehe zum Bett zurück und halte den Ordner wie ein Feigenblatt vor mich. »Dein nächstes Buch.«

Er nimmt mir das Ringbuch aus der Hand und schlägt den Deckel auf. »Meine Briefe?« Er blättert sie durch. »Chronologisch geordnet?« Er legt das Buch auf den Boden und zieht mich zu sich hinunter. »Miss Morrison, Sie sind so …«

»Sag bloß nicht wieder anal, sonst geht's dir schlecht.«

»Eigentlich wollte ich sagen … außerordentlich. Absolut atemberaubend. Und …«

»Und was?«

»Eine großartige Muse.« Er lacht wieder.

»Was ist denn so komisch?«

»Mir gefällt dieses Bild von dir. Splitternackt. Haar um die Schultern wallend. Blaues Ringbuch strategisch geschickt platziert. Ich glaube, ich brauche ein Foto davon auf meinem Schreibtisch. Als Inspiration, wenn ich arbeite.«

Ich werfe ihm einen misstrauischen Blick zu. »Ich dachte, du glaubst nicht an Fotografie?«

»Ich habe meine Meinung geändert.« Er zieht mich auf sich. »Jetzt glaube ich an Fotografie. Und an alle möglichen Sachen, an die ich vorher nicht geglaubt habe.«

Den ganzen letzten Freitag im April haben wir in der Bäckerei Tag der offenen Tür. Wir backen so viel wir können, um Vorratsraum und Kühlschränke leer zu bekommen. Vom frühen Morgen an stellen wir Tabletts mit Backwaren in den Laden. Unsere berühmten Kleie-Muffins aus dem Kühlschrank – Heidelbeer, Kürbis-Hirse, Apfel-Zimt. Cappuccino-Haselnuss-Scones, Jens Short Scones, schottische Sahne-Scones, Apfel-Kardamom-Kuchen, Ellens Zimtbrötchen, Karottenkuchen und Zitronentörtchen, Erdnussbutter-Cookies, Garibaldis, Mazurka-Riegel, Ellens Spezial-Ingwerbrot, scharf durch den frischen Ingwer, süß durch den Honig und abgerundet mit Schokoladenstückchen, unsere Killer-Brownies mit schokoladeüberzogenen Rosinen. Dazu große Thermoskannen mit Kaffee und Tee. Und natürlich die Brote – weißes Toastbrot, Vollkornweizen-Walnuss, Codys *Indian Maiden Bread,* Bananen-Zimt-Zopf, Oliven-Rosmarin, Pumpernickel mit Rosinen. Und Schüsseln mit Butter und Frischkäse. Alles ist gratis, außer den T-Shirts, den Baseballmützen und den Bechern mit Codys schönen Holzschnitt-Drucken. Sie sind um Mittag ausverkauft.

Der Laden ist den ganzen Tag brechend voll. Leute kommen rein, essen, reden, lachen, weinen, erzählen Geschichten aus der Bäckerei. Eine Frau erzählt, ihr Mann habe ihr bei einem Non-fat-Mokka den Antrag gemacht. »An genau diesem Tisch«, sagt sie und deutet auf die Ecke beim Fenster.

»Wie romantisch!«, sagt Ellen und tupft sich die Tränen aus den Augen. »Sagen Sie ihm, er soll noch vorbeikommen und sich verabschieden.«

Die Frau errötet heftig. »Äh – wir haben uns letztes Jahr scheiden lassen, und er ist nach Minneapolis gezogen.«

Der Postbote bahnt sich einen Weg herein und überreicht mir zwei Briefe und einen Prospekt für Frankiermaschinen.

»Ich werde euch Mädels sehr vermissen.« Er nimmt sich ein Scone. »Es ist einfach nicht gerecht.«

»Ja, Gott ...« Mir fallen keine würdevollen Antworten mehr ein.

Er kämpft sich wieder hinaus, und ich sehe mir die beiden Briefe an. Einer kommt laut Absender von einer Anwaltskanzlei auf dem Capitol Hill und ist an Ellen adressiert. Ich strecke ihn ihr über Jens Schulter hinweg zu und schaue den anderen an, der an mich gerichtet ist. Es ist ein breiter Umschlag von ungewöhnlichem Format, einer von diesen blassblauen, seidenpapierähnlichen. Dann bemerke ich den Aufkleber *Par Avion* und die französische Briefmarke. Kein Absender.

Ellen steht jetzt neben mir. »Was ist das?«

»Keine Ahnung.« Ich stecke den Finger unter die Klappe und löse sie vorsichtig vom Umschlag. Als ich das dreifach gefaltete weiße Blatt herausziehe, fällt etwas heraus und auf den Boden, und Ellen bückt sich, um es aufzuheben. Sie richtet sich wieder auf und starrt das Foto in ihrer Hand an, und langsam verzieht sich ihr Mund zu einem eigenartigen Lächeln. Sie sagt kein Wort, gibt mir das Foto und nimmt mir den Brief aus der Hand.

Es ist das Bild einer sehr blonden Frau, die ein sehr farbenfrohes Kleid trägt, die Hände auf den Hüften hat und ein breites Lächeln im Gesicht. Neben ihr sieht man ein Riesengemälde, gänzlich in Rot, Purpur und Orange. Auf einem Schild darunter ist zu lesen: *Oeuvres d'une Vie Ancienne, par Dailie Valentin.* Ich glotze volle zehn Sekunden, bis ich erkenne, dass das grelle Gemälde eine Geburtstagstorte ist und die Künstlerin … Maggie.

Heilige Scheiße. Ich schnelle zu Ellen herum. »Was steht in dem Brief?«

»Nichts …«

»Das glaubst du doch selbst nicht.« Ich reiße ihr das Blatt aus der Hand. Es ist leer. Aber an einer Ecke ist eine Zahlungsanweisung von American Express angeheftet – über zweitausendeinhundertdreizehn Dollar und vierundzwanzig Cent. Der genaue Betrag unserer Bankeinzahlung, die nie stattgefunden hat.

Ich sehe Ellen in die dunklen Augen. »Dailie Valentin. Gott segne sie«, sagt sie.

Ich reiße die Zahlungsanweisung ab. »So ein Quatsch!« Ich zerknülle das Papier. »Keine Erklärung, keine Entschuldigung. Als wäre es nur eine spontan selbst genehmigte, ungeplante, zinsfreie Anleihe gewesen. Nein, nicht einmal das. Es wirkt, als täte sie uns einen Gefallen, wenn sie das Geld zurückzahlt. Nach dem ganzen Scheiß, nachdem sie uns derart übers Ohr gehauen hat –«

Meine Schmährede bleibt mir im Mund stecken, als ich bemerke, dass Ellen lacht, lautlos zwar, aber so sehr, dass sie kaum noch Luft bekommt und sich die Seiten hält. Über ihre Backen laufen Lachtränen. »Mein Gott, Wyn. Du bist unglaublich.« Sie trocknet sich die Augen, und wir studieren das Foto, vorübergehend dem Treiben in der Bäckerei entrückt. »Interessantes Gemälde.«

»Nicht gerade mein Ding, aber ich bin eben mehr fürs Gegenständliche.«

Sie klopft auf die Anweisung. »Offenbar gibt es Leute, die ihre Bilder mögen.«

»Stimmt. Aber schließlich mögen die Franzosen auch Jerry Lewis.«

Cody kommt ungefähr um halb drei mit Mac, Josh und Turbo im Schlepptau. Mac schaut sich im Raum um. »Kommt mir vor wie eine Totenfeier«, ruft er mir über den Lärm hinweg zu.

»Es ist auch eine«, schreie ich zurück.

»Außer dass es keinen Whiskey gibt«, sagt Josh. Er nimmt sich ein Stück Shortbread und bricht für Turbo etwas ab.

Um halb fünf haben sich so ziemlich alle verabschiedet, haben geschworen, dass sie kein Unternehmen, das in unseren Laden einzieht, mit ihrer Kundschaft beehren werden, haben uns alles Gute gewünscht und sind gegangen. Cody gibt bekannt, dass sie zum Abendessen ausgehen wird. Josh und Turbo brauchen Auslauf im Park.

Mac hilft uns beim Aufräumen, das zum größten Teil aus Wegwerfen besteht, weil wir Teller und Becher aus Pappe benutzt haben. Alles Recycelbare kommt in unsere Kiste in der Seitengasse, alles Übrige wirft er in den großen metallenen Abfallcontainer. Ellen und ich verteilen Schecks und Umarmungen, und das Personal der Bäckerei geht zum letzten Mal heim.

»Du brauchst morgen nicht zu kommen«, sagt sie.

»Red keinen Quatsch. Wir sehen uns, sobald ich aufgewacht bin.«

Mac sagt: »Möchtest du mit uns zu Abend essen?«

Sie lächelt und tätschelt ihm den Arm. »Wirklich nett von dir, Mac, aber heute Abend kommt Lloyd heim, und ich habe seinen heiß geliebten Schmorbraten im Römertopf. Falls uns die Stromversorgung nicht unvorhergesehen im Stich lässt, werden wir gemütlich zu Hause essen. Danke für deine Hilfe. Bis morgen, Wyn.«

Ich stehe neben den Öfen. Wir haben sie nachts nie abgeschaltet, weil sie zum Aufheizen so lang brauchen, aber heute Morgen hat Ellen, als wir mit dem Backen fertig waren, wortlos die Thermostate auf null gestellt. Die Öfen sind aus Stahl und Beton und halten allein wegen ihrer Masse die Hitze stundenlang. Sie sind immer noch warm, aber morgen Abend werden sie kalt sein.

»Übernimmt die Versteigerungsfirma die Öfen?«, fragt Mac, als habe er meine Gedanken gelesen.

»Nein.« Ich lege die Hand an die warme schwarze Flanke. »Sie sind zu alt. Niemand würde sie haben wollen. Sie werden einfach – bei der Renovierung ...« Ich habe Mühe, meine Stimme zu beherrschen.

Er tritt hinter mich, schlingt die Arme um meine Schultern und legt mir sein Kinn auf den Kopf.

»Es tut mir so Leid«, sagt er. »Ich glaube, mir war nicht klar, was das hier für dich bedeutet hat.«

Meine Augen schwimmen. »Schon gut. Ich glaube, mir auch nicht.«

Nach ein paar Minuten wird der Stein in meiner Brust

ein bisschen leichter. »Und jetzt? Sollen wir uns Pizza kommen lassen?«

»Eigentlich habe ich einen Tisch im *Queen City Grill* bestellt. Aber ich kann absagen, wenn dir nicht nach Ausgehen ist.«

Ich lege den Kopf zurück und lächle ihn an. »Nein, das klingt gut. Ich muss nur noch schauen, ob ich etwas zum Anziehen finde.«

Es gelingt mir, ein Überbleibsel aus meinen Tagen und Nächten als Gattin eines Werbemanagers zutage zu fördern, eine kupferfarbene Seidentunika, sand-washed, mit bronzefarbenen Samtleggings. Der einzige Grund, warum ich sie nicht auf einem Flohmarkt verscherbelt habe, ist, dass mir die erdigen, metallenen Farben so gut gefallen. Ich lege das einzige gute Schmuckstück an, das nicht im Tresor meiner Mutter lagert, eine handgearbeitete Silberkette, die mir CM zum dreißigsten Geburtstag geschenkt hat.

Ich weiß nicht, warum Mac dieses Grillrestaurant gewählt hat, aber jetzt, wo wir da sind, finde ich, dass es dem heutigen Tag irgendwie angemessen ist. Es ist ein altes Gebäude an der First Avenue, nahe beim Market, eins von diesen Lokalen, wo die fleckigen, ockerfarbenen Wände und das ursprüngliche Ziegelmauerwerk Schmuck genug sind. Der Raum ist lang und schmal, mit einer Bar aus Mahagoni an der rechten Seite, die bis zur offenen Küche reicht. An der linken Wand entlang reiht sich eine holzgetäfelte Nische an die andere, und auf dem bisschen Platz, das auf dem abgenutzten Holzbohlenboden übrig ist, stehen noch ein paar Tische. Mit den Kerzenflammen, die sich im Glas spiegeln, und dem warmen Licht der Wandleuchter wirkt der Raum auf den Eintretenden wie das Innere einer Laterna magica.

Das Lokal riecht, wie ein Grill riechen sollte – nach Steaks –, und ist voller Männer in Bluejeans und italienischen Sakkos und Frauen im kleinen Schwarzen.

Der Geschäftsführer bringt uns zu einer Nische ziemlich weit hinten, und wir machen es uns bequem.

»Okay so?«, fragt er mich.

»Ideal. Ich fürchte nur, dass ich heute Abend nicht besonders unterhaltsam bin.«

»Keine Angst«, sagt er. »Ich sorge für die Unterhaltung.«

Als der Ober die Speisekarten bringt, bestellt Mac eine Flasche Champagner, ohne die Getränkekarte auch nur anzuschauen.

»Gibt es was zu feiern?«

Er nickt. »Das Ende von Kapitel eins. Den Beginn von Kapitel zwei.«

Ich lächle unwillkürlich. »McLeod, der Geheimnisvolle.«

Der Champagner kommt, und er überlässt es mir, ihn zu probieren. Es ist ein schöner, trockener Château St. Jean. Als der Ober die Bestellung aufgenommen hat, erhebe ich mein Glas.

»Auf Kapitel eins.«

»Auf Kapitel zwei«, sagt er und stößt mit mir an. Dann stellt er sein Glas ab und nimmt über den Tisch hinweg meine Hand. »Es tut mir Leid. Das mit der Bäckerei. Das hilft dir natürlich nicht viel …«

»Doch, eigentlich schon.« Ich drehe mein Glas in einem kleinen feuchten Ring herum. »Es ist komisch. Ich wollte Ellen dazu bewegen, woanders weiterzumachen, aber für sie kam das überhaupt nicht in Frage, und jetzt glaube ich, sie hatte Recht. Es ist Zeit für etwas Neues.«

»Nämlich?«

»Ich weiß noch nicht so recht. Ich habe mich noch nicht daran gewöhnt, dass die Bäckerei weg ist und du wieder da bist. Cody und ich haben überlegt, ob wir nach L.A. gehen sollen. Aber ich weiß nicht. Sie benimmt sich ziemlich undurchsichtig dieser Tage.« Ich schaue ihm in die Augen. »Was hast du vor?«

»Nun ... meine Aussichten haben sich gebessert.«

»Was meinst du damit?«

Er schaut auf den Tisch hinunter, dann wieder zu mir. Dann sagt er ruhig: »Steve hat mein Buch verkauft.«

Eine Minute lang sitze ich da wie vom Donner gerührt, und dann breche ich zu meiner allergrößten Verlegenheit in Tränen aus. Er reicht mir sein blaues Taschentuch. »Keine Angst, ich nehme es nicht persönlich.«

Ich versuche zu lächeln, zu sprechen, zu lachen, aber ich kann nicht aufhören zu weinen. Der Kellner bringt den Salat und schaut mich sonderbar an. »Ist alles ...?«

Mac sagt: »Guter Champagner rührt sie immer zu Tränen.«

»Ich freue mich so für dich«, schluchze ich.

Er lacht. Hebt meine Hand hoch und küsst sie.

Der Tränenstrom lässt nach, und ich trockne meine geschwollenen Augen. »Das hab ich jetzt davon, dass ich Wimperntusche benutzt habe. Seh ich aus wie ein Waschbär?«

Er nickt. »Aber wie ein sehr niedlicher Waschbär.«

Ich stehe auf.

»Bleib sitzen. Das war nur Spaß.«

Ich setze mich wieder. »Sicher?«

»Deine Wimpern sind noch tadellos.«

»Ich meine, bist du sicher, dass er es verkauft hat?«

Er lacht. »Kaum zu glauben, oder?«

»Doch. Erzähl mir alles.« Ich nehme die Gabel zur Hand und mache mich über den Salat her.

»Er hat mir die Ablehnungen geschickt. Es waren fünf. Gestern dann rief er an und sagte, Ames Sullivan bei Drummond habe ein Angebot gemacht …«

»Wie viel?«

»Fünfzig.«

Ich beiße auf die Gabel. »Fünfzig Dollar?«

»Fünfzigtausend.«

»Mac.« Meine Augen klappen weit auf. »O Gott. Ich glaube, ich fange wieder zu weinen an. Was hast du gesagt?«

»Ich sagte, ich würde mich wieder melden.«

Ich lache so sehr, dass ich ihn beinahe mit Champagner besprühe. »Du Lügner.«

»Okay. Ich habe nicht nur Ja gesagt, sondern *Verdammt noch mal Ja.«*

»Ohhhh.« Ich lehne den Kopf so weit zurück, dass er an die Vertäfelung stößt. »Das ist ja ganz unglaublich. Aber er hat schon gestern früh angerufen? Warum hast du es mir erst jetzt gesagt?«

»Es schien mir nicht so recht zu passen. Mit der Bäckerei und allem.«

Der Ober bringt unsere Hauptgerichte – Lachs für mich, Steak New York für ihn – und räumt die Salatteller weg.

»Und nun zur nächsten Nummer in unserem Unterhaltungsprogramm –«

Ich schaue schnell auf. »Gibt es noch was?«

»Allerdings. Sie möchten, dass ich nach New York komme. Meinen Verleger kennen lerne und … was berühmte Autoren halt so machen in New York.«

»Großartig. Das wird dir gefallen.«

»Uns. Uns wird es gefallen.«

»Uns?«

»Ich möchte, dass du mitkommst. Wir können nicht im *Plaza* residieren oder so. Diesmal. Aber wir suchen uns irgendwas Nettes, und ich kann dich überallhin – stimmt was nicht?« Er legt sein Messer hin.

»Ich kann mir eine solche Reise nicht leisten. Ich möchte schon, aber ich bin im Moment total blank.«

»Wyn, ich lade dich ein. Das geht auf meine Rechnung.«

»Das kannst du nicht machen.«

»Wieso nicht?«

»Ich will nicht, dass du deinen Vorschuss für unnötige …«

»Darf ich vielleicht selbst entscheiden, wofür ich meinen Vorschuss ausgebe?«

»Ich halte es nur nicht für eine gute Idee …«

»Ich halte es für eine großartige Idee. Wir sind nur ein paar Tage weg. Komm, sag schon Ja.«

Ich schaue ihm direkt in die Augen. »Unter einer Bedingung.«

»Nämlich?«

»Du stellst mich deiner Mutter vor.«

Sein Gesichtsausdruck erstarrt zu jener schrecklichen Leere, die ich so hasse. Die Stimmung des Abends schlägt völlig um.

»Du weißt nicht, was du da verlangst«, sagt er.

»Ich will deine Mutter kennen lernen, McLeod. Oder war das ganze Gerede nicht ernst gemeint?«

»Was für Gerede?«, fragt er argwöhnisch.

»Das Gerede, dass du mir gegenüber offen sein und mich in deine Welt einlassen willst. Das ist alles, was ich will. Wenn wir schon da sind, bringt es dich doch nicht um, wenn wir mit ihr zu Abend essen.«

»Sie wird mich nicht sehen wollen.«

»Schön. Wenn sie nicht will, gehen wir eben nicht hin. Aber du musst sie anrufen und fragen.«

»Ich weiß nicht, warum du denkst …«

»Weil sie deine Mutter ist, deshalb. Sie ist dein Ursprung.«

Er starrt auf die Bar, als könne einer der Männer in den italienischen Sakkos ihm zu Hilfe kommen. Dann schaut er durchs Fenster hinaus. Endlich kehren seine Augen zu den meinen zurück. Er seufzt. Hebt die Schultern.

»Okay.« Seine Stimme ist ausdrucksIos. »Wenn du es unbedingt willst.«

»Ja.«

Ich lege meine Hand auf seine, und er macht eine Bewegung, als schüttle er etwas ab. Er schenkt mir ein sehr dünnes Lächeln. »Ich glaube, du bist die ehrlichste Frau, die ich kenne. Und in deiner Ehrlichkeit unerbittlich.«

»Ist das so schlimm?«

»Ich weiß nicht. Ich weiß nicht so recht, wie ich unter deinem Mikroskop aussehen werde.«

Als wir zum Haus zurückkommen, bringt er mich an die Tür. Ich krame in meiner Tasche nach dem Schlüssel. »Wann krieg ich es denn jetzt zu lesen?«

Im gelben Licht der Verandalampe wirkt er einen Augenblick verwirrt, als habe er vergessen, dass Bücher dafür da sind, dass andere Leute sie lesen. »Ich weiß nicht. Wenn es erschienen ist, schätze ich.« Er bewegt sich, und sein Gesicht verschwindet im Schatten. »Ich ruf dich morgen Nachmittag an.«

»Bleibst du nicht da?«

»Nein, ich muss früh aufstehen und nach Lake City fahren, um in einem von Joshs Häusern zu arbeiten.«

Ich zögere. »Bist du böse auf mich?«

»Nein.« Er hält mich eine Minute fest. »Ich bin nur – es wird nicht leicht werden.«

»Was? Der Besuch bei deiner Mutter?«

»Alles«, sagt er. Er hebt mein Kinn hoch und küsst mich, dann dreht er sich um und geht zurück zum Elky.

Sechsundzwanzig

Am Morgen bleibe ich im Bett liegen und überlege, ob Mac wohl besser geschlafen hat als ich. Ich habe mich herumgedreht wie ein Kreisel, mich in die Laken verwickelt, sie weggestrampelt. Irgendwann bin ich aufgestanden, habe mir heißen Kakao gemacht, ihn am Küchentisch getrunken und dabei gegrübelt, ob ich ihn zu früh und zu heftig bedrängt habe. Dann bin ich wieder ins Bett gegangen, um weiter zu rotieren.

Um halb acht stehe ich auf, ziehe meinen Jogginganzug an und mache mir eine Kanne Espresso, weil es heute in der Bäckerei nichts zu essen und zu trinken geben wird. Dieser Gedanke kommt mir ganz plötzlich, und er erschüttert mich. Es kommt mir völlig unwirklich vor. Wenn ich jetzt hinübergehe, wird dann nicht alles voller Leben sein, so wie immer?

Panik schrillt in meinem Kopf wie eine Klingel. Was soll ich machen?

Beim Anblick der Bäckerei, so still hinter den herabgelassenen Rollläden, wird mir kalt und übel. Schon aus der Ferne sehe ich, wie eine Frau versucht, die Ladentür zu öffnen. Sie macht sichtlich überrascht einen Schritt zurück, schaut sich um, und dann fallen ihre Augen auf etwas, was am Fenster angebracht ist.

Sie schüttelt den Kopf, wendet sich zum Gehen, dreht sich dann wieder um, macht eine halbherzige Geste, als spreche sie mit jemandem. Sie wirkt verwirrt, frustriert, ungläubig. Wie ein Kind, dem man das Fahrrad gestohlen hat. Aber vorhin war es doch noch da! Schließlich eilt sie davon. Ich warte, bis sie die Straße überquert hat, bevor ich mich der Tür nähere.

Auf Augenhöhe ist ein Zettel befestigt – an einer Ecke beschädigt, als sei er aus einem Notizbuch gerissen. Was sauber getippt und zentriert darauf steht, sieht wie ein Gedicht aus. Ich trete näher und lese …

Der Queen Street Sanierungs-Blues

Nach der Melodie von *The Midnight Special,*
Huddie Ledbetter möge es verzeihen

Du wachst am Morgen auf, boy
Dein Wecker singt den Blues
Schaust rüber auf den Tisch, boy
Sieht alles unverändert aus
Kein Doughnut auf dem Teller, boy
Kein Muffin, keine Scones
Kein Mokka oder Chai-Tee, boy
Du hast den Queen Street Blues.

Ein neuer Starbucks an der Ecke, boy
Kein Kramerladen mehr
Bloß Sushi-Bar und Kunstgalerie

Machen hier jetzt was her
Der Thriftway wird moderner, boy
Bald bist du die Schulden los
Dann kaufst du dir ein Loft, boy
Du hast den Queen Street Blues.
Du hast den miesen alten Queen Street Sanierungs-Blues.

Ich sperre die Tür auf und gehe schnell hinein, ich muss lächeln. Ellen sitzt an einem der Tische und trinkt Kaffee aus einer Thermoskanne. Die Zeitung liegt aufgeschlagen vor ihr, aber sie liest nicht.

»Wo kommt dieser Song her?«

Sie lächelt wehmütig. »Ich weiß es nicht. Er wäre lustiger, wenn er nicht so wahr wäre.« Sie ist blass, und ich sehe ihren Augen an, dass ihre Nacht der meinen sehr ähnlich war.

»Wann kommen sie?«

»Irgendwann zwischen neun und zehn, mehr haben sie nicht gesagt. Kaffee?«

»Nein danke. Ich hab zu Hause schon Kaffee getrunken.« Ich setze mich ihr gegenüber.

»Willst du einen Teil von der Zeitung?«

»Nein danke.«

»In der Tüte sind ein paar Scones.« Sie zeigt mit dem Kopf auf die Theke. »Ich … äh … hab ihn angerufen. Mendina. Wegen des Ladenschilds.« Seit Wochen betrachtet sie es mit begehrlichen Blicken. Unser hübsches, handgemaltes hölzernes Ladenschild, das über der Ladentür herausragt wie ein richtiges französisches Bäckereischild.

»Du hast beschlossen, es mitzunehmen?«

Sie macht ein Geräusch, das wie *hmphf* klingt. »Ich habe gefragt, ob er was dagegen hätte, wenn ich es nähme. Nur als Andenken.«

»Das war ein Fehler.«

»Willst du wissen, was er gesagt hat? Er hatte doch tatsächlich die Frechheit zu sagen, er wolle es übermalen lassen und es verwenden für den …« Sie schluckt. »Für den Betrieb, der hier reinkommt.«

»Mistkerl. Hast du ihm gesagt, er soll einen Teil der zwanzigprozentigen Erhöhung dafür hernehmen, ein neues zu kaufen?«

In ihren Augen stehen Tränen. »Und weißt du, was das Schlimmste ist? Er hat sicher gar nicht vor, das Schild zu verwenden. Er wird es auf den Müll werfen. Er ist einfach bloß gemein.«

Ich muss ein bisschen lachen. »Gemein? Ich würde sagen, er ist ein Drecksack, ein Scheißkerl, ein Arschloch, ein schuftiger, Dreck fressender Hohlkopf. Hab ich was vergessen?«

Ihr Glucksen wird zu einem lauten Lachen. »Nein, das kommt ungefähr hin.«

Dann lache ich auch, und wir wischen uns die Lachtränen ab, bis ein lautes Klopfen ertönt.

»Auktionshaus Davies«, ruft ein Mann.

Die nächste halbe Stunde stehen wir stumm herum, während drei Männer unsere Sachen auf Transportwagen laden und an uns vorbei zum Laster rollen. Aber als einer mit einer Brechstange kommt, sie zwischen Vitrine und Wand ansetzt und dann mit Gewalt hineinrammt, da lässt mich das Splittern und Knacken erschauern. Aus dem Augenwinkel sehe ich, dass Ellen aussieht, als habe man ihr einen Arm ausgerissen.

Sie dreht sich zu mir um. »Ich glaube, ich halte das nicht aus.«

»Schon gut. Ich sperre dann ab.«

Sie umarmt mich, ganz fest. »Es war schön, Wyn. Ich

bin so froh, dass du …« Der Rest geht an meiner Schulter verloren. Ich lasse sie los. »Wir fahren ein paar Tage nach Whidbey«, sagt sie. »Ich ruf dich an, wenn ich heimkomme, dann können wir zusammen zu Mittag essen und Papiere unterzeichnen. Okay?«

Ich nicke. »Pass gut auf dich auf.« Mehr bringe ich nicht heraus.

Sie geht schnell hinaus und die Straße entlang und blickt sich nicht mehr um.

In erstaunlich kurzer Zeit ist die Bäckerei ein leeres Gehäuse, in dem nur die großen schwarzen Öfen übrig geblieben sind. Ich gehe hin und lege die Hand auf die Ofenwand, wie man sie einem alten Hund auf den Kopf legt, der eingeschläfert werden muss. Sie ist immer noch warm.

»Kommt der mit?« Einer der Männer zeigt auf den Stuhl, auf dem ich gesessen bin.

»Ja.«

»Das war's dann. Wenn Sie hier unterschreiben wollen …«

Als der Lastwagen weg ist, sperre ich die Vordertür ab und blicke mich ein letztes Mal um.

Eine Bäckerei sauber zu halten ist nahezu unmöglich. Egal wie oft man schrubbt und wischt, kehrt und putzt, es gibt immer Flecken, Schmierer und Krümel. Und über allem liegt ein Hauch von Mehl. Man bekommt es in die Haare, in die Nase und unter die Fingernägel. Wenn ich mich am Morgen ausziehe, um ins Bett zu gehen, bleiben immer weiße Spuren am Boden zurück.

Sogar jetzt noch, als alles weg ist, sind die Fußspuren dieses Morgens als Pfade in der feinen weißen Schicht zu sehen, die den Boden bedeckt.

Ich gehe durch den Seiteneingang hinaus, und als ich

die Tür abschließe, höre ich, dass jemand an die Ladentür trommelt. Keine Chance. Ich gehe da nie wieder rein. Ich gehe die Seitenwand des Hauses entlang bis zur Straße und spähe um die Ecke.

Linda LaGardia steht da, beide Hände neben dem Gesicht, und versucht neben dem braunen Papier, mit dem die Fenster verklebt sind, ins Innere zu schauen.

Ich renne los, heimwärts.

Als ich das Haus betrete, höre ich Geräusche in der Küche. Geräusche, die klingen, als huschten eine Menge kleine Mäuse über Papier. »Cody?«

Ich strecke den Kopf in die Küche, und sie dreht sich schnell um, beide Hände hinter dem Rücken, wie ein kleines Kind, das bei etwas Verbotenem ertappt wird. Der Küchentisch ist mit Papierbögen bedeckt, Blättern aus einem Künstler-Zeichenblock. Aquarelle, ein paar Pastellzeichnungen, ein paar Kohleskizzen.

»Was ist das alles?«

»Nur so Zeug.«

Ich versuche um sie herumzuschauen. »Damit warst du also beschäftigt.« Ich lächle. »Ich dachte schon, du hättest vielleicht einen geheimen Liebhaber.«

Sie schnaubt und klingt dabei genau wie Linda. »Sicher nicht.«

Sie rührt sich nicht vom Tisch weg. »Darf ich mal sehen?«

Sie zuckt die Achseln. »Es ist nichts Besonderes.«

Ich nehme ein Aquarell mit Segelbooten auf einem See zur Hand. Zwei andere zeigen die Skyline von Seattle von verschiedenen Stellen im Westen aus. Dann ziehe ich ein Blatt ganz unten aus dem Stapel heraus. Ein Porträt in Pastellkreiden. Linda. Borstiges graues Haar, das wie nach einem Stromschlag in die Höhe steht, im Mundwinkel hängende Zigarette. Sie trägt ihre formlose schwarze Hose, eine lange weiße Schürze und ihre übliche stinksaure Miene. Sie steht neben den Öfen, die große hölzerne Backschaufel in der Hand.

»Das ist unglaublich gut.«

Cody schaut erfreut drein.

»Wie hast du sie dazu gebracht, dir Modell zu stehen?«

»Es war nicht leicht. Und ich musste sie rauchen lassen.«

Sie wirft mir einen Blick zu, den ich nicht deuten kann. Ich setze mich an den Tisch.

»Warum die ganze Geheimnistuerei?«

Sie zuckt wieder die Achseln.

»Eines Tages werden deine Schultern dir noch an den Ohren kleben bleiben.«

Sie lacht nicht.

»Möchtest du wieder zur Schule gehen?«

»Ich weiß nicht.« Sie setzt sich. »Ich habe bei der Kunstakademie eine Bewerbungsmappe eingereicht. Sie würden mich wieder aufnehmen.«

»Das ist schön. Wenn es das ist, was du willst.«

»Ich weiß nicht«, sagt sie wieder. Sie fummelt mit einem dünnen schwarzen Pinsel herum, fädelt ihn wie ein Webschiffchen durch ihre Finger.

»Du hast wirklich Glück. Dass du zwei Dinge gut kannst. Die meisten Menschen haben nur eine Begabung. Du hast zwei.«

Sie lässt die Mundwinkel hängen. »Red doch nicht wie so eine verdammte Erziehungsberaterin.«

»Okay. Wie wär's damit: Es gibt auch in L.A. Kunstschulen. Sogar ziemlich viele.«

Wieder diese argwöhnische Wachsamkeit. »Du möchtest, dass ich mitkomme? Auch wenn ich nicht Brot backen will?«

»Cody …? Natürlich. Du bist meine Freundin, nicht meine Sklavin.«

Sie schiebt die Bilder ziellos auf dem Tisch herum. »Was ist mit Mac?«

»Meinst du, ob er mitkommt? Ich weiß nicht. Darüber haben wir noch nicht gesprochen.«

»Aber ihr seid doch jetzt sozusagen zusammen.«

»Ja, schon, aber ich weiß nicht. Ich weiß nicht, was weiterhin geschehen wird.«

Sie grinst. »Nun, was immer es ist, ich hoffe, es geschieht nicht in unserer Küche.«

Heiße Röte steigt mir ins Gesicht. »Das war ein Augenblick geistiger Umnachtung.«

Sie lacht laut heraus. »Blödsinn. Es war eine Riesennummer.«

»Und lenk nicht vom Thema ab. Ob er mitkommt oder nicht, sollte deine Entscheidung nicht beeinflussen.«

»Ich weiß es aber immer noch nicht.«

»Schön, ich mach dir einen Vorschlag.« Ich lege ihr die Hand auf den Arm. Ich habe vergessen, dass sie das nicht mag. Sie rückt weg. »Macs Agent hat das Buch verkauft.«

Sie blinzelt. »Cool.«

Ich lache. »Versuch deinen Enthusiasmus zu zähmen.«

»Es ist wunderbar, es ist großartig«, sprudelt sie heraus. »Ist es so richtig?«

»Ich glaube, wir werden ein paar Tage nach New York fahren. Kannst du mir Bescheid geben, wenn wir zurückkommen?«

»Okay.« Sie steht auf, schiebt ihre Werke zusammen und steckt sie in eine große braune Mappe.

Mac erscheint auf unserer Veranda, als gerade die Sonne untergeht und rote Glut ein paar Wolken von hinten beleuchtet. Er nimmt seine Baseballkappe ab, küsst mich und überreicht mir ein langes, schmales Kuvert. Darin sind zwei Tickets von Sea-Tac zum Flughafen JFK in New York für nächsten Dienstagnachmittag, Rückflug Freitagabend.

»Kannst du auf die aufpassen?«, sagt er.

Ich lege sie in den Postkorb auf dem Couchtisch und schaue ihn fragend an.

»Frühes Abendessen am Freitag, dann bringt sie uns zum Flughafen«, sagt er.

Ich möchte ihn fragen, was sie gesagt, wie sie geklungen hat, aber ich sage nur: »Ich danke dir.« Ich schlinge den Arm um seine Taille und lehne mein Gesicht an seine Brust. »Möchtest du ein Glas Wein?«

»Lieber Bier, wenn du welches hast.«

Wir sitzen am Küchentisch und sehen zu, wie der Schwanz von Codys Felix-the-cat-Uhr hin und her schwingt.

»Wie ist es heute früh gelaufen?«

»Es war bitter. Echt bitter. Besonders für Ellen. Diese miese Ratte hat ihr gesagt, sie könne das Schild nicht bekommen. Ich wünschte, sie hätte es einfach genommen.«

»Was zum Teufel will er denn damit?«

»Er sagt, er will es für den nächsten Mieter neu beschriften lassen, aber das tut er garantiert nicht. Wer so viel Miete bezahlt, will ein neues Schild haben. Er wird es einfach in den Müll werfen.« Ich schaue zu ihm hinüber. »Ach übrigens, du weißt nicht zufällig etwas von einem Song mit Namen *Der Queen Street Sanierungs-Blues,* oder?«

»Der was?«

»Er hängt am Fenster der Bäckerei.«

Sein Lächeln ist unschuldig. »Nie gehört.«

»Hmm. Das Dichter-Phantom von Queen Anne Hill.« Ich trinke einen Schluck von meinem Wein. »Wie war dein Tag?«

»Lang. Ich baue gerade Speicherabteile in einem von Joshs Mietshäusern.« Er steht auf und dreht den Stuhl herum, sodass er rittlings darauf sitzen und die Arme auf die Lehne legen kann. »Hast du noch mal darüber nachgedacht, was du machen willst, wenn wir zurückkommen? Hast du mit Cody gesprochen?«

»Ja und ja. Ich muss nächsten Monat sowieso nach L.A. Mein Gerichtstermin ist am vierundzwanzigsten Juni. Dann werde ich schon sehen, wie es mir vorkommt und ob ich dort wieder leben kann.«

»Was machst du mit deinen Sachen?«

»Einlagern.«

Er trommelt mit den Fingern leicht auf die Tischplatte. »Willst du es allein durchstehen? Oder könntest du Gesellschaft brauchen?«

Ich sehe zu ihm auf. »Gesellschaft wäre schon gut.«

»Wir könnten fahren«, sagt er. »An der Küste entlang. Camping inklusive.«

Ich schaudere. »Camping? Kalte Duschen und Außentoiletten?«

Er lacht. »Hast du Angst, dass deine Ralph-Lauren-Jogginghose schmutzig werden könnte?«

Ich boxe ihn in den Arm. »Irgendwann musst du dir selbst etwas ausdenken, anstatt immer Linda nachzuahmen.«

»Was ist mit Cody?«

»Sie ist noch unentschlossen. Sie würde wieder an der Kunstschule aufgenommen, aufgrund der Arbeiten, die sie heimlich gemacht hat. Und ich habe die ganze Zeit befürchtet, sie bereite den Sturz der Regierung vor.«

»Was glaubst du, warum sie wieder dorthin wollte?«

»Meine Vermutung ist«, sage ich und streichle seinen Handrücken, »dass das ihr Notfallplan war für den Fall, dass ich ohne sie ins Abendrot reiten würde. Zuerst jedenfalls. Und dann, als sie sich so richtig in die Arbeit reingehängt hat, ist ihr wieder eingefallen, wie viel Freude ihr das früher gemacht hat.«

»Also, was wird sie deiner Meinung nach tun?«

»Ich weiß es nicht. Ich habe ihr gesagt, sie muss mir Bescheid geben, wenn wir aus New York zurück sind.« Plötzlich kommt bei mir Freude auf. »Wir fliegen nach New York. Ich war nicht mehr dort seit neunzehn… seit dem Sommer neunundsiebzig, als ich CM dort besuchte. Ach Gott, was haben wir Spaß gehabt!«

»Ich bin seit siebenundsiebzig nicht mehr dort gewesen. Als ich das Studium schmiss und nach Colorado abgehauen bin.«

»Nur du und der Elky.«

Er schüttelt den Kopf. »O nein. Damals hatte ich den Elky noch nicht. Ich hatte kein Auto und fast kein Geld. Ich bin getrampt.«

Ich stemme die Hände in die Hüften. »Schon wieder etwas, was ich nicht wusste. Mann, du hast allerhand aufzuholen. Sollen wir Pizza essen gehen?«

Er steht auf. »Ich muss nur noch einen Augenblick zu Josh rüber.«

Ein paar Minuten später kommt er aus Joshs Haus, in der Hand ein großes, bösartig aussehendes Zangenwerkzeug mit einem Schnabel wie eine zuschnappende Schildkröte. »Was ist das denn?«

»Das ist so eine Kneifzange, mit der man die Speicherabteile von Mietern aufbricht, die mit der Miete zu sehr im Rückstand sind.« Er verstaut sie hinter dem Fahrersitz.

Später, nach einer Pizza mit Pilzen, Peperoni und Knoblauch, fahren wir die Queen Anne Avenue entlang, und an der Queen Street biegt er links ab.

»Warum fährst du so?«

Er schaut geradeaus. »Ich dachte, du möchtest deine Wirkungsstätte noch einmal sehen.«

Ich verschränke die Arme. »Bestimmt nicht.«

Er biegt in die dunkle Gasse hinter der Bäckerei ein und schaltet den Motor aus. »Was hast du vor?«

Er grinst. »Wie wär's mit einer kleinen Demonstration meiner Kletterkünste nach unserem Abendessen? Das ist nämlich eins von den Dingen, die du über mich noch nicht weißt.«

»Was?«

Er steigt aus, greift sich die Zange und hängt sie in eine Gürtelschlaufe. Ich springe aus dem Auto und renne ihm nach. »Mac, das kannst du nicht machen!«

»Pass gut auf, dann siehst du, dass ich es doch kann.«

»Man wird uns verhaften.«

»Wenn jemand verhaftet wird, dann ich. Dann musst du mir einen Laib Brot backen mit einer Feile drin.«

An der Hausecke springt er behände auf den Deckel der Mülltonne, und die Zange baumelt bedrohlich von seinem Gürtel.

»Himmel, Mac, sei vorsichtig mit diesem Ding.«

»Ja, das könnte unser Sexualleben schwer beeinträchtigen. Wie in diesem alten Limerick.«

»Welchem Limerick?«

»Ich habe gehofft, dass du das fragst.« Er räuspert sich. »Es übte ein Mann namens Meier …«

»Schhh!«

Er senkt die Stimme zu einem Bühnenflüstern. »Eiskunstlauf auf eisigem Weiher.«

»Mac, um Himmels willen ...« Er packt das Abflussrohr und prüft es auf seine Festigkeit, und plötzlich flitzt er an der Hausecke hinauf, wo die Ziegel versetzt gemauert sind und die Fugen als handliche Griffe dienen.

»Doch als er dann fiel,
Ward er leider steril ...«

Er schwingt sich aufs Dach, steht oben und schaut auf mich herunter. »... denn eine Kufe beraubt' ihn der Eier.«

Ich kichere hemmungslos.

»Du kannst mit Anspannung nicht gut umgehen«, sagt er. »Du würdest einen lausigen Spion abgeben.«

Halb in der Hocke bewegt er sich an der Hausfront entlang, bis er direkt über der Ladentür ist. »Hmm. Jede Menge Taubendreck hier oben. Schön, kleine Bäckerin, jetzt postier dich mal hier unter dem Ladenschild.«

Ich schaue um mich, um mich zu vergewissern, dass in den Läden ringsum kein Licht brennt. Die Straße ist dunkel und still. »Wir kommen ins Gefängnis. Mendina hat bestimmt Wachleute ...«

»Still jetzt. Ich zwicke das Ding jetzt ab – stell dich erst darunter, wenn ich es dir sage – und dann lass ich es zu dir hinab.« Er beugt sich über die Dachkante.

»Bitte fall nicht runter.«

»Ich habe die Fersen unter einem günstig gelegenen Abzugsrohr eingehakt. Stand!«

»Was?«

»Klterersprache, meine Liebe. Ich werde es dir eines Abends erklären, wenn wir am Handtuchhalter hängen.«

»Mac, beeil dich.«

Er stützt die Zange an der Wand ab, und ein metallisches Klicken ist zu hören. Das Schild hängt auf einer Seite herunter, und er klemmt es unter dem Ellbogen ein. »Pass auf da unten.« Ein zweites Klicken, und ein paar Sekunden lang kämpft er mit dem Schild, während mir das Herz stehen bleibt.

»Okay, versuch es zu nehmen. Aber Vorsicht, es ist schwerer, als es aussieht.«

Ich stehe auf den Zehenspitzen und strecke mich, so gut ich kann, während er das Schild herunterlässt, aber ich kann es nicht erreichen.

»Es fehlen bloß ein paar Zentimeter. Wenn ich es an einer Seite auslasse, könntest du es zu fassen kriegen. Geht das?«

»Natürlich, aber …«

In diesem Augenblick kommt ein Auto vorbei, und seine Scheinwerfer erfassen die Schildräuber. Der Fahrer bremst und streckt den Kopf aus dem Fenster.

Mist. Meine Gedanken rasen, ich muss mir eine Erklärung ausdenken. Wir gingen gerade vorbei, und das Schild hing nur noch lose, und damit es nicht einem arglosen Passanten auf den Kopf fiele, beschlossen wir, es abzunehmen …

»Hi«, ruft Mac dem Mann zu. »Können Sie mir einen Moment helfen?«

»O Gott, o Gott.«

Das Auto hält am Straßenrand, und ein Mann mittleren Alters steigt aus.

»Er wird sich einen Bruch heben, und dann verklagt er uns«, zische ich.

»Wo fehlt's denn?« Er hakt die Daumen im Hosenbund ein. »Ich bin für Bauarbeiten nicht passend angezogen.«

Ich kann ihn nicht einmal anschauen.

»Sie ist nicht groß genug«, sagt Mac. »Wenn Sie nur rauflangen und den unteren Rand des Schildes packen könnten – Sie können es gegen die Hauswand stemmen, wenn es zu schwer ist – ich komme sofort runter.«

Der Mann schiebt die Ärmel hoch. »Das ist bestimmt nicht zu schwer.« Er greift nach dem Schild, Mac lässt es los, und er lässt es vorsichtig zu Boden sinken. »He, das Ding ist schwerer, als es aussieht.«

Während ich Dankeschöns stammle und ihm ein Kleenex gebe, damit er sich die Hände abwischen kann, klettert Mac herunter und taucht plötzlich neben mir auf.

»Danke für die Hilfe.« Er streckt die Hand aus. »David Franklin.«

Ich wage es nicht, ihn anzusehen.

»Sam Turner.« Sie schütteln sich die Hände. »Nettes Schild. Was habt ihr damit vor?«

»Die Farbe muss ein bisschen aufgefrischt werden.« Mac grinst locker. »Dachte, das könnten wir gleich erledigen, solange die Renovierung im Gang ist.«

Genau. Deswegen haben wir beschlossen, es mitten in der Nacht mit einer Kneifzange abzunehmen.

Sam Turner blickt auf die papierbeklebten Fenster. »Oh. Ja. Gute Idee. Na denn, einen schönen Abend noch.«

Wir schleppen das Schild in die Gasse und legen es auf den Elky. Mac bedeckt es mit einer Plane und legt die Zange obendrauf. Wir steigen ein, und ich sitze da und hyperventiliere, während er sich die Hände an einem Lappen abwischt.

»Ich kann nicht glauben, dass wir es gestohlen haben.« Ein eigenartiges Hochgefühl vibriert in meiner Stimme.

»Hey, du hast deine Verbrecherlaufbahn doch schon viel

früher begonnen. Denk an den Lippenstift, den du mit CM geklaut hast.«

Er dreht den Zündschlüssel um, aber bevor er noch den Gang einlegen kann, knie ich auf dem Sitz neben ihm, nehme sein Gesicht in meine Hände und küsse ihn um den Verstand.

Der dreizehnte Mai ist kühl und windig. Den Vormittag verbringen wir mit Packen, und nach dem Mittagessen quetschen wir uns zu dritt in den Elky, um zum Flughafen zu fahren. Mac leiht Cody den Elky, solange wir weg sind, und sie gibt sich größte Mühe, sich ihre Begeisterung nicht anmerken zu lassen.

Als wir vor dem Flughafen aussteigen, hebt er unsere Taschen von der Ladefläche und übergibt ihr die Schlüssel. »Ich pass gut drauf auf«, sagt sie. »Keine Sorge.«

»Ich mach mir keine Sorgen«, sagt Mac. »Diese Karre hat schon ganz andere Sachen mitgemacht.«

Beim Check-in erfahren wir, dass unser Flug sich verspäten wird.

»Die Fluglotsen warten, bis sich der Nebel hebt«, sagt die Dame am Schalter. Sie gibt etwas in den Computer ein, und der Drucker spuckt unsere Boardingpässe aus.

Wir drehen uns automatisch um und schauen aus den Fenstern.

»Nicht hier. In New York.« Sie gibt uns die Tickets zurück und lächelt. »Wir können nicht starten, solange wir nicht wissen, wo wir landen.«

Wir gehen durch die Security und schlendern zu unserem Gate, wo ich mich hinsetze und *B Is for Burglar* lese, das ich von Cody ausgeborgt habe. Mac geht auf und ab und trinkt Starbucks.

»Bis wir im Hotel sind, wird es zwei Uhr früh«, brummt er.

»Wenn du noch mehr Kaffee trinkst, hebst du auch ohne Flugzeug ab.«

»Ab jetzt nehme ich koffeinfreien«, sagt er und geht wieder in Richtung Starbucks-Stand.

Er verschwindet in der Menschenmenge, und ich schaue mich um. Der Riesenraum ist voller Menschen, kein Sitzplatz ist mehr leer. Alle wollen nach New York. Geschäftlich. Zum Vergnügen. Um ein anderes Flugzeug zu erreichen, das woandershin fliegt. Oder um heimzukommen. Aber im Augenblick warten wir einfach nur. Warten auf den Start.

Schließlich kommt der Aufruf zum Boarden, und die Gangway wird geöffnet. Das Flugzeug rollt hinaus, hinter einem Dutzend anderer her. Wieder langes Warten, startbereit auf dem Rollfeld. Dann lärmen die Düsen, und wir heben ab und schwingen in weitem Bogen nach Westen und Süden. Inzwischen haben sich Wolken zusammengezogen und verdecken jede Spur der fantastischen Aussicht, die man auf die Stadt, den Puget Sound und Mount Rainier hätte. Wir steigen immer noch, und plötzlich durchstoßen wir die Wolken und fliegen in einen kobaltblauen Himmel.

Als die Stewardess vorbeikommt, bestellen wir eine kleine Flasche Champagner und trinken ihn Hand in Hand. Irgendwo über dem Mittleren Westen lehnt Mac den Kopf zurück und schläft ein.

Ich schaue aus dem Fenster, während die Sonne hinter uns untergeht, sich auflöst in einem Meer von Rot, dann Purpur, und schließlich Schwarz. Ein paar Minuten lang schweifen meine Augen ziellos im Dunkel umher. Dann erscheinen, gute achttausend Meter unter uns, winzige silberne Punkte und beleben die Nacht.

Danksagungen

Ich glaube immer, ich bin allein beim Schreiben … bis ich zu dieser Stelle im Buch komme und mir (wieder!) klar mache, wie sehr ich mich auf die Anteilnahme von Fremden verlassen habe. Und von Freunden. Und von Familienmitgliedern. Dieses Mal möchte ich mich bedanken bei:

Jerry und Karol Ryan, für ihre Erzählungen und Fotos aus dem Yukon.

Grace Marcus, weil sie mir ihr schönes Gedicht *Warming Trend (Erwärmung)* gegeben hat und eine vertrauenswürdige Leserin und wahre Freundin ist.

Jo Ann Mapson, für klugen literarischen Rat und beständige Freundschaft.

Kathryn Brown, weil ich sie mit juristischen Fragen löchern durfte.

Kit Williams, der als Bäcker seinesgleichen sucht, für eine Fülle von Ratschlägen und viel Gelächter.

Meiner Agentin Deborah Schneider, die immer versteht, was ich vorhabe, selbst wenn ich es nicht verstehe.

Meiner Herausgeberin Claire Wachtel, weil sie den Wald sieht, während ich noch auf die Bäume starre.

Allen Sängern, Songschreibern und Musikern, die ihren Blues leb(t)en.

Und natürlich Geoff, weil er mein persönlicher Polarstern ist.

Und zum Schluss umarme ich Leslie Mackie, die Eigentümerin der Macrina Bäckerei(en) dafür, dass sie die alte McGraw Street Bakery wieder zu Leben und Glanz erweckt hat. Sie heißt jetzt Macrina Bakery at McGraw und passt wunderbar zu dem Viertel, in dem sie liegt.